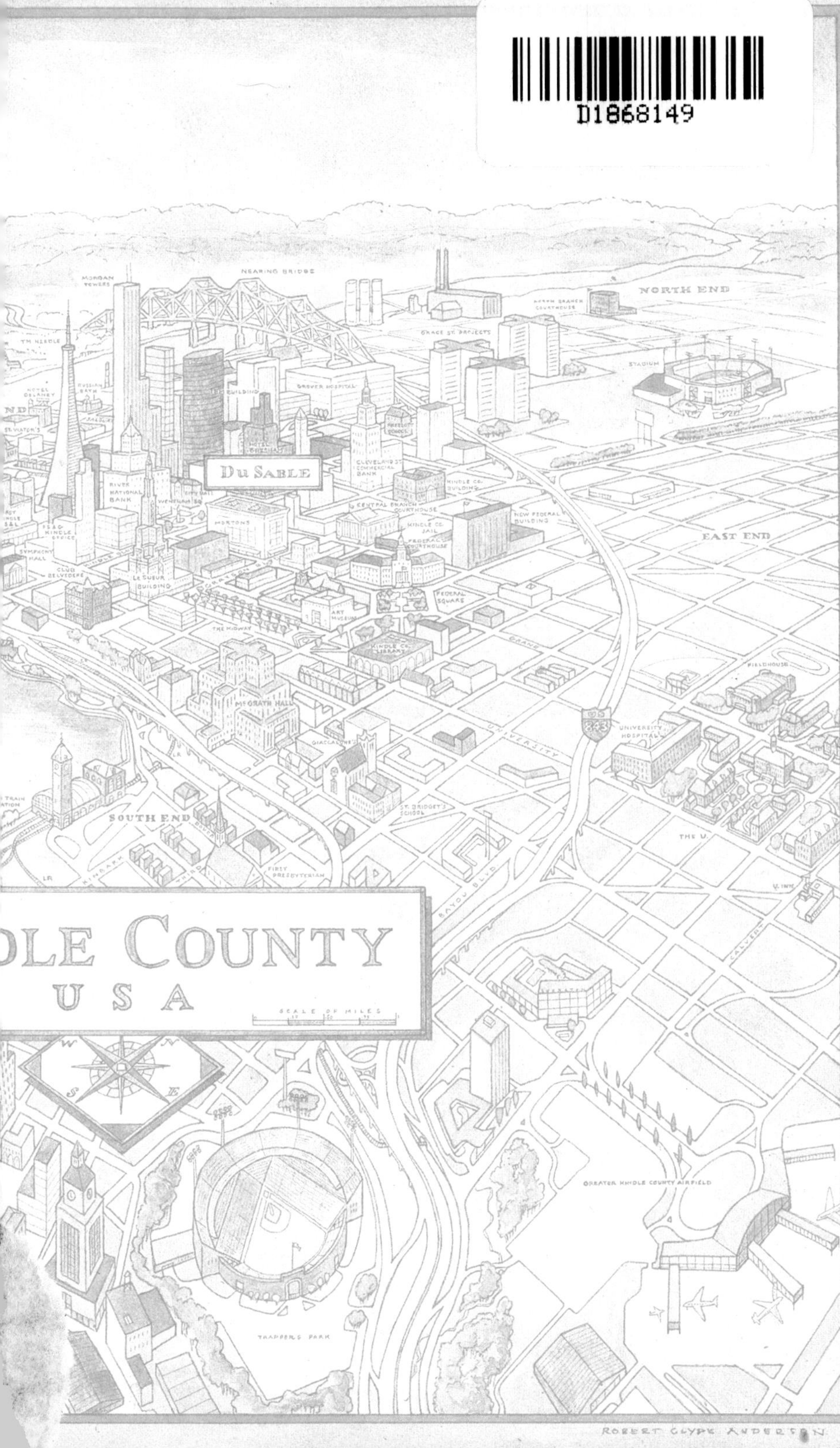
NEARING BRIDGE
MORGAN TOWERS
NORTH END
NORTH BRANCH COURTHOUSE
GRACE ST. PROJECTS
STADIUM
GROVER HOSPITAL
DU SABLE
CLEVELAND ST. COMMERCIAL BANK
RIVER NATIONAL BANK
CITY HALL
MORTONS
CENTRAL BRANCH COURTHOUSE
KINDLE CO. BUILDING
NEW FEDERAL BUILDING
KINDLE CO. JAIL
FEDERAL COURTHOUSE
EAST END
SYMPHONY HALL
CLUB BELVEDERE
LE SUEUR BUILDING
FEDERAL SQUARE
ART MUSEUM
THE MIDWAY
KINDLE CO. LIBRARY
FIELDHOUSE
MCGRATH HALL
UNIVERSITY
UNIVERSITY HOSPITAL
US 843
SOUTH END
ST. BRIDGET'S SCHOOL
FIRST PRESBYTERIAN
THE U.
BAYOU BLVD.
KINDLE COUNTY
U S A
SCALE OF MILES
GREATER KINDLE COUNTY AIRFIELD
TRAPPERS PARK
ROBERT CLYDE ANDERSON

SCOTT TUROW

Die Gierigen und die Gerechten

SCOTT TUROW

Die Gierigen und die Gerechten

Roman

Aus dem Amerikanischen
von Klaus Kamberger

KARL BLESSING VERLAG

Titel der Originalausgabe: Personal Injuries
Originalverlag: Farrar, Straus and Giroux, New York

Umwelthinweis:
Dieses Buch und sein Schutzumschlag wurden
auf chlorfrei gebleichtem Papier gedruckt.
Die Einschrumpffolie (zum Schutz vor Verschmutzung)
ist aus umweltschonender recyclingfähiger PE-Folie.

Der Karl Blessing Verlag ist ein
Unternehmen der Verlagsgruppe Bertelsmann.

1. Auflage

Umschlaggestaltung: Design Team München
Satz: Uhl + Massopust, Aalen
Druck und Bindung: Graph. Großbetrieb Pößneck
Printed in Germany
ISBN 3-89667-135-9
www.blessing-verlag.de

FÜR GAIL HOCHMAN

Willkommen, du freundlicher Blender!
Du Größter aller Diebe; der unschwer
eindringt in unser Leben und,
unbemerkt, uns unserer selbst beraubt.

John Dryden, *All For Love*

Der Anfang

1

Er wusste, es war nicht in Ordnung gewesen, und sie würden ihn schnappen. Er habe es gewusst, sagte er. Eines Tages würde es so weit sein.

Er wusste, sie hatten eine Dummheit gemacht – schlimmer noch, die Gier hatte sie getrieben. Er wusste, er hätte damit aufhören sollen. Aber jedes Mal, wenn er glaubte, jetzt sei der richtige Zeitpunkt, hatte er sich gefragt, wie viel schlimmer es denn werden würde, wenn er es noch ein letztes Mal versuchte. Doch jetzt wusste er, er steckte in der Klemme.

Ich kannte die Tour. In gut zweiundzwanzig Berufsjahren hatte ich eines gelernt: Die Leute da drüben in dem Leder-Clubsessel vor meinem Schreibtisch kamen allesamt immer nur auf die üblichen Standardfloskeln. Ich-war-es-nicht. Der-andere-ist-es-gewesen. Wieso-kommen-die-ausgerechnet-auf-mich. Dieser hier hatte sich für die einfachste Formel entschieden. Tut-mir-Leid. Doch von mir wollten sie dann immer nur das eine Lied hören – Kann-sein-ich-hole-Sie-da-wieder-raus. Das sage ich immer, obwohl ich weiß, dass es nachher oft ganz anders kommt. Aber es ist eben nicht leicht, wenn man für jemanden die letzte Hoffnung ist.

Dies ist eine Anwalts-Geschichte. Eine von der Sorte, wie man sie unter Anwälten gerne erzählt. Er hieß Robert Feaver. Gerufen wurde er nur Robbie, wenn er dafür auch allmählich ein bisschen zu alt war. Dreiundvierzig, hatte er auf meine Frage geantwortet. Es war die zweite Woche im September 1992. Die Polit-Gurus waren sich nicht mehr so sicher, ob Ross Perot wirklich der nächste Präsident der Vereinigten Staaten werden würde, und in den PCs kannten sich die Kürzel »dot« und »com« erst seit kurzem. Ich kann mich deswegen so genau an diese Zeit erinnern, weil ich eine Woche zuvor nach Virginia zurückgekehrt war, um meinen Vater zu Grabe zu tragen. Jahrelang hatte ich geglaubt, ich würde mich mit seinem Tod abfinden können, weil es nun einmal der natürliche Lauf der Dinge war, doch nun hatte mich dieses Ereignis in einen permanenten Trancezustand versetzt. Es ging so weit, dass ich sogar, wenn ich an meine Hand dachte, das Gefühl hatte, sie führe ein von meinem übrigen Körper getrenntes Eigenleben.

Robbie Feaver hatte andere und dringendere Probleme. Am Abend zuvor hatte er zu Hause Besuch von drei Sonderermittlern des Internal Revenue Service bekommen. Anders gesagt, die Steuerfahndung saß ihm im Nacken. Einer hatte das Wort geführt, die beiden anderen hatten zugehört. Wie nicht anders zu erwarten, war es ein Auftritt im Knautschlook gewesen: billige Trenchcoats, verkniffene Gesichter. Aber höflich waren sie gewesen. Sie hatten ihm eine Vorladung vor die Grand Jury präsentiert. Die Jury sollte darüber befinden, ob öffentlich Anklage gegen ihn zu erheben war. Dazu müssten alle Finanzbewegungen seiner Kanzlei offen gelegt werden, hatten sie ihm erklärt. Außerdem wollten sie von Robbie Genaueres über seine bisherigen Einkommensteuererklärungen wissen. Klugerweise hatte er die Auskunft verweigert.

Er könne auch Selbstanzeige erstatten, hatte der Ermittler, der das Wort führte, erwidert. Aber ein paar Dinge hatten sie doch noch loswerden müssen. Gute Nachrichten und schlechte. Zuerst die schlechten.

Sie wussten Bescheid. Sie wussten, was er und sein Partner Morton Dinnerstein getrieben hatten. Sie wussten, dass die beiden jahrelang immer wieder einen Honorarscheck für einen gewonnenen Prozess oder einen Vergleich – gewöhnlich ging es um Schadenersatz bei Personenschäden – auf ein geheimes Girokonto bei der River National Bank eingezahlt hatten. Über diese Bank wickelte ihre Kanzlei sonst keinerlei Zahlungsverkehr ab. Sie wussten, dass Dinnerstein und Robbie von diesem Konto bei der River National Bank jedem seinen Anteil an ihren Einkünften zukommen ließen – zwei Drittel gingen an die Mandanten, ein Neuntel an die

Referenzanwälte, einige kleinere Summen an Gutachter oder die Gerichtsstenografen. Nur das Finanzamt war leer ausgegangen. Aber jetzt wussten die Steuerfahnder, dass Feaver und sein Partner jahrelang mit Barschecks Geld von diesem Konto abgehoben und so den Kontostand nach unten gedrückt hatten. Und sie hatten nie einen Penny Steuern davon bezahlt.

Ihr seid mir schon kaltschnäuzige Burschen, hatte der Ermittler noch gemeint. Als Robbie ihn jetzt so zitierte, lachte er. Allerdings nur kurz.

Ich fragte Robbie nicht, wie er und sein Partner überhaupt auf die Idee hatten kommen können, dass eine derart simple Masche funktionieren würde. Diese dumm und schlecht gestrickten Methoden, mit denen die Leute sich selbst in die Klemme bringen, waren mir schon lange bekannt. Immerhin waren sie mit dem Schmu jahrelang durchgekommen. Ein Konto, das keine Zinsen abwarf, fiel den Finanzbehörden kaum auf. Offen gesagt fiel eher auf, dass die Sache überhaupt entdeckt worden war. Dazu hatte entweder ein verrückter Zufall geführt, oder jemand hatte die beiden angeschwärzt.

Feaver hatte die Ermittler in sein Wohnzimmer gebeten und ihnen gegenüber auf einem Sofa Platz genommen, einem Zweisitzer mit ausgefallenem Bezug aus gebleichter Rohseide. Er hatte sich bemüht, Haltung zu bewahren. Zu lächeln. Sich keine Blöße zu geben. Aber als er den Mund aufmachte und etwas sagen wollte, spürte er doch überrascht den Schweiß, der ihm als schmales Rinnsal von den Rippen bis unter das Gummiband seiner Boxershorts lief.

Und die gute Nachricht?, hatte er dann wissen wollen.

Zu der kämen sie jetzt, sagte der Ermittler. Die gute Nachricht: Robbie habe eine Chance, aus der Sache herauszukommen. Vielleicht gebe es da etwas, das er für sich nutzen könne. Ein Mann in seiner familiären Situation sollte sich das schon mal durch den Kopf gehen lassen.

Dann verließ der Ermittler das Zimmer, ging durch den Marmorflur zur Haustür und öffnete sie. Draußen auf Robbies Eingangsstufen stand Bundesanwalt Stan Sennett. Feaver kannte ihn aus dem Fernsehen, kurzbeinig, schmächtig, mit geradezu zwanghaft ordentlichem Scheitel. Im Schein der Außenlampe schwirrten ein paar Mücken über Sennetts gepflegtem Haupt. Er begrüßte Feaver mit offizieller Miene, hart und humorlos wie die Klinge eines Kriegsbeils.

Robbie hatte keine Erfahrungen mit Strafverfahren und noch nicht einen Tag an der Strafkammer zugebracht. Doch er wusste, was es bedeutete, wenn ein Bundesanwalt spätabends höchstpersönlich vor seiner Tür stand. Ihm war, als starre er in die größte Kanone, die einer überhaupt auf ihn richten konnte. Das hier bedeutete, dass man an ihm ein Exempel statuieren wollte. Und es bedeutete, dass er da nie ohne Blessuren herauskommen konnte.

Robbie Feaver geriet in Panik. Nur ein vernünftiger Gedanke sei ihm noch gekommen.

Ich will einen Anwalt, sagte er.

Das sei sein gutes Recht, erwiderte Sennett, aber vielleicht solle sich Robbie doch erst einmal anhören, was er vorzubringen habe. Als Sennett seine polierte Stiefelspitze über die Schwelle gesetzt hatte, wiederholte Robbie seine Forderung.

Ich kann nicht versprechen, dass wir morgen noch einen Deal wie heute zu Stande bekommen, hatte Sennett gesagt.

Einen Anwalt, hatte Feaver wiederholt.

Da hätten sich die Ermittler wieder eingeschaltet und ihm den Rat gegeben: Wenn schon ein Anwalt, dann ein guter, der sich auskenne. Und mit dem Anwalt solle er reden – aber mit niemandem sonst. Nicht mit Mom. Nicht mit der Angetrauten. Und ganz bestimmt nicht mit seinem Partner Dinnerstein. Der Bundesanwalt habe dem Ermittler seine Karte gegeben, und der habe sie an Feaver weitergereicht. Sennett erwarte dann den Anruf des Anwalts. Kurz bevor er nach draußen in die Dunkelheit trat, habe er Robbie noch über die Schulter gefragt, ob er einen bestimmten im Auge habe.

Interessante Wahl, habe Sennett mit dünnem Lächeln bemerkt, als er meinen Namen hörte.

»Ich bin kein Spitzel«, sagte Robbie Feaver jetzt zu mir. »Aber so läuft das Spiel wohl, nicht wahr, George? Er will, dass ich irgendwen ans Messer liefere.«

Ich fragte ihn, ob er an jemanden Bestimmtes denke.

»Also, auf keinen Fall Mort. Meinen Partner verraten? Nie und nimmer. Über den kriegen die kein Wort aus mir heraus.«

Feaver und Dinnerstein seien schon ihr ganzes Leben lang Freunde, erzählte er mir. Als Nachbarskinder seien sie hier in DuSable zusammen aufgewachsen, in einer jüdischen Enklave, dem Warren Park. Anschließend seien sie Zimmergenossen im College und an der Law School gewesen. Und das geheime Konto lief auf beider Namen. Beide hatten Einzahlungen getätigt, beide hatten darauf Barschecks ausgestellt, aber die Einkünfte nie angegeben. Die sie belastenden Unterlagen reichten bei weitem aus, sodass die Steuerfahndung wohl kaum zusätzliche Hilfe brauchte, um beide in ihre Trophäensammlung aufnehmen zu können.

Ich fragte Robbie, ob die Regierung durch ihn vielleicht noch an andere Informationen über Mort oder sonst wen herankommen wolle. Doch Feaver zuckte nur schlapp mit einer Schulter und blickte ins Leere.

Ich kannte Robbie Feaver nicht besonders gut. Als er mich am Morgen angerufen hatte, waren mir gelegentliche Begegnungen in der Lobby des LeSueur Building eingefallen, wo wir beide unsere Kanzleien haben, und die Ausschusssitzungen der Anwaltsvereinigung des Kindle County während der Zeit meines Vorsitzes dort vor ein paar Jahren. Meine Erinnerungen an ihn waren nur vage und durchaus nicht immer angenehm. Gemessen an den noch verbliebenen Kriterien meiner wohl geordneten Südstaatler-Kindheit, war an diesem Typ einfach alles ein bisschen »zu viel des Guten«. Zu gut aussehend und sich dessen allzu bewusst. Ein zu dichter und zu sorgfältig fixierter schwarzer Haarschopf, dem man die aufwändige Pflege zu deutlich ansah. Zu jeder Jahreszeit tief gebräunt. Außerdem steckte er zu viel Geld in seine Kleidung – italienische Maßanzüge, todschicke Halstücher und dazu der viele Schmuck. Er redete stets etwas zu laut und sprach selbst Fremde im Aufzug allzu leutselig an. Eigentlich redete er bei jeder Gelegenheit zu viel – eben einer von der Sorte, die ihren Descartes auf ihre ganz persönliche Weise interpretieren: Ich rede, also bin ich. Doch jetzt erkannte ich eine offensichtliche Tugend an ihm: Er wusste das alles und würde es auch zugeben. Zwar wirkte er ein wenig eingeschüchtert, bewahrte sich aber dennoch eine gewisse Offenheit, zumindest im Hinblick auf seine eigene Person. Gemessen an den Mandanten, mit denen ich gewöhnlich zu tun hatte, lag er damit nach meinem ersten Eindruck über dem Durchschnitt.

Als ich wissen wollte, was der Ermittler denn mit dem Hinweis auf seine Familie gemeint haben mochte, sackte er ein wenig zusammen.

»Kranke Frau«, sagte er, »kranke Mutter.« Wie viele Anwälte, die sich auf Schadensersatz und Fälle von Körperverletzung spezialisiert haben, führte Feaver einen ständigen Krieg gegen das medizinische Establishment, und so war er zu einer Art wandelndem medizinischem Wörterbuch geworden. Seine Mutter lebe im Pflegeheim. »Apoplex«, erklärte er fachmännisch. Also Schlaganfall. Seiner Frau Lorraine gehe es noch schlimmer. Vor fast zwei Jahren habe man bei ihr ALS, Amyotrophische Lateralsklerose, diagnostiziert, auch Lou-Gehrigsche Krankheit genannt, und die führe mit Sicherheit in Form einer Bulbärparalyse zur totalen Lähmung und schließlich zum Tod.

»Sie hat vielleicht noch ein Jahr, bis es wirklich schlimm wird. Genau weiß das keiner.« Er zeigte eine stoische Ruhe, doch sein Blick blieb starr auf den Teppich gerichtet. »Ich meine, ich kann sie nicht verlassen. Allein aus praktischen Überlegungen heraus. Es gibt sonst niemanden, der sich um sie kümmern könnte.«

Das hatte der Ermittler gemeint. Entweder würde Feaver reden oder hinter Gittern sitzen, wenn seine Frau den Zustand völliger Hilflosigkeit erreichte oder schließlich starb. Diese Aussicht bedrückte uns beide.

Wir schwiegen, und ich griff nach der Karte, die Feaver vor mir auf den Schreibtisch gelegt hatte. Ohne sie hätte ich ja noch bezweifelt, dass Robbie den Mann vor seiner Haustür auch richtig erkannt hatte. Der Bundesanwalt, dem zweiundneunzig Staatsanwälte unterstanden und der sich um einige hundert Fälle kümmern musste, würde sich nicht so ohne weiteres höchstpersönlich eines schlichten Falls von Steuerhinterziehung annehmen, nicht einmal dann, wenn er einen erfolgreichen Schadenersatzanwalt betraf. Was immer Sennett letzte Nacht vor Robbies Haus getrieben hatte, es musste mehr als eine Lappalie gewesen sein.

»Was meinte Sennett damit«, fragte Feaver, »als er sagte, George Mason sei eine ›interessante Wahl‹? Kann er Sie nicht riechen, oder hält er Sie für einen kleinen Fisch?«

Das sei etwas komplizierter, gab ich zurück. Ich sei der Meinung, Stan würde mich unter bestimmten Umständen als engen Freund bezeichnen.

»Das ist doch nicht schlecht, oder?«, fragte Feaver.

Bei Stan Sennett war ich da nie so sicher.

Manchmal sind wir Freunde, sagte ich. Rivalen sind wir immer.

2

Wie bei hochrangigen Amtsträgern üblich, hatte das persönliche Büro des Bundesanwalts gewaltige Ausmaße. Der grobe Teppichboden war zwar hier und da schon etwas zerschlissen, und die Vorhänge aus grünlicher Rohseide an der Fensterfront nach Norden hingen sicher schon seit den Fünfzigerjahren dort. Aber die Räumlichkeiten waren so weitläufig, dass man sie fast in Hektar messen konnte. Es gab ein eigenes Bad mit Dusche und ein kleineres Arbeitszimmer, in das man sich zurückziehen konnte. Auf der einen Seite des Hauptraums stand ein wuchtiger Konferenztisch aus dem Regierungsfundus. Gegenüber am anderen Ende präsentierten sich in einer langen Reihe von Mahagoni-Vitrinen diverse gefährdete Tierarten. Inspektoren von der Naturschutzbehörde hatten sie bei illegal arbeitenden Präparatoren beschlagnahmt: einen Weißkopfseeadler zum Beispiel, eine gesprenkelte Schlange, daneben so etwas wie einen Krallenaffen. Hinter einem Schreibtisch von den Ausmaßen eines Sarkophags erhob sich Stan Sennett, ein Exemplar dieser kleinen, dunkelhaarigen, umtriebigen Männer, denen man ständig auf den Gerichtsfluren über den Weg läuft.

»Hey, Georgie«, begrüßte er mich. Seine außergewöhnlich freundliche Stimmung rührte wohl daher, dass er es kaum erwarten konnte, mit mir über Feaver zu reden.

»Ein schreckliches Zeug«, bemerkte ich zu seiner Sekretärin, als sie Kaffee anbot. Wir hielten uns ein paar Minuten bei persönlichen Dingen auf. Stan zeigte mir Fotos von seinem einzigen Kind, Asha, einem dreijährigen Mädchen mit dunklem Haar und wonnig anzuschauen. Nach vielen vergeblichen Bemühungen, der eigenen

Fruchtbarkeit auf die Sprünge zu helfen, inklusive In-vitro-Fertilisation, hatten es Stan und Nora Flinn, seine zweite Frau, adoptiert. Ich berichtete von den gemächlichen Fortschritten meiner beiden Söhne beim Absolvieren der höheren Lehranstalten und prahlte ein bisschen mit meiner Frau Patrice. Sie war Architektin und gerade als Siegerin aus einem internationalen Wettbewerb um den Entwurf für ein Aufsehen erregendes Kunstmuseum in Bangkok hervorgegangen. Stan, der 1966 in Thailand stationiert gewesen war, erzählte mir ein paar muntere Geschichten über das Land.

In gelockerter Stimmung konnte Stan Sennett ein heiterer, äußerst geistreicher Mann sein, ein amüsanter Sammler von sonderbaren Anekdoten und ein kluger Beobachter der Machtspielchen und Drohgebärden der hiesigen Politiker. Ansonsten hatte man es bei ihm mit einer komplizierten Mixtur von Mensch zu tun – hier ein Tausend-Megahertz-Verstand, dort eine geballte Ladung Emotionalität, an der sich sein Gegenüber schon fast versengt hatte, bevor Stan noch die Lider senken konnte.

In unserem Jahrgang hatte er die Easton Law School als Bester abgeschlossen. Als Anwalt kann man sein Leben lang im Windschatten seines Law-School-Erfolgs segeln. Doch Stan hatte die Einkommensmöglichkeiten und politischen Spitzenpositionen, die Washington gewöhnlich für Juristen seines intellektuellen Kalibers bereithält, links liegen gelassen. Er war mit Leib und Seele Staatsanwalt. Nach seiner Arbeit für Richter Burger am Obersten Bundesgericht war er ins Büro der Staatsanwaltschaft von Kindle County zurückgekehrt. Wegen seiner unbestreitbaren Verdienste stieg er schließlich zum Stellvertreter von Raymond Horgan auf. In den frühen Achtzigern war er nach der Scheidung von seiner ersten Frau in den Dienst des Justizministeriums getreten. Zuerst ging er nach San Diego und wurde dann in die Hauptstadt nach D. C. gerufen, bevor ihn Präsident Bush zum Bundesanwalt ernannte. Hier in Kindle County verfügte er über beste Beziehungen zu den örtlichen Sicherheitskräften, und politische Ambitionen konnte ihm niemand nachsagen. Aller Voraussicht nach würde er seine vierjährige Amtszeit, die nächstes Jahr endete, hinter sich bringen, ohne bei den politischen Kabalen und Rivalitäten Schaden genommen zu haben, die nach dem Tod unseres legendären Bürgermeisters und County-Politikers Augustine Bolcarro ausgebrochen waren.

Wie die meisten Menschen hütete ich mich vor jenem Stan Sennett, der einem mehr als gefährlich werden konnte. Aber als Juristen saßen wir stets im selben Boot. Als Studenten hatten wir uns die Arbeit geteilt: Er machte mich mit den tieferen rechtlichen Dimensionen der Fälle vertraut, die wir studierten. Ich wiederum war, soweit ich weiß, der Erste, der ihm sagte, dass ein Gentleman den Schlips nicht in die Hose steckt. Bei der Ausübung unserer Berufe gingen wir dann entgegengesetzte Wege. Er wurde Staatsanwalt, während ich als State Defender, also als Landesanwalt im Dienst des County anfing. Zu jeder Zeit verband uns eine gegenseitige Bewunderung, die an Neid grenzte. Die »gute Kinderstube«, die ich zufällig genossen hatte, war in meinen Augen bloße Fassade und damit stets eher eine Art Last, für Sennett aber offenbar ein Ideal. Ich glaube, nach Stans Ansicht schlossen persönliche Aufrichtigkeit und Charme einander aus. Von Anfang an beeindruckten mich seine Fähigkeiten und insbesondere seine ausgeprägte Überzeugung, dass er einen höheren Auftrag zu erfüllen hatte.

Einige Verteidiger-Kollegen, zum Beispiel mein Freund Sandy Stern, kamen mit Sennetts Berufung auf die »höheren Werte« und seinen oft plumpen Methoden nicht zurecht – wie zum Beispiel seinem spätabendlichen Überraschungsbesuch bei Feaver. Doch in meiner Zeit erlebte ich Stan als den ersten Bundesanwalt, der furchtlos seine Unabhängigkeit bewahrte. Mit ihm hatte eine längst überfällige Ära begonnen, in der schmutzige Geschäfte und Gaunereien aller Art nicht mehr geduldet wurden. Schließlich waren diese Methoden seit je als naturgegebene Rechte eines Amtsinhabers hingenommen worden. Auch mit mächtigen Wirtschaftsinstitutionen wie der Moreland Insurance, dem größten privaten Arbeitgeber im Kindle County, hatte er sich angelegt. Er schreckte nicht davor zurück, diese Versicherungsgesellschaft wegen Betrugs zu verfolgen. Kurzum, Stan sah es als seine Aufgabe an, die dunklen Ecken und Winkel des Kindle County mit dem hellen Licht von Recht und Gesetz auszuleuchten. Als sein Freund ertappte ich mich häufig dabei, wie ich ihm heimlich applaudierte – während ich den entsetzten Gesichtsausdruck aufsetzte, den man von einem Verteidiger einfach erwartete.

Schließlich kam er auf meinen neuen Mandanten zu sprechen.

»Für mich schon ein seltsamer Knabe«, sagte Stan mit einem berechnenden Augenzwinkern in meine Richtung. Wir beide wussten, dass Robbie Feaver trotz seiner Armani-Anzüge der typische Kindle-County-Schlawiner blieb, mit waschechtem South-End-Akzent und zu viel Eau de Cologne. »Nein, er ist wohl schon eine Marke. Denn was die da drüben bei der River National mit ihrem Konto inszeniert haben, ist reichlich merkwürdig. Die Kanzlei Feaver & Dinnerstein hat über zehn Jahre ein Jahreseinkommen von weniger als einer Million angegeben. Vier kämen dem Durchschnitt näher. Ich hoffe, du hast das gewusst, George, als du sein Mandat übernahmst.« Dazu huschte ein feines Lächeln über seine Lippen, die angemessene Revanche eines Mannes, der sein Leben lang von einem Regierungsgehalt gelebt hatte. »Ist schon seltsam, dass jemand angesichts solcher Beträge noch bei den Steuerprozenten mogelt, oder?«

Ich zuckte mit den Achseln. Wenn es eine Erklärung gab, so würde sie nur für die Betroffenen einen Sinn ergeben. Aber wie ich mit der Zeit hatte erfahren müssen, konnten nur die Armen ihre Geldwünsche rational begründen.

»Und dann gibt es da etwas noch Seltsameres, George. Es vergehen Monate ohne eine einzige Kontobewegung, und dann sind es zack, mit einem Schlag zehn-, zwanzigtausend Dollar in bar binnen einer Woche. Und in der Zwischenzeit, George, heben sie immer wieder etwas am Geldautomaten ab. Woher also dieser plötzliche Appetit auf Bargeld?«, fragte Stan. »Und wohin ist es dann weitergeflossen?«

Bohrinseln. Drogengeschäfte. Das Übliche. Abgesehen von den so allgegenwärtigen Lastern, die die Strafgesetze des Bundes nicht erfassen.

»Seitensprünge?«, meinte Stan und dachte über diese Alternative nach, die mir noch einfiel. »Und wie! Ihr Knabe bräuchte einen Zähler am Hosenschlitz, um den Überblick zu behalten.« Er rollte mit den Augen, als sei ihm entfallen, dass es die Schwäche für eine seiner Sekretärinnen im Staatsanwaltsbüro gewesen war, die seiner ersten Ehe ein Ende gesetzt hatte. Ich erwähnte Robbies kranke Frau, und Sennett gluckste abfällig. Feaver, meinte er, habe schon seit langem einen Ehrenplatz an der Abschleppmeile unten an der Grand Avenue, wo die teuren Zapfstellen liegen. Aus diesem Grund wurde der Straßenabschnitt auch gern die »Street of Dreams« genannt.

»Aber Mort ist ein solider Familienvater«, fügte er hinzu. »Während Ihr Knabe mehr Betten kennt als ein Zimmermädchen im Hotel. Der zahlt keinem Partygirl die Wohnung. Dahin verschwindet also kein Geld. Möchtest du meine Theorie hören, George? Ich glaube, es ist das Bargeld, das sie verstecken, nicht das Einkommen.«

Sennett bog eine Büroklammer auf und zwirbelte sie zwischen den Fingern. Selbstgefällig hockte er da hinter seinem riesigen Schreibtisch wie ein fetter Hauskater. Das war der echte Stan, der Junge mit dem dunklen Haarschopf, der ständig darauf brannte, sich und der Welt zu beweisen, dass er der gescheiteste Kerl war, den er kannte. Das Licht der Welt hatte er als Constantine Nicholas Sennatakis erblickt. Aufgewachsen war er in den Hinterzimmern eines Familienrestaurants. »Das war meine Umgebung«, hatte er mir einmal an der Law School trocken erklärt. »Die Speisekarten in diesen Schmutz abweisenden Plastikhüllen und immer ein Familienmitglied hinter der Registrierkasse.« Bei seiner Amtseinführung als Bundesanwalt wurde er sentimental und erzählte, wie schwer es seine Eltern gehabt hätten. Aber im Wesentlichen hatte er dieses ganze ethnische Theater mit einem ordentlichen Schuss Selbstbewusstsein hinter sich gelassen. In der Öffentlichkeit war Stan einer, der sich bis in die Fingerspitzen unter Kontrolle hatte. Privat, unter Freunden und Kollegen, spielte er gern den Mürrischen, dem nichts mehr fremd war und der allen Schmutz dieser Welt kannte. Doch für mich blieb Stan, wenn er das auch sehr gut kaschieren konnte, das Einwandererkind, das erbittert um seinen Platz in der

Gesellschaft kämpfte. Oft schien es für ihn bei einem einzigen Fall um alles oder nichts zu gehen, so als sei es seine unwiderrufliche Pflicht, jede Gelegenheit zu nutzen, um weiterzukommen. Was dazu führte, dass er unter Niederlagen weit mehr litt, als er seine vielen Siege genießen konnte. Aber eines wusste er: Bei diesem Fall würde er gewinnen.

»Willst du mich gar nicht fragen, wie ich über diese Typen und ihre private Bargeldmaschine gestolpert bin?« Das hätte ich bestimmt schon getan, wenn ich auf eine Antwort hätte hoffen können. Doch offensichtlich regte ihn der heutige Fall zu sehr an, als dass er sich auf seine gewohnte Verschwiegenheit zurückziehen mochte. »Unsere Freunde von der Moreland Insurance waren es«, sagte Stan. »Die haben die beiden an den Hammelbeinen gepackt.«

Auf den Gedanken hätte ich auch selbst kommen können. Stans Aufsehen erregende Ermittlungen in den Achtzigerjahren gegen die Moreland Versicherungsgesellschaft wegen diverser betrügerischer Verkaufsmethoden hatten zu einer gesalzenen Geldstrafe geführt: Über dreißig Millionen Dollar waren fällig geworden. Auch Bewährungsstrafen waren ausgesprochen worden. In deren Verlauf war ihnen gar nichts anderes übrig geblieben, als mit der Bundesanwaltschaft zu kooperieren und alles wieder gutzumachen, was sie verbrochen hatten. Und auch sonst auszupacken. Kein Wunder, dass Moreland die Gelegenheit gleich nutzte, sich nicht nur selbst zu bezichtigen, sondern auch ihren natürlichen Feinden am Zeug zu flicken, also all jenen Anwälten, die sie berufsmäßig mit Zivilklagen zu überziehen pflegten.

Bei fast jeder Klage auf Schadensersatz ist der eigentliche Beklagte eine Versicherungsgesellschaft. Da bringt einer seinen Nachbarn vors Gericht, weil von dessen Grundstück ein Baum auf das eigene Dach gefallen ist. Aber es ist seine Versicherung, die den Schaden zu begleichen hat, zu dem Zweck ihre Anwälte auffährt und sich oft genug von den Anwälten der Gegenseite in die Ecke gedrängt sieht. Mir war klar, dass man aller Wahrscheinlichkeit nach über einen Scheck von Moreland Insurance an Feaver & Dinnerstein aus den vergangenen Jahren deren geheimem Bankkonto auf die Spur gekommen war. Und unglücklicherweise hatten die Moreland-Unterlagen mehr als nur das enthüllt.

»Dein Mandant ist ein ziemlich harter Gegner«, sagte Stan. »Irgendwie ist es Moreland noch nie gelungen, bei einem wichtigen Fall gegen ihn und seinen Partner zu gewinnen. Inzwischen hat die Versicherung gelernt, sich mit ihnen zu vergleichen. Und das vor allem, weil jedes Verfahren, in dem deinem Mandanten eine sechsstellige Summe vorschwebt, stets vor derselben Hand voll Richtern landet. Und weißt du, was das heißt? Wir haben uns durch die Gerichtsakten gewühlt und sind schon bald auf ein Muster gestoßen, das auch für andere Versicherungen gilt. Immer wenn Feaver & Dinnerstein großen Zahltag vermuten, läuft das gleiche Schema ab: Entscheidungen zu Ungunsten der Versicherungen. Zumindest einträgliche Vergleiche. Und stets sind es dieselben vier ehrenwerten Organe der Rechtsprechung, mein lieber George, denen die Fälle zugeteilt werden. Und das, obgleich sie angeblich immer nach dem Zufallsprinzip ausgewählt werden und obgleich die Zivilabteilung des Gerichtes über immerhin neunzehn Richter verfügt.« Sennett sah mich scharf an. »Verstehst du, worauf ich hinauswill, George? Wohin das Geld fließen könnte?«

Ich wusste es. Durch die Gänge der Gerichte von Kindle County waberten Gerüchte über seltsame dort ablaufende Geschäfte. Das war schon so gewesen, als ich von der Law School hierher gezogen war. Aber nie konnten hieb- und stichfeste Beweise vorgelegt werden. Die geschmierten Richter seien sorgsam abgeschirmt, hieß es. Die Gelder flössen über Mittelsmänner, man verständige sich über Codewörter. Und die zahlenden Anwälte hielten natürlich den Mund. Es ging das Gerücht, es handele sich um eine kleine Gruppe, eine alteingesessene verschworene Gesellschaft. Deren Ursprünge reichten Jahrzehnte zurück bis zu Highschool-Zeiten oder hatten ihre Wurzeln in Glaubensgemeinschaften, Beziehungen zur Staatsanwaltschaft, als es um diese auch noch nicht zum Besten bestellt war, in Studentenverbindungen und sogar in Kontakten zur Unterwelt. Und stets hatte eine überhitzte Parteipolitik diese Bande noch gefestigt.

Verdächtigungen dieser Art wurden immer wieder einmal von griesgrämigen Verlierern vor den Gerichten des Kindle County geäußert. In meinen naiveren Zeiten war ich jedoch noch bereit gewesen, dieser Kritik wenig Bedeutung zuzumessen und zu glauben, dass schlichte Vetternwirtschaft die offensichtlichen Begünstigungen erklärte und nicht etwa bares Geld. Im Laufe der Jahre war ich wiederholt – wie jeder andere Anwalt auch – Zeuge derartiger Machenschaften geworden. Im Interesse meines Mandanten war ich mittlerweile nicht mehr so blauäugig.

»Und ich sage dir, was meinen Verdacht endgültig erhärtet«, sagte Stan. »Morton Dinnersteins Onkel ist Brendan Tuohey.« Sennett machte eine Pause, um den Namen auf mich wirken zu lassen. »Brendans ältere Schwester ist Morton Dinnersteins Mutter. Sie hat Brendan aufgezogen, nachdem die Mutter der beiden den Löffel abgegeben hatte. Er hängt sehr an ihr. Und an ihrem Sohn. Für mich sieht es so aus, als habe Tuohey seinen Neffen Morty wirklich tatkräftig unterstützt.«

Wie Stan erwartet hatte, war ich überrascht. Als ich in den späten Sechzigern ins Kindle County gezogen war, galt eine Heirat zwischen einer Tuohey und einem Dinnerstein noch als eine Art verpönter Rassenvermischung. Um aber wieder auf den Punkt zu kommen, Brendan Tuohey war jetzt Vorsitzender der Zivilabteilung, an der alle Schadensersatzfälle verhandelt wurden. Als ehemaliger Cop und zeitweiliger Stellvertretender Bezirksstaatsanwalt war er inzwischen berühmt für seine ausgeklügelten politischen Beziehungen, seine allgemeine Verbundenheit mit der irisch-stämmigen Bevölkerung und seine gelegentlich hemmungslose Bösartigkeit. In den meisten einschlägigen Kreisen, etwa bei den Zeitungsreportern, galt er als fähiger Mann, hart, aber fair. Tuoheys Name fiel am häufigsten, wenn darüber spekuliert wurde, wer die Nachfolge des greisen Richters Mumphrey antreten und somit die weit reichenden Befugnisse eines Präsidenten des gesamten Obersten Gerichts von Kindle County in Händen halten würde. Während meiner Zeit als Vorsitzender der Anwaltskammer hatte Brendan mich immer freundlich und zuvorkommend behandelt. Doch Stan und ich konnten uns beide an Tuoheys Amtsführung in der Abteilung für Kapitalverbrechen erinnern, als sich hartnäckig Gerüchte hielten, ein Toots Nuccio, immerhin ein stadtbekannter Großdealer, ginge in seinem Büro ein und aus.

Vorsichtig fragte ich Stan, ob er es denn für fair halte, Robbie Feaver wegen der Verwandten seines Partners zu verurteilen. Doch inzwischen hatte Sennett die Geduld verloren, da er mein Verhalten als Hinhaltetaktik wertete.

»Mach du deinen Job, George. Und ich mache meinen. Rede mal mit dem Knaben. Da ist was im Busch. Das sehen wir doch beide. Wenn er fromm und brav ist, können wir ihm helfen. Gibt er nichts zu, schicke ich ihn wegen Verschleierung ins Gefängnis. Solange ich kann. Und bei diesem Konto und diesen Summen kommen wir da schon auf ein paar Jährchen. Jetzt hat er seine Chance. Nutzt er sie nicht, komm mir nicht in einem halben Jahr angekrochen und sing mir das Klagelied von seiner armen Frau und ihrem schrecklichen Gesundheitszustand.«

Stan drückte das Kinn auf die Brust und sah mich grimmig an. Jetzt war er der Stan Sennett, den die wenigsten mochten. Mit dem sie am wenigsten klarkamen. Hinter seinem Fenster schwenkte einen Block entfernt der Ausleger eines riesigen Baukrans durch die Luft. An ihm hing ein Balken, auf dem rittlings ein todesmutiger Arbeiter saß. In dieser Stadt wurden solche Tätigkeiten ausnahmslos von Indianern durchgeführt. Sie kannten, wie jeder wusste, einfach keine Furcht. Ich beneidete sie. Irgendwie hatte der Tod meines Vaters mir empfindlich klargemacht, wie ängstlich ich von Kindheit an gewesen war.

Stan hielt mein Schweigen für ein Zeichen von Geringschätzung. Gelegentlich empfand ich es als wohltuend für unsere Freundschaft, dass meine Meinung ihn auch einmal verletzen konnte, vielleicht weil er wusste, dass ich meist sehr positiv über ihn dachte.

»Bist du böse auf mich?«, fragte er.

Nicht mehr als sonst, versicherte ich ihm.

Er verzog den Mund und stand auf. Vermutlich wollte er mich

zur Tür begleiten. Stan war berühmt für seine abrupte Art, Gespräche zu beenden. Doch diesmal blieb er vor seinem Mahagoni-Schreibtisch stehen und lehnte sich mit dem Rücken gegen die Vorderkante. Da fiel mir ein, dass ich ihn schon immer fragen wollte, wie er es schaffte, nachmittags um halb fünf noch immer im glatt gebügelten, weißen Hemd ohne alle Knitter und Falten dazustehen. Doch wie immer war jetzt wohl nicht der richtige Zeitpunkt.

»Hör mal«, sagte er, »ich möchte dir eine Geschichte erzählen. Einverstanden? Sie wird dich umhauen, mach dich also auf etwas gefasst. Hast du jemals gewusst, wann mein Entschluss, Staatsanwalt zu werden, gefallen ist?«

Ich kannte die Geschichte wohl noch nicht.

»Na gut, ich erzähle sie auch nicht oft. Aber jetzt werde ich es tun. Es hat mit Petros, dem Bruder meines Vaters, zu tun. Wir Kinder nannten ihn Peter. Onkel Peter war das schwarze Schaf. Er führte kein Restaurant wie wir, sondern besaß einen Zeitungsstand.« Stan meinte das witzig und gestattete sich ein nicht ganz so verkniffenes Lächeln. »Wenn einer von schwerer Arbeit redet – ich höre hier schon mal Klagelieder von jungen Anwälten, dass man an manchen Sachen ganze Nächte sitzt –, dann kann ich dir nur eines sagen, mein Freund, das war harte Arbeit. Morgens um vier Uhr raus aus dem Bett. Bei jedem Wetter in dieser kleinen Bude an der Ecke stehen. Bei Eiseskälte, Regen, Graupel. Jeden Tag. Zeitungen austeilen, Pennys einnehmen. Zwanzig Jahre lang hat er das gemacht. Als er dann fast vierzig war, hatte es Petros so weit geschafft, dass er sich nach etwas anderem umschauen konnte. Ein paar Kumpel von ihm hatten eine Tankstelle drüben an der Ecke Duhaney und Plum. Mitten in Center City. Sie war eine Goldgrube. Und die Besitzer gaben sie auf. Petros kaufte sie ihnen ab. Jeden Cent, den er hatte, steckte er hinein, all seine Ersparnisse aus zwanzig Jahren Schinderei. Und dann stelle sich natürlich heraus, dass es da ein paar Dinge gab, die Onkel Peter nicht wusste. Zum Beispiel die Tatsache, dass diese Ecke und der ganze verdammte Block von den Stadtplanern von Center City zur Enteignung vorgesehen waren. Nur zwei oder drei Tage, nachdem Onkel Peter seinen Stand geschlossen hatte, ging der Plan an die Öffentlichkeit. Ich sage dir, es war ein absoluter, dreckiger Betrug, und die Behörden von Kindle County steckten dahinter. Alles, was der arme Kerl besessen hatte, war mit einem Schlag weg. Jede einzelne Drachme.«

Stan zuckte mit den Schultern. »Ich war damals ein kleiner Junge. Aber ich hatte, verdammt noch mal, in Staatsbürgerkunde aufgepasst. Warum gehst du nicht vor Gericht, Onkel Peter, sagte ich, und klagst? Er sah mich nur an und lachte. ›Ein armer Mann wie ich?‹, sagte er. ›Ich habe kein Geld, um mir einen Richter zu kaufen.‹ Er sagte nicht: ›Ich kann mir keinen Anwalt leisten.‹ Obwohl er das tatsächlich nicht konnte. Aber er wusste nur zu gut, dass jeder, der schon im Voraus erfahren hatte, was im Stadtentwicklungsplan für Center City stand, vor dem Obersten Gericht von Kindle County nicht verlieren würde. Da beschloss ich, Staatsanwalt zu werden. Nicht bloß Anwalt. Ankläger. Ich wusste plötzlich, es war das Beste, was ich tun konnte. Ich würde dafür sorgen, dass die Petros' dieser Welt nicht mehr übers Ohr gehauen werden. Ich würde die korrupten Richter schnappen und die Anwälte, von denen sie sich schmieren ließen. Und all die anderen üblen Burschen, die die Welt so hundsgemein und unfair machten. Genau das habe ich mir damals mit dreizehn geschworen.«

Stan brach ab und schöpfte Atem. Abwesend fuhr er mit den Fingern über die Brandschnitzerei am Schreibtischrand. Stan Sennett in seinem Element. Er war sich seiner Wirkung bewusst.

»So oder so, dieser Misthaufen stinkt in diesem County schon zu lange zum Himmel. Zu viele anständige Leute haben die Augen verschlossen in der Hoffnung, dass alles gar nicht wahr ist. Aber es ist wahr. Oder sie haben sich eingeredet, es sei immerhin schon besser als in den zurückliegenden schlechten Zeiten. Was natürlich überhaupt keine Entschuldigung ist.« Er beugte sich vor, um seinen Worten Nachdruck zu verleihen, und mir schnürte es die Kehle zu. Doch was ihn da antrieb, war echte Leidenschaft und kein Vorwurf gegen mich. »Also habe ich aufgepasst. Und gewartet. Und jetzt habe ich meine Chance. Augie Bolcarro ist tot, und seine Machenschaften sollen mit ihm untergehen. Hör mir genau zu: Ich werde diesen Schweinehund Tuohey und seine ganze miese Bande festnageln und seinen Stall ausmisten. Ich habe nicht vor, dem Verein bloß ein paar Trottel aus der unteren Etage auf die Pelle zu schicken und dann zuzusehen, wie Tuohey in einem Jahr zum Obersten Richter im County aufsteigt und sich alles wiederholt, nur eine Nummer größer. So wie es immer gelaufen ist.

Ich weiß, wie die Leute über mich reden. Ich weiß, was sie denken. Aber ich tue das wirklich nicht zum höheren Ruhme Stan Sennetts. Du kennst das Sprichwort? ›Wenn du schon auf den König schießt, dann musst du ihn auch töten.‹«

Das sei frei nach Machiavelli, sagte ich. Stan dachte einen Moment nach, unsicher, ob ihm der Vergleich tatsächlich gefiel.

»Also, wenn ich auf Tuohey schieße und ihn verfehle – wenn ich ihn verfehle, George –, dann bin ich diesen Job los und muss aus der Stadt verschwinden. Das weiß ich. Kein Anwalt, der bei Verstand ist, würde sich auch nur aus der Ferne noch mit mir blicken lassen. Weder sie noch ich würden dann nämlich noch einen einzigen Fuß in dieses Gericht setzen können. Aber ich werde es tun. In jedem Fall. Ich werde dem nicht einfach untätig zusehen. Nicht, solange ich hier ein Wächteramt innehabe. Du wirst mir das nachsehen, George. Bitte. Aber ich habe es meinem Onkel Petros geschworen und all den anderen Menschen in diesem County und diesem Bezirk. Ich tue etwas gottverdammt Richtiges, George.«

3

»Es hat nicht so angefangen, wie Sie glauben«, sagte Robbie Feaver. »Morty und ich sind nicht zu Brendan marschiert und haben gesagt, kümmere dich um uns. Es gab nichts, worum er sich hätte kümmern oder was er für uns hätte einfädeln müssen. Mort und ich hatten uns auf den Bereich ›Schadensersatz‹ spezialisiert und ihn gemeinsam beackert: Forderungen aus kleinen Unfällen, Handwerker-Pfusch und so weiter. Dann bekamen wir vor ungefähr zehn Jahren, sogar noch vor Brendans Ernennung zum Vorsitzenden der Zivilabteilung, die erste reelle Chance, höher mitzuspielen. Es ging um einen ärztlichen Kunstfehler bei einem Säugling. Ein Doc hatte einem Baby bei einer Zangengeburt den Kopf wie eine Walnuss zerquetscht. Es war das übliche Pro und Contra. Ich kriege den Auftrag, 2,2 Millionen zu fordern. Das ruft den Versicherungs-Dachverband auf den Plan, und der bürgt für die Anwaltskosten der beklagten Partei. Die wissen genau, ich bin kein Staranwalt, kein Peter Neucriss. Sie zwingen mich, Geld vorzuschießen, als wüchse es in meinem Hinterhof auf den Bäumen. Ich musste medizinische Experten auffahren. Nicht einen. Vier. Einen Pathologen. Einen Anästhesisten. Einen Kinderarzt. Einen Neurologen. Und eine Fotodokumentation für den Gerichtssaal, alles mehrfach vergrößert. 125 000 Dollar Aufwendungen hatte ich, ein ganzes Stück mehr, als wir uns leisten konnten. Wir marschieren also zur Bank, Mort und ich, und nehmen die zweite Hypothek auf unsere Häuser auf.«

Die Geschichte hörte ich nun zum soundsovielten Mal. Die aktuelle Fassung war an Sennett adressiert, eine Spezialausfertigung, vorgetragen bei einem inoffiziellen Treffen, das Stan die Gelegenheit bot, Robbie persönlich zu taxieren. Eine Woche nach meinem Besuch in Stans Büro saßen wir in einem Tagungsraum des Dulcimer House Hotel, umgeben von feinem Brokat. Reserviert worden war es für uns im Namen einer »Petros-Gesellschaft«. Sennett hatte einen eher fade wirkenden Begleiter namens Jim mitgebracht, Mondgesicht, aber nett. Ich erkannte ihn als FBI-Agenten, noch bevor Stan ihn vorgestellt hatte, denn er trug sogar an einem Sonntagnachmittag eine Krawatte. Alle saßen gespannt nach vorn gebeugt in feinen Armsesseln mit medaillonförmigen Rückenlehnen, während Robbie neben mir auf dem Sofa erzählte.

»Der Richter, dem unser Fall zugeteilt war, hieß Homer Guerfoyle. Also, ich weiß nicht, ob Sie sich an Homer erinnern. Er ist schon lange tot. Aber er war reines, altes Kindle-County-Gewächs, ein Lakai, Sohn eines Alkoholschmugglers, den sie bei der Beerdigung regelrecht in den Erdboden rammen mussten, so ein verdammter Gauner war er. Aber als er es schließlich auf die Richterbank geschafft hatte, hielt er sich plötzlich für einen Lord im Oberhaus. Kein Scherz. Man hatte immer das Gefühl, er hätte sich lieber mit ›Euer Lordschaft‹ ansprechen lassen als mit ›Euer Ehren‹. Seine Frau war tot, und so tat er sich mit einer einige Jahre älteren Dame aus der besseren Gesellschaft zusammen, ließ sich ein schütteres Schnurrbärtchen wachsen, ging in die Oper und trug im Sommer auf der Straße immer einen steifen Strohhut.

Gut. Nun zur Gegenseite. Auf der steht Carter Franch, ein feiner Pinkel, Groton und Yale. Guerfoyle behandelte ihn wie ein höheres Wesen. Als genau den Mann, der Homer selbst so gern gewesen wäre. Er ist ganz Auge und Ohr, welchen Quark Franch auch immer gerade von sich gibt. Eines Morgens treffen sich Mort und ich mit Brendan zum Frühstück und jammern ihm vor, wie sich dieses Verfahren entwickle und was für ein wichtiger Fall das sei, dass wir nicht ungeschoren aus der Sache hervorgehen würden und am Ende ohne Haus und Hof dastünden. Zwei Greenhorns, die Mortys klugem alten Onkel von ihren Problemen erzählen. ›Na ja‹, meint Brendan, ›ich kenne Homer seit Jahren. Er hat für uns innerhalb der Boylan Organization Wahlkreise betreut. Homer ist in Ordnung. Ich bin sicher, er wird für einen fairen Prozess sorgen.‹«

»Nett, dass *er* das glaubt«, sagte Robbie. Feaver blickte auf, und wir lächelten alle beipflichtend, um ihn zum Weiterreden zu ermuntern. »Unser Fall lässt sich gut an. Keine Rückschläge. Kurz bevor wir unseren letzten Gutachter präsentieren, der vortragen soll, wie eine vernünftige Zangengeburt durchzuführen ist, rufe ich den beklagten Doc in den Zeugenstand, nur um ihn über ein paar technische Dinge zum Ablauf zu befragen. Zuletzt stelle ich ihm natürlich die übliche Gretchenfrage: ›Würden Sie es noch einmal so machen?‹ ›Nicht angesichts dieses Ergebnisses‹, sagt er. Nicht schlecht. Wir beenden das Verhör, und bevor die Verteidigung beginnt, stellen beide Seiten die Standardanträge auf einen Spruch der Geschworenen gemäß richterlicher Belehrung – und, schlagen Sie mich tot, Guerfoyle folgt meiner Linie. Robbie gewinnt ein Haftpflichtmatch durch technischen K. o.! Der Arzt habe schuldhaft gehandelt, sagt Homer. Er habe mit seiner Aussage, die Zange nicht noch einmal einsetzen zu wollen, praktisch zugegeben, dass er nicht die angemessene Vorsicht walten gelassen habe. Nicht einmal ich hatte etwas in der Art unterstellen wollen. Carter Franch reißt sich fast das Herz aus der Brust, aber nachdem es nur um einen reinen Schadensfall geht, kann er gar nicht anders als sich vergleichen. 1,4 Millionen. Das sind dann an die 500 000 für Morty und mich.

Zwei Tage später stehe ich wieder vor Guerfoyle und stelle in einer anderen Sache einen Antrag. Und er bestellt mich kurz ins Richterzimmer. ›Also, das ist doch prima für Sie ausgegangen, Mr. Feaver.‹ Blablabla. Ich denke, mich tritt ein Pferd. Ich kapiere nichts. Absolut nichts. Wie soll ich mit so etwas umgehen? Bleibt mir nur übrig zu sagen: Danke, Euer Ehren, vielen Dank, ich weiß das wirklich zu schätzen, wir haben hart daran gearbeitet. ›Gut. Bis demnächst mal, Mr. Feaver.‹

Am nächsten Wochenende zieht Kosic, einer von Brendans Leuten, Morty bei einem Familienschwof in eine Ecke und meint: ›Was spielt ihr Jungs denn da mit Homer Guerfoyle für üble Spielchen? Wir haben viel für Homer übrig. Ich habe dafür gesorgt, dass er erfährt, dass Sie Brendans Neffe sind. Es passt uns ganz und gar nicht, wenn ihr Jungs keinen Respekt vor ihm habt.‹ Am Montag treffe ich Mort im Büro, und wir sehen uns nur stumm an. ›Üble Spielchen?‹ – ›Respekt?‹

Können Sie sich vorstellen, was als Nächstes passiert? Ich gehe hin, präsentiere den Vergleichsantrag, und Guerfoyle weigert sich, ihn zu unterzeichnen. Er sagt, er habe noch einmal über den Fall mit dem Doc nachgedacht. Ganz für sich allein. Er habe sich überlegt, dass es vielleicht besser wäre, die Jury entscheiden zu lassen, ob der Doc seine Verantwortung nun eingestanden habe oder nicht. Selbst Franch staunt nicht wenig, weil der Richter sich während der Verhandlung noch taub gestellt hatte, als Franch genau in die Richtung argumentierte. Also vertagen wir die Verhandlung, um uns neu zu munitionieren. Als ich den Saal verlasse, schüttelt Ray Zahn, Homers Gerichtsdiener, nur den Kopf.

Und so sitzen diese beiden Greenhorns, also Mort und ich, da und sondieren die Lage. He, Mort, glaubst du, er will Geld? Klar, Rob, das glaube ich. Er will Geld. Irgendwer musste Homers neuen Lebensstil ja finanzieren, nicht?

Gut, wir grübeln einen Tag, dann kommt Morty zu mir und sagt Nein. Einfach: Nein. Kommt nicht in Frage. Kein Wie und kein Was. Er habe nicht geschlafen, knurrte er dreimal und legte los. Im Vergleich zu dem hier sei das Gefängnis ja eine Erholung.

So ist Morty. Einfach zu schwache Nerven. Als er das erste Mal vor der Richterbank stand, fiel er fast in Ohnmacht. Damit liegt die ganze Last auf Robbies Schultern. Doch was sollte ich nun tun? Kommen Sie mir jetzt nicht mit den Weisheiten des Konfuzius. Hier geht's ums richtige Leben. Sollte ich jetzt ein Honorar von 490 000 Dollar plus ein paar Zerquetschte in den Wind schießen, nach Hause gehen und die Koffer packen? Sollte ich hingehen und den Eltern von diesem verunstalteten Kind erzählen: Tut mir Leid, euch falsche Hoffnungen gemacht zu haben mit dieser Million Scheine, die ihr kriegen solltet. Da müssen wir wohl high gewesen sein, nicht? Wie lange würden sie Ihrer Meinung nach brauchen, bis sie einen neuen Anwalt hätten, dessen Versprechungen sie trauen konnten? Was, zum Teufel, bedeutete das für Mortys Onkel? Und was würde aus uns? Verlierer sind in dieser Stadt nicht sonderlich beliebt. Also, Morty hin, Morty her, es gibt nur eine einzige Frage zu beantworten, wie beim Trinkgeldgeben in Europa. Wie viel ist genug? Und von wem erfährst du das? Es ist wirklich komisch. Wo findet man einen College-Kurs in Bestechung, wenn man ihn so bitter benötigt? Also marschiere ich zur Bank und hebe 9000 ab, denn bei mehr als 10 000 melden sie es ans FBI weiter. Wegen Geldwäsche und so. Ich schiebe es zu unseren Anträgen in einen Umschlag und gebe ihn Ray, dem Gerichtsdiener. Mein Mund ist so trocken, dass ich nicht einmal mehr eine Briefmarke hätte anfeuchten können. Was, zum Teufel, soll ich nur sagen, wenn wir das alles falsch interpretiert haben. »Ach Gott, das habe ich gerade von meiner Bank geholt: Ist wohl aus Versehen drin geblieben«? Ich hatte den Umschlag so dick mit Klebstreifen verkleistert, dass er zum Öffnen eine Handgranate brauchte, und ich sagte zu Zahn: Bitte, achten Sie darauf, dass Richter Guerfoyle das hier persönlich bekommt, und sagen Sie ihm, es tut mir Leid wegen des Missverständnisses. Dann gehe ich zum Aufruf zu einem Sammeltermin in einen anderen Verhandlungssaal, und als ich wieder rauskomme, wartet Zahn im Gang auf mich und schaut mich verdammt ernst an. Dann geht er einige Schritte neben mir her. Man konnte bei Gott hören, wie meine Socken in den Schuhen quietschten. Schließlich legte er den Arm auf meine Schulter und flüsterte: »Nächstes Mal vergessen Sie mich nicht.« Und dann reicht er mir den von Homer unterzeichneten Vergleich und den Einstellungsbeschluss.« Noch jetzt, zehn Jahre danach, raufte sich Feaver vor Erleichterung die wohl frisierten Haare, die ihm in blauschwarzen Wellen über den Kragen fielen.

»So war das. Für Morty erfand ich die Geschichte, Guerfoyle habe anscheinend gemerkt, dass wir an eine Berufung gegen seine Entscheidung dachten, und gekniffen. Dann ging ich zu Brendan und machte meinen Kratzfuß vor seiner Ehrenwache, sprich: seinen Kumpanen Rollo Kosic und Sig Milacki. Im Hinausgehen sagt Sig zu mir: ›Wann immer Sie wieder so einen besonderen Fall haben, rufen Sie mich an.‹ Von da an lief das so.«

Für das, was dann an unvermeidlichen Machenschaften folgte, hatte Robbie nur noch ein Achselzucken übrig. Er sah uns prüfend an, wie er bei uns wohl angekommen sein mochte. Ich schlug ihm vor, auf einen Kaffee hinauszugehen. Robbie war noch nicht aus der Tür, da verdrehte Sennett die Augen.

»Was er über Mort sagt, ist ein Märchen«, meinte er.

Ich blickte ihn mit großen Augen an und markierte den Überraschten, dabei hatte ich mir meinen Mandanten privat schon ganz schön vorgenommen. Trotzdem schwor Feaver Stein und Bein, Dinnerstein habe zehn Jahre lang keine Ahnung gehabt. Genau das habe Brendan Tuohey, der seinen Neffen so abgöttisch liebte, gefallen. Als Partner habe Mort immer die Hälfte vom Gewinn aus Tuoheys Schiebereien bekommen, aber null Risiko getragen. Nur Robbie habe die Richter mit den Geldkuverts beliefert.

Laut Feavers Ausführungen war Mort nicht einmal über Sinn und Zweck des geheimen Kontos bei der River National Bank informiert. In vielen Berufen – Krankenpfleger, Bestattungsunternehmer, Cop – müssen Menschen jemandem, der schwer verletzt oder ernsthaft geschädigt wurde, einen Anwalt empfehlen. Aus ethischen Gründen darf dieser Anwalt dann mit denen, die ihn empfohlen haben, das Honorar für seine Leistungen nicht teilen. Aber die Krankenschwester oder der Cop, die Robbies Visitenkarte weitergegeben haben, fragen vielleicht doch einmal nach, ob etwas für sie abfällt. Und Robbie war nicht der erste Anwalt, der es für besser hielt, ein paar Scheine weiterzureichen. Ansonsten könnte einer seine Telefonnummer einfach zu leicht wieder vergessen. An die gehe das Bargeld vom Konto auf der River National Bank, hatte Robbie Mort erzählt. (Was ja für einen Teil auch tatsächlich stimmte.) Der Kammerausschuss für Zulassung und Disziplinarangelegenheiten könne, wenn er je davon Wind bekäme, gegen Mort wegen Beihilfe zu diesen Tricksereien disziplinarische Maßnahmen ergreifen. Doch vor einer strafrechtlichen Verfolgung bewahrte Robbies Erklärung Dinnerstein auf jeden Fall, zumindest in unserem Bundesstaat. Nicht einmal die steuerlichen Vergehen wurden für die Staatsanwaltschaft relevant, da Robbie nach seiner Version Mort in dem Glauben gelassen hatte, durch diese anstößigen Praktiken würden die von ihnen nicht deklarierten Einkünfte vollständig aufgebraucht. Für Stan war das alles zu glatt und bequem.

»Er deckt seinen Partner, und das ist dumm. Egal, zu welchem Deal wir am Ende kommen, wenn sich herausstellt, dass er lügt, fängt sich dein Knabe mir nichts, dir nichts ein paar Jahre Knast ein.«

Ich kannte Morton Dinnerstein so gut, wie ich Feaver kannte, das heißt, nicht besonders gut, sondern nur von beiläufigen Begegnungen rund ums LeSueur Building. Soweit ich es überblickte, war er in dem Duo der »Gelehrte«, also derjenige, der die Schriftsätze verfasste, Anträge formulierte, die Akten im Griff hatte, während Robbie für die Auftritte vor Gericht zuständig war. Diese Art von Arbeitsteilung wurde in vielen Sozietäten mit Erfolg praktiziert. Ich war keineswegs so sicher wie Stan, dass Feaver tapfer für seinen Partner den Kopf hinhielt und Gefängnis riskierte. Mort war irgendwie ein Wesen aus einer anderen Welt mit seinem wilden blonden Haar, das langsam dünner wurde und ihm in kleinen widerspenstigen Büscheln wie Streichhölzer vom Kopf abstand. Er hinkte stark, und seine Schüchternheit zeigte sich in einem leichten Stottern und einem ständigen Blinzeln während der langen Pausen, wenn er nach Worten suchte. Morts Arglosigkeit und die lebenslange Symbiose zwischen den beiden Männern ließ es möglich erscheinen, dass Feaver die Wahrheit sagte, und darüber stritt ich längere Zeit mit Sennett, allerdings mit wenig Erfolg.

Die andere Unzulänglichkeit in Robbies Erklärung lag nach Sennetts Ansicht darin, dass Feaver nie direkt mit Brendan Tuohey zu tun hatte. Robbie begriff, dass die stillschweigend vermittelten Arrangements mit einigen Richtern unter dem gewichtigen Einfluss Tuoheys zu Stande kamen. Es ging die Rede – für Feaver war das nicht mehr als ein Gerücht –, dass Brendan »Zinsen« einstrich, einen Anteil dessen, was die Richter von Robbie und ein paar anderen Anwälten erhalten hatten. Das Geld wanderte zu den beiden Gefolgsleuten, die eine klinisch-saubere Barriere zwischen Brendan und allem, was korrupt erscheinen mochte, aufrechterhielten:

Rollo Kosic, der Oberste Gerichtsdiener, die rechte Hand von Tuohey, und Sig Milacki, ein Cop, der früher mit Brendan in den Straßen Streife gefahren war. Um an Brendan heranzukommen, würde Sennett die beiden brauchen – oder einen anderen Zeugen, falls Feaver es schaffte, noch einen ans Messer zu liefern.

»Glauben Sie mir, Stan«, sagte Feaver nach der Rückkehr aus der Cafeteria, »egal, wie sehr Sie Brendan hassen mögen, Sie können auf mich zählen. Ich kenne Brendan ein Leben lang, und ich habe so einiges mitbekommen. Ich mag Morty, aber glauben Sie, mir *gefällt* die Art, wie Brendan mich hier zum Wasserträger degradiert? Abgesehen davon, dass Brendan Leute an der Hand hat, die mir am liebsten die Zunge herausschneiden und sich als Krawatte um den Hals hängen würden, würde ich Ihnen den Kerl nur zu gern auf dem Silbertablett servieren. Nur, ich kann es nicht. Brendan hat Krallen wie eine Raubkatze und ist doppelt auf der Hut. Brendan packen und ihm etwas nachweisen? Viel Glück.«

Sennett fand offenbar Gefallen an dieser Herausforderung. In seinen Augen blitzte für einen Moment die enorme Energie auf, mit der er unvermeidlich auf jeden ernst zu nehmenden Gegner losging. Er nickte Robbie zu und wollte alle Details von ihm hören. Robbie hatte jahrelang viele Richter mit »Aufmerksamkeiten« bedacht. Er erinnerte sich genau an die Umschläge mit den baren Inhalten, die er in Herrentoiletten, Cafeterias und Tavernen in die Hände ausgesuchter Briefboten hatte gleiten lassen oder, allerdings viel seltener, in die der Richter selbst. Trotz Stans Verdacht, dass Feaver Mort deckte, und trotz seiner Enttäuschung, dass Robbie ihn nicht direkt auf Tuoheys Spur führen konnte, sah man doch mit bloßem Auge, wie erregt Sennett war, auch wenn er versuchte, sich so gut wie möglich zu beherrschen.

»Gibt es irgendeinen Grund«, fragte er Feaver kurz vor dem Ende ihres Gesprächs, »warum Sie nicht weiter Ihre ›Aufmerksamkeiten‹ verteilen konnten? Wenn wir Sie so weitermachen ließen und alles so bliebe wie bisher, wären Sie dann einverstanden, dass wir Ihnen eine Wanze verpassen, um die Geldübergaben zu dokumentieren und mir all diese Leute ans Messer zu liefern?«

Das war die Frage, von der wir gewusst hatten, dass sie kommen würde. Das war der Preis, den Feaver auf den Tisch legen konnte, um sich vor dem Gefängnis zu retten. Doch als ihm die Frage jetzt laut und deutlich gestellt wurde, kratzte Robbie sich das lange Kinn und wurde sehr nachdenklich. Ich spürte förmlich, wie ihm das, was ihn an den letzten Abenden beim Gedanken an Sennett und seine »Terrortaktik« aufgewühlt hatte, noch einmal durch den Kopf ging. Er hatte Angst vor der Reihe von grausamen Zwangslagen, in die er geraten würde. Doch dann ließ er, wie es seine Natur war, alle Bedenken fallen. Stattdessen rutschte er auf dem Sofa nach vorn und sah den Bundesanwalt und den leitenden Special Agent an, den ihm D. C. auf den Hals geschickt hatte. Er zeigte keinen Groll. Er sprach nur die bittere Wahrheit aus, zu deren Einsicht man ihn gezwungen hatte.

»Welche Wahl hätte ich denn?«

4

Für alle erfolgreich geführten Verhandlungen gilt, was Tolstoi über unglückliche Familien sagt: Man rauft sich zusammen, aber jedes Mitglied geht doch seiner eigenen Wege. Was seinen Part anging, setzte Feaver sich recht einfache Ziele für einen Handel mit der Regierung. Wenn ich sonst einmal Anwälte vor Gericht vertrat, machten sie sich vor allem Sorgen um ihre Zulassung. Bei Robbie schien das nicht der Fall. Jedenfalls war ihr Entzug wohl unvermeidlich für einen Anwalt, der zugegebenermaßen Richter bestochen hatte. Immerhin war er auf diese Weise inzwischen ein reicher Mann geworden. Und er hoffte, trotz allem und trotz der zu erwartenden Geldbußen und Beschlagnahmungen sein Vermögen retten zu können. Noch wichtiger war ihm allerdings, dem Gefängnis zu entgehen, nicht in erster Linie um seiner selbst willen, meinte er, sondern weil er seiner todkranken Frau auf ihrem schweren Weg bis zum Schluss beistehen wollte.

Sennett wiederum ging es vor allem darum, dass Robbie seine üblen Machenschaften dem Gericht nun auch hieb- und stichfest dokumentierte. Das hieß, er sollte sich mit Mikro und Recorder verkabeln lassen und als Zeuge der Anklage aussagen. Aus dem Grund bestand Stan auch auf einer Verurteilung Feavers. Es würde nämlich dessen Glaubwürdigkeit nur erhöhen, wenn er sich vor einer Jury schuldig bekannte für Taten, die er anderen schließlich auch vorwarf. Doch bevor es so weit war, musste Feavers Rolle im Dienst der Anklage absolut geheim bleiben, vor allem Dinnerstein durfte nichts erfahren, da er sonst womöglich seinen Onkel einweihen würde.

Nach tagelangem Schachern kam folgender Deal zu Stande:

Robbie würde sich in einem Anklagepunkt schuldig bekennen, und zwar der Hintergehung der Öffentlichkeit durch die Bestechung von Richtern. Würde Robbie die erforderlichen Beweise zur Überführung der Richter liefern, würde die Regierung, abweichend von den Richtlinien der Bundesrechtsprechung, einer Gefängnisstrafe auf Bewährung bei Zahlung von 250 000 Dollar Buße zustimmen.

Es war ein für alle Seiten denkbar befriedigendes Arrangement – außer für das Justizministerium, genauer für sein Undercover Operations Review Committee, kurz UCORC genannt, das alle verdeckten Operationen gegen Staatsbeamte kontrollierte. Das UCORC war im Gefolge von ABSCAM entstanden, einer Einrichtung des FBI, die diese Operationen durchführte. Für das Kapitol war sie ein Stachel im Fleisch. Das UCORC sollte deswegen die Besorgnis des Kongresses dämpfen, der unschuldige Bürger durch verdeckte Operationen des FBI gefährdet sah. In unserem Fall machte das UCORC sich Gedanken um jene unschuldigen Bürger, die mit auf Robbies Anklageliste auftauchen würden. Das UCORC vertrat eindeutig die Meinung, die Regierung dürfe keinen Anteil an einer nachteiligen Behandlung der gegnerischen Parteien und ihrer Anwälte haben. Diese hätten vielmehr einen Anspruch darauf, vor Gericht als unbescholtene Bürger aufzutreten.

Sennett flog nach D. C., um gut Wetter für seinen Plan zu machen. Das UCORC war schließlich mit der Lösung einverstanden, dass man Feaver nur eigens konstruierte Scheinfälle vertreten ließ. Man orientierte sich an dem Beispiel von FBI-Agenten, die für ABSCAM schon einmal arabische Scheichs gespielt hatten. Genauso konnten sie jetzt als Parteien und Anwälte in fiktiven Fällen auftreten, bei denen Feaver die Klägerseite vertrat. Doch solche Inszenierungen und Spiegelfechtereien liefen auf eine weit ausgeklügeltere und teurere Operation hinaus, als Sennett sich eigentlich vorgestellt hatte. Also brauchte er Wochen, um dem Justizministerium die notwendigen Mittel und Leute abzuringen. Inzwischen war es Oktober geworden, und plötzlich sagte das UCORC wieder Nein.

Jetzt stieß man sich dort nämlich an dem Problem, dass Robbie Feaver selbst zweifellos ein Straftäter war. Als solchen konnte die Regierung ihn also schwerlich weiter auf Treu und Glauben vor Gericht auftreten lassen. Falls Feaver in einen Schlamassel geriet, wie er bei einem schlitzohrigen Anwalt zu erwarten war, würde das am Ende auf die Regierung zurückfallen. Außerdem bot Sennetts Plan keine Gewähr, dass Robbie nicht weiterhin insgeheim Schmiergelder in den echten Fällen zahlte, mit denen er sich zur Aufrechterhaltung seiner Tarnung befasste.

Kurz gesagt, das UCORC verlangte, dass Feaver seiner Arbeit unter Polizeiaufsicht nachging. Robbie passte das gar nicht, dennoch erklärte er sich schließlich dazu bereit, einen FBI-Agenten als neuen Mitarbeiter in seiner Kanzlei einzustellen. Mit Mort hatte Feaver ohnehin schon abgesprochen, dass er mehr Zeit für seine Frau benötige und deswegen einen neuen Mitarbeiter brauche. Da dieser wirklich eng mit ihm zusammenarbeiten würde, plädierte Sennett für den Einsatz eines weiblichen Agenten. Sie konnte die Rolle einer weiteren von Robbies Büroliebschaften spielen, der schon so viele vorausgegangen waren. Ende November wurde die Frau, die man für diese Rolle vorgesehen hatte, eingeflogen. Sie hieß Evon Miller. Nun konnten wir uns alle zum ersten Mal direkt zusammensetzen.

Auf Sennetts Anweisung trafen alle einzeln im Dulcimer House ein. Als ich ankam, standen Stan und Jim, der für die Überwachung Robbies zuständige Agent, beisammen und unterhielten sich. Jim gehörte inzwischen zum Inventar. Ich wusste, dass das UCORC ihn mit der Leitung der Operation betraut hatte. Die neue Agentin erschien als Letzte. Nachdem sie das Codewort »Petros« genannt hatte, trat eine Frau in den Dreißigern, mittelgroß, von kräftiger athletischer Statur und angenehmem Äußeren, durch die Tür. Der erste Eindruck: ganz das kecke, stupsnäsige Mädchen von nebenan, aufrichtig und bescheiden. Sie trug Jeans und ein Polohemd. Hinter der schmalen Nickelbrille sah man einen Hauch von Lidschatten. Das messingblonde Haar hatte sie zu einem Pferdeschwanz zusammengebunden. Schon auf der Schwelle merkte man ihr eine gewisse Verkrampftheit an. Die Stirn war gerunzelt, der Blick eher finster. In flachen Schuhen betrat sie den Raum und schüttelte jedem die Hand, allerdings ohne Blickkontakt. Feaver spielte den Gastgeber und servierte ihr einen Fruchtsaft aus der Minibar. Sie nahm ihn mit einem höflichen Lächeln entgegen.

»Bitte sehr, Evon –« Er sprach ihren Namen so aus, wie wir alle es getan hätten, nämlich wie ›Yvonne‹. Doch sie schüttelte den Kopf.

»Evon«, sagte sie. »Betonung auf der ersten Silbe und mit einem langen ›I‹. Meine Mom wollte es zwar anders betont haben, aber niemand hat sich je daran gehalten.«

Ich sah, wie ein Lächeln über Sennetts Gesicht huschte. »Evon Miller« war ein Tarnname, vom FBI-Hauptquartier in D. C. für sie so frei erfunden wir ihr Führerschein und ihre Sozialversicherungskarte. Robbie merkte nicht, dass sie, wie man in Agentenkreisen sagt, einfach nur »an ihrer Legende spann«.

»Genau wie bei mir«, meldete er sich eifrig. »Wie bei meinem Nachnamen. Bringt die Leute immer durcheinander. Spricht sich nämlich wie ›Favor‹.«

Sie brachte ein lauwarmes Lächeln zu Stande, schien aber nicht gerade überzeugt, dass sie beide besonders viel gemeinsam hatten. Doch Feaver blieb am Ball. Er wollte sie auf seine Seite bringen.

»Übrigens«, sagte er, »ich frage die Leute immer gerne: Wie hätten Sie es denn lieber? Kurz oder lang?« Sie zog die Brauen zusammen, und ihr Blick sagte, dass sie die Anspielung verstand, die für sie allerdings besser in ein Bargeplauder gepasst hätte. Offensichtlich hatte man sie vor Robbie gewarnt. Zudem hatte sie für solche Art Flirt ohnehin wenig übrig. »Ich halte es mit lang«, setzte er hinzu und lächelte flüchtig über sein Wortspiel. Sie nickte, ohne etwas zu erwidern, und durchquerte zielbewusst den Raum, bevor uns Sennett aufforderte, Platz zu nehmen. Als Erstes musste sichergestellt werden, dass sich in Feavers Kanzlei niemand Gedanken über Evons Anwesenheit oder die getürkten Fälle machte.

»Was sagten Sie noch – war sie nun beim FBI oder Gefängniswärterin?«, wollte Feaver später von mir wissen. In meinen Augen hatte sie sich nur korrekt verhalten. Ich hatte den Verdacht, Robbie machte die Vorstellung zu schaffen, dass er jetzt zwölf Stunden am Tag in seinem eigenen Büro unter Bewachung stehen würde. Hinzu kam die Tatsache, dass keiner von uns – Robbie, ich selbst, ja nicht einmal Stan – über Evon Millers wahre Identität wirklich Bescheid wusste. Was auch für Jim oder die anderen »UCAs« galt, wie man die Undercover-Agenten nannte. Das »Projekt Petros«, wie unsere Operation nun hieß, lief strikt nach der Regel ab, dass jeder Einzelne, die Agenten genauso wie Robbie oder Sennett, nur die Informationen erhielt, die er für seine Rolle kennen musste. So wurde die Gefahr, dass wichtige Verschlusssachen durchsickerten und womöglich die gesamte Tarnung zusammenbrach, so gering wie möglich gehalten.

Die einzigen Fakten über Evon Millers wahre Identität, die wir schließlich herausfanden, erreichten uns auf Umwegen, und auch das nur, weil Stan anfangs Vorbehalte gegen sie hegte. Sie erschien ihm unerwartet zaghaft, und er fürchtete, sie könne sich in ihrer eher schlichten Art verraten, sei vielleicht nicht stark genug für einen so auftrumpfenden Typen wie Robbie. Insgeheim fand Feaver diese Bedenken amüsant. Er sei eben bekannt dafür, nicht »besonders heikel« zu sein, meinte er. Jim, der im Auftrag des UCORC die Agenten führte, blieb jedenfalls bei seiner Wahl. Er war beeindruckt von ihrer Lebensgeschichte und glaubte deswegen, dass sie genug Spannkraft für das harte Leben eines Undercover besaß.

»Offensichtlich war sie aktive Teilnehmerin der Olympischen Spiele«, erklärte mir Sennett eines Morgens. Dann zuckte er mit den Achseln, denn mehr wusste er auch nicht. Wir hatten uns im Warz Park getroffen, wo Stan oft um sechs Uhr früh ein paar Meilen joggte. Stans Geheimhaltungsmanie war so ausgeprägt, dass er in seinem Büro noch mit keiner Menschenseele über Feaver gesprochen hatte. Um daher allen Fragen aus dem Weg zu gehen, trafen wir uns häufig hier draußen. Ich hatte mir einen flotten Jogginganzug gekauft und folgte ihm eine oder zwei Runden auf dem Oval der Tartanbahn, bevor wir pausierten und uns ganz zufällig auf derselben Bank niederließen. Für heute hatten wir die Übergabe von ein paar Dokumenten verabredet. Ich sollte ihm das endgültige, von Robbie unterzeichnete Schuldeingeständnis aushändigen sowie die Bestätigung, dass er das ausführliche Protokoll über die vom UCORC ausgearbeitete verdeckte Operation zur Kenntnis genommen habe. Beides hatte ich zwischen die Seiten einer Morgenzeitung gesteckt. Es war bereits nach Thanksgiving, und der Wind trug die erste Winterkälte in den Park.

Während Stan beiläufig die Zeitung von der Bank nahm, vertraute er mir das Wenige an, was er über Evon Miller erfahren hatte. Zur Beruhigung hatte Jim auch ihm diese eine Information über die Olympischen Spiele anvertraut. Dass Stan sie wiederum unter dem Siegel der Verschwiegenheit an mich weitergab, hatte einen ganz konkreten Grund.

»Sorg dafür, dass deinem Knaben eins klar ist: Sie ist zäher, als sie aussieht«, sagte er. »Er soll nicht glauben, man kann sie einfach überfahren oder austricksen. Und sollte er Spielchen spielen, dann werden wir das sicher erfahren.« Unwillkürlich musste ich lächeln, was mir häufig passierte, wenn er den Staatsanwalt heraushängen ließ. Doch diesmal reagierte er gereizt. Ich war aufgestanden und joggte auf der Stelle, um mich warm zu halten. Auch Stan stand nun auf und fuchtelte mit der Zeitung und den darin eingewickelten Dokumenten vor meiner Nase herum.

»Ich habe alles gegen ihn beisammen, George. Jeden Schuldschein, jeden Bankbeleg, das ganze Zeug. Seine Lieblingsbank hat alles herausgerückt. Sorg dafür, dass er sich nicht mit mir anlegt. Und tu das nicht nur um meinetwillen. Tu es um seinetwillen. Falls er Zicken macht, lassen wir ihn hochgehen. Anweisung aus D. C. Dann machen wir ihn fertig. Sieh zu, dass er das kapiert.«

Ich versicherte ihm, Robbie sei das völlig klar: Wenn Stan ihn beim Schwindeln ertappe, würde er garantiert hinter Gittern landen. Dennoch stieß mir Stan seinen Finger in die Brust, um seinen Worten Nachdruck zu verleihen.

»Ich sage dir das als dein Freund«, sagte er und wiederholte es noch einmal, bevor er in der Morgendämmerung davonjoggte. »Wir werden es erfahren.«

Wie ich schon sagte: Dies hier ist eine Anwaltsgeschichte. Und das nicht nur, weil sie von der verhängnisvollen Wucht handelt, mit der das Gesetz einen treffen kann, sondern weil ich sie, wie Anwälte das oft tun, im Namen derer weitergeben möchte, die nicht für sich selbst sprechen können. Vieles rund um das Projekt Petros habe ich aus erster Hand mitbekommen: Robbie hatte darauf bestanden, dass ich, wann immer er mit Stan zu tun hatte, dabei war. So hatte er es seit Sennetts erstem Erscheinen vor seinem Haus gehalten. Untermauert wurden meine Erinnerungen noch durch die hunderte von Stunden, die ich im Laufe der Jahre mit den Beteiligten gesprochen hatte. Und auch dieser historische Schutt, den Recht und Gesetz in ihrem Vollzug hinterlassen, hat mir geholfen: in Form von Ton- und Videobändern, Kopien und Abschriften und den vielen Bänden, die die Fallprotokolle des FBI, 302er genannt, füllen.

Doch beließe ich es nur bei dem, wäre mein Bericht unvollständig. Man ist keineswegs schon zu dem wahren Kern von Recht und Gesetz vorgestoßen, wenn ein Fall geklärt ist. Dem Kern kommt man erst näher durch das, was Anwälte »Einmischung« nennen. Weniger dogmatische Zeitgenossen sprechen hier von »Phantasiegebilden«. Viele Dinge, die Robbie im Laufe eines Tages unternahm, wurden nur von der Agentin mit dem Tarnnamen Evon Miller registriert, und um hier eine runde Geschichte abzuliefern, habe ich mir mit durchaus schöpferischer Phantasie ihren besonderen Blickwinkel zu Eigen gemacht. Ob sie mit allem einverstanden wäre, was ich ihr so zuschreibe, kann ich nicht sagen. Sie hat mir das erzählt, was sie erzählen wollte. Vieles wird auf Grund der Regeln und Vorschriften des FBI für immer verborgen bleiben. Wenn es darauf ankäme, würde kein Gericht meine Mutmaßungen, meine Theorien und Rückschlüsse – meine Phantasie – jemals durchgehen lassen. Aber ich betrachte sie als den einzigen Weg, um zum Kern des Gesetzes – und einer Geschichte – vorzudringen.

Was meine eigene Rolle angeht, hoffe ich, nicht den Eindruck eines dieser alten Recken zu erwecken, deren Ruhm im Lauf der Jahre nur immer zu wachsen scheint. Meine Rolle beim Projekt

Petros hat nichts Heldenhaftes. Die unangenehme Wahrheit ist vielmehr, dass ich, als ich bei diesem ersten Gespräch in Stan Sennetts Büro von seinen Plänen erfuhr, Robbie Feaver eigentlich gar nicht als Mandanten vertreten wollte.

Als Anwalt stellt man seine Arbeit unter die feierliche Losung: Fordere niemals einen Richter heraus. Über jeden Witz, den sie machten, habe ich gelacht. Für jede Ablehnung meiner Anträge – mochte ein Beschluss auch noch so unsinnig gewesen sein – bedankte ich mich artig. Feierlich enthielt ich mich jeder Diskussion über Fähigkeit und Charakter der Herrschaften auf der Richterbank, ob sie noch lebten oder schon von uns gegangen waren. Ich bin im Gerichtssaal kaum jemals einem Richter begegnet, der nicht irgendeinen Groll mit sich herumschleppte – einen Groll braucht man offenbar zur unumschränkten Machtausübung –, und ich wusste: Der Groll, den einer erst gegen den Anwalt von Robbie Feaver entwickelte, würde lange anhalten. Nicht, weil unsere Richter alle korrupt gewesen wären. Im Gegenteil, die meisten glaubten mit gutem Grund, ihre Rocksäume über die Jahre immer hoch genug gehalten zu haben, um sich in den Arenen des Kindle County die Roben nicht zu beschmutzen. Doch jetzt war es ihnen trotzdem passiert. Ich sah schon die Zeitungskarikaturen vor mir, die uns unsere zu Registrierkassen mutierten Gerichtsgebäude vor Augen führten. Bei Sportveranstaltungen und an den Theken der Bars würden Betrunkenen nur noch grobe Witze einfallen, sobald sich ein Richter sehen ließ und eine Zwanzig-Dollar-Note aus der Tasche zog. Die Preise, die einem die Wertschätzung eines Richters einbrachten, waren in Schwindel erregende Höhen geklettert. Und ich wäre der Erste, auf den sie mit dem Finger zeigen würden. Für sie wäre ich, im Unterschied zu Stan oder Robbie, einer derer, die ebenfalls nur von niederer Profitgier getrieben wurden.

Als ich mich daher an jenem Septembertag von Stan in seinem Büro verabschiedet hatte und die Marshall Avenue hinunterging, dachte ich krampfhaft darüber nach, wie ich aus dieser Sache herauskommen konnte. Sollte ich einen Schwindel erregenden Vorschuss verlangen? Oder behaupten, ich hätte plötzlich einen Prozess aufgehalst bekommen, der meine ganze Zeit erfordere? Gleichzeitig war mir allerdings auch klar, dass ich mit nichts davon durchkommen würde.

Kurz und gut, nach Sennetts heroischer Rede über seinen Onkel Petros konnte ich mich nicht auf so schmähliche Weise drücken. Ganz begriffen habe ich meinen ewigen Wettstreit mit Stan nie, aber ich hatte immer das Gefühl, dass ich ihm hinterherhinkte. Einer der Gründe war sicher die Tatsache, dass ich mich für die fetten Gewinne einer Privatpraxis entschieden hatte, während er das keuschere Leben eines Anwalts im öffentlichen Dienst führte. Außerdem arbeitete ich mit den Tricks und Kniffen des Verteidigers, hintertrieb und durchkreuzte die Strategien der Gegenseite, während er als Ankläger einem um die Ohren hauen konnte, was in seinen Augen gut und gerecht war. Doch jetzt, nach dem Tod meines Vaters, wurde mir klar, dass ich mich immer ängstlich mit Stan verglichen hatte.

Nach meinem Examen in Charlottesville hatte ich mit zweiundzwanzig als Matrose auf einem Erzfrachter angeheuert, und der hatte mich genau zur rechten Zeit nach Kindle County gebracht. Vergeblich hatte ich mich bei der Handelsmarine verdingt, um einem Einsatz in Vietnam zu entgehen. Doch in Wirklichkeit floh ich aus der hermetischen Welt meiner Eltern in Southern Virginia und vor den unbarmherzigen gesellschaftlichen Ambitionen meiner Mutter, aber mehr noch vor dem Beharren meines Vaters auf den unverrückbaren Grundsätzen eines Gentleman aus den Südstaaten. Auch er war vor mir Anwalt gewesen und hatte auf das geschworen, was er für das einzig Richtige hielt – den Glauben an Gott, Vaterland, Familie, Pflicht und Gesetz. Sicher hatte er sich stets sehnlichst gewünscht, als Richter oben auf der Bank zu sitzen. Doch er hatte mit ansehen müssen, wie weniger fähige und weniger prinzipienfeste Kollegen ihn überrundeten, und so hatte er erst spät in seinem Leben begriffen, dass er dank seiner unerschütterlichen Tugendhaftigkeit von vielen, wohl auch von seinem Sohn, als Trottel angesehen wurde.

Im Kindle County, wo demokratische Verhältnisse nur rudimentär vorhanden waren und Ehrbarkeit nicht gerade zu den gesellschaftlichen Errungenschaften zählte, fühlte ich mich frei genug, das bequeme Leben eines vernunftbegabten Erwachsenen zu führen. Doch als mein Vater starb, fürchtete ich plötzlich, zu viele Dinge verdrängt zu haben, die ihm besonders wichtig gewesen waren. Ich war ein anständiger, doch selten ein tapferer Mann. Das war der Grund, warum mir Sennett momentan so Furcht erregend erschien. Wie mein Vater vertrat er strenge Grundsätze, er war ein Purist, der entschieden – und ohne Kompromisse – an die tiefe Kluft zwischen Gut und Böse glaubte.

Als Junge war Stan für kurze Zeit Seminarist mit dem Ziel gewesen, Geistlicher der griechisch-orthodoxen Kirche zu werden. Ich hatte immer das Gefühl, dass für ihn – wie für meinen Vater – das Gesetz und Gott gar nicht so weit voneinander entfernt waren. Doch anders als mein Vater hatte Stan zu der Einsicht gefunden, dass in dieser Welt Gutes nicht zufällig geschieht. Mir wurde jetzt klar, dass ich Stan bis zu einem gewissen Grad immer als den Mann betrachtet hatte, der ich selber hätte sein können, wenn ich nur ein loyaler Sohn gewesen wäre.

Und so wusste ich auch, dass ich keineswegs Ruhe fände, wenn ich Robbie Feaver fallen ließe. Ich erinnerte mich an Robert Frosts Verse über verpasste Gelegenheiten. Und ganz im Sinne des Dichters folgte ich nun Robbie und Sennett auf dem mir so fremden Weg.

Januar 1993

1

Das LeSueur Building, in dem Robbie und ich unsere Kanzleien hatten, stammte aus den Zwanzigern und war kurz vor der Wirtschaftskrise gebaut worden. Es liegt in einem Ortsteil von Center City, den man The Point nennt, eine Enklave aus Midwestern-Kalkstein in einer Flussschleife. Der Kindle River hatte die steinige Landzunge auf seinem raschen Weg durch die Jahrtausende lieber umgangen, als sich mühsam durch sie hindurchzufressen. Der Name des Gebäudes erinnert an den französischen Missionar und Entdecker Père Guy LeSueur. Die Siedler, die ihm zwei Jahrhunderte später in diesen Teil des Mittleren Westens folgten, waren des Schreibens nicht besonders mächtig und buchstabierten den Namen dauernd falsch.

Das LeSueur wurde in der Art-déco-Ära erbaut. Reliefs an den kunstvoll gearbeiteten Messinggittern der Fahrstühle zeigen hingegossene Najaden, die verschämt ihre Nacktheit hinter blattförmigen Ornamenten verbergen. Diese Gitter zieren auch Lüftungsöffnungen und vieles andere in der Lobby. Eine Glaskuppel, von Louis Tiffany persönlich entworfen, wölbt sich über einem sechs Geschosse hohen Atrium und verleitet die zahllosen Besuchergruppen, den zur Arbeit Eilenden ständig im Weg zu stehen. Wer hier arbeitet, hat nämlich mehr mit dem Gesetz im Sinn als mit der Kunst. Mehr als die Hälfte der Räume waren immer schon von Anwälten angemietet worden, und das hat seinen guten Grund: Das LeSueur liegt äußerst günstig im Zentrum eines Dreiecks, das der Federal Square auf der einen Seite, die Gebäude der Strafkammern auf der zweiten und das offenbar nach dem architektonischen Recycling-Prinzip errichtete Silo des Kindle County Superior

Court's Law and Equity Department auf der dritten Seite umschließen.

Ende November mietete ein Anwalt namens James McManis eine leer stehende Bürosuite im kostengünstigeren zehnten Stock. Er schien schon auf die fünfzig zuzugehen und wagte einen späten Start als Anwalt mit eigener Kanzlei. Beflissen hatte er sich den diversen Anwälten im Hause vorgestellt und erklärt, er sei seit vielen Jahren als Berater und Teilhaber für die Moreland Insurance tätig gewesen, mit Sitz in deren South-Central-Filiale in Atlanta. Zu seinem Verantwortungsbereich habe die Regelung von Schadensersatzfällen gehört. McManis gab dazu eine verwickelte Geschichte über sein Ausscheiden zum Besten: Er habe die Moreland-Versicherungsgesellschaft wegen seiner Frau verlassen, die sich um die Pflege ihrer alten Mutter im Greenwood County kümmern müsse. Seinen Umzug habe der Justitiar von Moreland persönlich unterstützt, und um ihm Starthilfe zu geben, habe er ihn gleich mit einer Reihe von Schadensersatzklagen betraut, die im Kindle County gegen die Versicherung liefen. Wenn man seine Geschichte hörte, konnte man sich des Eindrucks nicht erwehren, dass sie ein wenig aufpoliert war und dass McManis in Wirklichkeit zu diesen Mitarbeitern mittleren Alters gehörte, die entbehrlich geworden waren und die man deswegen ihrem Schicksal überlassen hatte. Die üblichen rücksichtslosen Methoden beim »Verschlanken« eines amerikanischen Betriebs im Zeichen der Rezession.

McManis hatte schnell einen Mitarbeiterstab beisammen. Jeden Tag wurde jemand neu eingestellt – eine Sekretärin, ein Rechercheur, eine Empfangsdame, eine Bürokraft, eine Kanzleimitarbeiterin –, und alle wurden auch umgehend den benachbarten Büros vorgestellt. Natürlich waren es ausnahmslos FBI-Agenten, die von weither nach Kindle County kamen. Gut einen Monat später hatte die Anwaltskanzlei James McManis vier Einzelfälle gegen Feaver & Dinnerstein in den Auftragsbüchern, und da war es nichts Besonderes, dass Robbie und seine Mitarbeiterin Evon Miller sich hin und wieder bei ihnen sehen ließen. Das Gleiche galt auch für mich. Ich tat es allerdings äußerst zögerlich und unter dem Deckmantel eines Referenzanwalts, der für die Kontakte zwischen Feaver und den Klageparteien sorgte und so auch an Feavers Honoraren beteiligt war. McManis hatte sich außerdem der Projektgruppe »Höflicher Umgang vor Gericht« angeschlossen. Die Anwaltskammer des Kindle County hatte sie gegründet, und den Vorsitz führte Stan Sennett. Auf diese Weise gehörte dann auch Sennett zu McManis' häufigen Besuchern.

Mindestens einmal pro Woche trafen wir uns in seinem Büro – von den dort Dienst tuenden Agenten auch das »Abseits« genannt –, anfangs jedoch weit öfter. Wir kamen nie im Pulk, sondern in genau verabredeten Abständen und stets, um keinen Verdacht zu erregen, mit Aktentaschen oder dicken Umschlägen bewaffnet. Beim Betreten des Empfangsbereichs, rundum Paneele aus Roteiche, fühlte ich mich wie im Innern eines Fernsehers. Jeder spielte hier seine Rolle. Aber bevor sich die eisenbeschlagenen Türen zum Konferenzraum hinter uns schlossen, trug jeder überzeugend zu einer ernsten Arbeitsatmosphäre bei: Telefone schnarrten, Drucker ratterten, »Angestellte« eilten geschäftig hin und her. Womit sich jeder hier tatsächlich beschäftigte, erfuhr ich nie. Doch bei einem der ersten Treffen war eine Tür zu einem über die ganze Wand reichenden Schrank im Konferenzraum angelehnt geblieben. In diesem hatte ich eine komplette elektronische Studioausrüstung entdeckt, deren Geräte unablässig blinkten und Digitalanzeigen auf grünen Displays leuchten ließen.

Was die so genannte Evon Miller anging, war sie die Erste gewesen, die sich Anfang Januar auf eine Stellenanzeige von Feaver & Dinnerstein in *The Lawyers Bulletin* gemeldet hatte. Gesucht wurde eine Anwaltsgehilfin. Das Vorstellungsgespräch hatten tags darauf Mort, Robbie und Eileen Ruben, die Büroleiterin, mit ihr geführt. Evon Miller war in einem blauen, farbig abgesetzten Kostüm erschienen, mit weißer gekräuselter Bluse und einer doppelten Perlenkette um den Hals, Modeschmuck, den sie zu ihrem Abgang vom College bekommen und seit damals wohl höchstens noch viermal getragen hatte. Die Brille war Kontaktlinsen gewichen, und auf Anraten von Sennett hatte sie sich auf Kosten des FBI bei Elizabeth Arden an der Michigan Avenue in Chicago herrichten lassen, um etwas auffallender zu wirken. Dort hatte man auch ihr Haar hellblond gefärbt und zu einer asymmetrischen Frisur gestylt, die nur ein Ohr bedeckte.

An »Evon Millers« erstem Arbeitstag führte Robbie sie stolz durch die grell erleuchteten Flure seiner Kanzlei. Er machte sie mit der Aufteilung der Räume vertraut, stellte ihr die neuen Kolleginnen und Kollegen vor und verkniff sich dabei nicht die eine oder andere Stichelei. Außerdem prahlte er schamlos mit der luxuriösen Ausstattung der Büros. Die pfirsichfarbenen Seidentapeten waren mit protziger Gegenwartskunst – Kunstharzobjekte, Neonskulpturen und riesige Designeruhren – gepflastert. Den Konferenzraum beherrschte der längste Konferenztisch, den sie je außerhalb eines Museums gesehen hatte: ein ovales Monstrum aus rötlichem Granit. Als Sitzgelegenheiten dienten Armsessel in italienischem Design. Die Tischplatte war so blank poliert, dass sie das schräg einfallende Licht aus den großen Fenstern des vierunddreißigsten Stockwerks im LeSueur widerspiegelte. Feaver nannte den Raum »The Palace«.

»Wir tragen dick auf. Das gehört zum Spiel«, sagte er. »Sie wissen, was ich meine?«

Sie wusste es nicht.

»Meinen ersten Job als Anwalt hatte ich bei Peter Neucriss. Sie haben doch von Peter gehört, oder? Peter kennt jeder, den ›Master of Disaster‹, wie er in der Presse genannt wird. *Peter* kann sich vornehme Zurückhaltung leisten. Wir sind Feaver und Dinnerstein. Und wer sind die? Aufgeblasene Herren Doctores, die nur ihre Konten im Sinn haben. Unsere Mandanten dagegen sind meistens kleine Leute aus normalen Verhältnissen, die nur eines interessiert: Haben diese Anwälte auch Erfolg? Gewinnen sie ihre Prozesse? So läuft die Show. Du fährst Mercedes, trägst Armani-Anzüge, und dein Büro sieht aus wie in den Prospekten von preisgekrönten Innenarchitekten. Als Mort und ich anfingen, habe ich zu ihm gesagt: Immer ›Beverly Hills‹ denken.«

Aha, Beverly Hills, dachte Evon. Das weckte in ihr Kindheitserinnerungen an die frechen Typen, die aus der Großstadt bei ihnen einfielen, nachdem man bei ihrem Städtchen zwei Skigebiete eröffnet hatte. Wie hässliche Pusteln verunstalteten sie die schönen Berghänge. Fremde, laute Menschen, die immer unter sich blieben, Kerle wie Feaver mit seinem Macho-Gehabe und einer Art, dass man befürchten musste, auf einer Schleimspur auszurutschen. Doch jetzt war sie seit zehn Jahren Agentin. Arschkriecher und Spitzel hatte sie zur Genüge erlebt. Bei ihrem ersten Job, in Boston war das damals, hatte sie als frisch gebackene Agentin mit der Rauschgiftszene Bekanntschaft gemacht, und man wusste ja, das waren die Schlimmsten. Bei diesem Job musste sie ein Auge darauf haben, dass dieser Bursche seine Arbeit richtig machte, die Ohren steif hielt und sich vor Gericht nicht aufs Kreuz legen ließ. Ansonsten, dachte sie, macht es wirklich keinen Unterschied, ob der Wichser an Scherpilzflechte leidet oder Allüren hat. Alles klar? Alles klar.

Inzwischen waren sie in Feavers Büro angelangt. Seine Sekretärin war hereingekommen und hatte sie begrüßt. Bonita war eine hübsche Latina mit glatter Haut, einer kosmetisch überstrapazierten Haarmähne und so viel Lidschatten um die Augen, dass man sich fragte, ob sie sie mit Fingerfarbe verwechselt hatte. Feaver spielte weiterhin die Rolle des neuen Arbeitgebers und zählte die Pflichten einer Kanzleimitarbeiterin auf: anfallende Arbeiten auf die Geschäftsbereiche verteilen, Vorladungen und Vernehmungen vorbereiten, Prozessunterlagen bearbeiten, auch mit Mandanten konferieren, um Informationen einzuholen oder Händchen zu halten.

»Und noch eines«, sagte Feaver, »Sie und Bonnie machen hier die Arbeit, und ich denke nicht daran, die ganze Post zu lesen. Fünfzehn Jahre lang habe ich mich damit abgequält, dann wurde ich vierzig und kam zu dem Schluss, dass das Leben zu kurz ist. Denn etwas ist noch sicherer als das Amen in der Kirche: Post enthält nur schlechte Nachrichten. Zweifelsfrei.

Zunächst gibt es da die Anträge: Sie sind mein Ruin. Bei jedem Fall, den wir vertreten, steht auf der anderen Seite eine Kanzlei, die nach Stunden bezahlt wird. Womit ihr jeder noch so hirnrissige und chancenlose Antrag Geld einbringt. Antrag auf Abweisung der

Klage. Antrag auf Urteil im abgekürzten Verfahren. Antrag auf nochmalige Behandlung eines vorausgegangenen Antrags. Antrag auf Erklärung Puerto Ricos zum soundsovielten Bundesstaat. Ich kann das alles nicht mehr hören. Und wir hängen in der Luft. Schließlich zahlt mir niemand einen Cent für die Beantwortung dieses Drecks. Und wenn es mir gelingt, zehn derartige Anträge abzuschmettern, den elften aber nicht, dann geht der ganze Fall in die Hose.«

Feaver malte weiter im Detail aus, welche Katastrophen jeden Morgen in der Posteingangsmappe auf ihn warten konnten. Absagebriefe von Klienten, die von anderen Anwälten abgeworben worden waren und Feaver nun, oft nach jahrelanger Zusammenarbeit, den Laufpass gaben. Dringende Informationsschreiben von Anwaltsverbänden über Erschwerungen im Zivilrecht, die wieder einmal von der Versicherungslobby durchgesetzt worden waren. Aber sicher war nie der Scheck dabei, den einem der Anwalt der Gegenseite nach Abschluss eines Verfahrens noch schuldete.

»Immer nur schlechte Nachrichten«, schloss er. Bonita stand neben Feavers Schreibtisch, eine Hand auf die Glasplatte gestützt, und räusperte sich ungeduldig. Dann drehte sie sich um und ging. Auf Bitte ihres Chefs zog sie die Tür hinter sich zu. Die Bürogeräusche im Hintergrund, Telefone, Schreibmaschinen, Stimmen, erstarben. Evon Miller spürte, wie sich ihr Puls plötzlich beschleunigte. Bis zu diesem Augenblick war sie noch nie mit ihm allein gewesen. In der plötzlichen Stille schob er vertraulich das Kinn vor.

»Also, wie heißen Sie richtig?«, fragte er ruhig.

Sie stand einen Moment reglos da. »Evon«, sagte sie schließlich.

»Ach, kommen Sie. Wir sind hier doch nicht auf einem Kostümfest. Sie kennen jedenfalls *meinen* Namen.«

»Mein Name ist Evon Miller, Mr. Feaver.«

Als Nächstes wollte er wissen, woher sie wirklich stamme und ob sie verheiratet sei. Mit ausdruckslosem Gesicht wiederholte sie ihre Legende.

»Gott im Himmel«, sagte er.

Feaver hatte sein großes Büro modern mit Ledersofa, Schreibtisch und Beistelltischen eingerichtet, alles nur Holz und Glas. Auf dem Fußboden lag ein Orientteppich von gewaltigen Ausmaßen, ein weinroter Buchara. Sie stand genau in der Mitte und sprach mit leiser, fester Stimme. Das hier sei keineswegs eine Scharade. Innerlich wiederholte sie, was man ihr eingetrichtert hatte: Niemals nachgeben. Kein einziges Mal. Nicht einmal im Ansatz. Denn dann musst du nicht fürchten, ausgequetscht oder in die Enge getrieben zu werden.

»Wenn man sich erst einmal daran gewöhnt, seine Tarnung aufzugeben«, sagte sie, »bricht man unter Druck zusammen. Das ist so sicher wie das Amen in der Kirche.«

»Da machen Sie sich mal keine Gedanken. Ich kenne Rollenspiele«, antwortete er. »Ich bin schließlich Profi.« Er zeigte auf die Kredenz hinter seinem Rücken, auf der ein Foto seiner Frau stand. Es zeigte Lorraine, bevor die Krankheit sie gezeichnet hatte. Aus breitem Silberrahmen blickte ihm Rainey entgegen, wie sie bisweilen gerufen wurde, damals noch eine auffallende Schönheit mit pechschwarzem Haar, saphirblauen Augen und hohen Wangenknochen. Sie verliehen ihrem Gesicht etwas Ausgefallenes, das sie apart und nicht bloß hübsch und nett erscheinen ließ. Doch daneben stand ein anderes Bild, und eigentlich hatte er das gemeint, ein Hochglanzfoto von ihm als Piraten mit dicker Schminke im Gesicht. Offenbar sang er gerade etwas. »Anwaltsshow, 1990« stand auf einem Schildchen aus Golddoublé darunter. »Hören Sie, wir werden eine Menge Zeit miteinander verbringen«, sagte er. »Ich möchte nur ein bisschen mehr über Sie wissen. Ich gehe doch richtig in der Annahme, dass man Sie nicht einfach gegen Ihren Willen hierher verpflanzt hat, oder? Demnach haben Sie keine Kinder. Stimmt's?« Sie hatte keine besonderen Erfahrungen im Umgang mit Menschen, das hatte er irgendwie gespürt. Und er wusste, sie würde keinen eleganten Weg finden, um ihn zu stoppen.

»Nein«, sagte er. »Keine Kinder. Außerdem halte ich Sie für einen Single. Singles werden immer als Erste gefragt. Niemand würde erwarten, dass Verheiratete für ein Jahr fern der Heimat so einen Job machen. Geschieden oder noch nie in eine Ehe gestolpert? Da bin ich mir nicht sicher.«

»Das reicht jetzt«, sagte sie.

»Nur mit der Ruhe«, antwortete er. Er genoss es, lehnte sich in seinem Drehsessel aus Leder und Chrom zurück. »Das mit den Olympischen Spielen weiß ich schon.«

Das brachte das Fass zum Überlaufen. Ausgerechnet diese idiotische Geschichte holte sie immer wieder ein, selbst bei einem Undercover-Job. Mit einem Ruck beugte sie sich über den Schreibtisch ihm entgegen und ignorierte dabei den raschen und verstohlenen Versuch eines Blicks in ihre Bluse.

»Hören Sie, Mister, aus den 302ern weiß ich, dass einige von diesen Typen, hinter denen wir her sind, richtig gemeine Freunde haben. Sagen Sie das nicht selbst? Also verhalten Sie sich, als stünde Ihr Leben auf dem Spiel, Mann, denn ich sage Ihnen, genauso ist es.«

Er schürzte die Lippen und wandte sich ab. Er hatte einen dichten Bartwuchs, der auch nach noch so intensiver Rasur seine Wangen mit einem bläulichen Schimmer überzog. Zudem hatte der Mann ein Fell wie ein Bär. Ein paar widerspenstige Brusthaare krochen ihm sogar aus dem Kragen.

»Sind Sie verkabelt?«, fragte er. »George meint, Sie könnten verkabelt sein.«

In Wirklichkeit hatte George gesagt, dass die Regierung das eher nicht tun würde. Stundenlange Bandmitschnitte würden nämlich überflüssige Bemerkungen en masse dokumentieren, die beide, das heißt Robbie *und* Evon, bei einem Kreuzverhör nur in Verlegenheit bringen konnten. Und ein Lauschangriff in einer Anwaltskanzlei war grundsätzlich eine nur schwer mit dem Anwaltsgeheimnis zu vereinbarende Sache. Aber in Washingtons spröder Bürokratie, wo die Einhaltung der Regeln oft weniger zählte als die Tarnung der eigenen Praktiken, war es dennoch immer möglich, dass das UCORC auf einem Lauschangriff bestand, um unwiderlegbare Beweise dafür zu haben, dass Feaver stets auf Linie geblieben war.

»Bekomme ich keine Antwort?«, wollte Feaver wissen, als sie sich zur Tür umwandte.

»Nein.«

»Das heißt, Sie sind verkabelt«, sagte Feaver.

»Wenn ich Sie wäre, mein Lieber, dann würde ich davon ausgehen.« Ich hatte Robbie schon gesagt, Evon sei unbedingt dazu verpflichtet, jede unsaubere Aktion Robbies weiterzumelden, soweit sie seine künftige Glaubwürdigkeit als Zeugen für Washington in Frage stellen könnte.

»Ich habe es gewusst, Sie *sind* verwanzt.« Er war so begeistert von sich selbst, dass er tatsächlich in die Hände klatschte.

»Nein, verdammt, ich bin es nicht. Und nun halten Sie die Tarnung aufrecht und haken das ab.«

»Und was hätten Sie geantwortet, wenn Sie tatsächlich verkabelt wären?«

Jetzt reichte es ihr. Sie ging um den Schreibtisch herum und fasste ihn für einen Moment an der Schulter.

»Hören Sie«, sagte sie, »normalerweise sage ich, wenn einer sich umbringen will, soll er ruhig. Hier ist der Haken nur, dass mein Leben genauso in Gefahr ist wie Ihres. Also, entweder Sie benehmen sich jetzt vernünftig, oder ich blase die ganze Geschichte ab, und Sie landen im Kittchen, wo Sie sowieso hingehören.«

Feaver ließ sich Zeit. Er betrachtete nachdenklich ihre Hand mit den lackierten Fingernägeln, die sie inzwischen wieder zurückgezogen hatte. Dann hob er sein langes Gesicht zu ihr.

»Hey –« Er schenkte ihr ein schiefes Lächeln, das gutmütig wirken sollte. »Wir nehmen uns doch nur gegenseitig ein bisschen hoch.«

Halbwegs hatte er damit Recht.

»Aber dafür lassen wir dann auch eine ganze Menge böser Buben hochgehen«, rief er ihr nach, als sie zur Tür ging.

Sie fuhr herum und wies mit dem Finger auf ihn. »Ich dachte, einen hätten wir schon an der Angel.«

Ich nenne sie Evon, denn so nannte sie sich schließlich selbst. Als Teenager habe sie, erzählte sie mir einmal, eine Phase tiefer Religiosität durchgemacht, in der die völlige Hingabe an Gott ihr zu helfen schien, sich vom normalen Leben fern zu halten. Als habe sie innere Kräfte entwickelt, die sie über dem Boden schweben ließen oder ihr erlaubten, ihren Körper zu verlassen. Und jetzt überkam sie ein ähnliches Gefühl. Ein grenzenloser Wille, nichts anderes zu sein als Evon Miller. Tief war alles in ihr eingebrannt. Vierunddreißig Jahre alt. Aus einer Mormonen-Familie. Geboren in Boise. Drei Jahre am College von Boise State. Heiratet ihre Highschool-Liebe, Dave Aard, einen Flugzeugmechaniker bei den United Airlines, mit dem sie nach Denver zieht. 1988 Scheidung. Hunderte winziger Details aus ihrer Schein-Vergangenheit hatte sie gespeichert, um mit ihnen alle Gespräche aus dem Stegreif zu würzen. Wenn sie mit sich selber redete, nannte sie sich Evon. Sie aß, was Evon schmeckte, sie bummelte an den Schaufenstern vorbei, die Evon gefielen, was kürzere Röcke, grellere Farben und größere Ohrringe betraf, war Evons Geschmack Gott sei Dank ein wenig gewagter als ihr eigener. Bestimmt träumte sie nachts auch schon Evon Millers Träume.

Vor sechs Wochen hatte Hack Bielinger sie in sein Büro gerufen. Er war der Dienst habende Agent der FBI-Niederlassung in Des Moines. Das Büro war eigentlich nur ein Verschlag mit Tür. Bielinger hielt ein gelbes Papier zwischen seinen Wurstfingern, ein Fernschreiben. Er gehörte zu der Sorte Bürochef, mit der sie schon oft zu tun gehabt hatte. Nicht gerade sympathisch, einer, der seinen Aufstieg der Tatsache verdankte, dass er gänzlich ungeeignet war für den Außendienst. Dennoch neigte er noch immer dazu, den ihm unterstellten Agenten ihre erfolgreiche Tätigkeit da draußen zu neiden. Er war ein kleiner, zappeliger Mann – allgemein hieß es, er müsse wohl bei den Angaben zur Person und zur erforderlichen Mindestgröße gemogelt haben –, zudem ein »Wiedergeborener«, der einfach nicht kapierte, warum Jesus nicht unbedingt das geeignete Thema beim Lunch war.

»Habe hier was Interessantes für Sie«, hatte er gesagt.

Sie las das Fernschreiben und spürte, wie ihr Puls zu rasen begann. Die Nachricht kam aus dem Büro des DD, des Stellvertretenden FBI-Direktors in D.C.

BITTEN UM ZUSAGE VON SPECIAL-AGENT WG. ÜBERNAHME VON UCO-AUFTRAG. K. CTY. DIV. DAUER UNBESTIMMT. SCHÄTZUNGSW. 6 MON. – 2 JAHRE. ABSOLUT VERDECKTE AKTION.

Bielinger hatte nicht gelächelt. Er hatte eher verkrampft gewirkt. Der DD verlangte es, also musste er es weitergeben. So war Bielinger. Vor einer Woche hätten sie ihn schon mal angerufen, meinte er. Eher inoffiziell. Er hätte ihnen gesagt, sie sei eine gute Wahl.

»Die brauchen da drüben jemanden mit Erfahrung bei der Arbeit in einer Anwaltskanzlei.« Bielinger zuckte mit den Schultern. Warum, war ihm ein Rätsel. Besser hätte er sich fragen müssen: Warum sie? Was war so besonders an ihr? Die Männer im Bureau hatten darauf immer die gleiche Antwort. Tussis kriegten heute immer die Sahne vom Kuchen.

Der Agent, der die Operation leiten sollte, war hergeflogen, um sich mit ihr zu treffen. Sie solle ihn Jim nennen, hatte er gesagt, keinen Nachnamen. Der ganze Auftrag laufe nach dem Prinzip, dass jeder nur das Nötigste wissen sollte. Doch sie mochte ihn. Klug. Nüchtern. Ruhig. Irgendwo jenseits der Fünfzig, aber noch in den besten Jahren. Sah gut aus, wenn auch mit zunehmendem Alter ein wenig untersetzt. Brille mit großen Gläsern. Sein volles Haar wurde grau, fiel ihm aber in einer jungenhaften Tolle in die Stirn. Er sagte ihr zwar nicht, woher er kam, aber sie tippte auf D.C. Man merkte ihm an, dass er aus dem Headquarter kam, denn er kannte alle wichtigen Namen. An der Breite seiner Schultern und der Art, wie sein Hemd spannte, erkannte man, dass er früher mal eine Sportskanone gewesen sein musste. Das verband sie. Man merkte ihm an, dass er sich wohl in seiner Haut fühlte und seine Erfolge unter sportlichem Aspekt betrachtete. Das hatte sie bei so vielen anderen schon erlebt, vor allem bei Männern. Ihr selber war so etwas irgendwie immer fremd geblieben.

»Nicht leicht«, war sein Kommentar zu dem, was ihr bevorstand. »Ich war einmal fast ein Jahr lang Undercover.« Er schilderte, was er dabei erlebt hatte. Es war ein Job an der Wall Street gewesen. Er musste den bösen Buben spielen, der in einer großen Broker-Firma die Hinterzimmer-Geschäfte abwickelte. Ein ruhiger, etwas finsterer Typ, genau der Richtige für die Manipulation der Kassen und den Weiterverkauf veruntreuter Wertpapiere an die einschlägigen Hehler. Es war ein dickes Ding gewesen. Sie hatten drei LCN-Kapos, Cosa-Nostra-Leute, auffliegen lassen. Wieder ein Nagel im Sarg des Gambino-Clans. »Ich bin stolz, was wir da geschafft haben. Und hinterher lassen dich die anderen Agenten hochleben, vor allem, wenn du ihnen ein Bier ausgibst.« Ein spitzbübisches Lächeln huschte über sein Gesicht, eine kleine Freiheit, die er sich nahm, bevor schnell wieder die Disziplin siegte. »Aber es war ein harter und ein einsamer Job. Und gefährlich. Das Leben anderer Leute hängt davon ab, ob du es hinkriegst, und das macht dich auf Dauer paranoid, wenn es keine Pause gibt. Es reibt dich auf.« Er wiederholte es. Es reibt dich auf.

Sie hörte ihm mit höflicher Miene zu, sagte dann aber, sie wisse sehr wohl, was auf sie zukomme. Sie sei bereit. Er wollte wissen, warum sie den Auftrag angenommen habe.

»Das liegt an meinen Adrenalindrüsen, Kaliber vierundvierzig«, war ihre Antwort. Wahrscheinlich hatte er es schon in ihrer Personalakte gelesen: immer die Erste, die sich meldet, wenn es um einen Einsatz geht, ob abends oder am Wochenende, sogar wenn mit lokalen Cops zusammengearbeitet werden musste. Immer noch süchtig auf den Moment instinktiver Reaktion, wie sie ihn zum ersten Mal auf dem Spielfeld erlebt hatte.

»Da muss noch etwas anderes dahinter stecken«, hatte der Mann gesagt, den sie unter dem Namen McManis kannte. »Schließlich steht Ihnen einiges bevor.« Das war in einem tristen, kleinen Konferenzraum in der FBI-Filiale von Des Moines gewesen. Die klingelnden Telefone und überhaupt der ganze Betrieb schienen ihn nicht aus der Ruhe zu bringen. Der Blick seiner blassgrauen Augen ruhte unverwandt auf ihr. Im Bureau versuchten sie immer, einem ins Innere des Gehirns zu schauen. Ihr Aufnahmetest nach dem College hatte auch eine psychologische Eignungsprüfung beinhaltet, und eine Frage daraus tauchte immer wieder in ihren nächtlichen Alpträumen auf. »Wenn Ihre Mutter und Ihr Vater gleichzeitig am Ertrinken wären, wen würden Sie retten?« Irgendwann musste sie die richtige Antwort finden.

Für seinen prüfenden Blick hatte sie nur ein Schulterzucken übrig gehabt. Sicher war es immer gut, wenn man ein tolles Motiv vorweisen konnte. Sie hätte auch gerne eines genannt. Doch wer weiß schon, warum man etwas macht? Seine Antwort aber hatte sie irritiert.

»Ich wette«, hatte er nämlich gesagt, »Sie kriegen das noch raus.«

2

Gleich bei unseren ersten Informationsgesprächen hatte Robbie bestätigt, was sie bei der Bundesanwaltschaft ohnehin schon wussten. Bei der Zivilabteilung gab es immer nur eine Hand voll Richter, mit denen er »reden« konnte. Das schien Sennett besonders bedeutsam, weil Tuohey für seine Kammer ein Vetorecht bei allen Berufungen hatte. Für Robbie war es bezeichnend, weil Brendan einfach einen sechsten Sinn dafür besaß, wie man möglichst nicht auffiel. Tuohey wünschte, dass seiner Zivilkammer stets der Ruf eines Horts hochkarätiger und über jeden Zweifel erhabener Richter vorausging. Ein guter Ruf sorgte schließlich für eine Aura der Integrität, und die hin und wieder vorkommenden Ausnahmen konnten als die typischen Reibungsverluste bei einer sonst ausgezeichneten Rechtsprechung durchgehen.

Von dem runden Dutzend Richter, denen Feaver Geld zugesteckt hatte, hatten die meisten inzwischen die Zivilabteilung verlassen – sie waren im Ruhestand oder an andere Abteilungen versetzt worden. Wenn Petros zufrieden stellend lief, würde Robbie versuchen, für die Endrunde auch gegen sie Beweise zu sichern. Doch am Anfang würde man sich auf die vier Richter konzentrieren, die jetzt noch auf ihren Posten bei der Zivilabteilung saßen und mit denen Feaver weiterhin zu tun hatte. Bei ihnen konnte man die neuen Schmiergeldzahlungen inszenieren. Auf Band dokumentiert, würde das der Anklage am ehesten ermöglichen, Tuohey über diese Richter praktisch auszuhebeln.

Als Robbie mit den Namen dieser vier Männer herausrückte, war das bei zweien von ihnen ein Schock für mich. Denn die beiden kannte ich. Sherm Crowthers hatte zu den besten Verteidigern in der Stadt gehört, als ich meine Anwaltspraxis eröffnete. Er war angriffslustig, oft unbeherrscht aufgetreten und keineswegs überall beliebt gewesen. Aber er war zutiefst bewundert worden, erstens wegen seiner juristischen Fähigkeiten und zweitens, weil er es geschafft hatte, als Schwarzer die gesellschaftlichen Hürden zu überwinden. Sherm Crowthers' Namen nun zu hören war mehr als betrüblich.

Der andere mir bekannte Richter auf Robbies Liste war Silvio Malatesta, und da blieb mir nur ein ungläubiges Kopfschütteln. Malatesta war der klassische Typ des Gelehrten, eines Tüftlers hinter dicken Brillengläsern, der niemals sein Universum verließ, und dieses Universum fand in seinem Kopf statt. Hochfliegende Ideen aus dem Reich der Jurisprudenz durchzogen es wie die Sterne das Firmament. Es wunderte mich, dass ihn Bedürfnisse, die für Korruption anfällig machen konnten, überhaupt heimgesucht haben sollten.

Zu den beiden anderen Namen hatte ich meine eigene Meinung. Sie laut zu äußern hätte ich nie gewagt, weil man zu schnell eine Verleumdungsklage am Hals haben konnte. Gillian Sullivan war eine Alkoholikerin, die in den letzten zehn Jahren stets angetrunken auf der Richterbank erschien, zumindest nachmittags, und über die ich als Vorsitzender der Anwaltskammer ständig Beschwerden bekommen hatte. Gillian Sullivan mochte sich auf ihren Streifzügen durch die Welt des Alkohols nicht allzu viele Gedanken über Gut und Böse machen. Der Letzte, Barnett Skolnick, war der Bruder des verstorbenen Knuckles Skolnick, früher ein intimer Freund des ebenfalls inzwischen verstorbenen County-Politikers Augustine Bolcarro. Barny gehörte zur bekannten Sorte der Kofferträger und war in meinen Augen geradezu prädestiniert fürs Handaufhalten.

Beim Sammeln von Beweisen für eine Anklage stand Stan zuallererst vor dem Problem, dass sämtliche Beteiligte ihre Mittelsmänner hatten – Mitarbeiter, Verwandte, Geliebte. Nur Skolnick machte da eine Ausnahme, denn der würde sich vielleicht dazu verleiten lassen, von Robbie direkt Geld zu nehmen. Im besten Fall konnte Sennett die Geldübergabe an diese Leute auf Band mitschneiden, sie anschließend damit konfrontieren, einen Deal vorschlagen und so an eine Aussage über die Weitergabe der Gelder an die Richter gelangen. Allerdings lag die Schwierigkeit darin, dass diese Zuträger nicht zuletzt dank ihrer Nibelungentreue gegenüber ihren Mentoren an ihren Job gekommen waren und es daher fraglich schien, ob einer von ihnen sich umdrehen ließ. Gelang das aber nicht, würde bei Petros am Ende nichts weiter herauskommen als die Verurteilung einiger kleiner Fische.

Als Gegenstrategie hoffte Sennett auf die »Scheinfälle«. Er wollte frei erfundene Zivilklagen inszenieren und die Richter ganze Serien von Entscheidungen zu Gunsten Robbies verkünden lassen. Die mussten so konzipiert sein, dass Stan auch dann, wenn es mit dem Geld und den Übergaben nicht klappte, direkt gegen den Richter vorgehen konnte. Mit einem Schwarm von Experten würde er belegen, dass kein honoriger Jurist zu derartigen Beschlüssen kommen konnte. Feaver war jedoch der festen Überzeugung, dass dieser Weg nie und nimmer zum Erfolg führen konnte.

»Ihr habt das Spiel einfach noch nicht begriffen«, sagte er zu Sennett. »Auf der einen Seite haben wir Richter, die kriegen ihre neunzig Mille Gehalt im Jahr, und auf der anderen Anwälte, die scheffeln Millionen. Nennen Sie es, wie Sie wollen – ein Trinkgeld, einen kleinen Tribut oder eine Versicherung für den Ausgang des nächsten Falls. Ich muss meine Prozesse eben gewinnen, und so sorge ich dafür, dass der Richter nicht aus dem Ruder läuft. Kann sein, dass er mir ein bisschen hilft, wenn sich etwas drehen lässt. Aber nur dann. Wenn ich mit einem räudigen Köter anmarschiert komme und den Richter bitte, in ihm eine Lassie zu sehen – was ich, das schwöre ich bei Gott, in zehn Jahren noch nie versucht habe –, dann passiert mir bestenfalls, dass der Richter nie mehr ein Wort mit mir redet. Im schlimmsten Fall kriegt Brendan einen Anfall und schickt jemanden los, der mir ein Messer in den Rücken stößt. Damit könnte Mr. James McManis seine Anwaltskanzlei zumachen, ein Putzkommando rufen und zum Schluss die Lichter ausknipsen. Das mag Jungs wie euch ein bisschen übertrieben vorkommen, aber auf der anderen Seite weiß man ja, dass es euch gibt. Machen sie eine Dummheit, dann wissen sie verdammt genau, dass einer von euch« – fast wäre Robbie »Arschlöchern« herausgerutscht; aber er schluckte es herunter, setzte sich stattdessen in Positur und zupfte an seinen weißen Manschetten, bis die eine zwei Zentimeter über sein goldenes Armkettchen mit Namenszug reichte – »dass dann die Rechtsabteilung oder die Anwaltskammer oder einer von euch kommt und ihnen von hinten in die Beine grätscht.«

Also musste jede unserer »Scheinklageschriften« – als Aufzählung aller Fakten, die der Kläger zur Rechtfertigung seiner Forderungen anführte – so aussehen, dass Robbie aller Voraussicht nach damit rechnen konnte, sie durchzubekommen, aber auch nicht *zwangsläufig*. Die erste »Klage« sollte Robbie für einen Peter Petros einreichen. Dieser Peter hatte sich, was niemand bestritt, beim Besuch eines Basketballmatchs der Hands total volllaufen lassen. Bei einer wüsten Schimpftirade gegen die Schiedsrichter war er vor Aufregung über das Tribünengeländer gefallen. Dass er den Sturz überlebt hatte, war am ehesten dem alkoholbedingt schlaffen Zustand seines Körpers zuzuschreiben sowie der Tatsache, dass er auf der Überdachung eines Hot-Dog-Verkaufswagens landete, bevor er auf den Betonfußboden des Stadions knallte. Petros hob nun in seiner Klage gegen Standard Railing, den frei erfundenen Hersteller des Geländers, darauf ab, dass der Beklagte angesichts der unbestreitbaren Gefährlichkeit eines Tribünensitzplatzes logischerweise dafür haftbar sei, ein Produkt auf den Markt gebracht zu haben, das Peters Verletzungen nicht verhindert habe. In seinem Gegenantrag für die Standard Railing verlangte James McManis die umgehende Abweisung der Klage. Die Begründung: Selbst wenn Peters Einlassungen voll der Wahrheit entsprächen, liege hier gar kein Grund für eine Klage vor. Die juristischen Begründungen waren darauf angelegt, dass die Chancen für beide Seiten gleich standen.

Am 12. Januar erschien Evon in Begleitung von Suzy Kraizek, einer weiteren Kanzleimitarbeiterin, im Gericht von Kindle County und reichte die Klage ein. Das war ein ganz normaler Vorgang und zugleich der nächste Schritt, den Fall, wie Robbie sich ausdrückte, einem »guten« Richter zuzuschanzen. Das ging nicht ohne einen ersten Umweg. Robbie musste im Büro von Sig Milacki eine telefonische Nachricht hinterlassen. Milacki war als ehemaliger Kollege Brendans aus dem Polizeidienst jetzt der Verbindungsmann zu den Sheriff-Deputies, die den Sicherheitsdienst am Gericht versahen. Robbie wollte nur die Bearbeitungsnummer für einen neuen Fall: das Verfahren *Petros gegen Railing.* Der weitere Ablauf war Feaver zwar im Einzelnen nicht bekannt, warum auch hätte er danach fragen sollen? Allerdings hatte sich im Laufe der Jahre herausgestellt, dass Milacki Anfragen dieser Art stets an Gerichtsdiener Rollo Kosic, Tuoheys Bürochef, weiterreichte. Und dem gelang es irgendwie, den Gerichtscomputer zu manipulieren, der die Fälle den Richtern ja eigentlich nach dem Zufallsprinzip zuweisen sollte. Als Evon am Montag erneut zum Gericht musste, um Unterlagen zur *Petros*-Klage abzuholen, stand bereits fest, dass Silvio Malatesta, einer von Robbies unredlichen Vier, diese auf dem Tisch hatte.

Wir trafen uns zur nächsten Besprechung in McManis' Büro, wo die FBI-Leute sich nun daranmachten, die Fallstricke für Malatesta auszulegen. Vor ihm war erst einmal sein »Geldbote« an der Reihe, ein stets misslauniger Gerichtsdiener namens Walter Wunsch, der für Malatestas Prozessliste zuständig war. Gemäß dem unumstößlichen Ritual, nach dem die Geldübergabe ablief, würde Robbie nicht vor Abschluss des Falls Walter den Umschlag aushändigen. Stan und auch McManis wollten allerdings schon eher etwas Handfestes auf Band haben. McManis meinte nämlich, Robbie solle erst einmal in einer Situation, die weniger stressig war als eine Geldübergabe, Erfahrungen mit dem Tragen einer Wanze sammeln. Stan wiederum war begierig darauf, dem UCORC handfeste Beweise vorlegen zu können, um dessen knapp bemessene Dreißig-Tage-Frist einzuhalten. Danach konnte es passieren, dass sie das ganze Projekt fallen ließen, falls sie mit den Fortschritten nicht zufrieden waren. Robbie war bereit, im Verlauf der Verhandlung vielleicht einmal bei Walter vorbeizuschauen. Die Gelegenheit dazu würde sich bieten, wenn er seinen Gegenantrag zu McManis' Forderung nach Abweisung der Klage einreichte. Schließlich musste er sichergehen, dass Malatesta auch von den guten Argumenten der Klägerseite Kenntnis erhielt. Noch in derselben Woche begannen die Vorbereitungen für Robbies ersten Ausflug mit verstecktem Lauschgerät.

Nach der Sitzung ging ich mit Robbie in mein Büro. Ich musste noch einmal kurz hinaus und meiner Sekretärin etwas sagen. Als ich zurückkam, stand Robbie nachdenklich an der alten breiten Fensterfront und genoss den Blick auf die Skyline von Center City. Neue Stahlskelette mit ihrer spiegelnden Haut mischten sich mit den Häusern der zwanziger Jahre, deren Dächer an vergangene Stilepochen gemahnten – gotische Spitzgiebel, italienische Kuppeln und darunter sogar eines, das mit den blau schimmernden Kacheln seines Helms an eine orientalische Moschee erinnerte. Im Westen schlängelte sich der Fluss grau und fern im winterlichen Licht. Die raue Jahreszeit hatte ihren Einzug gehalten. An solchen Tagen lebte man wie unter einem Topfdeckel.

Ich fragte Robbie, ob mit den Vorbereitungen für die Bandaufnahme alles klappe.

»Das nehme ich an«, sagte er. Mir schien, als befürchte er, bei der Aktion aufzufliegen. Doch ihn beschäftigte etwas ganz anderes. »Jetzt gibt es kein Zurück mehr«, sagte er und drehte sich zu mir um.

Bis jetzt hatte ich das Ganze eher aus meiner Perspektive betrachtet. Meine Aufgabe war, Robbie vor dem Gefängnis zu bewahren, und der offensichtliche Erfolg meiner Bemühungen freute mich natürlich. Robbie sah indes einiges auf sich zukommen: Er würde seine Kanzlei aufgeben und damit auf viel Geld verzichten müssen. Von seinem Ruf ganz zu schweigen. Und jetzt stand er vor dem ersten Schritt, der einen Bruch mit seinem bisherigen Leben bedeutete. Sollte der Lauschangriff gelingen, hatte er Walter Wunsch auf eine Weise hereingelegt, die ihm niemand aus seinem Freundeskreis oder seiner Familie verzeihen würde. All die Menschen, mit denen er sein Leben lang verkehrt hatte, würden sich von ihm abwenden. Der Mann, der mir bei unserer ersten Begegnung gesagt hatte, er sei kein Spitzel, hatte dort am Fenster gar nicht auf die Stadt hinabgeschaut. Er hatte in sich selbst hineingesehen.

Das UCORC hatte Petros mit der Auflage genehmigt, dass Evon bei allen beruflichen Terminen Feavers anwesend sein musste – bei der Protokollierung von Aussagen, bei Auftritten vor Gericht, bei allen einschlägigen Sitzungen, selbst bei Gesprächen mit neu zu gewinnenden Mandanten –, um immer ein Auge auf ihn zu haben. Robbies Arbeitstage begannen oft früh, vor allem wenn es sich um Gerichtstermine in weiter entfernten Countys handelte. Daher war es bald zur Gewohnheit geworden, dass Feaver sie morgens von ihrer Wohnung abholte. Das gemeinsame morgendliche Erscheinen im Büro würde auch den Eindruck verstärken, dass sie offensichtlich etwas miteinander hatten.

Ein FBI-Team hatte Evon in South River untergebracht, in einem umgebauten ehemaligen Lagerhaus für Autoteile. Das Gebäude war eine einzige Festung. Es war, wie viele andere Anlagen in South River, ein faszinierendes Labyrinth von Eigentumswohnungen und Apartments mit nur wenigen Gängen und Fluren. Das Team hatte sich für diese Anlage entschieden, weil sie die größte auf Feavers Weg in sein Büro war. Je größer, desto besser: So blieb sie anonym. Solange sie undercover lebte, sollte sie möglichst keine neuen Bekanntschaften schließen, denn auch noch so harmlos erscheinende Fragen zu ihrer Person konnten zu einer Falle werden. Wenn Feaver sie abends nach sechs vor ihrer Wohnung abgesetzt hatte, befiel sie oft das Gefühl, sich in Isolationshaft zu befinden, bis sein schnittiger weißer Mercedes am anderen Morgen wieder vorfuhr.

Sie verbrachten täglich viel Zeit in seinem Wagen, und da herrschte selten Schweigen zwischen ihnen. Wenn Feaver nicht gerade telefonierte – wählen konnte er auf einem Tastenfeld gleich oberhalb der Kontrollanzeige für die Öl- und Wassertemperatur –, ließ er sie an allem teilhaben, was ihm gerade durch den Kopf ging. Sie musste an einen Spruch ihres Vaters denken: Da läuft einer mal wieder über wie ein zu voller Eimer. Ob Robbie je etwas für sich behielt? Offensichtlich wollte er sie in allen Einzelheiten mit seiner Arbeit vertraut machen, und man merkte ihm an, welchen Spaß ihm das machte. Schnell hatte er begriffen, dass das Auto der einzige Ort war, an dem er bequem die Deckung verlassen konnte. Im

Büro hatte sie keine Probleme mit ihm, doch im Mercedes mutierte Feaver zum dreisten Schulbuben, der mal kurz über die Stränge schlagen musste, damit er sich in der Klasse wieder ordentlich benahm. Pausenlos bohrte er nach, um etwas über ihre Identität herauszubekommen, oder ließ sich über ihre Treffen mit Sennett und McManis aus. Sie starrte dabei immer nur aus dem Fenster und betrachtete die Umgebung, oder sie schloss die Augen, lehnte sich zurück und genoss den Komfort seines Wagens. Dem silbernen Typenschild am Heck hatte sie entnommen, dass es sich um einen S 600 handelte. Die cremefarbenen Lederpolster mit ihren kleinen Luftlöchern fühlten sich an wie diese Schuhe aus Kalbsleder, die sie sich nie leisten konnte, und das dunkle Nussbaumholz am Armaturenbrett und am Lenkrad hatte etwas Museales. Doch am meisten beeindruckte sie die Tatsache, dass drinnen kaum Fahrgeräusche zu hören waren. In einem Wagen wie diesem blieb das Draußen wirklich draußen. Die schweren Türen fielen mit dem satten Ton eines Kühlschranks zu.

Feaver war von seinem Mercedes einfach hingerissen. Er hatte ihn erst vor wenigen Monaten gekauft. Wieder und wieder verkündete er stolz den unglaublichen Preis, den er bezahlt hatte: 133 000 Dollar. Dass der Wagen damit mehr gekostet hatte als einige der Fünf-Zimmer-Häuser auf ihrem Weg über Land, ließ ihn kalt. Im Schutz seiner eleganten Kutsche wurde aus Robbie ein anderer Mensch. Er zoomte durch die Landschaft, als säße er in einem Raumschiff. Auf der Rückfahrt vom Gericht von Greenwood County schaute er gern schnell mal bei seiner Mutter vorbei, die dort in einem Pflegeheim lebte. Auch Sparky, der ein Wettbüro betrieb, suchte er auf, wenn er Tickets für ein Spiel der Hands hatte. Robbie ließ sie dann gern einem seiner Referenzanwälte vor Ort zukommen. Auch das Einkaufen gehörte zu seinen Hobbys. Ganz besonders liebte er Sonderaktionen mit herabgesetzten Preisen und erfolgreiche Schnäppchen bei Markenmode. Häufig stoppte er ganz plötzlich an einer Mall, sah sich die Angebote an, prüfte sie genau, indem er sie ins Licht hielt, und rief dann seine Frau aus dem Auto an, um ihr seine Beute zu beschreiben wie ein Großwildjäger.

Wo immer er einen Gerichtssaal betrat, benahm Feaver sich, als sei er dort zu Hause. Man kannte ihn. Über Jahrzehnte hatten sich Freundschaften entwickelt, und es gab endlose Geschichten zu erzählen. In gewisser Weise war für Robbie die ganze Welt eine Bruderschaft, man frotzelte einander, riss schlüpfrige Witze und brach in lautes Gelächter aus. Selbst wenn er zu einer Verhandlung erschien in der Hoffnung, die Gegenpartei in der Luft zerreißen zu können, fand er für deren Anwalt stets aufmunternde Worte. Bei dem noblen Herrenausstatter, der für seine teure Garderobe zuständig war, hatte Robbie seinen persönlichen Verkäufer. Er hieß Carlos, war Exil-Kubaner und begrüßte Robbie stets mit dem vertraulichen Handschlag, wie er unter Kumpeln üblich ist: Finger nach oben, Innenflächen gegeneinander geklatscht. Den Laden bevölkerten nur Männer wie Robbie: penibler Haarschnitt, lässiges Auftreten. Wenn sie den Sitz ihrer Kleidung vor dem Spiegel prüften, taten sie das mit kritisch-strengem Blick, ganz anders, als sie sich draußen auf der Straße gaben, wo sie ihre tollen Klamotten dann großspurig und unbeschwert vorführten.

Eines Tages, es war die dritte Januarwoche, verkündete Feaver aus heiterem Himmel, nun sei ein Treffen mit Harold angesagt. Harold war einer seiner Mandanten. Er hatte bei einem Zusammenstoß mit einem Lieferwagen schwere Verletzungen davongetragen. Evon konnte den Anblick des Mannes kaum ertragen. Zusammengekrümmt saß er in seinem Rollstuhl, Arme und Gesicht übersät mit Wunden. Doch Robbie schüttelte Harold die Hand und tönte laut wie unter Freunden am Bartresen, wie gut er doch aussehe. Dann ließ er sich fast zwanzig Minuten über die Höhepunkte der Basketballsaison der heimischen Liga aus. Später im Wagen sagte er zu ihr, er sei entschlossen, alles zu tun, damit Harold am Leben bleibe. Die beklagte Partei – der Autohersteller, die Highway-Polizisten, das Transportunternehmen – habe den Fall eindeutig über ganze neun Jahre verschleppt, weil sie auf Harolds Tod hoffe. Das dürfe nicht passieren, denn dann bringe der Fall, der derzeit seine zwanzig Millionen Dollar wert sei – inklusive lebenslangem Pflegeanspruch –, nur etwa ein Fünftel ein, wovon das meiste auch noch als Rückzahlung an Harolds Krankenversicherung gehe. Harolds Mutter, eine rundliche Frau mittleren Alters im Sackkleid, die sie hereingelassen hatte, werde in dem Fall völlig leer ausgehen. Dabei habe sie die ganze Zeit für ihren Sohn gesorgt, nachdem sich dessen Frau kurz nach dem Unfall aus dem Staub gemacht hatte.

»Und was bekommen Sie?«, fragte Evon trocken. »Das ginge dann den Bach runter, nicht?«

»Langsam«, sagte Feaver. »Sollten Sie mal mit Neucriss zu tun kriegen, wird er Ihnen, noch bevor er Guten Tag sagt, erzählen, was er der Welt ständig Gutes tut, wie er für jeden mutig in die Bresche springt, der einen Schaden erlitten hat. So was mache ich nicht. Die Devise lautet: Wir verschaffen den Leuten Geld als Wiedergutmachung für ihre Schmerzen, und jeder, der in dieser Liga spielt, weiß, wie man die Punkte macht – die Richter, die Jury, ich, der Mandant, die Leute von der Gegenpartei, alle spielen mit in der Arena. Es geht um's Geld. Wie viel kriegen wir, wie viel behalten die anderen? Die Leute mögen sagen, was sie wollen, ich übersetze es Ihnen kurz und bündig so: Selbst ein Krieg, der im Namen Gottes geführt wird, bleibt immer noch ein Krieg.« Er nickte, um seinen Worten Nachdruck zu verleihen. »So läuft das.«

Seine Selbstgefälligkeit war wie immer atemberaubend. Wer hatte alles im Griff, wenn nicht er?

»Was ist das denn für ein ›Spiel‹?«, fragte sie plötzlich. »Damit wird immer alles begründet. Aber ich verstehe es nicht. Ist es für Sie wie ein Sport? Oder eine Rolle in einem Stück? Oder reizt es Sie, andere auszutricksen?«

»Stimmt alles«, sagte er.

»Ach, kommen Sie.«

Er rieb sich die Nase. Das war ihm zu kompliziert. Sie fuhren durch die Vorstadt, lauter neue Siedlungen mit spitzen Dächern. Kein besonderer Anblick. Vom Highway aus sah sie in der Ferne zwei kleine Jungen in der Kälte Schlagball spielen.

»Na ja, verdammt«, sagte Feaver, der sein eigenes Schweigen nie lange aushalten konnte. »Es ist eben ›Das Spiel‹. Wie das Leben, wissen Sie? Weiter kann man dazu nichts sagen, außer dass wir alle unseren Spaß dabei haben und dass am Ende gar nichts dabei herauskommt. Aber meinen Sie, es machte einen Sinn, wenn man es sein ließe? Glauben Sie, Gott hat eine funktionierende Weltordnung geschaffen? Das ist doch das Lächerliche an den Gesetzen. Wir tun gerne so, als machten sie das Leben sinnvoller. Stimmt aber nur selten.«

Sie seufzte. Das machte ihn nur noch hartnäckiger.

»Sagen Sie mir, welchen Sinn es haben soll, dass Lorraine so krank ist. Warum sie? Warum gerade jetzt? Warum gerade diese schreckliche, beschissene Krankheit? Es kommt nichts dabei heraus. Oder nehmen Sie unsere Fälle. Diesen achtundvierzigjährigen Dreher. Er will die Spindel ansetzen, schaltet also den Strom ab, um sie zu fixieren. Der Vorarbeiter kommt, meint, irgendein Witzbold will ihm einen Streich spielen – was wenigstens zweimal pro Tag passiert –, und schaltet den Strom wieder ein. Zack, ist der Dreher die halbe Hand los. Oder dieser Feuerwehrmann. Geht in seiner Freizeit los und putzt jemandem die Fenster. Verlässt für drei Minuten das Zimmer, um neues Spray zu holen, und das Dreijährige klettert auf einen Stuhl, guckt aus dem Fenster und fällt raus. So geschehen in Mount Sinai. Oder nehmen Sie Harold, Herrgott noch mal. Gerade kurvst du noch als erfolgreicher Geschäftsmann über den Highway, und im nächsten Moment sitzt du im Rollstuhl und bist nur noch ein Fleischkloß. So läuft das. ›Das Spiel‹. Zehn Zentimeter vor dem Loch rollt dir der Golfball gegen ein Steinchen, springt weg, und aus ist es mit dem Pokal. Du gehst nach Hause und heulst. Da draußen herrscht in Wirklichkeit nur das Dunkel, das Chaos, und wenn du so tust, als stimme das nicht, dann gehört eben auch das zum ›Spiel‹. Wir stehen alle auf der Bühne. Sagen unsere Verse auf. Spielen, was wir im Moment selber gern wären. Anwalt zum Beispiel. Ehepartner. Auch wenn wir im Hinterkopf wissen, dass das Leben mehr aus Zufällen besteht und ein größeres Durcheinander ist, als wir uns einzugestehen wagen. Okay?« Er sah ihr, trotz des Verkehrs auf dem Highway, mit funkelndem Blick direkt in die Augen. Etwas an ihm – vor allem diese Heftigkeit – machte ihr Angst. »Okay?«, fragte er noch einmal.

»Nein«, sagte sie.

»Warum nicht?«

Sie verschränkte die Arme vor der Brust und überlegte, ob er wirklich eine Antwort verdiente.

»Ich glaube an Gott«, antwortete sie.

»Ich auch«, sagte er. »Aber Gott hat mich so gemacht, und das ist es, was ich meine.«

Unwillkürlich drang ihr ein Seufzer der Erschöpfung aus der Kehle. Sie hätte es eigentlich wissen müssen. Wie kam sie nur auf die Idee, mit einem Anwalt zu streiten?

An einem dieser Vormittage im Januar blieben Feaver und Evon in ihrem 600er nur noch wenige Blocks von seiner Kanzlei entfernt in einem Stau mit dem üblichen Hupkonzert stecken. Weiter vorn quoll dicker Qualm in die kalte Luft und hüllte die gelben Warnlichter einer Straßensperre und mehrerer Rettungsfahrzeuge ein. Zentimeterweise rückte die Autoschlange weiter, und schließlich erblickten sie einen Trupp Kanalisationsarbeiter in gesteppten Jacken und mit Schutzhelmen auf dem Kopf. Sie beugten sich über gelbe Absperrgitter, die sie um einen offenen Kanalschacht aufgestellt hatten. Was sie taten, war nicht zu erkennen, doch sie riefen ihren Kollegen unten etwas zu. Eine junge Frau mit Schutzhelm und roter Fahne winkte den Verkehr über die freie Fahrbahn daneben vorbei. Direkt neben ihr ließ Feaver die Scheibe herunter. Ein plötzlicher Schwall kalter Luft drang herein.

»Wie kommt's, dass immer die niedlichsten Mädchen die Fahne schwenken?«, fragte er. Sie war Afroamerikanerin mit einem breiten Gesicht, großen Augen und hübsch hervorstehenden Backenknochen. Sie schenkte ihm ihr strahlendstes Lächeln und winkte ihn weiter.

»Woher kennen Sie sie?«, wollte Evon wissen, als er seinem Mercedes wieder die Sporen gab.

Er sah sie verdutzt an. »Ich kenne sie überhaupt nicht.«

»Und dann sagen Sie so etwas zu ihr?«

»Klar. Warum auch nicht?«

»Weil es sie vielleicht ärgert.«

»Sah sie so aus?«

»Aber was soll das dann? Darf ich Sie das fragen? Was soll so eine Bemerkung?« Sie gab sich Mühe, nicht zu scharf zu klingen. Doch das hatte sie Männer wie ihn immer schon fragen wollen.

»Sie ist niedlich«, erwiderte er. »Glauben Sie, es ist leicht, mit einem Bauarbeiterhelm auf dem Kopf niedlich auszusehen? Ich glaube das nicht. Glauben Sie, es ist ein Zufall, dass sie niedlich aussieht? Schauen Sie, sie steht morgens auf. Sie knüpft sich dieses bunte Tuch in die Haare, obwohl sie sich doch nachher diesen Helm darüberstülpt. Sie mustert ihren knackigen Po in den engen Jeans. Und für wen tut sie das?« Morgens auf dem Weg ins Büro fuhr er immer ohne Jackett. Er legte seine lange Hand, mit der er seinen Wortschwall gestenreich untermalt hatte, theatralisch auf die grellbunte Krawatte. »Für mich. Für die Millionen Typen wie mich. Und dafür sage ich ihr Danke. Das ist alles.«

»Das ist alles?«

»Vielleicht komme ich ja noch mal an ihrem Stau vorbei. Vielleicht steht die Ampel gerade auf Rot. Vielleicht macht sie gerade Lunch-Pause. Ich meine, ich kann mir alles Mögliche vorstellen. Diesmal war es eben ein Danke. Das ist alles.«

Auch das war Feaver. Er spuckte nicht die großen Töne oder markierte dauernd den Macho mit dem enormen Schwanz. Er besaß schon Stil. Aber er war doch immer auf dem Sprung und wollte nichts anbrennen lassen. Er kam einem immer ein Stück zu nah, wenn er mit einem sprach. Seine Frau lag zu Hause und starb jeden Tag ein bisschen mehr, und er trug keinen Ehering. Wenn er sich morgens hinters Steuer sinken ließ, musste Evon nach Luft schnappen angesichts der Wolke von Eau de Cologne, Haarspray, Rasierwasser, Bodylotion und sonstigen Duftschwaden, die er verbreitete. Er war sich selbst der Allerliebste und zeigte das auch gern, als würde allein die Wucht seiner umwerfenden Persönlichkeit eine Frau schon schwach werden lassen.

Bei ihrer ersten Zusammenkunft hatte McManis sie gewarnt.

»Unser V.I.« – das hieß: vertraulicher Informant, sollte hier aber wohl nur eine höfliche Umschreibung für Zinker sein – »hat einen enormen Ruf als Frauenheld. Will sagen, Sie sind auf Ihre Rolle festgelegt, und er ist es, der Fakten und Fiktionen durcheinander bringen darf.« Jim hatte ihr drei goldene Regeln mit auf den Weg gegeben. Erstens, sich über nichts aufzuregen, was sie eigentlich ärgerte; das würde sie nur zurückwerfen. Zweitens, nicht beleidigt zu sein, denn ändern könne sie ihn ohnehin nicht. »Und drittens«, hatte McManis gesagt und eine bedeutungsvolle Pause gemacht, weil das sein wichtigster Rat war, »verknallen Sie sich nicht in ihn.«

Keine Chance, hatte sie geantwortet. Und bisher hatte es auch tatsächlich kaum Probleme zwischen ihnen gegeben. Einmal hatte sie in seinem Büro einen verstohlenen Seitenblick geerntet, als er sie eher nebenbei fragte, wann es wohl so weit sei, dass Bonita »zufällig« hereinstolpern und Zeugin werden wolle, wie sie gerade auf seinem Ledersofa zur Sache kämen. So etwas gehörte zu den Klippen, die Evon noch zu umschiffen hoffte. Ein kurzer Blick hatte gereicht, ihn zu stoppen, und sie hatte nie mehr etwas in der Art gehört.

Doch es gab in der Kanzlei keine Frau, die sie nicht gewarnt hätte. Die weibliche Belegschaft hockte gern in den Kaffeepausen und zum Lunch in einer kleinen Ecke beieinander, wo es auch einen Kühlschrank und ein Spülbecken gab. Sie wurde »Küche« genannt, und in der hielt sich kein männliches Wesen jemals länger als eine halbe Minute auf. Das reichte nämlich, um sich die für ihn bestimmte Tasse Kaffee und das braune Lunchpaket zu holen. Als Evon einmal, um ihr Cover noch fester zu klopfen, beiläufig bemerkt hatte, wie nett sie es von Robbie finde, dass er sie jeden Morgen abhole, hatte Oretta, eine Mitarbeiterin aus der Registratur, nur höhnisch gelacht.

»Mein liebes Kind«, hatte sie gesagt, »steigen Sie nur immer munter in sein Taxi, über kurz oder lang wird er Ihnen schon den Fahrpreis nennen.« Alle Frauen waren in ein schrilles, laszives Gelächter ausgebrochen, das von den Stahlschränken grell widerhallte. Später fing Bonita sie mit einer Akte unter dem Arm auf dem Gang ab und kam noch einmal darauf zurück.

»Wissen Sie, als ich hier anfing, war ich noch Single, und wir haben hier manchmal ein bisschen privatisiert.« Sie nannte keinen Namen, sah aber über ihre Schulter zurück und wies mit dem hoch toupierten Kopf in Richtung von Robbies Büro. Bonita gehörte zu den Frauen, die Robbies Aufmerksamkeit schon beim Vorstellungsgespräch auf sich gezogen hatte. Ihre Kleider trug sie eine halbe Nummer zu eng und betonte so stets ihre durchaus annehmbaren Kurven. »Aber bald schon bin ich Hector begegnet. Wurde so etwas wie eine Beziehung, wissen Sie. Und Robbie? Der flirtet noch ein bisschen, bedrängt einen aber überhaupt nicht mehr, sobald er merkt, es ist wirklich ernst mit dem anderen. Er möchte nämlich nur, dass man ihn mag. So ist er. Wie ein kleines Kind…« Bonita rollte den langen weißen Aktenschrank in seine Wandnische zurück. »Sie werden ihn mögen«, sagte sie, und das Leuchten in ihren dunklen Augen mit den dicken schwarzen Waschbärringen bekräftigte diese Gewissheit. Dann ging sie und ließ Evon vorübergehend mit einem Angstgefühl zurück.

3

Eifersüchtiger Wächter über den blinkenden Gerätepark im Schrank des Konferenzraums war ein Elektronik-Experte namens Alf Klecker, den das FBI für das Projekt Petros abgestellt hatte. Alf war ein mit allen Wassern gewaschener Pirat, ein Profi für alles, was mit Abhören und Anzapfen zu tun hatte. Er war ein stämmiger Kerl mit rundem Gesicht und mehr roten Locken auf dem Kopf, als die Polizei erlaubte. Klecker hatte, wie man mir sagte, viele Jahre für D.C. den »Schmiergeldjäger« gemacht, der heimlich irgendwo einbrach und seine Wanzen legte, sobald ein Richter den Lauschangriff genehmigt hatte. Berühmt wurde er im Bureau dadurch, dass er das US-Senatsgebäude für ABSCAM verwanzt hatte und sich mehr als vierundzwanzig Stunden im Pförtnerhäuschen verstecken musste, um nicht entdeckt zu werden.

Vor seinem Einsatz in Kindle County hatte Alf zuletzt in der so genannten »Black World« des Bureau gearbeitet. Sein Aufgabenbereich dort war das, was die Agenten intern FCI nannten, »Foreign Counter-Intelligence« – eine Anspielung auf die CIA und ihre Spionagepraktiken. In Center City landete er am 20. Januar, um Robbie für seine erste Begegnung mit Walter Wunsch und den geplanten Tonbandmitschnitt zu verkabeln. Er hatte Apparate in seinem Koffer, die noch nicht für den Gebrauch in den Vereinigten Staaten freigegeben waren. Tonbandrecorder seien out, erklärte er uns. Und normale T-4-Sender, mit denen V.I.s normalerweise ausgerüstet waren, seien heutzutage eher untauglich und gefährlich, weil jedes Kind sich einen Polizeiscanner besorgen und damit das Signal stören könne. Alf hatte dafür ein neues Gerät mitgebracht, das sie

FoxBIte nannten. Entwickelt hatte es ein pensionierter FBI-Techniker. Gegen ein Vermögen hatte er die Erfindung dann an seinen früheren Arbeitgeber verkauft. Es war so groß wie eine halbe Zigarettenschachtel, kaum zwei Zentimeter dick und wog nicht einmal 200 Gramm. Es enthielt nur noch so wenige Metallteile, dass die Magnetometer im Gericht nicht darauf reagierten. Außerdem zeichnete es den Ton nicht wie gewohnt auf Band auf, sondern auf Speicherkarten, die sich dann auf den Computer laden und über ihn abhören ließen. Um andere gleich mithören zu lassen und als Sicherheitsmaßnahme für den Fall, dass das FoxBIte mal ausfiel, sollte Robbie außerdem noch einen etwas größeren Sender bei sich tragen, einen digitalen »Frequenzhopper«, wie Alf ihn nannte, der über eine Zufallsauswahl von Kanälen ein verschlüsseltes Signal sendete. In einem nicht weit vom Gerichtsgebäude geparkten Lieferwagen würde ein Empfangsgerät installiert, das das FoxBIte-Signal empfängt, decodiert und aufzeichnet.

Kopfschüttelnd sah Robbie zu, wie Alf das FoxBIte und den »Hopper« an ihm befestigte.

»Ich habe selber einen Federhalter mit eingebautem Mikrofon«, war Feavers Kommentar. »Und aufgenommen wird auf einem Mikrochip.«

»Ja, mein Lieber«, sagte Alf, »und dann verlassen Sie sich mal schön auf die Wiedergabetreue von so einem Mikrochip. Plötzlich sehen sie zwölf Köpfe nicken, wenn der Anwalt der Gegenseite behauptet, sein Mandant habe ›honey‹ und nicht ›money‹ gesagt.« An mich gewandt, fügte er hinzu: »Damit will ich natürlich niemanden kränken, George.«

Das hätte ich auch nicht so empfunden, war meine Antwort. Fünf waren wir jetzt – Evon, Robbie, McManis, Alf und ich –, und damit war der kleine Konferenzraum voll. In McManis' Bürobereich war dieses Zimmer der sicherste Ort, denn es war vom Empfang her nicht einzusehen. Die Einrichtung war eher spartanisch: langer rechteckiger Konferenztisch auf Metallbeinen, Schalensitze auf Rollen mit Vinylbezug, ein deutlicher Kontrast zu der luxuriösen Ausstattung, die sein Vorgänger ihm in den anderen Räumen hinterlassen hatte. Nicht nur, dass der Empfangsbereich vollständig in Roteiche gehalten war, inklusive der Wandpaneele, auch McManis' persönliches Büro und der Konferenzraum hatten holzgetäfelte Wände, und teure rosafarbene Orientteppiche dämpften überall die Schritte.

»Diese Dingerchen bieten Aufnahmen in absoluter HiFi-Qualität«, sagte Alf. »Damit können Sie hören, auf was für Absätzen ein Ganove durch die Gegend rennt. Kein Witz.«

Klecker zeigte Robbie die Gurte aus Kunstfaser, mit denen FoxBIte und Hopper innen an Robbies Oberschenkel festgezurrt werden sollten. Die Schnur für das winzige schwarze Allrichtungsmikrofon, nicht größer als mein kleiner Fingernagel, würde durch den Hosenreißverschluss herausgeleitet. Der Übertritt zwischen Schritt und Hosenbund würde sie verdecken. Feaver sollte deshalb am besten stets einen dunklen Anzug tragen. Robbie nahm die beiden Dinger, hielt sie an seinen Schenkel und blieb skeptisch.

»Fühlt sich an, als wögen sie zwei Tonnen.«

»Das, mein Bester, sagt praktisch jeder V.I., wenn wir sie ihm zum ersten Mal ans Bein binden«, meinte McManis. Robbie und ich hatten von McManis längst einen guten Eindruck gewonnen. Jim war der Typ des geradlinigen, unerschütterlichen FBI-Agenten, wie man ihn aus dem Fernsehen kannte. Ich wusste, er war gelernter Anwalt, und das war wichtig, weil das UCORC ihn diese Rolle sonst nicht hätte spielen lassen. Alles Übrige über ihn und seine Person lag, wie bei anderen UCAs auch, weitgehend im Dunkeln. Erst lange nach dem Ende des Projekts Petros erfuhr ich, dass sein Vater als pensionierter Detektiv in Philadelphia lebte, und das überraschte mich damals keineswegs mehr. Ich hatte Jim immer schon als einen beneidenswert unerschütterlichen Menschen empfunden, der mit seiner Herkunft zufrieden war und mit dem, was er aus eigener Kraft erreicht hatte.

Zu Robbie hatte Jim inzwischen ein entspanntes Verhältnis. Er ging noch einmal alle Einzelheiten der Lauschaktion mit ihm durch. Evon würde versteckt unter ihrer asymmetrischen, mit Spray noch einmal fixierten Frisur einen Ohrhörer tragen. Darüber würde sie ein zusätzliches Infrarot-Signal vom FoxBIte empfangen. So könne sie das Gespräch zwischen Robbie und Wunsch live mithören. Für den Fall, dass etwas schief ging, werde ihr Standort direkt draußen vor der Tür sein. Jim und Alf würden unten im Lieferwagen sitzen und zur Not ebenfalls eingreifen.

»Wir haben alles im Griff«, sagte Jim.

»Das hoffe ich«, sagte Feaver. Seine Furcht vor Tuohey grenzte fast an Aberglauben. Er war überzeugt, wenn sie ihn mit dem Aufnahmegerät erwischten, würden sie ihn umbringen oder zumindest übel zurichten, und das, noch bevor er das Gerichtsgebäude verlassen hätte.

»Sie sollten jetzt einmal vor die Tür gehen«, sagte Klecker zu Evon. Als Nächstes musste Feaver jetzt nämlich die Hose herunterlassen, damit ihm der Gurt an Ort und Stelle umgeschnallt werden konnte.

»Ganz recht«, sagte Robbie. »Schließlich müssen wir dafür sorgen, dass sie sich auf ihre Arbeit konzentrieren kann.«

»Genau«, sagte Evon.

Sie stand noch draußen, als Sennett eintraf. Gemeinsam betraten sie wieder den Konferenzraum, wo McManis inzwischen mit Robbie die letzten Formalitäten durchging. Für jede Bandaufnahme musste Robbie nämlich eine Einverständniserklärung unterzeichnen. Laut Bundesgesetz war für jeden offiziellen Tonbandmitschnitt entweder eine richterliche Verfügung oder die ausdrückliche Duldung eines der Beteiligten erforderlich. Zudem bestand das UCORC darauf, dass das Ein- und Ausschalten von FoxBIte per Fernbedienung durch einen Agenten erfolgen sollte. Dadurch sollte sichergestellt werden, dass Robbie nicht selbst bestimmen konnte, was er aufnahm und was nicht. McManis ließ sich in einen der Schalensitze nieder und schaltete das Gerät ein. Unauffällig wandte er sich dem Mikrofon in Höhe von Robbies Gürtellinie zu.

»Hier Special Agent UCN James McManis«, sagte er. Es sollte noch Monate dauern, bis ich herausbekam, dass UCN für »undercover name« sand. Er nannte Datum, Uhrzeit sowie die geplante Zusammenkunft zwischen Feaver und Wunsch.

Sennett gab seine letzten Anweisungen. Evon und Robbie hörten zu. Nur das, was Walter tatsächlich aussprach, könne auch aufgezeichnet werden. Also müsse Feaver dafür sorgen, dass es nicht bei einem Nicken hier, einem Kopfschütteln da und anderen stummen Gebärden blieb. Feaver hob und beugte den Kopf und ließ die Schultern kreisen. Das gehörte zu seinen persönlichen Entspannungsübungen, angeblich nach der Stanislawski-Methode. Schließlich hob McManis den Daumen zum Zeichen: alles okay. Wir stellten uns an der Tür in einer Reihe auf, um Robbie per Handschlag zu verabschieden. Seine Hand fühlte sich noch eiskalt an, als er bei mir ankam.

Das Kindle County Superior Court Law and Equity Department, also die erste Instanz der Zivilabteilung des County, residiert in einem Gebäude aus den Fünfzigerjahren. Sein Baustil spiegelt jene von Verunsicherung geprägte amerikanische Epoche wider, in der annähernd alle Gebäude quadratisch angelegt wurden. Es hat die Proportionen einer Festung, nimmt einen halben Straßenblock ein und ist so breit wie hoch. Die Mauern sind aus gelbem Backstein, innen fünfzehn Zentimeter dick verputzt und als solche ein Ausdruck der anhaltenden Dankbarkeit Augie Bolcarros gegenüber diversen Gewerkschaften. Um dem Ganzen auch etwas von der Bedeutung und Würde von Recht und Gesetz zu verleihen, hat man dem Bau eine gläserne Kuppel übergestülpt, durch die schwach das Tageslicht in eine runde Halle herabfällt. Innen verläuft ein Stucksims mit albernen Masken der blinden Justitia und griechischen Figuren. Grüne Blattpflanzen hängen von einem freitragenden Portikus herab. Vom ersten Tag an hieß das Gebäude nur »The Temple«, ursprünglich eine ironische Anspielung auf den »Temple« an der Themse, was allerdings bald in Vergessenheit geraten war.

Da Feaver sich für einen alten Hasen auf der Bühne hielt, war sein »Bammel« weitgehend verflogen, wenn sich der Vorhang erst einmal gelüftet hatte. Im siebten Stock verließ er mit Evon den Fahrstuhl und führte sie durch den rückwärtigen Korridor zum Büro Walter Wunschs, der rechten Hand von Richter Malatesta.

Walter gehörte quasi zum Inventar des Gerichts von Kindle County, seit er dort mit neunzehn dank der Fürsprache eines Mitglieds des Bezirksausschusses seinen ersten Job als Fahrstuhlführer erhalten hatte. Bis vor zwei Jahren – also lange nach der Automatisierung der Aufzüge – wurde dieser Posten durch Protektion immer wieder besetzt. Mittlerweile war er nun zum Wahlkreisleiter befördert worden und saß selbst im Bezirksausschuss. Das war eine Position mit beträchtlichem politischem Einfluss. Laut Robbie hatte er schon seit Jahren für diverse Richter den Geldboten gespielt.

Walter war ein knochiger Mann mit langer Nase und zudem stets übellaunig. Immer stand er, die Hände in den Hosentaschen vergraben, hinter seinem Pult und gab zu allem und jedem vollmundig seine Kommentare ab. Gekleidet war Wunsch stets deutschkorrekt. Selbst im heißen Sommer sah man ihn nur in seinem dicken Wollanzug. Wie später auch aus den Bändern herauszuhören war, verfügte er über einen säuerlichen Humor, der mich insgeheim oft an Sennett erinnerte.

»Mit Walter ist das so«, hatte Robbie uns aufgekärt. »Man kennt ja Menschen, die sich stets so gerieren, als könnten sie einen nicht ausstehen. Machen auf sarkastisch. Oder nehmen einen auf den Arm. Das ist Walters Art. Nur ist es bei ihm nie scherzhaft gemeint.« Walter verdankte seinen armseligen Humor wohl einer schweren Kindheit, meinte Robbie, doch darüber wisse er nur wenig.

Walter war in seinem Büro. Er brütete über Aktenstapeln, als Robbie und Evon vor seinen Schreibtisch traten. Mürrisch blickte er auf.

»Hey, Walter!«, begrüßte Robbie ihn laut. »Wie war's in Arizona? Schönes Wetter gehabt?« Robbie hatte Walter im Spätherbst einen Golfurlaub in Arizona finanziert, nachdem ein langer Schadensersatzprozess für Robbie und seinen Mandanten erfolgreich ausgegangen war.

»Viel zu heiß«, sagte Walter. »Zwei Tage hatten wir mehr als vierzig Grad. Bin auf der Straße immer im Schatten der Häuser entlanggeschlichen. Kam mir vor wie 'ne lausige Kakerlake.«

»Und wie ging's der holden Angetrauten? Hat's ihr gefallen?«

»Das müssen Sie sie selber fragen. Sie war jedenfalls froh, dass ich nicht golfen konnte. So weit scheint sie zufrieden gewesen zu sein. Was sonst war, weiß ich nicht.« Er schob ein paar Papiere von der einen Schreibtischseite auf die andere und fragte, um was es ginge.

»Kleiner Schriftsatz.« Robbie wies auf Evon, die den Umschlag in der Hand hielt, und stellte sie ihm als seine Assistentin vor. Walter gab sich redlich Mühe, dennoch misslang ihm eine freundliche Begrüßung. Robbie hatte es vorausgesagt: Er lächelte zwar, aber das Lächeln hatte etwas Hinterhältiges. Wie immer er auch gelaunt war, angenehm wirkte er nie. Seine Haut war fahl und rau. Die Schultern stachen spitz hervor, dafür hatte der Bauch eine deutliche Rundung. Einer von diesen schmächtigen Männern, denen die Natur solche fast komischen Fettbeulen mitgegeben hatte. Die Spitze seiner großen, geröteten Nase zeigte mit einem Knick nach oben. Haare hatte er fast keine mehr auf dem Kopf, und die paar, die ihm geblieben waren, klebten in grauen Streifen quer auf der Schädeldecke.

»In Ordnung, Lady«, sagte Robbie. Er legte Evon den Arm um die Schultern und drückte sie ein wenig an sich. Walter gefiel das. Und Robbie wusste nur zu gut, dass sie hier ihre Rolle spielen musste und sich nicht wehren konnte. »Lassen Sie mich jetzt mal eine Sekunde mit Walter allein? Ich möchte ihm eine nicht ganz stubenreine Geschichte erzählen.«

Evon ging hinaus und setzte sich auf eine Bank gegenüber der Tür, wo sie noch im Infrarot-Bereich war.

»Ihre Neue?«, hörte sie Walter fragen, kaum dass sie aus der Tür war.

»Neue was?«

»Schon gut«, sagte Walter.

»Ich wünschte, ich hätte nur halb so viele, wie die Leute denken.«

»Und nicht einmal ein Zehntel davon würden Sie zugeben.«

»Aber, aber, Walter, früher waren Sie netter zu mir.«

»Früher hat die Thunfischdose auch nur 29 Cent gekostet. Also, wie lange werden Sie mit ihr die Runden drehen?«

»Eine ganze Weile.« Robbies Stimme wurde ölig. »Die lutscht Ihnen einen Golfball durch einen ganzen Gartenschlauch.«

Evon fuhr hoch und sah in einem Reflex den Gang hinunter. In Wunschs Büro folgte eine lange Pause, vielleicht weil Walter jetzt einigen weniger schmeichelhaften Gedanken an seine Frau nachhing.

»Und? Was gibt es außer schönen Tipps aus der Gartenwelt?«, fragte er schließlich.

Sie hörte den Umschlag rascheln, als Robbie den »Schriftsatz« weitergab. Er bat Walter, dafür zu sorgen, dass der Richter ihn auch wirklich las.

»Silvio liest jedes Wort. Meine Güte, manchmal frage ich mich, ob er glaubt, sonst nicht heilig gesprochen zu werden. Ich glaube, er ist bis heute noch nicht auf die Idee gekommen, dass es auch so etwas wie Abfall gibt.« Der Umschlag landete auf einem Stapel dringender Anträge. Walter schätzte Wert und Inhalt des Schriftsatzes offenbar richtig ein.

»Es ist ein Fall, Walter.«

»Was sonst würde Sie hierher führen?«

»Der hier bringt was. Eindeutiger Fall von Haftpflicht. Mein Mandant hat ein Hirntrauma erlitten. Handelt an der Börse. Termingeschäfte. Der Fall geht in die Millionen. Ich muss nur diesen Scheiß-Antrag auf Abweisung weggebügelt kriegen. Dann ist die Versicherung dran. Ist nur eine Frage der Zeit.«

»Soso, Hirnschaden. Das erklärt, warum er Sie angeheuert hat. Wollen Sie sich nicht setzen? Oder sind Sie schon wieder auf dem Sprung?«

Robbie bewegte sich. Das Scheuern der Hose am Mikrofon überdeckte Feavers Stimme. Evan spürte förmlich, wie sich das Drama zuspitzte. Der Augenblick war gekommen. Walter war kurz davor, in die Falle zu tappen. Er musste jetzt über den Schreibtisch gebeugt stehen.

»Kümmern Sie sich um die Geschichte, Wally. Sorgen Sie dafür, dass er sie richtig versteht.«

»Ich arbeite hier nur.«

»Genau«, flüsterte Robbie. »Genau. Und das ist auch der Grund, warum hier immer wieder Weihnachten ist. Weihnachten mit Bescherung.«

»Sie sind Gärtner, Feaver. Der Dreck klebt förmlich an Ihnen. Und jetzt verschwinden Sie.«

»Machen Sie mich glücklich, Walter.«

»Ich dachte, für so etwas ist die Lady da.«

Evon saß auf ihrem Platz im Gang, als Robbie die Tür aufstieß. Die beiden letzten Sätze konnte sie auch ohne den Ohrstöpsel verstehen. Andere Leute hätte das in Verlegenheit gebracht, doch Walter starrte sie mit einem unverschämten Blick über seine schiefe Nase hinweg an und wandte sich mit einem Seufzer wieder dem Papierberg auf seinem Schreibtisch zu.

Die Aufnahme war ein Erfolg. Nach Robbies Rückkehr spielte Klecker das Band Sennett, mir und ein paar Agenten vor. Feaver hatte seine Rolle zum großen Teil tadellos gespielt – ohne jegliche Anzeichen von Nervosität, als er versucht hatte, Walter vorsichtig dazu zu bringen, dass er sich selbst belastete. Stan gratulierte. Sichtlich grimmig machten ihn allerdings Wunschs zweideutige Antworten.

»Warum sagt er, dass er da nur arbeitet? Oder dass der Richter heilig gesprochen werden möchte?«

Feaver reagierte ungeduldig. Er war erschöpft und zudem schon spät dran für einen Termin mit einem Versicherungsgutachter. Auch fand er offenbar, dass der Klaps auf seine Schulter wohlwollender hätte ausfallen können.

»Hören Sie, Stan«, sagte Robbie. »So redet er eben. Sie können nicht erwarten, dass er sich brav über das Mikrofon beugt und sagt: ›Was bin ich doch für ein Schuft.‹ Ich bin ihm schon ein bisschen auf die Zehen getreten. Aber er wird das Geld nehmen. Glauben Sie mir.«

Bevor Feaver sich auf den Weg machte, nahm ich ihn schnell zur Seite, um ihm zu versichern, wie gut er gewesen sei. Als wir den Konferenzraum wieder betraten, scholl uns ein raues Gelächter entgegen. Es ging wohl auf Kosten von Evon. Sie stand mit verkniffenem Gesicht an der Schrankwand, und als sie Feaver erblickte, sagte sie auch schon, es sei Zeit zu gehen.

Nachdem sie es sich gerade in seinem Mercedes gemütlich gemacht hatten, fragte er sie, was passiert sei.

»Nichts«, war ihre Antwort.

Er ließ nicht locker.

»Es war Alf, wenn Sie es denn unbedingt wissen müssen«, sagte sie schließlich. »Er hat meinen Gesichtsausdruck nachgeäfft, als sie diese Stelle noch mal abspielten.«

Feaver schien hinter seiner Sonnenbrille, die ihn vor dem hellen Winterlicht schützte, einen Moment lang zu überlegen, wovon sie sprach. Der Golfball. Der Gartenschlauch. Wie sie vorausgesehen hatte, zeigte er keine Spur von Verlegenheit.

»Hey, Walter hat es mir abgenommen.« Er lächelte. »Wird gesehen haben, was für kräftige Kiefer Sie haben.«

»Eher braucht man einen starken Magen, um das zu verdauen. Ihr Männer seid doch krank. Warum müsst ihr immer so *aufschneiden?*«

»Hey, ich habe Walter nicht mal die Hälfte von dem erzählt, was ich auf Lager hatte.« Er fing an, von einer Geschworenen zu erzählen, mit der er eine ganze Prozesswoche lang herumgeschäkert habe. Doch dann unterbrach er sich selbst. »Ach, zum Teufel«, sagte er, »vergessen Sie die Geschworene. Walter hat auch mal im Büro einer *Richterin* gearbeitet, der ich mal an die Wäsche gegangen bin.«

»Eine Richterin!«

»Einer Frau im Talar, okay? Ist eine lange Geschichte.«

»Das will ich hoffen.« Eine Polizistin in Leuchtstreifenweste winkte sie eilig im zunehmenden Nachmittagsverkehr über eine Kreuzung.

»Ich meine, so spiele ich das Spiel, okay? So imponiere ich Typen wie Walter, spiele eine Rolle in ihrer Phantasie. Manche Leute glauben zu gern – ich weiß nicht, warum –, dass sie etwas verpassen in ihrem Leben. Aber es ist nur ein Spiel. Die Wahrheit? Wissen Sie, und das wird Ihnen nicht in den Kopf gehen, als Rainey krank wurde, habe ich aufgehört, sie zu betrügen. Warum, kann ich wirklich nicht erklären. Nachdem wir erst mal verheiratet waren, habe ich nämlich kaum eine Gelegenheit ausgelassen. Aber jetzt?« Er zuckte mit den Achseln. »Jetzt kommt es mir irgendwie bescheuert vor. Unloyal. Ich werde noch früh genug wieder Single sein.« Der Blick hinter den dunklen Gläsern war nicht zu erkennen, und das war gut so. Die Lockerheit, mit der er die grausamsten Wahrheiten aussprach, weckte in ihr eher Bestürzung. Doch noch wehrte sie sich dagegen, dass er sie mit Schocktherapien dieser Art aus dem Gleis warf.

»Es hat Ihnen Spaß gemacht, mich zu erniedrigen. Und sagen Sie jetzt nicht, es war nur ein Spiel.«

»Na, toll. Klar doch: ›Erniedrigen.‹ ›Entwürdigen.‹ Immer nur raus damit. Gloria Steinem, wie sie leibt und lebt. Warum glauben die Frauen immer, ein Kerl kommt nur auf ihre Kosten dahin, wohin er will? Wie kommt ihr darauf, dass er sich immer nur von seinem Schwanz durch das Leben treiben lässt?«

»Mir kommen gleich die Tränen.«

»Hey«, sagte er. »Sie werden nie einem Mann begegnen, der die Frauen mehr liebt als ich. Sie sind das Beste, was wir auf unserem Planeten haben. Und das meine ich nicht nur aus horizontaler Sicht. Frauen halten die Welt zusammen.«

Sie sah ihn verstohlen an, um sicher zu sein, dass er nicht grinste. Doch überzeugt war sie auch dann noch nicht. Auf dem Gehsteig zog ein junger Mann seinen Rollkoffer hinter sich her. Er trug ein leuchtendes Fleeceshirt, Moonboots aus Nylon, aber trotz der Januarkälte nur Shorts. Ein Skifahrer auf dem Weg in den Urlaub, dachte Evon. Zwar schüttelte sie noch immer den Kopf über Feaver, doch für einen Moment zuckte der Gedanke an Schnee, Weite und sausende Skier in ihr hoch. All dies gehörte für sie untrennbar zum Begriff Heimat.

»Hören Sie«, sagte Feaver, »das ist eine Art Schutz. Ob es Ihnen gefällt oder nicht. Es ist unsere Art von Selbstschutz. Okay?«

»Selbstschutz, aha«, sagte sie resigniert.

»Hören Sie schon auf, mich anzugreifen. Ja? Sie sagen mir immer wieder, wie ich diesen Job zu machen habe, und andererseits springen Sie drei Meter hoch, wenn ich Ihnen nur ein warmes Lächeln schenke. Entspannen Sie sich. Ja? Ich komme Ihnen schon nicht auf die krumme Tour. Ich bin im Bilde. Glauben Sie mir.«

»Und was für ein Bild ist das?«

Er spitzte die Lippen und fingerte am Temperaturregler an der Nussbaumkonsole herum.

»Darf ich Ihnen mal einen Rat geben? Ich habe mal geschauspielert. Das wissen Sie doch, oder? Steht davon nichts in dem Dossier, das ihr über mich zusammengestellt habt?«

»Sie haben davon gesprochen. Diese Bar-Show.«

»Aber ich bitte Sie«, sagte er. »Das ist was für Rentner. Nein, ich meine die Highschool, das College. Da hatte ich den Traum. Ich wollte oben auf der Bühne stehen. Ich habe die Tische abgewischt im Kerry Room. Sauber gemacht im Open Door. Mein Gott, ging es mir *schlecht*. Ich geriet immer gleich ins Schwitzen, wenn ich nur neben einem stand, den ich oben gesehen hatte, selbst wenn er nur mal als Butler über die Bühne marschiert ist. Ich wünschte, sie würden mich nur einmal berühren und mir so etwas von sich mitgeben. Offenbar ist das der Grund, warum ich auch heute immer so gern vor einer Jury auftrete. Weil ich so ein frustrierter Hohlkopf bin.« Seine Hände in den Autohandschuhen klammerten sich um das Lenkrad. Es war wohl eine große Leidenschaft, die er da aufgegeben hatte. Schließlich kam er wieder auf das zurück, was er wissen wollte.

»Sie erzählen jedem in meiner Kanzlei, ohne mit der Wimper zu zucken, Sie heißen Evon Miller und kommen aus Idaho. Doch schon der Gedanke an eine mögliche zufällige Berührung meiner Hand schlägt Ihnen auf den Magen. Es ist, als ob Sie sagten: Ich kann eine Rolle spielen, ich kann all diese harmlosen Lügen von mir geben, aber das *eine,* das kann ich nicht, denn da beginnt meine Privatsphäre. So denken, offen gesagt, nur Amateure. Ein Schauspieler muss immer an sich selbst arbeiten, sagt Stanislawski. Man kann nicht ein kleines Stück von sich selbst in Watte packen. Es ist wie beim LSD. Geh nie auf einen Trip, wenn du Schiss hast, ob du wieder zurückkommst.«

Davon wollte sie nichts hören, antwortete sie. Doch sie sagte es mit einem Lächeln zu dem beschlagenen Fenster hin. Er war aalglatt. Was er sagte, klang so harmlos. Nach der Devise: So kommt man sich näher.

»Okay«, meinte er. »Ein aktuelles Beispiel. Ich habe mal bei einem Dreh fürs Sommerloch mit Shaheen Conroe zu tun gehabt. Für ›The Point‹. Kennen Sie die TV-Show?« Evon hatte sie nie gesehen. Der Name der Schauspielerin kam ihr bekannt vor, aber nur deswegen, weil er oft genug in den Listen prominenter Lesben auftauchte, mit denen die Illustrierten derzeit gerne aufwarteten. »Was für ein Talent. Wir haben *Oklahoma!* gespielt. Sie ist Ado Annie, das Mädchen, das nicht ›Nein‹ sagen kann, und ich bin Ali Hakim, der Kerl, mit dem sie etwas hat.«

»Und? Passte das denn zu ihrem Typ?«

Er runzelte die Stirn und schüttelte nur den Kopf. »Okay, das Ganze lief so ab: Shaheen machte nie ein Hehl aus ihren Neigungen. Mit einer von der Maske hatte sie eine wirklich *wilde* Affäre. In aller Öffentlichkeit und hemmungslos. Aber dann hatten wir vor der Kamera diese Kussszene, und da konnte sie es kaum abwarten, mir auf die Pelle zu rücken. Voll und ganz. Nachher hatte ich richtig Angst, mich umzudrehen und die Zuschauer anzusehen. Weil sie in den dreißig Sekunden aufgehört hatte, nur an sich zu denken. Und das macht sie zu einer so tollen Schauspielerin. Dass sie so aus sich herausgehen kann. Das nenne ich Talent.«

»Augenblick mal«, sagte sie und klammerte sich an der Armstütze fest. »Moment. Habe ich das richtig verstanden? Sie meinen, Sie sind eine so heiße Nummer, dass sogar eine Lesbe nicht die Finger von Ihnen lassen kann?«

Der Wagen ruckte kurz, als er auf die Bremse trat. »Wie bitte? Ganz und gar nicht.«

»Herrgott noch mal.«

»Meinen Sie denn, ich halte Sie für eine Lesbe?«

»Etwa nicht? Es wäre mir übrigens völlig egal.«

»Hey«, sagte er. »Das ist Ihre Sache, nicht meine.«

»Das sollte es doch auch, nicht? Wie könnte ich mich sonst bei einer tollen Gelegenheit wie dieser so anstellen?«

»Blödsinn«, antwortete er. Sie stoppten vor dem Büro des Gutachters. Er sah sie scharf an und schien nahe dran, aus der Haut zu fahren. Doch dann öffnete er nur die Tür und stieg aus. Im Augenblick fehlten ihm einfach die Worte.

4

Wer ist Peter Petros, und warum weiß ich nichts von diesem Fall? Dinnersteins Notizzettel klebte auf dem Deckel der Klageschrift, die Evon auf dem Schreibtisch in ihrer kleinen Arbeitsecke hatte liegen lassen. Mort hatte ihn offenbar entdeckt, als er wegen etwas anderem vorbeigeschaut hatte. Alle hatten gewusst, dass es passieren würde. Trotzdem klopfte ihr das Herz bis zum Hals, als sie losrannte, um es Feaver mitzuteilen.

McManis hatte ihr immer wieder eingehämmert, in dieser Sache könnte die größte Gefahr von Dinnerstein ausgehen. Eher als andere würde er auf Petros stoßen, und in dem Fall gäbe es keine Garantie, dass er nicht umgehend zu seinem Onkel Brendan liefe. Dabei war es gar nicht so leicht, in diesem Mort, der ein bisschen zum Stottern neigte und sich ständig für etwas zu entschuldigen schien, eine Bedrohung sehen. Als Kind hatte Dinnerstein an Kinderlähmung gelitten, und seitdem zog er das Bein ein wenig nach. Als er ins mittlere Alter kam, wurde das Hinken stärker, wie überhaupt die tertiären Folgen der Krankheit sich auszuwirken begannen. Mort war hoch gewachsen und gut gebaut und machte dabei einen jungenhaften Eindruck. Als sie vor einigen Jahren anfingen, »wirklich Geld zu machen« – wie Robbie sich ausdrückte –, hatte er Mort etwas Gutes tun wollen und ihn zu seinem Herrenausstatter in der City geschleppt. Dort machte er ihn auch mit einer Reihe Geschäftsleute bekannt, ebenfalls Kunden in dem feinen Laden. Kein Anzug wollte Mort passen. Die Hosen hingen ihm zu tief auf den Hüften, und er hatte Probleme, die Krawatten lang genug zu binden. Außerdem blieb er mit dem teuren italienischen Tuch dauernd an den Ecken seines Schreibtischs hängen.

Seit vierzig Jahren waren sie nun Freunde. Kennen gelernt hatten sie sich, als Feavers Vater seine Familie verlassen hatte und Robbies Mutter Estelle die Nachbarin Sheila Dinnerstein bat, sich um Robbie zu kümmern, solange sie in der Arbeit war. Auch als Erwachsene hatten sie sich noch immer etwas zu sagen. Robbie hielt die Lunchzeit eisern für Mort frei, und morgens setzten sich Feaver und Dinnerstein vor Arbeitsbeginn für ein paar Minuten zu einer so genannten »Geschäftsbesprechung« zusammen. Dabei wurde über alles geredet, nur nicht über Geschäfte. Evon bekam im Vorbeigehen meistens etwas von Gesprächen über familiäre Dinge mit. Robbie interessierte sich sehr für die beiden Dinnerstein-Jungen. Mort wiederum war der einzige Mensch, der auf Fragen nach Lorraine oder nach Robbies Mutter mehr als philosophische Phrasen zu hören bekam.

In ihrer Arbeit habe es, sagte jedenfalls Feaver, niemals Meinungsverschiedenheiten von Dauer gegeben. Mort zitterte bei jedem Auftritt vor Gericht wie Espenlaub. Dagegen lagen ihm all die Dinge, für die Robbie nur Verachtung übrig hatte – Büromanagement, Schriftsätze, Befragungen, Routineprotokolle und, ganz besonders, die endlosen Tröstungen, nach denen die Mandanten lechzten. Schließlich sahen sie sich normalerweise alle in der Rolle des Opfers.

Als Evon und Feaver an seiner Tür standen, wurde Morts notorischer Langmut gerade ziemlich auf die Probe gestellt. Sein Büro – ein Eckzimmer, um dessen Besetzung sie vorher Münzen geworfen hatten – hatte er im Kolonialstil eingerichtet. Der Schreibtisch und ein halbhoher Aktenschrank waren voll gestellt mit Familienfotos – die beiden Jungen hatten die dunklen Haare von seiner Frau geerbt – und einer ganzen Sammlung von Sporttrophäen: signierte Basketbälle, Lithographien großer Sportler, eine gerahmte Eintrittskarte für den einzigen Auftritt der Trappers in einem Entscheidungsspiel vor nahezu zwanzig Jahren. Im Augenblick verhandelte Mort an einem Telefon mit Freisprechanlage mit einer Frau, die unbedingt ihren Vermieter verklagen wollte.

»Mein Freund war betrunken. Hören Sie mich? Er kommt rein.

Sagt dies und das. Ich sage auch dies und das. Er wirft mich aus dem Fenster. Ich breche mir den Arm. Mein Knie hat auch ziemlich was abbekommen.« Die Frau hatte einen keifenden Ton. Sie hielt inne. Mort fuhr sich mit der Hand durch die sich langsam lichtende Mähne. Es gab immer potenzielle Mandanten, die einen jeden Tag mit Geschichten überfielen, aus denen kaum jemals ein Fall wurde. Einige meldeten sich unten direkt an der Rezeption, aber die Mehrzahl rief auf Dinnersteins Großanzeige im Branchenverzeichnis an. Robbie drückte sich gern vor diesen Gesprächen und leitete sie an Evon weiter. In gerade drei Wochen war sie schon an zwei Leute geraten, die die Regierung verklagen wollten, weil sie sie nicht erfolgreich vor Begegnungen mit Außerirdischen bewahrt habe. Aber Mort schirmte sich selten vor Anrufern ab. Er hatte für jeden Zeit. Bei den seltenen Anlässen, wo eine Beschwerde ein bisschen viel versprechender aussah, gab er den Fall an jüngere Anwaltskollegen weiter, die gerade anfingen. Oder er nahm sie, was seltener der Fall war, doch für die eigene Kanzlei an. Allerdings pfiffen es die Spatzen von den Dächern, dass Mort bei diesen guten Taten selten ungestraft davonkam.

»Sie sagten, Sie wollen Ihren Vermieter verklagen«, erinnerte er die Frau.

»Hey, sind Sie kein Anwalt?«

Dinnerstein starrte auf das Mikro vor seinem Mund.

»Sagen wir mal so«, meinte er. »An meiner Wand da hängt eine entsprechende Urkunde mit meinem Namen drauf.«

»Ach, tatsächlich? Sie sind also Anwalt? Kann ich denn jemanden verklagen, der schon im Kittchen ist?«

»Das können Sie. Aber viel heraus käme dabei nicht.«

»Stimmt. Dann hören Sie mir also zu: Meinen Freund kann ich nicht verklagen, also verklage ich meinen Vermieter.«

»Und Ihr Freund sitzt, weil er Sie aus dem Fenster geworfen hat?«

»Aber am Fenster fehlten die Gitter.«

»So so«, sagte Mort. Er überlegte. »Könnten Sie mir wohl sagen, wie viel Sie wiegen?«

»Das geht Sie nichts an.«

»Verstehe«, sagte Mort, »und ich hoffe, Sie verzeihen es mir, wenn ich jetzt sage: Bei einer Klägerin, die so viel wie ein Schlachtschiff wiegt, wird in Amerika kaum eine Jury unterstellen, dass ihr ein Fliegengitter ausreichenden Schutz garantiert hätte.«

Die Frau zögerte eine Weile und dachte über das Problem nach.

»Ja, aber als ich herunterfiel, bin ich in einer Pfütze gelandet. Eine Freundin von mir hat einen Haufen Geld rausgeholt, weil ihr Vermieter überall Wasser herumstehen ließ.«

»Nun ja, wenn man darauf ausrutscht. Aber nicht, wenn man darin landet.«

»Und Sie sind wirklich Anwalt?«

Mort beendete das Gespräch, so höflich er konnte.

»Du hättest sie fragen sollen, ob sie in der Pfütze untergegangen ist«, sagte Robbie. »Dass es zu einem Sauerstoffmangel im Hirn gekommen sein muss, liegt auf der Hand.«

Gutmütig, wie er war, nahm Mort die milde Frotzelei mit einem Schulterzucken hin. Was konnte er schon machen? Einander auf den Arm zu nehmen gehörte bei den beiden einfach zum normalen Umgangston und selbst Mort konnte sich ein Glucksen nicht verkneifen, als Robbie noch einmal das »Schlachtschiff« erwähnte. Mort hatte zwar eine äußerst sanfte Stimme, brach aber oft in ein kreischendes Lachen aus, das durch sämtliche Büros hallte. Häufig genug ging es dabei um Insider-Scherze, die wohl nur Robbie und er verstanden, während sich Evon nie richtig einen Reim darauf machen konnte.

»Ich wollte schon längst mit dir über diesen Fall reden«, sagte Robbie schließlich. Er hielt ihm die Petros-Klageschrift hin. Robbie war von Anfang an klar gewesen, dass sie Dinnerstein diese Scheinfälle auf die Dauer nicht verheimlichen konnten. Die beiden Partner verständigten sich gewöhnlich vorher darüber, in welche Dinge sie Arbeit und Zeit investierten. Hauptsächlich geschah das, um Fehlgriffe Robbies abzufangen, die ihm in seiner unbekümmerten Art unterliefen. McManis schien sich allerdings mehr Sorgen als Sennett zu machen, was in so einem Fall passieren konnte. Nach Sennetts Einschätzung würde Robbie das mit Mort schon geregelt bekommen. Trotzdem hatten sie mehrere Stunden über einem Plan für den Fall des Falles gebrütet.

Anfangs stand die Idee im Raum, eine Reihe von Undercover-Agenten in der Kanzlei aufmarschieren und neue Mandanten spielen zu lassen. Doch Sennett kam noch rechtzeitig auf eine viel einfachere Lösung. Sobald Morty auf die Fälle stieß, konnte man ihm einen perfekten Schuldigen präsentieren: mich. Von George Mason, im selben Haus ein paar Stockwerke unter ihnen, hatten sie neuerdings immer wieder Fälle überwiesen bekommen. Als ehemaliger Vorsitzender der Anwaltskammer beschäftigte er sich pedantisch mit jeder Akte, die ihm auf den Tisch kam. Was ja moralisch auch geboten war, denn schließlich nahm er dafür ein Honorar. Die Besprechungen mit den Mandanten fanden dabei immer in Masons, also meinem, Büro statt, und ich hatte zum jeweils anstehenden Fall sogar einen ersten Entwurf gemacht. Aus diesem Grund war Mort nicht von Anfang an in die üblichen Vorbereitungen zu den Fällen eingebunden gewesen.

Ich war der einzige, der von Sennetts Idee weniger begeistert war. Anders als manch anderer Strafverteidiger, der sich als Kombattant im ewigen Krieg mit der Staatsanwaltschaft betrachtet, scheute ich keineswegs davor zurück, meine Mandanten zur Zusammenarbeit mit der Anklage zu ermuntern, wenn ihnen das nützen konnte. Doch das dann wirklich zu tun war deren Aufgabe, nicht meine. Ich hatte ein Vermächtnis zu hüten. Wenn meine Mutter auch sehenden Auges in den bankrotten Zweig einer Aristokratenfamilie aus Virginia eingeheiratet hatte, gelang es ihr doch stets, die Fahne ihres gesellschaftlichen Anspruchs hochzuhalten, indem sie mich nach meinem berühmtesten Vorfahren genannt hatte. Der Satz »Alle Menschen sind gleich geboren« wird George Mason zugeschrieben. George Jefferson hat ihn dann von ihm übernommen. Auch die Bill of Rights hat Mason zusammen mit seinem Freund Patrick Henry entworfen. George Masons wahres Vermächtnis, wie ich es sehe, hat mir manchmal schon ein wenig schwer auf den Schultern gelastet. Doch wenn ich Angeklagte in ihren Rechten schützte, dann fühlte ich mich auch immer meinem berühmten Vorfahren nahe und hielt seine Ideale hoch. Um seinetwillen und natürlich auch auf Grund meines Auftrags als unermüdlicher Widerpart der Anklage war ich nicht erpicht darauf, dass mein Name im Zusammenhang mit einem raffinierten Täuschungsmanöver wie dem Projekt Petros auftauchte.

Doch Sennett machte Druck: Ich brauchte schließlich eine Ausrede für meine häufigen Besuche bei Robbie und McManis. Denn die mussten ja einmal im Haus auffallen. Dafür könne Feaver die notwendigen Duftmarken legen, nicht ich. Robbie könne Briefe an meine Kanzlei schicken und hier und da ein Wort über unsere Beziehung fallen lassen. Ich würde nur meine Pflicht tun, wenn ich mich um seine vertraulichen Mitteilungen kümmerte. Stan argumentierte da sehr geschickt, und ich versank schließlich bis zu den Knöcheln im bekannten Sumpf der Kompromisse, in den ein Verteidiger immer wieder geraten kann.

Robbie erzählte nun die Geschichte vom guten, alten George Mason, bei der Morts wässrige Augen mehr als einmal hinter seiner Nickelbrille blinzelten. Vom täglichen Gebrauch etwas verbogen, hing ihm die Sehhilfe leicht schief auf der breiten Nase. Evon war natürlich überrascht, wie schwungvoll Robbie diese Lügen auftischte, und zwar seinem Freund, mit dem er doch angeblich ein Herz und eine Seele war. Hinzu kam noch, dass Dinnerstein ihn trotz der vielen gemeinsam verbrachten Jahre einfach nicht durchschaute. Robbie gab noch ein paar technische Details zum Fall zum Besten und begleitete Evon dann hinaus. Mort schien mit seinen Erklärungen zufrieden.

Evon rief mich sofort an und teilte mir mit, der Plan sei aufgeflogen, und ich dürfe Dinnerstein nicht unvorbereitet über den Weg laufen. Die Nachricht verstörte mich ziemlich. Von Anfang an hatte ich den unterschwelligen Sog gespürt, der von Sennett ausging, und zugleich das Gefühl gehabt, dass es nur der Anfang war, wenn ich die Erwähnung meines Namens im Zusammenhang mit Petros zuließ. Am Ende würde er mich noch auffordern zu lügen oder Robbie ein paar zweifelhafte Tricks zu suggerieren. Solche Ansuchen hätten dann nicht mehr nur die Interessen meines Mandanten im Blick, sondern dienten der gesamten Rechtspflege in unserem Lande – und der Freundschaft zwischen Stan und mir. Ich sollte ihm bei der Erledigung seines Auftrags helfen, auf Kosten des meinigen. Und das Beunruhigende an der ganzen Sache war, dass ich angesichts meiner besonderen Beziehung zu Stan und des eigentümlichen Schwebezustands, in dem ich mich gerade befand, noch nicht einmal genau wusste, wie ich darauf reagieren würde.

5

Wenn der Freitagnachmittag kam, öffneten Robbie und Mort im Palace die im Rosenholzschrank verborgene Bar und luden den gesamten Stab auf einen Drink ein. Das war eine freundliche Geste und eine demokratische dazu. Evon lehnte Alkohol ab. Als man sie nach dem Grund fragte, verwies sie auf die Glaubensregeln der Kirche der Heiligen der letzten Tage. Einige der Frauen in der Kanzlei wussten nichts über die Mormonen und kannten nur den Tabernacle Choir. Man war in lockerer Stimmung, redete über die Ereignisse der vergangenen Woche und die zu erwartenden Ergebnisse beim Super Bowl am Sonntag. Dallas sollte gegen Buffalo spielen. Clinton hatte gerade nach dem Motto »Was ich nicht weiß, macht mich nicht heiß« Stellung zu Schwulen im Militärdienst bezogen, was von zwei Mitarbeitern diskutiert wurde. Rashul, der schwarze Junge, der den Kopierer bediente, kippte einige Gläschen von Feavers Neunzig-Dollar-Macallan und versuchte bei Oretta zu landen, die seine Mutter hätte sein können.

In früheren Zeiten hätte Feaver sich dann im Dämmerlicht eine oder zwei der jüngeren Frauen geschnappt und in die Street of Dreams abgeschleppt. Jetzt war es Evon, die kurz nach sechs nach altem Brauch in Robbies Windschatten in seinem Büro verschwand und alle glauben ließ, dass die beiden sich nun einen flotten Abend machten.

»War richtig gut«, sagte er, während er auf seinem Schreibtisch die Papiere zusammensuchte, die er mit nach Hause nehmen wollte. »Das mit dem Mormonen-Girl.«

Die Tür zu seinem Büro stand noch offen, und Evon schlug sie lauter zu, als sie eigentlich wollte.

»Nicht hier, Feaver. Sie kennen die Regeln.«

Er hatte mehr als ein Glas von seinem Single-Malt-Scotch intus. Nun hockte er auf der Armlehne seines Schreibtischsessels und hielt die Aktentasche auf dem Schoß. Die Krawatte hatte er gelockert, die Hemdsärmel aufgekrempelt.

»Die Regeln«, sagte er und sah sie an. »Wie beim Militär.« Er kratzte sich am Kopf. »Darf ich Sie etwas fragen? Ich wüsste nämlich gern, ob man Ihnen die Wahl gelassen hat. Oder war es wie in der Army? Quasi die Anordnung, sich gefälligst freiwillig zu melden. Beim FBI ist es bekanntlich nicht gerade leicht, gegen den Boss aufzumucken.«

»Wie schon gesagt, Feaver, wir sind hier nicht in einer Quizsendung.«

»Ach, nein? Und ich habe gehofft, Sie würden mir auf dem Heimweg etwas über die Olympischen Spiele erzählen.«

Sie verstand die Botschaft. Er war wütend. Schon nach dem Treffen mit Walter waren sie gereizt aus dem Wagen gestiegen, nachdem sie ihm vorgeworfen hatte, er klebe ihr das Etikett »Lesbe« an. Das hatte den Rest der Woche weitergegärt, und nun tat der Schnaps ein Übriges. Bei beiden lagen die Nerven blank. Und sie war um keinen Deut glücklicher als er. Wortlos sah sie ihn an.

»Wie wär's wenigstens mit einem kleinen Hinweis?«, fragte er. »Ich meine, welche Sportart? Mannschaft? Einzelsport?«

»Wie wäre es stattdessen mit Folgendem? Ich rufe Sennett an und sage ihm, er soll die Sache abblasen. Weil Sie so wild darauf sind, mich auflaufen zu lassen, bis wir beide nicht mehr weiterkönnen. Gehen Sie doch in den Knast, dann kann ich wieder nach Hause fahren. Das wäre für uns beide das Beste.«

»Wissen Sie«, sagte er, »so richtig zähe Typen habe ich nie gemocht. Auch wenn es Kerle waren.«

Er konnte gefährlich werden, wenn er wütend war. Von seiner Immer-lustig-drauf-Haltung blätterte selten der Lack ab, aber wenn es passierte, dann gab es für ihn kein Halten mehr. Das letzte Glas hatte ihm die Hemmungen genommen.

»Wir sind fertig miteinander, Feaver«, sagte sie. »Das ist kein Scherz. Ich lasse die Sache abblasen.«

»Gut. Prima. Lassen Sie sie abblasen. Es gibt nämlich noch ein paar Dinge, die ich loswerden wollte. Ich weiß, Sie mögen mich nicht. Und leugnen Sie es nicht, okay? Bestimmt haben Sie Ihre Gründe dafür. Vielleicht ziemlich gute. Aber ich habe ein paar umwerfende Neuigkeiten für Sie, Special Agent So-und-so: Das hier ist nicht gerade der Höhepunkt meines Lebens, nicht mal annähernd. Okay? Im günstigsten Fall kassiere ich eine Verurteilung, und vielleicht verliert mein bester Freund meinetwegen seine Anwaltslizenz. Und ich kann nie mehr durch die Straßen dieser Stadt gehen, in der ich mein ganzes Leben verbracht habe, ohne zu befürchten, dass mir jemand von hinten ein Messer in den Leib stößt. Aber das nur unter der Voraussetzung, dass alles gut für mich läuft. Andernfalls bleibt mir nur eine Pauschalreise in den Knast, und dort – das verspreche ich – werde ich keine Minute auf dem Bauch schlafen. So oder so muss ich daher mit Ihnen an einem Strang ziehen und mit Ihrer zickigen Tour und Empfindlichkeit zurechtkommen. Sechzehn Stunden täglich habe ich Sie am Hals, wo immer ich hingehe, außer dem Herrenklo, und selbst da hängen Sie noch vor der Tür herum.«

Er schnaufte und schnappte nach Luft. »Was mich betrifft«, sagte er, »können Sie Ihren Hintern ruhig von hier fortheben, von mir werden Sie dazu nur Beifall bekommen. Aber glauben Sie bloß nicht, ich erkenne keine leere Drohung. Dieser Sennett sieht hager aus und hungrig. *Julius Caesar.* Lieben Sie Shakespeare? Ich kann Ihnen sagen, Stan bläst diese Geschichte hier wegen Ihrer Unterstellungen so sicher ab, wie meine Mutter demnächst zum Papst gewählt wird. Nur eine Person steht in dieser Hackordnung noch unter mir, nämlich Sie, Schwester. Und wir beide wissen, Ihre Karriere als Super-FBI-Agentin ist in dem Moment passé, wenn Sie hier aus der Reihe tanzen. Sechs Monate habe ich bei den Marinereservisten abgerissen, um an Vietnam vorbeizukommen. Ich weiß alles über solche elitären Haufen. Wenn du versagst, kriegst du einen Tritt in den Hintern. Sie und ich, wir stecken beide in der Klemme. Also hören Sie auf mit dem dummen Getue.«

Sie spürte die Hitze in sich aufsteigen. Ihr Leben lang war sie ein Opfer ihres Temperaments gewesen. Schon mit zwei oder drei Jahren hatte man ihr immer wieder nachgesagt, sie könne aber ganz schön sauer werden. Warum so böse, junge Frau? Mädchen durften nicht finster und verkniffen in die Welt blicken. Sie aber tat es.

»Dann muss ich Ihnen wohl mal gewaltig in den Hintern treten, damit Sie lernen, sich zu benehmen«, sagte sie.

»Genau.« Ein langes, helles Lachen begleitete seine Antwort. In einer Bar hätten sich jetzt alle Köpfe nach ihm umgedreht.

»Ich soll es Ihnen beweisen, ja? Ich habe schon Männer aufs Kreuz gelegt, die doppelt so groß waren wie Sie. Beim Sondereinsatzkommando in Boston habe ich mir mal einen Zwei-Meter-Kerl gegriffen, 140 Kilo wog er, und hatte ihn am Boden und in Handschellen, noch bevor die Streife da war.«

»Sie haben vorhin nicht zugehört. Wieso erzählen Sie mir dauernd, wie gut Sie drauf sind?«

Sie fuhr zurück. Dann sagte sie ihm, er solle aufstehen, trat einen Schritt zurück und sah ihn an.

»Ich lege Sie auf die Matte, Baby«, sagte er. »Ringkampf in Unterhemd und Höschen? Ein bisschen einölen? Das wird ein Riesenspaß.« Er blieb auf der Schreibtischkante sitzen und winkte sie spöttisch zu sich heran.

»Hoch mit Ihnen, Feaver. Ich meine es ernst. Wir bringen es hier und jetzt hinter uns. Oder hat Mr. Macho etwa Angst vor einer Frau von eins vierundsechzig?« Sie verkürzte den Abstand zwischen ihnen und schleuderte die Schuhe von den Füßen. Sie landeten auf dem dunkelroten Teppich.

Er schloss die Augen und schätzte seine Chancen ein. Mit einem tiefen Atemzug war er auf den Beinen. Er legte die Jacke fort, die er gerade erst angezogen hatte, beugte sich vor und streckte die Arme wie ein Ringkämpfer nach vorn. An den behaarten Unterarmen glitzerten Uhr und Namenskettchen.

»Okay«, sagt er. »Los. Kämpfen wir.«

Sie ließ sich zur Seite fallen, stützte sich auf eine Hand, streckte blitzartig die Beine aus und hatte sein rechtes Knie umklammert, ehe er wusste, wie ihm geschah. Als sie die Beinklammer ansetzte und ihn stürzen sah, fürchtete sie für einen Sekundenbruchteil, er könne mit dem Kopf gegen die grün schimmernde Kante der gläsernen Schreibtischplatte schlagen. Mein Gott, war sie noch bei Verstand? Wie sollte sie das jemals jemandem erklären? Doch er landete sauber auf dem Brustkasten. Pfeifend stieß er den Atem aus. Das Geräusch erinnerte ein wenig an einen Schlauch, der Luft verliert. Das Gesicht nach unten lag er auf der Plastikmatte unter seinem Schreibtischsessel.

Sie fragte ihn, ob er in Ordnung sei. Doch er stützte sich nur auf ein Knie und stand dann wortlos auf. Er klopfte sich das Hemd ab. Unter der Brusttasche war ein Fleck, der das Untergrundmuster im Hemd, Rauten Weiß in Weiß, hervortreten ließ. Einen Augenblick lang kratzte er an dem Fleck. Seinen vorsichtigen Bewegungen sah sie an, dass er Schmerzen hatte.

Schließlich fand er die Sprache wieder. »Zwei Versuche habe ich noch.« Um den Schreibtisch herum kam er zurück nach vorn und schob die beiden Besuchersessel zur Seite. Dann hob er den Kaffeetisch hoch und legte ihn auf das Sofa. Breitbeinig stand er nun auf dem blutroten Teppich und streckte erneut die Arme vor.

»Jetzt haben wir mehr Platz«, sagte er. »Sie sind schnell. Das gebe ich zu. Aber jetzt bin ich bereit. Los. Kommen Sie schon.«

»Hören Sie, ich sagte es schon: Ich will Sie nicht verletzen. Ich möchte hier nur nicht die nächsten sechs Monate herumsitzen und mich von Ihnen fertig machen lassen. Ich will, dass Sie mich ernst nehmen. Und was wir hier tun, ist sehr ernst.«

»Haben Sie Angst?«, fragte er.

Sie sah ärgerlich weg, und während ihr Gesicht noch in eine andere Richtung schaute, duckte sie sich. Ihr Ziel war jetzt sein Rumpf. Noch im Sprung nach vorn wusste sie, es würde nicht klappen. Sie hatten beide dieselben Filme gesehen. Mit einem Ausfallschritt zur Seite packte er ihr Handgelenk und schlang zugleich den Arm um ihre Taille, um ihren Angriff abzufangen. Er hob sie hoch, seine Arme unangenehm nah an ihren Brüsten. Er war um einiges größer als sie und entschieden stärker, als sie angenommen hatte. Sie rammte einen Ellbogen gegen seinen Arm und schlang einen Fuß von hinten um sein Knie. Darauf ließ er sie plötzlich auf den Teppich fallen und setzte sich auf sie, bevor sie fortkriechen konnte. Sein ganzes Gewicht lastete auf ihrem Gesäß. Als sie wild um sich schlug, packte er ihren Arm und wandte einen halben Nelson an.

»Okay?«, fragte er. »Wollen wir uns jetzt ein bisschen abkühlen?«

Plötzlich ließ er los, und im selben Moment hörte Evon auch schon die Stimme.

»Ach, du Scheiße«, sagte Eileen Ruben an der Tür. Die Büroleiterin hatte eine raue, vom Rauchen angegriffene Stimme. Das schüttere, schlecht blondierte strohige Gebilde auf ihrem Kopf erinnerte nur noch entfernt an die einstige toupierte Hochfrisur. An der Unterlippe ihres offenen Mundes hing die Plastikzigarette, mit der sie schon die ganze Woche herumlief – einer von vielen Versuchen, sich das Rauchen abzugewöhnen.

»Wir tragen gerade einen Ringkampf aus«, sagte Robbie.

»Aber sicher doch«, sagte Eileen und schloss die Tür.

Inzwischen war er aufgestanden und hatte sich wieder gefangen. Er amüsierte sich köstlich.

»Na? Hat doch prima geklappt, oder? Alles wie geschmiert. Alles ganz nach Plan. Am Montag wird Eileen allen erzählen, dass ich Sie bereits auf dem Teppich hatte.«

Es stimmte. Alles lief nach Plan. Doch sie verspürte keine Lust zu lächeln. Von einem Wutausbruch, wie er sie heute gepackt hatte, erholte sie sich nie so schnell.

»Als richtige Kerle«, sagte er, »würden wir jetzt rausmarschieren und uns einen Cocktail genehmigen. Um das Kriegsbeil zu begraben. Sind Sie dabei?«

»Ich trinke nicht.« Sie stand auf und strich sich den Rock glatt. Ihre Strumpfhose hatte eine volle 360-Grad-Drehung hinter sich, und so eilte sie zur Toilette, um das in Ordnung zu bringen. Über die Schulter sagte sie noch: »Ich bin Mormonin.«

Sie war keine Mormonin. Ihr Vater war nach den Lehren dieser Kirche erzogen worden, und das hätte wohl auch für sie gegolten, wenn ihre Mutter den Schwiegereltern gegenüber Wort gehalten hätte. Stattdessen aber hatte sie sich gesagt, mach etwas aus deinem Leben, sieh zu, was für dich richtig ist. Als Merrel, Evons älteste Schwester, geboren wurde, hatte sich ihre Mutter ohnehin bereits von diesen Dingen abgekehrt. Schon damals war ihr klar, wofür Evons Vater sich entscheiden würde.

Sie stammten aus der Gegend von Kaskia, Colorado, einem kleinen verschlafenen Städtchen in den Rocky Mountains, in dem sich mittlerweile Feriensiedlungen, Malls und Vielzweckbauten ausgebreitet hatten. Doch in Evons Kindheit hatten die Menschen in Kaskia Valley noch ein ausgeprägtes Gefühl für Ruhe und Zurückgezogenheit. Sie hatte sechs Geschwister. Sie war das fünfte Kind ihrer Eltern. Das ist genau der Platz in der Reihenfolge, wo Kinder nur schwer zu sich selber finden. Diese Erfahrung hatte auch sie gemacht. In dem Haus hatte einfach zu viel Trubel geherrscht. Neun Menschen unter einem Dach. Als dann noch Maw-Maw, die Großmutter mütterlicherseits, einzog, waren es zehn. Die Eltern existierten fast nur in den Anweisungen, die ihre Schwestern an sie weitergaben. Nimm die Ellbogen vom Tisch, Ma mag es nicht, wenn du die Ellbogen auf dem Tisch hast. Sie empfand es als eine Art Secondhand-Kindheit, in der sie sich zu oft allein gelassen fühlte, unbeachtet und irgendwie nicht dazugehörig.

Sie wusste, sie gab eine seltsame Figur ab. Sie lächelte nicht zur rechten Zeit, sie sagte Ja, wenn man ein Nein von ihr erwartete, sie merkte es immer zu spät, wenn einer einen Witz gemacht hatte. In welcher Verfassung sie auch war, sie schaffte es nie, sich so zu geben, wie sie war. Außerhalb der Familie konnte sie nie ungezwungen mit Menschen umgehen, stand sich vielmehr stets selbst im Weg. Die Leute nannten sie verschlossen oder unsensibel, dabei hatte sie in Wahrheit einfach nur kein Gefühl für Stimmungen oder Nuancen. Jemand stellte eine Frage, und sie antwortete klar und unmissverständlich. Sie wusste nicht, was sie sonst hätte tun sollen. Und während die Leute ihr auswichen, dachte sie immer nur: Niemand kennt mich wirklich. Sie passte nicht zu den anderen. Die Leute begriffen nicht, was in ihr vorging.

In dieser Stimmung – einer Stimmung, die sie ihr Leben lang begleitete – war sie in ihre Wohnung zurückgekehrt. Sie hatte sich bei der Balgerei mit diesem blöden Kerl an der Schulter wehgetan. Der Gedanke an die Szene hätte sie eigentlich zum Lachen gereizt, doch zugleich schämte sie sich sehr. Schließlich war es die Aufgabe eines Agenten, den V.I. zu führen, doch bei Feaver schien das nicht zu funktionieren. Oder hatte sie selbst irgendwie die Übersicht verloren?

Die Wohnung war nicht übel, ein möbliertes Ein-Zimmer-Apartment mit Motel-Einrichtung. Jim hatte das Agenten-Team aus D.C. als die »Umzugsleute« bezeichnet. Das hatte rätselhaft geklungen, bis sie dann tatsächlich mit einem LKW und in den Overalls einer landesweit bekannten Speditionsfirma erschienen waren. Jedes einzelne Stück, das sie für ihren Aufenthalt hier eingepackt hatte, hatte das Bureau peinlich untersucht. Alle Dinge, aus denen man auf die Person hätte schließen können, die sie gerade noch in Des Moines gewesen war – jedes Gerät mit einer Seriennummer, alle gegen ihre Allergien verschriebenen Pillen –, wurden aussortiert. Evon Miller, eine Puppe mit brandneuer Ausstattung.

Im Apartment hatten die Umzugsleute erst einmal alles auf Wanzen abgesucht, jeden Fensterwinkel gecheckt und auch die Dicke der Wände geprüft. Dann hatten sie ihr eine lange Liste in die Hand gedrückt. Darin stand, was sie alles durfte und was nicht. Dorville, der den Trupp leitete, hatte ihr eine Brieftasche mit Führerschein, Kreditkarten, Versicherungskarte überreicht. Sogar die Karte einer privaten Krankenversicherung war dabei. Auch Fotos von drei kleinen Mädchen, angeblich ihre Nichten, fand sie darin. »Wegen der Kreditkarten machen Sie sich keine Gedanken«, hatte Dorville gesagt. »Was beim Einkaufsbummel so anfällt, übernehmen wir.«

In dem kleinen Eingangsbereich hing ein beleuchteter Spiegel. Sie betastete ihre Schulter, um festzustellen, wie schwer die Verletzung war. Vielleicht fand sie jemanden, der sie auch am Wochenende massierte. Es war ein hoffnungsvoller Gedanke, eine wieder aufsteigende Erinnerung an die wohltuenden Trainingseinheiten im Gymnastikraum, die ihr sehr fehlten. So etwas wäre ein schöner Ausgleich für die Wochenendlangeweile. Von Montag bis Freitag war sie unablässig auf den Beinen. Nachdem Robbie sie abends zu Hause abgesetzt hatte, joggte sie erst einmal ein paar Runden. Unterwegs besorgte sie etwas zum Aufwärmen in der Mikrowelle. Im Lauf des Abends diktierte sie dann zwischen Wäschewaschen und Fernsehnachrichten ihre »302er« ins Diktafon, die Berichte von den Tagesereignissen, und steckte anschließend die Mikrokassette in ein Reißverschlussfach ihrer Aktentasche. Am nächsten Morgen gab sie sie unter einem Vorwand in der Kanzlei von James McManis ab.

Doch die Wochenenden zogen sich. Sonntags rief sie von einem Münztelefon aus ihre Mutter oder ihre Schwester Merrel an, jede Woche von einem anderen Apparat, manchmal meilenweit von ihrem Apartment entfernt. Der Flughafen war dafür besonders geeignet, weil sie die langen Korridore entlangblicken und prüfen konnte, ob ihr jemand folgte. Einen Monat später würde es nicht mehr so auffallen, wenn sie sich mit dem einen oder anderen UCA aus McManis' Scheinkanzlei traf. Aber heute war sie allein. Also würde sie auch allein ein paar Blocks die Straße hinunter in eine Sport-Bar gehen, sich dort das Super-Bowl-Endspiel ansehen und dazu O'Doul's trinken. Damit kam sie klar. Das kannte sie.

Sie starrte in den Spiegel. Jetzt war sie schon einen Monat hier, und es passierte immer noch, dass sie an einem Spiegel vorbeiging und glaubte, sie trüge eine Maske. Dieses Make-up! Kontaktlinsen trug sie im Dienst schon seit Jahren. Aber die Frisur und die Haarfarbe brachten sie nach wie vor zur Verzweiflung. Als wäre sie einem seekranken Friseur in die Hände gefallen. Diese ganze Maskerade ging ihr einfach auf die Nerven. Als Elfjährige hatte sie einmal, herausgeputzt für den Kirchgang – wahrscheinlich zu Ostern –, ein Gespräch zwischen ihrer Mutter und Merrel draußen im Flur mitbekommen. Merrel hatte Evons Haare mit einer Brennschere in eine Lockenpracht verwandelt und sie in Rock und Bluse gesteckt. »Sieht sie nicht wunderhübsch aus?«, hatte Merrel gefragt. »Sicher doch«, hatte Momma mit einem schweren Seufzer geantwortet. »Aber sie wird es nie so weit bringen, dass man stolz auf sie sein kann.« Ganz anders als Merrel, sollte das heißen, die schöne Tochter, die vom County tatsächlich zweimal für die Wahl zur Miss Colorado nominiert worden war.

Es war stets eine wichtige Übung für sie gewesen, in den Spiegel zu sehen und zu erleben, wer sie da anschaute. Und war es nicht eine grausame Erniedrigung, derart angemalt und maskiert herumzulaufen? War das Leben nicht schon verquer genug? Wie hatte sie das zulassen können?

Sie hatte gewusst, dass es so kommen würde, dass ihr Auftrag, auf den sie sich so gefreut hatte, derartige Enttäuschungen mit sich bringen würde. Sie schloss die Augen, weil sie erneut den Schmerz in der Schulter spürte, und dachte an diese Rauferei mit Feaver. Als sie die Augen wieder öffnete, schien ihr das Licht der Lampe über dem Spiegel grausam hell. Sie sah jeden Puderkrümel auf ihren Wangen und das unechte Rouge. Ihre Pupillen hatten sich zu winzigen schwarzen Punkten zusammengezogen, und in denen las sie die Wahrheit. Jetzt wusste sie, warum sie hier war. In Des Moines hatte sie McManis keine Antwort darauf geben können, aber heute Abend wurde ihr klar, warum sie den Auftrag unbedingt gewollt hatte und warum sie jetzt so niedergeschlagen war.

Sie war vierunddreißig Jahre alt, und einige Leute – und nicht zuletzt auch ein wenig sie selbst – glaubten, der Höhepunkt ihres Lebens läge schon hinter ihr. Dieser Höhepunkt manifestierte sich in einer runden Metallscheibe von zehn Zentimetern Durchmesser, die in einer Spezial-Plastikhülle im Gymnastikraum ihres Elternhauses an einem Regal hing. Sie hatte ihren Job gehabt. Ihre Fälle. Ihre Katze. Ihre Geschwister und deren Kinder. Sonntags Gottesdienst, donnerstagabends Chorprobe. Doch nachts lag sie oft lange wach, das Herz eingeschnürt von unerklärlichen Ängsten und Träumen, die die Erinnerung nicht festhalten konnte, und in ihr bohrte der Gedanke, dass ihr Leben nicht so verlief, wie es verlaufen sollte. Und dann war da dieses kleine gelbe Blatt Papier gewesen, ein Fernschreiben vom Stellvertretenden Direktor des FBI. Ihr Herz hatte einen Sprung gemacht. Ein Telegrammtext in Großbuchstaben. FBI-Kauderwelsch. Sie hatte die Nachricht entschlüsseln können, und jedes Wort hatte sich für sie in eine Melodie verwandelt. Eine wichtige Mission. Ein Schritt, der sie vorwärts bringen würde, an die Spitze der männlichen Kollegen und nicht in die Reihe hinter ihnen. Aber das Beste kam noch, das größte Geheimnis, das Wunderbarste, und es war nur für sie bestimmt: sechs Monate bis zwei Jahre. Vielleicht für immer. Eine andere sein. Das Glück. Die Chance. Sie konnte eine andere sein.

Februar

1

Ich hatte Robbie ausführlich berichtet, warum mich Silvio Malatestas Name so überrascht hatte. Mit Malatesta hatte ich während meiner Zeit als Vorsitzender der Anwaltskammer in einem Justizausschuss zusammengearbeitet. In meinen Augen war er ein kluger und ehrenhafter Mann gewesen, wenn auch ein wenig versponnen. Vor seinem Wechsel auf die Richterbank hatte er an Robbies Alma Mater, der hiesigen Blackstone Law School, eine Rechtsprofessur innegehabt und sich als Experte in Schadensersatzfragen erwiesen. Die Diskussion ungewöhnlicher Fälle, die in die Berufung gegangen waren, war eine seiner Lieblingsbeschäftigungen gewesen. In meinen Augen musste das nicht unbedingt der Bestechlichkeit Tür und Tor öffnen, doch Robbie hielt sich in solchen Fällen nie lange bei Fragen nach Charakter und Veranlagung auf. Der eine war eben bestechlich, der andere nicht. Wer, das sei nie vorauszusagen, meinte er.

Glaubte man Walter Wunsch, dann gehörte Malatesta zu den vielen Rechtsprofessoren, die es auf die Richterbank gezogen hatte, weil sie dort endlich jenen Gesetzen Geltung verschaffen konnten, mit denen sie sich jahrelang wissenschaftlich auseinander gesetzt hatten. Silvio verfügte über keinerlei politische Beziehungen und hatte sich einfach an Toots Nuccio gewandt, den ungekrönten König seines Stadtviertels, einen berühmt-berüchtigten Politiker, Gangster und Schmiergeldvirtuosen. Binnen sechs Monaten hatte Toots ihn oben auf der Bank. Erst dann realisierte Silvio, dass sein Förderer als Gegenleistung mehr als ein nettes Dankeschön von ihm erwartete.

Hin und wieder meldete sich Toots nämlich am Telefon mit Vorschlägen, wie Malatesta mit anhängigen Fällen wohl verfahren könnte. Beim ersten Mal hatte der Richter noch gesagt, was er da treibe, sei keineswegs in Ordnung. Toots hatte darauf nur gelacht und beiläufig einen Lokalreporter erwähnt, der erblindet sei, weil ihm ein unbekannter Angreifer einer Becher Salzsäure ins Gesicht geschüttet habe. Er sei der Letzte, meinte Toots, der ihn um einen Gefallen bitten würde, ohne sich zu revanchieren. Das ganze Leben sei doch nur ein Geben und Nehmen, ließ er Malatesta wissen. Silvio war der Schreck so sehr in die Glieder gefahren, dass er gar nichts anderes tun konnte, als mitzuspielen. Bald schon hatte er gelernt, die Kuverts einzustecken, die nach Nuccios Anrufen in sein Büro zu flattern pflegten, und er rang sich sogar dazu durch, ihn um einen weiteren Gefallen zu bitten, nämlich seine Versetzung zur Zivilabteilung. Von da an ließen Tuoheys Laufburschen, Kosic und Sig Milacki, sich hin und wieder bei ihm blicken und gaben Ratschläge, welche Anwälte bevorzugt behandelt werden könnten. Malatesta machte mit. Er tat es in der Hoffnung, schließlich beim Berufungsgericht zu landen, wo er sich intensiver den wissenschaftlichen und theoretischen Fragen seines Richteramtes widmen konnte und wo die vorgeschriebene Besetzung des Gerichts mit drei Berufsrichtern die Käuflichkeit erschwerte.

Malatesta fühlte sich nicht wohl in seiner Lage. Laut Feaver war das wohl der Grund für seine oft so verwirrende Prozessführung. Ganz sicher traf das für den Fall Peter Petros zu. Anfang Februar fand Evon eines Morgens in ihrer Post die Nachricht, McManis' Antrag auf Abweisung der Klage werde mündlich verhandelt. Stan und auch Jim werteten das als Alarmzeichen, wenn auch aus unterschiedlichen Gründen. Malatesta hätte den Antrag auch ohne Anhörung ablehnen können. Eine kurze schriftliche Anordnung hätte genügt. Nach Sennetts Meinung gab es für den Richter keinen Grund, den Fall durch das Ansetzen einer öffentlichen Sitzung publik zu machen. Er befürchtete, Wunsch und Malatesta wollten Robbie öffentlich vorführen. Feaver dagegen tat dies mit einem Achselzucken ab. Was Silvio tue, mache nie Sinn, meinte er nur.

McManis' Bedenken waren eher praktischer Natur. Als Anwalt

war er noch nie vor einem Gericht aufgetreten, allerdings hatte er im Zuge seiner Laufbahn als Agent des Öfteren vor Gericht ausgesagt. Aber er hatte nie vor einem Richter eine Sache vertreten müssen, und Evon merkte ihm zum ersten Mal so etwas wie Nervosität an. Am Tag der Anhörung kam Robbie kurz in Jims Büro, ließ sich die Lauschausrüstung anlegen und unterschrieb die Einverständniserklärung. Da die FoxBIte-Batterien bei einer längeren Wartezeit bis zum Verhandlungsbeginn ausfallen konnten, sollte Evon die Fernbedienung einstecken und den Recorder dann im Saal aktivieren. McManis war merklich wortkarg geworden. Robbie versicherte ihm, je schlechter er dastehe, desto besser werde es unter den gegebenen Umständen für ihn laufen. Doch McManis schien zu angespannt, um diesen Scherz als besonderen Trost zu empfinden. Er hatte einen blauen Sonntagsanzug angezogen, dazu ein weißes Hemd, und sein gewöhnlich etwas wirres Haar klebte mit viel Gel wie ein Helm an seinem Kopf.

Evon und Robbie fuhren getrennt von Jim zum Gericht. Feaver war diesmal ganz entspannt. Als er durch die weite Rundhalle des Temple schritt und gerade in den Lift steigen wollte, fiel ihm plötzlich etwas ein. Er trat zurück und marschierte zum Zeitungsstand auf der gegenüberliegenden Seite.

»Leo!« Der stämmige Mann war schon älter, um die Siebzig. Sein Blindenstock hing an einem Haken an der Rückwand des Stands neben den Fächern für die Zigaretten, Aspirintabletten und Zeitungen. Er trug ein weißes, gestärktes, bis oben zugeknöpftes Hemd ohne Krawatte. Sein Bart war schlecht rasiert. Die dunkle Brille lag aus irgendeinem Grund neben der Kasse, und er sah mit milchigen Augen und unbewegtem Blick in die Ferne.

Leo und Feaver tauschten ein paar trübsinnige Bemerkungen über die Trappers aus, ein nie enden wollendes Lamento, das nun neue Nahrung durch die bevorstehende Frühjahrssaison erhalten würde. Während sie miteinander redeten, holte Robbie zwei Päckchen Kaugummi aus dem Fach auf der Theke.

»Was hast du genommen?«, fragte der alte Mann.

»Ein Päckchen Spearmint.«

»Eines? Klang, als hättest du dir die ganze verdammte Kiste gegriffen.«

»Nur eines, Leo.« Robbie drehte sich zu Evon um und zeigte ihr die beiden Päckchen. Verstört schwieg sie.

Feaver beteuerte noch einmal, nur ein Päckchen genommen zu haben. Dann zog er sein Portemonnaie aus Alligatorleder aus der Hosentasche und legte eine Hundert-Dollar-Note auf die Plastikschale auf der Glastheke. Der Schalenboden diente als Reklamefläche und zeigte ein fröhliches Mädchen und das Markenlogo für Kool-Zigaretten. Der alte Mann griff nach der Banknote und befingerte sie sorgfältig. Er rieb lange an einer Ecke und rollte sie zwischen Zeigefinger und Daumen.

»Wie viel?«

»Eine mit einer Eins, Leo.«

»Du hast es heute mit der ›Eins‹. Wenn ich dich jetzt frage, wie viel ist ein Dutzend, dann sagst du bestimmt: ›Eins.‹«

»Eins stimmt, Mann.«

»Hmm. Ich kenne dich, Robbie.«

»Leo, ich schwöre es dir. Da steht eine Eins drauf.« Er konnte sich das Lachen kaum verkneifen, so großen Spaß machte es ihm. »Schieb sie nur nicht in die Lade mit den Ein-Dollar-Noten. Leg sie drunter. Ganz nach unten in die Kasse. Es ist eine Einer-Spezial-Note.«

»Klar doch. Eine Sonderbanknote.« Der alte Mann riss sie in der Ecke ein kleines Stück an und hob die Lade mit dem Kleingeld aus dem Schubfach. Er ließ vier Zehn-Cent-Stücke und einen Penny in die Schale fallen, und Robbie nahm sie heraus.

»Du sollst das lassen, Robbie.«

»Nein, tu ich nicht, Leo. Warum auch. Bis nächste Woche.« Er packte die fleckige Hand des alten Mannes, zog ihn zu sich heran und küsste ihn mitten auf die schimmernde Glatze.

Auf dem Rückweg zum Aufzug erklärte er Evon, Leo sei ein Cousin seines Vaters.

»Als Kinder waren er und mein Vater die besten Freunde. Er bekam mit dreizehn die Masern, danach eine Gehirnhautentzündung und wurde blind, aber mein alter Herr hat immer zu ihm gehalten. Selbst als mein Dad auf und davon gegangen ist, hat meine Ma ihm das immer zugute gehalten. ›Dein Vater hat Leo nie im Stich gelassen. Das kann ich dir sagen, er hat immer an seinen Cousin gedacht.‹« Evon kannte die Stimme seiner Mutter schon von der Sprechanlage in Robbies Büro. Der Sohn imitierte die alte Dame perfekt. Evon musste lachen, und Robbie lachte mit.

»Meine Ma hat Leo immer zu uns eingeladen. Wenn ich aus der Schule kam, saßen sie zusammen wie ein altes Pärchen in einer Kneipe, tranken Tee und lachten. Ich freute mich jedes Mal, wenn ich ihn sah. Leo kann wirklich ein Spaßvogel sein. Und er hat mir Geschichten von meinem Dad erzählt. Nette Geschichten, wissen Sie. Für die Ohren eines Kindes geeignet. Wie sie zuerst immer wegrannten, wenn die *Gangbusters* im Radio kamen. Oder wie sie Cents auf den Eisenbahnschienen platt fahren ließen. Wie sie Football gespielt haben. Ich sah ihn da neben meiner Ma sitzen und dachte natürlich, was ein Kind sich dann denkt und wünscht, eben dass er mein Vater wäre.« Er blickte wehmütig in die Ferne. Der Aufzug klingelte und öffnete sich. Der Geruch von gebratenem Speck aus der Cafeteria schlug ihnen entgegen. »Und wissen Sie, wer ihm den Stand hier verschafft hat?«, fragte er.

»Sie?«

»Na ja, ich will damit sagen, ich habe mich dafür eingesetzt. Ich bin ja clever. Ich schlage vor, den geplanten Aufzug gleich hier starten zu lassen und gegenüber den Zeitungsstand einzurichten. Aber die denken gar nicht daran. Zu wem bin ich dann wohl gegangen? Und wer hat sich Leos traurige Geschichte angehört und es dann zusammen mit Richter Mumphrey, dem Verwaltungsausschuss und all diesen Großtuern, die sich am liebsten die Füße küssen lassen, hingebogen? Raten Sie mal.«

Sie schwieg.

»Brendan Tuohey. Ganz recht, Brendan.« Er seufzte und machte ein bedrücktes Gesicht. Weil ihr nichts anderes einfiel, tippte sie schnell auf das Zifferblatt ihrer Uhr. Robbie hatte es einfach vergessen. »Mist«, sagte er und sah sie finster an. Im Augenblick war ihm alles zuwider. Er merkte, dass er die Kaugummipäckchen noch in der Hand hielt, gab sie Evon und tippte sich an die Wange.

»Man muss eben Brücken bauen«, sagte er und stieg in den Aufzug.

Wie alles im Temple war auch Richter Malatestas Gerichtssaal grau und funktional. Die geradlehnigen Stühle aus Naturbirke gilbten vor sich hin, ebenso der dazu passende Richtertisch und die Tische und Bänke der Gerichtsbediensteten. Der Zeugenstand befand sich etwas unterhalb der Richterbank. Die Stenografen und der Gerichtsdiener saßen wiederum eine Etage tiefer direkt vor dem Richter. Dahinter befanden sich in der Mitte die Tische des Anklägers und der Verteidigung. Alles war rechtwinklig zueinander angeordnet. An der Wand hinter dem Richter prangte das Staatswappen, flankiert von zwei aufgezogenen Fahnen. An der Wand gegenüber den Fenstern hing in einem Goldrahmen das Porträt des inzwischen verstorbenen County-Politikers Augustine Bolcarro, den alle nur den »Bürgermeister« nannten.

Malatestas Sammeltermin lief bereits. Anwälte eilten hinein und heraus, Aktentaschen unter dem Arm und Roben darüber. Jim betrat den Saal, nahm steif auf der anderen Seite Platz und wartete, bis sein Fall an der Reihe war. Er mied Blicke in ihre Richtung und kaute dann und wann abwesend auf seiner Unterlippe.

Walter in seinem dicken Anzug saß an seinem voll gepackten Tisch vor der Richterbank. Er rief die Fälle einzeln auf, reichte dem Richter Papiere hinauf, nahm andere nach Erledigung entgegen und legte die nächsten bereit. Auch er benahm sich so, als hätte er keinen von ihnen dort hinten bemerkt. Evon empfand das nicht gerade als ein freundliches Willkommen. Was Sennett an dieser Anhörung beunruhigt hatte, machte jetzt auch ihr Sorgen. Sollte Malatesta McManis' Antrag heute günstig bescheiden, geriet ihr ganzes Projekt ins Wanken. Man würde in D.C. oder sonst wo nur schwer erklären können, warum ihr Schmiergeldverteiler versagt hatte. Kurzum, es war der erste handfeste Test, ob Robbie Feaver mehr zu bieten hatte als nur heiße Luft.

»*Petros gegen Standard Railing,* 93 CL 140«, verkündete Walter schließlich in lethargischem Ton. Fast eine halbe Stunde hatten sie auf den Aufruf gewartet. Evon griff in ihre Aktentasche und schaltete per Fernbedienung das FoxBIte ein. Robbie und McManis nannten der Gerichtsschreiberin, einer jungen Schwarzen, ihre Personalien, die sie ohne aufzublicken festhielt. Evon war Robbie gefolgt und, wie abgesprochen, zwei Schritte hinter ihm stehen geblieben. McManis hatte einen Stoß gelber Blätter mit handgeschriebenen Notizen unter dem Arm.

Aus der Nähe machte Silvio Malatesta Evon durchaus nicht den Eindruck eines Verbrechers. Aber das überraschte sie auch nicht wirklich. Den typischen Verbrecher gibt es nicht. Ein Gangster umgibt sich meist mit einer Aura beeindruckender Selbstsicherheit, während zum Beispiel ein Bankräuber aus sämtlichen Bevölkerungsschichten kommen konnte, manche sahen aus wie Schlägertypen oder Bandenmitglieder, andere wirkten wie ganz normale Durchschnittsbürger. Dasselbe erlebt man bei Bestechungsskandalen: Eine Menge offensichtlicher Gauner sind darin verwickelt, oft genug aber auch vertrauenswürdig erscheinende Personen.

Zur letzten Kategorie gehörte auch Malatesta. Er wirkte freundlich onkelhaft mit seinem sich lichtenden ergrauenden Haar, der Brille mit dem schweren, schwarzen Gestell und mit den lebhaften kleinen Augen hinter den dicken Gläsern. Trotz der Robe sah man, dass ihm seine Kleidung ein wenig zu weit war. Der Hemdkragen stand ihm vom Hals ab. Bevor er in mildem amtlichem Ton, fast pastoral, das Wort ergriff, leckte er sich die Lippen.

»Nun, meine Herren«, sagte er lächelnd zu den Anwälten. »Das hier ist ein *sehr* interessanter Fall. Sehr interessant. Die Anträge, die mir von beiden Seiten vorliegen, sind mit großer Sorgfalt ausgearbeitet. Beide Parteien genießen den Vorteil einer außerordentlich guten Vertretung. Nun zum Anwalt der Standard Railing – McMann?«

Jim wiederholte seinen Namen.

»Mr. McManis trägt das überzeugende Argument vor, es könne nicht angehen, dass sich eine Person bis zur Besinnungslosigkeit betrinkt und dann jemand anderen für das verantwortlich macht, was anschließend passiert. Mr. Feaver hält dagegen, die Argumentation von Standard Railing sei nur ein Ablenkungsmanöver: Tribünengeländer, sagt er, müssten eine ausreichende Höhe und Stabilität besitzen, um einen Sturz abzufangen, gleichgültig, ob der Kläger ins Straucheln gerät, weil er von einem Dritten gestoßen wird, ob er über die eigenen Füße stolpert oder betrunken den Halt verliert. Nach Mr. Feavers Ansicht ist ein solches Geländer mit einem Rasenmäher oder einem Medikament zu vergleichen, bei dem der Hersteller in jedem Fall verantwortlich ist für jede Art Schaden, der auf den Gebrauch des Produkts zurückzuführen ist. Ich gebe zu, dass Präzedenzfälle die eine wie die andere Sichtweise stützen.«

Plötzlich war Walter gereizt aufgestanden und dem Richter ins Wort gefallen. Die Kante des Richtertischs in Augenhöhe, stellte er sich auf die Zehenspitzen, hielt sich an ihr wie an einer Fensterbank fest und tippte auf ein Blatt, das er dem Richter zuvor bereitgelegt hatte. Offensichtlich verwirrt bedeckte Malatesta das Mikrofon mit der Hand. Schließlich sollte man im Publikum nicht hören, was Walter zu ihm sagte.

»Nun gut«, fuhr er dann mit einem dünnen Lächeln fort, »ich hatte vor, mir weitere Ausführungen dazu von Ihnen anzuhören, aber mein Tagesplan ist übervoll, und Mr. Wunsch hat mich im Hinblick darauf erinnert, dass ich gestern Abend noch einen Beschluss gefasst und unterzeichnet habe, in dem ich Mr. McManis' Antrag auf Abweisung der Klage ablehne. Es ist demnach gar nicht nötig, noch einmal zu beraten, was bereits entschieden ist. Das Übrige ist Sache der ordentlichen Gerichtsverhandlung, und ich bitte den Anwalt um Entschuldigung. Der Fall wird angenommen.« Malatesta brachte noch einmal ein zögerliches Lächeln zu Stande und wies Walter an, einen Termin festzusetzen. In der kurzen Stille, die darauf eintrat, war nur noch das Herausströmen der Warmluft aus der Öffnung am Fuß des Podiums zu hören und das Kratzen von Walters Füllfederhalter, mit dem er der Anordnung des Richters nachkam.

»Aber, Euer Ehren«, warf McManis plötzlich ein. Robbies Kopf fuhr herum. McManis beugte sich mit verstörtem Gesichtsausdruck vor. Doch bevor er noch fortfahren konnte, bedankte Feaver sich beim Richter, drehte sich um und trat Jim gegen das Schienbein. Gleichzeitig schob er Evon mit dem Ellbogen in Richtung Ausgang. Sie sah sich um. McManis packte langsam seine Papiere zusammen.

Klecker hatte das FoxBIte gestoppt und löste es gerade von Feavers Bein, als Jim im Konferenzraum auftauchte.

»›Aber, Euer Ehren‹«, empfing ihn Robbie mit schriller Stimme. McManis war so ruhig und besonnen, dass er selten zu Sticheleien Anlass gab, und so genoss Robbie die Situation. »Was hatten Sie, um Himmels willen, eigentlich vor?«, rief er laut. »Wollten Sie den Richter dazu bewegen, seine Meinung zu ändern?«

Verdattert, aber auch ein bisschen amüsiert ließ McManis sich in einen der Schalensessel im Konferenzraum sinken. Er hatte die Krawatte gelockert und schien von dem ganzen Vorgang etwas mitgenommen. Schließlich meinte er nur, er sei in dem Augenblick wohl etwas durcheinander gewesen. Obwohl alles so bis ins Detail vorbereitet worden war, hatte er einfach instinktiv reagiert – wie ein Verlierer. Sein kurzer Protest vor Gericht hatte aber auch die gute Tarnung verstärkt: So wurde es leichter für Robbie, ihm eins auf die Nase zu geben. Evon und Klecker winkten vom Flur ein paar andere Agenten herein, damit sie zuhören konnten.

»Einer muss schließlich doch das *arme Würstchen* spielen«, lachte Feaver brüllend. »Und verlieren sollten schließlich *Sie.*«

Robbie ließ sich durch Sennetts und meine Ankunft nicht unterbrechen. Klecker hatte die Aufnahme aus dem FoxBIte in den Computer geladen und spielte uns die kurze Szene im Gerichtssaal vor. McManis schüttelte beim Zuhören den Kopf und meinte, er begriffe noch immer nicht, worauf Malatesta hinausgewollt habe. Er habe es nicht verstanden und verstehe auch jetzt nicht, wieso ein Richter eine Anhörung einberuft, nur um zu verkünden, dass er schon am Abend zuvor seine Entscheidung getroffen habe. Aber Sennett war mit den Gedanken schon weiter und ahnte, was da gelaufen war.

»Das war inszeniert«, sagte er zu Jim. »Extra zum Mitschneiden. Der Kerl ist wirklich clever. Das wird eine perfekte Ausrede für alles und jedes. Der Antrag lief auf Niederschlagung der Anklage hinaus. Also tat Malatesta bei der inszenierten Anhörung so, als habe er so wenig Interesse daran, wer nun gewinnt und wer verliert, dass er sogar die bereits getroffene Entscheidung einfach ›vergessen‹ hat. Sollte ihn jemals einer nach dem Fall fragen, dann ist das Protokoll von heute das Beweisstück Nummer eins für eine Verteidigung. Wir dürfen uns keinen Schnitzer erlauben, sonst geht uns Malatesta einfach durch die Lappen.«

Man spürte im Raum förmlich die Bewunderung für Stans scharfen Verstand. Vielleicht war den Agenten bisher noch nie so klar gewesen, warum Sennett hier die Verantwortung trug. Eine Weile ruhten noch alle Blicke auf ihm, dem unscheinbarsten Mann. Er sah sie der Reihe nach an und schärfte jedem ohne Worte ein, sich in Acht zu nehmen und nicht aus der Reihe zu tanzen.

2

In allem gab sich Robbie fast übertrieben offen, doch was Lorraine anging, blieb er sehr zurückhaltend. Evon gegenüber verlor er anfangs kaum ein Wort über seine Frau, als wolle er damit unterstreichen, dass bei seinem Deal mit der Regierung dieser Bereich seines Lebens ausgeklammert war. Doch nach sechs Wochen in seiner unmittelbaren Nähe hatte sie eine Menge über Rainey und ihre Krankheit erfahren. Einiges hatte sie auch von Mort und den Mitarbeitern der Kanzlei gehört. Und beim Betreten und Verlassen von Feavers Büro hatte sie Robbies liebevolle Anrufe bei seiner Frau dutzendweise mitbekommen. Hinzu kamen noch die eher nüchternen Gespräche mit all den Menschen, die sich um Rainey kümmerten – Ärzte, Physio- und Beschäftigungstherapeuten, Masseusen, Krankenschwestern und häusliche Pfleger, die sich rund um die Uhr um Rainey kümmerten. Inzwischen hatte er gegenüber Evon sogar hier und da eine Bemerkung über Rainey fallen gelassen, aber nur einen oder zwei Sätze, ganz im Unterschied zu seinen sonst so ausschweifenden Reden über alles und jeden. Vor kurzem erst hatte er betrübt festgestellt, dass für Lorraine inzwischen alle Speisen püriert werden mussten. »Püriertes Steak, können Sie sich das vorstellen? Pürierte Muffins? Wenigstens kann sie es noch schmecken.« Dabei wanderte sein gedankenverlorener Blick in die Ferne.

Da war es schon eine Überraschung, als er Mitte Februar Evon eines Tages zu sich nach Hause einlud, damit sie Lorraine kennen lernte. Sie waren gerade bei einer potenziellen Mandantin gewesen, nur einen Block von seinem Haus entfernt. Sarah Perlan, kurz gewachsen und wohlbeleibt, wollte das örtliche Tenniscenter verklagen. Sie war über einen herumliegenden Ball gestolpert und hatte sich die Achillessehne angerissen. Nach dem Ende des Gesprächs hatte Robbie den Besuch bei Lorraine vorgeschlagen. Evon hatte gezögert, sie fürchtete zu stören, aber er hatte darauf bestanden. Rainey wolle Robbies neue Gehilfin kennen lernen.

»Ich habe ihr wohl schon eine ganze Menge über Sie erzählt.« Dazu zog er die buschigen Augenbrauen hoch, als könne er sich das absolut nicht erklären.

Schon beim Betreten des Hauses bekam man eine Vorstellung davon, wie seine Einrichtung einmal geplant gewesen war. Rainey hatte es geschmackvoll haben wollen und zugleich schlicht und einfach. Das Mobiliar war fast ausschließlich in Weiß gehalten. Im Wohnzimmer, hatte Robbie einmal gespottet, könne ein dreijähriger Knirps mit einer Tafel Schokolade so viel Unheil anrichten wie ein Tornado.

Doch Krankheit prägt eine Umgebung auf ihre eigene Art. Wenn er draußen war, nannte er sein Haus das »Krankheitsmuseum«. Es biete allem Platz, was es an einfachen und komplexen Dingen gab, um Lorraine den ihr verbliebenen Rest des Lebens zu erleichtern. Das Foyer wurde von einer geschwungenen Treppe mit handgearbeitetem Nussbaumgeländer beherrscht. Daran entlang lief nun die vom Schmieröl schwarze Schiene eines elektrischen Lifts. An allen Wänden waren Handläufe angebracht worden und überall Klingelknöpfe, die Rainey vor einiger Zeit noch betätigen konnte, um Hilfe herbeizurufen.

Auf der ersten Stufe wandte Robbie sich zu Evon um. »Sie kommen doch klar damit?«

Daran hätte er auch eher denken können, aber nun war es zu spät umzukehren. Tatsächlich kam sie mit Krankheiten ganz und gar nicht gut zurecht. Ihre Großmutter war nach einer missglückten Bandscheibenoperation gelähmt und hatte seit Evons fünfzehntem Lebensjahr bei ihren Eltern gelebt. Damals war physisches Wohlergehen zu einem Grundstein ihrer Existenz geworden, und oft genug hatte sie solche Angst bekommen, dass es ihr den Magen umdrehte, wenn sie bei der alten Frau gewesen war und unter der

Decke oder dem verrutschten Hemd die Beine ihrer Großmutter sah, abgemagert bis auf die Knochen. Aus diesem Grund hatte sie immer möglichst viel Abstand zu ihr gehalten. »Hör mal, das ist nicht ansteckend«, hatte ihre Mutter eines Nachmittags auf ihre übliche grobe Art bemerkt.

Die heutige Begegnung würde schlimmer sein. Der Verfall ihrer Großmutter war ein langer, aber natürlicher Prozess gewesen. Rainey Feaver war achtunddreißig und lag im Sterben. Es gab keinerlei Hoffnung. Es gab ALS-Patienten – nur eine überschaubare Minderheit –, die noch zwanzig Jahre lebten, während die Krankheit sich durch ihren Körper fraß. Steven Hawking war bei weitem der berühmteste dieser Fälle einer langsam verlaufenden Zerstörung des Körpers und seiner Funktionen. Doch bei Lorraine lief alles »normal« – den einen Tag hatte sie laufen können, am nächsten hatten ihr die Beine den Dienst versagt, und binnen anderthalb Jahren gab es für sie nur noch den Rollstuhl. Ihre Hände waren so schwach geworden, dass sie keinen Stift mehr halten konnten, auch konnte sie die Arme nicht mehr über den Kopf heben. Und jetzt, fast zwei Jahre später, war sie schon nicht mehr in der Lage, selbständig zu essen oder auch nur ordentlich zu schlucken. Sie brauchte sogar Unterstützung, um auf der Toilette aufrecht sitzen zu bleiben. Der Speichel floss völlig unkontrolliert, sodass Rainey neulich bestrahlt werden musste, damit sie sich nicht daran verschluckte.

Es gebe keinen ersten Preis für die schlimmste Krankheit, hatte Robbie Evon erklärt. Das habe ihn die Erfahrung gelehrt. Der Körper konnte auf so grausame Weise verfallen, wie man es sich selbst in den furchtbarsten Alpträumen nicht ausmalte. Doch diese hier, die »gottverdammte Ausgeburt einer Krankheit«, wie er sie mehr als einmal nannte, war vielleicht die heimtückischste. Der Körper ließ einen im Stich. Die willkürlichen Muskelfunktionen versagten, der Muskel verfiel in schmerzhafte Zuckungen und stellte dann ganz seinen Dienst ein. Selbst die kleinsten unwillkürlichen Reflexe ließen sich nicht mehr auslösen. Das Blinzeln gehörte zu den letzten, die verschwanden, und dann war der Patient nicht mehr reaktionsfähig. Währenddessen blieben die intellektuellen Fähigkeiten unbeeinträchtigt. Rainey konnte denken. Sehen. Und, laut Robbie das Schlimmste, sie konnte fühlen. Innerlich und äußerlich. Die Bewegungsfähigkeit schwand zwar durch ALS. Aber nicht der Schmerz. Sie litt sehr und konnte nicht einmal die Hand heben oder einen Finger krümmen, um den Muskel zu massieren, der sich so jämmerlich verkrampfte.

Die Feavers hatten jede Therapie ausprobiert – Herbalisten hatten sie zu Rate gezogen, Homöopathen, Akupunkteure. Rainey hatte Versuchsperson gespielt und sich neue Arzneien verabreichen lassen. Nach einem Neunzig-Tage-Versuch war sie am Ende wieder da angelangt, wo ihr stetiger Weg nach unten begonnen hatte. Sie waren sogar zu einer Heilerin mit einer lächerlichen Wunderwaffe gefahren: einem Apparat aus zwei alten Vakuumröhren und einem langen leuchtenden Neonstab, mit dem sie über Raineys Körper hin und her fuhr und dazu ein beschwörendes »Woo-woo« murmelte. Die Szene hätte sie eigentlich nur zum Lachen reizen können, meinte Robbie dazu, wären sie nicht so verzweifelt, so am Boden zerstört gewesen.

Das eheliche Schlafzimmer, in dem Robbie noch immer schlief, war voll geräumt mit Geräten aller Art. Evon wagte sich nur bis zur Schwelle und wartete dort, bis die Pflegerin mit Rainey im Badezimmer war. Robbie lief inzwischen im Zimmer auf und ab und zeigte ihr die verschiedenen Geräte, die er ihr vorher schon beschrieben hatte. Eines hieß Hoyer-Lift und hob Lorraine, wenn sie sich kräftig genug fühlte, aus dem breiten Krankenhausbett in den Rollstuhl. An einem schwenkbaren Tischbrett war eine Sprechanlage befestigt, außerdem eine »Easy Writer« genannte Vorrichtung, die einen Stift hielt, ein Mechanismus zum Umblättern von Seiten und die Fernbedienung für einen extragroßen TV-Bildschirm. Ein eingeschalteter PC-Monitor stand neben ihrem Bett, daneben lag eine Buchstabentafel, auf der Rainey einzelne Buchstaben anzeigte, wenn ihr das Sprechen schwer fiel.

All das hatte Unsummen gekostet. Inklusive der medizinischen Versorgung hatte Robbie öfter von mehr als zwei Millionen Dollar gesprochen. Die Versicherung hatte er damit praktisch schon ausgereizt. Er stritt mit der Gesellschaft bereits um mehrere hunderttausend Dollar vorgestreckter Ausgaben, die sie nicht ersetzen wollte. Aber in einer Situation, über der so wenig Segen lag, war Geld schon ein Segen. Und er hatte Geld, eine Menge Geld, hundertmal mehr als die meisten Familien, die eine Krankheit wie diese in den Ruin zu treiben pflegt. Wie Mort einmal gegenüber Evon bemerkt hatte, würde Rainey einfach nicht lange genug leben, als dass Robbie ihr alles, was denkbar war, noch besorgen konnte.

Lorraine war jetzt im Bad fertig. Evon war hinausgegangen, während Robbie der Pflegerin, einer winzigen Filipina namens Elba, zu Hilfe kam. Vom Flur aus hörte Evon, wie sie Rainey Mut zusprachen, als sie sie wieder in den Rollstuhl setzten und ins Zimmer zurückschoben.

Am Abend zuvor, einem Sonntag, war Robbie zu einer Hochzeit eingeladen. Rainey war zu erschöpft gewesen, um mitzufahren. Robbie hatte aber auch seiner Mutter versprochen, sie zu der Feier mitzunehmen, und so hatte er die alte Dame in ihrem Pflegeheim abgeholt, sie mitfeiern lassen und dann wieder heimgebracht. Rainey hatte währenddessen geschlafen, immer wieder von Muskelkrämpfen wachgerüttelt. Seine Rückkehr in der Nacht wie seinen Aufbruch in die Kanzlei heute Morgen hatte sie indes nicht mitbekommen. Also schilderte ihr Robbie jetzt, wie der Abend verlaufen war.

»Das war eine jüdische Hochzeit wie aus dem Bilderbuch. Alles bis hin zur gehackten Leber. Tolles Essen, scheußlicher Wein. Und auch mein Onkel Harry war so betrunken wie immer. Ihm war so übel, dass er nicht mal gemerkt hat, wie er sein Gebiss das Klo hinuntergespült hat.«

Raineys Antwort war leise wie ein fernes Murmeln. Einen zittrigen, geisterhaften Ton brachte sie noch zu Stande, mit einem klackenden Laut am Ende jedes Worts. Und es wurde jeden Tag schlimmer. Auch dafür hatte Robbie schon eine technische Hilfe anvisiert, einen computergesteuerten Stimmensimulator, der so lange funktionierte, wie Rainey noch zur kleinsten Bewegung fähig war, und sei es nur das Zucken der Augenbraue. Evon hatte Robbies Gespräche mit ehemaligen Kollegen seiner Frau aus der Computerindustrie mitbekommen, die ihnen halfen. Die Hardware war schon besorgt und stand irgendwo im Haus bereit, doch die Feavers zögerten jede Veränderung immer so lange wie möglich hinaus. Mochten die Hilfen noch so bequem sein, waren sie zugleich auch bedrückend, zeigten sie doch an, wie der Verfall stetig fortschritt.

»Und jetzt zu den Garderoben der Damen«, sagte er. »Eine nach der anderen. Inez kommt in ein 3000-Dollar-Kleid gehüllt – wo sie die dreitausend für so ein Gewand hernimmt, entzieht sich meiner Kenntnis –, und kaum hat sie ihren Auftritt gehabt, stolziert auch schon Susan Schultz in genau dem gleichen Ding herein. Als Nächste erscheint Tante Myrna in einem engen weißen Fähnchen, eine Lady von wie viel? Sechzig? Und durch Stoff und Strumpfhose ist noch das Tattoo auf ihrer Arschbacke zu erkennen. Aber man behält bei solchen Gelegenheiten die fälligen Sticheleien ja besser für sich, nicht? Also schiebe ich Ma in ihrem Rollstuhl hinaus auf die Tanzfläche und wirbele sie ein paar Mal herum. Bis ihr ordentlich schwindlig ist.«

Evon hörte wieder Raineys Stimme.

»Ich hätte dich gern dabeigehabt«, sagte er, jetzt ein wenig melancholisch.

Doch im selben Moment hatte er die düstere Stimmung auch schon wieder verscheucht. Wie immer es in Robbie aussehen mochte, für Rainey wollte er immer tapfer und optimistisch sein. Am Telefon hatte Evon ihn häufig seiner Frau widersprechen hören, wenn sie vom Verfall ihres Körpers sprach. Er hatte dabei Symptome genannt, die den düsteren Prophezeiungen der Ärzte durchaus nicht entsprächen. Oft saß er in seinem Büro vor dem Computer und schrieb ihr eine Nachricht, vor allem dann, wenn er gerade einen guten Witz gehört hatte. »E-mail«, erklärte er Evon. Lorraine, die ja früher in der Computerbranche gearbeitet hatte, hatte ihm das Mailen beigebracht. Nun kündete er mit heiterem Ton Evon an. Sie wappnete sich.

Die Frischluftdüse konnte nicht ganz die vielen Gerüche in dem großen Raum bewältigen – Ausscheidungsgerüche, Einreibemittel, Lotionen, Körperausdünstungen, Schmiermittel für die Geräte. Evon betrat das Zimmer. Robbie massierte gerade Raineys Arm, um einen Krampf zu lindern. Sie saß in ihrem Rollstuhl, dem »Hi-Rider«, einem eindrucksvollen Gefährt, groß, dick gepolstert und motorgetrieben, aber mit kleinen Rädern. Robbie hatte Evon den Rollstuhl schon beschrieben. Er rollte nicht nur glatt und leise in jede Richtung, in die man ihn per Joystick steuerte, Lorraines Sitz war auch noch höhenverstellbar, sodass sie Gäste an der Tür Auge in Auge begrüßen konnte. Heute Abend saß sie einfach nur tief ins Polster gesunken, von einem Brust- und einem Leibgurt gehalten. Sie trug einen modischen Jogginganzug, aber statt der Zipper hatte er Klettverschlüsse. In ihrem Mundwinkel hing ein gekrümmter Schlauch, der zu einer Flasche mit destilliertem Wasser an einem Infusionsgestell führte und konstant Flüssigkeit als Speichelersatz abgab.

Doch trotz dieser Entstellung war noch immer Rainey Feavers einstige Schönheit zu erkennen. Allerdings sah sie um einiges älter aus als die Frau auf dem Foto hinter Robbies Schreibtisch. Der Muskelschwund hatte sie ausgezehrt. Den Kopf hielt sie leicht nach links geneigt. Offensichtlich bat sie ihre Helferin täglich, sie zu schminken, und ihr dunkles Haar hatte sich seinen Glanz bewahrt. Wenn sich auch einige Falten in ihr Gesicht eingegraben hatten, war es doch noch wirklich schön. Die auffallend violetten Augen von dem Foto blickten Evon noch ganz direkt und lebendig entgegen.

Evon fühlte sich alles andere als wohl in ihrer Haut, tat aber ihr Bestes: Sie habe so viel über Rainey gehört. Und wie stolz Robbie auf sie und ihren Lebensmut sei.

Lorraine sah sie nachdenklich an. Langsam bewegten sich ihre Lippen, um einige Worte hervorzubringen. Besonders elastisch waren die Lippen nicht mehr, und sie gehorchten ihr kaum noch. »Schwer verbläut«? Nein, das ergab keinen Sinn. Evon musste sich Hilfe suchend an Robbie wenden.

»Sehr erfreut«, übersetzte Robbie. Bestimmte Buchstaben könne sie nicht mehr artikulieren, sagte er – vor allem das R werde zum L und umgekehrt. Er lächelte seiner Frau zu und strich ihr über die Hand. »Sie sagt deswegen dauernd, sie stamme wohl aus Japan.«

»Lasend witzig, odel?«, brachte Rainey mit Anstrengung hervor. Evon lachte mit Elba und Robbie. Obwohl man sie bereits vorgewarnt hatte, war sie von Lorraines Witz überrascht – und dabei handelte es sich nur um einen schwachen Abglanz der Vielfalt von Gedanken und Gefühlen, die sie nun nicht mehr ausdrücken konnte. Das Lachen, das sie zuerst nur ein bisschen geschüttelt hatte, wurde zu einem heftigen Hustenanfall. Und auch dieser Reflex, der Lorraines Kehle wieder freimachen sollte, war nur noch schwach. Die kleine Elba schob ihr ein Kissen in den Rücken und klopfte ihr ein paar Mal zwischen die Schultern. Dabei sagte sie mit ihrem starken Akzent etwas Tröstliches zu ihrer Patientin.

Langsam erholte Lorraine sich und begann wieder dort, wo sie aufgehört hatte. Die Unterbrechung hatte sie quasi nicht zur Kenntnis genommen. Das Leben bestand aus dem, was sich zwischen solchen Anfällen noch ergreifen ließ. Sie erkundigte sich nach Evons beruflichem Werdegang. Seit wann? Wo geboren? Ihre Fragen bestanden immer nur aus zwei Wörtern. Robbie stand über den Rollstuhl gebeugt und dolmetschte. Selbst gegenüber dieser Frau in dieser besonderen Lage gab Evon nur ihre Undercover-Identität preis. Robbie hatte Rainey nichts von seiner eigenen Situation gesagt und erwartete deswegen auch nichts anderes.

»Wohnung?«, fragte Rainey. »Barschaft?« Nachbarschaft hatte sie sagen wollen, verschluckte aber die erste Silbe. Offenbar war sie neugierig, warum Evon die späten Feierabendstunden noch hier verbrachte. Robbie erzählte ihr vom gemeinsamen Besuch bei Sarah Perlan. Er werde Evon dann nach Hause fahren. Etwas ließ ihn dabei stocken, ein unausgesprochener Gedanke, und Rainey reagierte sofort auf seine Unsicherheit. In dem beklommenen Moment, als er zu erklären versuchte, dass Evon neu in der Stadt sei und noch keinen eigenen Wagen habe. Das veränderte die Atmosphäre im Raum. Rainey Feaver kannte sich aus, wenn ihr Mann ihr etwas zu erläutern versuchte, vor allem, wenn es um andere Frauen ging, und sie wusste genau, dass sie im Moment gerade so einer Erklärung lauschte. In ihrem schmalen Gesicht mit dem langen Kinn konnte sich keine Reaktion abzeichnen, aber ihre Lider zuckten mühsam, und ihre schönen Augen wurden dunkler.

»Nähel«, sagte sie zu Evon. Evon warf Robbie einen Blick zu, doch die fast abgöttische Art, in der er seine Frau behandelte, ließ keine Einwände zu. Er bot ihr seinen Platz neben ihrem Rollstuhl an. Sie beugte sich näher zu Rainey, um sie besser zu verstehen.

»El rügt.« Evon musste einen Moment überlegen. Großartig, dachte sie dann. Und das als Zeuge der Regierung. Ein Zeugnis aus dem Mund des Menschen, der ihn am besten kannte. Nachdem Rainey sich einen Augenblick lang erholt hatte, setzte sie noch eins drauf.

»El rügt immel«, sagte sie. »Melken Sie sich das.«

Plötzlich begriff Evon, dass das eine Warnung war. Zum Teil sicher, weil Rainey sich rächen wollte, aber auch aus weiblicher Solidarität. Man konnte Robbie nicht trauen. Wenn er sagt, er kümmert sich, verlass dich nicht drauf. Wenn er sagt, er will dich nach Lorraines Tod heiraten, dann ist das nur eine weitere Lüge. Rainey ließ sie nicht aus den Augen, während Evon ihre Botschaft verdaute.

Robbie schaltete sich ein. Er wollte Evon schützen. »Das weiß sie längst, Liebste«, sagte er zu Rainey. »Jeder, der eine Zeit lang mit mir zu tun hat, weiß das.« Robbie lächelte dabei, doch das sahen sie nicht, weil er hinter ihnen stand. »Und sie braucht nur ein paar Jahre, um auch meine guten Seiten zu entdecken.«

»Ja«, sagte Rainey und meinte Jahre. Dann sagte sie monoton: »Bis dahin bin ich tot. Und du bist glücklich.«

Das musste Robbie erst einmal verdauen. Er schob die Zunge zwischen Zähne und Wange und sah sie würdevoll an: So darfst du nicht reden. Aber er antwortete nicht. Er bückte sich und stellte Raineys Füße auf die Schaumstoffunterlage, um sie weich zu betten. Dann drehte er sich wortlos um und brachte Evon in die Stadt zurück.

Im Auto sagte er nach einer Weile zu ihr: »Was sie nicht alles sagen, diese ALS-Kranken. Es gehört zu ihrer Krankheit. Weil ihre Gehirnzellen mitbetroffen sind. Sie verlieren die Kontrolle über ihre Impulse. Irgendwie ist das komisch. Hat etwas von bitterer Ironie an sich. Lorraine hat immer zu den Menschen gehört, die sich nie verbal ausdrücken können. Es staute sich einfach in ihr auf. Sie brannte mir Löcher in den Anzug. Sie spülte meine Cuba-Zigarren die Toilette hinunter. Einmal hat sie mir Cayennepfeffer vorne in die Unterhose geschüttet. Können Sie sich vorstellen, wie das war?« Ein bewunderndes Lächeln über den frechen Mut seiner Frau zuckte über sein Gesicht. »Aber sagen, was sie dachte, konnte sie nicht. Und jetzt? Genau umgekehrt. Gott, was ich mir alles anhören muss.«

Evon sah ihn von der Seite an und wusste nicht, was sie sagen sollte. Welches Päckchen Rainey und Robbie miteinander zu tragen hatten, ging ihr erst langsam auf. Und das soeben Erlebte schnürte ihr die Brust zusammen.

Der Wagen stoppte vor der braunen Markise über dem Eingang zu ihrem Wohnblock. Fußgänger eilten in dicken Mänteln und Hüten über den neu verlegten Bürgersteig den eigenen warmen vier Wänden entgegen. Sie kannte noch immer keinen einzigen Nachbarn. Jeder lebte wie auf seiner eigenen Insel. Wenn auch alles rundum und komplett renoviert war, traf man morgens doch oft auf Saufbrüder und Junkies, die in den sandstrahlgereinigten Hauseingängen schliefen oder zwischen den hölzernen Pflanzenkübeln mit dem ums Überleben kämpfenden Grünzeug. Die Bewohner liefen immer nur grußlos aneinander vorbei.

Die Hand schon am Türgriff sah sie sich zu Feaver um. Nach all ihrer gerade demonstrierten Unbeholfenheit zeigte sich ein Ausdruck in ihrem Gesicht, der auch ihn sichtlich berührte.

»Wissen Sie, was ein Jarzeit-Licht ist?«, fragte er sie dann. Sie wusste es nicht. »Juden stellen so eine Kerze zur Erinnerung an ein verstorbenes Familienmitglied auf. Für die Mutter. Den Bruder. Jedes Jahr zündet man die Kerze an. Am Gedenktag. Das ist die gottverdammt traurigste Sache, die man sich denken kann. Die Kerze steht in so einer Art Wasserglas und brennt vierundzwanzig Stunden lang. Selbst wenn man mitten in der Nacht aufsteht, flackert das Ding als einziges Licht im Haus. Meine Ma hat immer eine für ihre Schwester angezündet. Und, wissen Sie, direkt vor ihrem Schlaganfall war ich früh morgens bei ihr, es war noch dunkel, und ich sah dieses Ding, es stand auf ihrem Herd, dieses einsame, verlorene Lichtlein, glimmend und flackernd, wie es die Wände des Glases berußte und immer weiter herunterbrannte, und plötzlich sagte ich zu mir selbst: ›So ist das heute bei Rainey.‹ Genau das ist sie jetzt, eine lange traurige Kerze, die dahinschmilzt und bis auf diese kleine Wachspfütze herunterbrennt, in der der Docht am Ende ertrinkt. Das ist Rainey.«

Er ließ den Kopf hängen und starrte auf sein Holzlenkrad. Sie blieb sitzen und wartete, wie ihr schien, eine Ewigkeit. Doch er blickte sie nicht an. Also stieg sie aus und sah ihm nach, als er sich in den Verkehr einfädelte, trotz dessen Dichte elegant in die Gegenrichtung wendete und eilig nach Hause zurückfuhr.

3

Nach dem Konzept des UCORC sollten öffentliche Verhandlungen der getürkten Fälle vermieden werden. Ein regelrechtes Verfahren mit Zeugen von beiden Seiten würde so viel an Mitteln und Kräften binden wie eine ganze Hollywood-Produktion und erhöhte zudem die Gefahr, dass die ganze Sache aufflog. Plan A sah vor, dass Robbie einen Antrag stellte und auch durchbrachte, womit der Fall gleich wieder abgeschlossen wäre. Oder er sollte einen anderen Spruch erwirken, mit dessen Hilfe das Verfahren nach einem zufrieden stellenden Ausgang eingestellt und die entsprechende Zahlung geleistet werden konnte. Nachdem Richter Malatesta McManis' Antrag auf Abweisung der Klage abgelehnt hatte, war nun der Weg frei für Robbies ersten Mitschnitt einer Geldübergabe an Walter Wunsch. Damit hatte das Projekt die Grenze zwischen dem, was die Agenten »im Dreck wühlen« nennen, und einem realen Straftatsbestand überschritten. Wenn nichts mehr dazwischenkam, würde Walter das erste Opfer sein, der erste rechtskräftig Verurteilte und der Erste, den sie ausquetschen konnten, wenn Stan damit begann, die Schlinge um Brendan Tuoheys Hals zuzuziehen.

Ungefähr zwei Wochen nach dem Gerichtstermin rief Robbie bei Walter an, um ihm die gute Nachricht zu überbringen, dass Malatestas Entscheidung im Fall *Petros gegen Standard Railing* McManis zur Aufgabe veranlasst habe, und um die Geldübergabe zu vereinbaren. Treffpunkt war der gewohnte Ort, das Parkhaus gleich neben dem Temple. Am Nachmittag desselben Tages erschien Klecker mit einem seiner anderen schlauen Geräte bei McManis, einer tragbaren Videokamera mit Faseroptik. Das Objektiv war so klein, dass es zwischen die Klappen einer dafür präparierten Aktentasche passte. Robbie hatte immer eine Tasche bei sich. McManis warf einen kurzen Blick darauf und lehnte sogleich den Einsatz der Kamera ab.

»Robbie hat nie zuvor Geld übergeben und gleichzeitig Ton- oder Videoaufnahmen gemacht«, sagte er. »Es ist so schon schwierig genug, die Tarnung aufrechtzuerhalten. Da müssen wir uns nicht auch noch mit Kameraeinstellungen abgeben. Die werden wir später einsetzen.«

Das wiederum war für Sennett ein Problem. »Jim«, wandte er ein. »Jim, eine Jury will wirklich mit eigenen Augen sehen, wie das Geld von einer Hand zur anderen wechselt. Wenn wir nur den Ton haben und Robbie Walter nicht dazu bringen kann, die Knete auch zu erwähnen, ist das Ganze nicht viel wert.«

Doch Jim ließ sich auf keine Diskussion ein. Er beharrte darauf, er habe laut UCORC das Sagen, wenn es um taktische Schritte ging. Für die strategische Planung war Stan zuständig. Er entschied, welche Beweise benötigt wurden, und Jim bestimmte, wie sie beschafft werden konnten. Aber gewöhnlich hörte Jim auf Stans Vorschläge. So blieb Stan für diesmal nichts anderes übrig, als seinen Groll hinter kühler Höflichkeit zu verbergen.

Stattdessen diskutierte man, auf welche Weise Robbie das Geld bei der Übergabe direkt erwähnen und damit die strenge Sprachregelung dieser finsteren Welt unterlaufen konnte. Feaver schlug vor, Walter statt der üblichen 10 000 diesmal 15 000 Dollar in die Hand zu drücken. Die logische Erklärung für diesen Aufschlag lieferte seltsamerweise ein Problem, das Sennett schon seit einigen Tagen beunruhigte.

Sennett hatte nämlich inzwischen weitere sechs Schein-Klagen entworfen. Zu seinem und McManis' Erstaunen und Ärger zugleich waren die Hälfte der Fälle Malatesta zugewiesen worden, Barnett Skolnick dagegen hatte nicht einen einzigen erhalten. Aber gerade an Skolnick wollte Sennett herankommen, war er doch der einzige Richter, der seine Geschäfte mit Feaver ohne zwischengeschalteten Geldboten abwickelte. Robbie indes hatte an der Verteilung der Fälle nichts auszusetzen. Für ihn war es lediglich wichtig, vor einem Richter zu stehen, mit dem sich »reden« ließ. Trotzdem zwangen die drei zusätzlichen Fälle auf Malatestas Terminkalender Feaver jetzt, sich bei diesem besonders einzuschmeicheln, und die Erhöhung der Summe sollte Robbie einen Vorwand verschaffen, dies bei der Übergabe an Walter extra zu betonen.

Allerdings hatten die Agenten die zusätzlichen 5000 Dollar nicht zur Verfügung. Mit etwas mulmigem Gefühl schrieb McManis einen Scheck auf das Konto seiner Kanzlei aus, denn er wusste, wenn er sich an D.C. wandte, würde es Stunden dauern und eine Menge Papierkram kosten, bis das Geld angewiesen wurde. Bis dahin hätte die Bank unten im Haus längst die Schalter geschlossen. Schließlich nahm sich Sennett des Problems an, wozu eine Reihe Anrufe erforderlich war. Nach einer halben Stunde kam der Bundesanwalt zurück und zog einen Umschlag mit 5000 Dollar aus der Manteltasche. Er hatte die Summe gegen einen Schuldschein aus der Kasse der Drogenfahndung requiriert, in der immer einige Zehntausend in bar für »Ankäufe« lagen.

Die Banknoten wurden Stück für Stück fotokopiert, damit sie später bei einer Durchsuchung identifiziert werden konnten. Das Bündel von fast zweihundert Scheinen, größtenteils Hunderter und Fünfziger, dazu ein paar Zwanziger, war auch mit Banderolen mehr als zwei Zentimeter dick. Gewöhnlich überreichte Robbie das Bargeld Walter in einer Zigarettenschachtel. Wunsch war starker Raucher, einer dieser »Nikotinflüchtlinge«, die man immer vor dem Temple auf und ab gehen sah, natürlich ohne Hut und Mantel und bei jedem Wetter. Wenn er dann zum Gerichtssaal zurückeilte, um noch vor dem Richter wieder an seinem Platz zu sein, hatte man den Eindruck, als sauge er noch immer an dem kalten Stängel.

Zum Schluss wurde Robbie verkabelt. Ohne lange nachzudenken, ließ er die Hosen herunter. Dann steckte er die Zigarettenschachtel mit dem Geld ein, und Evon zog ihren Mantel an. Während des Treffens von Robbie und Walter sollte sie im Wagen sitzen bleiben. Es würde Wunsch viel zu sehr beunruhigen, wenn Robbie ihm das Geld vor ihren Augen übergab, aber vor Gericht musste sie aussagen können, dass sie Wunsch beobachtet habe. Nur so ließ sich belegen, dass es auch seine Stimme war, die man auf der Aufnahme hörte. Zudem musste sie Robbie im Blick behalten, um bezeugen zu können, dass er keine Gelegenheit gehabt habe, das Geld selbst einzustecken. Um diesen Umstand noch zu erhärten, würde McManis Feaver direkt nach seiner Rückkehr filzen.

»Haben Sie das Szenario im Kopf?«, fragte Sennett und schärfte Robbie noch einmal ein, das Geld laut zu erwähnen. »Und versuchen Sie doch mal herauszubekommen, was Malatesta mit all dem Geld eigentlich macht. Die Fahndung«, er meinte die Steuerfahndung, »hat da nämlich keine Ahnung.«

Diese Bemerkung schien McManis zu reizen. Er sah mit einem Ruck auf. Die Rivalität zwischen den Fahnungsbehörden sitzt bekanntlich tief, und offenbar wusste Jim so gut wie nichts von der ständigen Beteiligung der Steuerfahndung an den Ermittlungen. Damit rechnen musste er allerdings. In einer Welt, in der das Einfangen böser Buben für die Beteiligten zum Lebensinhalt wird, würde sich die Steuerfahndung, die an Robbies Tür geklopft hatte, niemals damit abfinden, von dem Fall ausgeschlossen zu werden. Wie ich Stan kannte, hatte ich jedoch den Verdacht, dass er Jim so an seinen Platz verwies: Jim sollte nie vergessen, dass in diesem Spiel, wo jeder nur wusste, was er wissen musste, Stan noch immer die meisten Geheimnisse kannte.

Angesichts der besonderen Bedeutung der ersten Geldübergabe wollte Stan sie direkt verfolgen. Auch ich sollte mich zu ihm, McManis und Klecker hinten in den Lieferwagen setzen, von dem aus die ganze Aktion überwacht wurde. Jeder von uns betrat einzeln das neue Federal Building. Auf dem Weg in die Tiefgarage wurden wir von einem Wachmann kontrolliert. Der Lieferwagen war ein Aerostar, ein grauer Kastenwagen mit weißen Seitenstreifen. Hinten befanden sich keine Fenster, und für die Beleuchtung sorgten zwei matte Birnen rechts und links an der Wand, die ein schwaches Licht auf die Einrichtung warfen. Überall verliefen Schnüre und Kabel. Klecker kniete auf den Matten und beugte sich über die Readouts und Bedienungsfelder der elektronischen Geräte, die mit Metallbändern am Boden verschraubt waren. Es roch muffig und vor allem nach Gummi. Während der Fahrt hockten Sennett, McManis und ich auf schmalen Klappsitzen an den Wänden. Wir hatten die strikte Anweisung, uns nicht vom Fleck zu rühren und uns ruhig zu verhalten, damit wir die Arbeit der Agenten nicht behinderten.

Am Steuer saß Joe Amari, ein FBI-Veteran mittleren Alters, der schon früher mit Jim zusammengearbeitet haben musste. Offiziell war er als Rechercheur für die Kanzlei tätig. Joe war sizilianischer Abstammung, seine Haut war kupferfarben, sein schwarzes Haar war so dicht und so perfekt gestriegelt, dass es fast an eine Pelzkappe erinnerte. Der untersetzte Mann wirkte wie ein zäher Bursche, und das war er auch. Er war dutzende Male undercover im Einsatz gewesen, und fast immer im Bereich der Bandenbekämpfung.

Das städtische Parkhaus neben dem Gerichtsgebäude hatte fünf offene Parketagen und die gleichen bräunlichen Backsteinmauern wie der Temple. Verabredungsgemäß sollte Wunsch bereits in seinem alten Chesterfield-Mantel im Erdgeschoss warten. Robbie würde einfach ohne ein Zeichen des Erkennens an ihm vorbeifahren, die spiralförmige Fahrbahn hinauf zum obersten Deck. Dort würde zu dieser Stunde kaum ein Wagen parken. Pünktlich hörten wir, wie Robbie die Automatik seines Mercedes auf Parkstellung schaltete, anschließend seine Schritte in Richtung Aufzug. Wenn alles nach Plan lief, würde Wunsch im Aufzug stehen.

Schon seit Jahren erfolgten die Geldübergaben von Robbie an Walter in diesem Aufzug. Vier Menschen mussten sich schon zusammenquetschen, wenn sie in die winzige Kabine passen wollten. Außerdem war der Aufzug hoffnungslos heruntergekommen. Von den Fliesen am Boden der Kabine waren nur noch wenige übrig, außerdem stank es nach Urin: Offenbar diente sie Stadtstreichern als Pissoir. Der Kasten bewegte sich unter Furcht erregenden Geräuschen im Schneckentempo auf und ab. Die Stahlseile quietschten, und beim Halten pfiffen die Bremsen wie Dampfpfeifen. Der Aufzug wurde praktisch von niemandem benutzt, schon gar nicht in Abwärtsrichtung. Noch bevor sich die Tür ganz geschlossen hatte, begann Robbie zu reden.

»Mein Gott, Wally, Ihr alter Knabe da unten hat mich mit seinem Hin und Her ganz schön ins Schwitzen gebracht. Ich habe ihm doch einen tollen Schriftsatz eingereicht. Was wollte er denn noch mehr? Irgendwelche Rauchzeichen?«

»Ach, Mann. Silvio? Der weiß doch meistens nicht einmal, ob wir heute oder morgen haben. Übrigens hätte der alte Scheißer einen Herzanfall gekriegt, wenn das Urteil kassiert worden wäre. Jede Möglichkeit, dass ihm die Jungs von der höheren Instanz eins reinwürgen können, macht ihn fix und fertig. Er denkt, irgendwer will ihm immer was anhängen.« Eine Revision würde den Fall tatsächlich verdächtig machen. Stan war zu dem Schluss gekommen, dass Malatesta selbst das kleinste Risiko ausschalten wollte. »Glauben Sie mir, bei diesem Fall habe ich ihn ziemlich lange bearbeiten müssen. Für so viel schauspielerischen Aufwand müsste ich eigentlich den Oscar kriegen. Was glauben Sie, wie oft ich ihm die Nase und den Hintern abwischen musste, bevor er endlich so weit war. Na ja.« Und damit war Walter beim Geschäftlichen angekommen.

Robbie sagte zu ihm, er habe ein paar Zigarren dabei. Das Öffnen der Pappschachtel war deutlich zu hören.

»Ja«, sagte Walter. »Die Marke stimmt.«

»Fünfzehn Stück sind drin.«

»Hmm, hmm«, brummte Walter leise.

»Der alte Knabe soll nämlich wissen, auf mich kann man sich verlassen. Wir sehen uns noch öfter.« Robbie erwähnte die drei neuen Fälle. Walter nahm das, wie vorauszusehen, eher missgelaunt als dankbar zur Kenntnis.

»Nun hoffen Sie mal lieber nicht auf die große Wundertüte«, gab er zurück. »Nach diesem Fall zieht Silvio erst mal für einige Zeit den Kopf ein.«

»Von Wundertüte war keine Rede. Ich habe mich auf erstklassige Präzedenzfälle berufen.«

»Scheiß drauf«, antwortete Walter. »Das kam mir nicht so vor. Sorgen Sie lieber dafür, dass ich demnächst beim Weihnachtsmann ganz oben auf der Liste stehe. Er sollte dieses Jahr einfach noch ein bisschen netter zu mir sein.«

»Wir werden dafür sorgen, dass nächstes Mal der Weihnachtsmann und der Osterhase gleichzeitig kommen.«

»Sie können mich mal.«

»Schon gut. Hier, sehen Sie sich das mal an.« Jetzt war das entfernte Rascheln von Papier zu hören. Wie ich wusste, war es ein Reiseprospekt, den Feaver aus der Tasche zog. Er schabte am Stoff entlang. Wie andere Geldboten erwartete auch Walter ein Trinkgeld. Aber er war keineswegs auf Bargeld erpicht. Davon habe er genug, hatte er Robbie gesagt, und damit meinte er wohl die Provisionen, die er von Malatesta zugesteckt bekam. Entscheidender war sicher der Umstand, dass Mrs. Wunsch über die Jahre herausgefunden hatte, bei wem Walter es in schöner Regelmäßigkeit einkassierte und wo er es bunkerte. Aus dem Grund fand er mehr Gefallen an Dingen, die man anfassen konnte, und er fand auch nichts dabei, Robbie anzurufen, damit er für ihn Dinge einkaufte, die ihm ins Auge gefallen waren. Robbie musste sie dann immer nach draußen in sein Cottage liefern lassen, wo sich Walters Frau nur selten blicken ließ. Kürzlich hatte Robbie Walter eine Rundreise zu diversen Golfparadiesen finanziert. Jetzt pries er ihm die Vorzüge einer Ferienanlage mit Golfplatz in Virginia an, der in der Broschüre genauer vorgestellt wurde.

»Ja, gut, das nehme ich«, sagte Walter. »Aber, hören Sie, nachdem ich als Ihr Wasserträger diesmal ziemlich viel bergauf schleppen musste, ist mir ein Gedanke gekommen. Ich habe mir ein paar Eisenschläger angesehen. Überlänge. Graphitschaft. Bertha. Kennen Sie die Marke? Feine Schläger.«

Mit angemessenem Murren sagte Robbie ihm auch noch die Schläger zu. Dann lenkte er das Gespräch auf die Themen, die Sennett angesprochen sehen wollte.

»Hören Sie, Wally, ich möchte mal etwas über den alten Knaben wissen, der mich immer verdammt nervt. Er sitzt da oben auf der Bank und ist angezogen wie ein Tippelbruder.« Wie es sich anhörte, amüsierte Walter die Beschreibung. »Und immer wenn ich ihn ums Gericht kurven sehe, sitzt er in so einer alten Karre, nicht?«

»83er Chevy.«

»Und er wohnt mit seiner Frau immer noch in Mamas altem Bungalow draußen in Kewahne, nicht? Stimmt das so? Aber was soll das denn? Das kriege ich einfach nicht auf die Reihe. Wo fließt das denn alles hin?«

Für einen Moment ging der Ton weg. Man hörte nur den Aufzug knarren und das Rascheln, mit dem der Prospekt in Walters Manteltasche verschwand. Wunsch hatte eindeutig keine Antenne für Robbies Neugier.

»Verdammt noch mal, das ist hier keine Gameshow, Feaver. Wieso sollte mich das interessieren? Es ist mir egal, ob jemand noch ein Haus mit Außenklo hat oder nicht. Was geht das Sie an? Was in Silvios kleiner Birne vorgeht, darauf habe ich mir noch nie einen Reim machen können.« Wieder Schweigen, das plötzlich von dem scheußlichen Kreischen zerrissen wurde, mit dem der Fahrstuhl abbremste. Dann rumpelten die Türen auf, und man hörte, wie Walters Sachen beim Aussteigen an etwas scheuerten. Ein plötzlicher Schlag, dann noch einmal Walters Stimme. Offensichtlich hatte er die Hand zwischen die Gummilippen der sich schließenden Fahrstuhltüren gesteckt. McManis spitzte die Ohren. Was hatte Wunsch noch auf dem Herzen?

»Übrigens«, sagte er, »diese Clubs sind sehr gefragt. Bei denen muss man reservieren. Okay? Wenn man dort hinwill, wissen Sie, dann muss jetzt sofort vorbestellt werden.«

»Geht klar«, antwortete Robbie. Endlich schlossen sich die Türen und dämpften die Geräusche der Stadt, die man in dem offenen Parkhaus im Hintergrund gehört hatte.

Während wir im Lieferwagen hörten, wie der Aufzug knarrte, Robbie zu seinem Wagen zurückging und den Motor startete, kam plötzlich eine Art Siegesstimmung auf. Walter Wunsch hatte nämlich gerade seine Zimmerreservierung in einem Bundesgefängnis bestätigt. Und über Malatesta hatte er genug Belastendes ausgeplaudert. Mit Hilfe dieser Bandaufnahme konnte man Walter zwingen, gegen den Richter auszusagen, und diese Aussagen im Nachhinein belegen. Stan streckte triumphierend den Daumen in die Luft, öffnete den Sicherheitsgurt, drehte sich um, beugte sich nach hinten und schüttelte allen die Hand. Ich sah, dass er demonstrativ bei Jim damit anfing.

Doch als Amari uns nun zurückfuhr, war ich irgendwie nicht mehr ganz bei der Sache. Natürlich war ich froh, dass das Projekt auf dem richtigen Weg war, aber der Ablauf der Ereignisse verblüffte mich weit mehr, als ich erwartet hatte. Ich hatte immer gewusst, dass am Obersten Gericht von Kindle County einiges faul war. Als ich meine ersten Gehversuche als Anwalt machte – ich wurde in den späten Sechzigern stellvertretender State Defender –, saß der Kautionsbürge Zeb Mayal noch ganz offen im Gerichtssaal des Hauptgebäudes und gab seine Instruktionen, oft auch an den Richter. Aber an dem Gericht der Abteilung für Kapitalverbrechen auf der anderen Seite des Canyons, das mit dem Bau der Staatsstraße U.S. 843 entstanden war, war ich immer ein Außenseiter geblieben. Was Recht und Gesetz wirklich bedeuteten, hatte ich von meinem Vater gelernt. Ich hatte ihm gelauscht, wenn er die hehren Grundsätze verkündete, nach denen Richter ihre Urteile zu fällen hatten. Diese magischen Momente meines Lebens hatten sich tief in mein Gedächtnis eingegraben, wie Dinge, die mit einem Spotlight auf einer dunklen Bühne angestrahlt werden. Ich verstand die Menschen nicht, die in den Gesetzen entweder nur eine nützliche Einrichtung oder ein gesellschaftliches Schmiermittel sahen. Ich hatte weder einen Abgeordneten auf meiner Seite noch Rückhalt in einem Wahlkreis. Doch wenn man mir vorschlug, diesen Makel wettzumachen, indem ich zum Beispiel Eintrittskarten für eine Sponsorenveranstaltung verkaufte, rümpfte ich nur die Nase. Mit der Zeit wurde mir klar, es gehörte zu den Prinzipien dieses Systems, was immer es auch für eines war, Leute wie mich auszugrenzen; Leute mit leichtem Südstaaten-Akzent, entschlossenem Auftreten, Brooks-Brothers-Anzügen und Easton-Abschluss. Ich war jemand, der gute Aussichten in der City hatte und zur Welt der Anzugträger und Bürotürme gehörte. Die meisten Stammkunden am Strafgericht wussten, dass sie in dieser Welt nicht viel zählten, und das war für sie der eigentliche Grund, um wie Pech und Schwefel zusammenzuhalten. Und so zog es mich schließlich, wie sie erwartet hatten, in diese andere Welt, an die Bundesgerichte, wo zwar übertriebener Diensteifer herrschte, aber keinerlei Korruption bekannt war – abgesehen vielleicht von ein paar auf die schiefe Bahn geratenen Drogenpolizisten.

Robbies Berichte von der Käuflichkeit der Justiz erschreckten mich. Und zugleich stachelten sie mich an, wurden da doch offensichtlich ebenfalls Dinge unter der Decke gehalten, denen ich ja auch während meiner Dienstjahre drüben auf der anderen Seite des Highway auf der Spur gewesen war. Und nun hatte uns das Geplänkel von Robbie und Walter die bittere Wahrheit über ihre verborgene Welt vor Augen geführt. Mit der Geldübergabe wurde auch eine eigentümliche, sehr bezeichnende Botschaft übermittelt: Ich weiß die übelsten Dinge über dich und umgekehrt. Das Gesetz, die Regeln, die »Gesellschaft«, die viel beschworenen, wenn auch verlogenen Klassenunterschiede, das alles waren am Ende nur Traumgebilde. Jenseits der Sonntagsreden die düstere Wahrheit: Sie gibt uns, wenn wir uns zu ihr zu bekennen wagen, unüberwindliche Macht, aber sie sagt uns auch, dass wir alle Knechte unserer ungezügelten Selbstsucht sind. Alle. Jeder von uns.

Jeder.

»FELDHOCKEY?«

»Ja, Feldhockey. Das ist schon viel länger olympische Disziplin als Basketball.«

»Ich weiß. Wirklich. Dabei gehen Leute auch schon mal drauf, nicht? In Pakistan. Irgendwer kriegt dieses Ding immer gegen den Kopf geknallt. Diesen Knüppel.«

»Schläger.«

»Gut, Schläger. Kann gefährlich werden.«

Sie hielt inne und schob die Unterlippe vor, um ihm die immer noch sichtbare Narbe zu zeigen. Er sah sie an, dann richtete er den Blick wieder geradeaus auf die Straße. Die Lichter des vorübergleitenden Verkehrs spiegelten sich in seinen dunklen Augen. Als die erste Überraschung überwunden war, nickte er ernst, fast unterwürfig. Offenbar hoffte er, so jeder Befürchtung zuvorzukommen, die in ihr erwachen mochte, weil sie seine Frage schließlich beantwortet hatte.

Doch sie bereute es kaum. Es war ein schöner Abend. Die Erregung darüber, dass sie Walter in der Falle hatten, wirkte bei beiden noch nach. Außerdem hatte er es schon vermutet. Vor ungefähr zwei Wochen hatte er ein Buch gekauft, *Olympia in Zahlen und Fakten* oder so ähnlich. Auf der Fahrt ins Büro oder zurück hatte er dann zwei- oder dreimal beiläufig eine Disziplin erwähnt, meistens aufs Geratewohl. Dabei fing er einfach vorne im Alphabet an. Beim Bogenschießen zum Beispiel. Natürlich nahm er sich in Acht, tat so, als sei alles nur ein Spaß; dabei blickte er wie ein schmollender kleiner Junge drein. An diesem Morgen war Fechten an der Reihe gewesen, und am Abend konnte er an ihrem Lächeln erkennen, dass sie ihm damit nur einen Bruchteil dessen enthüllt hatte, was er im Laufe der Zeit noch über sie erfahren würde. Schließlich würde es nun mit Sicherheit zu einer Anklage und einem Verfahren kommen. Und er hatte von Anfang an richtig gelegen. Außerdem war er ein zu guter Schauspieler, um direkt auf sein Ziel loszugehen.

»Die Olympischen Spiele«, sagte er in gespielter Bewunderung. So waren die Männer immer, wenn ein weibliches Wesen anders war, als sie es sich ausgemalt hatten. »Wahrscheinlich konnten Sie gar nicht glauben, dass es wahr war.«

Einige würden sagen, das hätten sie auch nicht. 1984 war der Ostblock nicht angetreten; aber da in dem Jahr keines jener Teams eine reelle Chance gehabt hätte, war für Evon der Glanz fast ungetrübt.

»Und Sie waren spitze, nicht?«, fragte er. »Wenn Sie bei Olympia dabei waren, müssen Sie spitze gewesen sein.«

Spitze? Im Wagen wurde es heiß, außerdem war sie ziemlich fertig. Sie hatte sich schon für spitze gehalten. Zur Highschool-Zeit war sie jedenfalls die Nummer eins in Colorado gewesen. Kaum die Hälfte aller Highschools in Colorado spielte überhaupt Hockey. Sie wurde Zweite beim Wettbewerb um den Titel der »Sportlerin des

Jahres« in Colorado und erhielt ein Stipendium für Iowa, wo landesweit eines der großen Förderungsprogramme für Nachwuchssportler lief; westlich des Mississippi war es das mit Abstand beste. Mit großen Hoffnungen war sie dorthin gegangen. Man hatte sie schon als Schülerin im zweiten Jahr ins National Senior Team geholt, und das hieß, man baute sie für die Olympischen Spiele auf. Doch zwei ihrer Teamkameradinnen in Iowa kamen ebenfalls in den Kader. Eine spielte im Mittelfeld und in der Verteidigung, wie sie selbst, und beide waren besser als sie. Sie waren Stars, größere Stars als Evon. Sie nahm an den Spielen teil, kam aber nicht zum Einsatz. Wann immer sie Leute vom Peter-Prinzip reden hörte, nach dem ein inkompetenter Mensch auf die höchstmögliche Ebene aufsteigt, um dann ins Abseits geschoben zu werden, musste sie an ihre Erfahrungen als Feldhockey-Spielerin denken. Sie hatte hart an sich gearbeitet, erbittert gekämpft, gegen die Besten der Welt gespielt und am Ende erfahren müssen, dass die Allerbesten noch besser waren als sie. Als ihr Team die Bronzemedaille gewann, hatte sie gedacht: wie passend, wie verdammt passend.

Für Feaver fasste sie es schlicht zusammen: Sie sei nicht zum Einsatz gekommen.

»Aber Sie waren *dabei.*« Die Vorstellung war für ihn sehr aufregend, weckte sie in ihm doch erneut die leidenschaftliche Hoffnung, selbst einmal ein Star zu werden. Seine Fragen galten einer Expertin, die ganz oben gewesen war und ihm vielleicht sagen konnte, warum er sein Ziel bislang verfehlt hatte. Woher hatte sie die innere Kraft genommen, den erforderlichen Preis zu zahlen? Woher kamen sie, die Kraft und der Antrieb? Der zündende Funke?

Ihre Antworten waren lakonisch. Sie erzählte vom Training bis tief in die Nacht und davon, wie sie mit dem Schläger in der Hand eingeschlafen war, nachdem sie nicht ein- oder zweimal, sondern hundertfach im Kopf jeden Zug durchgespielt hatte. Sechs Jahre lang hatte sie keinen einzigen Ferientag bei ihren Eltern verbracht, und ein Feiertag wie Thanksgiving war für sie nur ein weiterer Vorbereitungstag für die nationalen Meisterschaften gewesen. An Weihnachten war es statt nach Hause ins Trainingslager nach New

Jersey gegangen. Selbst der Unabhängigkeitstag war für sie nur der Tag, an dem das National Futures Tournament stattfand. Das Hockeyspiel wurde zu einem langen Tunnel in ihrem Leben, in den von außen wenig Licht fiel. Als diese Zeit plötzlich vorbei war, fühlte sie sich wie jemand, der aus der Unterwelt ans Tageslicht zurückkehrte, verstört und geblendet.

Sie schilderte ihre Besessenheit für den Sport, doch darüber hinaus wusste sie keine Antwort auf seine Fragen. Dazu war sie nicht offen genug oder, verglichen mit ihm, nicht locker genug. Ihr bereitete es weder Spaß noch Trost, sich selbst zu entblößen, so, wie das bei ihm der Fall zu sein schien. Sie hatte nur den Weg beschritten, der ihr vorgezeichnet schien. Ihr Vater war ein Baseball-Star gewesen. Sie hatte sein Talent geerbt. Evon besaß die gleiche Kraft wie er, die gleiche erstaunliche Schnelligkeit und die gleiche Präzision, wenn Körper, heranfliegender Ball und Schläger dieses erstaunliche Dreieck bildeten. Wenn dann im Spiel die Stadionuhr sie vorantrieb und sie das Letzte aus sich herausholte, wenn ihr ganzes Universum auf die 91 x 55 Meter Spielfeldfläche zusammenschrumpfte und sie die Menschheit auf sie selbst und die übrigen einundzwanzig Spielerinnen reduzierte, wenn zugleich Grazie und Wildheit sie wie aus einer anderen Welt überkamen, dann war sie endlich ganz sie selbst und nicht dieses seltsame, finster blickende Mädchen aus dem Chaos ihres Elternhauses.

Ihr Vater blühte auf, wenn sie spielte. Er rannte am Spielfeldrand mit auf und ab, manchmal zu aufgeregt, um das Spiel überhaupt noch verfolgen zu können. Ihre Mutter dagegen schien nie wirklich daran interessiert zu sein, ihrer Tochter zuzusehen, nicht einmal, wenn sie nach einem Sieg vom Feld stürmte, die Locken feucht auf den Wangen klebten, das Trikot von oben bis unten voll gespritzt war und die Knieschoner und Socken auf die Schuhe herabgerutscht waren. Oft genug hatte sie erlebt, dass ihre Mutter am Ende eines Spiels noch in derselben Haltung dasaß wie am Anfang und sich fehl am Platz und ein wenig unbehaglich fühlte. Nicht nur, weil sie als Mädchen einen Sport beherrschte, der als Domäne der Jungen galt, sondern auch, weil sie durch die leidenschaftliche, stürmische Art, mit der sie über das Feld jagte, etwas von sich selbst preisgab – genau wie durch ihre mürrischen Reaktionen, deren Ursache niemanden interessierte.

»Ich hatte das Talent«, sagte sie. »Und ich habe daran gearbeitet. Wozu immer es gut gewesen sein mag.« Sie zuckte mit den Schultern und hatte nicht vor, noch mehr dazu zu sagen. Der Mercedes hatte inzwischen vor ihrer edel renovierten Haustür mit der Markise angehalten.

»Wie weit sind Sie denn gekommen? Sie und Ihr Team? Wart ihr mal nah an einer Medaille?«

Mit einer Handbewegung wehrte sie weitere Fragen ab. Die scharfen Ermahnungen ihrer Mutter klangen ihr noch im Ohr, bloß keine großen Töne zu spucken und keine Show zu machen, und grundsätzlich legte sie bis heute Wert auf Selbstbeherrschung. Doch das war nicht das eigentliche Problem.

»Ich habe mein Bestes gegeben, Robbie, aber jetzt ist es vorbei. Es liegt hinter mir.«

Es war warm gewesen. Die Straßen glänzten jetzt im Abendtau. Morgen früh würde es Nebel geben. Im Schein der Lichter von draußen sah sie, wie genau er sie fixierte. Sie erkannte, dass er wusste, was es hieß, seine größten Hoffnungen fahren zu lassen. Das Gefühl des Verlustes spiegelte sich in seinem Gesicht wider.

»Ja«, sagte er. Es dauerte eine Weile, bis er weitersprach. »Wenn ich jetzt sagen würde, darf ich Sie zum Dinner einladen, wäre das wohl eher falsch, oder?«

Wäre es das? Statt zu antworten, seufzte sie und dachte nach. Doch es war noch zu riskant. Natürlich war er niedergeschlagen.

»Gut, okay«, sagte er, war aber zu verletzt, um sie länger anzusehen. Man merkte es ihm, wie immer, nur zu deutlich an.

Was, zum Teufel, kann ich da tun?, dachte sie.

»Wir haben Bronze bekommen«, sagte sie.

»Tatsächlich? Nicht zu glauben.«

Sie ließ ihn und auch sich selbst diesen Moment der Bewunderung auskosten. Eine Medaille. Eine olympische Medaille! Man sah förmlich, wie sein Herz einen Sprung machte. Sie gab sich selten einem Gefühl von Stolz hin, fürchtete sie doch, für den Rest ihres Lebens hochnäsig zu bleiben. Aber heute Abend, durch sein Verhalten, genoss sie es. Sie war dabei gewesen. War bereit gewesen und hatte mit ihrem Team so viel erreicht. War mit der ruhmreichen Trophäe heimgekehrt. Zu welchem Preis, das wusste er allerdings auch.

»Der Abstieg fällt einem nicht leicht.«

»Stimmt«, antwortete sie. »Man merkt dann, dass man mit dem Beruf ein gutes Stück später dran ist als andere Leute.«

Sie unterhielten sich noch eine Weile. Bevor sie ausstieg, streckte er ihr die Hand entgegen. Wahrscheinlich wollte er ihr gratulieren. Beim Aussteigen kam ihr noch ein Gedanke.

Frieden.

4

»Die Leute reden über Brendan«, erklärte uns Robbie, »weil Kosic und Milacki ständig an ihm kleben wie Kaugummi unter der Schuhsohle. Was hat das zu bedeuten?, fragen sie sich. Das betrifft vor allem Rollo. Rollo wohnt schon seit über dreißig Jahren im Souterrain von Brendans großem Haus draußen in Laterly an der West Bank. Er war sein ganzes Leben lang so etwas wie Brendans ergebener Knappe. Sie stammen beide aus derselben Gegend, nur ist Brendan ein paar Jahre älter. Sie kamen also erst richtig zusammen, als sie in Korea im selben Kompaniezug dienten. Jedenfalls haben sie gemeinsam im höllischen Sperrfeuer den Pork Chop Hill oder sonst was gestürmt. Die Kommies geben ihnen mächtig Zunder. Brendan guckt sich um, ein Schlitzauge springt aus dem Busch und ballert auf Rollo, was sein Magazin hergibt. Wenn die beiden die Geschichte erzählen, und gehört habe ich sie leider erst sieben- oder achthundertmal, kommt man sich vor wie im Kino, wo immer einer dasteht und ihm die Kugeln nur so um die Ohren fliegen. Eigentlich ist er schon tot, und nur der Rückstoß seiner eigenen Spritze hält ihn noch auf den Beinen. Rollo ist praktisch schon zersiebt, aber der tapfere Brendan will unter keinen Umständen weichen, er wirft sich Rollos Körper über die Schulter und schleppt ihn den Hügel hinauf. Nach einer halben Stunde kann er ihn den Sanitätern vom eigenen Korps vor die Füße legen. Das ist übrigens nicht nur eine schöne Story. Zu Hause hat Brendan als Beweis dafür den Silver Star verliehen bekommen.« Robbie legte eine Pause ein und sah Sennett über den Konferenztisch hinweg mit einem warnenden Blick an. Brendan Tuohey würde sein Leben riskieren, wenn es darum ging, einen Feind zu vernichten.

»Wie dem auch sei, als Rollo wieder auf die Beine kam, ist er zu einer Figur aus dem Buch Ruth geworden: Wo du hingehst, da will auch ich hingehen. Ich weiß nicht, was genau er ihm geschworen hat, jedenfalls steckt er seitdem mit der Nase nur noch in Brendans Hinterausgang. Brendan wird Cop, Rollo wird Cop. Brendan wird Staatsanwalt, Rollo kommt in seine Ermittlungsabteilung. Brendan wird Richter, und schon bald ist Rollo seine rechte Hand im Gerichtssaal.«

Wenn man sich die beiden ansehe, meinte Robbie, gäben sie einem schon Anlass zum Kichern. Aber er wette, dass es genauso sei, wie man es sich vorstelle – zwei schmuddelige alte Junggesellen, die zu Hause furzend und in Unterwäsche herumliefen. Für das »andere« habe Brendan nebenbei noch Constanza, seine Sekretärin, und das nun schon seit zwanzig Jahren. Constanza sei verheiratet, aber das komme Brendan nur entgegen. Einmal habe er Robbie erzählt, zum Leben brauche er eine Frau genauso wenig wie einen Papagei. »Sein Gefieder gefällt mir schon, aber er redet zu viel. So wie jetzt ist es besser.« Tatsächlich habe Tuohey einmal auf seine säuerliche, bisweilen skurrile Art einen unterhaltsamen Monolog darüber gehalten, warum Schnaps ein besserer Kamerad sei als eine Frau. Kosic, der fast nie mit jemandem ein Wort redete, schien Brendans Überzeugung zu teilen. Auch er hatte eine Freundin. Sie war Witwe und seine Cousine dritten Grades, weshalb er sie bequemerweise gar nicht heiraten durfte.

Nach Robbies Meinung hatten Kosic und Tuohey ihr Leben nicht dem Sex gewidmet, sondern dem Geld. Kosic spielte dabei für Brendan nicht nur den »Geldboten«. Seine Rolle ging weit über die des bloßen Zwischenträgers hinaus. Die »Miete«, wie Robbie es nannte, die bestimmte Richter bei der Zivilabteilung dafür zahlten, dass sie auf ihren Stühlen sitzen bleiben durften, ging immer an Kosic und landete nie direkt in Brendans Tasche. In mehr als zehn Jahren hatte Robbie nie beobachtet, dass Brendan selber mal in die Hosentasche gegriffen hatte, nicht einmal ein 25-Cent-Stück für eine Zeitung hatte er herausgezogen. Kosic kümmerte sich um alles – er bezahlte die Rechnungen für Haushalt, Strom, Telefon, und das geschah mal über diese, mal über jene Bank. Brendan besaß keine Kreditkarte, und auf seinem Girokonto gab es selten eine Bewegung. Essen, Ferien, Kleidung, seine Spielschulden im Rob Roy, die Gebühren für Brendans Country Club, sogar die kleinen Aufmerksamkeiten, die er Constanza stets zukommen ließ, wurden ausnahmslos über Rollo abgerechnet. »Habe mein Portemonnaie vergessen«, hieß die Entschuldigung überall dort, wo Brendan weniger gut bekannt war. Andere fragten gar nicht erst. Bisweilen gab Brendan wie aus heiterem Himmel die Lehren zum Besten, die seine Mutter ihm aus der Depressionszeit weitergegeben hatte: Kredit sei von Übel, Bargeld dagegen eine gute Sache. Von Sheilah, Morts Mutter, hatte Robbie so etwas nie gehört. Er wusste, das war Brendans Masche, um seinen imaginierten Feinden stets einen oder zwei Schritte voraus zu sein.

Diesen Rapport über Kosic lieferte Robbie einige Tage nach der Geldübergabe an Walter. Erforderlich gemacht hatte ihn Walters Warnung, Robbie könne bei den drei neuen Schein-Fällen auf Malatestas Terminkalender nun nicht gleich auf die große »Wundertüte« hoffen. Von Anfang an hatten Sennett und McManis gewusst, dass sie in einer kurzen Zeitspanne auch nur eine begrenzte Anzahl von Klagen und Eingaben erreichen konnten. Tuoheys Leute würden sich düpiert fühlen und Verdacht schöpfen, wenn zu viele »Sonderfälle« bei ihnen auf den Tisch flatterten. Auch Mort könnte sich wundern, wie viele außergewöhnliche Fälle da plötzlich von mir zu ihnen heraufkamen. Und Richter wie Tracy oder Hepburn konnten schließlich misstrauisch werden, wenn Robbie und McManis immer wieder als gegnerische Parteien auftraten. Andererseits stand Stan unter permanentem Druck aus D.C., wo man darauf wartete, dass das Projekt vorankam. Bisher hatte er nur einen kleinen ausgewählten Kreis von Mitarbeitern der Bundesanwaltschaft ins Vertrauen gezogen, von denen wir keinen kannten und die er auch selten erwähnte. Von ihrem Wirken kündeten allerdings die Stapel von Papieren zu jeder neuen Klage, die Stan ungefähr alle zehn Tage produzierte.

Die Zuteilung der neuen Fälle bereitete jedoch Probleme. Neben Malatesta hatte Gillian Sullivan zwei auf den Tisch bekommen. An Richterin Sullivan war im Moment allerdings nicht heranzukommen, da sie gerade im Scheinwerferlicht der Medien stand, nachdem ihr in angetrunkenem Zustand ein paar abstruse Bemerkungen über einen Anwalt spanischer Abstammung unterlaufen waren, weil er verspätet zur Verhandlung erschienen war. Nur ein Fall war bei Sherm Crowthers gelandet, und der behandelte ihn mit dem ihm eigenen Phlegma. Und kein einziger war Barnett Skolnick zugewiesen worden. Dabei war er der einzige Richter, der von Robbie direkt Gelder annahm. Ihn hätte Sennett nur zu gern rasch überführt, um die Skeptiker in D.C. zu beruhigen. Sennett schlug vor, er solle versuchen, einen oder zwei Fälle von Malatesta an Skolnick weiterschieben zu lassen. Dafür hatte Robbie nur Spott übrig.

»Aber sicher, Stan, ich rufe Rollo Kosic einfach an und eröffne ihm, das FBI sähe liebend gern Richter Skolnick mit dem und dem Fall betraut.« Zudem favorisiere Kosic derzeit eindeutig Malatesta. Das liege wahrscheinlich daran, dass ein langwieriger Fall von Umweltvergehen seinen Terminkalender seit einiger Zeit blockierte, sodass er zu nichts anderem mehr kam. Doch jetzt sah McManis in Walters Warnung, Malatesta werde eine Zeit lang keine für Feaver günstigen Entscheidungen mehr riskieren, eine günstige Gelegenheit für sie.

»Das ist Ihr Vorwand, um mit Kosic zu reden«, meinte McManis. »Weil Sie in einem der Fälle umgehend Ergebnisse brauchen.«

Die Aussicht, so bald schon in Tuoheys inneren Zirkel einzudringen, machte Stan natürlich ganz euphorisch. Doch Robbie beharrte weiterhin darauf, dass dies unmöglich sei.

»Rollo kriege ich so nicht. Sicher werde ich mit ihm reden. Er läuft mir hier und da in meiner Stammkneipe über den Weg, dann spendiere ich ihm einen Schluck. Aber Rollo ist der Typ, von dem man nur etwas hört, wenn *er* es will. *Niemals* würde ich ihn von mir aus anrufen. Und wie auch immer, mit krummen Dingern kann ich ihm nicht kommen. Damit könnte ich bei ihm nicht landen. ›Spiel deine Rolle immer mit deinen eigenen Mitteln‹, sagt Stanislawski.«

»Das sollen Sie auch«, besänftigte ihn McManis. Jim hatte die

Brille abgesetzt. Das tat er immer, wenn ihm etwas am Herzen lag. Mittlerweile war ich überzeugt davon, dass sie aus Fensterglas und lediglich Teil seiner Tarnung war. Jetzt rühmte er Robbies schauspielerische Fähigkeiten und sein Talent, anderen etwas zu verkaufen. Er sehe daher kein Problem, ein absolut zufällig wirkendes Zusammentreffen zu arrangieren. »Wir haben ja dieses kleine Ding für Ihre Überwachung«, sagte er und zeigte nach draußen, als Hinweis auf Joe Amari. »Wir hängen uns eine Zeit lang an Kosic dran. Sobald er Ihre Kneipe aufsucht, rufen wir Sie an.«

Jim hatte Feaver bisher nie gedrängt. Er war ein Ausbund an Vernunft und Vorsicht, aber er hatte ebenfalls eindeutig bemerkt, was auch mir an Robbies hastigem Einwand aufgefallen war. Noch nie in all den Monaten, die ich jetzt sein Anwalt war, hatte ich es beobachtet. Es war keine momentane niedergedrückte Stimmung, auch kein Lampenfieber. Robbie Feaver hatte einfach Angst.

Eines Nachmittags gegen Ende Februar gingen Robbie und Evon gerade mit Heidi Brunswick, einer Mandantin, eine bevorstehende Aussage durch, als Bonita einen Anruf für Robbie durchstellte. Er saß in seinem hochlehnigen Ledersessel hinter dem Schreibtisch und presste regungslos den Hörer ans Ohr. Evon fürchtete schon, Lorraine könnte es plötzlich schlechter gehen. Doch dann beendete er das Gespräch mit den Worten: »Sie sind absolute spitze.« Als Nächstes bat er Bonita, Mort Bescheid zu sagen, der gerade eine eidesstattliche Versicherung im Palace hatte. »Gehen wir«, sagte er zu Evon. Seine Mitarbeiterin Suzy werde sich weiter um Heidi kümmern, entschuldigte sich Robbie und rannte zur Tür.

»Ein neuer Fall«, sagte er im Aufzug zu Evon. Inzwischen kannte sie den Blick. Während der knapp acht Wochen in Feavers Kanzlei hatte sie ihn bei der Unterstützung wichtiger eidesstattlicher Versicherungen beobachten können und ihn sogar einmal vor Gericht bei einem Prozess erlebt, der nach der Auswahl der Geschworenen eingestellt worden war. Doch nichts war aufregender für Robbie oder Mort als die Aussicht auf ein neues Mandat. Das brachte sie in Hochstimmung und Alarmbereitschaft zugleich, als läge bereits

Pulverdampf in der Luft. Nicht einmal die Tatsache, dass Robbies Tage als Anwalt gezählt waren und er seinen Honoraranteil an diesen Fällen womöglich in einer Gefängniszelle in Empfang nehmen würde, konnte seine Begeisterung bremsen. Für Robbie waren das Buhlen um einen neuen Mandanten und ein erfolgreicher Abschluss ein Kitzel per se, ein Höhepunkt der Selbstdarstellung und ein Beweis dafür, dass er zumindest einen Menschen wieder davon überzeugt hatte, vor ihm stehe der beste Anwalt landauf, landab.

Der aktuelle Auftrag war laut Robbie ein »guter Fall«, und das bedeutete, er würde einiges einbringen. Der potenzielle Mandant war weiblichen Geschlechts, eine sechsunddreißig Jahre alte Mutter von drei Kindern. Gestern hatte ihr Arzt sie mit den Worten aus seiner Praxis heimgeschickt, Ursache ihrer Schmerzen in der Brust sei eine Bronchitis. Doch gerade hatte sie ein Rettungswagen bewusstlos in der Notaufnahme des Krankenhauses der Barmherzigen Schwestern eingeliefert. Sie hatte Kammerflimmern als Folge eines schweren Herzinfarkts. Evon wusste genug über den knallharten juristischen Umgang mit solchen Fällen, in denen Unglück in Gold verwandelt wurde. Daher war ihr klar, dass die Schadensersatzsumme in dem Fall, dass die Frau starb, dramatisch in die Höhe schnellen würde, denn schließlich würde sie drei unmündige Kinder hinterlassen. Auf dem Highway beschleunigte Feaver den Mercedes auf 130. Den Tipp für den Fall hatte er von der Leiterin der Notaufnahme bekommen.

»Wir waren mal eine Zeit lang richtig gute Freunde«, erklärte Robbie.

Natürlich kannte er den Weg zum Hospital. An der Einfahrt schlug er mit der flachen Hand auf den runden Knopf in der Mauer, und das Tor zur Notaufnahme fuhr hydraulisch auf. Der offene Mantel flatterte ihm um die Beine, als er auf das Büro zustürmte.

Die Leiterin war eine auffällige Erscheinung: Afroamerikanerin, möglicherweise mit polynesischem Einschlag. Wichtigstes Merkmal der Schönheit ihrer Vorfahren waren wohl die hohen Backenknochen. Sie war Mitte dreißig und sehr gepflegt. Um die Schultern trug sie einen breiten Designer-Schal, vor der Brust geknotet. Robbie begrüßte sie mit einem Kuss auf die Wange. Als Erwiderung legte sie den Arm um ihn und führte ihn sogleich den Gang entlang zum Wartebereich der Notaufnahme.

Er war voll besetzt. Die meisten Wartenden auf den vier Reihen von Plastikstühlen blickten gequält ins Leere. Sie waren vor Angst gelähmt. Eine aufgequollene junge Frau mit zersauster Frisur wiegte ein Neugeborenes im Arm. Zwei etwa dreijährige Jungen kletterten auf den Sitzen herum und sorgten für Unruhe. Die Frau wies sie schroff zurecht, und manchmal holte ihre Hand auch zu einem Klaps aus, dem die beiden allerdings schon geschickt auszuweichen wussten. Schließlich erwischte sie den einen. Sein Geheul erfüllte den kleinen Raum.

Trotz der Kälte saß ein afroamerikanischer Halbwüchsiger bloß im weißen T-Shirt da. Das Blut auf dem Hemd war bereits braun und angetrocknet. Er hielt den einen Arm im anderen. Auf Schulterhöhe sah man einen provisorischen Verband, mit Klebestreifen fixiert. Eine ältere Frau – Evon nahm an, seine Mutter – saß in dickem braunem Wintermantel neben ihm. Sorgenvoll wiegte sie den Kopf hin und her. Evon vermutete, dass die Verletzung des Jungen von einem Messerstich stammte.

In der letzten Reihe saßen die, auf die Robbie und Taylor, die Verwaltungsangestellte, es abgesehen hatten: die Angehörigen der Frau, die etwa dreißig Meter entfernt hinter einem Vorhang verborgen mit dem Tode rang. Ein massig wirkender jüngerer Mann, käsebleich und mit schütterem Haar, schien der Ehemann zu sein. Er hielt die Hände wie zum Gebet gefaltet und starrte mit leerem Blick vor sich hin. Neben ihm saß ein älteres Paar, der Mann mit schwarzem Haar, aufgedunsenem Gesicht und hartem Blick. Eine Zigarettenschachtel beulte seine Hemdtasche aus. Das Kinn seiner Frau zitterte schon vom vielen Weinen. Als sie Robbie und Taylor kommen sah, schluchzte sie erneut los. Sie konnte es kaum erwarten, ihre Geschichte zu erzählen. Robbie behielt den Mantel an, setzte sich auf den leeren Stuhl neben sie und ergriff sofort ihre Hand.

»Robbie Feaver«, stellte er sich vor. Evon war sich sicher, dass er seinen Namen jetzt anders ausgesprochen hatte: Fever. Aus einem goldenen Etui in seiner Anzugtasche zog er eine Visitenkarte hervor.

Ein paar Sitze weiter hockte für sich allein das älteste Kind, ein Mädchen. Vielleicht hatte es darauf bestanden mitzukommen. Die Kleine mit Kringellocken war etwa neun und ordentlich gekleidet. Sie war in ihrem Sitz zusammengesunken und starrte auf ihren Schoß. Sie allein schien den Ernst der Lage erfasst zu haben. Sie erkannte den emotionalen Abgrund, der sich jetzt vor der Familie auftat.

Nach einer Weile zog Robbie seinen gelben Schreibblock aus der Tasche und fing an, sich Notizen zu machen. Er hörte allen Familienmitgliedern genau zu und ließ sie ausführlich erzählen, was passiert war. Etwa zehn Minuten später erschien Mort mit seinem langsamen, schlurfenden Schritt und nahm zwischen Vater und Tochter Platz. Zuerst wandte er sich an das Kind. Er sprach ruhig und versuchte nicht, sie aufzuheitern. Geduldig wartete er auf ihre Antworten. Schließlich zog er ein Kreuzworträtselheft und einen Kugelschreiber aus der Aktentasche. Dann wandte sich Mort an den Vater.

Die beiden Anwälte hatten die Familie also von beiden Seiten buchstäblich eingekreist, als ein Arzt »Rickmaier!« rief. »Die Angehörigen von Cynthia Rickmaier?« Er trug OP-Kleidung inklusive der grünen Kappe. Hinter ihm tauchten zwei scheue weibliche Wesen auf, eine von ihnen ebenfalls in OP-Montur, die andere in langem weißem Kittel, ein Stethoskop um den Hals. Der Operateur, der die Sache schnell hinter sich bringen wollte, hielt Robbie und Mort offenbar ebenfalls für Familienmitglieder. Er winkte sie und die anderen in einen Nebenraum und fing sogleich an zu reden, nachdem er die Tür geschlossen hatte. Nach seinen ersten Worten stieß die alte Frau einen gellenden Schrei aus. Von Trauer und Schmerz überwältigt, taumelte sie in eine Ecke des Zimmers, wo sie zu einem Kruzifix aufblickte und weinend Laute stammelte, die sich nicht zu Worten formen wollten. Ihr Mann warf ihr einen verstörten Blick zu und schüttelte den Kopf. Der Arzt fuhr mit seinen Erklärungen fort, und Robbie kritzelte ein paar Notizen auf den gelben Block neben sich. Als eine der Schwestern dies bemerkte, legte er auf deren Aufforderung den Stift zur Seite. Er stand auf, ging in die Ecke zur Mutter der Toten und legte ihr den Arm um die Schultern.

In der Zwischenzeit hatte Mort das kleine Mädchen an die Hand genommen und zu seinem Vater geführt, der immer noch mit gefalteten Händen dastand. Er hatte noch kaum ein Wort gesprochen, doch hinter seinen Brillengläsern quollen Tränen hervor, während seine Tochter sich an ihn schmiegte. Auf der anderen Seite hielt Mort das Mädchen an der Hand. Auch er weinte still. Was Evon aber mehr verwunderte, waren Robbies Tränen, als er sich wieder den anderen Familienmitgliedern zuwandte, echte Tränen, die helle Spuren auf beiden Wangen hinterließen. Sie weinte nie. Das gehörte zu den Lektionen, die sie auf dem Spielfeld gelernt hatte. Keine Tränen, wie heftig ein Schlag sie auch getroffen hatte.

Nach einer angemessenen Weile fing Robbie an, mit der Familie die notwendigen Schritte zu besprechen, und bot zugleich seine Hilfe bei den Begräbnisvorbereitungen an. Dann winkte er Evon herbei und gab ihr eine Telefonnummer. Im Hinausgehen sah sie, wie er aus seiner Aktentasche ein Vertragsformular zog. Was dort stand, kannte sie nun schon auswendig. »Hiermit beauftragen wir die Kanzlei Feaver & Dinnerstein exklusiv mit der Wahrnehmung unserer …« Zusammen mit dem Mont-Blanc-Füllfederhalter hielt er es dem Ehemann hin, der inzwischen auf einen Holzstuhl gesunken war. Den Arm um seine Tochter geschlungen, starrte er die große Wanduhr an. Seine Schwiegermutter forderte ihn auf zu unterschreiben. Wer Cynthia das angetan habe, müsse dafür büßen, sagte sie. Sie wolle sich nicht von der Stelle rühren, bis sie wisse, dass die Dinge ihren gerechten Lauf nähmen.

Als Evon zurückkam, war Robbie wieder aufgestanden. Seine Tränen waren getrocknet. Den Mantel hatte er zugeknöpft, den Schal zurechtgezogen, die Aktentasche klemmte unter dem Arm. Kein Zweifel, der Vertrag war unter Dach und Fach. Robbie verabschiedete sich mit einem Kuss von der Schwiegermutter und fand noch ein paar persönliche Worte. Bevor er ging, ermahnte er noch die beiden Männer und auch das kleine Mädchen, auf gar keinen Fall mit jemandem über die Angelegenheit zu sprechen, vor allem nicht mit Leuten von der Versicherung. Alle Anrufer sollten sie an ihn verweisen. Mort blieb bei dem kleinen Mädchen.

»Merken Sie einen Termin vor«, sagte Robbie zu Evon, kaum dass sie wieder im Mercedes saßen. »Rufen Sie im Ozman County an, und kriegen Sie heraus, wann die Untersuchung der Todesursache durch die Rechtsmedizin stattfindet. Wir müssen an Ort und Stelle sein. Es hängt viel davon ab, auf welchen Zeitpunkt sich der Rechtsmediziner für den Hauptinfarkt festlegt. Wenn er sagt, der sei vor drei Tagen passiert, wird der Arzt behaupten, die Schädigung sei da bereits eingetreten gewesen, und selbst wenn er gestern noch die richtige Diagnose gestellt hätte, hätte er sie doch nicht mehr retten können.« Robbie nannte Evon den Namen des Pathologen, den er zu der Untersuchung hinzuziehen wollte. Dessen Ergebnisse könnten als Gegengutachten zu den Feststellungen des Rechtsmediziners eingebracht werden, falls erforderlich.

Während der Fahrt wirkte Feaver nachdenklich, was Evons schlimme Befürchtung beschwichtigte, er könnte nun auch noch triumphieren. Sie befanden sich auf dem Highway, und der dahinrollende Mercedes war eine Oase des Friedens. Das Krankenhaus der Barmherzigen Schwestern lag weit hinter ihnen, drüben am Rand der City, wo sie in die Vorstadt übergeht. Die mittlerweile gefrorenen Stoppeln des im Herbst geernteten Maises ragten aus der Schneedecke auf den weiten Feldern neben der Straße hervor.

»Darf ich Sie etwas fragen?«, sagte Evon schließlich. Sie war innerlich aufgewühlt. »Als wir uns kennen lernten, sagten Sie, Ihr Name spräche sich aus wie ›Favor‹. Wie ›Do me a favor‹. Jetzt haben Sie ihn aber wie ›fever‹ ausgesprochen. Meistens sprechen Sie ihn so aus.«

»Fever. Favor. Ich höre auf das eine wie das andere. Als ich anfing, mir einen Namen zu machen, dachte ich, Fever sei besser. Klingt heißer, nicht? Jetzt mache ich es mal so, mal so. Vielleicht wollte ich Ihnen an unserem ersten Tag nur imponieren.« Er zuckte mit den Schultern, als amüsiere er sich über seine eigenen Schrullen. Die meisten Leute in seiner Umgebung sagten tatsächlich »Fever«. »Außerdem«, meinte er, »ist es eben eine PR-Frage.«

Sie verstand nicht.

»Der ursprüngliche Name war Faber. Drüben, in Europa. Das ist eine dieser Geschichten, wie man sie vom Pier auf Ellis Island kennt. Der Einwanderungsbeamte verstand den Akzent meines Großvaters nicht. Dieser versuchte ihn zu korrigieren, und so stand am Ende F,e,a,v,e,r in seinen Papieren. Aber, wissen Sie, es gibt eben Leute, die hören ›Favor‹ und denken weiter: Faber. Jude. Also bin ich Fever. Jedenfalls bei den Rickmaiers. Das gehört mit zum Spiel.«

Sie musste einen Moment darüber nachdenken. Robbie lächelte kurz und freute sich wie immer, wenn er sie ein bisschen ärgern konnte.

»Und wie war das mit den Tränen? Gehörten die auch zum Spiel?«

»Eher schon. Für uns, also für Mort und mich, sind sie eine Art Markenzeichen. Sie müssen wissen, da draußen herrscht in unserer Branche ein harter Wettbewerb, jeder gegen jeden. Und jeder hält sich für den größten Anwalt, der je vor die Schranken eines Gerichts getreten ist. Wir alle wollen den Job. Es ist die reine Gier, die reine Befriedigung des Ego. Nehmen wir diese Leute von vorhin. Das ist ein guter Fall, klar? Ein wirklich guter. Er wird sich schnell herumsprechen. Wahrscheinlich werden ein Dutzend Leute ihren Senf dazugeben, die Tante, der Cop aus der Gegend oder ihr Geistlicher, alle werden bei Rickmaiers an die Tür klopfen und sagen, dass sie viel bessere Anwälte kennen als Feaver & Dinnerstein. Ich muss diesen Leuten jetzt für wenigstens drei Wochen auf die Pelle rücken, so nah es nur geht, um sie im Griff zu behalten. Und wenn diese anderen Anwälte uns schlecht machen wollen, werden sie auf jeden Fall fragen: Haben die denn eine einzige Träne vergossen? Darum diese Masche mit den Tränen. Hatten die Mitleid mit euch?«

»Aber ist es das?«

»Was?«

»Eine Masche? Haben Sie die einfach so drauf?«

Er bat sie, das Lenkrad zu halten, und presste die Hände gegen die Nase. Es sah aus, als überlege er. Als er sie wieder ansah, quollen zwei glänzende Tränen aus den Augenwinkeln. Nach einem Blinzeln rollten sie die Wangen hinunter, und sein grimmiger Blick wich schlagartig einem verschlagenen Lächeln.

»Darin bin ich gut«, sagte er und übernahm das Lenkrad wieder. Sie lehnte sich in das graue Lederpolster zurück und sah ihn von der Seite an. Seine Wangen waren noch feucht von dieser dramatischen Kostprobe, während er den Schock auskostete, den er unverkennbar ausgelöst hatte. Ihr wurde klar, dass er sich ihrer Verachtung nur allzu sicher war. In ihre Erregung schlich sich eine Ahnung: War etwa *sie* es, mit der er hier sein Spiel trieb?

»Sie können also auf Kommando weinen? So, wie ich hier willkürlich die Faust balle und wieder öffne?«

»Nicht genau. Ich denke dabei an etwas.«

»Woran?«

»An etwas Trauriges.«

»Und was war das jetzt gerade für ein trauriges Ding?«

Er schüttelte den Kopf und schwieg.

»Ich habe Ihnen auch von Olympia erzählt.«

»Das war etwas anderes«, sagte er. »Das waren Tatsachen. Übrigens habe ich nur geraten.«

»Und ich habe es zugegeben«, sagte sie. »Ich dumme Kuh.«

Er sah sie an. Offenbar wollte er wissen, ob dieser Rüffel an die eigene Adresse ernst gemeint war. Um es ihm deutlicher zu machen, setzte sie ein ernstes Gesicht auf. Wortlos fuhren sie eine Meile. Man hörte nur das enervierende Brummen der Reifen auf dem kalten Asphalt.

»Das Mädchen«, sagte er plötzlich.

»Wie bitte?«

»Ich habe an dieses kleine Mädchen gedacht. Was wird sie wohl morgen früh empfinden? Wenn sie aufwacht. Wenn sie die Augen öffnet und noch im Halbschlaf an etwas denkt, an die Schule, ans Kino, an einen gerade geträumten Traum, und dann fährt ihr plötzlich ein spitzer Pfeil durchs Herz, wenn ihr bewusst wird, dass sie ihre Mutter verloren hat. Alles bricht in ihr zusammen, und Angst überfällt sie, eine furchtbare Angst, denn sie ist klug und weiß, sie kann sich noch nicht die geringste Vorstellung davon machen, wie unendlich schrecklich das alles ist. Daran hatte ich gedacht.«

»Dann waren sie also *nicht* gespielt, diese Tränen?«

»Hm?«

Sie wiederholte die Frage.

»Ich dachte, das hätte ich Ihnen erklärt«, sagte er. »Was dieses Spiel betrifft.« Ärgerlich sah er zwischen ihr und der Straße hin und her. »Sie müssen doch das Ganze sehen. Was ich da in dem Hospital mache. Oder im Beerdigungsinstitut. Oder sonst wo, wenn ich mir einen Auftrag schnappe. Ich sage zu diesen Leuten: Hey, ihr erlebt Schmerz und Pein, aber ich kann das lindern. Vertraut mir. Ich kämpfe für euch. Ich hole Geld für euch heraus. Ich kann euren Zorn mildern. Aber es ist ein Spiel. Denken Sie daran, was über Chaos und Finsternis geschrieben steht. Ich müsste die Macht haben, Tote zu erwecken, wollte ich wirklich etwas für das kleine Mädchen tun. Habe ich Recht? Das Geld ist schön und gut. Aber –«

»Sie sind also innerlich *nicht* beteiligt?«

»Wie bitte? Glauben Sie denn, ich schlage mir vor der Verhandlung vier Nächte um die Ohren, ohne innerlich beteiligt zu sein?« Robbie starrte sie an und achtete nun überhaupt nicht mehr auf die Straße. Er bog auf einen Rastplatz ein, wo man die kleinen Picknick-Tische umgekippt hatte, damit sie nicht unter der Schneelast zusammenbrachen. Die braunen, gekreuzten Tischbeine ragten in die Höhe wie Arme, die jemandem zuwinkten. »Glauben Sie das wirklich?«

Sie hatte Angst zu antworten. Sein Blick hatte sich verfinstert. Jeden Moment konnte er wortreich zu neuen Erklärungen ansetzen, und darauf hatte sie keine Lust. Sie war sogar froh. Nur wenn Robbie Feaver wütend wurde – was selten genug geschah –, ließ er sich zu einem offenen Wort hinreißen. Nun jedoch schienen ihn höhere Dinge zu bewegen, und seine allzu glatte Fassade fiel von ihm ab.

»Hören Sie, ich stehe gern im Rampenlicht. Ich scheffle Geld. Ich finde es wunderbar, wenn ich nach einem gewonnenen Prozess als Sieger die Marshall Avenue herunterstolzieren kann. Aber Sie glauben, verdammt noch mal, wirklich, ich schmiere diese Richter *nur* um meinetwillen? Sie müssen die Dinge realistisch sehen. Ich kann es nicht ertragen, zu diesen Leuten zu gehen und ihnen sagen zu müssen, ich habe verloren, ihr habt verloren, scheißt auf eure Hoffnungen. Es gibt nur den Schmerz. Und es kann nur noch schlimmer werden. Das schaffe ich nicht. Und darum dieses Spiel. Sie brauchen es. Und *ich* brauche es auch.« Ganz in Gedanken hatte er für einen Moment ihre Hände ergriffen. Sie wusste nicht, ob er sie wieder wegzog, weil ihm die Verfänglichkeit dieser Geste bewusst geworden war, oder ob er einfach vor dem zurückwich, was er in ihrem Blick gelesen haben musste. Er zupfte an seinem hellen Schal und sagte noch einmal leise, bevor er wieder anfuhr: »Es ist ein *Spiel*.«

5

Ein paar Tage später wollten Robbie und Evon abends gerade heimfahren, als McManis anrief. Amari war Rollo Kosic zu Robbies altem Stammlokal gefolgt, einem teuren Laden namens Attitude. Sofort eilten sie hinunter in McManis' Büro, wo sich Robbie verkabeln ließ. Anschließend kämpften sich beide durch die Menschenmenge, die nach Feierabend auf den Bürgersteigen unterwegs war. Die Autos, die im Stau steckten, leuchteten ihnen mit ihren Scheinwerfern den Weg. Feaver war regelrecht aufgekratzt. Seine Befürchtungen, was Kosic anging, schienen im Augenblick an Gewicht verloren zu haben gegenüber der Aussicht, an den Ort zurückzukehren, wo er bis vor einem Jahr so viele angenehme Abende verbracht hatte – bis Raineys Verfall nicht mehr nur als Drohung über ihnen hing, sondern Realität geworden war.

Die breiten Fenster des Attitude gingen zur Cahill Street hinaus, doch die Bar betrat man durch eine eigene Lobby, eine Arkade mit kleinen Modegeschäften, in deren Schaufenstern kopflose Puppen elegant posierten. Im Untergeschoss befand sich auch Dr. Goodbody's, der Fitness-Club, in dem Robbie früher jeden Abend sein Training absolviert hatte. Die ernsthaften Fitness-Jünger, erklärte er Evon, blieben auch nach dem Training da unten im Keller, schlürften Karottensaft und äßen Tofu-Burger. Doch die Meute, die es danach ins Attitude zöge, sei ihm lieber. Sie absolvierten ihr Stepp-Training, spielten Squash und Tennis, stemmten eine Stunde lang Gewichte, doch dann ging es nach oben auf einen Tequila und eine Zigarette, um zu prüfen, ob die strenge körperliche Zucht ihnen doch einige Genüsse erlaubte, die rascher verfügbar waren als Kraft und Gesundheit.

Über dem Eingang hing ein modisches, ganz in Schwarz gehaltenes Schild, und innen ging es mit der Dekoration ebenso schnittig weiter – Tischplatten aus Granit, chromglänzende Geländer, italienische Lampen mit eingelegten Calla-Lilien, deren mattes Weiß das Licht dämpfte. Die Gäste waren eine bunte Mischung. Manche standen in dichten Trauben an der Bar, einer lang geschwungenen Theke aus Holz und Granit. Andere verbrachten den Abend an den schmalen Tischen auf der Empore, die im Zigarettenqualm über der Bar schwebte.

Kaum erschien Robbie in der Drehtür, scholl ihm laut ein Begrüßungschor entgegen. »Hey, du Schrecken aller Ambulanzen! Wieder mal auf der Pirsch?«, rief einer, drängte sich durch die Menge und umarmte ihn. Er war die bulligere Ausgabe von Feaver, dunkler Typ, elegant gekleidet, mit glänzend schwarzem Haar, das mit viel Schaum zu einem kugelähnlichen Gebilde zurückfrisiert war. »Herrgott im Himmel! Wo hast du denn nur gesteckt? Geisterst wohl nur durch die Reha-Klinik und beschwatzt die Schwestern, allen Patienten immer brav deine Karte zu reichen? Nicht mehr lange, und du hast deine gebührenfreie Nummer. Liebe Patienten, Sie erreichen mich unter 1-800-PARALYZED, Tag und Nacht.«

Er hieß Doyle Mersing und war Immobilienmakler. Als er Evon die Hand schüttelte, legte er freundschaftlich einen Arm um ihre Schulter.

»Kommen Sie, trinken Sie einen Schluck mit mir«, sagte er. Links und rechts von seinem Barhocker, den er nur kurzfristig verlassen hatte, saßen zwei Frauen, eine etwa Ende dreißig, die andere etwas älter. Beide mit toupierten Köpfen, beide mit leuchtendem Nagellack, beide mit Zigaretten zwischen den Fingern und beide leicht angetrunken. Geschieden, dachte Evon. Keine trug einen Ehering, und unter ihrer Fröhlichkeit war eine gewisse Niedergeschlagenheit zu spüren. Evon beobachtete, wie Sylvia, die Dunklere und Schlankere, Robbie fixierte. Erstaunlicherweise lief es genauso ab wie in der Natur, wo sich eine Blume auch der Sonne entgegendreht. Sylvia verwickelte ihn in ein Gespräch und schob die Haare aus dem Gesicht, schenkte ihm ihre volle Aufmerksamkeit. Nur zu bereitwillig kicherten Sylvia und ihre Freundin über Robbies Witzchen. Ein bisschen Gackern hier, ein bisschen Schäkern dort, und schon legte Sylvia ihre Hand auf Robbies Arm, wobei sie offenbar in Evon keinen Hinderungsgrund sah.

Evon wandte sich ab, dem Qualm, der Musik und dem Lachen entgegen, studierte das blasierte Gehabe und die darunter verborgene Verzweiflung, die im Attitude förmlich in der Luft hing. In Lokalen wie diesem hatte sie sich nie besonders wohl gefühlt. Nicht einmal eine Schönheitsoperation und eine Rundumerneuerung bei Elizabeth Arden hätten bewirken können, dass sie sich hier wohl gefühlt hätte. Selbst wenn sie vorgab, jemand anderer zu sein, konnte sie sich nie so frei und locker geben, wie das diesen Sylvias gelang. Wie machten die das nur? Für Evon war und blieb es ein Rätsel.

Hinter der Bar stand Lutese, eine phantastische Schwarze mit markanten Gesichtszügen und perfektem Make-up inklusive eines theatralischen Lidschattens. Sie war fast einen Meter achtzig groß und hatte eine wunderbare Figur. Die gelb lackierten Fingernägel hatten die Länge von Raubvogelkrallen. Lutese sei von Beruf Wahrsagerin, verriet Robbie Evon. Sie hielt das zuerst für einen Scherz.

»Er sagt die Wahrheit«, meinte Lutese. »Passiert ihm hin und wieder. Sie sollten den Jungen in diesem Lokal genau im Auge behalten«, warnte sie Evon. »Der hat es faustdick hinter den Ohren.« Robbie lachte, aber Lutese ließ nicht locker. »Passen Sie auf ihn auf. Er ist wie eine Schlange. Schnappt nach allem, was sich bewegt.«

»Also nie aus dem Terrarium lassen«, grinste Feaver.

»Wenn er nicht zur Abwechslung gerade den Hornochsen spielt.«

Mersing hatte Zigaretten besorgt, setzte sich wieder auf seinen Hocker und klopfte einen Stängel aus dem Päckchen.

»Na, wie läuft's denn hier so?«, wollte Robbie jetzt wissen. Trotz des Lärms verstand Evon Robbie gut über ihren Ohrhörer. Nur die Art, wie das Gerät Feavers Stimme aus dem allgemeinen Geräuschpegel herausfilterte, war ein bisschen gewöhnungsbedürftig. Klecker, der das FoxBIte ziemlich eilig an Feavers Oberschenkel befestigt hatte, war absolut nicht begeistert davon, dass ein O-Ton aus einem voll besetzten Saloon aufgezeichnet werden sollte. »Möglicherweise zu viele Nebengeräusche. Gläserklingen. Gesprächsfetzen anderer Leute«, hatte er eingewandt. »Der Angeklagte behauptet dann am Ende immer, der Kerl, der ›Ich war es‹ gesagt hat, habe am Nebentisch gesessen.« Robbie hatte darauf beharrt, dass es nur eine einzige Chance gab, Kosic festzunageln, nämlich wenn der sich ein paar hinter die Binde gekippt hatte. Doch im Moment schien Feaver es mit der Suche nach Kosic noch nicht sonderlich eilig zu haben.

»Immer der selbe Trott«, antwortete Mersing. »Deine alte Freundin, die du immer die Kleine im K.S. genannt hast, kommt auch wieder her.«

»Tatsächlich? Grüß sie von mir.« Robbie drehte sein Glas zwischen den Fingern und sah den hochperlenden Bläschen zu. »K.S.«, sagte er leise und lächelte.

»Das Kleine Schwarze«, erklärte Mersing der neugierigen Sylvia. Dann kamen Robbie und er auf einen Burschen namens Connerty zu sprechen. Dreimal sei der verheiratet gewesen, und keinmal länger als ein Jahr, wie es hieß. Derzeit treffe er sich mit dem »Mädchen aus Sizilien«, wie Mersing sich ausdrückte.

»Glüht im Dunkeln«, sagte Robbie.

»Tatsächlich?« Beide lachten.

Sylvia und Robbie hielten sich mittlerweile eng umschlungen. Sie hatte ihren Arm um seinen gelegt und ihn dicht zu sich herangezogen. Ihre Knie in glänzendem Nylon waren leicht gespreizt und Feavers Hüfte füllte den entstandenen Zwischenraum. Alle vier, Mersing, Robbie und die beiden Frauen, platzten plötzlich los. Evon hatte den Witz nicht mitbekommen.

Sie sah wieder in die andere Richtung. Von irgendwoher überkam sie ein Verlangen, ein Gefühl, das sie fast umwarf. Etwas überfiel sie da, ähnlich wie ihre Periode, die auch stets ein wenig überraschend und unerwünscht kam. Und dieses Gefühl war so intensiv, dass sie fast aufgeschrien hätte. Doch es ging Gott sei Dank wie immer schnell vorbei, bis auf ein kleines Nachvibrieren, wie bei einer Glocke, die gerade geschlagen hatte. Für einen Moment spürte sie die Versuchung, sich einen richtigen Drink statt ihres Limejuice mit Perrier zu bestellen, doch da schob Feaver Sylvia plötzlich zur Seite. Er hatte Kosic entdeckt. Nachdem er Lutese ein fürstliches Trinkgeld hingelegt hatte, machte er Evon ein Zeichen.

Robbie hatte Kosic mit einer Sardine frisch aus der Dose verglichen, und Evon hatte nach der Beschreibung tatsächlich keine Schwierigkeiten, ihn zu erkennen, diesen dünnen, blassen und stillen Mann, der sich am Ende der Bar niedergelassen hatte. Direkt über ihm auf der Empore klimperte ein Pianist Musical-Melodien. Rollo war allein. Er war immer allein, hatte Robbie gesagt. Wenn jemand neben Rollo Platz nahm, setzte der sich einen Hocker weiter, und wenn keiner mehr frei war, starrte er stur auf die Wand oder die Flaschen vor seiner Nase. Er sprach grundsätzlich nur mit Lutese oder den anderen Barkeepern. Es waren stets anregende Gespräche, wenn man den Austausch von ein paar Worten anregend nennen konnte. Er legte zwei Zwanziger vor sich auf die Theke, wenn er auf seinen Hocker kletterte, und ging, wenn nur noch ein Zehner übrig war – den ließ er als Trinkgeld zurück. Während sie auf ihn zugingen, warf Kosic einen verstohlenen Blick auf sein Bild im Barspiegel und strich sich das sich lichtende Haar zurecht.

»Rollo der Erste, wie läuft's denn so?« Robbie glitt auf den wie üblich freien Hocker neben Kosic. Rollo nickte kurz und zog an seiner Zigarette. Oben stimmte der Pianist »Yesterday« an. Er war ganz in Schwarz und summte müde die Melodie mit. Wieder mal lag ein Abend der Demütigung und der Erniedrigung vor ihm, an dem er die einzige Beachtung erfuhr, wenn Gäste zwischen ihren Hallos und Wie-geht's mal eine verlegene Pause einlegten. Evon wusste, dass die Musik einen zusätzlichen Störfaktor bei der Aufnahme darstellte, doch daran konnte sie im Augenblick nichts ändern. Immerhin musste Kosic erst einmal überhaupt etwas sagen.

Robbie stellte sie vor, und Rollo musterte sie über die Schulter von oben bis unten in viel zu offensichtlicher Weise. Er wirkte wie ein Fremdkörper unter all diesen blasierten schicken Leuten. Er trug ein uraltes Tweed-Sportjackett, darunter ein ausgewaschenes kariertes Hemd. Seine schwarzen Haare, die glitschigen Reste einer einstmals langen Mähne, hingen ihm traurig über den Kragen. Er hatte die ausgemergelten Züge eines Trinkers.

Rollo trank Old Fashioned und hielt die meiste Zeit das Glas mit der rechten Hand umklammert, den Zeigefinger nach innen gekrümmt. Robbie hatte Evon erklärt, der Nagel sähe schlimm aus, ein bisschen wie die Schale einer faulen Walnuss. Während des Militärdienstes war ihm der Finger zerquetscht worden, als er ein Geschütz in Stellung brachte. Die Stelle wurde schwarz und schartig, und gewöhnlich verbarg er sie vor den Blicken anderer. Wenn er aber jemandem den Zeigefinger entgegenstreckte und ihm den scheußlichen Stumpf zeigte, war das kein gutes Zeichen und nach Robbies Aussage der einzige Hinweis, dass Rollo wütend war. Ansonsten sah man seinem kränkelnden und gehetzten Äußeren nämlich nicht die geringste Gefühlsregung an.

Im Moment hielt Kosic den Stängel seiner Cocktailkirsche zwischen Daumen und Mittelfinger. Er drehte sie im Glas, hob es, trank es in einem Zug aus, kippte noch einen Eiswürfel hinterher und kaute daran, während Robbie und Evon schweigend neben ihm standen. Als Lutese zu ihnen kam, legte Robbie einen Fünfziger auf die Bar, bot Evon seinen Hocker an und bat Lutese, Rollo nachzuschenken und Evon die Zukunft vorauszusagen. Sie und Robbie und sogar Kosic sahen zu, wie Lutese die Tarotkarten mischte und mit erfahrener Hand auslegte. Das gelang ihr trotz der langen, gelb leuchtenden Fingernägel, die ihr dabei im Weg waren. Die Nägel waren gebogen wie Papageienschnäbel.

»Und zu Hause?«, hörte Evon Kosic Robbie sehr leise fragen. Offenbar glaubte er, dass Evon zur Genüge abgelenkt war. Er hatte eine helle Stimme, ein echter Kontertenor. Ob es diese feminine Qualität seiner Stimme war, die ihn so wortkarg machte?

»Nicht gut«, antwortete Robbie.

Kosic grunzte. Es blieb unklar, ob das sein Kommentar zu Lorraines Gesundheitszustand war oder zu der Tatsache, dass Lutese ihm gerade den nächsten Drink hingestellt hatte.

»Hören Sie«, sagte Robbie zu Kosic, »ich bin froh, dass wir uns hier über den Weg laufen. Ich habe da nämlich etwas auf Lager. Ich überlegte gerade, mit wem ich darüber reden sollte. Vielleicht können Sie mir ja einen Tipp geben. Es macht Ihnen doch nichts aus, mir einen Augenblick zuzuhören, oder? Ist ja eine Bar hier. Da erzählt jeder jedem seine Probleme.« Robbie lachte. Evon sah Kosic von der Seite an. Der nächste Eiswürfel landete in seinem Mund.

»Jedenfalls habe ich ein paar Probleme mit einem Fall, den ich vor ein paar Wochen eingereicht habe«, kam Robbie zur Sache.

»Beim wem ist er gelandet?«, fragte Kosic in neutralem Tonfall. Es war nicht herauszuhören, ob er sich wirklich nicht erinnerte.

»Bei Malatesta.«

»Guter Richter«, sagte Kosic und fügte hinzu: »Kennt das Gesetz.«

Lutese war weiter mit den Karten auf dem Granittresen beschäftigt und redete mit den Figuren auf den Karten, als könnten sie sie verstehen.

»Stimmt«, hörte Evon Robbies Stimme über ihren Ohrhörer. »Und, wissen Sie, normalerweise bin ich auch wirklich froh, wenn ich ihn bekomme. Aber diesmal habe ich ein sehr großes Problem. Der Fall fällt unter die Rubrik Betriebsunfall. Mein Mandant ist Anstreicher. Er streicht einen Innenhof an, und das Gerüst bricht zusammen. Schwere, sehr schwere Rückenverletzungen. Bruch des vierten und fünften Lendenwirbels. Also rufe ich ihn an, sie wollen schließlich immer alles wissen, und sage ihm, wir haben unsere Forderungen angemeldet. Da sagt er mir: ›Ich bin etwas benommen, ich war gerade bei meinem Internisten, und der sagt, ich habe Lungenkrebs im fortgeschrittenen Stadium.‹ Krebs! Und damit habe ich ein höllisches Problem. Der Fall ist so gut wie im Eimer, wenn die Versicherung erfährt, dass der Mann schon mit einem Fuß im Grab steht. Kann demnach schließlich keine Einkommensverluste mehr für die Zukunft geltend machen.«

Sehr behutsam legte Robbie dar, warum Malatesta in diesem Fall ein Problem war. Für Robbie bestünde nur eine Chance, überhaupt etwas herauszuholen, wenn der Richter die Beweisaufnahme aussetze, während Robbie versuche, einen Vergleich zu erzielen. Malatesta aber habe noch nie bei einem Verfahren die Beweisaufnahme ausgesetzt. Nur Richter Skolnick verfahre so. Walters kürzlicher Warnung sei ganz deutlich zu entnehmen gewesen, dass sich Malatesta in diesem Fall ganz sicher auf keine Abweichung von seiner Praxis einlassen werde.

»Das ist mir natürlich auf den Magen geschlagen«, sagte Robbie zu Kosic.

Robbie hatte sich genau an Sennetts und McManis' Drehbuch gehalten. Er bat nicht um Hilfe, sondern drohte vielmehr. Sollte der Fall bei Malatesta bleiben, würde es nur Verlierer geben. Während er redete, behielt Robbie den TV-Bildschirm über der Bar im Auge, wo gerade ein Moto-Cross-Rennen stattfand. Evon tat, als lausche sie dem Spiel des Barpianisten. Mit einem Seitenblick beobachtete sie, wie Kosic Robbie aus zusammengekniffenen Augen böse ansah. Es war ein absolut tödlicher Blick. Mit seinem schwarzen Fingernagel kratzte er nervös und ausgiebig an der kleinen Narbe über der Oberlippe. Er sagte kein einziges Wort.

Das reichte Robbie als Fingerzeig, und er lenkte das Gespräch auf das Basketballteam von Indiana, das letzte Woche die Hands, ihr Uni-Team, vernichtend geschlagen hatte. Kosic schien das nicht zu interessieren. Er erhob sich von seinem Hocker und schob die Reste seines verdünnten Drinks weg. Lutese legte gerade die letzte Karte aus, eine rote Dame, und starrte auf sie hinab. Als sie dann Evon mit ihren großen braunen Augen ansah, lag eine Warnung darin.

»Die zweiköpfige Dame lebt eine Lüge«, sagte sie.

Ob Kosic das noch gehört hatte, als er ohne Abschied davonstürmte, ließ sich nicht sagen.

Die Aufnahme hörte sich furchtbar an. Robbie hatte genau nach Kleckers Anweisung in den kritischen Momenten die Schultern nach vorn geschoben und sich vorgebeugt, um für den Ton eine Art Tunnel zum Mikrofon zu bilden, das an diesem Abend unter seiner Krawatte gesteckt hatte. Doch das Klavier und die Mitsingenden hatten halbe Sätze übertönt. Es war, als hätte Robbie in einer Karaoke-Bar in die Songs hineingeredet. Man konnte eine Frau, die Evon gar nicht beachtet hatte, jetzt aus der Ferne »Now I long for yes-ter-day, ay, ay, ay« mitsingen hören. Die Aufnahme lieferte nicht einmal einen Beweis dafür, dass Kosic Robbie überhaupt verstanden hatte.

Doch das hatte er. Evon hatte die bedrohliche Spannung, die von Kosic ausgegangen war, quasi mit Händen greifen können. Robbie war es genauso ergangen. Sennett und ich waren in McManis' Konferenzraum geeilt, um uns die Ergebnisse anzuhören, und Feaver wandte sich jetzt an Stan.

»Die bringen mich um«, sagte er, »wenn ich weiter derart Druck mache. Ich habe schon viel zu viel gesagt.«

Sennett runzelte die Stirn.

»Hören Sie, Stan«, sagte Robbie, »Sie glauben vielleicht, ich habe nur Angst vor dem bösen Wolf. Aber Brendan ist der einzige Kerl, von dem ich mit Sicherheit weiß, dass er ein Killer ist. Ich meine, hat er in Korea nicht mit bloßen Händen Menschen umgebracht? Und das würde er heute wieder tun, wenn er glaubt, er muss. Er hat schon Leute hinrichten lassen. Das weiß ich. Deswegen ist er ja noch oben. Er tut das nicht nur wegen des Geldes. Er will am Schaltbrett stehen und die Knöpfe drücken, wenn es soweit ist.«

Selbst mir fiel es schwer, das zu glauben. Der Großteil von dem, was man sich über Gewalt erzählte, selbst in Fällen von Banditentum, war heiße Luft. Ich hatte meine Zweifel, dass Brendan Tuohey zum Mittel des Auftragsmordes greifen würde. Robbie sah sich am Tisch um. Auch Alf, Jim und Joe Amari schienen skeptisch. Wie McManis ihm schon vor langer Zeit gesagt hatte, bekamen es vertrauliche Informanten während ihrer Arbeit oft mit der Angst zu tun.

»Nun gut, ich erzähle Ihnen mal eine Geschichte«, sagte Robbie und sah einen nach dem anderen von uns an. »Ich sagte ja schon, dass Brendan seit mehr als zwanzig Jahren diese Affäre mit Constanza in seinem Büro hat. Constanza ist ein kleines Juwel, ganz exquisit. Einen Meter fünfzig groß, perfekte Figur. Und dann dieses feine mexikanische Gesicht mit den irischen Zügen und den indianischen Backenknochen. Etwas über fünfzig jetzt und immer noch diese sehr stille, würdevolle Schönheit. Verheiratet – aber das ist eine andere Geschichte –, zwei Kinder, ein Junge, ein rechter Taugenichts, und eine Tochter, das genaue Gegenteil.

Und dieser Brendan war einfach gut zu diesen Kindern, wie er es auch zu mir war, offen, teilnahmsvoll, besorgt. Kurz und gut, die Tochter geht zur Uni, alle Möglichkeiten stehen ihr offen, und dann macht sie, was man eben im College-Alter tut: Sie tanzt aus der Reihe. Kommt mit einem Freund nach Hause. Einem schwarzen Jungen. Wirklich kein übler Kerl. Selbstbewusst. Aber, verdammt, er ist gerade mal neunzehn. Constanza will von ihm nichts wissen. Nicht etwa, weil er schwarz ist. Ich glaube, wenn er schwarz und katholisch gewesen wäre, hätte sie damit umgehen können. Aber das ist ein anderes Thema. Die Tochter schlägt natürlich um sich, weint und jammert. Aber schließlich liebt sie ja ihre Mutter, und das Leben geht weiter. Sie gibt dem schwarzen Jungen den Laufpass und lernt einen netten anderen Jungen kennen, einen Puertoricaner, und das ist fast genauso schlimm für ihre Mom. Aber der hat eine katholische Schule besucht und erfüllt damit immerhin die andere Bedingung. Nur kann dieser schwarze Junge, Artis hieß er, kein Nein akzeptieren. Er ruft an. Er läuft der Tochter nach. Er will nicht aufgeben. Sein bisheriges Leben geht dabei zum Teufel. Er schafft das College nicht mehr. Wird drogensüchtig. Verzweifelt mehr und mehr, und eines Abends schließlich geht er, total high, auf die Tochter und den Puertoricaner los, schlägt den Jungen mit seiner Pistole nieder, richtet die Waffe auf das Mädchen, droht ihr, sie zu vergewaltigen, und zwingt sie schließlich, was immer das für ein Spaß sein mochte, ihm zuzuschauen, wie er seinen Schwanz aus der Hose holt.«

Robbie atmete tief durch. »Na ja, Constanza geht damit gleich zu Brendan. Und wenn Brendan zu seiner Form aufläuft, zieht er alle Hebel. Er hat seine Verbindungen zur Polizei nie abbrechen lassen. Er muss dort nur jemanden anrufen, und schon hat er umgehend dreißig Cops zur Hand, die für ihn nach dem Jungen suchen.

Er sorgt dafür, dass Artis nicht auf Kaution freikommt und im Knast so rangenommen wird, dass sein Schließmuskel am Ende nur noch die Konsistenz von Bubble Gum hat. Aber das reicht ihm noch immer nicht. Ich nehme mal an, er hat diesem Jungen höchstpersönlich mehr als einmal gesagt: Schneid ihn ab, sonst … Und nun ist er beim ›sonst‹. Greift zum Telefon. Ruft Toots Nuccio an, mit dem er immer Verbindung gehalten hat. Und wie Brendan einmal ist, bittet er nie laut und deutlich um etwas. Er macht nur ein paar kleine Andeutungen, erzählt ganz nebenbei diese schreckliche Geschichte, die da seiner Sekretärin Constanza und ihrer Familie passiert ist. ›Kannst du dir vorstellen, aus welchem Zoo dieses Gorilla-Schwein ausgebrochen ist? Es ist eine Schande, sich selbst als menschliches Wesen zu bezeichnen, solange Typen wie der auf unserem Planeten herumlaufen dürfen. Mit so einem kann man doch nicht dieselbe Luft atmen.‹ Das reicht. Für Artis ist es das Ende. Ciao, au revoir, sayonara, bye-bye. Bevor sie ihn erledigen, haben sie ihm noch Batteriesäure über die Genitalien geschüttet. Bei der Polizei wurde das unter ›Bandenkrieg‹ abgehakt. ›Einfach schlimm, wie die miteinander umgehen.‹

Und jetzt kommt das Geniale an Brendan: Er sorgt dafür, dass jeder Mensch in seiner Umgebung von der Geschichte erfährt. Natürlich hat er nirgends seine Fingerabdrücke hinterlassen. Aber zu gern erzählt er die Geschichte vom armen Artis und lächelt dabei. ›Das lässt einen doch wieder daran glauben, dass es einen Gott im Himmel gibt.‹ Allerdings denkt er dabei an eine ganz besondere Sorte von Gläubigen.«

Robbie sah in die Runde. »Wenn der gute Onkel Brendan also herausbekommt, dass ich ihn reingelegt habe, zahlt er es mir mit gleicher Münze heim, wenn er kann. Er wird dafür sorgen, dass sie Hackfleisch aus mir machen, und sich dann an meinen letzten Zuckungen weiden.«

Gerade eine Woche später sollte sich herausstellen, dass sich Richterin Gillian Sullivan, die wegen ihres Alkoholproblems noch immer schlechte Presse hatte, für neunzig Tage von der Richterbank hatte beurlauben lassen. Offiziell erholte sie sich vom »Stress«.

Für diese Zeit wurden ihre Termine umverteilt. Die beiden Schein-Fälle, die Robbie bei ihr liegen hatte und auf deren Erledigung er sehnsüchtig wartete, wurden an Richter Crowthers und Richter Barnett Skolnick weitergereicht. Gleichzeitig wurde auch die Klage des an Krebs erkrankten Anstreichers von Richter Malatesta abgezogen und Richter Skolnick zugeteilt. Die lapidare Erklärung lautete: »Erneute Zuweisung aus verfahrenstechnischen Gründen.« Was immer Kosic geargwöhnt haben mochte, er war Robbies Bitte nachgekommen. Doch das wussten wir an diesem Abend noch nicht. Wir wussten nur das, was uns Robbie mit seiner beeindruckenden Art wissen lassen wollte.

Diese Männer waren gefährlich. Jeder, der sich ihnen in den Weg stellte, musste mit dem Schlimmsten rechnen.

Als Robbie Evon später in seinem Mercedes durch die dunklen Straßen und den schwächer werdenden Verkehr nach Hause fuhr, schwiegen sie lange Zeit. Angst und Niedergeschlagenheit machten sie wortkarg. Als sie unter dem flackernden Licht einer defekten Ampel anhalten mussten, fiel Evon eine Frage ein, die sie ihm noch hatte stellen wollen.

»›Glüht im Dunkeln‹?«

»Alles implantiert«, antwortete er und lächelte müde.

Sie lachte, aber es war kein bewunderndes Lachen. Männer, meinte sie nur.

»Hey«, sagte er, »glauben Sie, die Frauen da drinnen waren besser? Sie halten Ausschau nach reichen Typen, die ihnen einen ausgeben.«

»Klingt reichlich verbittert. So, wie Sie das ausdrücken.«

»Sie sind auch alle verbittert. Die meisten jedenfalls. Weil sie allein sind und sich am Ende des Abends noch schlechter fühlen. Und sie wissen es. Jeder. Jede. Die Kerle. Die Mädchen. Sie sind allein und ausgebrannt. Sie wissen, sie nehmen sich, was sie kriegen können. Wenn ich dem Laden einen neuen Namen geben müsste, würde ich ihn ›Traurig, aber wahr‹ nennen.«

»Und warum sind Sie dort immer hingegangen?«

»Wollen Sie mir etwas weismachen, Sie hängen nie in solchen Kneipen rum?«

In solchen nicht. Nicht, dass sie nicht auch ihre Abende gehabt hätte, ihren Auslauf, ihre heimlichen Treffs. Nach den Olympischen Spielen und der Phase, als ihr Körper quasi ›heilig‹ gewesen war, war auch sie losgezogen und hatte sich voll laufen lassen, um zu wissen, was sie versäumt hatte. Sie hatte sich einer Clique angeschlossen, die sich freitagabends in den über das ganze Land verstreuten Agenten-Treffs ein paar schöne Stunden gemacht hatte. Und es hatte Abende gegeben, an denen sie nur getrunken hatte, um alles und sich selbst zu vergessen, bis sie dann auf nichts mehr aus war als auf Sex. Doch all das war nicht von Dauer gewesen. Für sie waren solche Abende bestenfalls falsch gelaufen, und schlimmstenfalls hatte sie sich einfach nur zutiefst geschämt. An keinen erinnerte sie sich mit solcher Wehmut, wie sie sie bei Robbie gespürt hatte. Von Trauer konnte jedoch keine Rede sein. Kaum hatten sie die Bar verlassen, war er aufgelebt. Als sie ihm das jetzt sagte, schüttelte er den Kopf, als wolle er es nicht zugeben.

»Eines stimmt, ich bin immer auf der Jagd nach dem Mythos. Wie alle da drinnen. Verstehen Sie? Dem Mythos der Liebe. Habe ich Recht? Liebe macht einen anderen Menschen aus mir. Liebe macht mich zu einem besseren Menschen. Liebe lässt mich zu mir selbst finden.«

»Aber es klappt nicht«, sagte sie. Es war das erste Mal, dass sie etwas von sich selbst preisgab. Aber natürlich merkte er nicht, dass sie diesmal nicht ihn meinte.

»Gelegentlich schon. Hingehen und eine Affäre anfangen? Das ging. Ab in die Betten? Es lief. Oft genug. Denn wenn ich da war, war ich ganz da. Und sie war es auch. So eine Erfahrung ist alles andere als Bullshit, verstehen Sie? Etwas ganz anderes als das, was ich sonst in meinem Leben so angestellt habe. In einem solchen Augenblick habe ich keine Vergangenheit, keine Anwaltskanzlei, keine kranke Frau zu Hause. Und ihr geht es genauso. Ich darf einfach glücklich sein. Und sie auch. Wir können uns gegenseitig glücklich machen. Ich kann toll und phantastisch zu ihr sein. Und sie zu mir.

Und eine Stunde oder eine Nacht lang können wir, Mann, ja, können wir uns dafür *lieben.*

Wissen Sie, manchmal wache ich mit dem Gefühl auf: Da liege ich nun und mache diese Erfahrung, bin einem Menschen nah, intim mit ihm, mit einer Frau, von der ich vor sechs Stunden noch gar nicht wusste, dass sie existiert. Und ich frage mich: Was ist daran schlecht? Ist das wirklich so gottverdammt verkehrt? Ich gehöre, müssen Sie wissen, nicht zu diesen Burschen, die glauben, Sex ist das einzig Wichtige im Leben. Aber es war großartig. Das ist alles. Für beide. So sehe ich das.«

Er hatte sich in Begeisterung geredet und sah sie im Dunkeln von der Seite an. Aus dem Radio kam leise Musik. Sie war nicht im Stande zu antworten. Dass er so rückhaltlos über sich sprechen konnte wie von einer dritten Person, das ließ ihr wieder einmal den Atem stocken.

»Nur wenn es dann vorbei war«, sagte er, »wenn es zu Ende ging, war da nichts mehr. Mein Gott, hinterher konnte ich gar nicht schnell genug die Flucht ergreifen. Ich weiß nicht, was das ist. Vielleicht Verlegenheit. Wissen Sie, dieser Trieb hat immer einen Idioten aus mir gemacht. Da hatte ich sie dann einfach für schöner gehalten, als sie eigentlich war. Aber am schlimmsten war es wohl zu erleben, dass einen Welten trennten. Jeder war mit sich allein beschäftigt. Da lag sie nun neben mir und hatte alles Mögliche im Kopf, zum Beispiel, was sie morgen vorhatte – Kosmetikkurs, nach Daddy sehen, diesem brutalen Cop, der sich Abend für Abend mit Schnaps voll laufen ließ, und nach Mom, die immer nur dasaß und betete. Sie lag da und hatte ihr eigenes Leben, und dieser gemeinsame Augenblick änderte nicht wirklich etwas daran. All diese Frauen – ich bin nie die ganze Nacht bei ihnen geblieben. Auch nicht, als ich noch Single war. Auch nicht bei Lorraine. Erst als wir verlobt waren, dann natürlich. Aber vorher nicht. Und auch dann, beim ersten und zweiten Mal – also, da ging es eher so, dass sie sagte: ›Nun stell dich nicht an, Robbie.‹ Und da blieb ich dann. Doch eingeschlafen bin ich nie. Keine Sekunde.«

Er schüttelte den Kopf. »Aber nächstes Jahr oder übernächstes, falls ich es noch erlebe«, sagte er mit gelassenem Blick in die Zukunft, »da muss mir einer freitagabends nur drei Single Malt Whiskys hinstellen und mich in diese Bar-Atmosphäre, das Gedränge an der Theke ziehen, her damit, her mit den Witzen, dem Zigarettenqualm, der lauten Musik und den Stimmen, die sie noch übertönen – und ich werde wieder daran glauben. Es wird großartig werden. Der ganze Mythos. Und ich werde wieder mitten drin sein, sehe mich um, entdecke eine Frau und denke: Ja, die ist es, wenn ich die kriege, geht die Post ab.«

Es fiel Evon nicht schwer, sich das vorzustellen. Sie sah ihn vor sich, zwei oder drei Sylvias im Schlepptau, der flotte Anwalts-Millionär, wie er weiter Ausschau hielt nach einer jüngeren, hübscheren, perfekteren, und sie dann fand, die aus ihm für einen Augenblick einen besseren Menschen machen konnte. Für ein paar Sekunden spürte sie wieder die Erregung, die sie in der Bar überkommen hatte. Sie sah aus dem Fenster und betrachtete die klotzigen Gebäude der City. Er würde diese perfekte junge Frau fragen, welche Zahlen sie mehr liebe, die geraden oder die ungeraden. Evon wusste, dass das kommen würde. Er musste lachen, als sie es ihm sagte und zugleich fragte, wie es dann weitergehe.

»Jede liebt die geraden Zahlen«, sagte er. »Das ist nun mal so.«

»Und was sagen Sie dann?«

»Ich weiß nicht. Wahrscheinlich erzähle ich von mir. Was ich mag, was ich nicht mag. Als Kind habe ich nie Horrorfilme leiden können, und heute auch nicht. Ich wette, Sie mögen Horrorfilme. Habe ich Recht?«

»Stimmt.«

»Klar. Aber dafür mag ich Gewitter. Den Donner. Die meisten Menschen mögen ihn nicht. Bumm! Ich glaube, das ist dummes Zeug.« Er klatschte in die behandschuhten Hände.

»Und dann?«, fragte sie.

»Dann würde ich die Frau wahrscheinlich fragen, wovor sie sich fürchtet. Ich meine, richtig Angst hat. Das ist ein wirklich großes Thema.«

»Und was für Antworten bekommen Sie?«

»Na, das hängt davon ab, wie viel sie bereits intus hat und wie ehrlich sie ist. Ich habe schon alles zu hören bekommen. Brustkrebs. Spinnen. Ratten und Mäuse. Aufzüge. Eine Frau – bei der bin ich richtig darauf abgefahren – hat mir mal gestanden, irgendwie kriege sie es immer noch mit der Angst zu tun, wenn sie die Toilette rauschen hört. Und dann gibt es viele Dinge, die sie gar nicht ordentlich beim Namen nennen können. Wenn es in der Nacht irgendwo rumpelt. Der Bi-Ba-Butzemann.«

»Und was sagen Sie, was Ihnen Angst macht?«

»Die Wahrheit? Kaum, ich erfinde einfach spontan etwas. Was immer gerade passt. Sagt sie Brustkrebs, sage ich: Mein Gott, ja, mein alter Herr ist an Brustkrebs gestorben. Und welcher Mann kriegt schon Brustkrebs? Zwei von zehntausend. Aber ich habe eine Todesangst davor.«

»Aber das stimmt nicht, oder?«

»Soweit ich weiß, lebt mein alter Herr noch.«

»Aber sie nehmen es Ihnen ab, oder?«

»Einige. Die, die mitgehen wollen. Entweder kauft eine es mir ab, oder sie weiß zumindest, dass ich sie trösten möchte. Also muss sie keine Angst vor mir haben und vor dem, was ich dann mit ihr mache. Sie verstehen?«

Evon antwortete nicht.

»Wenn es perfekt läuft«, sagte er, »gehen wir gut essen und trinken eine Flasche Rotwein, der so phantastisch ist, dass er einem Löcher in die Socken brennen könnte. Und dann geht es ab zu ihr oder ins Dulcimer, und ich frage dann immer ...« Er riskierte einen Seitenblick: »Wo möchtest du, dass ich dich zuerst berühre?«

Sie spürte, wie ihr ein kurzer Schauer über den Rücken lief.

»Vielleicht möchtest du ja, dass ich sanft von hinten komme und dir die Hände um die Hüften lege. Vielleicht möchtest du, dass ich deine Brüste auf diese Art umfasse, fast ohne sie wirklich zu berühren. Eine Andeutung. Ein leichtes Streifen. Wie ein Atemhauch. Der deine Nippel so hart werden lässt, dass sie dir unter dem Kleid fast ein wenig wehtun.«

»Nein«, sagte sie ruhig. »Sprechen Sie nicht von mir.« Die Worte kamen etwas rau hervor. Eigentlich hatte sie sagen wollen, er solle ganz damit aufhören.

»Mit den Kleidern lasse ich mir Zeit. Ich habe nie etwas von diesem Runter-mit-den-Sachen-und-ran gehalten, als liefe nebenan ein Taxameter. Es gibt solche Menschen. Erst das lange Theater vorher und dann heißt es plötzlich: Hey, kommen wir zur Sache. Ich lasse mir Zeit. Der Rock. Die Bluse. Ich mag das so, langsam Schicht um Schicht. Ich freue mich auf jedes neue Teil, als sei es ein besonderes Schmuckstück. Sieh dir diesen Ellbogen an. Diese Schulter. Dann plötzlich ein kleiner Überfall. Vielleicht, dass ich mit der Zungenspitze zart in ihr Ohr fahre. Aber das muss zum richtigen Zeitpunkt geschehen. Jeder Mensch ist *so* einzigartig, wenn es um die, Sie wissen schon, um die kleinen Genüsse geht. Mal mit Überschwang, mal langsam. Berühr mich bitte hier, nicht da. Ich will es immer wissen. Ich will, dass wir uns beide frei fühlen. Die eine kommt, wenn sie meinen kleinen Freund zwischen ihren Titten reibt, die andere erst, wenn mein Finger in ihrer Dose spielt. Aber immer ist es ein Geschenk. Immer. Selbst wenn es ein Fünf-Minuten-Stehfick in einer Telefonzelle war, ich habe von jeder Frau, mit der ich es gemacht habe, etwas behalten. Ein Geschenk für beide«, schloss er.

Sie hatte kein Wort mehr gesagt. Manchmal war es schon erstaunlich, dass das Leben einfach so weiterging. Es ging weiter, und man wusste gar nicht genau, was eigentlich passiert war. Sie wusste es jetzt auch nicht. Irgendwo in der Stadt war die Hupe eines Trucks zu hören. Sie wollte ihm sagen, dass es reichte. Endgültig. Wenn er jetzt weitermachte, würde sie es sagen. Er tat es nicht.

»Also, wovor haben Sie Angst?«, fragte er. Sie lachte, aber er bestand auf einer Antwort. Sie müsse ja nichts von ihrer Identität preisgeben, sagte er, aber sie könne auch nicht einfach dasitzen und nur fragen. »Was ist Ihre große Angst Nummer eins?«, fragte er.

Sie sah aus dem Fenster. Es war fast neun. Ein junger Bursche, offenbar hatte man ihn zum nächsten Laden an der Ecke geschickt, stand ohne Mantel an der Ampel und wartete auf Grün, die braune Tüte fest im Arm.

»Der Tod«, sagte sie.

»Das gilt nicht. Jeder hat Angst vor dem Tod.«

»Nein. Ich meine, das ist eine ganz merkwürdige Sache. Es gibt Momente, da *weiß* ich es einfach. Als wenn da in meinem Kopf eine Platte hängen geblieben wäre. ›Das hier wird ein Ende haben. Ein Ende haben. Ein Ende haben.‹ Ich sehe bloß das Licht ausgehen und wie ich einfach verschwinde. Ich habe dann solche Angst, dass ich mich nicht einmal mehr bewegen kann.« Alleinsein. Das war irgendwie das Schlimmste dabei. Ganz und unwiderruflich allein. Aber das sprach sie nicht aus.

Er ließ sich Zeit. Als der Wagen an einer Ampel wieder anfuhr, spiegelten sich die Lichter der Straße in einer Aufwärtsbewegung in ihrer Windschutzscheibe. Mit diesem ernsten Ausdruck wirkte sein Gesicht noch attraktiver.

»Und Sie?«, fragte sie. »Wie heißt bei Ihnen die große Nummer eins?«

»Bei mir?« Er schüttelte den Kopf.

»Raus damit.«

»Aber nicht lachen, ja? Das gehört nämlich absolut zum Spiel. Ich lache nie über etwas. Einmal hat ein Mädchen zu mir gesagt, sie fürchte sich davor, mit zunehmendem Alter hässliche Füße zu bekommen. Das meinte sie ernst. Ich habe keine Miene verzogen.«

Sie versprach es, aber er ließ sich noch etwas Zeit.

»Manchmal wache ich in der Nacht auf – es ist wirklich lächerlich –, ich wache auf, es ist dunkel, und ich weiß nicht, wer ich bin. Ich bin wie versteinert. Ich weiß nicht, ob ich mich nicht erinnern kann, weil ich solche Angst habe oder umgekehrt. Ich meine, ich erinnere mich nicht mehr, wie ich heiße. Wenn mich dann jemand mit ›Robbie‹ anspräche, würde ich natürlich antworten. Aber ich fühle mich vollständig isoliert. Ich bin in einer Art Schwebezustand, tappe im Dunkeln, warte, warte und warte, bis es wieder zu mir zurückkommt, das Bewusstsein, wer ich bin, was ich bin. Und ich habe einfach Angst. Ist das nicht ulkig?«

»Hmm.«

»Sie wollen nur nett zu mir sein.«

»Nein, will ich nicht.« Sie versuchte noch einmal einen Moment lang, sich zu besinnen. Was tat sie hier eigentlich? Doch dann gab sie wieder nach. »Aber ich kann es verstehen. Sehen Sie mich hier, als Undercover. Und genauso fühle ich mich, wenn ich aufwache. ›Wer bin ich? Wer bin ich denn?‹ Als warte ich auf jemanden, der es mir sagt.«

Sie hielten vor ihrem Apartment.

»Beängstigend«, sagte er.

»Ganz bestimmt«, antwortete sie.

Sie wandte sich ihm zu, aber ganz intuitiv bewegte er sich nicht. Jetzt sollte sie auf ihn zukommen, und bereits nach dem Bruchteil einer Sekunde wusste er, dass genau das auch jetzt nicht geschehen würde. Sie spürte plötzlich einen stechenden Schmerz, so intensiv und zugleich vertraut, dass er ihr fast wie ein alter Freund erschien. Und dann nickte sie einmal ernst und feierlich, stieg aus der wohligen Behaglichkeit des Mercedes hinaus in die Winterkälte des Mittelwestens. Zwischen den gefrorenen Pfützen auf dem Gehsteig kehrte sie zu ihrer Wohnung zurück.

März

1

»Barnett Skolnick ist strohdumm«, sagte Robbie Feaver. »Du stehst unten vor der Richterbank und denkst, mein Gott, wie konnte dieser Hornochse je eine Zulassung bekommen? Und dann wird dir klar, er ist nie durch das Verfahren gelaufen. Knuckles, sein Bruder, hat das für ihn gedeichselt.«

Knuckles, seit langem tot, soll noch ganz andere Sachen als die mit Skolnick gedeichselt haben. Als einer von Toots Nuccios Spießgesellen saß er an denselben Hebeln, die Einfluss garantierten, politische Macht, noch verstärkt durch gute Verbindungen zur Unterwelt. Seinen Spitznamen ›Knuckles‹ trug er seit einem berüchtigten Rassenkrawall in Trappers Field in den Vierzigern, wo er kräftig mitgemischt hatte und seine rechte Hand verstümmelt worden war. Er war in einem Wahlkampfkomitee in der City aktiv gewesen und Inhaber einer riesigen Versicherungsagentur, die ihre enormen Einkünfte mit Policen für städtische Behörden erwirtschaftet hatte.

»Man erzählt sich«, ließ Robbie uns wissen, »dass Knuckles Barney einen Sitz auf der Richterbank verschaffen musste, weil er für eine Tätigkeit als Anwalt einfach zu beschränkt war. Der Kerl kann ohne schriftliche Anleitung nicht einmal den Reißverschluss seiner Hose zuziehen. Zurzeit hat er zumindest das *Aussehen* eines Richters. Schöner Kopf mit weißer Haarpracht. Aber dann sitzt er immer nur da mit diesem freundlichen, ängstlichen Gesichtsausdruck: ›Mein Güte, ich mag euch ja alle so gern, aber bitte stellt mir keine schwierigen Fragen.‹ Regeln der Beweisaufnahme? Der Trottel sitzt jetzt seit sechsundzwanzig Jahren auf der Bank und könnte nicht einmal bei einer Multiple-Choice-Frage ankreuzen, was ›Hörensagen‹ bedeutet. Gott allein weiß, in welcher Schuld Brendan bei

Knuckles stand. Jedenfalls ist Skolnick hier im Dienst, seit Brendan das Amt des Vorsitzenden der Zivilabteilung übernommen hat.«

Es war später Nachmittag. Die Sonne ging stilvoll unter und sah dabei aus, als brenne sie ein Loch in den Fluss. Wir saßen bei Soft Drinks und Brezeln im Konferenzraum, während Robbie fortfuhr. Inzwischen ließ es sich keiner der Undercover-Agenten mehr entgehen, sich in den vollen Raum zu quetschen und Robbies Manöverkritik, oder besser, seinen ausgedehnten Abenteuergeschichten in tradierter mündlicher Erzählform zu lauschen. Die Ärmel aufgerollt, unterstrich er mit ausladenden Gesten seine Worte. Geschickt bezog er das Publikum bei seinen Erzählungen ein, baute Kontakte zu jedem Einzelnen auf – ein gewandtes Lächeln für den einen, ein nachdrückliches Kopfnicken für den anderen. Wenn ich ihn so beobachtete, dachte ich mir oft, wie überzeugend, ja, geradezu magisch er auf eine Jury wirken musste.

»Alles in allem fällt es einem schwer, Barney zu hassen. Ich weiß, Sie werden mir das nie glauben, Stan, aber er ist ein netter Kerl. Will keiner Seele etwas zu Leide tun. Ganz ohne Hintergedanken nimmt er das Geld, weil sein großer Bruder es ihm so gesagt hat. Man erzählt sich sogar eine Geschichte über Skolnick – weiß der Himmel, ob sie stimmt, aber sie ist einfach großartig. Vor rund zwanzig Jahren, kurz nach seiner Ernennung zum Richter, war er für Scheidungsfälle zuständig gewesen. Wer die Anwälte waren, weiß ich nicht mehr. Jedenfalls zwei von den Göttergleichen, die schon mit einem Richter reden können. Also gut, Skolnick ist offenbar so weit, dass er die Verhandlung eröffnen kann, da ruft er plötzlich die Anwälte in sein Richterzimmer, nur die beiden. Er dirigiert sie dort in die hinterste Ecke und sagt mit seiner Fistelstimme: ›Nur, damit Sie es wissen: Der Zaster stimmt, also entscheide ich auch auf der Stelle.‹«

Robbie zufolge hatte Skolnicks Gerichtsschreiber einige Jahre lang für ihn den Geldboten gespielt, ein chassidischer Jude namens Pincus Lebovic. Dichter brauner Bart, Schläfenlocken und blaue Augen mit fuchsschlauem Blick. Er trug immer einen schwarzen, ungeheuer altmodischen Anzug und herrschte fast wie ein Tyrann über den Gerichtssaal. Ein kaltblütiger Mann mit gebieterischer Ausstrahlung. Es hieß sogar, Pincus stoppe Verhandlungen, angeblich, um eine neue Papierrolle in seine Stenografiermaschine einzulegen, in Wirklichkeit aber, um Skolnick ins Richterzimmer zu dirigieren, und ihm Anweisungen zu geben oder ihm gar die Leviten zu lesen. Als anerkannter intellektueller Kopf des Skolnick-Teams traf er Arrangements mit den Anwälten, noch ehe diese mit dem Richter »gesprochen« hatten.

Im vergangenen Frühjahr war dann Pincus' siebtes Kind, sein erster Sohn, an Enzephalitis erkrankt. Wie ein Leichnam auf der Bahre lag der Junge in seinem Bett und schwebte tagelang in Lebensgefahr. Pincus, seine Frau und die Töchter saßen um ihn herum und sangen und beteten. Sie beugten sich über den kleinen, dahindämmernden Körper, und wenn der Junge aus seinem Delirium erwachte, flehten sie ihn an, sie nicht zu verlassen. Das tat er dann auch nicht. Niemand wusste, welchen Pakt Pincus mit dem Allmächtigen geschlossen hatte, jedenfalls war er danach wie verwandelt. Er wurde ein fast umgänglicher Mensch, der nur dann unfreundlich reagierte, wenn man ihn auf seine ehemalige Rolle als Mittelsmann ansprach. Unnachgiebig wies er von da an jede Beteiligung an dergleichen üblen Machenschaften von sich.

Als Folge herrschte für einige Monate eine Art Korruptions-Embargo in Skolnicks Gerichtssaal. Skolnick war viel zu weichherzig, um seinen Gerichtsstenografen in die Wüste zu schicken. Auch war er sich absolut nicht sicher, was Pincus in seinem neuen Stande des gottgefälligen Lebens sagen würde, wenn ihn ein Stew Dubinsky, Gerichtsreporter der *Tribune,* nach den Gründen für seinen Abschied fragte. Für ein paar Wochen konnte der Richter seine Sekretärin Eleanor McTierney dazu überreden, für ihn die Umschläge in Empfang zu nehmen. Doch Elenaors Mann war Lieutenant bei der Polizei, und seine Skurpel begannen gleich jenseits der Formel »Leben und leben lassen«. Mit achtundsechzig hätte Skolnick auch einfach in Pension gehen können, aber das hätte bedeutet, Tuohey ebenfalls um eine Futterquelle zu bringen. Nach Lage der Dinge hätte Skolnick auch eine Versetzung zu einer weniger geschätzten

Abteilung akzeptieren müssen – das Gericht für Mietsachen zum Beispiel oder, schlimmer noch und der Hölle am nächsten, das Jugendgericht –, was jedenfalls einen Schlag für sein Ego bedeutet hätte. Für Barney wäre das, wie für die meisten Opfer begründeten Selbstzweifels, eine Katastrophe gewesen. In seiner Verzweiflung begann Skolnick also, mit ein paar allgemein akzeptierten Insidern »Hand in Hand« zu arbeiten. Robbie war einer davon.

Zumindest besaß Skolnick so viel Verstand, das Geld nicht innerhalb der Mauern des Gerichts weiterwandern zu lassen. Stattdessen entwickelte er eine Vorgehensweise wie aus einem schlechten Krimi: Der potenzielle Schmiergeldüberbringer hinterließ eine Nachricht im Auftrag des »Mittagskomitees«. Am nächsten Tag musste der Anwalt Punkt halb eins mit verdrießlicher Miene am Bordstein direkt vor dem Temple stehen, einen Umschlag voller Bargeld in der Hand. Skolnick kam dann in seinem Lincoln vorgefahren, bemerkte das bekannte Gesicht, stoppte und fragte, ob es ein Problem gebe. Der Anwalt würde etwas von Ärger mit dem Wagen erzählen – der Motor sei nicht angesprungen, das Auto abgeschleppt, gestohlen, verkratzt worden, und Skolnick würde anbieten, ihn zu chauffieren. Auf der Fahrt quer durch Center City steckte der Passagier dann den Umschlag hinter sich in den Spalt zwischen Sitzfläche und Rückenlehne des Kalbslederpolsters.

Robbie hatte das Spiel einmal letzten September gespielt, kurz bevor ihn Stan und seine Begleiter von der Steuerfahndung in seinem Haus besuchten. Jetzt, Anfang März, stand für Feaver ein neues Treffen mit Skolnick an, da Skolnick einen Fall bereits zu Robbies Gunsten entschieden hatte, kaum dass er ein oder zwei Tage zuvor von Richterin Sullivan an ihn überwiesen worden war. In dem Fall, *Hall gegen Sentinel Repair,* hatte Skolnick das Urteil ergehen lassen, Robbies Mandant, ein LKW-Fahrer, habe Anspruch auf Schadensersatz. Der Mann war gelähmt, nachdem die Bremsen seines LKW versagt hatten, obwohl die Reparaturwerkstatt den Wagen für fahrbereit erklärt hatte. Anders als Malatesta hatte Skolnick den Fall im beschleunigten Verfahren behandelt und nur eine knappe schriftliche Anordnung erlassen. Nun sollte Robbie dem Richter mitteilen, die Sache sei zur allseitigen Zufriedenheit erledigt, und dankbar einen Umschlag bei ihm deponieren.

Bei der Rechtfertigung der Kosten für das Projekt und die Überführung einer der Hauptpersonen bekam Sennett zunehmend Druck aus D. C. zu spüren. Aus diesem Grunde und weil nun die erste direkte Geldübergabe an einen Richter stattfinden sollte, wünschte sich Sennett das Ganze in Breitwand und Technicolor. Am Nachmittag, einen Tag vor Robbies geplantem Treffen mit Skolnick, begab sich Klecker ins Erdgeschoss des Temple-Parkhauses, wo die Plätze für die Richter reserviert waren. Auch Robbies Treffen mit Walter hatte in diesem Parkhaus stattgefunden. Unter der sorgfältigen Deckung durch örtliche Polizeiagenten zerstach Alf drei Reifen von Skolnicks Wagen mit einem Eispickel. Als Skolnick schließlich am Ende seines Arbeitstages mit einer alten Kaninchenfellmütze auf dem Kopf und einem groben Schal um den Hals, den ihm seine Enkelin gestrickt hatte, aus dem Gerichtsgebäude geschlurft kam, wurde er genauestens observiert. Über Funk wurde Alf verständigt, und so kam Klecker genau in dem Moment in einem Abschleppfahrzeug mit qualmendem Auspuff die Betonrampe heruntergerumpelt, als Skolnick sein lahm gelegtes Automobil erreichte. Er trat auf die Bremse und sprang mit ölverschmiertem Overall und Baseballkappe aus dem Fahrzeug. Als Andenken an seine Zeit als Eishockeyspieler an der Highschool in Minnesota trug Alf normalerweise eine Zahnbrücke. Allerdings hatte er die jetzt herausgenommen, um durch die fehlenden Vorderzähne seine Tarnung zu verbessern. Nach Auskunft der Agenten übertraf seine Aussprache dadurch bei weitem die der Leihstimme von Sylvester, dem zahnlosen Kater aus dem Disney-Zeichentrickfilm.

»Sie hat es also auch erwischt?«, fragte Alf.

»Hä?«, antwortete Skolnick. Er schüttelte noch immer verwundert den Kopf beim Anblick seiner platten Reifen.

Alf berichtete, dass offenbar ein paar ruchlose Jugendliche das Parkhaus heimgesucht und bei mehreren Wagen die Reifen zerstochen hätten. Er bot Skolnick an, seinen Lincoln abzuschleppen. Angesichts der späten Stunde könne er ihn zwar nicht mehr am selben Abend zurückbringen, aber er versprach, morgen früh um acht Uhr stehe der Wagen wieder fahrbereit vor der Haustür des Richters. Er mache Skolnick einen guten Preis bei den Reifen und werde die Abschleppkosten gering halten. Dafür hoffe er, der Richter werde Alf nicht vergessen, wenn er das nächste Mal beim Gericht ein paar Worte mit jemandem reden müsse, der Einfluss habe. Schließlich passiere es schon mal, dass einer seiner Jungs bei der Wiederinbesitznahme eines nicht bezahlten Autos in die Klemme gerate.

Als der Wagen wieder vor Skolnicks Tür stand, hatte er eine Wertsteigerung erfahren. Wie versprochen, waren drei neue Dunlop-X80-Reifen aufgezogen worden. Hinzu kam noch ein neuer Rückspiegel, jetzt bestückt mit einer Fiberoptik-Linse und einem Mikrofon. Sie waren verbunden mit einer 2.4 GHz-Tonkamera, die an einer Strebe unter dem Wagenhimmel befestigt war. Unter der Verkleidung liefen Kabel nach unten in Lüftungsrohre und von dort in den Motorraum, wo sie an die Autobatterie angeschlossen waren. Auf diese Weise war die Stromversorgung der Kamera konstant gesichert.

»Jetzt schmort der Kerl im eigenen Saft in seiner eigenen Kiste.« Vor Stolz auf seine Künste strahlte Alf über das ganze Gesicht. Während unseres Vorbereitungsgesprächs am 5. März gegen halb zwölf bei McManis beschrieb er Robbie die Installation, damit er für sein Treffen mit Skolnick Bescheid wusste. Die Kamera, die per Fernbedienung ein- und ausgeschaltet werden konnte, funktionierte etwa so wie ein schnurloses Telefon. Auf vier Kanälen sendete sie ein schwarzweißes Videosignal, das zusammen mit dem Ton in einem Überwachungsfahrzeug aus mehr als hundert Metern Entfernung empfangen werden konnte, gelegentlich Störungen und Interferenzen nicht ausgeschlossen. Zur Sicherheit war deswegen auch Robbie noch einmal mit dem FoxBIte auf Empfang geschaltet. Es war diesmal an seinem Rückgrat befestigt, um eine verräterische Ausbuchtung am Schenkel zu vermeiden, wenn er neben dem Richter auf dem lippenstiftroten Ledersitz in seinem Lincoln saß.

Wie Sennett und McManis hatte auch ich in dem Observierungswagen meinen reservierten Sitz. Wir fuhren am Temple vorbei und warteten darauf, dass Skolnick Feaver einsteigen ließ. Es roch nach Kabeln und Gummi. Klecker kroch auf dem Wagenboden in einem Gewirr von Drähten und Leitungen herum. Oben auf der Pyramide von Geräten, die schon bei Robbies Geldübergabe an Walter im Einsatz gewesen waren, thronten nun zusätzlich noch ein kleiner Zwölf-Zoll-Monitor und ein Videorecorder.

»Es geht los«, rief Joe Amari von vorne, und das bedeutete, Skolnick war vorgefahren und Robbie eingestiegen. Joe war bei dem Projekt für die Observierung zuständig. Sennett hatte ihm zugestanden, sich zu seiner Unterstützung selbst ein Team aus Agenten des Kindle County zusammenzustellen. Während er sich durch den Verkehr schlängelte, dirigierte er die anderen Wagen mit Handzeichen. Er trug zwar ein Headset mit Mikrofon, und der Kopfhörer drückte ihm die elegante Frisur zusammen, aber Klecker wollte, dass er sich so weit wie möglich aus dem Funkverkehr heraushielt, um das Kamerasignal nicht zu stören. Aus demselben Grund hatte er auch die Funkkomponente aus dem FoxBIte entfernt.

Im Augenblick musste Joe nahe genug an Skolnick herankommen, damit Klecker die Kamera per Fernbedienung aktivieren konnte. Das Kamerabild konnte zwar über eine größere Entfernung hinweg empfangen werden, doch die Infrarot-Fernbedienung zum Einschalten reichte nur knappe zehn Meter weit. Stan hatte Alf und Joe besonders eng gesteckte Instruktionen gegeben, die verrieten, wie schwierig es gewesen sein musste, von Moira Winchell, der Obersten Richterin am Bundesbezirksgericht, überhaupt die Erlaubnis zur Installation der Kamera zu erhalten. Diese Art des optischen und akustischen Lauschangriffs ging ihr spürbar gegen den Strich – als Richterin wie als Autobesitzerin. Stan hatte den Agenten daher noch einmal Moira Winchells Bedingungen eingeschärft: Die Kamera durfte nur eingeschaltet sein, wenn Feaver neben Skolnick im Auto zu sehen war.

»Wir haben ihn«, rief Amari jetzt. Der kleine Schwarzweiß-Monitor flammte auf, und wir beugten uns alle erwartungsvoll vor, während Klecker den Videorecorder einschaltete.

Richter werden geschmiert, seit es Richter gibt. Vor der Einführung eines kodifizierten Rechts bedeutete »schmieren« eigentlich nur: dem Richter eine kleine Aufmerksamkeit zukommen lassen, damit es glatter läuft. Kaum hatte König Johann die Magna Charta unterzeichnet und die Gerichte institutionalisiert, da fing es an. Vielleicht schon früher. Vielleicht schon, als Adam versuchte, mit Gott über Eva zu reden und sich mit ihm zu arrangieren. Womit sich zum ersten Mal erwiesen hatte, wie unheimlich anziehend das Böse sein kann.

Das erste Bild auf dem Schirm war noch unscharf. Robbie und Skolnick in der Unterwelt und nur schattenhaft erkennbar. Klecker rief Amari Anweisungen zu und tippte wie wild auf den Knöpfen der winzigen Fernbedienung herum. Wie üblich wurde das Bild erst einmal noch schlechter, dann langsam schärfer. Skolnick machte einen Umweg durch Lower River, eine Unterführung mit schwacher Beleuchtung. Im Freien erschien ein relativ scharfes Bild, wobei Feaver und Skolnick durch das Weitwinkelobjektiv allerdings leicht verzerrt waren. Wenn wir ein Stück zurückfielen, sandte uns die Digitalkamera seltsam verzogene Bilder, auf denen die kleinen Figuren der beiden seitlich aus dem Blickfeld rutschten. Hielt Amari dagegen einen Abstand von sieben oder acht Autolängen, war der Empfang gut.

Nach einer herzlichen Begrüßung unterhielten sich Feaver und Skolnick wie alte Bekannte über dies und jenes. Auf McManis' Rat hin berichtete Robbie verärgert, dass man ihm tags zuvor im Parkhaus die Reifen zerstochen habe, und beide beklagten ihr gemeinsames Pech und den Verfall der Sitten.

»Die Jugend von heute! Lauter *Momserim*«, sagte Skolnick und hob den dicken Zeigefinger. »Die sind ja fast genauso schlimm, wie wir waren.« Er lachte, ganz der milde, gemütvolle Mensch, den Robbie beschrieben hatte. Er war korpulent, hatte eine dicke, breite Nase, ein rötliches Gesicht und eine majestätische weiße Mähne, die er auf eine altmodische Weise hochgekämmt hatte. Skolnick fragte nach Mort, dessen Vater er offensichtlich aus einer jüdischen Organisation kannte, und dann in mitfühlendem Ton nach Robbies Frau.

Feaver schilderte den Stand der furchtbaren Erkrankung, und Skolnick kommentierte es mit einem: »Ach, Robbie. Es bricht einem das Herz. Glauben Sie mir. Sie waren für das Mädchen immer ein Fels in der Brandung.«

»Nicht ich, Richter. Sie ist es, über die man nur staunen kann. Ich komme abends heim, blicke ihr in die Augen und sehe Mut und Standhaftigkeit.« Robbies Stimme zitterte, und Skolnick nahm eine Hand vom Steuer – auch sein Gesicht war deutlich zu erkennen – und tätschelte kurz Feavers Arm. Sennett, der schräg von mir saß, verfolgte die Szene mit finsterem Blick. Offensichtlich dachte er an die Wirkung, die Skolnicks zärtliche Geste auf eine Jury haben musste.

Robbie verscheuchte die traurige Stimmung, griff in seinen Aktenkoffer und zog vorsichtig den von den Agenten präparierten Umschlag heraus. Er kannte die Brennweite des Kameraobjektivs, und so hielt er den Umschlag vor seine Brust, damit er in aller Deutlichkeit zu sehen war. Dann murmelte er etwas, das offenbar zum festgelegten Ritual bei derartigen Gelegenheiten gehörte, während er die Hand mit dem Umschlag auf den Sitz sinken ließ. Etwas außerhalb des Sichtfeldes der Kamera verschwand er in dem Spalt zwischen Rückenlehne und Sitz. Eigentlich hätte man erwarten sollen, dass Skolnick das ganze Manöver gar nicht zur Kenntnis nahm, um später alles leugnen zu können, doch wie zu erwarten war, vergaß er seine Rolle. Einen Moment lang wandte er den Kopf von der Straße zu Feaver und sah ihm zu, aber er war klug genug, keine direkte Bemerkung zu machen.

»Und, Robbie, wie gehen sonst die Geschäfte?«, fragte er beiläufig. »Wir haben uns ja eine Weile nicht gesehen. Ihr Anruf hat mich überrascht.«

»Ein neuer Fall, Richter«, erwiderte Robbie und schilderte kurz den Rechtsstreit, den Kosic ihm von Malatestas Schreibtisch weitergereicht hatte. Stan hatte darauf bestanden, dass Robbie Skolnick jetzt um einen Gefallen bezüglich dieses Falles bat. Wenn Robbie bei diesem Treffen nämlich nur seinen Obolus für die Regelung des Falles mit dem LKW-Fahrer leistete, den Skolnick von Gillian Sullivan übernommen hatte, konnte ein Verteidiger versuchen, die Geldübergabe als eine Art Geschenk darzustellen. Schließlich hatte Robbie kein einziges Wort mit Skolnick über die Klage des LKW-Fahrers bewechselt. Also wollte Stan sicherstellen, dass die Übergabe mit einer Bitte um einen künftigen Gefallen verbunden war, und zwar in einer anderen Sache. Mit ergreifenden Worten schilderte Robbie nun, was dem Anstreicher mit dem Lungenkrebs drohe. Zugleich ließ er unmissverständlich durchblicken, dass er die Gegenpartei über den Tisch zu ziehen gedachte.

»Wissen Sie, Richter, was ich brauche, ist eine Aussetzung der Beweisaufnahme. Der Vertreter der Gegenseite, dieser Lump McManis, will keine Ahnung von dieser Krebserkrankung haben. Sobald wir unsere Zeugenaussagen und medizinischen Unterlagen über den Unfall präsentieren, werden sie, peng, im Handumdrehen mit der Krebsgeschichte aufwarten. Und was ist dann mit meiner Provision? Die kann ich in den Wind schreiben. ›Tut uns Leid wegen Ihrer Lähmung, aber Sie sind ja ohnehin schon so gut wie tot.‹ Deswegen brauche ich diese Aussetzung, um mit McManis ins *Geschäft* zu kommen. Am schlimmsten ist dabei ja noch, dass der arme Kerl Witwer ist. Wenn ich also nicht einen Batzen Geld für ihn heraushole, stehen seine drei Kinder ohne alles da, ohne Mutter, ohne Vater, und haben am Ende nicht einmal einen Nachttopf, in den sie pinkeln können.«

»O je«, sagte Skolnick. »Wie alt sind sie denn, die *Kinder?*«

»Das Älteste ist acht«, sagte Robbie.

»Ach, wei geschrien«, sagte Skolnick.

Sennett gefiel das gar nicht. Er seufzte. Robbie zog das Ganze als große Tragödie auf und log mit dem gewohnten Erfolg. Doch durch die Beschwörung der schrecklichen Folgen für die Familie erhielt die Verfehlung, zu der er den Richter bewegen wollte, einen Anschein von humanitärer Rechtfertigung. Tatsächlich hatte Skolnick gleich die Antwort parat. Aus seiner Sicht sei der ganze Fall eher Routine.

»Wie es in meinem Gerichtssaal läuft, das wissen Sie ja, Robbie. Irgendwer stellt einen Antrag auf Abweisung der Klage, auf abgekürztes Verfahren, was den ganzen Fall entschärfen könnte, und ich setze die Beweisaufnahme aus. Heutzutage will jeder, dass sein Rechtsstreit per Express erledigt wird. Was scheren einen schon die Kosten, solange es nur schnell geht? Aber ich setze die Beweisaufnahme aus. Das ist seit sechsundzwanzig Jahren bewährte Praxis bei mir. Sie beantragen zum Beispiel eine Entscheidung nach Aktenlage, aber ich setze die Beweisaufnahme aus. So geht das. *Nu?*« Skolnick zuckte mit den Schultern, als könne er die Angelegenheit nicht im Geringsten beeinflussen. »Und Sie wollen nun eine Entscheidung nach Aktenlage? Kommen Sie mir nicht damit. Mein nächster Angina-pectoris-Anfall ist schon vorprogrammiert.« Der Richter schüttelte sich vor Lachen. So ein Spruch hätte für Robbie den Sieg bedeutet, nur auf der Basis seiner Klage und der Erwiderung von McManis. So etwas kam sehr selten vor. Sennetts Stirnfalten hatten sich vertieft, als der Richter fröhlich über Anstand und gute Sitten räsonierte. Skolnick ließ durchblicken, dass er sicherlich nichts Unrechtes tun würde.

»Ich hoffe, Sie fummeln nicht deswegen da an Ihrem Sitz herum«, fügte er hinzu. »Ich meine, wegen dieses neuen Falles.«

Bei dieser unerwarteten Erwähnung des Geldes richtete sich Robbie kurz auf. Uns allen hatte es die Sprache verschlagen.

»Nein, Richter. Das ist für den Fall *Hall.* Wir haben ein großartiges Ergebnis erzielt, nachdem Sie den Antrag der Gegenseite abgeschmettert haben. Ich meine, deswegen bin ich hier.« Mit ein paar Andeutungen erinnerte Robbie Skolnick an den ersten Fall mit dem LKW-Fahrer, dessen Bremsen gestreikt hatten. Skolnick kniff die Augen zusammen und grub in seinem Gedächtnis. Schließlich antwortete er mit einem heftigen Kopfschütteln.

»*Nee.* Das war Gillians Fall, Robbie. Sie hatte das Urteil schon geschrieben, als ich ihn auf den Tisch bekam. Wir haben nur noch verkündet. Die Arme sah zuletzt wirklich schlecht aus.« Mitfühlend ließ er sich über Richterin Sullivans Kampf gegen den Alkohol aus. Robbie stimmte ihm zu und versprach Skolnick, Gillian auch einmal zu besuchen, aber Skolnick schüttelte noch immer nachdrücklich den Kopf. »Nee«, sagte er wieder, »nehmen Sie das da« – er wagte sogar ein Kopfnicken in die Richtung des Umschlags – »mit nach Hause.«

»So eine *Scheiße!*«, fuhr Sennett hoch. Sein Fluch gellte durch den Lieferwagen. Vorn am Steuer stieg Amari auf die Bremse und drehte sich mit einem Ruck herum, um zu sehen, was passiert war. Stan bedeutete ihm weiterzufahren, doch es war zu spät. Die nächste Ampel hielt uns auf. Robbie und Skolnick fuhren weiter. Der kleine Bildschirm fing an zu flimmern und zu flackern, und am Ende gab es reines Schneegestöber. Dann blieb auch noch der Ton weg. Außer einem Knistern in der Leitung war nichts mehr zu hören. Vergeblich drehte Klecker an den Einstellknöpfen, während Sennett mit gequältem Gesicht und zitternden Händen unentwegt fluchte.

Als Amari sie wieder eingeholt hatte, hatten Robbie und Skolnick ihr Geschäft abgeschlossen. Keine Rede mehr von einem Umschlag. Bevor er Robbie an einer Ecke in der Nähe des LeSueur absetzte, unterhielt Skolnick seinen Gast mit jüdischen Witzen. Der beste handelte vom Bauern Jankel, der vor Jahren drüben in der alten Heimat mal zum Viehmarkt ging, um eine Milchkuh zu kaufen. Zwei standen zur Wahl. Eine war nach Auskunft des Verkäufers aus Pinsk und würde noch eine ganze Herde als Nachkommenschaft hervorbringen. Sie koste hundert Rubel. Die andere aus Minsk koste nur zehn Rubel, und die würde wohl nur noch ein einziges Kalb bekommen. So oder so, die billigere Kuh aus Minsk gefiel Jankel besser als die aus Pinsk, und so beschloss er, sein Geld lieber zu sparen. Einmal gelang es ihm noch, die Kuh decken zu lassen, aber danach trat und bockte sie immer, wenn ein Bulle sie bespringen wollte. Verstört ging Jankel ins Stetl und fragte den weisen Rabbi, der auf fast alles eine Antwort wusste, um Rat.

»Die Kuh«, sagte der Rabbi, »ist bestimmt aus Minsk, ja?«

Jankel staunte nicht schlecht über den Scharfblick des Rabbis. Woher konnte er das wissen? Der Rabbi strich sich ausgiebig den Bart.

»Du musst wissen«, sagte er, »meine Frau ist aus Minsk.«

Alf konnte sich das Lachen kaum verkneifen, presste sich aber aus

Rücksicht auf Sennett die Hand auf den Mund. Stan hockte auf seinem schmalen Klappsitz und war außer sich vor Wut und Enttäuschung. Nachdem Robbie Skolnicks roten Lincoln verlassen hatte, wandte sich Stan an McManis und wollte wissen, wieso, zum Teufel, Joe auf einmal angehalten habe. Niemand traute sich, Stan anzusehen. Sennett schloss seine geröteten Augen, und plötzlich schlug er sich mit der Hand an die Brust.

»Mein Fehler«, sagte er. »Alles meine Schuld.« Er wiederholte es noch ein paar Mal. Ich kannte Stan seit fast dreißig Jahren und wusste, dass er sich selbst immer noch ein Stück mehr abverlangte als anderen. Er würde Tage brauchen, um sich von dieser Panne zu erholen. Wie erstarrt saß er auf seinem Sitz, das Kinn in die Hand gestützt, einfach Mitleid erregend – etwas, das höchst selten bei ihm vorkam und überhaupt das Letzte war, was er sich wünschte.

Weil Feaver gleich ins LeSueur Building fahren sollte, hatte Evon die Aufgabe, in McManis' Büro zu fahren, um das FoxBIte abzuschalten. Sie saß da und klopfte ungeduldig mit dem Daumennagel gegen die Zähne. Schließlich stellte Shirley Nagle, die Undercover-Agentin am Empfang, einen Anruf von Jim in den Konferenzraum durch. Jim saß im Lieferwagen am abhörsicheren Telefon. Er erklärte ihr, was schief gelaufen war. Amari habe im Verkehr nicht nahe genug an Skolnick dranbleiben können. Dann hätten sie wieder einige Zeit gebraucht, bis sie nah genug waren, um die Kamera erneut zu aktivieren. Sie hätten gehofft, Zeugen zu sein, wenn Skolnick den Umschlag in Empfang nahm. Doch das hatte nicht geklappt, und es reichte – zumindest für einen Verteidiger – zu unterstellen, dass das Geld nicht länger im Wagen war.

»Sagen Sie aber Feaver nicht, was schief gegangen ist«, wies McManis sie an. »Doch bevor Sie ihm FoxBIte und Mikro abschalten, müssen Sie ihn dazu bringen, in allen Einzelheiten vom Verlauf des Treffens zu berichten. Und dann filzen Sie ihn von oben bis unten. Sagt er, Skolnick habe das Geld genommen, dann ist das die einzige Bestätigung, die wir in Händen haben.«

Wenige Augenblicke später kam Feaver in den Konferenzraum

gestürmt. Evon fragte, wie es gelaufen sei, und er hob beide Daumen, die noch in den Autohandschuhen steckten. Zugleich zeigte er auf seinen Rücken, wo der Recorder noch lief. Wenn es ihm auch nicht immer gelang, versuchte Feaver sich doch immer an die Anweisung zu halten, dass kein unnötiges Zeug geredet wurde, solange er verkabelt war. Denn selbst die harmloseste Bemerkung konnte ihn im Kreuzverhör in die Klemme bringen.

»Heute müssen wir gleich reden«, sagte Evon und versprach, das später zu erklären.

Robbie berichtete, er habe bloß abgewunken, als Skolnick sagte, er solle das Geld wieder einstecken. Sie hätten stumm und nur mit Gesten gestritten, doch dann habe Skolnick mit den Schultern gezuckt und nachgegeben.

Dann bat sie ihn aufzustehen. »Ich muss Sie filzen.«

Seine Augen verengten sich. Er musterte sie mit seltsam funkelndem Blick, halb herausfordernd, halb ungläubig. Aber er stellte sich mit abgespreizten Armen vor sie hin. Bitte sehr. Stehe zur Verfügung.

Natürlich hatte sie auch früher schon Männer gefilzt. Laut den Vorschriften wurde das zwar nicht gern gesehen, aber wenn man die Erste war, die jemanden festnehmen musste, dann drehte man nicht Däumchen und wartete, bis einer ein Fünfzehn-Zentimeter-Springmesser aus der Tasche zog. Aber sie hatte noch nie jemanden gefilzt, den sie kannte. Das war etwas ganz anderes. Wie bei ihrem Ringkampf kam er ihr größer und kräftiger vor als sonst. Sie klopfte die Hosenbeine von unten nach oben ab, drehte die Taschen nach außen und fuhr so schnell wie möglich über seinen Schritt. Ganz plötzlich überfiel sie die Angst, er könne etwas Unpassendes tun, etwa ihre Hände dort festhalten oder das Becken vorschieben. Sie hätte Shirley bitten sollen, im Raum zu bleiben. Aber Robbie zeigte keine Reaktion. Er besaß genug Phantasie, um sich vorzustellen, wie schlimm es sich auf dem Band anhören könnte, wenn er sich danebenbenahm. Sie war es, die unter Spannung stand. Sie drehte ihn um und wiederholte die ganze Prozedur von hinten. Schließlich durchsuchte sie noch seinen Aktenkoffer und Mantel, zählte laut den Inhalt auf, nahm endlich die Fernbedienung und schaltete das FoxBIte aus.

»Hat es Ihnen so gefallen wie mir?«, fragte er nun.

»Hören Sie, Freundchen, ich hätte beinahe gesagt, ich habe absolut nichts in der Hose dieses Burschen gefunden.«

Er griff sich ans Herz, lächelte aber dazu. Diese Andeutungen und Anspielungen. Sie wusste, er glaubte, sie in seine Richtung manipuliert zu haben.

Inzwischen war ihm klar, dass die Kamera im wichtigsten Moment nicht funktioniert hatte. McManis hatte sie gebeten, umgehend die FoxBIte-Aufnahme abzuhören und ihm den Inhalt durchzugeben. Robbie zog das Mikrofon durch das Knopfloch heraus, knöpfte das Hemd auf und schnallte erleichtert den Gurt mit dem Aufnahmegerät ab. An der Stelle, an der er sich damit angelehnt hatte, war sein Rücken wund gerieben. Einmal hatte Klecker Shirley eine Anleitung dagelassen, wie sie die Aufnahme in den Computer lud. Shirley, eine Envierzigerin mit lockigem Haar, half ihnen jetzt, und alle drei hörten sich das Ergebnis an. An der kritischen Stelle, nämlich dem gestischen Duell zwischen Feaver und dem Richter um den Umschlag, waren nur wenige Worte gefallen – beide hörte man tatsächlich »Na, los doch« sagen, doch nichts wies eindeutig darauf hin, was mit dem Geld geschehen war. Robbies Wort war der einzige direkte Beweis dafür, dass Skolnick es angenommen hatte. Von Anfang an hatte Sennett gewusst, dass die Aussage eines erwiesenen Straftäters gegen einen Richter bei kaum einer Jury eine Chance haben würde.

»Wundert mich nicht«, sagte McManis, als Evon ihn anrief. »Was schief gehen kann, geht auch schief.« Dann ließ er sich Robbie geben und sagte ihm, er habe seine Sache großartig gemacht.

Feaver hatte sich das Hemd umgelegt, ohne es zuzuknöpfen. Jetzt nahm er es wieder von den Schultern und bat Evon, ihm zu helfen, die Halterung des FoxBItes zu entfernen. Sie war mit meterlangem Klebeband um Bauch und Rücken fixiert worden.

»Reißen Sie es mit einem Ruck runter«, sagte er. »Es tut nämlich höllisch weh.« Und das stimmte. Auf seinem Oberkörper sprossen schwarz und dicht widerspenstige Haare. Fast wie ein Fell zogen sie sich von der Brust bis hinunter auf Magenhöhe. Er erinnerte an einen Halbaffen oder was man sich sonst als Streicheltier wünschen mochte. Klecker hatte komplette Rasur vorgeschlagen, doch McManis war dagegen gewesen. Beim Schneider oder beim Arzt und nicht zuletzt im Umkleideraum des Fitness-Clubs, wo Robbie sich noch gelegentlich am Wochenende sehen ließ, hätte das zu viele Fragen aufwerfen können.

»Mein Leben lang habe ich Pflaster entfernen müssen«, sagte sie. Sie schnitt die Streifen mit einer Schere durch und löste vorsichtig die Enden auf Höhe der Hüftknochen ab, wo die Haut weicher wurde. Sie stand dicht vor ihm, nah genug, um seine Körperwärme zu spüren, das Parfüm und das Deo zu riechen, seine Größe und die rauen Körperhaare wahrzunehmen. Schöne Menschen – Frauen *und* Männer – wissen um ihre Wirkung. Bei Robbie Feaver spürte man stets einen gewissen Stolz, das Wissen um die eigene Wirkung und Selbstvertrauen. Wie er so halb nackt vor ihr stand, schien es, als habe man ihn von einer Bleiweste befreit, die das alles zurückgehalten hatte.

»Bereit?«, fragte sie.

Er legte die Hände auf ihre Schultern, um einen Halt zu haben. »Versprechen Sie mir, dass Ihnen das jetzt keinen Spaß macht.«

»Meine Mommy hat mir beigebracht, niemals zu lügen. Luft anhalten.« Um das Gleichgewicht nicht zu verlieren, presste sie ihre Knie gegen die seinen. In dem Moment entstand eine Schwingung. Vielleicht lief ihm ein Schauer über den Rücken, vielleicht wurde nur sein Griff an ihren Schultern fester. Es dauerte kaum eine Sekunde, und sie vermied seinen Blick. Dann riss sie mit einem einzigen Ruck die Streifen herunter und wunderte sich, wie laut und wild sie bei seinem unterdrückten Schmerzensschrei lachen musste.

2

Sennett hatte D.C. einen Richter versprochen, doch nun war es ihm nicht gelungen, Skolnick ans Messer zu liefern. Also konzentrierte er sich jetzt auf Malatesta. Stan hatte vorgeschlagen, Malatestas Richterzimmer zu verwanzen, was aber von der Richterin Winchell nicht genehmigt wurde. Schließlich hätte ein derartiges Mittel über längere Zeit auch das Abhören von Vorgängen ermöglicht, die mit der eigentlichen Aktion nichts zu tun hatten. Wie auch vor der Installierung der Kamera in Skolnicks Wagen verlangte sie einen Beweis dafür, dass eine bestimmte kriminelle Handlung bevorstand.

Um einen derartigen Beweis gegen Malatesta zu liefern, musste ein Treffen zwischen dem Richter und Robbie, ausgerüstet mit dem FoxBIte, stattfinden. Außerhalb des Gerichts hatte sich Feaver noch nie länger als dreißig Sekunden mit Silvio Malatesta unterhalten, und deswegen fand er diese Idee ziemlich abwegig. Doch Sennett war klar, dass D.C. ohne einen überführten Richter in wenigen Wochen die Sache abblasen würde, das hieß, beim nächsten Rapport. Gegen Walter hatten sie etwas in der Hand, doch es war nicht sicher, ob er Malatesta mit hineinziehen würde. Anderenfalls gab es nicht genügend belastende Beweise gegen den Richter, wenn das Projekt abgebrochen wurde. Aus diesem Grund schien es Sennett das Vernünftigste, Robbie jetzt auf Silvio anzusetzen. Widerstrebend willigte McManis ein, auch wenn Feaver weiter bei seiner Voraussage blieb, es werde nichts bringen.

Malatesta wurde jetzt rund um die Uhr von Amari beschattet. Allerdings zeigte sich, dass die Möglichkeiten für eine Begegnung zwischen dem Richter und Feaver begrenzt waren. Abgesehen von seiner beruflichen Tätigkeit, verließ Malatesta sein Haus selten ohne seine Frau Arm, ein winziges Wesen von gerade einem Meter fünfzig oder zweiundfünfzig, das auf höchsten Absätzen dahinstöckelte. Amari nannte sie immer nur ›Minnie Mouse‹, und Minnie Mouse war allgegenwärtig. Sie hing beim Kirchgang am Arm ihres Mannes, besuchte mit ihm Tochter und Enkelkinder oder fuhr mit ihm zur Symphony Hall. Minnie war Harfenistin, und mehrmals in der Woche konnte man beobachten, wie Richter Malatesta ihr Instrument in den altertümlichen Familienkombi hievte. Meistens begleitete er sie zu ihren abendlichen Auftritten bei Hochzeiten oder sonstigen größeren Anlässen, bei denen ihr leises Spiel gewöhnlich im Tellerklappern und Geschnatter der Leute unterging. Unauffällig saß Silvio dann in ihrer Nähe, studierte Berichte und Memoranden und applaudierte zurückhaltend nach jedem Stück.

Nach einer Woche hatte Amari herausgefunden, dass es nur eine günstige Gelegenheit gab, an den Richter heranzukommen: während seiner Lehrtätigkeit an der Law School. Früher hatte er dort einen vollen Lehrauftrag gehabt, jetzt war er außerordentlicher Professor an der Blackstone und hielt nur noch eine einzige Vorlesung, selbstverständlich über Schadensersatzrecht. Jeden Dienstag und Donnerstag stapfte er die zwei Blocks vom Gerichtsgebäude zum Blackstone Building hinüber, einem Bau aus den Zwanzigerjahren. Mit gesenktem Kopf wanderte er an der dekorativen Fassade der Law School vorbei und memorierte den Stoff, den er als Nächstes vortragen wollte. Die Wände im dämmerigen Innern waren mit Eichenpaneelen verkleidet. Jedes Mal, bevor er den Hörsaal betrat, verschwand er nach Amaris Schilderung, wie viele ältere Herren bei solchen Gelegenheiten, für einen Moment in der Herrentoilette. Das war Robbies Chance. Um zu vermeiden, dass sie zufällig gestört wurden, wollte Klecker, als Hausmeister verkleidet, den Eingang mit einem der kleinen gelben Plastikschilder verstellen, wie sie vom Reinigungspersonal des Hauses benutzt wurden, wenn es nachmittags um vier anrückte. Klecker war sicher, dass es keinem auffallen würde, wenn jemand den Boden im Klo mal zusätzlich wischte. Natürlich gab es hundert Möglichkeiten, die Aktion zum

Scheitern zu bringen, vor allem dann, wenn jemand Malatesta auf dem Fuße folgte. Doch die Risiken schienen überschaubar zu sein. Sollte jemand Alf ansprechen, würde er auf Polnisch antworten und ungerührt weiterwischen. Für Robbie wäre das das Signal für unverfänglichen Small Talk mit dem Richter.

Hin und wieder habe ich mir Gedanken über die Unverzichtbarkeit von Herrentoiletten in Bestechungsfällen der öffentlichen Hand gemacht. Seit ich mit der Weiße-Kragen-Kriminalität zu tun habe, in der Schmiergelder auf der Tagesordnung stehen, gab es mindestens einen Fall pro Jahr, in dem ein Treff oder ein toter Briefkasten auf dem Klo eine Rolle spielten. Warum zwei Männer sich ausgerechnet am Urinal »Kohle rüberschieben«, habe ich nie ganz begriffen. Vielleicht weil jeder nur eine Hand frei hat und so keine Kanone ziehen kann? Weil sie sich gewissermaßen »exponiert« haben? Weil beide wissen, sie betreiben da ein wirklich schmutziges Geschäft? All das muss irgendwie eine tiefere Symbolik haben. Wie auch immer, es passiert häufig genug, dass ein für den Angeklagten eher hoffnungsloser Bestechungsfall unter dem Stichwort »Geldübergabe in der Herrentoilette« zusammengefasst wird. Und Geschworene neigen ganz und gar nicht zu der Annahme, die Beteiligten könnten unter solchen Umständen etwas Gutes im Schilde geführt haben.

Also war Robbie am Donnerstag, den 18. März, um halb zwölf ordentlich verkabelt auf dem Weg zur Blackstone Law School. Er hatte dort studiert und konnte, wenn nötig, seine Anwesenheit damit erklären, dass es ihn als Ehemaligen dorthin gezogen habe. Evon begleitete ihn als Zeugin, um wieder bestätigen zu können, dass Malatesta als einzige weitere Person die Toilette betreten und wieder verlassen habe und ihm demnach auch die zweite Stimme auf der Aufnahme gehören müsse.

Im neugotischen Vestibül des Blackstone Building blieb Feaver stehen. Es roch muffig nach Bohnerwachs und undichten Leitungen. Er ließ den Blick durch die Halle und nach oben zu den Streben des Rippengewölbes wandern. Seit Jahren sei er hier nicht mehr gewesen, ließ er Evon wissen.

»Schlechte Erinnerungen?«

»Eher schon. Ich war nicht gerade darauf aus, hier dem alten Dekan über den Weg zu laufen. Den hätte der Schlag getroffen, wenn er erfahren hätte, dass ich tatsächlich Anwalt geworden bin.«

»Warum hätten Sie seiner Meinung nach sonst zur Law School gehen sollen?«

»Ach, er wusste schon, dass das für mich der Grund war. Aber bis zum Ende des Studiums hatte er herausgefunden, welche Maschen ich draufhatte. Er hätte mir sicher nicht die beste Referenz für meine Zulassung als Anwalt ausgestellt.« Wie immer bereitete Robbie die Erinnerung an alte Zeiten ein gewisses Vergnügen.

Kurz darauf war er auf der Herrentoilette verschwunden, wo er sich in eine Kabine einschließen sollte. Evon nahm draußen auf der Eichenbank Platz, von der aus sie einen guten Überblick hatte. Es dauerte keine Minute, da betrat Alf mit Putzeimer und Warnschild die Szene und pfiff leise eine Polonaise von Chopin. Er ließ die Tür halb offen – als Einladung für den Mann, der jetzt kommen und ihm folgen sollte.

Um fünf nach zwölf tauchte Malatesta auf. Wie seine gesamte Kleidung wirkte auch der Mantel etwas zu weit. Er sah Alf mit einem Schild und hielt inne. Doch Klecker winkte ihn mit einladender Geste herein. Malatesta dankte mit einem bescheidenen Lächeln.

Über ihren Ohrhörer konnte Evon verfolgen, wie Robbies Kabinentür aufging und seine Schuhsohlen auf den Fliesen knirschten. Der Plan sah vor, dass er sich an ein Urinal stellte. Unüberhörbar ratschte der Reißverschluss auf. Malatesta trat neben ihn und summte leise vor sich hin, vielleicht die Melodie, die er gerade von Alf gehört hatte.

»Hallo, Richter«, sagte Robbie. »Ich bin Robbie Feaver.«

»Ja, richtig, Mr. Feaver. Nett, Sie zu sehen. Sehr nett.«

Robbie entschuldigte sich, dass er ihm nicht die Hand reichen konnte. Malatesta antwortete mit einem eher gequälten Lachen. Mit Klohumor hatte er sichtlich nichts im Sinn. Robbie wollte wissen, was den Richter herführe. Malatesta nannte ihm ein paar Stichworte zu den Fällen, über die er im Zusammenhang mit dem Thema Risikoeinschätzung referieren wolle.

»Wie bei dieser Causa *Ettlinger* zum Beispiel«, sagte Robbie. »Das Urteil passte doch hinten und vorne nicht.«

»Aber einiges war schon interessant an dem Fall«, meinte Malatesta.«

»Ich meine, für eine Zivilklage ist es schlecht gelaufen.«

»Nun, ja«, sagte der Richter. Die Spülung rauschte. Klecker hatte Feaver eingeschärft, vorher nichts Relevantes zu sagen, offenbar aus leidvoller Erfahrung mit dieser Einrichtung. Jetzt wurde Robbies Stimme leiser.

»Übrigens, Richter«, sagte er, »dieser Fall *Petros*. Danke. Okay? Das war ein großartiger Spruch. Wir haben einen rasanten Vergleich hinbekommen.«

Das anschließende Schweigen zog sich geradezu Furcht erregend in die Länge. Nach Robbies späterer Schilderung war Malatesta total überrascht. Seine Hand fuhr hoch und fasste nach dem schwarzen Brillenbügel. Robbie kannte Silvio als vorsichtigen Mann und ging davon aus, dass die Erfolgschancen dieses Unternehmens ohnehin begrenzt waren. Also sah er keinen Anlass, nun draufloszuschwadronieren. Er sollte die Aktion abbrechen, falls Malatesta offenkundig in die Defensive ging. Evon schloss aus Feavers Schweigen, dass er fürchtete, vielleicht bereits zu weit gegangen zu sein. Sie hörte ihn zum Waschbecken trotten. Wasser lief, Papier raschelte. Da ergriff Malatesta unerwartet das Wort.

»In Wirklichkeit sollte ich *Ihnen* danken, Mr. Feaver.«

Diesmal kam Robbie aus dem Takt.

»Das ist schon okay, Richter. War mir ein Vergnügen. Wirklich. Ich habe großen Respekt vor Ihnen. Sie sollen einfach nur wissen, wie sehr ich Ihre Arbeit zu schätzen weiß.«

»Sie waren überzeugend, Robbie.«

»Ich habe mich bemüht.«

»Ihre Schriftsätze waren exzellent. Exzellent. Offen gesagt, die wenigsten Anwälte erweisen dem Gericht einen derartigen Respekt. Auch muss ich sagen, dass bedauerlicherweise nicht alle so einfallsreich sind. Sie haben perfekt recherchiert, waren bestens vorbereitet. Die Anwälte in meiner Kammer ziehen so selten die Rechtsprechung anderer Bundesstaaten oder der Bundesgerichte heran, vor allem nichts, was sich im Umlauf befindet, keine aktuellen Präzedenzfälle. Sie haben das getan, und es hat Ihnen geholfen. War auch eine sehr komplizierte Materie. Aber Sie haben mich überzeugt, weil Sie besser präpariert waren. Auch in der Berufung wären Sie damit durchgekommen. Da kommen wir beide nicht in die Bredouille. Wissen Sie, nach Abschluss der Law School war ich für Richter Hamm am Bundesbezirksgericht tätig, und der hat immer zu mir gesagt: ›Die Anwälte glauben immer, sie schaffen es über die Berufung. Sie meinen, gut, wir haben verloren. Aber unter dem Urteil steht mein Name. Mir werden sie dann nachsagen, ich hätte ein Fehlurteil gesprochen.‹« Malatesta lächelte milde, so weise kam ihm das vor. »Jetzt würde er zu mir sagen, ich solle froh sein, dass Sie sich verglichen haben.«

Robbie wusste nicht, worauf der Richter hinauswollte, und stotterte: »Wussten Sie das denn nicht?«

»Habe ich es gewusst? Vielleicht ist es mir nur entfallen.« Der Deckel eines Abfalleimers schlug zu. »In jedem Fall aber war es eine gute Idee. Gut für beide Parteien. Stimmt's? Aber sicher. Die Parteien wollen ein Ergebnis, mit dem sie leben können, und sie wollen den Fall nicht noch einmal aufrollen. Natürlich bin ich immer ein bisschen neugierig, was wohl das Berufungsgericht dazu gesagt hätte. Aber so können wir einfach zum nächsten Fall übergehen. *Wir* wissen ja Bescheid, habe ich Recht?« Malatesta stieß noch ein dünnes, keuchendes Lachen aus, dann hörte man ihn weitertappen. »Wir sehen uns vor Gericht«, rief er. »Ich hoffe, die nächste Verhandlung wird auch so interessant.«

»Bestimmt.«

Evon glaubte ein Lächeln auf Malatestas Gesicht zu sehen, als er herauskam. Er trug den Mantel über dem Arm und strebte auf den großen Hörsaal mit den langen Sitzreihen zu. Zwei Studenten begrüßten ihn mit Fragen, während er weiterging.

»Mein Gott!«, sagte Robbie, als McManis nach seiner Rückkehr ins Büro das FoxBIte ausgeschaltet hatte. »So was von verschroben, dieser Kerl. Einfach nicht festzunageln. Da glaube ich, jetzt habe ich ihn, und mit einem Mal –« Robbie blies die Luft aus und warf die Arme hoch.

Man hatte mich gleich dazugerufen. Klecker hatte die ganze Schwindelaktion schon abgespielt und suchte im Schnellvorlauf noch einmal das Gespräch auf der Toilette, als Sennett eintraf.

»Sehr clever«, sagte er, als Alf ihm die Stelle vorgespielt hatte. Er strahlte. »Sehr clever. Er hat es gesagt. Er hat gesagt, der Dank gilt Ihnen. Die Bemerkung über Ihre exzellenten Schriftsätze gefällt mir auch. Vor allem meinte er ja wohl die Papierchen mit den Zahlen 50 oder 100 drauf.«

Ein paar Agenten, die sich im Konferenzraum versammelt hatten, glucksten.

»Die im Umlauf befindlichen«, ergänzte Evon. Keinem war das in diesem Zusammenhang aufgefallen, und Alf suchte die Stelle noch einmal und spielte sie ab. Robbie hatte sich in diesem Moment ein wenig bewegt, und die Worte kamen etwas undeutlich. Aber hören konnte sie jeder.

»Was für ein Fuchs«, sagte Sennett. »Ich mag diese Leute, die so tun, als kämen sie gerade von einem anderen Planeten. Aber wir haben ihn. Der Hinweis, dass man um alles einen Bogen machen muss, was einen vor dem Berufungsgericht in die Bredouille bringen könnte, hat mir gefallen.« Stan verkniff sich ein »Ich habe es euch ja gesagt«, aber man sah ihm an, dass er das dachte.

McManis blickte mich an. Das hier war noch nicht der Blattschuss, den Stan sich vorstellte. Malatestas Anwalt würde argumentieren, es sei von nichts anderem als einem Fall die Rede gewesen. Warum sollte Malatesta die Meinung einer Berufungsinstanz interessieren, wenn er doch eine Bestechung zugegeben hatte? Und sollte er tatsächlich die Hand aufgehalten haben, dann hätte er felsenfest davon überzeugt sein müssen, dass an dem Fall nicht mehr zu rütteln war. Doch Stan sah sich jetzt im Besitz eines Beweises, der ihm vor allem bei einer Jury nützen würde, die Malatesta als einen übervorsichtigen Taktierer einschätzte. Dann würden diese pfiffigen Bemerkungen in einem ganz anderen Licht erscheinen.

»Wir brauchen mehr«, sagte McManis plötzlich. Das kam so pointiert wie immer bei Jim. Von Tag zu Tag wurde offenkundiger, dass er mit Stan im Clinch lag. Sennett hatte an McManis' Einspruch ordentlich zu schlucken, doch schließlich rang er sich ein Nicken ab.

»Das stimmt«, sagte er. »Und wir kriegen auch mehr. Wir müssen Malatesta mit weiteren Fällen beschäftigen. Aber wir haben ihn wenigstens schon mal zum Reden gebracht. Zum Reden mit Robbie. Und vielleicht komme ich jetzt auch bei Moira einen Schritt weiter.« Der Hauch eines Siegerlächelns huschte über Sennetts Gesicht. »Jedenfalls sind wir auf dem richtigen Weg, Jim. Oder? Das müssen Sie zugeben. D.C. wird das auch so sehen.«

McManis nickte einmal kurz zur Seite. Das war seine ganze Antwort. Soweit ich mich erinnerte, wirkte er zum ersten Mal etwas ungnädig. Ohne Sennett anzusehen, wandte er sich an die Agenten und Robbie und beglückwünschte sie zu ihrer Arbeit.

3

»Wir haben ein Problem.« Es war Montag, der 22. März, und schon fast vier. Die Begegnung zwischen Robbie und Malatesta in der Law School lag vier Tage zurück. Sennett markierte am Telefon den großen Chef. Er meldete sich nicht einmal mit Namen, sondern bestellte mich ohne weitere Umstände in zehn Minuten zu Jim. Im Konferenzraum warteten außer Sennett McManis und Alf Klecker, entspannt, aber mit ernsten Gesichtern. Stan trug wie immer seinen perfekt gebügelten blauen Anzug und war ganz Amtsperson. In gebieterischer Haltung saß er da, das Kinn vorgeschoben. Er gab ein Zeichen mit der Hand, und Alf schob die Schranktür aus Roteiche ein Stück weiter auf. Im selben Augenblick liefen die Spulen einer großen Grundig-Tonbandmaschine im Edelstahlgehäuse an.

Es dauerte einen Moment, bis man die Geräusche unterscheiden konnte. Laut knisterndes Papier, dann wurde etwas ganz nah am Mikrofon hin- und hergeschoben. Ein Gegenstand polterte zu Boden, vielleicht ein Stück Holz.

Ich fragte Klecker, was das zu bedeuten habe. Ein »Overhear«? So hieß der FBI-interne Euphemismus für einen Lauschangriff per Wanze.

»Das Mikro steckt im Telefon auf dem Schreibtisch. Der Ton kommt über die vorhandenen Leitungen direkt hierher.« Alf lächelte mit arglosem Stolz, bis Sennett auf seinem Drehstuhl herumschwenkte und ihm einen strafenden Blick zuwarf. Alf hatte die strikte Regel gebrochen, niemals mehr zu sagen, als der andere wissen musste.

Jetzt waren Stimmen zu hören, beide weiblich und aus unterschiedlicher Entfernung. Die entferntere sagte zur anderen etwas über ein endloses Kreuzverhör.

»Erkennen Sie eine Stimme?«, fragte Sennett.

Bei mir klingelte nichts.

»Ich will Ihnen einen Tipp geben«, sagte er. »Zwei Jahrgänge über uns an der Law School.« Noch immer ging mir kein Licht auf, bis die entferntere Stimme die andere Frau als »Richterin« ansprach.

Magda Medzyk! Magda hatte eine lange Karriere bei der Staatsanwaltschaft hinter sich und war dort für Revisionsfälle zuständig gewesen, bis sie zur Richterbank gewechselt war. Sie war eine verstockte alte Jungfer mit krausem Haar, der Typ, der schon zu Law-School-Zeiten aussah, als habe er die Zwanziger und Dreißiger einfach übersprungen. Ihr Outfit war seit eh und je das Gleiche. Die Kostüme wirkten so schwer, als seien sie mit Panzerplatten verstärkt, und darunter verbarg sich eine Figur von matronenhaften Dimensionen. Ich fragte Stan, welcher Kammer sie derzeit angehöre.

»Sie ist zuständig für Sondereingaben bei der Zivilabteilung. Aufgepasst. Jetzt kommen wir zum besseren Teil der Vorstellung.« Stan gestattete sich ein dünnes Lächeln. Es klang, als habe sich Magda an ihren Schreibtisch gesetzt, um etwas zu notieren. Da kündigte ihre Sekretärin einen Besucher an: Mr. Feaver.

»Robbie!« Eine herzliche Begrüßung aus voller Brust. Er sprach sie mit »Richterin« an und zog die Sekretärin damit auf, dass er sie bei einer Tafel Schokolade als Mittagsmahlzeit ertappt hatte. Nachdem sie gegangen war, waren leise Schritte zu hören, gefolgt von einem kaum wahrnehmbaren Klicken. Ich erkannte sofort, dass die Tür von innen abgesperrt worden war. Mir wurde fast übel, als ich begriff, was da passierte. Robbie war gerade dabei, mit einem Richter einen Fall abzusprechen, von dem wir nichts wussten.

Erst ein wenig netter Small Talk.

»Komm her«, sagte Robbie. Man konnte hören, wie er näher rückte. Die Federn in ihrem Sessel quietschten, Stoff raschelte, und zu meiner Überraschung gab Magda einen entzückten kleinen Seufzer von sich. Noch hätte ich geschworen, dass ich mit meiner

Vermutung falsch lag, da hörte ich ihn plötzlich sagen, sie habe die tollsten Titten der Welt.

Nun überstürzten sich die Ereignisse, und zwar mit der üblichen Begleitmusik, die Menschen unter dem Einfluss animalischer Triebe erzeugen – Reißverschlüsse wurden geöffnet, Schuhe polterten zu Boden, Seufzer gingen über in Schnaufen und Stöhnen. Schließlich drängte es Robbie und die Richterin weg vom Mikrofon, wahrscheinlich zu einem Sofa. Aber die Geräusche sprachen weiterhin für sich. Magda stöhnte gekonnt. Es ging weiter und steigerte sich, und Magda schien aufs Höchste entzückt über die Wörter aus der untersten Schublade, die Robbie nun ausstieß. Es war das perfekte Protokoll einer Forschungsreise. Er schilderte, wo er gerade angelangt war, und sie kreischte dazu vor Lachen. Dicke rosa Fotze. Dicker harter Schwanz. Die ständigen Jubeltöne aus Magdas Mund waren das Einzige, was die Vorführung noch von einer Peepshow unterschied.

»Reicht das?«, fragte Stan.

»In jeder Hinsicht«, sagte ich. Klecker hielt die Hand vor den Mund, doch man hörte sein Kichern. McManis dagegen hatte den Lautsprechern gleich den Rücken zugewandt, als das Band anlief. Die meiste Zeit hatte er nur dagesessen und auf seinen Daumen gestarrt.

»Und?«, fragte Sennett.

»Hast du nicht selbst gesagt, er braucht einen Zähler an seinem Hosenschlitz?«, erinnerte ich ihn. Sonst fand ich nichts Besonderes dabei.

»Kennst du die Definition von Bestechung, George? Jede Art von Zuwendung mit dem Zweck, eine Amtshandlung zu beeinflussen.«

Darüber konnte ich nur lachen. Diese Strafverfolger! Für mich schien Robbie eher eine Zuwendung entgegenzunehmen.

»Die Lady auf dem Band da hat nicht gerade an jedem Finger zehn, George.«

»Und er ist alles andere als wählerisch«, wandte ich ein.

»Sieh mal, George, du sagst das so dahin. Moira Winchell sah jedenfalls keinerlei Problem, die Lauschaktion zu genehmigen.«

Für Stan war es ein Heimspiel. Richterin Winchell war eine kühle und korrekte Frau. Eine Geschichte wie diese war in ihren Augen einfach ein Skandel, besonders wenn sie eine Frau betraf, die mit ähnlicher Macht ausgestattet war wie sie selbst. Aber ich konnte mir nicht vorstellen, dass Sennett diesem Fall wirklich nachgehen wollte, und das sagte ich ihm auch.

»Ich weiß noch nicht, was ich tun werde, George. Aber eines weiß ich genau« – Stan blickte mich mit zusammengekniffenen Augen über den Konferenztisch hinweg an – »dein Freund führt uns an der Nase herum und verheimlicht uns was. Er bumst die Richterin, und dann tritt er vor sie hin und stellt seine Anträge. Mit einer enormen Erfolgsquote, möchte ich hinzufügen. Ich will wissen, was er sonst noch in Petto hat. An D.C. habe ich das Ganze noch nicht weitergegeben. Und du weißt sehr gut, dass ich das Projekt nicht den Bach runtergehen sehen will. Ich möchte diese Sache als zusätzliche Information präsentieren, auf die wir im Laufe der Ermittlungen gestoßen sind. Aber solch einen kleinen Trick kann ich nur ein einziges Mal anwenden, und das auch nur ganz nebenbei. Beim nächsten Mal bügeln sie uns ab und sorgen dafür, dass Robbie hinter Gittern verschwindet, vierzig bis zweiundfünfzig Monate. So sieht die Sache aus, George. Robbie kommt aus dieser Klemme nur wieder heraus, wenn er alle Karten auf den Tisch legt.«

Da saß ich nun einigermaßen verwirrt auf meinem kunstledernen Drehstuhl. Die Dummheiten, zu denen meine Mandanten manchmal fähig waren, erschütterten mich längst nicht mehr. Dieses Juristen-Quidproquo dagegen bereitete mir schon Kopfschmerzen. Bei allem Wohlwollen, das Richterin Winchell Stans Intentionen entgegenbrachte, das Gesetz bestand auf handfesten Gründen und verlässlichen Beweisen für eine bevorstehende verfängliche Begegnung, bevor eine Wanze genehmigt werden konnte. Wie Stan diesen Beweis führen wolle, fragte ich und bereute es im selben Augenblick.

Er lächelte maliziös. »Darüber darfst du dir deine privaten Gedanken machen, George. Die Reaktion aus Washington geht dich nichts an. Aber wie ich schon gesagt habe, wir kriegen es heraus.«

Ich musste also zur Kenntnis nehmen, dass auch Robbie verwanzt worden war. Während dieser Gedanke mich noch beschäftigte, verzog Stan keine Miene. Er betrachtete aufmerksam die elektronischen Geräte in ihren Schränken, wie ein Käufer in einem Laden.

Ich sagte Stan, es sei einfach zu billig, zuerst mit einem Mann einen Handel abzuschließen und ihm dann den Teppich unter den Füßen wegzuziehen, egal, was diese Verrückten vom UCORC erwarteten. Aber es war ein Fehler, Stan vor diesem Publikum so offen anzugehen. Die Agenten waren nicht über die private Seite unseres Verhältnisses im Bilde. Sennett glaubte also, sich verteidigen zu müssen, zumal ihm McManis' beharrliches Schweigen signalisierte, wie unbehaglich ihm bei der aktuellen Entwicklung war.

»George«, sagte Sennett, »dir mag dieser Kerl ja sympathisch sein. Aber für mich ist er ein Trojanisches Pferd mit einem Recorder am Leib, weiter nichts. Er könnte genauso gut ein Roboter sein. Ich brauche zweierlei, um diese Fälle für mich zu entscheiden: bombensichere Aufnahmen. Und den Beweis, dass wir ihn dazu gebracht haben, sich an die Vereinbarung zu halten und nicht nur die Richter ans Messer zu liefern, die er hasst. Denn sollte eine Jury zu dieser Überzeugung gelangen, lässt sie lieber alle anderen laufen, nur damit nicht so ein mieser Typ wie dieser Robbie am Ende die Trümpfe verteilt. Und, offen gesagt, nach Lage der Dinge scheint genau das der Fall zu sein.«

Aber ihn gleich zu *verwanzen*, wandte ich ein. Die Bereitschaft, mit den Behörden zu kooperieren, schlösse doch eine so tief greifende Verletzung seiner Privatsphäre nicht mit ein.

»Es ist legal«, gab Stan heftig zurück. Wie alle Staatsanwälte dieser Welt wies er jeden Verdacht auf einen möglichen Amtsmissbrauch weit von sich. »Unser Vorgehen ist absolut legal. Mehr werde ich dazu nicht sagen.« Er warf mir noch einmal einen finsteren Blick zu, nahm den Mantel von der Sessellehne und zog ihn an.

»Nein, eines lass mich noch hinzufügen, George. Weil ich etwas gegen deine Scheinheiligkeit habe. Dein geliebter Mandant verkörpert genau das, was die Leute assoziieren, wenn sie von ›Anwälten‹ sprechen, und zwar in pejorativem Sinne. Er übt einen Beruf aus, dem anzugehören wir beide stolz sind, den er aber als Lizenz zur Kuppelei und Zuhälterei ansieht. Und er ist damit reich geworden. Als wir ihn erwischt und zur Rede gestellt haben, hat er uns einen Handel vorgeschlagen, und der lautete: Er sagt uns die ganze Wahrheit und nichts als die Wahrheit. Aber an den Deal scheint er sich nicht zu halten. Und du und er solltet wissen: Ich werde innerhalb der gesetzlichen Grenzen tun, was ich tun muss, um unsere Ermittlungen nicht zu gefährden. Ich muss es einfach, George. Weil die Leute auf der anderen Seite, die Kumpel deines Mandanten, diese Brendans und Kosics, sich ihre Gesetze selber basteln. Für sie gibt es keine Grenzen. Das sind absolut skrupellose Menschen, George.« Mein Freund Stan Sennett stand jetzt an der Tür. Seine Augen lagen im Schatten seiner Hutkrempe. Mit einer Handbewegung stellte er klar, dass er im Moment keinen Sinn für höfliche Floskeln hatte, ebenso wenig für Einwände meinerseits.

»Und wenn ich nicht genauso knallhart bin wie die und nicht jeden erlaubten Vorteil nutze – wenn ich dazu nicht bereit bin, George, dann wird etwas Schreckliches passieren. Dann kommen die nämlich ungestraft davon. Und machen immer so weiter. Dann sind sie die Sieger, George. Und wir die Verlierer. Du und ich. Und der Beruf, auf den wir stolz sind.« Mit einem letzten Blick von der Tür herüber fügte er hinzu: »Und ich will nicht zu den Verlierern gehören.«

Feaver kam in mein Büro gestürmt und tobte.

»Ist das etwa ein Verbrechen?«, fragte er. »Wenn man eine einsame Frau ein klein wenig Zuneigung spüren lässt?«

Der Aufzeichnung zufolge könne die so gering nicht sein, wandte ich ein. Mit dieser Bemerkung aus der Herrenwitz-Ecke wollte ich ihn besänftigen. Sie nötigte ihm zwar ein flüchtiges Lächeln ab, doch er ließ sich nicht beirren.

»Ich bin also ihr Beschäler. Und? Sie ist eine Dame, eine Persönlichkeit, Herrgott noch mal, sie ist großartig. Ihr glaubt, sie war nur darauf aus? Seit Jahren habe ich bei ihr Süßholz geraspelt. Wisst ihr, was für ein Mensch Magda ist? Sie war Novizin und hat in einem

Kloster gelebt, bis sie neunzehn war. Sie wohnt noch immer mit ihrer achtundachtzigjährigen Mutter in einer Wohnung zusammen. Und wir treiben es in ihrem Richterzimmer, weil sie lieber sterben würde, als zusammen mit einem Mann beim Verlassen eines Hotels gesehen zu werden. Diese Lady, mein lieber George, hatte vor ihrem vierzigsten Geburtstag nie Sex, und dann auch nur, weil sie den Gedanken nicht ertragen konnte, als Jungfrau zu enden. Also streckte sie die Waffen und ließ es eines Tages zu Hause geschehen, als ihre Mom gerade bei der Tante zu Besuch war. Was für eine Story. Und der Kerl hat sie weiß Gott wie umworben, auf Polnisch, wovon sie nicht ein Wort verstand, und er roch, sagt sie, ein bisschen europäisch. Und dann war ihr das natürlich alles so peinlich, dass sie die Sache nach einem Monat beendete. Was das angeht, ist sie schon gottverdammt komisch, finde ich. Haben Sie gewusst, dass Magda komisch sein kann?«

Ich hatte einmal vier Wochen lang ein Verfahren an der Strafkammer unter dem Vorsitz von Richterin Medzyk und konnte mich an keinen Moment erinnern, der mir zu mehr als einem kleinen Lächeln Anlass gegeben hätte. Sie hatte gute Manieren und wirkte außerordentlich kompetent, doch für Robbie und mich zählte nur eines – sie war Richterin, und zwar eine, vor deren Schranken er im Laufe der Jahre mehr als einmal aufgetreten war.

»Mein Gott, ich *mag* Magda einfach. Ich mag sie wirklich. Wenn wir zusammen sind, ist es ganz toll. Ich würde sie auch mögen, wenn sie nicht zu meinen Gunsten entscheidet. Und das ist durchaus schon vorgekommen. In solch einem Fall hat sie dann dieses feine kleine Lächeln und ein Schulterzucken für mich, nach dem Motto: Was soll ich machen? Es ist mein Job.«

Hier ging es gar nicht um Urteile, weder für noch gegen ihn. Nicht unter diesen Umständen. Mir wurde klar, dass Scham sie gelähmt hatte. Sie hatte sich nicht von Feavers Fällen entbinden lassen, weil sie auch hier lieber gestorben wäre, als dem Kammerpräsidenten möglicherweise die Gründe dafür erklären zu müssen.

»Dann wird man sie also ins Gefängnis stecken, weil sie sich von mir hat flachlegen lassen?«

Wahrscheinlich nicht. Auf dem Band, das man mir vorgespielt hatte, war nirgends die Rede von einem Fall gewesen, und Robbie beteuerte, den habe es auch nie gegeben. Doch das hatte keinerlei Einfluss auf Sennetts eigentliche Botschaft an Robbie: Es stand ihm nicht zu, sich die Leute herauszupicken, über die er reden oder nicht reden wollte.

»Wen sollte ich denn heraushalten wollen?«, fragte er. »Wen denn?«

Mort, hieß meine erste Antwort. Robbie fuhr hoch. Entweder hatte ich ins Schwarze getroffen, oder er bekam es mit der Angst zu tun, vielleicht auch beides. Meine ständige Sorge war, eines Tages könnten Sennett und ich so wie heute zusammensitzen, nur hätten wir dann Morty auf dem Band, und er steckte bis über die Ohren mit drin. Zu Robbie sagte ich, es sei eine Minute vor zwölf, und alles, was es zu Mort oder sonst jemandem zu sagen gebe, müsse augenblicklich auf den Tisch. Wie immer beteuerte er auch diesmal, Mort habe nichts mit der Sache zu tun.

»Glauben Sie mir etwa nicht?« Ein Heiliger hätte nicht unschuldiger dreinblicken können.

Glücklicherweise läutete in dem Augenblick mein Telefon und bewahrte mich vor einer Antwort. Noch vor diesem Gespräch mit Robbie hatte ich einen Privatdetektiv namens Lorenzo Kotrar angerufen und um Rückruf gebeten. Ich hatte Lo vor einigen Jahren einmal gegen den Vorwurf verteidigt, gegen das Bundesabhörgesetz verstoßen zu haben. Der arme Lorenzo hatte seiner Klientin die Beweise geliefert, dass ihr Mann sie betrog. Doch der, ein Captain bei der Polizei, revanchierte sich dann noch einmal persönlich, als Lorenzo das Gefängnis in Sandstone nach sechzehn Monaten verließ. Die Bekanntheit seines Falles hatte dazu geführt, dass Los technisches Know-how plötzlich sehr gefragt war. Daher arbeitete er jetzt auf der anderen Seite, sozusagen als Entwanzer für größere Firmen, aber auch für Privatpersonen, die nicht von ihren Ehe- oder Geschäftspartnern ausspioniert werden wollten. Ganz zu schweigen von der Regierung. Er rief mich aus Robbies Büro an, in das dieser ihn vor seinem Besuch bei mir gelassen hatte.

»Alles sauber hier«, sagte Lo. Allerdings konnte er nicht sagen, ob Sennett eine bereits installierte Wanze wieder hatte entfernen lassen, um seiner Säuberungsaktion zuvorzukommen. Klecker hatte einen so ungehinderten Zugang zum zentralen Telefonschaltkasten für das ganze Gebäude, dass es dafür nicht mehr als das Umlegen eines Schalters bedurft hätte. Lo erklärte sich bereit, Robbies Wagen zu checken und danach sein Haus, doch Feaver war ganz sicher, dass er seine beiden Telefonate mit Magda vom Büro aus geführt hatte.

Ich sah zum Fluss hinab, auf dessen Wellen die Lichter der Stadt tanzten. Es blieb die Möglichkeit, dass Sennett Magdas Richterzimmer aus anderen Gründen verwanzt hatte. Vielleicht war Robbie ja in eine Falle getappt, die gar nicht für ihn ausgelegt war. Doch diese Idee fand er lächerlich.

»Magda ist eine integre Persönlichkeit. Sie wüsste nicht einmal, wie man lügt und betrügt.«

Woher dann?, fragte ich. Woher kamen Stans handfeste Gründe, eine Wanze zu setzen?

Feavers schwarze Augen blieben undurchdringlich. Wenn er die Antwort wusste, sagte er sie mir nicht.

4

An diesem Abend rief McManis Evon zu Hause an. Das hatte er bisher nie getan, aber er hielt die Tarnung aufrecht und erklärte, er benötige noch die Kopie eines Schriftsatzes für einen Gerichtstermin am nächsten Tag. Freundlich, aber bestimmt bestand er darauf, dass sie ihm diese noch am selben Abend in die Kanzlei bringe.

Er öffnete ihr selbst die Tür. Nach acht Uhr abends erinnerte das LeSueur Building an eine Geisterstadt. Ein Reinigungsmann schob im Flur seinen Wischer vor sich her. Außer den Wachleuten war er der einzige Mensch weit und breit. Sicher wälzten irgendwo noch ein paar junge Anwälte ihre Akten, aber das geschah hinter verschlossenen Türen. Wo, das war nur von der Straße aus an den hier und da erleuchteten Fenstern zu erkennen.

McManis erzählte ihr die Geschichte in groben Zügen. An einem Punkt bekam sie Herzklopfen, weil sie fürchtete, er wolle ihr nun das Band vorspielen. Doch dazu war Jim zu wohlerzogen. Dennoch verspürte sie jetzt vor allem Scham. Es war, als hätte ihr jemand Batteriesäure in die Adern gespritzt. Schließlich hatte man sie doch in Feavers Büro gesetzt, um gerade derartige Episoden zu verhindern oder aufzudecken.

»Da war ich wieder mal sehr erfolgreich«, sagte sie, als Jim geendet hatte. Eigentlich hätte sie von McManis jetzt eine nachsichtige Reaktion erwartet, sein stilles, fast unmerkliches Lächeln. Doch er blickte sie nur prüfend aus seinen hellen Augen an. Er hatte die Krawatte gelockert und die Hemdsärmel aufgerollt. Am anderen Ende des langen Konferenztisches standen zwei Kartons mit chinesischem Fast Food. Aus einem quoll durchdringender Knoblauchgeruch.

»Und es gab keinerlei Hinweise?«, fragte er. »Nichts über ihn und diese Richterin?«

»Clong« sagen die Agenten, wenn ihnen das Herz in die Hose rutscht, weil sie plötzlich erfahren müssen, dass sie hereingelegt worden sind. Natürlich hätte sie es wissen müssen. Schließlich hatte Feaver diese Bemerkung über eine Richterin gemacht, der er »an die Wäsche« gegangen sei. Das war nach ihrem ersten Treffen mit Walter gewesen.

»Weiß sonst noch jemand davon?«, fragte McManis. Er war jetzt voll konzentriert.

Ihre Fingerspitzen trommelten gegeneinander. Sie habe Alf davon erzählt, da er sie immer wieder so neugierig nach Robbies Eskapaden gefragte hatte.

»Alf?« McManis starrte auf das körnige Muster in der Tischplatte und dachte nach. Die Stahltüren dämpften Geräusche der nächtlichen Stadt erstaunlich stark. »Jemand hat mir das vorenthalten«, sagte Jim schließlich. »Alf muss es irgendwo ausgeplaudert haben. Vielleicht bei den Agenten seines Teams während einer Observierung. Sennett hat es jedenfalls gewusst. Und hat mich übergangen. Am Freitagmorgen zeigte er mir diese richterliche Verfügung. Alf solle eine Wanze setzen, hat er gesagt. Sonst nichts. Er muss die Steuerfahndung als begründeten Verdacht vorgeschoben haben. Und ich habe nicht verstanden, worauf er wirklich aus war.« McManis lockerte seine dicklichen Finger. Seine übliche Gelassenheit war dahin. Aber wenn er aus D.C. war – und alle Andeutungen der letzten Wochen ließen darauf schließen –, wusste er auch, wie es dann lief. In Washington hatte er mit den großen Tieren zu tun gehabt. Da wird man hinterhältig, lernt alle Gemeinheiten kennen, legt sich gegenseitig aufs Kreuz. Auch er? Nein.

»Er hat uns damit einen Wink geben wollen«, meinte Jim. »Mir. Und Ihnen. Wie sehr wir aufpassen müssen. Er will, dass Sie dem Kerl von jetzt an noch näher auf die Pelle rücken. In etwa hat er uns das ja auch schon gesagt. Sie sind bei ihm, sobald er sein Haus verlässt.«

Wie immer war ihr erster Impuls, sich zu verteidigen. Robbie habe sich so angehört, als sei diese Beziehung längst passé.

»Dann haben Sie jetzt Ihre Lektion gelernt. In Zukunft lassen Sie mich Dinge dieser Art besser wissen, jede Bemerkung über andere Richter oder Richterinnen zum Beispiel, den kleinsten Hinweis.« Es war ein milder Tadel, und doch tat er weh. »Und wenn er anfängt zu reden –« McManis wog sorgfältig seine Worte ab. »Sie müssen ihn aushorchen. Noch mehr. So viel Sie können. Wer weiß, auf was wir noch stoßen.«

Noch mehr. Fast musste Evon lachen. Es fehlte nicht viel, und sie musste die Couch eines Seelenklempners in Anspruch nehmen. Oder sich einen Schutzpanzer zulegen. Doch McManis' Gesichtsausdruck zeigte, dass er nicht zum Scherzen aufgelegt war. Er überlegte offensichtlich genau, was er als Nächstes zu sagen hatte.

»Es ist kein Kinderspiel«, meinte er und sah ihr direkt in die Augen, um sicherzugehen, dass sie ihn verstand. Es war still im Raum. Sie dachte nach und bemühte sich, nicht den Kopf zu schütteln. »Es ist nicht leicht«, fuhr Jim fort. »Und die Arbeit als Undercover gehört zu den härtesten Jobs. Und, wissen Sie, dieser Feaver –« Er zuckte mit den Schultern. »Irgendwie fange ich an, den Kerl zu mögen. Mit all seinen Macken.«

»Auf seine Weise«, stimmte sie zu.

McManis lächelte. »Ich mag ihn –« Er hielt inne und schüttelte auf seine jungenhafte Art leicht den Kopf. Unten in der Garage stehe ein Leihwagen für sie bereit, sagte er. Von jetzt an habe sie Feaver täglich von seinem Haus abzuholen und wieder zurückzubringen.

Auf dem Heimweg überkam sie ein nicht unbekanntes Gefühl der Demütigung. Es drückte sie nieder und lastete jetzt, da sie allein war, umso schwerer auf ihr. Bis sie den Riegel an der Wohnungstür hinter sich zugeschoben hatte, war es unvermeidlich in helle Wut auf ihren zügellosen Gefährten umgeschlagen. Er hatte mit ihr *gespielt*! Robert S. Feaver, dieser Dreckskerl und potenzielle Knastbruder, hatte sie zu seinem Spielball gemacht. Auch auf McManis war sie wütend, der jetzt, in einer verzwickten Situation den Vorgesetzten herauskehrte – das Übliche also. Er schickte sie gleichzeitig in zwei verschiedene Richtungen. Einerseits sollte sie sich noch mehr vor Feaver in Acht nehmen, andererseits sollte sie ihn leiten. Für den Job war sie das falsche Mädchen. So etwas konnte sie nicht. Wäre da nicht ihr ausgeprägter Respekt vor McManis gewesen, hätte sie es ihm gesagt.

»Dieser gottverdammte Sennett«, sagte sie laut. Auch einer, der Spielchen spielte. Machtspiele. »Wie ich diesen Scheiß hasse.« Nachdem sie nun schon seit Monaten das Mormonen-Mädchen spielte, hatte sie derartige Ausdrücke aus ihrer Highschool-Zeit ganz verdrängt. Doch als ihre Flüche jetzt durch ihr Apartment hallten, empfand sie eine kindliche Freude. Gottverdammter Sennett. Dann lachte sie. Denn jetzt verstand sie, was McManis ihr vorhin eigentlich hatte sagen wollen. Über Feaver. Ganz am Ende.

Ich mag ihn mehr als Stan, hatte er sagen wollen.

Um sechs Uhr morgens stand sie mit ihrem Wagen vor Feavers Haus und blockierte die Garageneinfahrt. Er fragte nicht, warum. Er hatte das vorausgesehen. Um jedoch die Tarnung aufrechtzuerhalten, würden sie weiter seinen Mercedes benutzen. Sie stieg ein und warf die Tür mit Wucht hinter sich zu. Er sah sie nicht an, während sie sich in den Sitz lümmelte.

»Ich werde jetzt jeden Morgen hier aufkreuzen, mein Bester. Und abends beschatte ich Sie, bis Sie wieder zu Hause sind. Alle zwei Stunden rufe ich an, um sicherzugehen, dass Sie brav an Ort und Stelle sind. Selbst wenn Sie auf den Topf gehen, binde ich Ihnen eine Schnur um den Fuß, damit Sie mir nicht auskommen.«

Er schenkte ihr ein gewinnendes Lächeln, fand das aber dann offenbar selbst unpassend.

»Haben Sie eigentlich einen Schimmer, wie *mies* Sie mich haben aussehen lassen?«, fragte sie.

Er wandte ihr das Gesicht zu, und sie erschrak vor dem harten Ausdruck.

»Eine verdammte Scheiße ist das. Ich weiß genau, Sie haben mich ausgetrickst. Ich weiß, Sie sind umgehend zu Sennett gerannt, nachdem ich Ihnen erzählt hatte, ich hätte da was mit einer Richterin gehabt.«

»Wenn ich das doch nur getan hätte, Robbie.«

»Haben Sie auch meine Telefongespräche abgehört?«

»Klar«, sagte sie. »Sicher doch. Ich schneide sie immer auf dem Recorder mit, den ich mit mir rumschleppe. Sennett sitzt dann die ganze Nacht davor und hört die Bänder ab.«

In der Nacht hatte es wieder gefroren. Die Windschutzscheiben der parkenden Autos am Straßenrand glitzerten. Er bemerkte bitter, sie habe immer nur das Geschäft im Kopf.

»Hören Sie auf«, sagte sie. »Nachdem Sie mich in eine so verdammt peinliche Lage gebracht haben, wollen Sie *mir* Schuldgefühle einreden? Nachdem man *Sie* mit dem Finger im Honigtopf erwischt hat? Lassen Sie das, Feaver.«

»Hey, ich bin ein großer Junge. Ich habe eine Gelegenheit ergriffen und verloren.«

Sie haderte mit sich selbst. Dank seiner Intuition zog er sich stets aus der Affäre. Natürlich, weil etwas in ihr immer eine Erklärung suchte.

»Sie haben mir unverfroren ins Gesicht gelogen, und jetzt wollen Sie Vergebung?«

»Gelogen?«

»Sagten Sie nicht, Sie hätten mit diesen Sachen Schluss gemacht?«

»Oh, bitte.«

»Ja oder nein? Wie haben Sie es noch gleich ausgedrückt? ›Es scheint mir unloyal.‹« Er werde bald genug wieder ein Single sein. Doch diesen Punkt übersprang sie aus reinem Mitleid.

»Und was bedeutet das für Sie?«

»Für mich ist es ein Job. Nichts weiter. Das, wofür ich jeden Morgen aufstehe. Letzte Nacht habe ich im Bett gelegen und mich endlos mit der Frage herumgequält: ›Wie konnte es passieren, dass du das nicht mitgekriegt hast?‹ Und da wurde mir klar, Sie haben mir einfach in meine naiven grünen Augen geguckt und mir Märchen aufgetischt.«

»Sie haben mir doch ohnehin nicht geglaubt.«

»Hören Sie auf, Entschuldigungen zu erfinden, verdammt noch

mal! Was sind Sie nur für ein Mensch! Wie können Sie nur einfach Zeug daherreden, das vorne und hinten nicht wahr ist? Von dem Sie *wissen*, dass es nicht wahr ist.«

»Meine Güte, nun kommen Sie mir nicht so. ›Alle Männer sind Verräter.‹ Steht so, glaube ich, irgendwo bei Shakespeare. Jeder Mensch lügt. ›Oh, was für schönes Haar du hast.‹ ›Großartige Idee.‹ ›Der Hund hat meine Hausaufgaben gefressen.‹ Großer Gott. Das ganze Leben ist eine Lüge. Schauen Sie sich an. ›Ich heiße Evon Miller. Ich bin Mormonin und stamme aus Idaho.‹«

»Aber dafür habe ich einen Grund. Einen guten Grund.«

»Den hatte ich auch.«

»Tatsächlich? Mit ihr rumzumachen, um an positive Urteile zu kommen?«

Er wollte etwas sagen, hielt sich aber zurück. Dann redeten zuerst seine Hände.

»Hören Sie«, sagte er schließlich, »als ich auf die Bühne ging, hatte ich immer das Gefühl, ich probiere etwas an mir selber aus. Ich nehme Teilchen von mir selbst, schiebe sie umher und sehe, ob daraus etwas wird. Ein Mosaik. Sie können mich ruhig einen Lügner nennen, andere tun das auch. Aber ich habe es zumindest versucht. Ich habe nicht herumgesessen und mir wie alle anderen etwas vorgemacht, habe meine verrückten Vorstellungen nicht für mich behalten, bis sie anfingen zu faulen. Wenn du mit den Leuten redest, ihnen Geschichten erzählst, wenn du dein Spiel spielst und sagst: So bin ich und nicht anders, dann hast du zumindest die Chance herauszubekommen, ob du richtig liegst.«

Ihr gingen viele alte Redensarten durch den Kopf. Er war so voller Scheiße, dass er schon braune Augen hatte.

»Und was haben Sie sich dabei gedacht, als Sie mich verarschten?«

Sein Adamsapfel hüpfte auf und ab.

»Ich wollte, dass Sie mich mögen.«

Darauf sagte sie nichts mehr. Schließlich wusste sie, er war ein Schauspieler. Einer, der eine Rolle spielte. Am nächsten Stopplicht schminkte sich im Wagen neben ihnen eine Frau die Lippen, zog schnell die Augenbrauen nach und schaute in einen kleinen Spiegel, um das Ergebnis zu begutachten. Aus dem Radio drang das Geplärre von zwei überdrehten DJs, die angestrengt versuchten, ihre Hörer wach zu kriegen.

»Sie haben sich das Band also angehört?«

Sie sah ihn nur von der Seite an. Den Blick kannte er inzwischen.

»Ach, kommen Sie schon. Raus damit. Ich weiß, dass Sie es sich angehört haben.«

Das ging so ein paar Mal hin und her, und jedes Mal wurde sie wütender.

»Warum *sollte* ich?«, fragte sie ihn.

»Weil Sie ein so brennendes Interesse an meinem schillernden Privatleben entwickelt haben.«

»Ich?«

»Ach, kommen Sie. Über etwas anderes wollen Sie doch gar nicht mit mir reden. Fast vom ersten Tag an.« Er hakte die Liste ab, die er offenbar abrufbereit auf Lager hatte. Zuerst kam das Mädchen mit der Fahne. Den Tag, als sie ihn gefilzt hatte, erwähnte er nicht. Aber eines war klar: Die Sache hatte ihm Auftrieb gegeben. Als er zu Ende war, rauschten ihr vor Empörung so die Ohren, dass sie kaum noch etwas hörte.

»Oh, Mann. Schon wieder die alte Leier. Wie nennt man das noch? Immer wieder dieselbe Leier? Ich kann einfach nicht widerstehen.«

»Sie sind eben neugierig.«

»Der Teufel soll Sie holen.« Sie sagte es, als ob sie es tatsächlich so meinte. Und genau das war der Fall.

Stattdessen wiederholte er es noch einmal: Sie sei neugierig.

»Wissen Sie, Feaver, Sie sind nicht halb so smart, wie Sie glauben. Haben Sie mir nicht von diesen Filmaufnahmen erzählt? Mir den großen Vortrag über diese Shaheen Wie-hieß-sie-doch-noch gehalten, die Sie vor der Kamera geküsst haben? Sagten Sie nicht, Sie hätten mich durchschaut?« Eine leise innere Stimme fragte, was, um Gottes willen, sie da tat. Aber es war genau wie bei McManis. Sie konnte es nur ausdrücken, wenn sie es ohne Umschweife beim Namen nannte.

Trotz des Verkehrs drehte er ihr voll das Gesicht zu und sah ihr in die Augen. Sie wich seinem Blick nicht aus, sondern ließ ihn ihren lodernden Zorn spüren. Für den Augenblick hatte sie ihn aus der Fassung gebracht. Nicht etwa, weil er sich nicht erinnerte. Aber die Worte waren ihm im Hals stecken geblieben.

»Das habe ich nie gesagt«, widersprach er.

»Haben Sie wohl, verdammt noch mal.«

»Habe ich nicht.«

»Und? Was ist, wenn ich sage, Sie haben Recht? Was würden Sie dann sagen, Sie Klugscheißer?«

Er dachte eine Ewigkeit nach.

»Sie baggern Mädchen an?«

»Was würden Sie dazu sagen?«

Er fuhr schweigend weiter. Doch sie wusste genau, was er dachte. Seine Augen schienen eine Winzigkeit tiefer in ihre Höhlen gesunken zu sein.

»Gut, würde ich sagen.«

»Gut!«

»Ja«, sagte er und riskierte schließlich einen kurzen Blick in ihre Richtung. »Ich würde sagen, dann haben wir etwas gemeinsam.«

»Wissen Sie, mir ist klar, dass das gestern nur so hingesagt war. Dass Sie eine –«

Sie zog eine Augenbraue hoch und wartete darauf, dass er jetzt in ein Nuscheln verfiel. Sie saßen wieder in seinem Mercedes und waren auf dem Weg ins Büro.

»Wie sagt man da?«, fragte er. »›Jüngerin der Sappho‹?«

»Lesbierin für Heteros.«

»Aber Sie sind es nicht, oder?«

»Hetero?«

»Nicht hetero.«

»Hören Sie, was immer ich bin, es geht Sie nichts an.«

»Warum haben Sie es mir dann gesagt?«

Darüber hatte sie einen ganzen Tag lang nachgedacht. Sie hatte ihn von seinem hohen Ross herunterholen müssen, um die Sache wieder etwas in den Griff zu kriegen. Er sollte wissen, dass er sie nicht total festgenagelt hatte. Doch jedes Mal, wenn sie daran dachte, was sie tatsächlich *gesagt* hatte, hätte sie sich am liebsten verkrochen.

»Ich glaube, Sie spielen ein Spiel«, sagte er.

Sie antwortete, er könne glauben, was er wolle. Aber damit konnte sie es nicht bewenden lassen. Einen Moment lang rutschte sie auf dem glatten Ledersitz hin und her.

»Nehmen Sie es einfach als dummes Zeug. Mein Gott, ich erzähle Ihnen Sachen, die ich nicht einmal meinen Schwestern erzählt hätte. Und Sie sitzen hier und verlangen von mir Beweise. Was soll ich denn Ihrer Meinung nach tun? Ihnen schildern, wie ich es das erste Mal gemacht habe?«

Das schien ihm tatsächlich durch den Kopf gegangen zu sein.

Einen oder zwei Straßenblocks weiter sagte er: »Wissen Sie, ich habe es gemacht. Wie sagt man? ›Anders herum‹. Heißt das nicht so?«

»*Sie* sagen, Sie waren schwul?«

»Ja, ich habe es gemacht. Oft. Es war ein Spiel.«

»Klar«, sagte sie säuerlich.

»Was heißt das?«

»Vergessen Sie es.«

»Sie glauben, ich spiele jederzeit und ausschließlich, ja?«

»Hören Sie, erzählen Sie mir einfach die Geschichte. Das würden Sie ja ohnehin tun, oder? Sie glauben, ich gebe Ihnen das Stichwort ›Lesbe‹, und wollen dann die Bestätigung aus mir herausholen, indem Sie erzählen, Sie selbst seien schwul. Wenn das *kein* Spiel ist! Weil *das* einfach kein Mensch von *Ihnen* glaubt.«

Er sah sie eine Weile stumm an. Sie waren gerade in der Garage des LeSueur angekommen, und er schob den Schalthebel in Parkstellung. Großer Gott, von wem hatte sie das nur? Sie war einfach gemein zu ihm. Deutlich hörte sie die Stimme ihrer Mutter, wie sie zu ihr sagte: Wie *gemein* du sein kannst. Sie umfasste sein Handgelenk.

»Los, erzählen Sie mir die Geschichte.«

»Ein andermal«, sagte er. Er zupfte das Halstuch zurecht und inspizierte sein Aussehen im Schminkspiegel der Sonnenblende. So bereitete er sich immer auf seinen öffentlichen Auftritt in der Eingangshalle des LeSueur vor.

»Okay, so können Sie bleiben.«

»Also, es war nichts Besonderes. Ich sagte ja schon, es war ein Spiel. Sie werden mich so oder so dafür verachten.«

»Und danach versuche ich dann, Ihnen zu verzeihen«, sagte sie. Ihre Mutter hatte immer gesagt, Verzeihen sei eine Tugend. Er sah sie kurz an, um festzustellen, ob sie das ernst gemeint hatte. Dann starrte er durch die Windschutzscheibe in die düstere Garage.

»Es war auf dem College, verstehen Sie? Eine Masche. Den Mädchen, wissen Sie, habe ich gesagt, ich sei in einer Krise. Ich sei wohl auf dem Weg ans andere Ufer. Es mache mir wirklich Sorgen. Und in der Zeit damals versetzte so etwas die Mädchen in Angst und Schrecken. Und diese Angst war mein Glück. ›Nein‹, sagten sie, ›du doch nicht, du bist doch nicht so. Hast du es denn schon mal gemacht?‹ ›Nein, nein‹, habe ich ihnen geantwortet, ›ich mache mir nur manchmal Gedanken in der Richtung.‹ Sie müssen wissen, damals herrschten noch finstere Zeiten. Niemand hat je laut über derlei Dinge gesprochen. Jetzt klingt das Ganze vielleicht lächerlich. Aber in den Ohren eines achtzehnjährigen Mädchens vom Lande hörte es sich plausibel an. Und Ihnen ist ja klar, worauf ich aus war, nicht? Was ich wirklich wollte.«

»Und? Hat es geklappt? Sind die Mädchen darauf reingefallen?«

»Jedes Mal. Sie waren hinterher immer so stolz auf mich, dass ich es geschafft hatte. Selbst die Mädchen, die ich danach nie wieder angerufen habe, waren mir nicht böse. Es war so etwas wie unser kleines Geheimnis, als hätten sie mich von so etwas wie der Lepra geheilt. Ich sollte wohl nicht darüber lachen. Nicht wahr?«

»Stimmt.« Sie sah zur Seite.

»Sie haben gesagt, Sie würden mir verzeihen.«

Das hatte sie gesagt. Allerdings schien ihre Mutter, von der sie die Lektion hatte, ihr nur selten zu verzeihen. Ein kläglicher Laut drang aus ihrer Kehle. Jedes Mal, wenn sie sich mit ihrem dicken rosa Hintern in diesem Automobil niederließ, lief etwas schief.

»Wen kümmert es?«, fragte sie. »Ich vergebe Ihnen, Sie vergeben mir. Wem machen wir damit etwas vor? Sie erzählen hier schmutzige Geschichten, und ich lasse es zu.«

»Sie sind nicht schmutzig.«

»Nicht? Was dann?«

Er brauchte etwas Zeit zum Nachdenken.

»Es sind Gespräche unter Freunden. Ist doch so? Sind wir das nicht? Wir unterhalten uns wie Freunde, das ist alles.«

Freunde. Sie konnte es nicht fassen. Sie spürte seinen Blick auf sich lasten.

»Sie wissen es also?«

»Wer sind ›sie‹?«

»Ihre Bosse beim FBI. Die Chefetage. Wer immer die Homo-Patrouille anführt, seit J. Edgar Hoover nicht mehr dabei ist.«

Sie wusste, worauf das hinauslaufen musste. Auf eine Katastrophe. Eine nie endende Katastrophe. Sie antwortete nicht.

»Ich dachte, es handelt sich um ein aktuelles Problem«, sagte er. »Ihre Bosse wollen vermeiden, dass jemand erpressbar wird.«

»Wollen Sie mir drohen?«

»Nein. Mein Gott, nein.«

»Sie drohen mir aber. Ich erzähle Ihnen, ich bin lesbisch –«

»Hey«, sagte er. »Mir ist das völlig egal. Sie können meinetwegen auch sagen: ›Ich bin eine wandelnde Teekanne.‹ Dann bleibt das unter uns. Ich liefere meine Freunde nicht ans Messer, Evon. Egal, worum es geht. Aber genau das ist der Grund, warum mich gestern jeder im Visier hatte.«

Sie fragte sich, was Walter Wunsch oder Barnett Skolnick wohl dazu sagen würden. Aus diesem Burschen wurde man einfach nicht klug.

»Ich habe mir nur gedacht –«, sagte er. Er hielt inne, und über sein ebenmäßiges Gesicht zuckte ein ironisches Lächeln. Sie wusste, was jetzt kam. Irgendetwas Anzügliches, wahrscheinlich sogar Verletzendes. Etwas, das sie in den Schmutz ziehen würde.

»Wagen Sie es ja nicht«, sagte sie. Sie öffnete die Tür auf ihrer Seite.

»Nein.« Er streckte die Hand nach ihr aus. »Nein, es ist mir gerade klar geworden.«

»Was?« Was konnte ihm klar geworden sein?

»Dass Sie immer und überall *undercover* sind.«

April

1

Als ich Sherm Crowthers kennen lernte, war ich ein junger State Defender, und er zählte zu den Stars unter den Strafverteidigern. Während meiner ganzen Laufbahn bin ich immer wieder einmal auf begabte Schwarze gestoßen, die vor den Schranken des Gerichts zu Berühmtheiten wurden und etwas von großen Baptistenpredigern an sich hatten. Crowthers indessen war einmalig. Er war ein Baum von einem Kerl und überragte mit seinen gut zwei Metern seine ganze Umgebung. Seine körperlichen Maße hatten ihm den Weg zu einem College-Stipendium geebnet, und in den Fünfzigern wurde er zu einer Football-Legende. Nachdem er bei einem Touchdown buchstäblich einen hölzernen Torpfosten geknickt hatte, stand sein Spitzname fest: Nach dem berühmten Panzer hieß er von da an nur noch Sherman. Nur selten erlebte ich, dass jemand ihn bei seinem richtigen Namen, Abner, nannte. Die schiere Körpergröße diente ihm auch als das nötige Fundament zur Entwicklung einer einzigartig imposanten Persönlichkeit. Vor Gericht trat er fast immer in kämpferischer Pose auf. Er schüchterte Zeugen ein, auch wenn es Cops waren, ließ Richter seine Geringschätzung spüren und schonte nicht einmal die Geschworenen. In der Anfangsphase eines Prozesses bemühte er sich um Liebenswürdigkeit, im weiteren Fortgang jedoch steigerte er sich in einen wahren Furor und verstieg sich sogar zu regelrechten Anweisungen an die Geschworenen, die diesen, sehr zum Verdruss der Anklageseite, nur allzu oft willfährig folgten.

Sherm war brillant. Und es war dieser aggressive Zug an ihm, der mich besonders beeindruckte. Er gab nie klein bei. Er klagte, stritt, machte den Gegner lächerlich und ließ sich nur selten überrumpeln. Bis heute hatte er seinen starken Süd-Georgia-Akzent nicht abgelegt, wo er als barfüßiger Junge aufgewachsen war. Allerdings ohne die typisch schleppende Sprechweise. Seine Reden glichen mehr einer Maschinengewehrsalve, wobei er oft die letzte Silbe eines Wortes verschluckte, während er einem schon den nächsten Gedanken entgegenschleuderte, um einen endgültig zu Boden zu schmettern.

In meiner Anfängerzeit hatte ich einmal einen Fall als sein Koanwalt bestritten. Ich hatte einen Höllenrespekt vor ihm, wie alle, die ihn kannten. Unsere Mandanten waren angeklagt, beim Glücksspiel einen Mord begangen zu haben. Sherms Mann war beim Spiel betrogen worden, und die Fingerabdrücke meines Mandanten fanden sich auf der Waffe. Zu ihrer Verteidigung brachten die beiden vor, die Mordwaffe sei in Wirklichkeit vom Opfer gezogen worden. Als sie ihm die .38er entwinden wollten, habe sich der tödliche Schuss gelöst. Die Augenzeugen hatten den Tathergang zwar in anderer Erinnerung, gaben aber zu, dass alles sehr schnell gegangen sei. Der pathologische Befund ergab indessen, dass der Schuss aus mindestens einem Meter Entfernung abgefeuert worden war.

Über Sherms Kreuzverhör mit Dr. Russell, dem Rechtsmediziner, konnte man nur noch staunen. Während er Russell befragte, lud er die Mordwaffe, dann nahm er die Munition wieder heraus und drückte dem Pathologen im Zeugenstand die Pistole in die Hand. Dann packte er die Hand und drehte sie so, dass die .38er auf dessen Gesicht zielte. Währenddessen bombardierte er den Arzt mit Fragen über die Anatomie von Handgelenk und Fingern. Während die Waffe auf seine Schläfe gerichtet war, wurde Russells Stimme immer dünner, und er schien kein rechtes Vertrauen mehr in die eigene Meinung zu haben. Später fragte mich dann der Chief State Defender, was ich aus der Zusammenarbeit mit dem legendären Sherm Crowthers gelernt hätte. Nichts, lautete meine Antwort. Sherm konnte man nicht imitieren. Kaum jemand wollte mir glauben, dass ich tatsächlich einen Verteidiger erlebt hatte, der während eines Kreuzverhörs vor einem Zeugen mit einer geladenen Waffe herumfuchtelte. Und noch unwahrscheinlicher wirkte es, dass weder Richter noch Staatsanwalt dagegen eingeschritten sein sollten.

Insgesamt hatte mich der Fall sehr nachdenklich gestimmt. Für Sherm bestand das Leben aus notwendigen Übeln und unentrinnbaren Kategorien – Arm und Reich, Schwarz und Weiß –, und das brachte ihn immer wieder in Rage. Noch übler war für ihn die Scheinheiligkeit, mit der praktisch alle Welt außer ihm die alles bestimmende Macht dieser Faktoren leugnete. Als sich die Jury seinerzeit zur Beratung zurückzog, staunte ich schon, dass Sherm nicht den leisesten Zweifel an einem Freispruch hegte.

»Den Fall gewinnen wir, das muss Ihnen doch klar sein. Keine Frage. Schließlich hat da nur ein Nigger einen Nigger umgelegt. So was passiert jeden Tag. Wir haben der Jury alle Rechtfertigungsgründe geliefert. Das waren doch nur ein paar Besoffene beim Glücksspiel. Das ist eine andere Welt. Wen kümmert die schon? Es dauert keine zwei Stunden, dann schicken sie diese beiden Typen wieder nach Hause, und es ist ihnen piepegal, wenn die gleich heute Abend noch den einen oder anderen Nigger umnieten.« Sherm war in jeder Hinsicht überwältigend mit seinem fleischigen Gesicht, der hohen, breiten Stirn und den großen Augen mit ihrem bohrenden Blick. Für einen Moment beherrschte allein Hass sein dunkles Gesicht. Er verachtete mich, weniger weil ich weiß war, sondern weil ich nicht sah, was für ihn so offenkundig war. Nach neunzig Minuten kehrte die Jury in den Gerichtssaal zurück: Nicht schuldig.

Ich war nicht wenig überrascht, als er für die Richterbank nominiert wurde. Sherm lebte das Leben eines schwarzen Bourgeois und unterschied sich dabei gar nicht so sehr von Robbie: große Wagen, Diamanten, schicke Anzüge. Und ich konnte mir nicht vorstellen, dass ihm im gesamten Rechtswesen etwas mehr Spaß machte als die Kämpfe im Gerichtssaal. Außerdem überfielen jeden Anwalt, den ich kannte, ob schwarz oder weiß, Horrorvisionen beim Gedanken an einen Sherman auf der Richterbank. In der Anwaltskammer herrschte deswegen Daueropposition gegen ihn. Aber das waren die frühen Achtzigerjahre. Die unterprivilegierte afroamerikanische Wählerschaft forderte mehr Macht in den Händen Schwarzer, und an Sherms Fähigkeiten bestand kein Zweifel. Wie mein Freund Clifton Bering, wahrscheinlich der meistgeachtete schwarze Politiker im County, zu mir sagte: »Er ist ein Mistkerl, George. Aber ein Mistkerl, den wir alle brauchen.«

Von den beiden Scheinfällen, die Robbie jetzt unter Crowthers' Vorsitz zu verhandeln hatte, war ihm der eine direkt zugeteilt und der andere aus Richterin Sullivans Hinterlassenschaft übertragen worden. Die Fälle zogen sich hin. Im ersten, *King gegen Hardwick,* ging es um eine angebliche sexuelle Belästigung. Robbie hatte sich die Geschichte ausgedacht, offensichtlich inspiriert von der Geschichte zwischen Constanzas Tochter und ihrem Ex-Freund, die er uns einmal erzählt hat. Seine Version ging nun so: Eine junge Frau, von uns Olivia King genannt, war die Sekretärin von Royce Hardwick, einem Manager von Supply, gewesen. Er war um zwei Jahrzehnte älter als sie. Im ersten Jahr ihrer Anstellung hatte sie eine kurze Affäre mit ihm gehabt. Als sie dann einen Mann kennen lernte, der altersmäßig besser zu ihr passte, brach sie die Beziehung ab. Hardwick war empört. Durch das Theater, das er veranstaltete – die Skala reichte von flehentlichem Bitten bis zu wütenden Beschimpfungen –, sah sie sich genötigt, den Job bei ihm zu kündigen. Doch selbst dann blieb Hardwick hartnäckig. Er verfolgte sie zu ihrer neuen Arbeitsstelle, belästigte sie am Telefon und schickte dumme und verleumderische Briefe an ihren neuen Chef. Diese waren zwar anonym, stammten jedoch unverkennbar von ihm. Schließlich wandte Olivia sich verzweifelt an eine leitende Angestellte bei Hardwick. Es wurde eine Untersuchung eingeleitet, in deren Verlauf er auch durch einen Firmenanwalt von Forlan Supply befragt wurde. Fast beiläufig gab Hardwick praktisch alles zu, was ihm von Olivia vorgeworfen wurde, und tat die Sache lachend als dummen Streich ab. Er war überrascht, als seine Firma ihn feuerte.

Als Olivia nun aber Klage gegen ihn eingereicht hatte, änderte Hardwick seine Strategie. Er verteidigte sich mit einer Mischung aus striktem Leugnen und Erinnerungslücken und erklärte objektive Beweise wie Telefonaufzeichnungen oder sein von Olivias Mitarbeitern bezeugtes Herumlungern an den Aufzügen als bloße Versuche, notwendige Informationen über seine ehemalige Sekretärin zu sammeln. Was Hardwicks Geständnis gegenüber dem Firmenanwalt anging, machte sein jetziger Anwalt, James McManis, geltend, dass dieses nicht als Beweismittel zugelassen werden dürfe, weil es den Schutz des Anwaltsgeheimnisses berühre. Die zentrale Frage in dem Zusammenhang war, ob jenes Gespräch tatsächlich unter diesen Schutz fiel, weil Hardwick berechtigterweise davon ausgehen konnte, dass der Forlan-Anwalt in seinem Interesse und nicht im Interesse der Firma aufgetreten war. Ausgerechnet am 1. April, als wäre es ein Aprilscherz, erschienen Robbie und McManis vor dem Ehrenwerten Richter Crowthers, um den Fall zu erörtern.

Als Richter hatte Sherm, was immer man sonst gegen ihn vorbringen konnte, nie Probleme, sich zu einer Sache eine Meinung zu bilden. Er war überheblich und oft brutal im Umgang mit den Anwälten, die vor ihm standen. Heute schüttelte er seinen mächtigen Kopf, während er noch einmal die Schriftsätze überflog, die Robbie und McManis eingereicht hatten.

»Wo ist Ihr Mandant?«, herrschte er Jim an. Fast zwei Meter über den Plätzen der Anwälte thronend, wirkte Crowthers wie der Göttervater Zeus persönlich. McManis schwieg, während Sherm höhnisch auf ihn herabsah. »Sie wollen also, dass ich diesen Antrag ablehne, Mr. Mack Manis?«

»Ja, Sir«, sagte McManis, als er schließlich die Sprache wiedergefunden hatte.

»Und als Begründung führen Sie an, dass Ihr Mandant glaubte, seine Aussage gegenüber diesem Anwalt von Forlan Supply fiele unter den Schutz des Anwaltsgeheimnisses. Ist das nicht der Tenor Ihrer schriftlichen Ausführungen?«

»Ja, Sir.«

»Und dafür stehen Sie gerade?«

»Sir?«

»Soll ich mir nun von Ihnen anhören, was Ihr Mandant gedacht hat, oder hat Ihr Mandant vor, hier in meinem Gerichtssaal in den Zeugenstand zu treten und für sich selbst zu sprechen?« Crowthers genoss es immer mit besonderer Schadenfreude, wenn er die Erwartungen eines Anwalts zunichte machen konnte. Ein Auftritt vor ihm glich immer ein wenig einem Squashspiel, bei dem man den Ball gegen die Wand schmettert, ohne zu bedenken, dass er zurückprallen und einen von hinten treffen kann. »Also, wo ist Ihr Mandant?«, wollte Crowthers noch einmal wissen.

Der Fall wurde um eine Woche vertagt, damit Hardwick einbestellt werden konnte. McManis schickte ein Fax nach D. C., wo sie einen FBI-Agenten ausfindig machen sollten, der den Manager spielen konnte. Doch da schaltete sich das UCORC ein. Dass Robbie und Jim gegenüber Crowthers und den anderen unter Beobachtung stehenden Richtern fiktive Plädoyers abgaben, war die eine Sache. Die Gerichte billigten seit langem diese Form regierungsamtlicher Ermittlungsarbeit als Teil einer Undercover-Operation. Doch wenn ein FBI-Agent unter Eid bekundete, Royce Hardwick zu sein, und über Ereignisse Aussagen machte, die nie stattgefunden hatte, roch das allzu sehr nach Falschaussage. Dies war einer der Gründe, warum das UCORC vor solchen Verfahren mit konstruierten Scheinfällen zurückscheute.

McManis und Sennett mussten also ins Flugzeug steigen und persönlich beim Hauptgericht vorsprechen, und vermutlich hatte Janet Reno selbst die Entscheidung getroffen, ihnen grünes Licht zu geben. Wie dem auch sei, am Morgen des 8. April stand ein vierschrötiger Agent von irgendwoher aus Amerika in McManis' Büro, bereit, die Rolle des Royce Hardwick zu übernehmen.

Doch Jim überzeugten seine Proben in der Woche vor dem ersten Termin nicht. Crowthers' primitive Einschüchterungsmethoden und sein mordlustiger Blick unter den grauen Augenbrauen waren nicht zu unterschätzen. So widmeten Robbie und Stan dem Training von McManis für seinen Auftritt mehr Zeit als dem unseres Pseudo-Hardwick. Der Agent nahm das gelassen hin und schien seine Rolle zu begreifen. Allerdings war er weniger überzeugend, wenn es um Hardwicks schäbigere Seite ging.

Als sie zum Gericht aufbrachen, zog mich Sennett in McManis' Büro.

»Begleite sie.«

Ich zögerte.

»Du bist der Referenzanwalt«, sagte Stan. »Es würde durchaus Sinn machen, wenn du dabei wärst. Und ich mache mir Sorgen wegen Jim und Sherm. Wir müssen vermeiden, dass sich jemand fragt, ob McManis wirklich Anwalt ist. Wenn er mal das eine oder andere Stichwort braucht, wirkt es doch ein wenig merkwürdig, wenn alles von Robbie kommt.«

Und genau so etwas hatte ich befürchtet. Aber Stan behauptete, bei dieser Bitte habe er McManis' Segen, und tatsächlich wiederholte der sie auch. Crowthers war eine harte Nuss, selbst für Gerichtssaal-Veteranen, und Robbie hatte keine Einwände. Also machte ich notgedrungen mit, schwor mir aber, untätig zu bleiben, sofern nicht Alarmstufe eins herrschte.

McManis hatte die Aussage mit dem Agenten »auf Besuch« wenigstens ein dutzend Mal durchgespielt, und der wirkte auch ganz locker. Wie es das Skript vorsah, erklärte »Royce Hardwick«, er habe geglaubt, der Forlan-Anwalt sei zu ihm gekommen, um seine Interessen wahrzunehmen, und er, Hardwick, sei von der Vertraulichkeit des Gesprächs mit dem Anwalt ausgegangen. McManis bot ihn als Zeugen für ein Kreuzverhör an. Sherm aber ließ Jim nicht aus seinen Fängen, wohingegen Robbie gar nicht erst zu Wort kam.

»Einen Augenblick mal«, schaltete Sherm sich ein. »Was dagegen, wenn ich Ihrem Mandanten ein paar Fragen stelle, Mr. Mack Manis?« Da stand Jim also wieder mitten im Rampenlicht, und er blieb die Antwort schuldig. Sherm machte eine wegwerfende Handbewegung. In einem Fall wie diesem konnte er weitgehend nach Gutdünken verfahren. »Also, hören Sie mal, Mr. Hardwick. Sie wollen mir weismachen, Sie hätten tatsächlich geglaubt, der Anwalt Ihrer Firma würde Ihre Antworten auf seine Frage, was passiert sei, für sich behalten?«

»Hardwick« nahm sich Zeit für die Antwort. Seine Hände umschlossen den lackierten Birkenholzhandlauf am Zeugenstand.

Er legte das ganze Tremolo eines würdigen Mitglieds der Chefetage in sein »Ja«.

»Dann haben Sie ihm also die Wahrheit gesagt, hm?«

Das saß. Hardwick lehnte sich zurück. Sherm war mit seinem Sessel ganz nah an die Brüstung zwischen der Bank und dem Zeugenstand gerollt, doch offenbar reichte ihm das noch nicht. Er stand auf und ragte jetzt fast drohende zwei Meter vierzig über Hardwick empor.

»Haben Sie mich nicht verstanden? Ihren eigenen Anwalt würden Sie doch nicht belügen, oder?«

»Also, Euer Ehren, ich – ich weiß es wirklich nicht.«

»Sie wissen es nicht? Sie meinen damit, Sie schicken Mr. Mac Manis hierher, damit er *mir* Lügen auftischt?«

Hardwick musste sich um fünfundvierzig Grad nach hinten beugen, um Sherm ins Gesicht sehen zu können. Natürlich nicht, war seine Antwort.

»Nein«, sagte Sherm und schüttelte seinen gewaltigen Kopf. »Das habe ich auch nicht gedacht. Wenn dieser Anwalt Schriftliches über das in der Hand hat, was zwischen Ihnen und Olivia King vorgefallen ist, dann muss das doch die Wahrheit sein. Richtig?«

»Also, ich erinnere mich wirklich nicht mehr, was damals alles passiert ist«, sagte Hardwick auf, was er eingeübt hatte. »Mein ganzes Leben ist aus den Fugen, ein einziges Durcheinander.«

»Das haben Sie bereits gesagt. Aber Sie können sich nicht im Geringsten daran erinnern, diesen Anwalt belogen zu haben, oder? Das ist im Augenblick meine Frage. Haben Sie gelogen, soweit Sie sich erinnern?« Sherm stützte sich auf die Brüstung und neigte Hardwick sein breites Gesicht entgegen. Hätte je ein Anwalt es gewagt, den geziemenden Abstand zu dem von ihm befragten Zeugen nicht einzuhalten, hätte Sherm ihn eigenhändig gepackt und gevierteilt. Hardwick hob tatsächlich schützend den Arm, bevor er Nein erwiderte.

»Genau das sage ich ja. Klar würden Sie nicht lügen. Wenn dieser Anwalt also sagt, Sie haben eingestanden, ganz mächtig hinter Olivia King her gewesen zu sein, sie belästigt und nicht in Ruhe gelassen zu haben, ihr nachgestiegen zu sein und sie in diesen Briefen übel beschimpft zu haben, dann haben Sie die Wahrheit gesagt, oder? Sie sollten sich jetzt besser erinnern.«

Hardwicks Augen suchten McManis, der noch immer stumm dastand und sich abwandte, als Hardwick Hilfe suchend in den Saal schaute. Flüchtig ging mir der Gedanke durch den Kopf, Jim eine Notiz zuzustecken, er solle Einspruch erheben, doch das konnte Crowthers noch weiter provozieren. Außerdem war McManis schließlich hier, um zu verlieren.

»Ich nehme es an«, antwortete Hardwick schließlich.

»Ich hätte auch keinen Grund zu einer anderen Annahme gehabt, oder?«

»Genau.«

»Okay«, sagte Sherm und nickte nachdrücklich. Damit wandte er sich wieder an McManis. »Okay. Worüber ich jetzt nachdenke, ist die Frage, was wir alle hier eigentlich tun, Mr. Mack Manis. Ihr Mandant hat gerade dasselbe eingestanden und zu Protokoll gegeben, was er angeblich vertraulich jenem Anwalt mitgeteilt hat. Das hat er doch?« Sherman bleckte seine riesigen, kreuz und quer stehenden Zähne zu einem verächtlichen Lächeln. »Da gibt es für mich nichts zu entscheiden, oder? Es ist egal, ob das, was er damals gesagt hat, unter den Schutz des Anwaltsgeheimnisses fällt. Weil seine jetzige Aussage sowieso in der Beweisaufnahme berücksichtigt wird.«

Sherman lachte und fuhr sich dabei mit der Zunge über die Zähne. Speichel hing unter seinem schweren, grauen Schnauzbart. Es machte ihm einfach Spaß, allen im Gerichtssaal wieder einmal eine Lektion erteilt zu haben. Offenbar hatte er es darauf angelegt, McManis' Mandanten in den Zeugenstand zu bekommen, um so aus Hardwick eine Reihe neuer Eingeständnisse herauszuklopfen und sich damit vor einem gar nicht so leicht zu fällenden Urteil zu drücken. Sennett war entzückt, als er von dieser Wendung der Dinge erfuhr. Auf was Richter nicht alles kamen! Ich aber hatte als Beobachter keineswegs den Eindruck gewonnen, dass bei Crowthers Korruption mit im Spiel war. Das war einfach Sherm, wie er leibte und lebte, Sherm, der es genoss, einen Trottel wie Hardwick fertig zu machen. Demonstrierte er doch damit zugleich, dass der beste Anwalt im Saal oben auf der Bank saß.

Als Sherm, noch immer glucksend und unter amüsiertem Kopfschütteln, wieder Platz nahm, gab McManis den einzigen Protest in der ganzen Verhandlung zu Protokoll.

»Aber, Euer Ehren!«, sagte er.

Crowthers hob nur die schwere Hand und ließ Jims Einspruch einfach nicht zu. Er verkündete seinen Beschluss und schloss die Sitzung.

Wir verließen den Saal gemeinsam und stiegen in den Aufzug. Wir waren unter uns. Robbie, der den richtigen Instinkt gehabt und während der Verhandlung kein Wort gesagt hatte, platzte schließlich los.

»›Aber, Euer Ehren‹«, jammerte er. Er musste es nicht wiederholen. Nur Hardwick begriff nicht, worüber alle lachten.

2

Feaver witzelte, Evon habe einen Halbtagsjob: Von sechs Uhr morgens bis sechs Uhr abends sei sie jede Minute bei ihm, inklusive Abholen von zu Hause und Abliefern nach getaner Arbeit. Feavers Haus war im englischen Manor-Stil gehalten mit tief heruntergezogenem Dach und gelb verputzten Außenmauern über einem Steinfundament. Umgeben war es von frischem Rasen und einer dekorativen Gartenanlage. Doch insgesamt wirkte es deplatziert hier inmitten der flachen Prärielandschaft im Westen der Stadt, wo die einzigen Bäume erst ein paar Jahre zuvor von Gärtnern gepflanzt worden waren.

Die Vorstadt hieß Glen Ayre. Ein Bauunternehmer hatte hier auf einem ehemaligen Maisfeld einige Dutzend Eigenheime von gigantischen Ausmaßen hingestellt. Alle Bewohner dieser Gegend glichen Robbie: Sie waren reich und erpicht darauf, das auch zu zeigen. In den Garagenzufahrten standen dicke Schlitten, und als letzter Schrei thronten beängstigend riesige Satellitenschüsseln auf den Dachfirsten. Die Kinder waren sichtlich verwöhnte Bälger: Man sah es allein schon an den Stangen mit den Basketballkörben, die ihre Eltern an den Zufahrten in die Erde gerammt hatten, Stangen mit Kurbeln, um die Körbe höher oder tiefer zu justieren, und mit schicken Korbbrettern, natürlich aus Acryl.

Für Evon waren die Reichen »die anderen«. Sie hatte nie besondere Neidgefühle in Gelddingen gehabt. Roy, Merrels Gatte, war Geschäftsmann, studierter Betriebswirt, der ständig um die Welt reiste und die Dollars kofferweise nach Hause zu schleppen schien. Doch ob das ihrer Schwester wirklich gut getan hatte, wusste Evon nicht recht. Die Clubs und die Moden und das wetteifernde Bestreben, stets auf dem neuesten Stand zu sein, schienen Merrels Leben eher eingeengt zu haben.

Wenn Evon allmorgendlich in den Mercedes stieg, strahlte Robbie sie stets an wie die Sonne persönlich. Immer war er schon richtig aufgedreht, unterhielt sie und schwatzte, während sie noch dumpf im Halbschlaf dahindämmerte und sich grämte, dass seine Zirkusvorstellung mit Richterin Medzyk ihr wieder einmal eine Stunde Schlaf geraubt hatte.

Ihr erster Halt war das Pflegeheim seiner Mutter. Zwar lag es in entgegengesetzter Richtung, aber man musste nur einen Umweg von wenigen Meilen machen. Während er bei seiner Mutter war, las Evon draußen im Wagen die Zeitung. Sie schob den Sitz nach hinten, lehnte sich zurück und sog den Geruch des Leders ein. Der Motor lief, und sie hatte die tolle Kiste ganz für sich. Eines Morgens beschloss er, sie zu seiner Mutter hereinzubitten.

»Na los, kommen Sie, lernen Sie meine Ma kennen.« Offenbar kam er überhaupt nicht auf den Gedanken, dass sie vielleicht gar kein Interesse daran haben könnte. Aber sie hatte Interesse. Sie war neugierig auf die Frau, die ihn geboren hatte. Als Folge eines Schlaganfalls im letzten Jahr war Mrs. Feaver halbseitig fast vollständig gelähmt. Sie konnte das linke Bein nicht mehr bewegen, und auch der Gebrauch des linken Arms war stark eingeschränkt. Aber sie konnte noch sprechen; mehr als genug, wie Robbie bisweilen fand. Dank einer entsprechenden Therapie war keine hörbare Beeinträchtigung zurückgeblieben. Mrs. Feaver hatte ihre Wohnung, ein einstöckiges Zweifamilienhaus ohne Fahrstuhl, in dem Robbie aufgewachsen war, auf Grund ihrer Behinderung aufgeben müssen. Robbie hatte ihr angeboten, sie zu sich zu holen, doch davon wollte seine Mutter trotz ihres Zustands nichts wissen. Er habe genug Sorgen mit Lorraine. Nach langen Diskussionen schien dann das Pflegeheim die beste Lösung. Es koste ihn zwar ein Vermögen, hatte er zu Evon gesagt, aber das gebe ihm ein etwas besseres Gefühl.

Heute saß Estelle Feaver in einem gepolsterten Rollstuhl, fertig angezogen und bereit für das Frühstück, das aber noch einige Zeit auf sich warten ließ. Sie hielt ihre Brille an dem dicken schwarzen

Gestell fest, als erhöhe das die Sehschärfe, und reckte den Hals zu dem Fernsehgerät an der gegenüberliegenden Wand hin. Die Lautstärke ließ darauf schließen, dass sie auch Schwierigkeiten mit dem Hören hatte. Die totale Unbeweglichkeit ihrer linken Seite war bereits aus einiger Entfernung zu erkennen. Ihr Arm hing herab wie ein nasser Lappen. Sie bemerkte die beiden erst, als Robbie direkt neben ihr stand. Als sie ihren Sohn erkannte, fuhr ihre rechte Hand nach oben. Doch dann besann sie sich, nahm die Brille ab und schob sie in die Falten ihres Rocks.

»Robbiiiie!« Sie legte den gesunden Arm um seine Schulter und umarmte ihn. Eine Weile hielt sie ihn so fest, bis der Blick ihrer dunklen Augen auf Evon fiel.

Er stellte sie als seine neue Mitarbeiterin vor. Als Erklärung, warum sie beide so früh am Morgen zusammen unterwegs waren, sagte Robbie, sie seien auf dem Weg zum Gericht. Man sah den säuerlich verzogenen Lippen seiner Mutter an, dass sie ihm nicht glaubte, aber sie unterließ es, ihren Sohn für seine Unarten zurechtzuweisen. Und Robbie war wieder einmal erfolgreich einer unangenehmen Debatte aus dem Weg gegangen.

»Sie sieht großartig aus. Sieht sie nicht großartig aus?«, fragte er Evon. In Wirklichkeit aber sah Mrs. Feaver einfach nur alt aus. In ihre Haut hatten sich tiefe Furchen gegraben, die weder die dicke Grundierung noch das Make-up wirklich verbergen konnten, und unter ihrem Kinn hing die Haut in Falten herab, was ihr zweifellos gar nicht gefiel. Offensichtlich war ihr Aussehen ihr noch immer wichtig. Selbst wenn Robbie Evon nicht gesagt hätte, dass er wöchentlich eine Maniküre und eine Friseuse zu ihr ins Heim kommen ließ, wäre das unübersehbar gewesen. Weder konnte man den unsäglichen Orangeton ihrer Haare übersehen, der an das Fell eines Orang-Utan erinnerte, noch den knallroten Lack auf ihren Fingernägeln. Beides stand in einem zu großen Kontrast zu der tristen Umgebung und der Hinfälligkeit dieser Frau – dem gebeugten Rücken, den Altersflecken auf den Händen, dem rasselnden Atem. Beim Anblick von Mrs. Feaver ließ sich schwerlich sagen, ob sie einmal eine attraktive Frau gewesen war. Sie hatte eine Hakennase, und das Gebiss, auf das der grelle Lippenstift ein wenig abgefärbt hatte, schien Wangen und Kinnpartie verändert zu haben. Aber sie hatte noch Kraft und Schwung. Das war deutlich zu spüren. Mit gespielter Verlegenheit wischte sie die Komplimente ihres Sohnes beiseite.

»Ist schließlich alles nur für ihn«, sagte Estelle. »Wer sonst besucht mich hier schon?«

Aufmunternd rühmte Robbie seine Mutter noch einmal, wie sorgfältig sie auf sich Acht gebe, und forderte Evon gewissermaßen auf, in sein Loblied einzustimmen. Sie hatte nichts dagegen, einer alten Dame ein paar Schmeicheleien zu sagen, wenngleich sie für Frauen in voller Kriegsbemalung nie viel übrig gehabt hatte. Auch fehlte ihr das Verständnis für Frauen, die es für ihre Verpflichtung hielten, um so viel bunter, strahlender und bezaubernder auszusehen, als Gott und die Natur sie geschaffen hatten. Sie selbst lief derzeit eher unfrisiert durch die Gegend. Mit ihrem Elizabeth-Arden-Make-up ging sie jeden Morgen nachlässiger um, und auf Nagellack verzichtete sie schon seit Wochen.

Aber solche wohlmeinenden Artigkeiten erwartete Mrs. Feaver gar nicht. Sie redete weiter mit ihrem Sohn, als habe er Evon gar nicht in die Unterhaltung einbezogen. Evon erkannte schnell, dass, zumindest was Mrs. Feaver anging, niemand in ihre Beziehung zu ihrem Sohn eindringen konnte. Und als Robbie mit seiner Mutter weiter darüber plauderte, wie es hier und daheim aussah, merkte Evon, dass das Gleiche auch für den Sohn galt. Sie waren einfach glücklich miteinander! Dabei sprach Robbie von seiner Mutter oft als einer Belastung. Doch gerade seine Gleichgültigkeit und seine Sachlichkeit waren vorgetäuscht. Der Mann war wirklich der geborene Schauspieler. Kein Zweifel, er hing an ihr wie sie an ihm. Seine Litanei von Komplimenten wirkte trotz der Hinfälligkeit ihres Körpers aufrichtig, waren sie doch ein Zeichen dafür, wie wohl er sich in ihrer Nähe fühlte. Er nahm ihre Hände und fragte nach den neuesten medizinischen Befunden, und seine Mutter sonnte sich in der Wärme seiner Anteilnahme.

»Ach, die Ärzte. Was wissen die schon? Glaubst du, hier laufen lauter Nobelpreisträger herum?« Sie sagte es im Flüsterton und zwinkerte Evon zu. »Lauter Ausländer. Die Gesundheitsfürsorge schickt sie. Die Regierung. Jeder kriegt vielleicht sechs Dollar für jedes Wrack, das er sich hier mal flüchtig ansieht. Und sie rennen immer wie von wilden Furien gehetzt an einem vorbei. Ich weiß nicht mal, wie man ihre Namen ausspricht. Shadoopta, Baboopta. Gott verhüte, dass ich jemals einen von ihnen rufen muss. Das wäre mein sicheres Ende.«

Robbie lauschte dem Vortrag der alten Dame mit der gleichen Heiterkeit wie allem, was sie sonst sagte. Er umarmte sie wieder, neckte sie noch einmal und gab dann Evon das Zeichen zum Aufbruch. Um ihn zurückzuhalten, fragte Mrs. Feaver nach Lorraine.

»Na ja«, antwortete er.

»Sehen Sie sich meinen Sohn an«, sagte sie. »Seine Frau und seine Mutter, eine kränker als die andere. Manchmal, wenn ich allein bin, weine ich um ihn. Es ist so schrecklich. Und wer kümmert sich um Robbie?«

Während sie das sagte, spielte Robbie mit dem Wasserkrug auf dem Tisch. Doch er hörte offenbar genau zu. Sie solle doch bitte Mort nicht vergessen, meinte er.

»Er sieht stets nur das Positive«, erwiderte Mrs. Feaver. »Macht immer nur Scherze. Zum Beispiel, dass er Rabatt auf die Medikamente kriegt. Meine Güte!«

»Na komm, sieh das mal ganz locker, ja?« Er beugte sich über sie und küsste sie auf die Stirn.

»Sehe ich dich morgen wieder?«, fragte Mrs. Feaver mit etwas trauriger Stimme.

»Um nichts in der Welt würde ich das versäumen. Am Abend bin ich bei dir. Morgens habe ich gleich einen Termin am Gericht.« Er winkte ihr zu und schoss auf den Flur hinaus. Mrs. Feaver sah ihm bestürzt nach und reagierte nicht, als Evon an der Schwelle stehen blieb und sagte, es sei ihr ein Vergnügen gewesen.

»Das ist also meine Ma. Ein Energiebündel, nicht? Nur die Hälfte ist von ihr noch übrig, aber die bringt es dafür doppelt.« Auf dem Weg durch den Gang sahen sie hinter jeder Tür eine gebrechliche

Gestalt, von Alter und Krankheit gezeichnet, die Haut wie Pergament, an schlaff im Wind hängende Segel erinnernd, mit offenen Mündern und zahnlosem Lächeln. Und dennoch gelang Robbie ein aufgesetztes Lachen.

Evon wusste, worauf er wartete. Jetzt konnte sie die zuvor nicht ausgesprochene Bemerkung über Mrs. Feavers fabelhaftes Aussehen loswerden.

»Ja«, sagte er. »Sie sieht großartig aus. Das war schon immer so. Ich meine, als ich noch ein Kind war –« Er rollte die Augen. »Wenn ich mir die Fotos jetzt ansehe, ich weiß nicht. Nicht, dass sie wie Liz Taylor ausgesehen hat oder so, aber sie hatte etwas. Soll ich ›Pep‹ sagen? Vitalität. Wie hieß das noch bei Jackie Gleason? ›Va va va vooooom!‹ Sie hat immer auf sich geachtet. Wo immer sie hinging, sie sah gut aus und hat sich gut verkauft. Noch heute riecht man ihr Chanel No. 5 – ›Channel Five‹ habe ich immer gesagt –, und wenn sie einkaufen ging, dann hat sie mich vorher immer umarmt. Die Kerle haben sie nur so angebaggert. Und wie viele hübsche Frauen, die ich kennen gelernt habe, hat sie sich auch gerne anbaggern lassen. Ich glaube, sie genoss die Macht, die dabei von ihr ausging. Man sah ihr an, wie es ihr gefiel, auf dem Heimweg von der Arbeit die Straße entlangzugehen. In engem Rock und mit hohen Absätzen. Der Nachbar, der im Unterhemd mit der Zigarette im Mund den Rasenmäher durch den Vorgarten schob, blieb stehen, nahm einen tiefen Zug und verschlang sie mit seinem Blick. Nickte sogar dankbar mit dem Kopf, dass er das erleben durfte. Sie mochte das. Die Hälfte aller Frauen aus der Nachbarschaft hätte sie am liebsten in Handschellen gesehen. Sie nannten sie ›Sophia Loren‹, und das war gar nicht nett gemeint.«

Sie gingen über den Parkplatz. Es war wärmer geworden. Ab und zu ließ sich bereits wieder die Sonne blicken, doch der Winter, ein hartnäckiger Geselle, wollte noch nicht weichen. Am Himmel türmten sich die dunklen Wolken. In Gedanken versunken betrachtete Robbie die öligen Regenbogen in den Pfützen auf dem Asphalt.

»Aber ich glaube, wenn es zur Sache ging, war sie wahrscheinlich ziemlich prüde, wie viele Frauen in jener Zeit. Doch genau weiß ich das natürlich nicht. Einmal, ein paar Jahre nachdem mein alter Herr das Weite gesucht hatte, hatte sie für eine Weile einen Freund, aber das endete wie üblich traurig, und danach warf sie einfach das Handtuch. Einmal ertappte ich sie, wie sie nachts weinte, und sie sagte zu mir und auch zu sich selbst, es sei schon das Beste so. Er war ein *Goi.* Ein Nichtjude. Und jünger als sie. Ich war außer mir. Ich konnte es nicht ertragen, dass sie weinte. Ich war neun und wollte mir diesen Kerl vorknöpfen, mit einem Prügel in der Hand. Vor allem, weil ich es damals langsam kapierte: Mit *meiner Mutter?«* Robbie musste plötzlich lachen. »Ich würde es *noch immer* tun«, sagte er. »Noch heute würde ich ihn am liebsten umbringen.« Sein Atem stieg als kleine Nebelwolke in der Kälte auf, und er lächelte Evon zu, ermunterte sie, mit ihm gemeinsam über diese plötzliche Selbsterkenntnis zu lachen.

3

Der Reinfall mit dem ersten Anlauf bei Richter Skolnick zog für Sennett ein paar ernsthafte taktische Probleme nach sich. Robbie hätte wie gewohnt den nächsten Zug mit einem Bauernopfer machen und verkünden können, man habe sich im Fall des krebskranken Anstreichers geeinigt und er ziehe die Klage zurück. Aber Stan hatte das Gefühl, dass er gegen den Richter nicht genug in der Hand hatte, um den Druck, den Washington auf ihn ausübte, zu mildern. Skolnicks Verteidiger würde vor einer Jury argumentieren, dass die erste Zahlung schließlich zurückgewiesen worden sei – die Aufnahme bestätige das. Und die zweite, selbst wenn sie angenommen wurde, habe kaum dazu dienen können, seine Entscheidung zu beeinflussen. Denn Skolnick habe bei dem Gespräch im Lincoln eindeutig darauf hingewiesen, dass er für beide Parteien die Beweisaufnahme aussetzen werden.

Stattdessen beschloss Sennett, dass Robbie mit McManis vor dem Richter erscheinen und Skolnick ersuchen sollte, seinem Antrag auf Entscheidung nach Aktenlage stattzugeben. Er argumentierte, sein Mandant habe Anspruch auf Haftung durch die Versicherung, Verhandlung oder Beweisaufnahme erübrigten sich. Im Wagen hatte Skolnick klar und deutlich gesagt, einem derartigen Antrag werde er niemals nachkommen. Nach Sennetts Auffassung war da also nicht viel zu verlieren – im Gegenteil, er sah sogar für Robbie eine gewisse Chance zu gewinnen.

»Wenn Sie da beide vor ihm stehen«, erklärte er Robbie, »dann ist dem Richter klar, dass McManis keinen Vergleich akzeptieren wird. Wenn er also den Antrag ablehnt, weiß er zugleich, dass die Beweisaufnahme beginnt und McManis von der Krebserkrankung

Ihres Mandanten erfährt. Dann kriegen Sie nichts. Die Kinder kriegen nichts. Und Skolnick kriegt auch nichts.« Stan war überzeugt, den Richter damit in die Ecke gedrängt zu haben.

»Eines bedenken Sie dabei nicht«, erwiderte Feaver. »Barney ist nicht schlau genug, sich das alles auszurechnen.«

Als McManis und Feaver den Gerichtssaal betraten, um über den Antrag zu streiten, saß Skolnick schon höchstrichterlich in Positur: wohlfrisierter Haarschopf, rosiges Gesicht, mit mahlenden Kiefern und einer ganzen Doppelkinn-Batterie. Und ihm schien lediglich eines klar zu sein: dass dem Antrag eines Klägers auf Entscheidung nach Aktenlage nie und nimmer stattgegeben werden konnte. Er lehnte den Antrag kurzerhand ab, wie Robbie es vorausgesagt hatte.

Doch dieser Dämpfer hatte nur momentane Bedeutung. Skolnick bat nun nämlich Feaver, Evon und McManis in sein Richterzimmer. Freundlich nahm er, noch immer in der Robe, hinter seinem Schreibtisch Platz, bot Kaffee an, ließ ein paar seiner üblichen Witze vom Stapel. Dann ging er plötzlich unbarmherzig auf McManis los und forderte ihn auf, sich zu vergleichen.

»Heute konnten Sie noch in Ihren *Gatkes* rausgehen, Jim«, sagte er zu McManis, als ob sie seit Ewigkeiten gute Freunde seien. Dabei war er nie zuvor in Skolnicks Gerichtssaal gewesen. »Wissen Sie, was das bedeutet? Grob übersetzt, heißt das, heute durften Sie Ihre Unterhosen noch anbehalten. Aber wer weiß schon, wie es nächstes Mal bei einem neuen Antrag von Feaver ausgeht? Nicht, dass ich voreingenommen wäre. Bestimmt nicht. Ich bleibe offen. Ganz offen. Glauben Sie mir, nach sechsundzwanzig Jahren auf der Bank habe ich eines gelernt. Man muss alle Fakten kennen und immer beide Seiten hören. Nächstes Mal, wer weiß, sehe ich die Dinge vielleicht immer noch genauso wie Sie. Aber ich könnte ebenso gut dem Antrag der klagenden Partei stattgeben. Sehr gut sogar. Nur so ein Stückchen war ich davon entfernt.« Der Richter hob Daumen und Zeigefinger; dazwischen war praktisch kein Abstand. »Und was dann, Jim? Diese Versicherungsgesellschaften, also, ich weiß nicht, warum sie immer so auf ihrem Geld sitzen. Warum sie lieber warten, bis ihnen die Motten Löcher in die Scheine fressen. Und dann in einem Fall wie diesem! Hat er Familie?«, fragte er Robbie unschuldig. »Ich meine: der Kläger?«

Am Ende setzte Skolnick die Beweisaufnahme für einen Monat aus, damit die Parteien Zeit hätten, über seine Ausführungen nachzudenken. Allzu selbstbewusst klang das nicht, und er sah dabei auch nicht von seinem Eintragungsbuch im Ledereinband auf.

Das FoxBIte hatte Skolnicks Eiertanz perfekt aufgezeichnet. Sennett nahm die Glückwünsche der ganzen Crew entgegen, ohne sich etwas darauf einzubilden. Er wusste wie wir alle nach einschlägigen Erfahrungen, dass weitere Misserfolge nicht auszuschließen waren. Der Richter musste das Geld tatsächlich annehmen, und die raffinierte Technik, die sie da in seinen Lincoln eingebaut hatten, musste auch wirklich funktionieren. Am 12. April bereitete Robbie sich auf das nächste Rendezvous mit Skolnick in dessen Wagen vor, nachdem er Pincus informiert hatte, dass es im Fall des Anstreichers zu keinem Vergleich gekommen sei.

»Wir *brauchen* den Nachweis«, sagte Sennett zu Feaver beim Verlassen von McManis' Büro. Beträchtlich kleiner als mein Mandant, hob Stan die schmalen Hände, legte sie Feaver auf die Schultern und sah ihn fast wehmütig an. Die brüderliche Geste und die Tatsache, dass Stan um etwas bat und nicht einfach anordnete, schien alle, selbst Robbie, zu beeindrucken.

»Ich habe hier was Nettes für Sie, Richter«, sagte Robbie, kaum dass er auf den nagellackroten ledernen Beifahrersitz gerutscht war. Feaver hatte sich das Videoband von ihrer ersten gemeinsamen Fahrt ein paar Mal angesehen und wusste genau, wo er den Umschlag mit dem Bargeld hinhalten musste. Er hatte ihn in der linken Hand und wedelte damit vor dem Objektiv herum. Das Bild war heute deutlich besser, nachdem Alf noch einen Verstärker eingebaut hatte. Und Sennett hatte, keine Unkosten scheuend, für ein zweites Observierungsteam gesorgt, das in einem Lieferwagen der Drogenfahndung saß. Auch dorthin wurde, quasi als Backup, ein zweites Bildsignal gesendet. Alf betätigte fieberhaft seine Knöpfe, während Stan, McManis und ich wieder angeschnallt auf unseren schmalen Klappsitzen saßen.

»Wie bitte?«, fragte Skolnick. Der Richter war gerade bei seinen windigen Vorstellungen zur Gesundheitsreform der Clintons und schien gar nicht bei der Sache, als Robbie sich für die Geldübergabe rüstete. Trotz der Kamera musste Robbie Skolnick dazu bringen, eine Bemerkung zu dem Geld zu machen. Wenn er den Umschlag nur zwischen die Polster schob, konnte ein Verteidiger argumentieren, Skolnick habe von nichts gewusst. Deswegen griff Feaver zu einer Variante der Methode, die er bei Walter angewandt hatte.

»Wissen Sie, Richter, wie soll ich sagen? Es ist ein bisschen weniger, aber um die Geschichte hinzubiegen, musste ich mich bei dem Vergleich quasi selber unterbieten. Und ich möchte der Familie, den Kindern, gern so viel zukommen lassen, wie irgend möglich. Allerdings möchte ich auch nicht, dass Sie glauben, ich wolle Sie übers Ohr hauen.«

In Skolnicks breitem Gesicht arbeitete es; ganz offensichtlich überlegte er, wie er mit dieser Abweichung von der üblichen Form umgehen sollte. Schließlich sah er den Umschlag direkt an.

»Wie viel?«

»Acht. Wenn das okay ist.«

Skolnick lachte laut auf. »Mein Gott, alle sollten sich so viele Gedanken machen wie Sie. *Genug,* sage ich. Wir sind doch Freunde, Robbie. Wir haben viele Dinge gemeinsam. Ich bin ganz Ihrer Meinung. Übrigens«, fügte er hinzu, »Sie haben mir ja schon letztes Mal etwas gegeben. Für nichts.« Robbie stellte sich dumm, und Skolnick ergänzte: »Da war diese Sache aus Gillians Nachlass.«

Mir gegenüber stieß Sennett seine Faust triumphierend in die Luft, allerdings ohne einen Laut von sich zu geben.

Im Lincoln hatte Skolnicks Geschwätzigkeit über seine Vorsicht gesiegt.

»Wissen Sie, man hört Geschichten. Einige meiner Amtskollegen sind ja die reinen Banditen, wirklich. Was die betreiben, ist ja schlichtweg Plünderei. Bei uns beiden gilt die Regel: Was gut für den einen ist, okay, das ist auch gut für den anderen. Ich bin nicht kleinlich. Ich finde gut, was Sie tun. Und wenn Sie nichts täten, wäre es auch gut. Das wissen Sie.«

»Ja, das weiß ich«, sagte Robbie. Sennett wollte das Thema wechseln, doch Feaver lenkte das Gespräch sofort wieder in die richtige Richtung. »Nur, dieses Mal sind Sie wirklich von Ihrer üblichen Praxis abgewichen, Richter. Ich meine, als Sie diesen Antrag ablehnten, da war ich –«

»Das habe ich gemerkt«, sagte Skolnick. »Sie sahen aus, als hätte ich meinen Stinkefinger in Ihren *Kischkes*. Stimmt's? Kommen Sie. Ich habe es gesehen. Sie dachten: Was macht dieser Kerl da mit mir? Habe ich Recht? Man merkte es Ihnen an.«

»Na ja, Richter, wissen Sie, ich habe nur diesen armen Kerl und seine Kinder vor mir gesehen. Aber was Sie dann hinten in Ihrem Richterzimmer aufgeführt haben – alle Achtung. Das war brillant. Wirklich. Einfach umwerfend. McManis, dieser Schleimscheißer, hätte nicht einen Cent herausgerückt, wenn Sie ihm nicht einen Schubs gegeben hätten.«

»Gut, gut, danke. Als ich Ihr Gesicht sah, da sagte ich mir: Was kann ich tun, damit die Sache richtig läuft? Es ist immer dasselbe, wie in allen anderen Fällen auch: Du redest auf beide Seiten ein und sagst ihnen, sie sollen vernünftig sein. Genau das habe ich gemacht.«

Zwar zog Stan noch immer Grimassen – schließlich konnte sich Skolnicks wiederholte Behauptung, er habe nichts Regelwidriges getan, am Ende noch als kleine Hürde erweisen –, doch Tatsache blieb: Der Richter hatte sich praktisch selbst um Kopf und Kragen geredet. Er steuerte bereits wieder auf das LeSueur zu, als er noch einen seiner unvermeidlichen Witze loswerden musste, diesmal von einem katholischen Priester und einem Rabbi, die einen Zusammenstoß hatten. Zuerst beschnüffeln beide einander ein wenig, dann gibt jeder eine Teilschuld an dem Unfall zu. Um die einvernehmliche Lösung des Falls zu besiegeln, bietet der Pater dem Rabbi einen Schluck Messwein an, den er zufällig im Kofferraum hat. Zuerst nimmt der Priester einen Schluck, dann reicht er dem Rabbi die Flasche.

›Erst, wenn die Polizei da gewesen ist‹, sagt der Rabbi.« Skolnicks Gesicht wurde noch röter, als er dröhnend über die Pointe lachte, und auch im Lieferwagen war unterdrücktes Lachen zu hören.

Robbie stieg glucksend aus, aber Amari blieb Skolnick auf den Fersen. Auf Grund der Erfahrungen bei dem vorausgegangenen Lauschangriff hatte Stan Richterin Winchell überredet, ihre Genehmigung ein wenig zu erweitern. Die Kamera sollte noch weitere zehn Minuten eingeschaltet bleiben, damit man feststellen konnte, ob Skolnick den Umschlag aus dem Beifahrersitz zog. Inzwischen war der zweite Observierungswagen ins Parkhaus beim Temple eingefahren und wartete in der Nähe der für die Richter reservierten Plätze. An derselben Stelle hatte Alf vor fünf Wochen Skolnicks Reifen zerstochen. Wir blieben draußen auf der Straße, wo wir entgegen Alfs Befürchtungen noch ein gutes Bild empfingen.

Allein in seinem Wagen griff Skolnick zum Autotelefon und erkundigte sich bei seiner Frau nach ein paar Rennautos, die er als Geburtstagsgeschenk für seinen Enkel abholen sollte. Während er danach die Auffahrt hinaufkurvte, sang der Richter tatsächlich leise »Happy Birthday To You« vor sich hin, und sein riesiger Schädel nickte den Takt dazu. Auf seinem Parkplatz schaltete er den Motor ab, was eine kurze Bildschirmstörung verursachte. Bei ausgeschalteter Zündung blieb die Kamera automatisch nur noch zwei Minuten in Betrieb, da sie an die Batterie angeschlossen war. Doch diese Zeitspanne sollte eigentlich ausreichen.

Einen sorgenvollen Moment lang schien es, als wolle Skolnick sich unter dem Lenkrad hervorquetschen, ohne nach dem Geld im Sitz zu greifen. Dann tippte er sich an die Stirn. »Ich Holzkopf«, kommentierte er seine Zerstreutheit. Er blinzelte durch die Windschutzscheibe und sah sich in dem dämmerigen Bau um. Mit einem Grunzen beugte er sich nach rechts über den Beifahrersitz. Den Umschlag zog er aus der Ritze wie eine Zwiebel aus dem Beet. Er hielt ihn hoch, nur wenige Zentimeter vom Kameraobjektiv entfernt, und schob ihn in eine Innentasche seines Regenmantels. Mit der anderen Hand griff er nach dem Rückspiegel, in dem das Objektiv versteckt war, und drehte ihn herunter, sodass er sich selber sehen konnte. Sein breites Gesicht füllte den ganzen Bildschirm, während er die Krawatte zurechtrückte. Die Poren auf seiner Nase wurden zu Kratern. Er fuhr sich mit der Zunge über die Lippen. Dann lächelte dieser arme Schweinehund mit dem Spaß an faden Witzchen sein Spiegelbild an und summte erneut »Happy Birthday To You«.

Alle Undercover-Agenten waren versammelt, um sich das Band anzusehen. Auch Evon stahl sich kurz aus dem Büro und gesellte sich zu ihnen. Laut Kleckers Kommentar war es besser als jeder Kinofilm. Anschließend richtete Sennett ein paar Worte an die Gruppe. Nach dem Erfolg dieses Tages wirkte er wieder entschlossener, lebhafter. Aufrecht stand er in seinem weißen Hemd im Licht der gedimmten Scheinwerfer.

Es sei ein großer Fortschritt, sagte er, eine wahre Erleichterung und ein Lohn für die harte Arbeit und die Opfer, die jeder gebracht habe, für die monatelange Trennung von ihren Familien und das anstrengende Leben undercover. Niemand müsse länger befürchten, es sei alles für die Katz gewesen. Sie hätten ein Szenario zu Stande gebracht, gegen das Skolnick keine Verteidigungschance habe, und Malatesta werde bald in die gleiche Falle tappen.

Aber man dürfe keinesfalls vergessen, dass dies nur die ersten Schritte seien. Nicht Leute wie Skolnick seien das eigentliche Problem, meinte Sennett. Die Skolnicks könne man zu dutzenden auffliegen lassen. Mit einigem Glück würde ihnen das auch gelingen. Doch die Skolnicks seien nur Teil eines Systems. Sie funktionierten darin, aber ohne die Möglichkeit, es zu verändern. Um eine grundsätzliche Veränderung der Dinge zu erreichen, müsse man an die Leute herankommen, die wirklich das Sagen haben. Diese jedoch wollten, dass alles genauso blieb, wie es war, weil ihnen das Vorteile und Vergünstigungen verschaffte.

»Tuohey«, sagte Sennett und sah einem nach dem anderen fest in die Augen. »Wenn wir Tuohey kriegen, werden all Ihre großen Anstrengungen hier zwar nicht gerade zu dicken Schlagzeilen führen, keinen Stoff für ausgedehnte Reportageserien liefern und nicht in Belobigungsschreiben aus D.C. gipfeln, die Sie sich eingerahmt an die Wand hängen können« – beifälliges Gelächter – »aber dafür wird diese Gesellschaft eine grundlegende Veränderung erfahren.«

Evon hatten der Erfolg und Sennetts Worte in eine Art Hochstimmung versetzt. Robbie jedoch befand sich in ganz anderer Stimmung, als sie eine Stunde später heimfuhren. Im Rückblick betrachtet, lassen diese mikro- und videoüberwachten Show-downs ein gemeinsames Grundmuster erkennen. Sosehr Robbie auch den momentanen Erfolg während der eigentlichen Aktion genoss, so verlangte sie ihm doch eine enorme Aufmerksamkeit und Konzentration und die Geschicklichkeit eines Hochseilakrobaten ab. Wenn er sich dann die minimalen Ergebnisse vor Augen führte, fühlte er sich leer und ausgebrannt, ja deprimiert.

»Manchmal sitze ich nachts im Bett und denke an all die Leute, die ich an der Nase herumführe«, sagte er jetzt. »Da kommt einiges zusammen.« Mit der zunehmenden Zahl der Verfahren fühlte sich Feaver oft zwischen widerstreitenden Gefühlen hin- und hergerissen. Einmal beglückwünschte er sich, dann wieder empfand er ausgesprochenen Widerwillen. In gewisser Weise verstand sie ihn. Man konnte Skolnick nicht hassen. Auch sie überkamen keineswegs Triumphgefühle, wenn sie sich ihn in einer Gefängniszelle vorstellte. Doch bedauern konnte sie ihn auch nicht.

»Er weiß, was er tut«, sagte Evon.

»Und Sie? Ich meine, das Schlimmste, das in jedem Menschen steckt, herauskitzeln und ihn dann den Preis dafür zahlen lassen? Meinen Sie wirklich, das ist okay?«

»Es ist notwendig«, antwortete sie. Sie hielt das, was sie taten, nicht für so schrecklich. Für sie gab es gute Taten und schlechte. So wie ein Highway zwei Fahrbahnen mit unterschiedlichen Richtungen und einem Mittelstreifen dazwischen hat. Und wenn einer die Bahn wechselt, kann er trotzdem einfach weiterfahren. Das lehre einen leider die Erfahrung.

»Ich hätte nichts dagegen«, sagte Robbie und bog mit dem schweren Wagen auf den Highway ein. »Aber ich weiß verdammt genau, man erwischt nur die kleinen Fische. An einen wie Brendan kommt man nie ran.« Es war ein Schock, das gerade jetzt nach Sennetts Halbzeit-Ansprache aus seinem Mund zu hören. Doch Robbie nickte, um seiner Meinung Nachdruck zu verleihen. »Nie und nimmer«, sagte er. »Und dabei meine ich nicht mich. Wir ziehen los, ich marschiere vorneweg und tue, was man mir sagt. Stan hat mich sowieso an den Hammelbeinen. Aber Brendan ist mehr als nur ein gerissener Fuchs. Der sieht noch im Dunkeln deinen Schatten. Ich prophezeie euch, ihr kommt nicht nah genug an ihn ran.«

»Wir kriegen sie alle, Robbie«, sagte sie.

»Das FBI, siegreich wie die Mounties?«

»Darauf können Sie wetten.« Und auch das meinte sie ernst. Stans Rede hatte ihr neuen Auftrieb gegeben. Sie war stolz auf sich und ihre Arbeit. Sie wurde immer wieder gefragt: Ein nettes Mädchen wie sie und beim FBI? Wirklich? In Wahrheit fiel es ihr schwer zu erklären, wieso sie Agentin geworden war. Ich bin es, verdammt. Und ich bin es gerne. Damals, als es mit dem Feldhockey vorbei war, war ihr, als falle sie in ein Loch. Die meisten ihrer Kameradinnen aus dem Olympiateam hatten vor, ins Trainerfach zu wechseln. Für sie alle würde das Spielfeld auch weiter das Leben bestimmen: grüner Astroturf-Rasen, vor jedem Spiel gründlich gewässert. Das Knallen der Bälle gegen den Hockeyschläger und dazu die schönen Erinnerungen, wie toll sie in ihrer Jugend selbst gespielt hatten. Aber für sie war es vorbei. Weil sie ihre Illusionen verloren hatte. Sie war damals vierundzwanzig. Sie hatte an den Olympischen Spielen teilgenommen. Und noch immer gab es keinen Platz auf der Welt, an dem sie sich zu Hause fühlte.

Also hatte sie sich umgeschaut. Zwar hatte sie an der Law School in Iowa, während sie ihren Bachelor machte, Kurse für die Arbeit als Rechtsanwaltsgehilfin belegt. Doch das war nur ein Hineinschnuppern gewesen. In einer ähnlichen Stimmung war sie dann auch zu einer Jobbörse gegangen. Da saßen neben Headhuntern von RJR Nabisco und American Can auch zwei Männer vom Bureau hinter ihrem Klapptisch. Grauer Anzug, mit Brillen aus Regierungsbeständen auf der Nase, wenn es so etwas überhaupt gab. Aber da hatte es bei ihr geklickt. Ihr Großvater mütterlicherseits war Sheriff gewesen. Sein halbes Leben hatte er als Hilfssheriff gedient, bis er den Chefposten bekam. Sein Boss hatte im Dienst sein Leben gelassen. Eine Lawine hatte ihn begraben, die er selbst losgetreten hatte – bei dem Versuch, eine lockere Schneewächte wegzusprengen, die die Straße zu verschütten drohte. Ein Held. Das hatte ihr Großvater immer gesagt, wenn er um seinen toten Freund trauerte. Wie den Prinzen im Märchen hatte sie ihn sich vorgestellt, mit dem schönen Pagenschnitt, den auch Merrell trug. In der Gedankenwelt des kleinen Mädchens erschien der Beruf des Großvaters schließlich als das Größte überhaupt. Der schwere goldene Sheriffstern, doppelt so groß wie der der Hilfssheriffs, erweckte bei ihr den Eindruck, als habe man da alle Macht und alle Verantwortung direkt an die Brust ihres Großvaters geheftet. Sie hatte die Ausbildung in Quantico schon halb hinter sich, als sie erfuhr, dass sie niemals ein Abzeichen tragen würde. Hoover wollte nicht, dass die Mitarbeiter der Bundespolizei wie normale Polizisten aussahen. Deshalb trug man beim FBI Anzüge und keine Uniformen und hatte Dienstausweise statt Polizeimarken. Aber ab und zu sehnte sie sich nach einem Sheriffstern.

Dennoch hatte sie es nie bereut, dass sie zum Bureau gegangen war. Sie konnte, von jetzt bis zur nächsten Sintflut, Vorträge darüber halten, was im Bureau alles nicht stimmte, all diese blöden Akronyme, die sich anhörten, als redeten sie in »Zungen«, oder die grobe Art, mit der Frauen behandelt wurden. Drei Jahre hintereinander hatte sie in Quantico beim Schießen die meisten Punkte geholt, und deswegen wurde sie von ihren Ausbildern zum FATS geschickt – dem Firearms Automated Training System, wo mit Laserstrahlen und nicht mit Kugeln geschossen wurde. Oft bewunderte man ihr Reaktionsvermögen. Dennoch wurde sie nie zur hauptamtlichen Ausbilderin befördert, weil irgendwer davon überzeugt war, eine Frau sei unfähig, mit einer .45er umzugehen. Sie durfte schon froh sein, dass sie alle achtzehn Monate einen Zwei-Wochen-Ausbildungskurs für Cops oder andere FBI-Agenten geben durfte, für die meisten ohnehin nur ein Vorwand, vierzehn Tage lang mal etwas anderes zu machen.

Doch dem Bureau anzugehören hieß zu den Besten zu gehören. Das wurde einem in Quantico so oft und so nachdrücklich eingetrichtert, dass es schon als Echo von den Bergen der Umgebung widerzuhallen schien. Aber es stimmte. Das zeigte sich an McManis, Alf, Amari und Shirley Nagle. Und an ihr selbst. Alles, was man ihr über Pflicht und höheren Auftrag vermittelt hatte, war ihr in Fleisch und Blut übergegangen. Sie liebte diese Begriffe, und sie liebte sich selbst, weil sie einen guten Job gut machte. Und sie würden Brendan bekommen. Gemeinsam. Das FBI.

»An mir soll's nicht liegen«, sagte Feaver, als sie diese Prophezeiung laut wiederholte. »Wenn Sie Brendan hinter Gitter bringen, mache ich Fotos von ihm und rahme sie mir ein. Nicht einen Augenblick lang werde ich Gewissensbisse dabei haben. Aber vielleicht sollte ich doch. Der Kerl hat mich immer wie Gold behandelt. Das hat mit Mort, mit seiner Ma und meiner Ma zu tun. Ich gehöre sozusagen zu Brendans Meute. Aus dem Grund meint Sennett ja auch, ich wäre so mächtig scharf darauf, ihm das Messer in den Rücken zu rammen.« Er schüttelte wieder den Kopf bei dem Gedanken an sein gegenwärtiges Leben als Spitzel und Verräter. Sie tröstete ihn mit jener abgenutzten Floskel aus dem Poesiealbum für Agenten, was immer es ihm nutzen mochte: »Er würde es mit Ihnen nicht anders machen, Robbie. Keine Sorge.«

»Brendan? Nie und nimmer. Stellen Sie sich mal vor, Sennett kreuzt bei ihm auf, so, wie bei mir. So schnell könnten Sie gar nicht mit der Wimper zucken, wie er Stan hochkant wieder rausgeworfen hätte. Brendan geht vor niemandem in die Knie. Das ist so etwas wie sein Credo. Ich kann Ihnen einige schlimme Dinge über Brendan erzählen, aber gegen dieses Prinzip wird er nie verstoßen.«

»Was haben Sie also gegen ihn?«

Robbie verzog das Gesicht, wie immer, wenn er Evon für schwierig hielt. Doch nach kurzem Nachdenken schien er bereit, ihr Rede und Antwort zu stehen.

»Beim ersten Kennenlernen«, sagte er, »würde man Brendan als charmant bezeichnen. Liebenswert. Ausgeglichen. Humorvoll. Vor allem dann, wenn man Macht hat. Reportern, Politikern, Berühmtheiten, jedem, der ihm nützlich sein könnte, redet er nach dem Mund, wenn er glaubt, das macht sie ihm gewogen. Sobald man bei ihm aber zu den tiefer liegenden Schichten vordringt, mutiert Brendan zu einem absoluten Arschloch. Ich erkläre Ihnen das mal an einem Beispiel. Von Constanza habe ich ja schon erzählt, oder?«

Tuoheys Sekretärin. Evon erinnerte sich.

»Bis zum heutigen Tag sitzt sie direkt in seinem Vorzimmer. Eine schöne kleine Lady. Aber hören Sie sich mal an, wie Brendan sie in seine Pfoten bekam. Constanza war die ganze Zeit über, mehr als zwanzig Jahre, verheiratet. Sie konnte besser Englisch als ihr Mann Miguel. Sie absolvierte die Sekretärinnen-Schule, aber er brachte es nur bis zum Hilfskellner, und bei all dem Schnaps und Fusel, den er da nebenbei abstauben konnte, wurde er auch noch zum Säufer. Das Leben schlägt ihn, und er schlägt dafür Constanza. Sie weint sich natürlich bei Richter Brendan, ihrem Boss, aus. Er streichelt ihr die Wunden und bald schon auch anderes. Aber Constanza ist, müssen Sie wissen, eine sehr tugendhafte Katholikin, und Miguel ist der Herr und Meister, den Gott für sie ausersehen hat. Sie kann nicht mit Brendan schlimme Dinge tun und abends ihrem Mann in die Augen sehen.

Natürlich behandelt Brendan sie sehr verständnisvoll. ›Also, wir müssen aus Mike einfach einen besseren Menschen machen. Er braucht noch einmal einen neuen Anfang, einen neuen Job und die Chance, stolz auf sich zu sein.‹ Und Brendan verschafft ihm eine Stelle als Koch in der Gefängnisküche. Plötzlich schwingt er die Bratpfanne, statt den Fraß nur servieren zu dürfen. Miguel ist *muy contento*. Aber dann kommen die schlechten Nachrichten. Miguel kriegt Zoff mit der Verwaltung. Das Einzige, was ihm die Justizvollzugsbehörden anbieten können, ist eine Versetzung ins ferne Rudyard. ›Mein Gott, das ist dreihundertfünfzig Meilen weg von *mi familia*.‹ Traurig, sagen sie. Natürlich bekommt er mehr Gehalt, dreitausend Dollar, und einen Reisekostenzuschuss. Ein Reisekostenzuschuss für einen Gefängniskoch, verstehen Sie? Muss ich noch erwähnen, dass die zwei freien Tage, die Miguel bekommt, auf Montag und Donnerstag fallen? So kann er vielleicht einmal im Monat nach Hause fahren. Und wenn er kommt, scheint er nie zu merken, dass seine Seite im Ehebett noch warm ist. Bis heute – er ist inzwischen Küchenchef in dem Gefängnis – küsst er Brendan, wann immer er ihm begegnet, tatsächlich die Hand. Auf wundersame Weise zögert sich auch der Zeitpunkt seiner Pensionierung immer wieder hinaus. Und Brendan, dieser verdammte –« Robbie brach ab und zeigte einem Pick-up-Fahrer, der ihn geschnitten hatte und auch noch herausfordernd herübersah, den Stinkefinger. »Dieser gottverdammte Brendan lässt das zu. Muss man denn auf so einen Kerl nicht einen Hass bekommen? Jedes Mal, wenn Miguel ins Gericht kommt, um Constanza abzuholen, genießt Brendan es, sie erst einmal für ein kleines Diktat ins Büro zu rufen und sich einen blasen zu lassen, während ihr Männe auf der anderen Seite der Wand sitzt und wartet.«

»Oh, mein Gott.«

»Ja«, erwiderte er. »Und Sie glauben, Ihr Sex-Leben sei außergewöhnlich.«

Robbie hatte das nur so dahingesagt, doch die Bemerkung traf sie tief. Von Anfang an hatte sie gefürchtet, dass er sie demütigen wollte.

»Mein Sex-Leben ist nicht außergewöhnlich.« Sie funkelte ihn an.

»Dann sind Sie die Einzige«, sagte er. »Sex ist immer außergewöhnlich. Ob nun bei Brendan oder bei mir oder bei Ihnen. Außergewöhnlich.«

Die Theorie war ihr neu.

»Ich meine, Sex ist das Persönlichste, Intimste im Leben, oder?«, sagte er. »Bei jedem ist er ein bisschen anders, so wie der Fingerabdruck. Mit wem man was tut. Und dann die Phantasien. Wie hast du es am liebsten? An was denkst du dabei? Das ist ganz einmalig und individuell. Und das ist der Grund, warum Sex so intim ist. So magisch.«

Sie war einmal in einem Sex-Club in San Francisco gewesen und hatte zwei Frauen gesehen, die es mit einem Dildo trieben. Die eine hatte ihn an einer über den Kopf gezogenen Lederkappe befestigt. Besonders magisch war ihr das nicht vorgekommen. Aber das ging ihn nichts an.

Er nahm ihr Schweigen als Aufforderung zu weiterer Überzeugungsarbeit.

»Ich kann dazu nur eines sagen«, meinte er. »Ich habe mal eines Abends eine Frau aufgegabelt. Na ja, ›aufgegabelt‹... Nein, aufgegabelt würde ich nicht sagen. Sie war in unserer Kanzlei beschäftigt, und ich kannte sie schon seit Ewigkeiten. Sie war Single. Joyce – wie sie weiter hieß, habe ich vergessen. Aber ich mochte sie. Jedenfalls haben wir beide ganz schön einen sitzen. Wir fahren zu ihr, und sie sagt, ich soll mich setzen. Und dann holt sie dieses Fotoalbum heraus. Sagt, die Bilder hat sie selbst gemacht. Es sind Bilder von ihr. Ein Striptease vor der Kamera. Nicht nur so eine kleine Neckerei. Sehr freizügig. Ich weiß nicht, ob sie sie ans Museum für große Ticks und kleine Kuriositäten geschickt hat, aber da gehören sie hin. Doch zeigen wollte sie sie auf jeden Fall mal jemandem. Und der war ich. Wissen Sie, wenn ich ein Idiot wäre, hätte ich in dem Augenblick vielleicht angefangen zu lachen. Doch ich war fasziniert. Und es hat mich sehr berührt. Und auch richtig heiß gemacht. Obwohl ich nicht gerade behaupten möchte, dass sie toll aussah. Sie hatte zwar hübsche Beine, aber sonst gab sie nicht viel her, und Sie wissen ja, eine Kamera kann ziemlich rüde sein. Aber sie teilte es mit mir, dieses außergewöhnliche kleine Geheimnis. Und das fand ich wieder toll.« Er warf ihr von der Seite einen Blick zu, um zu sehen, wie sie es aufnahm. »Sie sollten sich also«, schloss er, »mal etwas lockerer sehen.«

»Ich mich selber? Wie geht das?«

»Nun kommen Sie mir nicht so. Sie haben mich schon verstanden.«

Sie lachte, aber im nächsten Augenblick zitterte sie.

»Lachen Sie nur«, sagte er. »Ich weiß, warum Sie ständig darüber reden wollen.«

»Sie sind derjenige, der dauernd darüber redet.«

»Aber Sie wollen es hören.«

»Wieder und wieder?«

»So ist es.«

»Quatsch.«

»Sie können es nicht«, sagte er.

»Was?« Sie begriff irgendwie, was er meinte, fragte aber doch: »Was kann ich nicht?«

»So sein. Oder zumindest so, wie Sie glauben, dass ich bin. Frei. Sie können es nicht.« An einer roten Ampel, wo die Leute jetzt in den frühen Abendstunden in eine Shopping Mall strömten, drehte er sich zu ihr und sah ihr direkt ins Gesicht. »Ich meine, ich weiß nicht, ob Sie es nun mit Mädchen oder Jungs oder meinetwegen mit Glühwürmchen treiben, mit wem auch immer – Sie können es nicht. Sie können nicht so, wie Sie möchten. Vielleicht sind Sie einfach frigide. Vielleicht erstarren Sie zu Eis, stehen sich selbst im Weg, oder wie Sie es sonst nennen wollen, und kommen deshalb mit niemandem klar. Oder Sie haben sich voll laufen lassen und sind losgezogen, um den Nächstbesten abzuschleppen. Es gibt so viele Möglichkeiten, Spaß zu haben, aber für Sie sind sie unerreichbar. Etwas in der Art ist es. Sagen Sie jetzt nicht, ich liege falsch, weil ich weiß, dass ich Recht habe.«

Ihm in die Augen sehen zu müssen war im Moment eine Strafe. Sie war bis an die Haarwurzeln rot angelaufen, und ihr Magen zog sich zusammen. Doch sie sah nicht weg. Und in den wenigen Sekunden, in denen sie seinem Blick standhielt, geschah abermals etwas zwischen ihnen. Nun wirkte er plötzlich verlegen und zog sich in sich selbst zurück. Er schaute als Erster weg, ließ das Schiebedach zurückfahren und spielte an den Knöpfen des Armaturenbretts herum. Er war es, der sie auf dem restlichen Heimweg nicht mehr anzusehen wagte.

4

»George, Sie wollte ich eben anrufen«, sagte Morton Dinnerstein. Ich war gerade in einen der Aufzüge neben der Eingangshalle des LeSueur gestiegen. Kaum hatte Morton mich entdeckt, hatte er sein albernes, schiefes Lächeln angeknipst. Ich war jetzt ihr Referenzanwalt, also eine Einkommensquelle für sie, und deswegen musste er mir dankbar und zuvorkommend begegnen. Er schüttelte mir die Hand gleich mehrfach. Wie sich herausstellte, hatte er ernste geschäftliche Dinge im Kopf. »Sie haben nicht zufällig einen Scheck in dem Vergleich *Petros gegen Standard Railing* bekommen, oder? Das war dieser Kerl, der beim Spiel der Hands von der Tribüne gefallen ist. Der Fall liegt mehr als zwei Monate zurück, und dieser McManis hält Robbie die ganze Zeit hin.«

Ich fühlte mich in dem Aufzug mit seinem reichlich verzierten Gitterwerk aus Messing plötzlich wie ein Vogel im Käfig. Schließlich hatte ich mir vorgenommen, nicht für die Regierung zu lügen.

Soweit ich wisse, nein, sagte ich.

»Und der Mandant, dieser Peter Petros, tritt Ihnen nicht die Türen ein? Das wundert mich schon. Wo sind Sie denn über den gestolpert, George? Von der Sorte wird es auf der Welt ja nur ein paar geben.«

Ich lachte viel zu laut über Mortys Humor und sah verzweifelt zu dem altmodischen Zeiger empor, der die Stockwerke anzeigte.

»Ich werde mich noch diese Woche darum kümmern, George«, versprach Mort, als ich ausstieg. Der 15. April stand vor der Tür, und ich nahm an, Mort dachte, wie die meisten Amerikaner, an den Steuertermin.

Wieder und wieder bestätigte mir die Causa Petros, was ich über die Jahre gelernt hatte, wenn ich meiner Frau Patrice bei ihrer Arbeit als Architektin zuschaute: Man kann nie gut genug planen. Das Leben schlägt dir immer ein Schnippchen. Um das Projekt vor einer Enttarnung zu schützen, hatte man so einiges an Maßnahmen ausgeklügelt. Da Moreland nun ständig mit Stans Büro kooperierte, war der Justitiar, ohne weitere Fragen zu stellen, bereit gewesen, McManis' Rolle als Anwalt der Gesellschaft zu bestätigen. Alle an den Scheinfällen beteiligten Kläger und Anwälte waren telefonisch über Amaris Büro erreichbar, und auch die Post für sie wurde von Undercover-Agenten brav aus den Fächern der Versicherungsgesellschaft abgeholt. Die erfundenen Firmen, zum Beispiel die Standard Railing, waren ordnungsgemäß ins Handelsregister eingetragen worden. Doch Zufälle waren damit nicht gänzlich ausgeschlossen.

An dem Tag, als Skolnick McManis in dem Anstreicherfall unter Druck gesetzt hatte, war Klecker ins Gericht geeilt, um einen Fehler an dem FoxBIte zu beseitigen. Als er am Metalldetektor vorbeimarschierte, merkte er plötzlich, dass er seine Waffe noch in seinem Overall hatte. Doch zu seinem Erstaunen ließen sie ihn passieren. Er hatte nur auf die Stelle geklopft, wo die Waffe steckte, und gesagt, das sei sein Handwerkszeug. Doch in diesem Augenblick hätte das ganze Projekt platzen können. Nicht genug damit: Vergangene Woche hatte ein Jurastudent aus Malatestas Vorlesung Feaver angerufen. Er war zufällig im Gerichtssaal gewesen und hatte dem Richter auf der Bank einmal zusehen wollen. An dem Tag hatte Silvio seine Entscheidung im Fall *Petros* verkündet, und der Student wollte nun für eine Seminararbeit über den Fall schreiben. Feaver hatte geantwortet, ohne Zustimmung seines Mandanten könne er keine Auskünfte darüber geben. Aber alle fürchteten nun, dass der Student weiter auf eigene Faust recherchieren würde.

Soweit ich wusste, hatte sich auch niemand Gedanken darüber gemacht, dass Dinnerstein vielleicht auch mal Geld sehen wollte. All die Täuschungsmanöver vor Gericht durchzuziehen war schon Arbeit genug gewesen. Doch trotz des ganzen Papierkrams, mit dem man Mort zu täuschen hoffte, war es doch reichlich unwahrscheinlich, dass er einige erstrittene hunderttausend Dollar nun einfach vergessen würde. Mit Robbie und Evon redete er natürlich offener als mit mir. Evon war kürzlich mehrere Male in der Nähe gewesen, als er Robbie ermahnt hatte, McManis auf den Pelz zu rücken. Feavers Misserfolge dabei hatten sogar Mort ein bisschen misstrauisch gemacht.

»Bestimmt verbringst du ja so einige Zeit mit ihm«, hatte Mort einmal gesagt. »Da vergiss nicht, dass du ihm eigentlich in den Hintern treten sollst.«

»Hey«, hatte Robbie nur geantwortet.

Dann hatte Mort sich an Evon gewandt. »Der fängt immer an, die Leute lieb zu haben, müssen Sie wissen.«

Dinnerstein hatte ihre ständige Anwesenheit inzwischen akzeptiert. Er war daran gewöhnt, dass hin und wieder Frauen in Robbies Leben traten. Evon wiederum hatte Spaß an den kleinen Sticheleien zwischen den beiden gefunden und mehr noch an den unterschwelligen Bissigkeiten, hinter denen Mort seinen häufigen Unwillen über seinen Partner verbarg. Doch die Finanzen gehörten nun einmal zu Morts Verantwortungsbereich in ihrer Kanzlei, und da blieb er bei aller Gutmütigkeit ein unerbittlicher Eintreiber. Was monatlich einging, konnte er bis auf ein paar Dollar genau aufzählen, ohne in die Bücher zu schauen. Auch beim Investieren zeige er besonderes Geschick, sagte Robbie.

»Dieses naive Über-den-Dingen-Schweben«, hatte Robbie ihr einmal erklärt, »ist zu einem guten Teil inszeniert, ein *Schtick*, wie wir sagen. Schon als Kind hat er so viele unangenehme Dinge einfach ignorieren können. Sie sind zu jung, um das noch zu wissen: Bevor J. E. Salk seinen Impfstoff gegen die Kinderlähmung erfand, wachten die Mütter im Sommer immer wie die Glucken über ihre Kids. Ihrer Wachsamkeit entging kein Schnupfen, denn sie wussten, dass irgendwer – ein Schulkamerad oder die kleine Cousine des Nachbarn eine Treppe tiefer – früher oder später von dieser schrecklichen Plage befallen würde. Und Morty hatte es erwischt. Monatelang lag er in der Eisernen Lunge. Das kann einen schon verrückt machen. Die Lähmung bildete sich war ziemlich gut zurück. Doch danach ließ ihn seine Ma nicht mehr aus den Augen. Manchmal hielt sie ihm, wenn er schlief, einen Spiegel unter die Nase. Sie wollte sicher sein, dass er noch atmete. Und sie brachte ihn dazu, diese Beinschiene zu tragen, mit der er sich natürlich wie der größte Blindgänger der Welt vorkam. Wenn wir draußen waren, haben wir sie immer abgeschnallt und im Gebüsch versteckt. Sie war aus Leder mit Streben aus Stahl und Schnürbändern wie für Schuhe. Die dürfte ich bestimmt einige hundert Male zugeschnürt haben, denn wenn es heimging, musste die Schiene stets wieder angelegt werden. Sheila hat davon nie erfahren. Er kam immer mit diesem dümmlichen Unschuldslächeln auf den Lippen nach Hause.«

Feaver fand diese Geschichte, wie alles, was Mort betraf, einfach wunderbar. Aber der Zeitpunkt, zu dem er sie erzählte, war gut gewählt. Genau an dem Tag, als Mort mich angerufen hatte, platzte Shirley Nagle in McManis' Konferenzzimmer und meldete, dass Dinnerstein am Empfang stehe. Evon war gerade bei Jim und ging mit ihm den unerledigten Papierkram durch, der sich zu den einzelnen Scheinfällen angehäuft hatte. Shirley meinte, Mort wirke höflich, aber bestimmt. Er hatte im Laufe des Tages schon mehrfach vergeblich bei McManis angerufen. Jetzt hatte er verkündet, er werde so lange draußen warten, bis Jim Zeit für ihn habe. Dinnerstein hatte sich auf einem Polsterstuhl niedergelassen und aus seiner vollen Aktentasche den Entwurf zu einem Schriftsatz gezogen, in den er in seiner kleinen, sauberen Handschrift Änderungen eintrug.

»Soll ich mich unsichtbar machen?«, fragte Evon McManis.

»Unsinn«, sagte Jim. »Hören Sie sich lieber an, was er will.«

Evon ging hinaus zu Dinnerstein und gab für ihre Gegenwart einen Grund an, der gar nicht so weit von der Wahrheit entfernt war: Sie sei hier, um die Termine für einige Fälle festzumachen. Eben habe sie Morts Namen gehört und gedacht, er suche sie vielleicht. Natürlich war es das Geld, hinter dem Mort her war.

»Bleiben Sie einfach bei uns«, flüsterte Mort. »Eine Zeugin kann nicht schaden.«

Dann wurden sie in McManis' Büro gebeten. Mort setzte ein Lächeln auf, das er während des ganzen Besuchs beibehielt. Seit Monaten höre er immer wieder Jims Namen, meinte er, da müssten sie einander doch auch einmal kennen lernen. Dann versuchte er eine Brücke zu bauen und nannte ein paar Namen aus der Rechtsabteilung von Moreland. Seiner Meinung nach musste McManis sie kennen. McManis' Antwort fiel nicht besonders überzeugend aus. Aber wenn einer einem anderen ein paar hunderttausend Dollar schuldet, wirkt er wohl nicht mehr ganz so locker.

Mort kam schließlich auf das Geld zu sprechen, das seiner Kanzlei zustehe. Jim schob in gewohnter Anwaltsmanier seinen Mandanten, die Versicherung, vor.

»Auch wir vertreten ja einen Mandanten«, lachte Dinnerstein. »Und es wird uns verdammt schwer fallen, ihm zu erklären, warum wir noch keinen Antrag gegen Sie wegen Missachtung des Gerichts gestellt haben.« Er habe zufällig einen Entwurf für so einen Antrag bei sich. In derselben jovialen Art wie bisher reichte er ihn Jim. Dann verließ er zusammen mit Evon den Raum.

Natürlich wurden Sennett, Robbie und ich gleich danach zu McManis gerufen. Die Sache wuchs sich langsam zu einem Problem aus. Nach *Standard Railing* würde sich Dinnerstein über kurz oder lang auch nach dem Scheck in der Vergleichssache des armen Anstreichers mit dem Lungenkrebs erkundigen, die vor Skolnick verhandelt worden war. Dann würde *King gegen Hardwick* an der Reihe sein, die Klage wegen sexueller Belästigung, denn Robbie hatte Richter Crowthers' Sekretärin zwei Tage nach der Anhörung mitgeteilt, dass es zu einem Vergleich gekommen sei. Allerdings war alles halb so schlimm, wie es aussah, denn Feaver würde seine Anteile umgehend an die Regierung zurückerstatten. Doch Morts Hälfte nach Abschluss des Projekts zurückzubekommen konnte ein kompliziertes juristisches Unterfangen werden, vor allem, wenn Mort empört wäre, und danach sah es aus. Beim UCORC, wo man McManis und Stan wegen der enormen Kosten des Projektes ohnehin für alle Zeit auf der schwarzen Liste führen würde, war man sicher kaum geneigt, 250 000 Dollar in den Wind zu schreiben.

Wir alle beobachteten Stan, wie er überlegte. Er hatte die Arme auf die Ellbogen gestützt und tippte mit den Fingerspitzen gegen seine Lippen. In der gleichen Haltung hatte ich als Kind immer die Gameshows im Fernsehen verfolgt, wo man darauf wartete, dass einer die richtige Antwort ausspuckte wie ein Automat Münzen.

»Sie werden es tun«, sagte er plötzlich. »Ich weiß, wie ich sie dazu bringe.« Die Runde am Tisch erwartete eine genauere Erklärung, doch es kam nichts. Sennett schenkte uns ein kühles Lächeln, doch den Einfall, wie immer er auch aussehen mochte, hielt er in seiner Brust verschlossen. Immer nur wissen, was man wissen muss! Doch er behielt Recht. Zwei Tage später kam bei McManis eine telegrafische Überweisung an. Als Absender firmierte ein Deckname.

»Wissen Sie«, sagte Robbie zu Evon an dem Abend, als er Mort den Scheck präsentieren konnte, »ich hatte nicht wirklich Angst. Wenn es darauf ankommt, kann ich zu Morty immer sagen, er soll den Mund halten und mir einfach vertrauen.«

Sennett würde das nicht reichen. Was, wenn Mort gegenüber seinem Onkel ein Wort fallen ließ? Doch was Robbie sagte, stimmte. Für all seine Finten und Lügen war er auf Morts Wohlwollen angewiesen. Das wusste Mort. Obwohl Dinnerstein und seine Frau Joan Vorbehalte gegen den unverbesserlichen Schürzenjäger hegten, hatten sie ihn vor Jahren in ihrem Testament zum Vormund ihrer Kinder bestimmt. Sie wussten, welch starke Bindung zwischen Robbie und ihren beiden Jungen bestand. Für sie war er nur »Onkel Robbie«, und er hatte Josh, Morts älteren Sohn, jahrelang in der Jugendliga gecoacht – »in den guten alten Zeiten«, wie Robbie sie nannte, wenn er samstagmorgens um acht noch in Anzug und Krawatte zum Training erschien. Max, der Jüngere, war kein Sportler. Doch von Kindesbeinen an war er ein enorm begabter Schauspieler, ein Talent, das Robbie pflegen half, indem er bei der jährlichen Kindertheater-Vorstellung im heimischen Jewish Community Center Regie führte. Letzten Sommer hatte er zum ersten Mal wegen Raineys immer ernster werdender Krankheit darauf verzichtet. Doch Evon hörte oft, wie Robbie mit dem Jungen telefonierte und ihm Tipps gab.

»Haben Sie auch solche Freunde?«, fragte Feaver sie jetzt. »Verglichen mit Morty und mir?«

»Ich?« Evon überraschte der Gedanke. Zuerst wollte sie ganz impulsiv ihre Schwester nennen. Aber Familienbande waren etwas anderes. Das wusste sie. Nein, lautete also die ehrliche Antwort. Diese nüchterne Tatsache war niederschmetternd, aber es war die Wahrheit.

»Das geht vielen so«, tröstete er sie. Offenbar hatte er es ihr angemerkt.

Doch der Abend danach verlief für Evon alles andere als angenehm. Als sie ihr kleines Apartment betrat, drehte sich das Zimmer um sie. Sie schnaubte vor Wut über Robbie und darüber, wie es ihm gelang, sich an sie heranzumachen. Sie hasste sich dafür, dass sie so schlicht und in ihren Wunschvorstellungen so manipulierbar war. Lange saß sie in eine Decke gehüllt auf dem Sofa, ehe sie sich auch nur aufraffen konnte, Rebas Song »It's Your Call« aufzulegen. Sie musste raus hier, musste ausgehen, und sie musste mit Merrel sprechen. Sie musste einfach. In der City gab es ein paar modische Hotels mit großzügig und luxuriös ausgestatteten Telefonzellen, Messingdekor, kleine Granitsockel. Dort konnte sie frei reden und musste nicht fürchten, dass man sie abhörte.

Sie holte eine Frischhaltedose aus dem Gefrierfach, schob sie in die Mikrowelle und tippte auf die piepsenden Knöpfe, ohne genau zu wissen, was sie da warm machte. Sie ließ die Mahlzeit auf der Scheibe rotieren und ging duschen. Im Badezimmer zog sie sich aus und betrachtete sich in dem kleinen Spiegel, dessen Ecken schon vom heißen Wasserdampf beschlagen waren. Ganz ordentliche Titten. So viel war schon einmal sicher. Ganz überraschend überfiel sie bei ihrem Anblick zum ersten Mal die Vorstellung, mit Feaver zusammen zu sein. Untergründig hatte sie das schon all die Monate beschäftigt. Urplötzlich tauchte sein Bild aus dem Dunkeln auf, ganz kurz und überwältigend. Sie erinnerte sich, wie unverhofft stark er sich angefühlt hatte. Im selben Moment richteten sich ihre Brustwarzen auf. Sie wusste, wenn jetzt ihre Hand nach unten wanderte, um ihr Entspannung zu verschaffen, dann würde sie sich feucht anfühlen. Doch sie riss sich davon los, fast wie ein Ringer, der sich aus einem Klammergriff befreit. Nein. *Nein.* Eigentlich hätte sie zurückschaudern müssen, aber es belastete sie nicht. Es war nur ein Experiment, von dem sie immer gewusst hatte, dass es nicht aufgehen würde. Wenn es auch ihre Gefühle in Aufruhr brachte.

Sie sah in den Spiegel und hoffte, dass die Frau dort gegenüber ihr ein wenig den Rücken stärken würde. Aber ihr Gesicht verschwamm fast schon in dem Wasserdampf.

5

Am Tag nach Robbies Geldübergabe an Skolnick war Stan zu Richterin Winchell gefahren und hatte ihr das Band vorgespielt. Sie sollte erfahren, dass Petros auf der richtigen Spur war und Feavers Vorwürfe sich als wahr erwiesen hatten. Außerdem hoffte Stan, dass sie nun auch der Verwanzung von Richter Malatestas Amtsräumen zustimmen würde. Sie war darauf bedacht, ihm keinen Rat zu geben; schließlich war sie Richterin und nicht Staatsanwältin. Aber Sennett glaubte ihre Unterschrift zu bekommen, wenn er einen bestimmten Zeitrahmen vorgeben konnte, ein paar Tage für eine gezielte Überwachungsmaßnahme. Mit Robbies Hilfe sollte dazu ein Szenarium für einen Eilantrag entworfen werden, über den Malatesta schnell entscheiden musste. Das konnte die Regierung dazu bewegen, der Installation der Wanze zuzustimmen.

Auf Malatestas Terminkalender standen noch zwei Scheinfälle. Wie Walter angekündigt hatte, hatten sie weitgehend geruht, waren wohl im Ermittlungsstadium stecken geblieben. Im Fall *Drydech gegen Lancaster Heating* ging es um einen gasbetriebenen Wasserboiler, der angeblich in dem Stall von Robbies Mandanten, einem Farmer, explodiert war. Zu diesem Fall hatte sich Robbie von dem Urteil aus einem anderen Bundesstaat inspirieren lassen, der in McManis' Büro nur noch der »Furzfall« genannt wurde. Die beklagte Partei sollte argumentieren, dass die Explosion nicht durch den Wasserboiler hervorgerufen worden war, sondern durch die Bildung großer Mengen von Methangas in einem Stall voller Kühe.

Robbies Eilantrag sollte für die Beschleunigung der Aussage eines Ingenieurs der Herstellerfirma sorgen, der angeblich vor einer

Explosionsgefahr gewarnt hatte: Die Zündflamme eines Boilers in einem geschlossenen Raum, in dem Vieh gehalten werde, könne zu einer Explosion führen. Der Antrag sei deswegen so dringend, weil der Ingenieur angeblich schwer erkrankt war und es mit ihm bergab ging.

Kaum war der Antrag fertig, eilten Robbie und Evon auch schon zum Gericht, um ihn einzureichen und Walter einen Besuch abzustatten. Der geplante Lauschangriff sollte durch ein Gespräch zwischen Feaver und Wunsch eingeleitet werden. Ganz ähnlich wie im Fall Peter Petros wollte Feaver Wunsch darauf hinweisen, dass der Ausgang des Verfahrens voll und ganz von Malatestas Spruch abhing. Per Wanze konnte Sennett dann verfolgen, wie Wunsch dem Richter diesen Hinweis übermittelte und wie Silvio reagierte.

Als sie ankamen, bereitete sich Walter schon im Gerichtssaal auf die Sitzung vor, die um zwei beginnen sollte. Nach Beginn der Verhandlung würde es für Robbie schwer werden, noch mit Wunsch ins Gespräch zu kommen, und so rannten sie durch die Gänge. Als Evon hinter Robbie durch die Schwingtür stürmte, hätte sie beinahe einen stämmigen Kerl umgerannt, der fast doppelt so groß war wie sie. Sie hatte den Mann hier schon einmal gesehen. Er sah aus wie ein Cop oder Sheriff-Deputy. Sie entschuldigte sich. Er blickte sie ungläubig an. Wahrscheinlich ist er weniger ärgerlich als überrascht, dachte Evon, dass eine Frau ihm solch einen Stoß versetzen konnte.

Walter wanderte mit seinem gewohnt übellaunigen Gesicht unterhalb der Richterbank auf und ab und informierte den Gerichtsdiener und die Reporter über den zu erwartenden Verlauf der Sitzung. Evon blieb zurück und ließ Robbie allein an Wunsch herantreten. Die Stimmen kamen klar und deutlich über ihren Infrarot-Ohrhörer. Feaver überreichte Wunsch den Antrag und murmelte dabei zwischen den Zähnen: »Das ist mein Fall, Wally.«

Walters ohnehin schon zerfurchtes Gesicht verzog sich vor Widerwillen, aber er sagte kein Wort. Auf Robbies Frage, wie schnell der Richter wohl entscheiden werde, zitierte Walter erst einmal die Regeln für Eilanträge: Man müsse McManis zwei Tage für einen

Gegenantrag einräumen, und der Richter habe dann noch zwei weitere Tage Zeit bis zur Verkündung seiner Entscheidung. Er könne also am Donnerstag oder Freitag damit rechnen.

»Das nächste Mal werden Sie mich noch fragen, wie viel eins und eins ist, wie?« Mit einer Handbewegung scheuchte er Robbie weg.

Als Stan am Freitagmittag anrief und Robbie und mich zu McManis bat, rechnete ich mit einem weiteren Grund zum Feiern. Doch diesmal wurde ich nicht von den fröhlichen Gesichtern der Undercover-Agenten empfangen. Dafür saßen Jim und Stan mit langen Gesichtern am Konferenztisch. Aus dem Eichenschrank starrte uns das tote graue Auge des Monitors an. Auf meine Frage, was passiert sei, sahen sich die beiden nur an. Dann kam Robbie herein. Er saß noch nicht, als Stan den Videorecorder einschaltete.

Auf dem Schirm erschien ein Schwarzweiß-Bild. Oben rechts wurden in weißen Blocklettern Datum und Uhrzeit angezeigt, auf die Zehntelsekunde genau. Die Aufnahme hatte gestern um fünf nach fünf begonnen. Sie bot eine seltsame Perspektive. Klecker hatte die Kamera irgendwo an der Zimmerdecke angebracht – wie er mir später erklärte, in der Attrappe eines Rauchmelders –, und die hatte ein Fischaugenobjektiv, das die Ränder des Raums verzerrte, wie ich das von dem goldgerahmten Parabolspiegel im Flur meines Elternhauses kannte. Zudem gingen bei dem schwachen Licht die Zwischentöne in Weiß über.

Schließlich wurde ein großer Schreibtisch erkennbar, wuchtig wie ein Amboss, mit dem Sternenbanner und der County-Fahne dahinter. Am Rand des Bildes waren zwei Gestalten auszumachen. Als sie sich weiter zur Mitte bewegten, entpuppten sie sich, wie erwartet, als Malatesta und Wunsch. Der Richter hatte ein Bündel Papiere in der Hand, Urteile zu verschiedenen Fällen. Silvio studierte eines nach dem anderen durch seine Harry-Carey-Brille und setzte seinen Namen darunter. War dies geschehen, griff Walter, der ihm über die Schulter sah, sofort nach dem jeweiligen Dokument. Immer wieder gab der Richter Kommentare ab, manchmal in Walters Richtung, manchmal zu sich selbst. Hier biete sich ein Vergleich an. Und der Fall *Gwynn* dort werde ihn noch bis an sein Lebensende verfolgen. Walter zeigte diesmal nicht sein übliches mürrisches Gesicht, sondern begleitete das Tun und Lassen des Richters mit einem Schwall von Komplimenten über die Weisheit jeder einzelnen Entscheidung.

»Da sehen wir es«, sagte Robbie. »Was für ein Speichellecker.«

Klecker war inzwischen zu ihnen gestoßen, und Stan gab ihm ein Zeichen, er solle das Band vorspulen. Als es wieder mit Normalgeschwindigkeit lief, sah man Malatesta über einer Vorlage grübeln.

»Was ist das hier, Walter?«

»Der Fall *Drydech*. Gestern Abend haben Sie die Akte durchgesehen, Richter, nachdem die beklagte Seite ihren Schriftsatz eingereicht hat. Erinnern Sie sich? Das ist dieser Fall, in dem die beklagte Partei behauptet, die Kühe hätten das Gas produziert, das explodiert ist. Dummes Zeug. Der übliche Quatsch. Da hat sich die Gegenseite völlig verrannt.«

Malatesta schob die Brille am Nasenbügel hoch.

»Wie behalten Sie diese Fälle nur alle im Kopf, Walter? Ich kann mir nicht einmal die Hälfte merken. Ein wahrer Segen, dass ich Sie habe. Erinnern Sie mich noch einmal an den hier.«

Walter erklärte ihm, dass Feaver eine außerordentliche Zeugeneinvernahme beantrage. Der Ingenieur stehe angeblich schon mit einem Fuß im Grab.

»Ich verstehe nur Bahnhof, Walter.«

»Aber Sie haben den Antrag gelesen, Richter.«

»Tatsächlich?« Mit abwesendem Blick schob Silvio die Ärmel seines billigen Hemdes hoch, das seinen Körper umschlotterte, und schob die Ärmelhalter über dem jeweiligen, nicht erwähnenswerten Bizeps zurecht. »Dann holen Sie mal die Unterlagen, Walter. Ich will nur sichergehen, dass ich zum Feierabend nicht noch etwas vermurkse.«

Malatesta hatte den Stapel unerledigter Akten aufgearbeitet, als Walter mit Robbies Antrag und McManis' Gegenantrag zurückkam. Der Richter las und schüttelte den Kopf.

»Das muss mir irgendwie entgangen sein, Walter. Eine ziemlich komplizierte Angelegenheit. Ich bin nicht sicher, ob die Argumentation der beklagten Partei so ganz von der Hand zu weisen ist.« McManis hatte erklärt, Robbies Ansinnen, die Aussage des Ingenieurs protokollieren zu lassen, sei unfair, da es zuvor einer Klärung verschiedener technischer Details bedürfe, die seine Aussage beträfen. Wenn Feaver auf einer vorgezogenen Aussage bestehe, dann müsse das auch für mögliche Gutachten gelten.

Walter stand über die Schulter des Richters gebeugt und schwieg zunächst.

»Na gut, Richter. Aber eines müssen Sie bedenken. Feavers Partei würde sofort in die Berufung gehen.«

Malatesta rollte mit seinem großen Sessel ein Stück zurück. »Tatsächlich?«

»Unverzüglich. Den Eindruck hat er jedenfalls gemacht. Meint, er kommt ohne den Ingenieur nicht weiter. Er wird Rechtsmittel gegen eine Ablehnung einlegen.«

»Ich verstehe.« Malatesta hielt sich die Hand vor den Mund und studierte noch einmal Robbies Antrag.

»Ich weiß nicht, Sie sind der Richter, aber es ist doch so, dass diese Revisionsgeschichte gar nicht läuft, wenn Sie in Feavers Sinn entscheiden. Warum hören Sie sich nicht an, was der Ingenieur zu sagen hat? Kommt da nicht viel, verliert Feaver eben. Bringt er was, wird das Berufungsgericht Ihr Urteil niemals revidieren. Die haben nichts übrig für einen Beklagten, der eine für ihn ungünstige Aussage unter den Teppich kehren will.«

»Gut.« Malatesta wiegte den Kopf hin und her. »Ich sitze hier, um die bestmöglichen Entscheidungen zu treffen, und nicht, um dem Berufungsgericht Arbeit zu machen.«

»Ja, sicher, Richter, aber wann werden Sie schon mal revidiert? Richter Tuohey betont ständig, dass Sie ein leuchtendes Beispiel sind. Keiner im ganzen Superior Court kann Ihnen da das Wasser reichen, Richter.«

Malatesta, ein Mann, den man äußerst selten lachen sah, kicherte nun. Ein reichlich kindisches Kichern.

»Wie wahr, Walter. Letzte Woche habe ich Brendan getroffen,

und er pries mich gegenüber drei oder vier Kollegen und meinte, wie gut angesehen ich weiter oben sei. Es war schon fast ein bisschen peinlich. Aber ich gebe zu, ich bin stolz auf meinen Rekord. Hier am Obersten Gericht gibt es ein paar hervorragende Richter, Walter. Da ist es schon etwas Besonderes, wenn man am seltensten Revisionen kriegt.«

»Wissen Sie, Richter, das Appellationsgericht hat in den letzten Tagen einen Fall zurückverwiesen, der, glaube ich, ganz ähnlich gelagert war wie dieser. ›Die klagende Partei mahnt zu Recht die Zeugeneinvernahme an.‹ So heißt das dann bei denen immer.«

»Normalerweise schon, Walter. Aber es muss unparteiisch bleiben«, grübelte Malatesta weiter. Er schob die Lippen vor und tippte mit dem Finger gegen die Wange. »Ich kann mir nicht vorstellen, dass sich die Parteien auf einen Präzedenzfall wie diesen berufen.«

»Hat es gerade erst gegeben. Brandneue Rechtsmeinung. Noch nicht einmal veröffentlicht. Wie hieß der Fall noch?« Walter ging auf und ab und klopfte mit den Fingerspitzen an seine Stirn. »Wieso fällt mir der denn nicht ein? Aber wie auch immer, eine Revision. Fast genau wie in unserem Fall.«

»Ein revidiertes Urteil?«, fragte Malatesta zurück.

Walter nickte. Geziert hob Malatesta die Hände, als wollte er verhindern, dass ihm die Ärmel darüber rutschten.

»Sie haben einen siebten Sinn für so etwas, Walter. Das gebe ich zu. Also gut. Reichen Sie den Beschluss ein, Walter. In diesem Geschäft ist die erste, ganz instinktive Entscheidung immer die beste. Gestern Abend habe ich den Antrag gebilligt, also war das wahrscheinlich der richtige Schritt.«

»Genau.« Walter machte beinahe eine Verbeugung, bevor er sich auf dem Absatz umdrehte.

Stan stoppte das Band. Er hob das Kinn, sah uns an und fragte uns nach unserer Meinung.

»Das alles ist doch ein Witz, oder?« Robbie hatte schon eine ganze Zeit lang seine Heiterkeit nicht verbergen können. »Mein Gott, Stan, wie dieser Walter diesen armen kleinen Scheißer an der Nase herumführt. Er schafft es doch tatsächlich, ihn die Beschlussvorlagen blind unterschreiben zu lassen. Sieht doch genau so aus. Er kommt daher, lässt sich das Geld geben und teilt es mit Rollo Kosic. Und er lacht sich darüber kaputt, wie sich Silvio den Kopf zerbricht. Dann kommt noch dieser Brendan und tätschelt Silvio den Hintern für seinen tollen Rekord, nie revidiert worden zu sein, und alles läuft weiter wie geschmiert.«

Hinter Stans Rücken warf mir McManis einen Blick zu. Mir bestätigte das das Einvernehmen zwischen Stan und Jim, das mir schon längere Zeit zu bestehen schien.

»Sie glauben also, Sie wurden die ganze Zeit hintergangen?«, fragte Sennett.

»Hintergangen? Gott, nein, Stan, warum soll ich mich beschweren? Ich habe bekommen, was ich wollte. Und Walter nimmt eben das Geld und behält es. Was soll's? Für mich ist eins wie das andere.«

»Das ist es kaum«, widersprach Sennett. »Ein Gerichtsdiener auf Abwegen ist etwas anderes als ein korrupter Richter.« Er sah Robbie streng an. »Das ist für keinen von uns dasselbe«, fügte er mit drohendem Blick hinzu. Er hatte Recht. Sowohl die Öffentlichkeit als auch ein Richter würden in Walter stets einen Handlanger sehen.

»Wissen Sie, was ich glaube?«, sagte Sennett. »Sie sind damit raus aus dem Spiel.«

Feaver starrte ihn an. Das durfte nicht wahr sein. Die Tarnung, unter der das Projekt ablief und die sie in gemeinsamer Anstrengung aufrechterhielten, war nur etwas wert, wenn sie für alle hielt. Wurde einer als Agent der Regierung enttarnt, flogen alle mit ihm auf.

»Denken Sie einmal nach«, sagte Sennett. »Irgendwie müssen sie herausbekommen haben, dass da eine Kamera war. Walter weiß, aus ihm machen sie ohnehin Hackfleisch, also hilft er Malatesta, sich herauszuwinden. Wenn –« Er brach ab, als er unsere Reaktion sah. Er schien McManis, Robbie und mir unser schlichtes Erstaunen anzusehen – kein feierliches Staunen, sondern eher eines, wie man es aus der Bibel kennt, ohne Jubel, voller Verwunderung und Furcht. Stans Verstand arbeitete so verblüffend präzise und schnell, dass er sich sogar von scheinbar auf der Hand liegenden Tatsachen nicht beirren ließ.

»Was ist?«, fragte er, als er unsere erstarrten Blicke sah. Mit gefalteten Händen beugte er sich steif vor. »Es ist möglich. Es ist absolut möglich«, sagte er.

6

Am folgenden Donnerstag, dem 30. April, saß Evon allein im Mercedes oben auf der Dachebene des Temple-Parkhauses. Vom Wagen aus hatte sie den hinter Glaswänden liegenden Eingangsbereich zu dem verrotteten Fahrstuhl im Blickfeld. Sie beobachtete, wie sich die Türen ratternd öffneten und Robbie den heraustretenden Walter Wunsch begrüßte. Nach einigen freundlichen Worten verschwanden sie aus dem Bereich ihres Funkempfängers. Der Aufzug hatte sich unter Stöhnen und Ächzen abwärts in Bewegung gesetzt. Sie blieb allein zurück, konnte nicht mehr verfolgen, was die beiden taten und sagten, und nur hoffen, dass nichts schief ging. Eine unerwartete Unsicherheit stieg in ihr auf.

Nach ein paar Tagen konfuser Debatten über die verschiedenen Möglichkeiten des weiteren Vorgehens hatte man sich darauf geeinigt, Walter eine weitere Zahlung für die großartige Abwicklung des Falls *Drydech* anzubieten. Zugleich konnte damit Sennetts Theorie überprüft werden, dass Walter etwas gemerkt haben könnte. Bei aller Loyalität Walters gegenüber Malatesta, ein paar Jahre mehr hinter Gittern würde er sich nicht einhandeln wollen, indem er einen zweiten Umschlag annahm.

Noch bevor der Fahrstuhl wieder im vierten Stock angekommen war, wusste Evon, dass etwas nicht stimmte. Durch das Rauschen und Knistern wurden langsam wieder Stimmen hörbar. Statt sich im Erdgeschoss davonzumachen, war Walter noch immer bei Robbie. Sie unterhielten sich über eine Frau, und das wie üblich in abfälligem Ton. Feaver lachte sein gewohnt humoriges Lachen, und Wunsch grummelte etwas, das kaum zu verstehen war.

Langsam schoben sich die rostigen Aufzugtüren mit ihren eingeritzten Gang-Tags und gesprühten Graffiti auf. Unversehrt stieg Feaver aus, ein Lächeln auf den Lippen, gefolgt von Wunsch. Trotz seines dicken Mantels, den er trotz des milden Frühlingswetters immer noch trug, hatte Walter die Schultern fast bis zu den Ohren hochgezogen.

»Unmöglich«, hörte sie Robbie sagen. Er gab Wunsch einen Wink und trat aus dem Aufzugsbereich. Walter blieb stehen. Er starrte durch die verschmierte Glaswand in Evons Richtung. Seine Gesichtsfarbe changierte zwischen Gelb und Grau. Er sah sie böse an. Plötzlich hörte sie über den Ohrhörer, dass Feaver sie auf seinem Weg zum Mercedes direkt ansprach.

»Okay, wenn ich jetzt in den Wagen steige, sage ich irgendein Bla, bla, und Sie müssen laut lachen. Hysterisch. Okay? Als hätte ich Ihnen gerade eine absolute Sauerei erzählt.«

Feaver ließ sich auf den Fahrersitz fallen und bewegte stumm die Lippen. Kein Ton war zu hören, die perfekte Pantomime. »Lachen!«, zischte er durch die Zähne. Er hielt sich die Hand vor den Mund, damit seine Lippenbewegungen nicht zu erkennen waren. Sie solle den Kopf schütteln, sagte er ihr, und so laut lachen, dass sie husten müsse. Schließlich wandte Robbie das Gesicht zur Windschutzscheibe, sah Walter an und zuckte mit den Achseln. Walter tat das Gleiche. Hinter Walter öffnete sich die Aufzugstür, und er drehte sich zu ihr um.

Sie wartete auf ein Handzeichen von Feaver oder eine Erklärung, aber vergeblich. Er legte nur den Gang ein und fuhr los. Ein paar Blocks weiter bog er in eine schmale Straße ein und holperte über das Kopfsteinpflaster zu einem Schotterparkplatz hinter einem kleinen Laden, dessen Hintertüren mit einem rostigen Gitter gesichert waren. Robbie zeigte auf seinen Gürtel und bewegte stumm die Lippen. »Aus!«

Diesmal hatte sie die Fernbedienung aber gar nicht dabei. Schließlich waren sie nur wenige Häuser von der Kanzlei entfernt gewesen, und deswegen hatte sie vorgehabt, das FoxBIte bei McManis zu deaktivieren.

»Mist«, sagte Feaver laut. »Filzen«, verlangte er von ihr.

Sie wollte wissen, was los sei.

»Verdammt, filzen Sie mich«, antwortete er. Während sie es tat, saß er stocksteif da und blickte aus dem Fenster. Er verlangte von ihr, dass sie laut aufzählte, was sie bei ihm fand, und auch die Uhrzeit nannte. Danach zog er ohne weitere Erklärung das Mikrofon aus der Hemdtasche und riss das Kabel ab. »Sendeschluss«, sagte er.

»Hat er das Geld nicht genommen?«

»Jeden Cent. Wie immer.« Auf Kleckers Rat hatte sich Feaver Stiefel von Hand fertigen lassen, in denen das FoxBIte sicherer und bequemer unterzubringen war. Jetzt hob er einen Fuß, um den Stiefel auszuziehen, was hinter dem Steuer gar nicht so einfach war. Wiederholt wollte sie wissen, was passiert sei, aber er schwieg beharrlich. Schließlich löste er das FoxBIte vom Gurt um die Fessel und ließ es auf ihre Handtasche fallen.

»Um Himmels willen, wo liegt das Problem?«

»Das Problem ist Folgendes«, sagte er. »Als Walter und ich uns gerade trennen wollten, erzählte er mir eine Geschichte. Einerseits findet er sie lustig, andererseits vielleicht nicht. Offenbar sind Sie, als wir letzte Woche im Gericht waren, in einen Kerl hineingerannt. Erinnern Sie sich? Der Kerl war ein Cop. Ein alter Kumpel von Walter aus der Zeit, als sie beide in der Strafkammer zu tun hatten. Der Cop hatte eine Verwaltungsklage gegen eine Entscheidung des Fire and Police Board eingelegt. Er hatte wegen irgendwas dreißig Tage gekriegt. Er heißt Martin Carmody.« Feaver sah in die Ferne und wartete auf eine Antwort. »Dreimal dürfen Sie raten.«

»Ich dachte, den hast du doch schon mal gesehen.«

»Aha.« Sie folgte Robbies Blick zu der unverputzten Ziegelmauer des niedrigen Gebäudes. An dem rostigen Regenrohr rankte sich ein grünes Pflänzchen hoch. »Zu Walter sagte er, vor fünf oder sechs Jahren hätten sie ihn mal für ein paar Wochen nach Quantico geschickt, Schießausbildung für Fortgeschrittene. Dort lernt er seinen Ausbilder kennen, genauer: seine Ausbilderin, eine FBI-Agentin. DeDe Soundso. Richtig kennen gelernt hat er sie dann eines Nachts – und zwar im Sinne des biblischen ›Erkennens‹. Und er könne schwören, sagte er zu Walter, dass diese Mieze, mit der er da zusammengestoßen ist – damit meinte er Sie –, dass das dieselbe war. DeDe. Haare gefärbt. Keine Brille mehr. Ein bisschen mehr ›Mädchen vom Lande‹ als damals, aber, Himmel, so was vergesse man nicht einfach. Der einzige Grund, warum er sich an Walter wende, sei die Tatsache, dass Mrs. Carmody jeden Tag mit in der Verhandlung sitze und er da nicht plötzlich in eine Klemme geraten wolle.«

Evon saß jetzt mit geschlossenen Augen da.

»Ich habe natürlich mächtig gelacht«, sagte Robbie. »FBI? Lächerlich. Fragen wir sie selber. Gott sei Dank ist Walter viel zu schüchtern, um seine Nase in den Wagen zu stecken und eine Lady über jemanden auszufragen, mit dem sie vielleicht mal eine Nummer geschoben hat. Und außerdem gilt für ihn die Devise: Was kümmert mich das FBI. Aber neugierig genug war er doch, um wieder mit herauszukommen und Sie selbst in Augenschein zu nehmen.«

»So eine Scheiße«, sagte sie, als sie die Sprache wiedergefunden hatte. In seiner Gegenwart hatte sie noch nie so etwas gesagt. Für eine Mormonin gehörte sich das schließlich auch nicht.

»Alsdann, DeDe-Baby, dann erzählen Sie mir mal, was wir jetzt am besten machen.«

»Oh, verdammt.« Ihre Gedanken waren festgefahren wie ein Schiff im Packeis. Die Maschinen liefen auf vollen Touren, dennoch kam es nicht von der Stelle. Immerhin, Walter hatte das Geld genommen – das konnte Entwarnung bedeuten. Aber eine Garantie war auch das nicht. Sie zitterte am ganzen Körper. Und wie immer überkam sie tiefe Scham. Am schlimmsten war die Tatsache, dass es drüben im Observierungswagen jeder mitbekommen hatte. Jeder wusste jetzt Bescheid. Sennett würde inzwischen rotieren wie eine Wetterfahne im Wirbelsturm. Alle würden den großen Rappel kriegen.

»Verstehe ich das richtig?«, fragte sie. »Carmody hat nur aus Vorsicht nachgefragt? Er war sich nicht ganz sicher? Ich meine, wir waren komplett abgefüllt damals, Robbie. Konnten nicht mehr gerade gehen.« Sie schlug mit der Faust in die flache Hand. »Er ist sich nicht sicher. Darum hat er Walter gefragt.«

»Wahrscheinlich. Aber Wally hat noch immer ein bisschen die Hosen voll. Zwar schien er sich etwas beruhigt zu haben, als er ging, doch die Frage steht weiter im Raum.«

Wie zu sich selbst sagte sie: »Ich konnte ihn nicht einordnen. Wirklich nicht. Bin einfach an ihm vorbeigelaufen.« Es musste etwa 1986 gewesen sein, denn damals war Hogan's Alley noch im Bau, eine kleine Stadt, in der zu Übungszwecken Verbrechen inszeniert wurden. Damals hatte man sie zum ersten Mal nach ihrer Ausbildung nach Quantico zurückgeholt, um Schießunterricht zu geben. Eine uralte Geschichte. Aus einem anderen Leben. Der winzige Anflug eines Lachens drang aus ihrer Kehle. Natürlich erinnerte sie sich an ihn. Er hatte damals nur viel besser ausgesehen.

»Ja, ja«, sagte Robbie. »Ein One-Night-Stand. Nur so ein streunender Schwanz nach Lokalschluss. Das kenne ich.« Sie sah Robbies Blick und verstand den Rest. In seinem dunklen Gesicht arbeitete es. Er umfasste das Nussbaum-Lenkrad mit beiden Händen, und sein durchdringender Blick traf sie so wie am ersten Tag, als sie zu ihm gesagt hatte, sie hätte bereits böse Buben festgenommen.

»Robbie«, begann sie und verstummte.

Er gab Gas und fuhr zurück in die Stadt.

»Tolle Tarnung«, sagte er.

Mai

1 »Erinnern Sie sich?«, fragte sie. »An unsere Unterhaltung an diesem Abend? Nach dem Treffen mit Kosic. Erinnern Sie sich? Wie Sie schildern, dass Sie im Dunkeln daliegen. Und sich so unsicher fühlen. Erinnern Sie sich?«

Sie hörte ihn schlucken.

»Meinen Sie damit ...?«

»Sie erfahren schon noch, was ich meine«, unterbrach sie ihn. »Aber erst bitte die Antwort. Erinnern Sie sich?«

»Sicher.«

»Gut. Ich muss jetzt wissen: War das ein Spiel?«

Er brummte etwas. Fast war es ein Ächzen. »Bestimmt nicht«, sagte er dann. »Jedes Wort war wahr.«

»Also gut. Können Sie sich dann vorstellen, dass Sie in sich hineinschauen und nicht genau wissen, was Sie da sehen? Nicht genau wissen, ob Sie wirklich fühlen, wonach Sie sich sehnen? Können Sie sich das vorstellen?«

Er dachte eine Weile nach, das Gesicht im Dunkeln. Nachdem er das FoxBIte von seinem Fuß entfernt und ihr gesagt hatte, was Walter von Carmody wusste, waren sie erst ein Stück durch die Gegend gefahren, bevor sie wieder auf das LeSueur zusteuerten. Aus seiner ganzen Haltung sprach Verachtung – für die ganze Welt. Er war wütend, weil er glaubte, getäuscht worden zu sein. Und merkwürdigerweise kam sie mit seinem Zorn nur schwer zurecht. Sie fühlte sich klein und verlassen. Wie würde sich dieser Riss in ihrer Tarnung für das Projekt und für sie selbst auswirken? Völlig unerwartet hatte sie ihr früheres Leben eingeholt, suchte sie heim wie ein ungebetener Gast. Hätte Feaver sie jetzt irgendwo an einer

Ecke abgesetzt, hätte sie nie mehr den Weg nach Hause gefunden.

Schließlich fragte er, ob die Geschichte stimme. Hatte sie nun, oder hatte sie nicht? Zuerst weigerte sie sich zu antworten.

So nicht, Robbie. Das gehört nicht hierher. »Ich habe einen Auftrag auszuführen«, hatte sie gesagt.

»Und auch den haben Sie versaut.« Wie ein Hammer hatte sie das getroffen, wie der wuchtige Schlag einer Abrissbirne, die eine Wand einreißt. Als der Staub sich gelegt hatte, huschte sein Blick zu ihr herüber, sanfter als alles zuvor seit seinem Gespräch mit Walter. »Das war nicht fair«, hatte er nach kurzem Zögern gesagt und war dann wieder in Schweigen verfallen.

Irgendwie beschlossen sie gemeinsam, nicht im LeSueur zu bleiben. Feaver stieg gar nicht erst aus und fuhr einmal um den Block, während sie zu McManis hinaufging und ihm von der Tür aus das FoxBIte zuwarf. Jim hatte ihr nicht viel zu sagen. Er wollte wissen, ob Walter überzeugt gewirkt habe, als er zum Aufzug zurückging. Sie sagte, das nehme er an. Feaver sei der gleichen Meinung. Aber eines war sicher: Selbst wenn Walter noch Zweifel hatte, brachte es ihm nichts, wenn er sie direkt darauf ansprach.

Sie fragte, ob Sennett getobt habe.

»Ja«, war Jims Antwort darauf. »Er meint, die Leute vom Bureau, Ihre ›Umzugsleute‹, hätten das vorher wissen müssen.« Trotz des Dilemmas, in dem sie steckten, musste er bei dem Gedanken an den einschlägigen Fragebogen lächeln: Listen Sie einzeln jede wilde und durchzechte Nacht in den letzten zehn Jahren auf. Er hatte freundlich genickt, als sie sagte, am liebsten würde sie die ganze Sache einfach hinschmeißen. »Das ist nicht Ihre Entscheidung«, war seine Antwort.

Sie wusste, dass das stimmte. Es war nicht mehr als ein tückischer Zufall. In den meisten Fällen flog ein Undercover-Agent durch Cops oder Staatsanwälte auf, denen er bekannt war. Und das war nur logisch. Allerdings würde es sie für immer verfolgen, wenn das Projekt jetzt den Bach hinunterging. Bis nach Iowa und sonst wohin. Bring das Bureau nicht in Schwierigkeiten. Dieses Motto wurde in Quantico jedem Rekruten wie ein Brandzeichen eingebrannt. McManis und Sennett mussten so oder so darüber sprechen. Die Risiken abwägen. Aus diesem Grund ließ er sie fast erleichtert gehen. Noch wussten sie nicht, was mit ihr geschehen sollte.

Wieder im Mercedes, hatte Feaver gefragt, ob sie etwas trinken wolle. O ja, ganz gewiss. Er bot an, ihr in einer Spirituosenhandlung eine Flasche zu besorgen. Solange sie noch bei der Truppe war, sollte das Mormonengirl nicht beim Kauf von Alkohol beobachtet werden. Sie mochte noch immer nicht allein sein, und man konnte es ja zumindest als eine Art Revanche ansehen, wenn sie ihn nun auch einmal in ihr Apartment einlud. Sie mixte den Wodka mit gefrorenem Zitronenkonzentrat aus ihrem Tiefkühlfach. Nachdem sie schweigend eine ganze Menge davon getrunken hatten, kam ihr impulsiv der Gedanke, und fast wurde ihr übel dabei. Sie wollte es ihm erklären. Warum?, fragte sie sich selbst und hoffte, einen eindeutigen Grund für diesen inneren Zwang zu finden. Warum?

Weil. Weil Schweigen etwas Empfindliches in ihr zerstören würde.

Weil es ihr unerträglich schien, die kostbare, so schwer auszusprechende Wahrheit einer Lüge zu opfern.

Inzwischen war es Abend geworden. Sie zog nie die Vorhänge zu. Der Schein der Straßenbeleuchtung und einer Neonreklame auf der gegenüberliegenden Seite fiel ins Zimmer. Die meiste Zeit saß sie mit geschlossenen Augen da. Robbie hockte an das geblümte Sofa gelehnt auf dem Boden. Auch das hatten die FBI-Umzugsleute für sie gemietet. Wenn sie abends darauf lag und fernsah, drang aus den Polstern der Geruch von Zigarrenrauch und Reinigungsmitteln, den sie nicht wegbekommen hatten. Feaver hatte Jackett und Stiefel ausgezogen. Er bewegte die Zehen in den grell karierten Socken, schwieg aber und überlegte, was er ihr antworten sollte. Konnte er es sich vorstellen?

Ja, sagte er, schon. Ja, das könne er.

»Ist es das für Sie?«, fragte er dann.

»Es war«, sagte sie, »jahrelang. Jahrelang. Ich dachte, ich interessiere mich eben nicht dafür, wolle einfach nichts davon wissen. Sicher war ich mir nicht. Vielleicht habe ich alles einfach dem Sport untergeordnet.« Ein Sportler ist identisch mit seinem Körper. Und das wurde nach einem Spiel stets besonders deutlich: die Schrammen, die gezerrten Muskeln, die Schmerzen. Ihre Haut fühlte sich an, als sei etwas Beißendes tief in jede ihrer Poren gedrungen. Für die meisten ihrer Teamkameradinnen hatte sich das zu einer Art elektrischer Spannung aufgebaut, die sich in sexuellen Reaktionen ausdrückte. Doch für sie war das Spiel selbst das Aufregende gewesen. Die Gefühle, die sie dabei überkamen, schienen fast etwas Verbotenes an sich zu haben. Nicht nur wegen der schon von der Kirche eingeimpften Angst vor Gefahr und Verderben. Sondern vor allem, weil es sie angeblich schwächte, ihr die Kraft nehmen könnte, diese stimulierende Leidenschaft, mit der sie über das Feld stürmte.

In der Highschool war sie die große Sportskanone gewesen, und das hatte manch einen Jungen eingeschüchtert. Und sie hatte eben in einer Mormonenstadt gelebt. Mehr als die Hälfte aller Kids unter sechzehn durften sich nicht mit einem Vertreter des anderen Geschlechts verabreden. Natürlich wollte auch sie ausgehen, als all diese Dinge in ihr zu brodeln begannen. Sie wollte dazugehören. Siebzehn Jahre alt war sie, als sie zum Highschool-Abschlussball ging und in der Nacht zum ersten Mal Sex hatte, als sei es Teil einer solchen Feier. In Kaskia war das für viele auch so. Sie lag im Gras auf der windgeschützten Seite ihres Hausbergs, und Russell Hugel durfte ihr ungeschickt die Unterwäsche ausziehen und in sie eindringen. Es dauerte nicht einmal eine Minute. Danach half er ihr hoch, zupfte sorgfältig jedes Blatt und jeden Grashalm von ihren Kleidern und begleitete sie stumm zurück. Wahrscheinlich war der arme Junge so verlegen, weil er glaubte, er habe alles verpfuscht. Jeder Gockel im Hühnerhof schaffte es mit flatternden Flügeln länger als Russell. Das also war Sex. Sie musste immer wieder mal daran denken. Ein Intermezzo, so flüchtig wie der Tanz selbst. Lange erwartet und dann kurz und enttäuschend. Sie legte das Kleid weg. Und kam, als sie aufs College wechselte, zu dem Schluss, es sei nicht weiter der Rede wert.

Schwul zu sein oder lesbisch – gab es das überhaupt? –, das gehörte für sie noch ins Reich der Märchen und Legenden. Es gehörte zu diesen schrecklichen Dingen, über die die Leute so redeten und die man für übertrieben hielt oder für schlichtweg unwahr. Sie wusste, das hörte sich alles sehr hinterwäldlerisch an. Aber sie war auf einer Ranch aufgewachsen. Wusste, wie es die Böcke mit den Schafen machten. Die Bullen mit den Kühen. In der Kirche hatte sie von Sodom gehört. Aber *die* Stadt hatte Gott ja vernichtet.

»Im ersten Sommer habe ich ein Trainingslager absolviert, habe da aber selber nichts in der Richtung erlebt. Und dabei waren ein paar von den Mädchen solche Lesben und so versessen darauf, dass eine von ihnen, sie hieß Anne-Marie – also, über die alberten die anderen herum und meinten, mit ihr wollten sie lieber nicht allein in einem Zimmer sein. Aber begriffen hatte ich damals noch immer nichts.«

Sie habe zu der Zeit eine Mannschaftskameradin gehabt, erzählte sie weiter, Hilary Beacom, eine gute Mittelfeldspielerin, wenn auch kein Star im Team. Sie war zwei Jahrgänge über Evon und stammte aus der Nähe von Philadelphia. Feldhockey hatte einen merkwürdigen Oberklassen-Hautgout. Da rannten also all diese Frauen herum, schlugen nach Bällen oder traktierten sich gegenseitig mit den Schlägern, trafen die Beine und manchmal auch den Kopf. Oft floss Blut. Evons Ansicht nach war das nicht gerade ein Sport, der sich für Schülerinnen eines Mädchenpensionats eignete – obwohl viele der Mädchen tatsächlich sündhaft teure Privatschulen besuchten. Hilary Beacom stammte aus dieser Welt. Dichtes blondes Haar, das sie mit einem karierten Stirnband bändigte. Kleidung von Laura Ashley. Und mit der kämpferischen Attitüde derer, denen wirklich die Welt gehört.

Sie interessierte sich für Evon, setzte sich im Bus neben sie, erzählte ihr Geheimnisse über die Trainerinnen. Wenn sie nicht auf dem Feld waren, ritten sie zusammen. Eines Abends, es war Evons zweites Studienjahr, betranken sie sich. Trinken war streng verboten, in der Studienzeit wie in den Ferien. Dazu hatten sie sich alle schriftlich verpflichten müssen. Aber Hilary stand schon kurz vor dem Abschluss, und so tranken sie drauflos, zogen von einer Verbindungsparty zur anderen, bis sie schließlich in Hilarys Zimmer landeten. Sie alberten und kicherten, imitierten Figuren aus den Fernsehsendungen ihrer Kindheit, und dann war *Raumschiff Enterprise* an der Reihe gewesen mit jenen sonderbaren Wesen, die aussahen wie Menschen – nur dass ein Körperteil verändert, vergrößert oder ausgetauscht war. Mr. Spock, der Emotionslose.

»Ich spüre deine Aura«, hatte Hilary aus der Zimmerecke geraunt und eine Figur aus der Canis-Galaxie nachgeäfft, die angeblich emotionale Spannungen bei Menschen wie ein Hund erschnüffeln konnte. »Ich spüre deine A-u-rah«, sagte sie, kam näher und breitete dabei die Arme aus wie ein Jogi. Evon hatte sich auf Hilarys Bett fallen lassen. Ihr Kopf lag auf einer Nackenrolle. Beide mussten lachen.

»Und was spürst du?«

Hilary war näher gekommen, hatte die Hände über Evons Kopf gehalten und etwas Imaginäres in der Luft geknetet.

»Ich spüre«, hatte sie gesagt. Ihr Blick schien für einen Moment klar zu werden. »Ich spüre, du bist betrunken.«

Sie hatten sich aneinander gekuschelt. Doch dann hatte Hilary sich wieder aufgerichtet und weitergemacht.

»Ich spüre eine Unsicherheit«, hatte sie erklärt und Evon mit großen Augen angesehen. »Du fürchtest dich vor etwas.«

»Okay«, hatte Evon erwidert und gelacht, obwohl es jetzt eigentlich gar nichts mehr zum Lachen gab. Hilary hatte wieder ihre Hände ausgestreckt, sie zuerst um Evons Kopf gelegt, dann neben ihrem Körper heruntergleiten lassen. Zur Berührung hatte nur noch ein Millimeter gefehlt.

»Ich spüre ein Sehnen«, hatte Hilary gesagt.

Evon gab keine Antwort. Hilarys dick geschminktes Gesicht – sie wollte damit die Schönheitsfehler auf einer Wange verbergen – war nur noch Zentimeter von Evons entfernt gewesen. Die Vorhänge im Zimmer waren zugezogen.

»Weißt du, was hier zwischen uns passiert?« hatte Hilary gefragt.

Ja, sie hatte es gewusst. Irgendwie. Sie hatten einander angesehen und abgeschätzt, wie groß ihre Unsicherheit noch war. Und dann hatte Hilary ihre Wange an Evons gelegt. Evon genoss den süßen, starken Geruch, der von Hilarys Gesicht ausging. Unter ihrem Make-up war vage ein süßer Duft von Milch emporgestiegen. Evon hatte die Augen noch offen, als ihre Lippen sich berührten. Rau und spröde vom Sport an der frischen Luft und von der Bangigkeit des Augenblicks fühlten sie sich an wie die trockene Haut einer schon geschälten Orange, die zu lange der Luft ausgesetzt gewesen war, und unter ihr wartete auch, wie bei der Orange, die wunderbare Süße des Fleisches. Langsam hatte sich Hilary mit dem ganzen Gewicht ihres Körpers auf sie gelegt.

Sie habe es also gewusst, sagte Feaver.

»Nein. Es passierte einfach. Ich wusste nicht, was es bedeutete.« Sie habe nie geleugnet, dass es schön gewesen sei. Doch hinterher habe sie sich gesagt, dass sie einfach nicht gewusst habe, was sie hätte tun sollen. Es sei, so seltsam es klinge, gar nicht viel anders gewesen als mit Russell auf der Bergwiese. Sie habe sich von Hilary fern gehalten, deren vornehme Zurückhaltung – nein, eher Zuneigung – verhindert habe, dass sie jemals ein Wort darüber verlieren musste.

Einen Monat später, erzählte sie weiter, machte Hilary ihren Abschluss. Das Ereignis verblasste mit der Zeit in ihrer Erinnerung. Vieles an ihr, schloss Evon, war anders als bei den meisten Menschen, die sie kannte. Sie selbst stammte aus einer winzigen Stadt, von der noch niemand je etwas gehört hatte. Sie war ins Olympische Team ihres Landes berufen worden. Und sie hatte einmal mit einem Mädchen geschlafen. So sei sie eben.

Doch hieß das, sie könne das Glück nicht finden, nach dem sich schließlich jeder sehnte? Sie habe keinen Anspruch darauf? Hätte man sie damals, nach der Geschichte mit Hilary, gefragt, hätte sie bestimmt immer noch gesagt, sicher werde sie heiraten, Kinder haben, ein Haus und einen Mann, einen guten Kerl, ruhig und aufrichtig, so wie ihr Vater oder ihre jüngeren Brüder. Und dann würde Hilary ihr nichts mehr bedeuten. Gar nichts. Jetzt war sie vierunddreißig. Vierunddreißig. Und die Vorstellung von diesem heiteren, ruhigen Leben erschien ab und zu noch immer als tröstliches Bild vor ihrem inneren Auge. Wenn dann die Einsicht kam, dass ihr dies niemals beschieden sein würde, war sie noch jetzt, mit ihren vierunddreißig Jahren, am Boden zerstört.

Vor etwas mehr als drei Jahren hatte das Bureau sie nach San Francisco geschickt. Sie sollte dort im Hafen in einem Bestechungsfall ermitteln. Verdächtigt wurden Inspektoren aus dem Landwirtschaftsministerium. Ein Kollege hatte sie in einen Stripclub mitgenommen. Sie sollten mal etwas zum Lachen haben. Eines der Mädchen in dem Club gehörte zu seinen Informanten. Sie machte mit einer ganzen Menge Wichtigtuer herum und kam so an gute Informationen. Aber Evon lachte nicht. Der Kollege hielt sie für verklemmt, und so gingen sie nach einem Drink wieder. Doch was sich ihr förmlich eingebrannt hatte, waren die Blicke, mit denen eine der Frauen sie bei ihrem Striptanz angesehen hatte. Sie hielt ihre nackten Brüste in den Händen, massierte sie, presste sie zusammen, und ihre kleinen, sehr roten Brustwarzen waren steif gewesen. Sie hatte Evon mit sehnendem, verlangendem, wissendem Blick angesehen. Evon wusste, diese auffordernden Blicke gehörten zur täglichen Routine, mit der die Mädchen jeden im Publikum beglückten. Schließlich war keiner von ihnen zufällig da, jeder war auf der Suche nach einem kleinen Kitzel. Und Evon hatte ihren bekommen. Sie ging heim und konnte die ganze Nacht nicht schlafen. Als sie sich einen Wodka eingoss, zitterte ihr die Hand so sehr, dass sie den Schnaps fast verschüttete. Sie setzte sich in dem kleinen Apartment, das ihr das Bureau zur Verfügung gestellt hatte, in einen Sessel und versuchte zur Ruhe zu kommen. Nach ungefähr einer Stunde war sie so weit, dass sie sich eingestehen konnte: So bin ich also.

»Und ich bin wieder hingegangen. Ich hatte nicht die leiseste Ahnung, was ich sagen würde, wenn ich dort einem Bekannten begegnete. ›Hallo, ich hatte gehofft, Sie hier zu finden‹? Mehr wäre mir da wohl nicht eingefallen. Ich ging wieder hin, als wäre das mein Job, als hätte ich etwas zu ermitteln. Ich habe mich in die erste Reihe gesetzt. Ich sah dieser Frau zu – Teresa Galindo hieß sie, wie ich später erfuhr –, ich sah Teresa zu, lächelte sie an, und sie sah mich wieder so an, und diesmal gab ich mich ihrem Blick irgendwie hin, ließ mich fallen. Ich spürte, wie es mich zu ihr hinzog –« Sogar jetzt noch war es eine überwältigende Erinnerung. Überwältigend.

»Und dann sind die Mädchen herumgegangen. Man soll ihnen ja Drinks spendieren. Und dieses Mädchen, die Teresa, nun ja, eine besondere Schönheit war sie nicht. Die Mädchen, die in diesen Clubs arbeiten, bringen als wichtigstes Attribut für ihren Job die Bereitschaft mit, sich vor Leuten auszuziehen und zu tanzen. Teresa hatte ein pockennarbiges Gesicht. Wenn sie in diesem Minibikini und dem kleinen Flatterhemdchen darüber herumging, dann sah man, dass es sie eigentlich erst von der Brust abwärts wirklich gab. Aber ich war ja so verknallt. Weil ich für das, was ich haben wollte, nichts tun musste. Weil Teresa es einfach sah, und weil sie wusste, was sie sah. Als sie mit den Drinks von der Bar zurückkam, ließ sie eine Papierserviette in meinen Schoß fallen und flüsterte: ›Ich mache es auch privat.‹«

Evon lächelte: »›Privat was?‹, hätte ich beinahe gefragt. ›Tanzen‹, hätte sie wohl geantwortet. Aber ich glaubte nicht, dass sie wirklich vom Tanzen sprach. Ich sah eine Telefonnummer und knüllte die Serviette einfach zusammen. Ich habe sie angerufen. Noch in derselben Nacht, bevor mich der Mut verließ. Und sie kam am nächsten Morgen in mein Apartment. Um elf Uhr morgens. Am helllichten Tag, bevor wir beide wieder zur Arbeit gingen. Es war so sonderbar. Nicht, weil wir das machten – nach ungefähr zwei Minuten war es mit dem Tanzen ohnehin schon vorbei –, und nicht, weil es Frauenhände waren, die mich berührten, nicht wegen der tollen kleinen Spielsachen, die sie bei sich hatte – eines nannte sie den Zauberstab, diesen Massageroller mit den drei kleinen rotierenden Kugeln am einen Ende –, nein, weil ich mittendrin plötzlich dachte, das ist ein Traum, mein Gott, ich habe das alles schon *geträumt,* tausende Male habe ich es geträumt. Ich habe sie bezahlt. Und sie hat das Geld immer genommen. Sie sagte, sie mache es nur mit Frauen und nicht sehr oft, aber ich hatte keine Ahnung, ob das die Wahrheit war. Sie mochte mich. Sie bekam bald heraus, dass ich bei der Polizei war, aber sie kam nie auf die Idee, es könnte das Bureau sein. Sie hielt mich für eine Mitarbeiterin des Sheriffs. Sie malte sich das richtig aus. Wie ich im Gefängnis Dienst tat. Wie ich die Männer dort hasste. Genau wie sie und die anderen Mädchen die Männer hassten, die in den Club kamen. Das schien der Grund zu sein, warum sie es taten. Um auf die Männer herabsehen zu können, die so danach gierten und es von ihnen nicht bekommen würden. Außerdem hatte sie ihre ganz persönlichen Gründe. Sie war jahrelang von ihrem Großvater missbraucht worden, einem mächtigen Sippenchef, vor dem alle Angst hatten. Sie war auf dem College gewesen, was mich überraschte. Den Abschluss hatte sie in Buchhaltung gemacht. Aber dieser Job war einträglicher. Also wusste ich Bescheid. Ich selbst war mir eindeutig darüber im Klaren. Wenn man Heteros so reden hört, möchte man meinen, das einzige Problem bestünde darin, es rauszukriegen. Als ob es für Heteros so leicht wäre, jemanden kennen zu lernen. Als wenn sie sich nicht mies fühlten, wenn sie es nicht schaffen. Ich versuchte, mit dieser Teresa zusammenzubleiben. Manchmal sind wir vor oder nach ihren Auftritten im Club auf einen Drink gegangen. Aber sie legte sich ihre eigene Geschichte über mich zurecht und ich mir meine über sie. Ich bildete mir ein, sie sei ein zartes und liebes Wesen, das wirklich nur jemanden brauchte, an den sie sich halten konnte. Aber das stimmte nicht. Die Leute, mit denen sie herumzog, waren alles andere als zart und lieb. Sie liebte Schmerzen. Sie nahm mich in ihre Sexclubs mit. Sie heißen Clubs, sind aber nichts als Lofts, wo du Eintritt zahlst. Und was ich da sah, brauchte ich wirklich nicht. Eine Frau mit einem Dildo. Ich suchte das Leben. Das da war nur eine Freakshow. Wenigstens in meinen Augen«, sagte sie müde.

»Das heißt, manchmal denke ich schon daran und bin einfach entsetzt über mich selbst. Eine Stripperin. Eine Stripperin, o Mann! Das wirkt doch, als sei es der Phantasie eines Betrunkenen an der Bushaltestelle entsprungen! Eine Stripperin.«

Es sei für sie nur ein Spiel gewesen, wandte Feaver ein. Sie erstarrte. Aber sie hatte ihn nicht richtig verstanden.

»Es war ein Versuchsballon«, sagte er. »Zu Mom nach Hause bringt man ja nicht gerade eine Stripperin mit.«

Bei der Vorstellung, dass sie jemand heim zu Mom bringen könnte, musste sie lachen. Den Mut hätte sie nie. Aber sie wusste, was er meinte.

»Doch wie, zum Teufel, passt Carmody da rein?«, fragte er. »Nach alledem?«

»Das war vorher. Das lief nach dem bekannten Schema ab. Ich meine, mir war klar, ich hatte nicht dasselbe davon wie andere Leute. Vom Geschlechtsakt. Ich dachte, ich hätte Angst davor. Und die hatte ich auch. Also glaubte ich, wenn ich nur betrunken genug bin ... Und ich war weg von zu Hause. Es war nicht das einzige Mal mit einem Mann. Bestimmt nicht. Körperlich war das alles ganz in Ordnung. Aber es geht nicht um das Körperliche. Es geht um Leidenschaft, um Hingabe. Eine Frau zu sein, die sich zu anderen Frauen hingezogen fühlt. Und die sich die Hingabe einer Frau wünscht.«

Er wollte wissen, für wen sie denn im Augenblick so eine Leidenschaft empfinde. Wen sie daheim zurückgelassen habe. Irgendwie musste sie über diese Vorstellung lachen. Des Moines war nicht gerade San Francisco, und sie musste vorsichtig sein, weil sie dem Bureau einiges einfach noch nicht zumuten konnte. Mit Iowa City war es wieder etwas anderes, aber das war länger her, und sie hatte keine besonders gute Erinnerung daran, ähnlich wie an San Francisco. Viele dieser Frauen hatten so etwas Missionarisches und verlangten, dass man auf ihre Art lesbisch zu sein hatte. Da war alles in Ordnung, wenn man in Lederslips herumlief und die Nippel mit Leukoplast verklebte, aber wehe, ein Mädchen schwärmte von Lee Greenwood oder Travis Tritt. Oder hatte etwas für George Bush übrig. Überdies war und blieb sie immer etwas verklemmt. Das wusste sie. Selbst jetzt spürte sie tief in ihrem Innern den Wunsch, dass alles wieder einmal anders sein könnte.

Vor ungefähr anderthalb Jahren hatte sie etwas mit Tina Criant angefangen, einer Frau aus ihrer Kirchengemeinde. Sie war mit einem Streifenpolizisten verheiratet, mit dem Evon damals zusammengearbeitet hatte. Tina und sie hatten viele Gemeinsamkeiten, zum Beispiel die gleiche seltsame Kombination von Hobbys: Sticken und Pistolenschießen. Sie pflegten sie auch gemeinsam. Tina gab ihr gern Bücher. Sie lachten zusammen. Sie war ein warmherziger, ein besonderer Mensch, und Evon sah, dass da etwas entstand, vielleicht das, was Hilary Beacom in ihr gesehen hatte. Sie verlor nie ein Wort darüber. Beide nicht. Rückblickend wusste sie, sie hatte es irgendwie verpasst. Hätte sie sich getraut, hätte sie Tina vielleicht ein Beispiel gegeben und den Mut aufgebracht, den sie beide brauchten. Aber vielleicht war es auch gut so gewesen. Tina hatte mit ihrem Mann Tom zwei kleine Jungen, fünf und sieben Jahre alt. Ungefähr zwei Monate lang sah Evon zu, wie Tina mit sich selbst ins Reine zu kommen versuchte. Und sich dann entschied. Sie kam nicht mehr zu ihrem Stick-Kränzchen. Sie kam nicht mehr zu den Schießübungen. Es tat sehr weh. Evon hatte bis dahin gar nicht gewusst, wie groß ihre Hoffnung gewesen war.

Am schlimmsten sei es für sie heute, wenn sie eine dieser Frauen sehe, die sich absolut männlich gäben – sei es in Straßenbautrupps, sei es als einzige Weiße inmitten hispanischer Gartenarbeiter. Untersetzte Gestalten mit kurzem Haarschnitt, Gesichtern ohne jedes Make-up, bauschigem Sweatshirt, unter dem sie, aus welchem Grund auch immer, stets zwei riesige Titten verstecken. Wenn sie solche Frauen sah, fragte sie sich immer: Bin ich auch so eine? Bin ich auf dem Weg dorthin? Eine selbst ernannte Außenseiterin mit einer Pistolensammlung und Kabelanschluss an drei Sportkanäle?

»Hören Sie auf damit.« Das kam unerwartet, wenn auch leise.

»Bitte?«

»Tun Sie sich das nicht an. Sicher, Sie können jetzt sagen, ich kenne Sie doch gar nicht, aber eines weiß ich: *Das* sind Sie nicht. Mein Gott«, sagte er, »so leicht geht das nicht.«

Vielleicht war es ja gar nicht komisch. Aber sie konnte gar nicht mehr aufhören zu lachen, und er ebenso. Heute Abend und in diesem Moment war ihr zum Lachen zu Mute. Denn er hatte Recht. Sowohl als auch. Im Guten wie im Schlechten. Sie war kein Abziehbild. Sie war sie selbst. Nur anders gestrickt. Reizbar. Etwas unbeholfen. Verschroben. Aber nicht *absolut* ungeeignet für diese Welt, nicht so beherrscht von diesen Fragen, dass sie ihnen alles unterordnete. Sie hatte ihre Geheimnisse. Jeder hatte die. Alles Mögliche ging in ihr vor, unbestimmte Dinge, ähnlich dem Sternenstaub im Weltall, der sich erst noch zu Kometen, Planeten und Sternen verdichten musste. Doch wem ging das nicht genauso? Allen. Jeder hatte sein außergewöhnliches Sexualleben. Oder?

»Was müssen Sie also noch von mir wissen, Robbie?«, fragte sie nach einiger Zeit, jetzt in einem sachlicheren Tonfall. Sie hörte das Klingen der Eiswürfel in seinem Glas. Aus der Nachbarwohnung klang wieder einmal der Soundtrack aus *Bodyguard* herüber. Seit Januar spielte der Nachbar ihn so oft, dass die Platte eigentlich schon in Auflösung begriffen sein musste.

»Wie ist das mit ›Evon‹ und der Aussprache Ihres Namens gekommen?«

Ihre Cousine hatte so geheißen, ein Mädchen in ihrem Alter. Eine amerikanische Version von »Yvonne«, und so sollte der Name auch ausgesprochen werden. Aber das überforderte die Leute. Die Lehrer. Die anderen Kinder. Sie machten daraus »Even« und betonten das erste »E«. Sie wurde es mit der Zeit leid, alle ständig zu verbessern. Manchmal zogen die Kinder, wie es so ihre Art ist, sie auch auf. »Even worse«, riefen sie ihr dann nach. »Even dumber«, »Even uglier«, »Even fatter« – noch schlimmer, dümmer, hässlicher, fetter. Aber ihre Cousine war ein schlagfertiges Mädchen. Sie ließ sich nicht beleidigen. Sie war Ärztin geworden, lebte jetzt in Boise, war geschieden, hatte zwei Kinder und war allein ziemlich glücklich. In den letzten zehn Jahren hatten sie sich zwar nur zweimal gesehen, aber das waren herzliche Begegnungen gewesen. »Even better.« Wie gern hätte sie das damals auch von sich gesagt.

Unten knatterte ein Motorrad vorbei. Sie fragte ihn, ob er noch etwas wissen wolle.

»Ein für allemal«, sagte er schließlich. »Sind Sie verkabelt?«

Sie musste lachen. Heute Abend hatte es schon einiges zu lachen gegeben.

»Sie glauben, ich habe Ihnen das alles erzählt und dazu den Recorder laufen lassen?«

Das habe er schon bedacht. Er habe immer angenommen, dass man ihr als Agentin erlaube, das Gerät von sich aus ein- und auszuschalten. Sie sah ihn durch die Dunkelheit an. Bisher hatten sie sorgfältig darauf geachtet, einander nicht in die Augen zu schauen.

»Sagen Sie einfach Nein«, meinte er. »Ich werde es Ihnen glauben. Nur sagen müssen Sie es.«

»Ich habe bereits Nein gesagt. Wollen Sie nachsehen?«

»Wie bitte?«

»Bitte.« Sie stand auf und hob die Arme. »Na los, sehen Sie nach. Machen Sie schon. Filzen Sie mich. Sie glauben mir sonst doch nicht.«

Er war verdutzt, stand dann aber doch auf und tappte auf Socken mit seltsam leichten Schritten auf sie zu.

»Das ist nicht nötig.«

»Doch. Nur fummeln Sie nicht herum«, sagte sie. »Machen Sie es so, wie ich es machen würde. Sehen Sie in meine Handtasche.«

Er stand einige Zeit vor ihr, verlegen, vielleicht weil er nicht wusste, wie man eine Frau berührte, ohne das gewohnte Ziel vor Augen. Schließlich fasste er sie an den Schultern. Aber weiter ging er nicht. Stattdessen zog er sie langsam näher zu sich heran, bis ihr Kopf genau unter seinem Kinn war. Dann beugte er sich hinunter und küsste sie mitten auf ihr Haar, genauso, wie er es im Gerichtsgebäude bei Leo, seinem älteren Cousin, gemacht hatte.

Dann griff er nach seiner Jacke und balancierte auf einem Bein, während er mit dem anderen in den Stiefel schlüpfte. Ein Lichtschein fiel auf die Tür.

»Sie sind okay«, sagte er.

»Tun Sie nicht so überrascht.«

»Bis morgen.«

»Falls sie uns heute Abend nicht noch stilllegen.«

Er zuckte mit den Schultern. Sie hätten ihr Bestes gegeben, sagte er. Beide. Er ließ sie im Dunkeln zurück, und sie fand, dass er Recht hatte.

Als Evon am nächsten Morgen ihr Apartment verließ, wurde sie verfolgt. Sie nahm ein Taxi nach Glen Ayre, wo sie ihren Wagen über Nacht stehen gelassen hatte. Beim Einsteigen entdeckte sie die Scheinwerfer des anderen Wagens. Er stand auf der gegenüberliegenden Seite im Parkverbot. Inzwischen waren die Uhren auf Sommerzeit umgestellt, und darum war es zu dieser frühen Stunde noch dunkel. Um noch besser nach hinten zu sehen, klappte sie den Schminkspiegel herunter. Auf dem Highway ließ sich der Wagen zurückfallen, holte hin und wieder auf, und bald entdeckte sie den zweiten Wagen, der manchmal aufholte und eine Weile auf der rechten Spur vor dem Taxi fuhr. Dann blieb der Wagen, ein frisierter Buick, auf gleicher Höhe mit ihnen. Drinnen saßen Schwarze, Typen mittleren Alters im Gangsterlook. Der Beifahrer trug einen Bart und sah aus, als hätte er im Gefängnis Bodybuilding gemacht. Er trug schwarze Lederklamotten und eine dunkle Sonnenbrille, obwohl die Sonne noch nicht aufgegangen war. Er bedachte Evon mit einem raschen, überheblichen Lächeln, das sie erstarren ließ.

Als sie das Taxi anhalten ließ und bezahlte, waren beide Wagen einen Viertelblock entfernt stehen geblieben. Sie berichtete Robbie von den Verfolgern, als sie neben ihm im Mercedes saß. Er wollte ihr nicht glauben, doch sie beschrieb die Wagen, und wenige Minuten nachdem er losgefahren war, entdeckte er sie selber im Rückspiegel.

»Soll ich sie abhängen?«, fragte er.

»Das muss McManis entscheiden. Ich rufe ihn an.« Ihr Handy war nicht wirklich abhörsicher, aber es gab keine andere Möglichkeit. Sie wählte die verabredete Notrufnummer, doch niemand hob ab. Eine Minute später läutete Robbies Autotelefon. McManis wünschte nicht einmal Guten Morgen.

»Es sind unsere Leute«, sagte er. »Seit gestern Abend beschatten wir euch. Für alle Fälle.« Bevor er einhängte, sagte er noch, dass er Evon gleich nach ihrer Ankunft sehen wolle.

Von der Garage aus ging sie direkt zu ihm. Jim begrüßte sie von seinem Platz hinter dem Schreibtisch, bat sie, die Tür hinter sich zu schließen, leerte seinen Starbuck-Becher und blickte sie lange an.

Er sah gepflegt aus, nur seine Augen waren etwas geschwollen. Offenbar hatte er kaum geschlafen.

Er hatte eine Ansprache vorbereitet. Sie hätten von Anfang an gewusst, sagte er, dass sie es mit harten Burschen zu tun bekämen. Im Fall einer Enttarnung hätten Undercover-Agenten erfahrungsgemäß mit einigem zu rechnen. Zum Beispiel mit einer Kugel. Manche wurden gefoltert, um herauszubekommen, was sie wussten. Er sagte das in gleichmütigem Ton, sparte aber nicht an Details, die so bildhaft waren, dass sie die Körper der Gefolterten quasi vor sich auf dem Tisch liegen sah. Was er damit sagen wolle? Sie habe das Recht, jetzt auszusteigen.

»Ich bin schon ein großes Mädchen«, antwortete sie.

»Überlegen Sie es sich. Brechen Sie nichts übers Knie.«

Sie hatte es sich überlegt. Fast die ganze Nacht.

»Es fängt gerade an, aufregend zu werden«, sagte sie.

»Wir könnten es auch ohne Sie schaffen.«

Das war lächerlich. Und sie wussten es beide. Wenn sie jetzt aufgab und davonlief, konnte sie Walter ebenso gut sagen, Carmody habe Recht. Sie schüttelte den Kopf und versuchte, dabei so ruhig und gelassen wie McManis zu wirken.

Um zehn Uhr war große Konferenz. Jim in seinem weißen Hemd erhob sich und begrüßte die Versammlung – Sennett, Robbie, mich und die übrigen Undercover-Agenten. D.C. hatte sich gemeldet. Es ging um die Entscheidung, ob man weitermachen solle. Sie hinge davon ab, wie die Beteiligten selbst die Lage einschätzten. Wie groß ihrer Ansicht nach die Gefahr sei, ins Leere zu laufen. Evon sei bereit weiterzumachen, informierte er die anderen. Doch er bitte dringend darum, dass sich jeder der Anwesenden einen Augenblick Zeit zum Überlegen nehme. Niemand am Tisch rührte sich. Mir war nicht klar, ob Stan auch Robbie die Wahl gelassen hätte, aus dem Projekt auszusteigen. Doch mit Feaver hatte ich bereits gesprochen. Er war überzeugt, dass Evon im Moment als Einziger ernsthaft Gefahr drohte.

Stan begrüßte die Reaktion der Versammlung mit einem verkniffenen Lächeln. Dann ergriff er das Wort. Um dem Team wieder den Rücken zu stärken und es auf den aktuellen Stand zu bringen, habe er beschlossen, sich über die Regel, dass jeder nur das Notwendigste wissen sollte, hinwegzusetzen und alle Erkenntnisse offen zu legen. Jeder wisse ja inzwischen, dass Amari und sein Observationsteam die Zielpersonen nach den Geldübergaben weiterhin beschatteten. Walter und Skolnick hätten sich wenige Stunden nach dem Empfang des Geldes von Robbie mit Kosic getroffen. Und das sei noch nicht das Ende der Observierungsaktion gewesen. Vielmehr sei Amari mit seinen Kollegen Rollo auf den Fersen geblieben. Erst habe er sich eine Zeitung gekauft, dann im Supermarkt eine Blutwurst, und anschließend sei er in eine Bank gegangen. Am Kassenschalter sei ein Agent nahe genug an ihn herangekommen, um einen Blick auf die Banknoten zu werfen, die Kosic einzahlte. Kaum sei er gegangen, habe ein anderer Agent ein paar größere Scheine präsentiert, um Rollos Banknoten als Wechselgeld zu erhalten – in der Hoffnung, dass es zu dem registrierten Geld gehörte, das Robbie übergeben hatte. Und es habe geklappt. Drei Treffer hätten sie gelandet. Zwei Scheine habe Skolnick von Robbie bekommen, und auf einem dritten habe D.C. sogar Rollos Fingerabdrücke feststellen können. Heute Morgen habe Amari im Paddywacks, der Stammkneipe der County-Polizei, einen Fünfziger entdeckt, den Walter am Tag zuvor um fünf von Robbie erhalten hatte. Zu Rollos Aufgaben gehörte es nämlich, Brendans Frühstück im Paddywacks zu holen und zu bezahlen. Stan wollte nun Richterin Winchell um die Genehmigung bitten, für die nächste Geldübergabe in Kosics Büro eine Wanze anzubringen.

»Wir sind in der nächsten Runde«, sagte er. »Zweite Halbzeit. Nach den gestrigen Ereignissen muss uns klar sein: Die Uhr läuft. Aber, Leute« – Stans dunkle Augen bekamen einen fiebrigen Glanz – »wir stehen jetzt buchstäblich, *buchstäblich,* vor Brendan Tuoheys Tür.«

2

Nachdem Sherm Crowthers jede Menschenseele auf Erden als möglichen Feind ansah, lehnte er es ab, sich seine Schmiergelder über den üblichen Gerichts-»Geldboten« zustellen zu lassen. Stattdessen wickelte er laut Robbie all diese Geschäfte über seine Halbschwester ab. Judith McQueevey betrieb ein florierendes Soul-Food-Restaurant im North End. Die traditionelle Küche der Schwarzen war ihre Spezialität. Angefangen hatte sie in einem schlichten Ladengeschäft und es mit der Zeit immer mehr erweitert. Wenn auch nur die mutigsten Weißen sich nach Einbruch der Dunkelheit in diese Gegend wagten, war es nicht ungewöhnlich, zur Lunchzeit hier alle Hautfarben versammelt zu sehen, angelockt von den legendären Brathähnchen oder den Southern-Style-Ribs, die so lange auf dem Herd köcheln mussten, bis das Fleisch von den Knochen fiel.

Robbie und Evon hatten sich dort an einem der letzten Apriltage zur Mittagszeit eingefunden. Nach dem Essen war Robbie zu Judith gegangen, die hinter der Kasse saß. Beim Bezahlen hatte er ihr zugleich ein Kuvert für ihren Bruder gegeben, als Dankeschön für den guten Vergleich, zu dem es vermutlich kommen würde, nachdem Crowthers McManis bei der Verhandlung in der Sache *Olivia King*, diesem Fall von sexueller Belästigung, zur Schnecke gemacht hatte. Wie ich selbst kannte auch Stan Sherman seit Jahren, wenn er auch eine weit weniger gute Meinung von ihm hatte. Die hatte er sich in den direkten Konfrontationen zwischen den beiden gebildet. Doch das brachte Sennett den Vorteil ein, Crowthers die passende Falle stellen zu können. Gewöhnlich war das Kuvert, das Feaver weitergab, etwa zwei Zentimeter dick und enthielt hundert

Hundert-Dollar-Noten. Warum nicht zu einem beliebten Schachzug greifen und die Summe kürzen? Jedenfalls beschloss Sennett, Robbie solle weniger in den Umschlag stecken. Sherman würde eher auf Feaver losgehen, als sich damit abfinden, dass man ihn schwach anredete.

»Ich muss mit ihm sprechen«, hatte Feaver Judith durch den mittäglichen Lärm im Restaurant zugeflüstert. Schwer hing der Geruch von Gebratenem und pikantem Gemüse in der Luft. »Es gibt da nämlich etwas, das er nicht verstehen wird.«

Judith war viel zu gewieft, um nicht zu wissen, worum es ging, und verzog keine Miene. Sie war sehr groß, auf ihren hohen Absätzen sogar größer als Robbie, und man sah ihr an, dass sie ein Fan ihrer eigenen Küche war. Obwohl es Mittag war, hatte sie dick einen purpurfarbenen Lidschatten aufgelegt und trug ein schmuckes Abend-Outfit mit Glitzerkram, dazu eine schwere ghanaische Halskette, offensichtlich aus echtem Gold. Als Robbie ihr den Umschlag hinhielt, schob sie wissend die zinnoberrote Unterlippe vor und wog das Päckchen in der Hand. Es enthielt nur 2000 Dollar.

»Hmhm, hmhm«, sagte sie zu sich selbst.

»Das ist der Grund, warum ich ihn sprechen muss«, flüsterte Robbie.

»Dazu kann ich nichts sagen«, war ihre routinemäßige Antwort. Dazu schüttelte sie den Kopf, dass ihre Ohrringe mit den kleinen afrikanischen Götterfiguren hin und her baumelten und das entkrauste lange Haar über ihre Schultern fiel.

»Bitte«, sagte Robbie. Gewöhnlich legte er Judith für den Lunch zweihundert Dollar hin und ließ ihr den Rest als Trinkgeld. Doch diesmal zog er fünfhundert von der Geldrolle in seiner Tasche. Mit einem Auge fixierte Judith, keine arme Frau, das Geld. Ihre gewohnt muntere Art schwand dahin, und sie warf einen Blick auf Evon, die in sicherer Entfernung stand und alles über ihre Ohrhörer mitbekam. Gleich hinter Judiths Platz befand sich die Küche. Vor der Ausgabe standen Kellnerinnen in ihren pinkfarbenen Uniformen, riefen den Köchen ihre Bestellungen in einem Ton zu, der ihre Enttäuschung darüber verriet, was Männer so zu Stande brachten. Eines hatte Judith in diesem Leben gelernt: Geld war Geld. Man konnte nicht genug davon haben. Und so griff sie schließlich nach den Hundertern und knüllte sie in der Faust zusammen. Als Robbie sie noch einmal fragte, ob sie auch wirklich mit ihrem Bruder sprechen würde, scheuchte sie ihn mit einer Handbewegung weg.

Aber was immer sie ihrem Bruder gesagt hatte, es klappte nicht. Crowthers ließ sich nicht dazu herab, mit Robbie Kontakt aufzunehmen. Dafür hatte der Richter ihn aber in der ersten Maiwoche bei seinem nächsten Auftritt in Crowthers' Gerichtssaal wütend angefunkelt. Robbie war mit McManis in der Sache erschienen, die von Gillian Sullivans Terminkalender an Sherman verwiesen worden war. Ohne weitere Erklärung hatte er McManis' Routine-Antrag auf Abweisung der Klage stattgegeben.

»Das passt hervorragend«, sagte Stan. »Er quetscht Ihnen die Eier, weil Sie nicht mit dem Geld rübergekommen sind.« Wahrscheinlich lag Sennett damit durchaus richtig, obwohl ein Anwalt Crowthers mit dem Argument verteidigen würde, der Richter habe in dem Fall nach bestem Wissen und Gewissen entschieden, nicht anders als in der Sache *King.* Zudem konnte es möglicherweise noch eine andere Erklärung für Shermans Verhalten geben: Die andere Seite wusste Bescheid. Wenn Walter Carmodys Verdacht teilte und das auch weiterverbreitet hatte, dann konnte das beides erklären – Sherms Wut und seine Bereitschaft, gegen Feaver zu entscheiden.

So oder so. McManis und Sennett waren sich einig: Robbie musste ein Treffen mit dem Richter erzwingen. Viel zu verlieren gab es ohnehin nicht mehr. Der mögliche Argwohn gegen Evon konnte zunehmen, und so blieb nicht mehr viel Zeit, geduldig abzuwarten. Was sie gegen Crowthers in der Hand hatten, reichte nicht zu einer Klage. Judith würde ihren Bruder kaum »umdrehen«, und Walters Eiertanz mit Malatesta hatte nur gezeigt, auf welch wackeligen Füßen die Geldübergabe via Boten als Beweis gegen einen Richter stand. Amari hatte die Spur von Robbies Geld über Judith zum Richter nicht verfolgen können. Judith und Sherman hatten sich getroffen, aber niemand konnte von einer Jury erwarten, dass sie aus einer Begegnung zwischen Geschwistern Rückschlüsse auf eine kriminelle Handlung zog.

Am Donnerstag, den 6. Mai, erschien Robbie in Crowthers' kleinem Vorzimmer und bat um eine Unterredung. Sherms bloße Größe und seine aggressive Art bargen ein weiteres Risiko. Es war nie vorauszusehen, was er tun würde, wenn er sich in die Ecke gedrängt oder provoziert fühlte. Aus dem Grund lauerte Evon wieder mit dem Ohrhörer direkt vor der Tür zum Richterzimmer. Stan, McManis und ich saßen im Observationswagen in der Sentwick, einer der Seitenstraßen rund um das Gerichtsgebäude.

Amaris Beobachter hatten bestätigt, dass Crowthers tatsächlich in seinem Richterzimmer war. Während der langen Wartezeit unterhielt uns Robbie mit einer leise gepfiffenen Version der bekanntesten Melodien aus *Phantom der Oper.* Schließlich sagte Sherms Sekretärin, dass der Richter ihn erwarte. Mit seinem kräftigen Bass schnitt Sherm Feavers muntere Begrüßung ab.

»Was führt Sie her, Feaver?«

Robbie schien zu zögern.

»Richter, ich glaube, es handelt sich um eine persönliche Angelegenheit. Ich möchte nur –«

»Feaver, ich spreche nie allein mit einem Anwalt. Sie sind doch wohl lange genug an diesem Gericht tätig, dass Sie davon gehört haben müssten. Ich bitte immer Mrs. Hawkins, im Raum zu bleiben. Oder die Tür geöffnet zu lassen. Keine persönlichen Gespräche. Das ist eine erprobte Praxis.«

»Scheiße«, formten Sennetts Lippen. Robbie, der Crowthers noch nie aufgesucht hatte, war offensichtlich überrascht.

»Hören Sie, Richter, so wird das aber eine furchtbar peinliche Geschichte.«

»Ach was, Peinlichkeiten! Einfach raus damit.«

McManis hatte eine Idee. Er zog sein Handy aus der Aktentasche und wählte Crowthers' Dienstnummer. Wir hörten über das FoxBIte das Telefon läuten, aber Mrs. Hawkins hatte offenbar nicht die Absicht abzuheben. Aber inzwischen war auch Robbie eine Idee gekommen.

»Es ist nämlich so, Richter, ich hatte heute Morgen eine junge Lady bei mir im Büro, die gegen Euer Ehren eine Vaterschaftsklage anstrengen will.«

Mrs. Hawkins reagierte als Erste, und zwar mit einem überraschten Quietscher, als habe sie jemand gezwickt.

»Eine Va-ter-schafts-klage?«, donnerte Crowthers. »Was soll denn das nun heißen? Wer, zum Teufel, ist diese Tussi, die vorhat, Geld von meinem Baum zu schütteln? Augenblick. Warten Sie. Mrs. Hawkins muss sich so etwas wirklich nicht anhören. Will sie sicher auch gar nicht. Gehen Sie ruhig. Nicht ein Wort ist wahr davon, Mrs. Hawkins, das versichere ich Ihnen. Mr. Feaver und ich werden dieser Sache jetzt gleich auf den Grund gehen.«

Die Tür fiel laut ins Schloss. Ganz offensichtlich war Mrs. Hawkins jetzt eingeschnappt.

»Hey, Richter, es tut mir Leid.« Robbie hatte die Stimme gesenkt. Offenbar war er jetzt näher an den mit Papieren übersäten Schreibtisch getreten, hinter dem Crowthers saß. »Seit Wochen versuche ich, Kontakt mit Ihnen aufzunehmen. Ich muss Ihnen etwas erklären. Wegen der Sache *King*«, sagte er und lieferte zur Information noch zwei Stichworte zu dem Fall dieses ekligen Managers, der seine ehemalige Sekretärin belästigt hatte.

Er bekam keine Antwort. Crowthers räusperte sich nicht einmal.

»Wissen Sie, Richter, das bringt mich wirklich in Verlegenheit. Ich weiß, Sie haben nicht bekommen, was Sie erwartet haben, aber diese dumme Gans, Olivia, die Klägerin – sie hat den Vergleich nicht unterschrieben. Ich dachte, meine Mitarbeiterin hätte das mit ihr geregelt, und sie dachte, ich hätte es getan. Kurz und gut, ich habe keine Unterschrift von ihr, meine Honorarforderung hängt in der Luft. Und Sie müssen wissen, Richter, die Dame kennt sich aus. Sie wusste, was sie tat. Sie hatte bereits einen neuen Anwalt, und der kam zu mir und sagte, er werde sich an den Kammerausschuss für Zulassung und Disziplinarangelegenheiten wenden, wenn ich ihr nicht den ganzen Scheck aus dem Vergleich überließe. Ich meine, so etwas stinkt doch zum Himmel, Richter. Ich sage zu ihm, das ist ein stillschweigender Vertragsbestandteil, und er sagt: Okay, der Honorarsatz ist 300 Dollar die Stunde, schicken Sie ihr eine Rechnung. Können Sie sich das vorstellen, Richter? Ein Vergleich über 500 000 Dollar, und sie will nach Stunden abrechnen.«

Keine Reaktion. Ich stellte mir die Szene vor. Crowthers, diese stattliche Erscheinung, sitzt hinter seinem Schreibtisch, schaut Robbie an, die Augen nach oben gedreht, dass man nur noch das Weiße sieht, fast zitternd vor Wut, die Nüstern gebläht, als wolle er im nächsten Moment einen Urschrei ausstoßen. Bei jedem anderen wäre die erstc instinktive Reaktion gewesen, aufzuspringen und davonzurennen. Doch Robbie fuhr krächzend fort, sich dafür zu rechtfertigen, warum er den Richter diesmal so kurz gehalten habe.

»Wenn ich bei dem Fall noch 5000 rauskriege, ist das viel. Ich meine, was kann ich tun, Richter? Deswegen habe ich Judith nur so wenig gegeben. Sie und Ihre Schwester rechnen doch zusammen ab. Steuern und Ausgaben. In diesem Fall haben Sie schon alles zusammen. Sozusagen Haupt- und Nachspeise in einem.«

Noch immer kein Ton. Nicht einmal ein beifälliges Grunzen. Spielte man einem Anwalt dieses Band vor, würde er wahrscheinlich behaupten, der Richter sei gar nicht mehr im Zimmer gewesen und Robbie habe ein Selbstgespräch geführt – ein verzweifelter Versuch, seine Trefferzahl zu erhöhen und für sich ein milderes Urteil herauszuholen.

Neben mir flüsterte McManis: »Er bricht voll ein.« Sennett nickte.

Es kam noch schlimmer.

»Was, *zum Teufel,* soll das?«, fragte Crowthers plötzlich. »Was reden Sie da für eine gequirlte Scheiße? In meinem ganzen Leben habe ich noch nicht so einen verdammten Mist gehört.«

Selbst Jim stöhnte auf. Wie bei Malatesta sollte Robbie auch hier, sobald das Leugnen und Abstreiten begänne, rasch abbrechen. Als er aufstand, war das Rascheln seiner Kleidung am Mikrofon zu hören.

»Stimmt, Richter, Sie haben Recht, das war reichlich blöd von mir. Ich weiß. Nächstes Mal passe ich besser auf. Großes Pfadfinder-Ehrenwort. Und was ich Mrs. Hawkins draußen sage? Ich sage ihr, ich habe was verwechselt, ich hätte – was soll das?« Robbies erhobene Stimme signalisierte Gefahr. Eine Sprungfeder gab einen hohen Ton von sich. Der Sessel fuhr heftig nach hinten und krachte gegen die Wand.

»Was ist?«, sagte Robbie. »Lassen Sie –«

Man hörte deutlich, wie Fleisch auf Fleisch klatschte. Kein Zweifel, Crowthers hatte ihn geschlagen. Über das Mikrofon krachte es in unserem Lautsprecher, als Robbie zur Seite wankte und gleichzeitig aufschrie, doch der Schrei wurde schnell erstickt wie auch sein Versuch, etwas zu sagen. Offenbar hatte Sherm ihn gepackt. Am Mund oder am Hals. McManis sprang auf und bat Amari, die anderen Agenten zu alarmieren. Währenddessen konnte man aus den gurgelnden Tönen, die Feaver von sich gab, und dem Poltern seiner Stiefelabsätze schließen, dass er über den Boden geschleift wurde. Eine Tür schlug mit seltsamem Hall zu, dann rauschte etwas, und aus dem Hintergrund kam ein Knistern oder Wispern.

»Was soll das?«, flüsterte Crowthers rau. Seine Stimme wurde durch ein Geräusch im Hintergrund gedämpft.

»Das ist Wasser«, identifizierte Amari das Geräusch.

»Mein Gott«, sagte Stan, »er steckt seinen Kopf ins Klo.«

Jim hatte sein Handy herausgeholt. Er wählte, wahrscheinlich Evons Piepser. Ich nahm an, er wollte sie Robbie zur Hilfe schicken.

Die beiden mussten in der kleinen Toilette gleich neben Crowthers' Amtszimmer sehr nah beieinander stehen. Ich hatte im Temple schon ein paar Mal gesehen, wie die Privattoiletten angelegt waren. Der Raum bot kaum Platz für eine Person, schon gar nicht für eine von Sherms Maßen.

»Hören Sie mir gut zu«, sagte der Richter. »Ich stehe hier und frage mich, für wen, zum Teufel, Sie sich eigentlich halten. Wie soll ich Sie nennen? Feaver, die Dreckschleuder? Was, zum Teufel, haben Sie vor, Mann? Sie wissen doch besser, was los ist. Von diesem Bockmist will ich kein Wort mehr hören.«

»Ich will Ihnen doch keine Schwierigkeiten machen, Richter.« Es war beruhigend, wieder Feavers Stimme zu hören. »Ich wollte nur sichergehen, dass Sie nicht sauer werden.«

»Ich werde aber sauer, besonders, wenn Sie so weitermachen. Also hören Sie auf mit dem Scheiß. Wenn ich nicht zufrieden bin mit der Art, wie Sie Ihre Geschäfte machen, dann erfahren Sie das schon. Und im Moment wissen Sie es. Oder?«

»Ja, Sir.«

»Nächstes Mal halten Sie sich also an die Regeln, ja?«

»Ja, Sir.«

»Das wär's. Und kommen Sie mir bloß nicht noch mal mit so einem Mist.« Er senkte die Stimme. »Und jetzt zum Kleingedruckten.«

Sennett warf mir einen Blick zu und grinste. Das »Kleingedruckte«. Mit dem verklausulierten Hinweis kündigte ein Richter in Gegenwart einer Jury eine Kehrtwendung in einem Fall an. Als Feavers Absätze auf den Fliesen hallten, erhob Crowthers barsch die Stimme: »Schließen Sie die Tür. Habe ich gesagt, wir sind fertig?«

»Nein, Richter.«

»Und kommen Sie her. Hierher. Direkt zu mir. Was meinen Sie mit meiner Schwester? Meiner Schwester und mir. Was soll das heißen?«

»Sir?«

»Sie haben mich schon verstanden. Schauen Sie nicht so dumm. Mir können Sie nichts vormachen. Wie viel haben Sie ihr gegeben?«

Feaver schien es die Sprache verschlagen zu haben. Crowthers wiederholte seine Frage.

»Fünf, Richter.«

»Fünf Dollar?«

»Fünfhundert. Fünfhundert für Judith und zweitausend für Sie.«

»Dann kriegt sie also ein Viertel von dem, was ich kriege? Und ich bin der Richter. Da stimmt doch etwas nicht.«

»Das habe ich Ihnen ja gesagt, Euer Ehren. Darum ging es. Ich musste Ihnen das erklären. Dass es aus meiner eigenen Tasche kommt. Und mich entschuldigen.«

»Ach? Und ist da noch mehr in der Tasche?«

Feaver gurgelte hörbar, so überrascht war er. Aber ich hatte den Eindruck, er hielt seine Rolle durch.

»Sie wissen doch, Richter. Ich meine, ich habe eine Kanzlei. Ich habe laufende Geschäftskosten.«

»Ach, Quatsch. Was glauben Sie, mit wem Sie reden? Mit einem Boy von einer Walnussplantage?«

»Gott, nein, Richter.«

»Sie kommen also her und belästigen mich. Das wird Sie etwas kosten. Mmmhmm«, brummte er in seinen Bart. »Sie gehen jetzt zu Judith und bringen ihr, was Sie mir früher immer gebracht haben. Verstanden?«

»Ja.«

»Und kommen Sie nicht noch mal angetanzt und erzählen Sie mir so einen Käse. Da fällt mir ein, Sie bringen ihr die gesamte Summe, die eigentlich vorgesehen war.«

»Himmel, Richter! Noch achttausend?«

»Nein, zehn. Und wenn Sie hier weiter den armen Schlucker spielen, sind wir ganz schnell bei fünfundzwanzig, bevor ich Sie hier aus dieser verdammten Toilette rauslasse. Und heulen Sie sich bloß nicht bei irgendwem aus. Ich will nichts mehr hören von der ganzen Sache. Ich möchte das hier als eine der Unannehmlichkeiten abhaken, die man am besten durch Schweigen beilegt. Kommt her und labert mich mit diesem Bockmist voll«, sagte Crowthers noch einmal zu sich selbst. Er war noch immer außer sich.

Im Vorzimmer sagte Robbie zu Mrs. Hawkins, er habe wohl etwas durcheinander gebracht. Er habe gerade über sein Handy seine Mandantin angerufen. Sie habe Carruthers gemeint, nicht Crowthers. Mrs. Hawkins lachte. Sie wusste Bescheid. »Der Richter kriegt alles selber wieder hin«, sagte sie. »Aber er ist ein aufrechter Mann.«

Kurz darauf hörte man wieder einen entfernten Schlag, dem von vorhin nicht unähnlich. Ich musste einen Moment überlegen, bis ich begriff, dass Evon mit ihrem Hörer im Ohr draußen auf dem Flur einen Handschlag mit Robbie ausgetauscht hatte. Stan hatte sich von seinem Klappstuhl erhoben und führte beim ersten Ampelstopp in gebückter Haltung einen regelrechten Indianertanz auf. »Ein klarer Fall. Diesmal sogar Erpressung von Schmiergeld«, jubelte er ein um das andere Mal.

Doch ich konnte auf dem Weg zurück zum Federal Building die Hochstimmung der anderen nicht teilen. Meinen Vater hatte man immer als Verräter an der eigenen Rasse geschmäht, weil er 1957 versucht hatte, die Anwaltskammer in unserem County für alle zu öffnen. Trotzdem habe ich bei dem Gedanken an die tief in unserer Kultur verwurzelten Vorurteile seit meiner Jugend Schuldgefühle. Wie viele meiner Altersgenossen hatte auch ich mir geschworen, für eine bessere Welt zu sorgen. Als Robbie zum ersten Mal Sherman Crowthers' Namen erwähnt hatte, war ich sehr niedergeschlagen. Andererseits fiel es mir nicht schwer, ihm zu glauben. Sherm war der übelste Zyniker, den ich kannte. Und etwas ganz Ähnliches war mir erst vor ein paar Jahren mit meinem Kumpel Clifton Bering passiert.

Clifton gehörte wie Stan zu meinen Kommilitonen in Easton. Wir waren im selben Semester. Er war der erste Afroamerikaner, der dort auch den Abschluss machte. Er war begabt, liebenswürdig, gut aussehend und überglücklich angesichts der großen Zukunft, die er vor sich hatte. Sein Vater war Cop in Kindle County. Clifton fühlte sich sowohl bei den Aktivisten der Civil-Rights-Bewegung wie auch unter Parteigrößen zu Hause. Er war Gemeinderat für den Wahlbezirk Redhook im North End, und man betrachtete ihn als ernsthaften Kandidaten für den Bürgermeisterposten, wenn Augie Bolcarro schließlich das Zeitliche segnen würde. Und dann, nicht lange nach Sennetts Ernennung zum Bundesanwalt, begannen im North End Ermittlungen wegen einiger Fälle von Korruption, und da fiel immer mal wieder Cliftons Name. Er wurde das Opfer der ausgetüftelten Technologie von heute. Er hatte in einem verwanzten Hotelzimmer 50 000 Dollar angenommen. Als Gegenleistung sollte er für eine Neuordnung der Bezirke in der Innenstadt sorgen. Aber sein Verhandlungspartner entpuppte sich als FBI-Strohmann. Clifton hatte sich, wie man so sagt, ganz schön die Weste bekleckert. Er hatte nicht nur das Geld genommen und versprochen, die Neuordnung zu deichseln – genau seine Worte –, sondern ganz unverblümt gemeint, das nächste Mal würde er es begrüßen, wenn man ihm für nachher auch noch ein Mädchen zur Verfügung stellte. Und dann fügte er noch das Wort hinzu, das sein Schicksal besiegelte und für jede Jury, wie immer sie zusammengesetzt sein mochte, unentschuldbar war: »Ein weißes«, hatte Clifton gesagt.

Nach seiner Verurteilung bat er mich um Unterstützung bei der Berufung. Ich besuchte ihn im Gefängnis, und als ich ihn da in seinem orangefarbenen Overall sah, konnte ich nicht mehr an mich halten. Ich stellte ihm die Frage, die nicht zu stellen ich mir eigentlich geschworen hatte: Warum? Warum, Clifton? Warum bei all seinem Glück und seinen Fähigkeiten nun dies? Er sah mich nur feierlich an und sagte: »So ist das nun einmal, so war es immer, und so machen wir es eben. Genau so.«

Ich wusste, wenn ich jetzt mit Crowthers redete, würde ich genau das Gleiche zu hören bekommen. Er würde es nur in wütenderem Ton sagen, geringschätziger, würde mich einen Dummkopf nennen, der glaube, die Welt könne sich jemals ändern. Doch zum Schluss würden seine Erklärungen darauf hinauslaufen, wie unfair es sei, von ihm zu erwarten, dass er sich anständiger verhalten solle als die Generationen von Weißen, die die gleiche Macht ausgeübt hätten wie er und sie doch nur dazu benutzt hätten, ihre Schäfchen ins Trockene zu bringen.

Das hatte wohl schon seine Logik. Aber ich konnte es nicht glauben, als Clifton mir mit dieser Antwort kam. Ich konnte nicht glauben, dass Clifton Bering, ein so wunderbarer und kluger Mensch, alle Werte, an denen er hing, verriet, um, quasi fast als sei es seine Pflicht, ein Privileg für sich zu nutzen, das Menschen wie ihm so lange vorenthalten worden war. Dabei hatte er die Weißen, denen er nacheiferte, nicht einmal ganz durchschaut. Die Brendan Tuoheys dieser Welt hatten ihre Wasserträger und Vermittler und ihre Protektion in allen Lebenslagen. *In persona* ließen sie sich nie blicken. Sie hielten sich immer bedeckt, wenn sie etwas für sich auf die Seite legten. Sie waren trickreich und überheblich, aber unverfroren waren sie nicht. Wie war es möglich, dass er nicht erkannt hatte, dass sein Bild von der Macht der Weißen nichts als eine Karikatur war? Aber so sah er sie. Genau, wie ich nie erkannt hatte, wie einsam er sich fühlen musste – und oft auch war –, ungeachtet all seiner großen Talente. Was uns auf unserem Kontinent wirklich trennt, hier Schwarz, da Weiß, das brach nun auf, und jeder von uns, Freunde seit dreißig Jahren, stand auf der anderen Seite. Und ich musste mit ansehen, wie Clifton und all das, was aus ihm hätte werden können, in diese Kluft zwischen uns hinabstürzte.

Jetzt war Sherm in denselben Abgrund gestürzt. Selbst im Sturz hatte er noch stolz und glücklich geklungen. Und das Schmerzlichste war, er merkte überhaupt nicht, dass er genau von den Mächten hinabgestoßen worden war, die er allein zu durchschauen und zu beherrschen geprahlt hatte.

3 Trotz der Erfolge des Projektes sank Robbies Stimmung merklich. Ursache waren zweifellos seine Sorgen um Lorraine. Einen Tag nach seiner Begegnung mit Crowthers erreichte ihn nachmittags ein beunruhigender Anruf seiner Frau. Es ging ihr schlecht, und so sagte er zu Evon, er müsse nach Hause. Doch nicht einmal das war ein Grund für sie, ihn aus den Augen zu lassen, und so begleitete sie ihn in die Garage und stieg in den Mercedes.

Raineys gesundheitlicher Verfall schien inzwischen immer schneller voranzuschreiten. Im letzten Monat hatte sie nicht mehr ordentlich schlucken können. Man hatte sie ins Krankenhaus gebracht und ihr eine Magensonde gelegt. Über diese konnte sie jetzt viermal am Tag flüssig ernährt werden. Obwohl es eigentlich eine einfache Prozedur war, gelang es Lorraine nicht mehr, ihre alte Energie zurückzugewinnen. Viele Körperfunktionen, die zuvor »beeinträchtigt« gewesen waren, waren nun »nicht mehr vorhanden«.

Ihre sprachliche Ausdrucksfähigkeit hatte so weit gelitten, dass weder Robbie noch Elba sie mehr verstehen konnten. Für kurze Zeit hatte Rainey sich mit einem Buchstabenbrett geholfen. Die rechte Hand war noch gut beweglich, sodass sie die Wörter, die sie sagen wollte, zusammenstellen konnte. Letzte Woche war sie dann zur computergesteuerten Spracherkennung übergegangen.

Mit der Software dieser Technologie war Lorraine sehr schnell vertraut geworden. Über Wortschatzmaschine und Wortschatzmanager stand ihr das nötige Vokabular zur Verfügung. Aber bei der Hardware gab es Schwierigkeiten. Am Wochenende war das Wiedergabe-Modul ausgetauscht worden, und es funktionierte auch gut, doch es arbeitete mit einer männlichen Stimme. Raineys Stimme war vorher nicht gespeichert worden und somit nicht verfügbar, wurde also umgeformt in das abgehackt-modulationsunfähige Profil eines männlichen Androiden. Das Mechanische an dieser Stimme gab ihr das Gefühl, nun sogar noch mehr von ihrer Umwelt abgeschnitten zu sein.

»Und mitten in dieses Durcheinander platzt dann auch noch meine Schwiegermutter«, erklärte Robbie Evon im Auto. »Sie ist für das Wochenende von Florida herübergeflogen, und im Grunde denkt man ja, zusammen mit der Familie schafft man es besser. Dabei können wir es gar nicht erwarten, dass sie wieder verschwindet. Betty kommt zur Tür herein, bricht in Tränen aus und hört zwei Tage lang nicht mehr auf zu weinen. Sie hängt wie eine Klette an mir und sagt: ›Robert, Robert, ich möchte ja so gern helfen, aber es zerreißt mich schier. Ich kann es einfach nicht mit ansehen.‹ Das ist sie, wie sie leibt und lebt. Nur nicht hinsehen, dann geht es schon vorbei. Mein Gott.«

Als sie vor seinem Haus ankamen, wandte Robbie sich mit einer Bitte an Evon.

»Kommen Sie auf einen Sprung mit rein, ja? Sagen Sie ihr, die Voicebox klingt gut. Macht Ihnen das etwas aus? Betty bekam jedes Mal Zustände, wenn Rainey ihr etwas sagen wollte.«

Diesmal war Evon schon viel weniger beklommen. Doch das Gefühl der Kluft zwischen diesem Haus und dem Rest der Welt bedrückte sie weiterhin sehr. Wenn man über die Schwelle trat, glich das einem Sprung von einer Klippe ins tiefe Wasser. Droben im hellen Licht tanzten die Gesunden zur Melodie ihrer kleinen Freuden, doch hier im Dunklen, im Untergrund, wo es nach Moder roch, wurde mit jedem Atemzug ein Überlebenskampf geführt.

»Fassen Sie sie an«, flüsterte Robbie, bevor sie in ihr Zimmer traten. »Sie hat es gern, wenn man sie berührt. Nehmen Sie ihre Hand, wenn Sie ›Hi‹ zu ihr sagen.«

Bei dem Gedanken schüttelte es sie innerlich. Evon fürchtete, ihre Gegenwart könne erneut zu einer traurigen Szene zwischen Robbie und seiner Frau führen. Doch er war um die Ecke in das

Zimmer mit dem Gerätepark geschlüpft, in dem Rainey von ihrer Pflegerin versorgt wurde.

»Nun sag uns mal schön Guten Tag.« Er küsste seine Frau und strahlte über das ganze Gesicht.

Rainey schlief zurzeit in einem Wasserbett, das ihr den meisten Komfort bot. Daneben türmten sich die Fläschchen und Pillenschachteln – krampflösende Mittel, Schlaftabletten –, und dann stand da noch eine elektrisch verstellbare Sitzliege, die ihr tagsüber als Sessel diente. Unter der glatten, seltsam unberührt erscheinenden Bettdecke wirkte Rainey völlig verloren. Evon trat langsam an das Bett und ergriff ihre kalte Hand. Die Haut fühlte sich ausgetrocknet an. Sie war fast farblos. Evon spürte jeden einzelnen Knochen.

»Wie. Geht. Es. Ihnen?«, sagte die männliche Roboterstimme, die nun Rainey Feaver gehörte.

Evon legte los. Was für ein Fortschritt! Alles würde jetzt viel leichter werden. Dabei war unübersehbar, was an diesem Wochenende wirklich passiert war. Nicht die neue Maschine, nicht einmal das Erscheinen von Raineys unfähiger Mutter hatte diesen Einbruch verursacht. Es ging zu Ende.

Schon als Evon Rainey kennen lernte, und das war nicht einmal drei Monate her, hatte sie sich nicht vorstellen können, wie es einem menschlichen Wesen noch schlechter gehen konnte. Doch bei Lorraine war das eingetreten. Man konnte förmlich zusehen, wie die Kraft aus diesem Körper wich. Er glich einem dahinwelkenden Blatt. Robbie hatte immer offener über ihren Zustand gesprochen und Evon eine Ahnung davon vermittelt, welche gewaltigen Prüfungen beiden noch bevorstanden. Die Muskeln von Raineys Oberkörper erschlafften zusehends. An der linken Hand konnte sie nur noch drei Finger bewegen. Schlimmer noch: Schon bald würde die Atemmuskulatur versagen.

Manche ALS-Patienten gaben an diesem Punkt auf. Doch da gab es noch die künstliche Beatmung. Eine Maschine konnte Raineys Lungen füllen. Diese Maschinen gab es sogar als transportable Geräte, die sich an Raineys Rollstuhl befestigen ließen. So konnte sie mobil bleiben. Dennoch war auch das eine Entscheidung von großer Tragweite. Wurde Rainey erst einmal beatmet, gab es bald kein Zurück mehr. Für einen gewissen Zeitraum würde sie so weiterleben können, doch dann würde es über kurz oder lang zu einer der opportunistischen Infektionen kommen, die schließlich alle künstlich beatmeten Patienten befiel. Sie würde sich dann in einem Stadium befinden, wo die geringste Willensäußerung, die kleinste Bewegung unmöglich war. Man weiß von ALS-Patienten, die auch noch ohne jede Reaktion weiterlebten, mit Gazetupfern auf den Augen, wenn die Lider sich nicht mehr schlossen, und mit Pflegern, die diese Tupfer alle fünf Minuten befeuchteten. Anders ließ sich der Schmerz nicht vermeiden, den ein Austrocknen der empfindlichen Membrane der Hornhaut verursachen würde. Diese Menschen existierten noch – sehend, riechend, hörend, leidend – und konnten mit ihrer Umwelt auf keiner Ebene mehr kommunizieren.

Rainey und Robbie hatten sich darauf geeinigt, nicht zu weit in die Zukunft zu planen. Er hatte sie gebeten, am Leben zu bleiben. *Er* wollte, dass sie weiterlebte, und er sagte das klar und nachdrücklich. Es handelte sich also sicher nicht um einen letzten ritterlichen Akt, der die Last, sich aus vielleicht egoistischen Motiven für das Leben zu entscheiden, von ihren Schultern nahm. Schon bald würde der Zeitpunkt kommen, wo sie entscheiden musste, ob sie seine Bitte noch erfüllen konnte.

Im Augenblick betonte Robbie, wie es seine Art war, die positiven Aspekte.

»So kann sie sogar wieder telefonieren. Das ging seit über einem Monat nicht mehr. Wen wolltest du anrufen?«

»Zu. Müde«, sagte die Stimme. »Zu. Müde. Meine. Mutter. War. Zu. Anstrengend.«

»Ja«, sagte Robbie.

Sie sprachen vom bevorstehenden Frühling. Evon beugte sich zu Rainey hinunter und folgte ihrem Blick durch das Fenster zum Apfelbaum, der gerade rosa erblüht war. Aber Rainey war sichtlich erschöpft, und schon nach wenigen Minuten hatte Evon das Gefühl, bereits zu lange da gewesen zu sein. Rainey hob die Finger einer Hand, was wohl Auf Wiedersehen heißen sollte.

»Ich bringe Evon zur Tür. Dann kann ich dich massieren, und vielleicht schaffen wir noch den vierten Akt.« Auf der geschwungenen Treppe erklärte Robbie ihr, die abendliche Massage sei eine Art Ritual, und danach lese er ihr vor, manchmal stundenlang. »Wenn ich die Wahl habe, suche ich ein Theaterstück aus. Ich liebe das Theater. Ich chargiere. Lese alles, alle Rollen. Im Moment sind wir fast durch mit dem *Sommernachtstraum*. Dann sucht sie etwas aus.«

»Das ist doch Shakespeare?«, fragte Evon.

»Sie glauben wohl, in meinem kleinen Durchschnittshirn ist kein Platz für Shakespeare?«

»So habe ich das nicht gemeint.«

»Doch, haben Sie. Hören Sie, wir haben im vergangenen Jahr all diese klassischen Komödien geschafft. *Tartuffe. Bunbury* von Oscar Wilde. *The Man Who Came to Dinner* von Hart & Kaufman. Das macht uns großen Spaß. Manchmal wünscht sie auch etwas anderes. Dann lese ich ihr einen Roman vor. Sie mag all die Sachen, wo es um Recht und Gerechtigkeit geht.« Er zeigte ihr, was als Nächstes schon unten auf einem Tisch bereitlag: *Im Namen der Gerechtigkeit* von Nancy Taylor Rosenberg. Seine Schwiegermutter, die immer danebenhaue, habe natürlich ein paar Bücher angeschleppt, für die weder Rainey noch er viel übrig hatten. Ratgeber zur Selbsthilfe zum Beispiel und sogar Fotobände über Reiseländer für jugendliche Leser.

Ich wünschte, sie wäre nicht gar so beschränkt. Nicht, dass ich Betty nicht mag. Sie ist schon eine ehrliche Haut. Aber eben das arme Mädchen aus dem South End, das nichts verpassen wollte und diesen kompletten Versager heiratete, der dann zufällig Lorraines Vater wurde. Das ist vielleicht eine Nullnummer! N-u-l-l. Der kann nicht eins und eins zusammenzählen. Ehrlich. Besitzt ein Boot. Angeblich ist er Immobilienmakler. Aber dieses verdammte Boot ist sein Leben. Die Fische, die er damit fängt. Die Weiber, die er darauf bumst. Die sechs Tage, die er hintereinander besoffen dort zubringt. Was nicht auf dem Wasser stattfindet, zählt für ihn nicht.

Wie dem auch sei, er heiratet Betty, weil sie genau das Mädchen ist, von dem seine Mom geträumt hat. Und dann greift er zur Flasche. Na gut, sie trinkt auch. Sie trinken beide zusammen. Man kann sich vorstellen, wie es bei ihnen daheim aussieht: Es stinkt nach Zigarettenrauch und verschüttetem Bier. Sie bekommen das Kind. Und er sagt, das ist nichts für mich. Schließlich lässt Betty sich scheiden und heiratet wieder. Das ist gut. Aber Lorraine geht in dem ganzen Durcheinander irgendwie unter. Sie kriegt drei Geschwister, aber der Stiefvater mag für nichts aufkommen. Am liebsten hätte er einen Goldesel, der ab und zu vorbeikäme und seine Rechnungen bezahlte. Immer wieder kommt es deswegen zu Krach und Spannungen. Betty hat ihr Bestes getan. Das sagt sie jedenfalls. Na ja. Sagt das nicht jeder? Ihrer Tochter jedenfalls hat es nicht gerade viel gebracht.

Als ich Rainey kennen lernte«, fuhr er fort, »steckte sie ziemlich in Schwierigkeiten.« Sie waren jetzt in der Eingangshalle. Oberhalb der geschwungenen Treppe hing ein riesiger Kandelaber von der Decke, anderthalb Meter im Durchmesser und mit zahllosen Kristallprismen behängt. Die Fußböden waren aus Carrara-Marmor, die Wände verspiegelt. Der Anblick dieser zur Schau gestellten Pracht tat fast weh, so unangemessen wirkte sie in dieser Situation.

»Das heißt, anfangs wusste ich davon nichts. Damals. Ich lebte quasi, wenn ich nicht arbeitete, in meiner Bar, in der Street of Dreams. Morty war praktisch von klein auf schon verheiratet, aber ich lebte nach dem Grundsatz, mich kriegt keine unter die Haube. Ha, nie und nimmer. Ich stürzte mich in die Arbeit, riss mir den Arsch auf. Sammelte Fälle. Und abends ab in die Bar und jede Nacht etwas angesäuselt in die Falle. Mal mit diesem, mal mit jenem Mädchen. Ich war damals vierunddreißig oder so, und man konnte nicht sagen, dass ich mit einer mal wirklich länger zusammen war – höchstens drei oder vier Monate. Das war schon auf der Highschool so gewesen.

Und Lorraine war auch nur eine von ihnen. Sah toll aus. Wirklich toll. Sie war eine strahlende Schönheit. Aber schöne Mädchen hatte ich vorher schließlich auch schon. Damals schnupfte ich gerade. Das taten alle. Das verschönte das Leben. ›Hey, Baby, komm mit zu mir, wir legen ein paar Linien aus.‹ Und das tun wir beide dann auch. Ich mag dieses Mädchen wirklich. Hat Humor. Ist sehr klug. Sie ist schon ein Computer-Freak, bevor die Leute überhaupt wissen, dass es diese Kisten gibt. Sie verkauft Computer-Systeme, Software für die Lagerhaltung. Und sie ist so wunderbar, ich verstehe mich so gut mit ihr, dass ich einige Zeit brauche, bis ich auf die Geschichte komme. Wenn ich mit ihr zusammen bin, kommt sie mir immer irgendwie nervös vor. Lacht ein bisschen zu laut. Und an der falschen Stelle. Irgendetwas hat sie. Klar, ich habe auch andere nervöse Menschen kennen gelernt. Eine Menge Frauen haben die Tour drauf, immer hektisch und ein bisschen verklemmt. Hey, Mann, bin ich wirklich gut genug? Und ich sage Ihnen, diese Kleine war einfach gut. Das erklärt so einiges. Erst schmeichle ich mir selbst und denke, das ist eben die erotische Spannung. Sie kann's nicht erwarten, bis sie wieder in meinem Schlafzimmer ist und wir es machen. Und was ich mit ihr hatte, das waren schon unglaubliche, einfach phantastische Superficks, die einem halb den Verstand raubten. Und das waren scheinbar auch die einzigen Momente, in denen sie wirklich entspannt war. Aber es war etwas ganz anderes. Ich weiß nicht, wie ich dann darauf kam. Aber wenn du mit jemandem eng zusammen bist, dann passiert es. Eines Nachts, wir liegen ausgestreckt auf meinen seidenen Bettlaken – meine Güte, war ich ein Snob! –, da geht mir plötzlich ein Licht auf: Sie ging gar nicht mit mir, weil sie mich so toll fand oder weil sie meine Gesellschaft suchte oder weil sie sich um den Verstand vögeln wollte. Es ging ihr nur um das Dope.

Ich bin wie vom Donner gerührt. Kann nur noch staunen. Aber wenn du so ein Leben lebst, was weißt du dann schon von jemand anderem? So gut wie nichts. Ich meine, du kannst es halbwegs ernst mit einer Frau meinen, dich regelmäßig mit ihr treffen, und eines Abends willst du sie abholen, da klebt ein Zettel an ihrem Postkasten: ›Bin nach Tucson gezogen.‹ Lachen Sie nur. Ich habe selbst gelacht. Solche Dinge sind mir tatsächlich passiert. Hatte also genug Erfahrung, um sagen zu können: Na, wenn schon!

Aber diesmal hänge ich herum und heule in mein Bier. ›Verdammt, sie wollte nur das Dope.‹ Und die Kerle dazu ekelten sie eher an. Ich meine, im Ernst. Wir sind immer die Letzten, die so was erfahren. Mersing, den haben Sie ja schon kennen gelernt, Mersing hat es mir auf den Kopf zu gesagt: ›Mein Gott, Robbie. Kennst du denn ihren Spitznamen nicht? Cocaine Lorraine. Die Schneekönigin. Aber eines stimmt‹, meinte er, ›tolle Titten, oder? Hat sie dich mal zu einer Schlittenfahrt eingeladen?‹ Schneekönigin! Das hatte ich schon mal irgendwo gehört. Aber ich hatte gedacht, damit war gemeint, wie sie nach außen wirkte. Sagen wir mal: kühl. Ich hatte das als Herausforderung gesehen. So ein Armleuchter war ich.«

Er schüttelte den Kopf. »Mann, ich weiß nicht, was ich tun soll. Denke nur, scheiß drauf, das stimmt so nicht. Die Frau hat einfach zu viel auf dem Kasten, um mit jedem Trottel eine Nummer zu schieben, der das Zeug hat, nur weil sie zu große Angst hat, selber loszuziehen und sich was zu besorgen. Aber das war es, ehrlich gesagt. Also konfrontiere ich sie damit. ›Was, zum Teufel, ist los mit dir? Eine schöne und kluge Frau wie du?‹ Zuerst ist sie geschockt. Dann beleidigt. Aber als ich ihr mit dem Spitznamen komme, geht das große Heulen los. Ein Tränenstrom wie die Niagara-Fälle. Sie schämt sich fast zu Tode. ›Ich helfe dir da raus‹, sage ich, als ob ich die leiseste Idee hätte, was das heißt. Aber ich habe sie in Forest Hills untergebracht. Und auch die Rechnung bezahlt. Ein halbes Jahr später waren wir verheiratet. Das war das Beste, was ich je für sie getan habe. Ich bin der Mann, der ihr das Leben gerettet hat. So hat sie mich genannt, ihren Lebensretter.« Er öffnete die Haustür und sah hinaus. »Bis ich dann natürlich der wurde, der alles kaputtmachte.«

4

Wenn Patrice nicht zu Hause ist und irgendwo in der Welt an einem Projekt arbeitet, kampiere ich gern in meiner Höhle gleich neben der Küche. Dort breite ich alles Nötige rund um den bequemen Sessel aus, in dem ich die späten Abende verbringe. Dort saß ich auch, als es ein paar Tage nach Robbies Besuch bei Crowthers um halb elf an der Tür klingelte. Durch den Spion sah ich Sennett, der ungeduldig gegen die Türschwelle trat. Neben ihm stand McManis im Anzug, aber ohne Krawatte, und schüttelte einen großen Regenschirm aus. Es musste eine Katastrophe gegeben haben. Sonst hätte Stan nie ein Treffen riskiert, bei dem man uns drei zusammen sehen konnte. Ich schob den Riegel zurück. Ein Henker hätte munterer dreingeschaut.

»So schlimm?«, war meine erste Frage.

»Furchtbar«, antwortete Stan.

Hatte Feaver etwas verpfuscht?

»Nein«, sagte Stan. »Oder doch. Nur: ›Verpfuscht‹ ist noch untertrieben. Mein Gott, George«, meinte er dann, »lass uns rein.«

Selbst die Wut hatte Stan nicht wie sonst geholfen, seine Verzweiflung zu überspielen. Sein durchnässter Anzug hing schlaff an ihm herab. McManis wirkte völlig konfus. Er brachte ein winziges Lächeln zu Stande, als er eintrat, doch dann blieb er verstört stehen. Beide waren mit einem Drink einverstanden.

Stan schwenkte seinen Scotch im Glas. »Zeigen Sie es ihm doch einfach«, sagte er zu Jim. McManis reichte mir einen roten Ordner, und ich zog eine Akte heraus. Er sagte, es handle sich um einen Auszug aus dem Verzeichnis der Prozessbevollmächtigten dieses Bundesstaates, Buchstabe »F«.

»Such mal nach deinem Mandanten«, verlangte Stan.

Nicht zu finden. Ob er seine Gebühren nicht bezahlt hat?, spekulierte ich.

Stans Blick hätte töten können. Aber er hielt mir zugute, dass ich als sein Verteidiger instinktiv nach einer Entschuldigung suchte.

»ER IST KEIN ANWALT«, brüllte er.

Natürlich musste ich lachen. Das war lächerlich. Wahrscheinlich war Robbie unter einem »Künstlernamen« zugelassen und eingetragen, oder sein Name war mit einer anderen Schreibweise oder in einem anderen Bundesstaat registriert worden. Es musste eine Erklärung geben. Als ich mit Robbie hin und wieder auf den Straßen rund um das Gerichtsgebäude unterwegs war, hatte er mich mit einem halben Dutzend Anwälten bekannt gemacht, die mit ihm zur Law School gegangen waren.

McManis verwies auf die anderen Unterlagen in dem Ordner, aber Sennett verlor die Geduld.

»Er war in Blackstone«, sagte er. »Er steht im Jahrbuch der Law School. Aber er hat nie eine Anwaltslizenz erworben. Nicht in diesem Bundesstaat und auch in keinem anderen. Wir haben den ganzen Tag am Telefon verbracht.«

Nach dem Schock über die Geschichte mit Carmody hatte man sich gefragt, wie leicht Jim möglicherweise enttarnt werden konnte. Daher hatten sie einen Blick in das Anwaltsverzeichnis geworfen. Und so hatte eines zum anderen geführt.

Ich war noch zu verblüfft, um die Bedeutung dieser Mitteilung einschätzen zu können.

»Was das bedeutet, willst du wissen?«, fragte Stan. »Es bedeutet, dass Robbie Feaver über fast zwei Jahrzehnte Tag für Tag fortgesetzt Betrug begangen hat – an seinen Mandanten, an den Gerichten, an dir und an mir. Es bedeutet, dass jeder von ihm unterschriebene Brief, jeder Antrag, den er gestellt, jede Visitenkarte, die er überreicht hat, eine Lüge war. Es bedeutet, dass er jeden Nickel, den er als Anwalt kassiert hat, zu Unrecht verdient hat. Es bedeutet, dass alles, was wir in Sachen Petros unternommen haben, für die Katz ist, denn UCORC-Regel Nummer eins lautet: keine arglistige

Täuschung unbeteiligter Dritter. Und nun stellt sich heraus, dass fast ein Jahr lang eine Welle von Betrug über uns hinweggeschwappt ist, und das ist das Werk eines Mannes. Und es bedeutet, dass Robbie jetzt endgültig auf der Schnauze liegt. Dass der Deal mit uns ein einziges Betrugsmanöver war und alles Schreckliche, was ich ihm angedroht habe, falls er uns linkt, nun über ihn hereinbricht. Es bedeutet, dass ich ihn so schnell wie möglich in den Knast bringen werde, trotz kranker Frau. Und dass er so lange darin schmoren wird, bis jedes einzelne Haar auf seinem hirnlosen Schädel weiß geworden ist.« Sennett schloss die Augen und holte tief Luft. Vielleicht war ihm eingefallen, dass ich ja sein Freund war – oder zumindest nicht sein Mandant. »Das bedeutet es.«

Das bedeutete es. Doch das war nicht der Grund, warum Stan in meinem Zimmer saß, während der Minutenzeiger meiner Howard-Miller-Uhr in der Ecke auf Mitternacht zurückte. Er hatte eine Aufgabe für mich. Ich sollte einen Weg finden, wie wir aus dem Schlamassel herauskamen.

»An der Law School gibt es jede Menge Pflichtkurse. Das wissen Sie. Schadensersatzrecht. Vertragsrecht. Strafrecht. Verbandsrecht. Etcetera pp. Ich habe sie alle belegt. Und geschafft. Nicht alle mit bester Note. Ich war ein Hans Dampf in allen Gassen, habe in einer Kanzlei gejobbt, TV-Spots gedreht. Aber ich habe es geschafft. Zu Morty habe ich immer gesagt: ›Weißt du, was der kriegt, der im Studium als Letzter durchkommt? Auch ein Diplom.‹«

Er blickte auf, um festzustellen, ob er mir zumindest ein Lächeln entlocken konnte. Ich forderte ihn durch eine Geste auf weiterzureden.

»1973 ist mein Abschlussjahr. Watergate ist gerade passiert. Und auf einmal kriegen wir aus heiterem Himmel einen *zusätzlichen* Kurs aufs Auge gedrückt. Plötzlich kann keiner mehr den Abschluss machen ohne einen Kurs über die Standespflichten eines Juristen. Als wenn das Nixon von seinen Machenschaften abgehalten hätte. Nur, ich *kann* den Kurs einfach nicht belegen. Weil er dienstags und donnerstags um vier ist, und da arbeite ich als Praktikant bei Peter

Neucriss. Es war schon ein größeres Wunder gewesen als das von Jesus mit den Broten und den Fischen, dass er mich gleich genommen hatte. Von der *Blackstone* Law School? Mit einer Uni-Empfehlung warst du nicht mal gut genug, um auch nur Peters Kopiergerät zu bedienen. Aber ich kannte ihn aus der Street of Dreams. Ihm gefielen wohl die Mädchen, mit denen ich ausging, und so ließ er es auf den Versuch ankommen. Das war für mich toller als ein Engagement am Broadway. Denn wenn ich das hinkriegte, hatte ich als Nächstes einen Full-Time-Job sicher: Sozius in der besten Schadensersatz-Kanzlei der ganzen Welt. Ruhm und Ehre winken, und dabei stehe ich erst ganz am Anfang. Alles erstrahlt im hellsten Licht: Ich würde Fälle bekommen, Geld machen, ein Star in meiner Branche werden. Da kommt es natürlich gar nicht in Frage, dass ich an diesem Kurs teilnehme, der ausgerechnet an zwei von vier Nachmittagen läuft, wenn ich in Neucriss' Kanzlei zu tun habe. Außerdem würde die Studentenkanzlei es gar nicht merken, wenn ich fehlte. Richtig?

Falsch. In der Prüfungswoche lässt mich der Dekan antreten. ›Robbie, Robbie, was, zum Teufel, mach ich denn jetzt mit Ihnen? Sie haben ja den Kurs über Standespflichten nicht besucht.‹ Wäre es dabei nur um mich gegangen, hätte er mich schneller durchrasseln lassen, als ich mir den Hintern kratzen konnte. Aber ein halbes Dutzend Kommilitonen hatte dieselbe Masche versucht, unter ihnen auch, du liebe Güte, ein Kumpel auf Rang drei in unserem Jahrgang. Also kam es zu einem Handel: Wir konnten den Abschluss machen und den Kurs im Sommer nachholen, das heißt, eine Arbeit schreiben, während wir für die Zulassungsprüfung vor der Anwaltskammer büffelten. Ziemlich fairer Deal. Ehrlich gesagt, ich war so dankbar, dass mir die Tränen kamen, denn meiner Mutter beichten zu müssen, es gäbe keine Abschlussfeier, zu der sie natürlich mit ihren beiden Schwestern aus Cleveland einfliegen wollte, war unvorstellbar. Sie hätte es einfach nicht begriffen. Den Sommer über arbeite ich also für Neucriss, der noch keinen Full-Time-Job für mich hat, gehe in den Kurs und zum Korrepetitor für die Prüfung. Ich bin bienenfleißig, und dann flattert Peter dieser Fall ins Haus – eine große Sache, eines der ersten Verfahren wegen verseuchter Lebensmittel. Ich arbeite mit Neucriss direkt zusammen, als rechte Hand Gottes sozusagen, an Schlaf ist nicht mehr zu denken, und natürlich schmeiße ich die Abschlussarbeit in dem Kurs. Ich weiß nur eines, das hier ist mein großer Fall. Mit einem Schlag bringt der mich nach oben, und niemand nimmt mir den weg.«

»Drei Wochen vor der Prüfung«, fuhr er fort, »bin ich wieder beim Dekan. ›Du lieber Gott, Robbie, wir können Sie nicht anmelden, Ihnen fehlt der Schein für den Kurs über die Standespflichten!‹ Natürlich habe ich Himmel und Hölle in Bewegung gesetzt. Ich hätte meine Organe gespendet und die Hälfte meines künftigen Lebenseinkommens, nur um diesen Stempel auf dem kleinen blauen Zettel zu erhalten. Nichts zu machen. ›Schreiben Sie jetzt Ihre Arbeit fertig, dann können Sie im Dezember zur Nachprüfung antreten, zusammen mit denen, die beim ersten Mal durchgerasselt sind.‹ Und das hatte ich dann wirklich auch vor. Neucriss konnte ich natürlich auf gar keinen Fall sagen, dass ich meinen Law-School-Abschluss nicht gleich machte. Und alles läuft wunschgemäß. Peter sieht in mir das große Arbeitstier, weil die beiden anderen Praktikanten sich lieber drücken und für das Anwaltsexamen pauken. Und ich erwecke den Anschein, als hätte ich alles im Griff. Sogar am Nachmittag des ersten Prüfungstags war ich in der Kanzlei. Neucriss war wirklich beeindruckt!

Ich kriegte den Job. Und nun? Die Prüfungsergebnisse werden bekannt gegeben. Überall Jubel und Frohlocken. Am 3. November kriegen die drei Neuen in Neucriss' Kanzlei – Robbie von der Blackstone und zwei Überflieger aus Easton und Harvard – frei, um sich vereidigen zu lassen. Die Zeremonie am Supreme Court ist ein gewaltiger Auftrieb, achthundert Kids versammeln sich auf der Freitreppe. Und ich hob mit allen anderen die Hand zum Schwur. Der einzige Unterschied war, dass allen anderen am Ende die Zulassungsurkunde für die Ausübung des Anwaltberufs per Post zugestellt wurde, nur mir nicht. So war das.«

Da hockte also ein selbstsicherer Feaver vor meinem Schreibtisch in seinem Lederclubsessel und lächelte mich treuherzig an. Dabei erwartete man von ihm, dass er eine halbwegs vernünftige Erklärung für sein idiotisches Verhalten präsentierte. Er fühlte sich nicht verantwortlich für die tausende verschenkter Arbeitsstunden, die Stan, die Agenten, Evon und ich bisher in den Fall gesteckt hatten, und auch nicht für die Gefahr und die Pein, denen er sich selbst und Lorraine ausgesetzt hatte. Der Robbie, den ich kennen und mögen gelernt hatte, war ein anderer gewesen. Er hatte sich in Luft aufgelöst, war nur noch ein Geist, der sich von einem Körper gelöst hatte und nun quasi im Raum schwebte. Er beobachtete meine Reaktion, verzog das Gesicht und sah aus dem Fenster.

»Tut mir Leid«, sagte er. »Da macht man als Kind mal Mist, und es bleibt an einem hängen. Ich war noch ein Kind.«

Aber zu der Zeit, als er es mir verschwiegen habe, sei er erwachsen gewesen, wandte ich ein.

Er hielt die Hand schützend über die Augen. Es war gerade erst acht Uhr früh, und er schien das heraufdämmernde Morgenrot zu betrachten, das sich wie eine sanfte Hand über die hohen Häuser am Flussufer legte. Nicht um alles in der Welt hätte er mir ins Gesicht geblickt.

Ich fragte ihn, ob Lorraine Bescheid wisse.

»Niemand weiß Bescheid. *Niemand.*«

Ich hatte einen Trost, den üblichen: Meine Rechnungen waren bezahlt. Und darüber hinaus hatte ich die ganze Zeit bemerkt, dass es Gründe gab, warum wir hier saßen, er vor und ich hinter dem Schreibtisch. Auch konnte ich nicht so tun, als wären mir ähnliche Dinge, wenn auch nicht in dieser Größenordnung, nicht schon hin und wieder auf den Tisch gekommen. Vergleichbar waren einige Fälle schon: Mandanten, für die man keinen Vergleich zu Stande brachte, weil sie ihre finanzielle Lage verschleierten, um nicht zur Kasse gebeten zu werden; oder dieser Geschäftsmann, der kürzlich wegen seiner Aussage gegen den Drogendealer, von dem er Stoff bezogen hatte, mit Bewährung davongekommen war und dann gleich bei der ersten monatlichen Urinkontrolle aufgeflogen war und dafür ein Jahr in den Knast gehen durfte. Es gab tausend Arten, auf die einen ein Mandant täuschen konnte. Doch so tief hereingerissen hatte es mich selten.

Schließlich schien Feaver doch die Tragweite des Ganzen zu begreifen. Er saß zusammengesunken da, die beiden dünnbesohlten Slipper flach auf dem Boden. Dann stand er auf und ging zur Tür.

»Sind Sie nun mein Anwalt oder nicht?«, fragte er, den Türknauf in der Hand. Das war jetzt genau die richtige Frage, nicht, um uns wieder auf den Boden der Tatsachen zurückzubringen, sondern weil er mir dabei einen ängstlichen Blick zuwarf, der mich wieder versöhnte. Robbie strahlte stets eine Bedürftigkeit aus, so wie ein erloschener Stern, der selbst nach der Implosion noch Lichtwellen durch das All schickt. Doch sein demütiger Blick signalisierte, dass ihm meine Antwort wirklich wichtig war. Und dies offenbar nicht allein wegen der enormen Schwierigkeiten, in die er geraten würde, wenn ich mein Mandat niederlegte. Mir wurde klar, was da von Anfang an mitgespielt hatte: Er war nicht wegen meiner rhetorischen Fähigkeiten vor Gericht oder wegen meiner Beziehungen zu mir gekommen, sondern weil er Wert auf mein Urteil legte. Ich selber betrachtete mich selten als ein Vorbild oder als Kämpfer, der täglich Mut zu beweisen versuchte. Mit einer Handbewegung scheuchte ich ihn wortlos durch die Tür davon. Aber meine Entscheidung war bereits getroffen. Ich war sein Anwalt. Und zwar im besseren Sinne dieses Wortes.

Gegen zwei Uhr nachts hatte sie die Türglocke mit dem Geräusch einer schnatternden Ente aus ihren Träumen gerissen.

»Hier ist dein Onkel Peter«, hörte sie eine raue und verzerrte Stimme durch die Sprechanlage. »Onkel Peter« war das Codewort für Schwierigkeiten. Vor der Tür stand McManis. Er war zu wohlerzogen, um einfach über die Schwelle zu treten, sondern blieb an den Türstock gelehnt stehen.

»Es ist wegen Robbie«, sagte er. Ihr erster Gedanke war: Er ist tot. Und nachdem sie die Geschichte gehört hatte, war er es praktisch auch, soweit es sie betraf.

»Es war mein Fehler«, sagte McManis, bevor er ging. Auf seinem hellen Anzug hatte der Regen dunkle Flecken hinterlassen. »Ich habe immer gesagt, Morts Person birgt die größte Gefahr für das Projekt.

Das war ein Irrtum. Wir wussten von Anfang an, wo das eigentliche Risiko steckte, und wir haben es außer Acht gelassen. Verdammt, genau aus dem Grund sind Sie doch überhaupt hier. Wir wussten, dass er ein Hochstapler und Betrüger ist. Er hat uns hinters Licht geführt.«

»Mit uns gespielt«, sagte Evon. Es war eine eher spontane als witzig gemeinte Bemerkung, aber Jim reagierte mit einem milden Lächeln.

»Solche Menschen sind wie ein Fass ohne Boden. Es ist, als blicke man in einen Spiegel. Es geht immer tiefer hinein.« McManis sagte noch, auf das morgendliche Abholen könne sie verzichten. Sie solle direkt ins Büro kommen, um in der Nähe zu sein, wenn sie anfingen, das Problem zu diskutieren.

Gegen neun Uhr stand Robbie vor ihrem Büroabteil. Seine Krawatte hing bereits unter dem offenen Hemdkragen auf Halbmast. Er wollte mit ihr reden.

»Ich aber nicht mit Ihnen, Robbie.«

»Hören Sie, es tut mir Leid. Das möchte ich Ihnen sagen.« Er war zu elend, auch nur die Hände dazu zu heben. Er drehte nur die Handflächen nach außen. »Für mich war das Vergangenheit. Ein Fehler, den ich in der Vergangenheit gemacht habe.«

Sie schwenkte den Sessel um hundertachtzig Grad zu dem Aktenschrank hinter sich, auf dem ein Ausdruck von Krankenhauskosten lag, dick wie ein Telefonbuch. Den hatte sie sich zuvor angesehen, jetzt aber wartete sie darauf, dass er verschwand. Aber was geht mich das hier eigentlich an?, dachte sie plötzlich. Ein Fall, der sie nicht interessierte, Mandanten, die ja nicht wirklich ihre waren. Die vergangenen Monate, die gemeinsame Zeit, die Arbeit, die Hoffnung, etwas Sinnvolles zu tun – das war nicht gerade wenig gewesen. Und jetzt war alles umsonst gewesen, wurde ihr aus den Händen gerissen. Es war zum Verzweifeln. Und sie empfand, wie immer, Scham. Er kam einen Schritt näher.

»Seien Sie kein Dummkopf«, sagte sie.

»Ein noch größerer Dummkopf, meinen Sie.«

»Das geht gar nicht, Robbie. Sie haben Ihr Soll erfüllt. Übererfüllt.«

Sie besann sich vage auf ihre Tarnung, was immer die jetzt noch wert sein mochte. Sie waren von allen Seiten zu sehen. Doch das war schon in Ordnung. Eine Kabbelei zwischen Verliebten. Wenn sie wollte, konnte sie jetzt etwas nach ihm werfen. Stattdessen hielt sie sich die Ohren zu, als er weitersprechen wollte.

Nach einiger Zeit spürte sie, dass sein Schatten nicht mehr auf sie fiel. Sie blieb ruhig sitzen und versuchte, ihren Zorn zu zügeln. Flammte er erst einmal auf, konnte er alles in Brand setzen, auch ihre sonst so verlässliche Selbstbeherrschung. Sie hatte auf ihrem Sessel sitzen bleiben wollen, an ihrem Platz, und es vorübergehen lassen. Doch es war zwecklos. Einen Moment später stürmte sie hinter ihm her.

»Was *bedeutet* Ihnen überhaupt etwas?«

Er saß in seinem Sessel aus Chrom und Leder und sah sie niedergeschlagen an.

»Haben Sie gehört, was ich Sie gefragt habe?«

»Ja, das habe ich.« Er bat sie mit einer Geste, die Tür zu schließen. Sie schlug sie zu.

»Also, wie lautet Ihre Antwort?«

»Was meinen Sie eigentlich?«

»Das wissen Sie ganz genau. Was für Sie zählt? Ich komme einfach nicht darauf. Wirklich nicht.«

»Blödsinn. Was zählt denn für *Sie?* Dass Ihnen das Bureau einen Orden an die Brust heftet? Glauben Sie, der Bockmist, den Sie machen, ist besser als meiner?«

»Langsam, Freundchen. Ich will eine Antwort. Was ist Ihnen wichtig? Wissen Sie es vielleicht nicht einmal selbst? Oder ist es jeweils das Spiel, das Sie gerade spielen? Das ist es, nicht wahr? Und wenn wir armen Idioten Ihnen das abkaufen, können Sie mitleidig auf uns herabsehen. Ja?«

»Glauben Sie das wirklich?«

»Ja, Robbie. Ja, genau das glaube ich.«

»Dann glauben Sie es eben.«

»Ich warne Sie. Treiben Sie es nicht zu weit. Sagen Sie mir, was Ihnen wirklich etwas bedeutet, verdammt noch mal!«

In seinem Gesicht entdeckte sie jetzt tatsächlich einen Anflug von Angst. Er hatte keine Vorstellung, wie weit sie gehen würde. Aber, um die Wahrheit zu sagen, die hatte sie selbst nicht.

»Können Sie es mir sagen?«

»Ich weiß nicht. Vielleicht.«

»Dann lassen Sie es mich hören.«

Seine Kiefer mahlten.

»Die Liebe. Okay? Es sind die Menschen, die ich liebe. Das zählt. Meine Freunde. Meine Familie. Ein Großteil meiner Mandanten. Das ist alles. Sonst noch jemand? Der Rest ist mir egal. Sonst noch etwas? Lauter unwichtiger Plunder. Treibgut. Der Rest des Lebens besteht nur aus Menschen, die anderen Menschen etwas antun und nur zum eigenen Nutzen. Nur bei der Liebe ist es anders.«

Sie schloss die Augen. Sie fürchtete, vor Wut zu platzen.

»Und aus dem Grund haben Sie das gemacht? Aus Liebe? Darum sind Sie jeden Tag durch die Tür da gekommen, auf der so schön ›Rechtsanwalt‹ unter Ihrem Namen steht, ohne vor Scham im Boden zu versinken?«

»Ich weiß nicht. Das hat einfach dazugehört. Es gab Leute, die ich nicht enttäuschen wollte. Mein Gott, worüber reden wir überhaupt? Darüber, dass ich damals keine Zwanzig-Seiten-Seminararbeit verfasst habe? Das ist doch kein Verbrechen, kein Mord oder Totschlag. Es hat niemandem geschadet. Ganz im Gegenteil. Zwanzig Jahre lang habe ich meinen Job gemacht, habe mich um Leute gekümmert und für sie Prozesse gewonnen.«

»Auch das ist ein Spiel, Robbie. Sie haben es für sich getan. Sie wollten den Job, das Ansehen, das Geld. Aber Sie haben sich nichts davon verdient, Sie haben es sich genommen. Wie ein Dieb. Und Sie haben jeden hereingelegt, der nicht den Instinkt hatte, sich zu fragen: Lügt er, wenn er ›Hü‹ sagt oder ›Hott‹? Wie schaffen Sie es, das nicht selbst zu erkennen? Sehen Sie doch nur, was Sie Mort damit angetan haben. Oder Ihren Mandanten, von denen Sie sagen, Sie lieben sie. Mein Gott, denken Sie an die armen Rickmaiers zum Beispiel – an dieses kleine Mädchen, über das Sie Tränen vergossen haben, als es seine Mutter verloren hatte. Was werden Sie ihm sagen, Robbie, wenn jemand Sie auf Herausgabe des dicken Schecks aus dem Vergleich verklagt, den Sie letzte Woche für ihre Familie ausgehandelt haben? Wie können Sie vor solchen Dingen die Augen verschließen? Zwanzig Jahre lang?«

»Ich weiß es nicht. Ich habe es getan. Ich wusste es, aber ich habe nicht darüber nachgedacht. Ich habe mir irgendwie selber die Absolution erteilt oder es einfach verdrängt, ich weiß nicht. Ich weiß nicht, wie ich damit gelebt habe. Ich bin ein notorischer Lügner, okay? Ich lüge ständig. Sie glauben, ich habe Shaheen Conroe wirklich geküsst? Ich bin ihr nie näher gekommen als die übrigen Leute am Set. Und der Wagen, in dem ich herumkurve? Das ist ein 500er, dreißig Riesen billiger als der S6. Ich hatte ihn gerade eine Woche, als ich Neucriss in einem 600er über die Marshall Avenue flitzen sah. Und plötzlich kam mir diese Super-Scheißidee, und ich fuhr los und blechte einem Autoteile-Händler fünfhundert Dollar dafür, dass er mir die Typenschilder am Heck und am Lenkrad austauschte, damit der Wagen jetzt wie ein 600er aussieht. Aber es ist keiner.«

Dieser Wagen! Evon seufzte tief.

»Ich bin ein schwacher Mensch, ein ziemlich abgefuckter Typ. Was soll ich sonst dazu sagen? Ich habe Ihnen gegenüber nie behauptet, dass ich mich mit mir selber auskenne.« Und dann hatte er noch das passende Zitat aus der Schauspielerwelt zur Hand. »›Wenn du mir sagst, ich soll mich selber spielen, weiß ich nicht, wie.‹«

So viel musste sie ihm trotz ihres Zorns zugestehen. Seit Monaten schon schwebte ihr immer wieder ein Bild vor, fast eine Vision: ein dampfender Dschungel, Bäume von oben bis unten voller Flechten, wuchernde Schlingpflanzen, Furcht erregende wilde Tiere, modrige Tümpel voller Algen, heiße, stinkende Gase, die aus dem Innern der Erde aufstiegen. Eine Wildnis. So musste der Urdschungel in Robert Simon Feavers Innerem aussehen.

Da saß er nun vor ihr in seinem Ledersessel mit der hohen Lehne, eingerahmt von der dramatischen Kulisse der Stadt im Hintergrund, und hoffte noch immer auf Gnade.

»Habe ich Ihnen je erzählt, wann genau mir klar geworden war, dass ich mich in Rainey verliebt hatte?«, fragte er.

Sie bedachte ihn mit einem kühlen Blick. Ihr stand nicht der Sinn nach oberflächlicher Unterhaltung, doch das hielt ihn nicht zurück.

»Wirklich eine komische Geschichte. Sehr komisch.« Er gluckste wie zur Bestätigung. »Ich habe sie mal zu einem Eishockeyspiel mitgenommen. Und sie wurde aufgehalten. Ich weiß nicht mehr, warum. Sie kam zu spät und war ganz aufgeregt. Wir hatten tolle Plätze. Dritte Reihe. Direkt hinter der Glaswand. Sie beeilte sich so, dass sie fast über ihre Beine stolperte. Und ich sagte zu ihr so etwas wie: ›Der Anpfiff war heute später als sonst. Genauer: Die Maschine der Red Wings ist verspätet gelandet.‹ Ich wusste nicht, was ich sagen sollte, wenn sie merkte, dass sie schon mitten im zweiten Drittel waren. Aber ich behauptete: ›Nein, wirklich. Sie haben einfach später angefangen.‹ Und dann sah ich ihr Lächeln, ein ganz kleines Lächeln, und sah ihren Blick. Sie verstand es. Dass ich wollte, dass es wahr war. Ich meine, sie hat mich wirklich verstanden. Nicht es. Sondern dass ich es selber glaubte. Genau in dem Moment. Und sie fand es okay. Da war es um mich geschehen.«

»Verdammter Mistkerl«, antwortete sie. »Genau das ist das Problem. Sie glauben, die gesamte Welt ist Ihnen das schuldig. Gottverdammt, Sie wollen, dass die ganze Welt Sie umarmt, wenn Sie sich eigentlich nur noch schuldig fühlen sollten, Robbie, oder wenigstens den Hauch eines Bedauerns verspüren sollten. Und ich kann nicht begreifen, wie Sie selbst das alles so auf die leichte Schulter nehmen können? *Wie* schaffen Sie das? Jeden verfluchten Tag wieder? Was macht Sie so unkritisch, vor allem sich selbst gegenüber? Wie können Sie jeden Morgen aus dem Bett steigen und so etwas tun? Ich begreife es nicht.«

»*Sie* begreifen das nicht?« Sein Blick blieb düster, doch es lag nichts Hinterhältiges, kein Hohn darin. Er war nur überrascht, dass nichts von der Gemeinsamkeit da war, von der er geglaubt hatte, dass sie zwischen ihnen bestünde. Und als sie dies begriff, flammte eine solche Wut in ihr auf, dass sie sich fast vergessen hätte. Ihr Blick fiel auf den gebogenen silbernen Brieföffner auf seinem Schreibtisch, mit dem er jeden Morgen die Post öffnete. Am liebsten hätte sie ihm damit die verräterische Zunge abgeschnitten.

Stattdessen floh sie aus seinem Büro. Den Rest des Tages und auch den nächsten sprach sie kein Wort mit ihm. Sie verbrachte so viel Zeit wie möglich bei McManis. Aber Amari hatte wenig zu tun und ging ihr damit auf die Nerven, dass er immer wieder auf Robbie, die »Katze im Sack«, zu sprechen kam.

Im Laufe der Woche verwandelte sich ihre helle Wut in düsteres Brüten. Die Zukunft des Projektes blieb zweifelhaft. Immer wieder kaute D.C. alles durch. Sie fühlte sich wie gefangen in einer zähen, klebrigen Masse. Ihre vergeblichen Befreiungsversuche nahmen Evon jede Kraft. Dass sie zu ihrer eigenen Sicherheit auf Schritt und Tritt beobachtet wurde, erschien ihr immer unerträglicher. Dabei fühlte sie sich keineswegs sicher – im Gegenteil. Am Donnerstag fing der Hausmeister sie ab. Er polierte gerade die Briefkästen und berichtete, ein Mann habe nach ihr und einigen anderen Bewohnern des zweiten Stocks gefragt. In heller Aufregung hatte sie Amari angepiepst. Doch einer von Joes Leuten hatte die Szene beobachtet und war auf dem Laufenden. Es sei ein Cop aus dem Kindle County, einer von den Schnüfflern, der vermutlich einem Hinweis nachging. Dass sie wegen nichts und wieder nichts in Panik geriet, war wohl nur zu typisch für ihre Lage. Alles war in Unordnung geraten. Sie selbst. Feaver. Alles und jedes. Sie lief durch die Straßen, ernst und in sich gekehrt, und nahm nicht einmal die Tulpen wahr, die in der warmen Frühlingsluft ihre bunten Kelche öffneten.

5 Für mich stand fest: Um Petros – und Robbie – zu retten, musste er sich umgehend aus seiner Tätigkeit als Anwalt zurückziehen. Er durfte keine Mandanten mehr empfangen, nicht mehr vor Gericht auftreten, kein Dokument mehr unterzeichnen. Eine andere Wahl gab es nicht. Selbst wenn es uns gelang, Robbies Abschlussexamen irgendwie zurechtzufrisieren, würde der Kammerausschuss für Zulassung und Disziplinarangelegenheiten in keinem Fall jemandem die Lizenz erteilen, der sich zwanzig Jahre lang widerrechtlich als Anwalt ausgegeben hatte, und das würde zweifelsfrei aufgedeckt werden.

Um Dinnerstein Robbies neuen Status zu erklären, mussten wir eine phantastische Story erfinden. Aber was immer wir auch zusammenbrauen würden, Mort müsste für sich behalten, was er über Robbie erfuhr. Die Konkurrenz würde sonst ihren Vorteil nutzen, während Mort nach einem anderen Anwalt Ausschau hielt, der für Robbie vor die Schranken des Gerichts trat. Inzwischen konnte Robbie weiterhin über Judith McQueevey Richter Crowthers seine Geldkuverts zuleiten. Das Gleiche galt für Gillian Sullivan, die in Kürze auf die Richterbank zurückkehren würde und der noch etwas zugehen sollte. Schließlich hatte sie in der Sache positiv entschieden, die dann Skolnick zugeteilt worden war. Wichtiger noch: Robbie konnte weiter seinen Part in der bevorstehenden Endrunde gegen Kosic und Tuohey spielen. Da wiederum konnte ich den Hebel ansetzen, um für Robbie etwas auszuhandeln. Robbie würde fraglos im Gefängnis landen. Ich wollte dafür sorgen, dass sein Aufenthalt dort so kurz wie möglich ausfiel.

Die dazu notwendigen Gespräche mit Stan fanden meistens

während unserer wieder aufgenommenen Jogging-Runden im Warz Park statt. Stan hatten weder winterliche Dunkelheit noch Schneetreiben vom Joggen abgehalten, ich dagegen hatte ein paar Monate ausgesetzt, bis das Wetter wieder freundlicher war. Jetzt trafen wir uns ein paar Mal dort, um die Lage zu besprechen. Zwar hatte das UCORC eine Woche lang gedroht, das Projekt abzublasen, aber man war doch schon zu tief eingestiegen, hatte zu viel Geld investiert, und man war auf zu viele kriminelle Handlungen gestoßen, als dass man einfach alles hinwerfen konnte. Letztendlich waren Stan und ich in einem Punkt einer Meinung: Die Regierung konnte Robbie nicht länger eine bloße Bewährungsstrafe zusagen. Dafür würde sie aber dem Richter alle relevanten Dinge offen legen – Robbies außerordentliche Kooperationsbereitschaft auf der einen, das ganze Ausmaß seiner Verfehlungen einschließlich der illegalen Ausübung des Anwaltsberufs auf der anderen Seite – und den Richter dann über die angemessene Strafe entscheiden lassen. Wenn die Geschichte publik wurde und es auch zu einigen einschlägigen Verurteilungen kam, war mit etwa zwei Jahren Gefängnis für Robbie zu rechnen. Die Rückerstattungs- und Entschädigungsforderungen wegen Robbies illegaler Berufsausübung konnten wohl Schwindel erregende Ausmaße erreichen. Doch die meisten Richter würden den finanziellen Komplex vermutlich in dem gewaltigen Morast aus Zivilklagen wegen Betruges untergehen lassen, die die Versicherungsgesellschaften anstrengen würden. Selbst wenn wir uns untereinander über all das einigten, auf die Unterschrift aus D.C. konnte Stan nicht verzichten.

»Sie haben alles akzeptiert«, ließ er mich schließlich eines Morgens Mitte Mai wissen. »Es gibt nur noch eine Bedingung, und die wird dir nicht gefallen.« Irgendwie gelang es Sennett, jeden Morgen auch nach sechs Meilen noch auszusehen wie aus dem Ei gepellt. Seine Ausstattung war perfekt – Neoprenshorts, ärmelloses Jerseyhemd, Laufschuhe, so riesig wie Schneeschuhe, eine Wasserflasche am Taillengurt. Nicht eine einzige seiner südländischen Drahtlocken klebte an der Stirn, der Schweiß schien gleich wieder zu verdampfen. Selbst am frühen Morgen war er bereits perfekt rasiert. Jetzt sah er mich von oben herab an, das Kinn vorgereckt, und tat so, als könnten ihn meine zu erwartenden Einwände nicht berühren.

Er hatte viele Argumente, die für seinen Standpunkt sprachen. Jede Anklage, auch die gegen Skolnick und Crowthers, sei gefährdet. Mit Sicherheit würde die Verteidigung Anträge stellen und Robbie Betrug vorwerfen. Die Regierung konnte sie zurückweisen, aber die Wahrscheinlichkeit, dass eine Jury aus Abscheu vor Feaver die Fälle unter den Teppich kehren würde, war deutlich gestiegen. Die Zukunft von Petros beruhte daher mehr denn je darauf, wie die Regierung ihren Deal mit diesem Teufel rechtfertigte, und das konnte nur gelingen, wenn sie zeige, in welches Wespennest von Korruption sie gestoßen habe. Gegen Malatesta hatte man allerdings nichts in der Hand, und die übrigen Scheinfälle konnten nicht mehr von Feaver vor Gericht vertreten werden. Das würde nicht mehr zu seiner neuen Rolle in der gemeinsamen Kanzlei mit Dinnerstein passen. Dafür hatte Sennett sich einen neuen Schachzug ausgedacht. Es war der fingierte Antrag zur Wiederaufnahme eines unserer alten Fälle, bei dem Robbies Rolle im wesentlichen nicht die eines Anwalts, sondern die eines Angeklagten war.

»Dazu muss ein Richter eine spezielle Anhörung ansetzen und dann nach eigenem Ermessen entscheiden.« Stan sah mich an und wartete, bis bei mir der Groschen fiel. Dann bestätigte er meine schlimmsten Befürchtungen. »Wir wollen, dass er Magda festnagelt.«

Er hatte Recht: Mir gefiel das überhaupt nicht. Eine ganze Weile standen wir uns im Park gegenüber und rangen miteinander. Er habe nichts Greifbares gegen sie in der Hand, sagte ich, und könne nicht erwarten, dass Magda sich selbst belaste. Doch er behauptete, D.C. wolle die lange heimliche Beziehung zwischen der Richterin und dem Anwalt, dessen Fälle regelmäßig vor ihrem Gericht verhandelt wurden, als Verstoß gegen die Vorschriften ahnden. Das sei ursprünglich eine Idee des UCORC gewesen.

In meinen Ohren klang das wie das Bestehen auf einem Gottesurteil, diesem mittelalterlichen Ritual, bei dem man der beschuldigten Person Hände und Füße band, sie ins Wasser warf und schaute, ob sie unterging oder nicht. Auf meine Einwände reagierte Stan wie üblich mit Ungeduld.

»George«, antwortete er, »wie viele Male, wie viel hundert Male hast du erlebt, dass ein Schuldiger am Ende doch noch davonkam? Nicht durch Freispruch, sondern weil wir über irgendeinen Kerl nicht genug herausgefunden hatten. Wie viele wichtige Geschäftsleute standen mit einer Vorladung in deiner Kanzlei und machten sich in die Hosen vor Angst, was ans Licht kommen könnte, wenn man ihnen die falschen Fragen stellen würde? Oder denk an den Typen, der gerade seine Scheidung betreibt und jedes Mal Darmkrämpfe bekommt, wenn er an all die ekligen Geheimnisse denkt, die seine wütende Ex noch ausspucken könnte? Zu tausenden hast du sie schon erlebt, George. Und die meisten laufen heute frei herum. Jedenfalls die meisten. Weil wir nie alles erfahren. Das Problem ist nicht, dass wir nicht alle an den Hammelbeinen kriegen. Die Wahrheit ist, wir kriegen selten genug mal einen. So läuft das ab, George. Das, was ich nicht weiß, kann mir kein Magengeschwür verursachen. Wenn ich aber etwas erfahre, George, dann habe ich auch eine Verantwortung. Es ist nicht mein Job, ein netter Kerl zu sein oder zu sagen, tut mir Leid, zufällig haben wir Sie erwischt. Mein Job ist es, die Menschen in diesem Distrikt vor Verbrechen zu schützen. Ich darf nicht darauf bauen, Magda werde sich künftig schon nichts Schlimmeres zu Schulden kommen lassen. Mein Job ist es, sie zu schnappen, wenn sie es verdient, geschnappt zu werden.«

Er glaubte so sehr an seine eigene Propaganda, dass sein Gewissen stets makellos rein war. Aber mein finsterer Blick signalisierte ihm: Kommt nicht in Frage.

»Ich habe dir ja gesagt, es wird dir nicht gefallen«, sagte er und joggte zu seinem Wagen zurück.

Robbie sagte Gott sei Dank ebenfalls Nein.

»Sie ist keine Gaunerin. Ich liefere ihnen die Gauner. Aber ich habe nicht vor, eine ehrliche Frau reinzulegen, nur weil sie so dumm ist, einen wie mich zu mögen.«

Ich gebe zu, das rechnete ich ihm hoch an. Keine hohlen Phrasen und auch kein feiges Kneifen. Er war bereit, eine höhere Gefängnisstrafe in Kauf zu nehmen, und zwar einige Jahre mehr, indem er Sennett jetzt die Stirn bot. Ich bewunderte seinen Mut und seine Loyalität und war mir nicht sicher, ob ich unter den gleichen Umständen ebenso gehandelt hätte. Und dann tat ich das, was meine Pflicht als sein Anwalt war. Ich erklärte ihm, warum er weiter mitmachen müsse.

Wenn Robbie nicht nur ein ferngesteuerter Roboter war, dann hatte die Regierung gar keine andere Wahl, als das Projekt sterben zu lassen. Ein Risiko war es in jedem Fall, denn ein Verteidiger hatte bereits jetzt eine ganze Menge Munition gegen sie. Den Bundesanwalt konnte er als naiven Handlanger eines Betrügers der übelsten Sorte hinstellen. Wenn Robbie ein Veto bei der Auswahl der Zielpersonen eingeräumt wurde, würde das diesen Punkt nur noch erhärten und konnte vor einem Geschworenengericht zu einer Katastrophe führen.

»Aber Stan würde eines seiner lebenswichtigen Organe dafür opfern, Brendan auf der Anklagebank zu sehen«, sagte Robbie.

Das würde er, aber den Leuten in Washington sei Brendan völlig egal. Ihr Augenmerk gelte dem Kongress, dem Präsidenten, den Medien, den nationalen Anwaltskammern und -vereinigungen. Wenn das UCORC Petros sterben ließe, würde Sennett zum Angriff blasen. Die Fälle, die ihm dann noch blieben – Skolnick, Crowthers, Walter –, seien bereits auf Magnetbändern dokumentiert und konnten als Beweismittel dienen, sogar ohne dass Robbie in den Zeugenstand müsse. Und wenn die Regierung beschloss, ihn als Zeugen aufrufen zu lassen, dann würde sie ihn am liebsten in Sträflingskleidung vorführen, um der Jury zu demonstrieren, dass man ihn nicht verschone. Deswegen werde Stan Robbie nun wohl umgehend festnehmen lassen. Seine illegale Berufsausübung würde er als überzeugendes Argument dafür anführen, dass er auch nicht gegen Kaution auf freien Fuß gesetzt werden dürfe. Und schließlich verfüge Stan noch über ein Druckmittel, das er schon von Anfang an gehabt hatte: Lorraine.

Als ich den Namen seiner Frau aussprach, tat Robert Feaver, was viele andere, durchaus starke Menschen auch schon getan haben, wenn ich ihnen eine schlimme Nachricht überbrachte. Er drehte sich in dem braunen Ledersessel, in dem er bei mir immer saß, wieder zum Fenster. Als er langsam begriff, hob er seine Hand an die Stirn. Der feste Wille, sich nicht unterkriegen zu lassen, zeigte sich in seinem Gesicht, seinem ganzen Körper. Er verdrehte die Augen nach oben, schloss sie, und bis auf einen kurzen Moment gelang es ihm, die Tränen zurückzuhalten.

Als zweites Zugeständnis an Stan erklärte ich mich bereit, Dinnerstein Robbies neue Situation zu »erklären«. Evon würde weiterhin als Beobachter in der Kanzlei bleiben, um später bezeugen zu können, dass Robbie tatsächlich nicht mehr als Anwalt tätig war. Allerdings musste auch Mort klar sein, wo die Grenzen zu ziehen waren. Denn jeder Verstoß gegen Robbies Berufsverbot konnte Morts Lizenz genauso gefährden. Stan hatte seine Zweifel, dass Robbie Mort wirklich reinen Wein einschenken würde.

Um unseren Plan zu unterstützen, kam Robbie auf eine verzweifelte Idee. Er wollte Mort folgende Geschichte erzählen: Er habe mit Lorraine eine besonders schlimme Szene gehabt, in der sie ihm entgegengeschleudert habe, dass er sie im Laufe der Jahre tausende von Malen betrogen und vernachlässigt habe. Daraufhin sei er zum Kammerausschuss für Zulassung und Disziplinarangelegenheiten gelaufen und habe seine Lizenz zurückgegeben. Eine dramatischere Geste gegenüber seiner Frau sei kaum möglich. Nun werde sie wissen, dass sie ihm über alles gehe. Angeblich sei ihm erst danach eingefallen, mich als Ratgeber in berufsethischen Fragen zu den Folgen dieses emotionalen Schrittes zu konsultieren. Als sein Anwalt hätte ich Robbie zugesagt, ihm bei seinen Erklärungen Mort gegenüber beizustehen.

Die Kanzlei Feaver & Dinnerstein gab es jetzt seit vierzehn Jahren. Nach der Law School hat Morts Onkel seinem Neffen einen gemütlichen Job bei der Rechtsabteilung der County-Verwaltung vermittelt. Nach Robbies Darstellung war geplant gewesen, dass sie beide für ein, zwei Jahre in anderen Kanzleien Erfahrungen sammeln und dann ihre Kräfte bündeln wollten. Als Robbie zu Neucriss ging, war dieser Plan zurückgestellt worden, bis Robbie anfing, sich in Schadensersatzfällen einen Namen zu machen. Nach einem Jahr selbständiger Arbeit hatte er Mort überredet, sich ihm anzuschließen.

Im Moment bereute Mort zweifellos diese Entscheidung. In meinem Job war ich leider immer wieder der Überbringer schlechter Nachrichten. Nur Krebsärzte, bei denen niederschmetternde Diagnosen zum Berufsalltag gehörten, hatten es da noch schwerer. Wie oft musste ich Leuten – oft genug sympathische Menschen, die nur einmal einen Fehler gemacht hatten oder an einer Charakterschwäche litten, die aber dennoch liebevolle Eltern oder Freunde waren – mitteilen, dass die Gesellschaft sie zu züchtigen gedenke und sie ins Gefängnis wandern würden. Schlimmer noch: Oft musste ich ihnen helfen, so Unvorstellbares ihren Ehegatten und Kindern zu erklären, die sich dann zwangsläufig und aus gutem Grund für die eigentlichen Opfer dieses Strafsystems hielten. Während Mort mir zuhörte, lag dieser wohl bekannte verzweifelte Ausdruck auf seinem Gesicht. Er saß mir gegenüber, eine Hand vorm Mund, und die kleinen Augen schnellten hinter den dicken Brillengläsern hin und her, während er mit der langen Liste von Restriktionen fertig zu werden versuchte, die auf ihn zukamen.

»Ich kann es noch gar nicht glauben«, sagte er. »Es kann einfach nicht wahr sein. Ich kann nicht glauben, dass du das getan hast«, wandte er sich an Robbie, der neben ihm saß. Mort versuchte zu lächeln. »Das ist ein um sechs Wochen verspäteter Aprilscherz. Oder? Du willst mir einen Bären aufbinden. George«, sagte er dann zu mir, »lassen Sie nicht zu, dass er mir das antut.«

Zwar hat man im Schutz des Anwaltsgeheimnisses einen weiten Spielraum, für seinen Mandanten etwas zusammenzuflunkern, doch wie immer widerstrebte es mir auch hier, Lügen in die Welt zu setzen. Eines indes konnte ich Mort mit Sicherheit sagen: Er könne ja bei dem Kammerausschuss anrufen und bitten, das Anwaltsregister zu überprüfen. Robbies Name würde sich nicht finden lassen. Als Mort das begriff, vergrub er das Gesicht in seinen Händen.

»Das ist unmöglich«, sagte er. »Ist da nichts rückgängig zu machen? Könnte er nicht einfach zur Kammer gehen und sagen, er hätte es sich anders überlegt?«

Ich antwortete ruhig und bestimmt, ich sei sicher, dass das nicht möglich sei. Robbie ergänzte, er habe nicht vor, seine Meinung zu ändern. Er wolle bei Rainey sein, ganz gleich, wie lange oder wie kurz sie noch zu leben habe.

»*Sei* bei ihr«, sagte Mort. »Ich will, dass du bei ihr bist. Das hätten wir doch regeln können. Du weißt das. Deswegen musstest du doch nicht als Anwalt Selbstmord begehen. Bedenk doch auch einmal, was du *mir* damit antust.«

Mort in seinem Sessel schniefte und schlang die Arme um seinen Oberkörper. Dann fuhr er sich mit den Fingern durch das krause Haar, das im hellen Licht schimmerte, welches durch das Fenster fiel. Ohne seinen Partner eines weiteren Blickes zu würdigen, sprang er plötzlich auf und eilte zur Tür, so schnell es ihm seine sonderbare Gangart erlaubte.

»Morty!«, rief Robbie und lief ihm nach.

Ich saß an meinem Schreibtisch und bedauerte Mort. Um wie viel härter würde es ihn erst treffen, wenn er die ganze Wahrheit erfuhr. Für Jahre würde er in Streitigkeiten mit ehemaligen Mandanten und gegnerischen Anwälten aus früheren Prozessen ersticken. Wer weiß, was er dabei über mich sagen würde.

Aber ich konnte nicht lange sitzen bleiben. Ich ließ mir von Danny am Empfang den Schlüssel zur Herrentoilette geben und eilte in die Richtung. Typisch männlicher Haarausfall, der Rest der Haare wirr durcheinander. Fett, das an den Hüften ansetzte – ein Freund hatte mal gemeint, die Veränderungen an Männern mittleren Alters seien die Darwinsche Methode, jüngere Frauen nicht in Versuchung geraten zu lassen, wenn einer von uns ihnen nachstellte. Nach dieser Theorie stellte das Anschwellen der Prostata sicher, dass wir für solche Versuche nicht einmal lange genug sitzen bleiben konnten. Ich verließ die Toilette durch den Seitenausgang und ging durch den dämmrigen Lieferanteneingang zwischen meinem Büro und dem des Nachbarn. Die schwere Tür zum Hauptflur stand offen. Ich sah Robbie zum Aufzug gehen, auf den Dinnerstein bereits wartete.

Ich hätte jetzt eine Auseinandersetzung oder vielleicht auch den Versuch einer Wiederannäherung erwartet. Stattdessen empfing Dinnerstein Feaver mit dem Anflug eines Lächelns. Als Nächstes suchte Robbie in seiner Hosentasche nach Kleingeld und warf eine 25-Cent-Münze in die Luft. Dinnerstein machte es ihm sofort nach. Schon mehrfach hatte ich sie bei diesem Spiel beobachtet, wenn sie in der Lobby auf den Aufzug warteten. Sie betrieben es seit ihrer Kindheit. Es war einer der wenigen physischen Wettbewerbe, bei denen Mort überhaupt eine Chance gegen Robbie hatte. Es war eine Kombination aus Jonglierkunst und Glücksspiel. Sie warfen Münzen gleichzeitig hoch, und jener nannte seine, wenn sie in der Luft war und der andere sie fing. Für das Gewinnen und Verlieren gab es komplizierte Regeln. Unter bestimmten Umständen konnte der Einsatz durch Wetten verdoppelt werden, und wenn eine Münze zu Boden fiel, ging der ganze Gewinn an den Gegner. Nach fast vierzig Jahren warfen und fingen sie die Münzen erstaunlich schnell und geschickt, beides mit einer einzigen Bewegung, während die 25-Cent-Stücke in der Luft glänzten. Sie spielten munter weiter, bis hinter ihnen der Aufzug klingelte. Feaver sprang vor und hielt die Tür auf, während Mort hineinhinkte.

Ich sah ihnen durch den leeren Gang nach und zählte zwei und zwei zusammen. Ich wusste, niemand versöhnt sich so schnell. Ich war so irritiert, dass ich einen Moment brauchte, bis ich begriff: Ich war wieder einmal an der Nase herumgeführt worden – und diesmal nicht von Feaver allein. Dann fiel es mir wie Schuppen von den Augen: Mort hatte Bescheid gewusst. Mort hatte schon immer gewusst, dass Robbie keine Lizenz besaß. Plötzlich ging mir auf, wie unwahrscheinlich es war, dass Mort, Robbies Busenfreund seit dem sechsten Lebensjahr und sein Zimmergenosse an der Law School, ausgerechnet von dieser misslichen Geschichte nichts gewusst hatte. Diese Tatsache erklärte auch Morts Zögern, zusammen mit Robbie eine Kanzlei zu betreiben. Sie hatten abgewartet, bis sie sicher sein konnten, dass Robbie tatsächlich nicht aufflog. Dann hatten sie zusammengearbeitet, in der Hinterhand einen Plan für den Fall des Falles. Sollte die Sache herauskommen, würden beide leugnen, dass Dinnerstein je davon gewusst hatte – schließlich sollte Morts Lizenz nicht gefährdet werden.

Bei Robbie brachte mich nichts mehr so leicht aus der Fassung. Aber Mort! Ihm hatte ich vorhin in meinem Büro jedes Wort abgekauft. Mort wusste Bescheid, sagte ich mir noch einmal, und das bedeutete ziemlich sicher, dass er noch viel mehr wusste. Über seinen Onkel. Und über Kosic. Über die Richter. Robbie hatte ihn von Anfang an abgeschirmt, genau wie Sennett, dieser unbeirrbare Zyniker, es immer behauptet hatte. Und sogar ich hatte es oft genug befürchtet.

Meine Reaktionen lagen auf der Hand: Frust, Verdruss und immer wieder ein paar Flüche. Angesichts dessen, was Robbie sich schon selbst eingebrockt hatte, schauderte ich bei dem Gedanken an die Gefängnisstrafe, die Robbie erst drohte, wenn Stan dies jemals beweisen konnte. Doch Robbie wusste das und tat es trotzdem. Während ich die letzten Treppenstufen hinabeilte, überkam mich etwas, mit dem ich nicht gerechnet hatte – Neid. Ich beneidete Mort, beneidete ihn um alles, was ihm Feaver entgegenbrachte. Seine Ergebenheit. Seine Freundschaft. Und, vor allem, seine Aufrichtigkeit.

6

»Magda, ich bin's, Robbie.«

»Robbie?«

»Feaver.«

»Robbie Feaver?« Mehr brachte sie im Moment nicht heraus. Sie versuchte, ihrer Überraschung Herr zu werden. Es war der 17. Mai. Das Kabel lief von Robbies Hörmuschel direkt zum Recorder im Schrank, wo sich die großen Tonbandspulen mit langsamer Präzision drehten. Neben mir am Tisch saßen McManis und Evon. Beide und auch Klecker, der hinter ihnen stand, hatten nicht den Mut, Robbie zuzusehen. Sennett war gar nicht erst erschienen. Er hatte gewusst, dass seine Anwesenheit nur zu Spannungen führen konnte.

»Ich habe mir gedacht, wir könnten uns vielleicht einmal sehen.«

»Sehen?« Magda war von Natur aus vorsichtig und sehr genau. »Robbie«, sagte sie und brach wieder ab. Sie setzte noch einmal an, diesmal in amtlichem Gerichtston. »Ich halte das für keine gute Idee.«

»Nein, ich *muss* dich sehen. Nur eine Minute. Ich muss mit dir sprechen.«

»Sprechen?«

»Sprechen.«

»Nein.« Sie überlegte eine Sekunde und sagte noch einmal: »Nein.«

»Magda, es ist wirklich wichtig. Es geht um Leben und Tod. Tatsächlich. Ich meine es sehr ernst. Um Leben und Tod.«

»Robert, wobei könnte es denn um neun Uhr abends um Leben oder Tod gehen?«

»Das kann ich dir am Telefon nicht sagen, Magda. Ich muss dich sehen. Ich muss. Bitte.« Robbie zog die Unterlippe zwischen die Zähne, um sich unter Kontrolle zu halten. Dann beschwatzte er sie weiter.

»Nur eine Minute«, gab sie schließlich nach und nannte ihm die Adresse.

McManis hatte noch am Nachmittag unter Berufung auf das Gesetz über außerordentliche Rechtsbeihilfe einen Dringlichkeitsantrag gestellt, das erstinstanzliche Urteil in der Sache *Hall gegen Sentinel Repair* aufzuheben, die als einer der Scheinfälle von Richterin Sullivan an Skolnick weitergegeben worden war. Die ursprüngliche Klage hatte gelautet, Herb Hall, ein LKW-Fahrer, habe schwere Verbrennungen und eine doppelseitige Lähmung davongetragen, nachdem bei dem Achtachser, den er im Auftrag einer Abschleppfirma gefahren hatte, auf einer abschüssigen Strecke die Bremsen versagt hatten. Hall hatte die Werkstatt verklagt, die den LKW angeblich direkt vor seinem Einsatz überprüft hatte. McManis' Antrag hob darauf ab, dass die Moreland Insurance als Versicherer der Werkstatt direkt nach Skolnicks Ausfertigung des von Richterin Sullivan gefällten Spruchs einen Vergleich geschlossen habe. Hall sei der Anspruch auf eine Entschädigung zugestanden worden.

Inzwischen aber habe Moreland von Herbs ehemaliger Freundin erfahren, dass Herb in Wirklichkeit am Steuer eingeschlafen sei. Dies und nicht das Versagen der Bremsen sei der Grund, dass am Unfallort keinerlei Bremsspuren gefunden werden konnten. McManis brachte außerdem vor, die Idee, der Werkstatt die Schuld zuzuschieben, stamme nicht von Herb selbst, sondern von seinem Anwalt Robert Simon Feaver, der Herb bei seiner Aussage geimpft habe.

Man hoffte, wie immer, dass Robbie Erfolg bei Magda haben und sie nach Aktenlage entscheiden würde. Sollte es nicht ohne Anhörung gehen, würde ich mich schweren Herzens bereitfinden, vor Gericht für Feaver den Anwalt zu spielen. Denn man würde Feaver für verrückt erklären, wenn er ohne Rechtsvertreter erschien.

Unmittelbar nach dem Telefongespräch mit Richterin Medzyk wurde Feaver von Klecker verkabelt. Doch an diesem Abend sollte

Robbie nicht nur mit dem FoxBIte losgeschickt werden, sondern zusätzlich mit einer tragbaren Kamera, die Klecker in einer Aktentasche installiert hatte, welche der Robbies glich. Das Objektiv, eine Faseroptik, war im Scharnier versteckt, und die Kamera, das gleiche Modell, das man in Skolnicks Lincoln verwendet hatte, wurde aus einer ziegelgroßen Lithiumbatterie gespeist, die ebenfalls in der Tasche Platz fand. Allerdings ging es nicht darum, mit der Kamera zusätzliches Beweismaterial zu sammeln. Vielmehr sollte Robbie die Kamera nicht auf Magda, sondern ausschließlich auf sich selbst richten. Damit sollte sichergestellt werden, dass er ihr nicht heimlich Zeichen gab.

Bevor Robbie ging, nahm mich McManis zur Seite und meinte kurz und bündig: »Das muss wieder eine oscarreife Vorstellung werden.« Er begründete sein Misstrauen gegenüber Feaver mit keinem Wort, und Robbie selbst erwartete auch nichts anderes, als ich ihm Jims Warnung weitergab. Seine Gedanken waren ohnehin schon bei Magda.

»Eines sollte dir klar sein«, war seine Antwort. Er holte tief Luft und sah mich fest an. »Es war richtig, dass ich diesen Typen nichts von ihr erzählt habe.«

An der Tür hielt sich Magda ihren Hausmantel am Hals zu und sah den Flur hinauf und hinunter, ehe sie Robbie einließ. Durch ihr Gewicht schwang die Aktentasche mit der Kamera vor und zurück – so dass abwechselnd beide zu sehen waren und wieder aus dem Bild verschwanden. Dennoch war Magdas Angst unverkennbar. Ihr Haar war straff zurückgekämmt. Wahrscheinlich hatte sie die Zeit bis zu Robbies Eintreffen damit verbracht, die Lockenwickler herauszunehmen und mit der Bürste über das Haar zu gehen. Die beiden standen sich jetzt in der Diele ihres Apartments gegenüber.

»Ich hoffe, das hier ist wirklich notwendig. Ich fühle mich *derart* unwohl. Ich kann es selbst nicht glauben, dass ich in ein Gespräch darüber eingewilligt habe. Ich hatte noch gehofft, dass es ein Irrtum ist, aber ich habe die Unterlagen hier in meiner Aktentasche. Heute

Nachmittag wurde ein Antrag eingereicht. Ist dir klar, dass ich dabei über dich zu entscheiden habe?«

»Hey, ich habe dich doch nicht zum ersten Mal zu etwas überredet, das für dich ganz schrecklich war.« Er trat einen Schritt vor, stellte die Tasche ab und war für einen Moment außer Sicht. Magdas Stimme war aber deutlich zu hören.

»Jetzt nicht, Robbie. Auf gar keinen Fall«, sagte sie. Etwas ruhiger fügte sie hinzu: »Meine Mutter schläft da gleich am Ende des Flurs.« Sie trat einen Schritt zurück und kam wieder ins Bild. Sie warf einen verzweifelten Blick über die Schulter nach hinten. Das Objektiv verzerrte die Wohnung im Hintergrund wie ein Spiegelkabinett auf der Kirmes. Ein Eisenbahn-Salonwagen mit schweren dunklen Möbeln im Wohnabteil, inklusive TV-Set mit Dreißig-Zoll-Schirm, wie er seit mindestens zehn Jahren nicht mehr gebaut wurde. Als sie zur Küche gingen, schwankte das Bild auf dem Monitor im Observierungswagen gewaltig. Wir parkten unter einer großen, jahrhundertealten Ulme auf einem Parkplatz vor dem wuchtigen zweistöckigen Mietshaus. Man hörte das Summen der Neonröhren in der Küche, während Robbie versuchte, Konversation zu machen. Sie unterbrach ihn abrupt.

»Am besten kommst du gleich zur Sache, Robbie.«

Während er versuchte, seine Geschichte loszuwerden, ließ sie sich auf einem dünnbeinigen Holzstuhl an einem schmalen Küchentisch nieder. Er kam sogleich auf den von McManis eingereichten Antrag zu sprechen, der ihm Probleme mache. Es sei gar nicht so gewesen, wie es jetzt dargestellt wurde. Derartiges würde er sich nie und nimmer aus den Fingern saugen. Aber er habe eben im Laufe der Zeit jede Menge Geld aus Moreland herausgeholt, und jetzt wolle ihm die Versicherung an den Kragen. Ein Deal mit Herb Hall sei bereits im Gange, um Robbie in die Pfanne zu hauen. Wenn sie dem Antrag stattgebe, werde die Versicherung ihn und nicht Hall auf Rückzahlung der gesamten Vergleichssumme verklagen. Nachdem sie ihm dann die Million aus der Tasche gezogen hätten, würden sie ihn obendrein noch vor das Ehrengericht der Anwaltskammer und den Staatsanwalt zerren. Am Ende könne er froh sein, wenn er nicht hinter Gittern lande. Das einzig Wertvolle an seiner Anwaltsurkunde an der Wand werde dann noch der Rahmen sein.

Robbie hatte die Aktentasche auf die Anrichte gestellt, und wir hatten einen guten Blick auf die Szene. Er saß Magda an dem schmalen Ahorntisch gegenüber, wo sie und ihre Mutter immer das Abendessen einnahmen. Bittend streckte er ihr seine langen Hände entgegen und warf verzweifelt den Kopf hin und her. Zuerst hörte sie ihm mit der Hand vor dem Mund zu. Als er geendet hatte, schwieg sie und vermied es, ihn auch nur anzusehen.

»Ich *brauche* das, Magda. Und für dich wird es sich auszahlen. Dafür sorge ich. Da ist mir kein Preis zu hoch. Es ist doch mein Leben, Magda. Mein ganzes beschissenes Leben sehe ich den Bach hinuntergehen. Du darfst es nicht zulassen, dass diese Bastarde es zerstören. Ich meine, um Gottes willen –«

»Kein Wort mehr.« Sie wandte das Gesicht von Feaver und der Kamera ab. Ihre Stimme klang tonlos. Doch auch so war ihr noch die Verzweiflung anzuhören. »Beim Warten nach deinem Anruf…« Sie brach ab. »Ich habe wirklich gebetet, dass er nichts mit deinem Fall zu tun hatte. Gebetet habe ich. Die Muttergottes habe ich angerufen. Wirklich. Als hänge es jetzt allein an ihr und ihrer Barmherzigkeit. Nur mir allein habe ich einen Vorwurf zu machen. Nicht wahr?«

»Ach, Magda, hör schon auf. Erspar mir diese Szene. In den letzten zehn Jahren habe ich oft genug vor dir gestanden. Du hast für mich entschieden.«

»Und gegen dich. Das weißt du genau, Robert. Das weißt du *sehr* genau. Du kannst doch nicht hier sitzen und so tun, als verstündest du die Bedeutung dieser Angelegenheit nicht. Die Größenordnung dessen, worum du bittest. Das ist kein Geschäft wie hundert andere, und du weißt das.« Gedankenverloren blickte sie wieder zur Seite. »O Gott«, sagte sie. »Lieber Gott.«

»Magda, bitte. Überleg es dir. Du weißt nicht, was um dich herum vorgeht. Du hast dir nie die Mühe gemacht, es zur Kenntnis zu nehmen. Du hast ja nicht die geringste Ahnung.«

»Und ich *will* es auch gar nicht wissen.« Die plötzliche Schärfe ihres Tons schien sie selbst zu überraschen, sodass sie die Hand vor den Mund hob.

Er bettelte weiter, bis sie sich die Ohren zuhielt.

»Geh«, sagte sie schwach. »Geh schon.«

Selbst da flehte er weiter – sie müsse, sie *müsse* einfach –, bis sie nicht einmal mehr die Kraft hatte zu sagen, er solle aufhören, und ihr Kopf mit den ergrauenden Haaren matt nickte.

»Danke«, sagte er. »Dass du mich angehört hast. Dass du das für mich tust. Danke.« Er wiederholte es noch ein Dutzend Mal. Als er aufstand und um den Tisch ging, um sie zu umarmen, wich sie zurück und hielt abwehrend die dicken Arme hoch. Bevor er die Kamera mit einem Ruck von der Anrichte entfernte, sah man noch, wie sie in ihrem schlichten Kittel dahockte, ein zusammengesunkenes Häufchen Elend.

»Sie tut es«, sagte Alf vorne im Lieferwagen, während Robbie auf dem Weg nach unten war. Auch ich war bereits zu diesem traurigen Schluss gekommen. McManis und Evon nickten.

Aber Robbie hatte seinen eigenen Kommentar dazu. Kaum saß er in seinem Mercedes, hielt er die Aktentasche so, dass die Kamera sein Gesicht erfasste und es, vom Fischaugenobjektiv monströs verzogen, auf dem Monitor zeigte. Und alle, die ihn jetzt sahen, sollten auch hören, was er zu sagen hatte.

»Das ist das beschissenste Ding, das ich je in meinem Leben geliefert habe«, schrie er. Dann knallte er die Kamera offenbar zu Boden, denn der Bildschirm flackerte zwar noch einmal auf, wurde dann aber schwarz.

7

Als Evon am nächsten Morgen Feaver abholen wollte, war er fort.

Sie wartete fünfzehn Minuten an der Auffahrt und ließ die süße Morgenluft durch das offene Fenster in den Wagen wehen. Schließlich stieg sie aus und ging zur Tür. Eigentlich war Pünktlichkeit seine einzige Tugend.

Die Pflegerin war neu. Elba war für zwei Wochen zur Hochzeit ihrer Nichte auf die Philippinen geflogen, und für sie war Doris eingesprungen, eine gebückt dahinschlurfende Afroamerikanerin, die aussah, als benötige sie selbst Hilfe. Sie hatte keine Ahnung, wohin Robbie gefahren war. Nur dass er mitten in der Nacht aufgebrochen war, hatte sie gehört.

Evon hatte sich vorgenommen, nie wieder Mitleid mit Robbie Feaver zu haben. Aber als sie ihn am Abend zuvor zugesehen hatte, wie er aus dem Wagen stieg und niedergeschlagen auf sein Haus zuging, war dieser Vorsatz dahingeschmolzen. Wenn es eine Wahrheit über Feaver gab, dann die, dass er eigentlich nichts von dem war, was er zu sein behauptete. Absolut nichts. Ein Anwalt war er ganz offensichtlich nicht. Nicht einmal ein Ehemann war er, jedenfalls nicht in dem Sinne, dass er sieben Tage in der Woche zu dieser Verpflichtung stand. Seine Antwort auf diese Dinge war, dass er zumindest eines sei, ein Freund. Das hatte er ihr gesagt, als sie von ihm wissen wollte, was ihm tatsächlich etwas bedeutete. Seine Freunde. Und als Strafe für sein Betrugsmanöver von geradezu historischer Dimension hatte Sennett ihm darauf heimtückisch die Pistole auf die Brust gesetzt. Gedemütigt musste Robbie nun einsehen, dass nicht einmal das mehr wahr war.

Vielleicht ist er nur ausgegangen, um sich zu betrinken, dachte sie jetzt. Oder um einfach auf den Fluss hinauszustarren.

Nach einer weiteren halben Stunde dachte sie: Wahrscheinlich hat er die Flucht ergriffen.

Sie rief McManis von einer nahe gelegenen Drogerie über eine normale Leitung an. Am anderen Ende schwieg Jim so lange, dass sie schließlich fragte, ob er noch dran sei.

»Er kann nicht einfach davonlaufen«, sagte Jim nach einer Weile. »Er würde seine Frau nicht verlassen.« McManis hielt inne. »Großer Gott. Gehen Sie lieber noch einmal hin und sehen nach, ob sie noch da ist.«

Sie rannte durch die reinlichen Vorstadtstraßen zu seinem Haus zurück. Bestimmt war er auf und davon! Was hatte Jim gesagt? Leuten wie ihm kommt man nie auf den Grund.

Eben stieg Robbie in der Auffahrt aus dem Mercedes. Langsam ging er auf sie zu. Sie sah ihn wohl zum ersten Mal so ungepflegt. Er war unrasiert. Das Haar stand ihm wirr um den Kopf, und sein Gesicht wirkte grau und übernächtigt. Das geschlitzte Hemd hing schlaff über dem Bund seiner ausgefallenen Hose. Offensichtlich hatte er nicht die Absicht, ins Büro zu fahren. Sein glasiger Blick schien ihre erste Vermutung zu bestätigen, nämlich dass er getrunken hatte. Dem widersprach allerdings sein sicherer Gang. Er bewegte den Kopf, als verfolge er in Gedanken einen Schmetterling, bis er den Blick wieder auf sie richtete.

»Meine Mutter ist gestorben«, sagte er. »Vergangene Nacht. Ein weiterer Schlaganfall. Bei der Ankunft im Krankenhaus war sie bereits klinisch tot, dennoch wurden in der Notaufnahme noch Wiederbelebungsversuche unternommen.« Er hob hilflos und schicksalsergeben die Hand. Wie zufällig berührte seine Hand die von Evon. Er drückte sie kurz, bevor er sie losließ. Er sah zum Apfelbaum im Vorgarten mit seinen rosafarbenen Blüten hinüber und verzog das Gesicht. Der Schlaganfall habe diesmal die andere Seite betroffen, sagte er, und er glaube, es sei das Beste so.

Vor zwei Jahren war Evons Vater für eine Bypassoperation ins Krankenhaus gekommen. Ihre Mutter und fünf Geschwister, die vier Mädchen und ein Bruder, hatten fast sechs Stunden lang im Warteraum vor dem OP gesessen. Selbst in ihrer Angst war ihre Mutter ganz sie selbst geblieben, hatte an den Krankenschwestern herumgenörgelt und sich auch gleich noch ihre Kinder vorgenommen, eines nach dem anderen. Evon wollte gerade gehen. Sie war schon aufgestanden, als der Arzt herauskam und sagte, ihr Vater habe den Eingriff nicht überlebt.

Er war ein Mann von kräftiger Statur gewesen, mit rotem Gesicht, muskulösen Armen und mit einem unübersehbaren Bauch, der sich unter dem Baumwollhemd wölbte. Seine dicken Finger waren schwielig, die Nägel immer rissig und nie ohne Schmutzränder gewesen. Immer roch er nach Landluft. Für sie war er immer eine eindrucksvolle Persönlichkeit gewesen. Er war wortkarg, selbst wenn er mit seinen Nachbarn zusammensaß und mit ihnen spaßte. Ihre Mutter hatte er stets freundlich behandelt, wenn auch auf die distanzierte Art, die er allen gegenüber an den Tag legte. Gefühle verunsicherten ihn, daher wich er ihnen stets aus. Sicher fühlte er sich, wenn er seiner Arbeit nachging. Mit seiner eigenen Familie hatte er gebrochen, als Evons Mutter aus der Kirche austrat. Mit seinen Brüdern wechselte er noch gelegentlich ein paar Worte, nicht aber mit seinen Eltern. Soweit Evon sich erinnerte, hatte er in ihrer Gegenwart nur zweimal seine Mutter oder seinen Vater erwähnt. Wie war er damit fertig geworden? Nun war *er* tot. Sie hatte ihn nie richtig gekannt, und doch tauchte er immer wieder in ihren Träumen auf. Auch tagsüber dachte sie unzählige Male an ihn, immer mit einem unbestimmten Schmerz, als sei ihrem Innern etwas mit der Wurzel ausgerissen worden.

Robbie sagte, er habe Mort bereits angerufen, und der wolle sich um die Beerdigung kümmern. Jetzt müsse er hinein und es Rainey sagen. Bevor er das tat, bat er sie, ins Büro zu fahren, nach der Post zu sehen und zusammen mit Mort Gerichtstermine und sonstige Verabredungen für die nächsten Tage zu verschieben.

»Kein Problem.« Für Einwände hatte sie keine Willenskraft mehr.

Er sah sie mit einem jämmerlichen Gesichtsausdruck an und

rührte sich nicht von der Stelle. Sie wusste, wonach ihm war. Seine Frau da drinnen würde nicht einmal die Arme heben können, um ihn zu trösten. Sie streckte eine Hand aus, wollte ihn nur kurz berühren, doch er fiel ihr um den Hals. Zögernd erwiderte sie seine Umarmung.

»Sie sind ein zäher Kerl. Sie packen das schon. Sagen Sie mir, was ich für Sie tun kann.«

Auch da ließ er sie noch nicht los. Er hatte angefangen zu schluchzen. Dann trat er einen Schritt zurück, hielt die Hand vor den Mund und weinte mit schmerzverzerrtem Gesicht.

»Sie hat mir so viel bedeutet«, sagte er. »So viel.«

Als sie im Büro eintraf, hatte die Nachricht von ihrem Tod bereits die Runde gemacht. Die allgemeine gedrückte Atmosphäre schien über bloßen Respekt für den Boss hinauszugehen. Mort machte sich auf den Weg zu Robbie und bat Evon, sich einiger Details zu verschiedenen Fällen anzunehmen. Er stand in der Tür zu ihrem Glaskasten. Zwar trug er seinen Anzug, doch die Krawatte hatte er bereits abgelegt. Damit war für ihn der geschäftliche Teil beendet.

»Wie wird er denn damit fertig?«, fragte Mort. Auch er hatte nahe am Wasser gebaut. »Es ist einfach zu viel«, sagte er. Er schluchzte auf und schlug die Hände vor das Gesicht, regungslos und verzweifelt angesichts Robbies Zukunft.

Die Beerdigung war für den folgenden Tag festgesetzt. Juden bringen ihre Toten traditionell sehr schnell unter die Erde, erklärte Eileen. Alle in der Kanzlei Beschäftigten würden an der Beisetzung teilnehmen, also wurde Evon die Entscheidung abgenommen.

Mort rief an, als sie gerade ihr Apartment verlassen wollte. »Wir haben ein großes Problem«, sagte er. Doris, die Pflegerin, sei nicht erschienen. Robbie habe von Anfang an gefürchtet, der Job könnte sie überfordern, und die Aussicht, hundert Trauergäste durch das Haus ziehen zu sehen, hatte ihr offenbar den Rest gegeben. Mort sagte nun, er habe Robbie zum Beerdigungsinstitut geschickt und ihm versprochen, sich um die Sache zu kümmern. Doch keine der Agenturen, die er angerufen hatte, habe vor dem frühen Nachmittag jemanden zur Verfügung.

»Meine Mutter war früher Krankenschwester«, sagte Mort. »Sie könnte es also übernehmen. Aber, wissen Sie, ich glaube, er möchte ihr das eigentlich nicht zumuten. Unter den gegebenen Umständen könnte ich auch eine seiner Cousinen anrufen, aber ich dachte, vielleicht fällt Ihnen ja jemand ein. Lorraine schläft jetzt ohnehin die meiste Zeit, aber es wäre einfach nett, wenn jemand bei ihr ist, den sie kennt.«

Natürlich war ihr klar, worauf Mort hinauswollte. Jeden Tag wurde deutlicher, was für ein gerissener Kerl er war. Stets gelang es ihm, das, was er von einem wollte, herunterzuspielen. Bis zum Beginn der Beisetzung sei es nur noch eine knappe Stunde. Die Feier selbst werde auch nicht lange dauern, und dann würden einige Leute ins Haus kommen. Evon blieb praktisch keine Chance abzulehnen, und er dankte ihr enthusiastisch, als sie schließlich ihre Hilfe anbot. Doch kaum hatte sie den Hörer aufgelegt, ärgerte sie sich schon. Sie beschloss, ihn zurückzurufen und sich wieder herauszuwinden. Es passte nun ganz und gar nicht zu ihrer Tarnung. Die Leute konnten sich doch nur wundern, wenn Robbies Freundin sich am Tag der Beerdigung seiner Mutter um seine Frau kümmerte, oder? Nein, sagte sie sich dann, das würden sie nicht. Typisch Robbie Feaver, würden sie denken.

Als Evon in Glen Ayre ankam, war Mort schon fort, auf dem Weg zur Trauerfeier, und hatte seine Frau Joan zurückgelassen. Sie war eine magere, zierliche, auf ihre Art hübsche Frau, obwohl sie schon die ersten Falten bekam. Offenbar litten ihre Knochen durch die Wechseljahre, denn sie hielt sich leicht gebeugt. In schwarzem Krepp mit Perlenkette hatte sie eine Reihe Kaffeekannen für den Ansturm der Trauergäste vorbereitet. Sie zeigte Evon, was ihr Mort – auf Robbies Anweisung – zu Raineys Pflege erklärt hatte. Es war schwer zu sagen, ob etwas vergessen oder verwechselt worden war, da ihre Informationen nicht aus erster Hand stammten. Aber die Grundausstattung stand bereit. Die Bettpfanne. Die Zutaten für die Zubereitung von Raineys Mittagsmahlzeit. Doch als Evon kurz darauf bewusst wurde, dass sie nun mit Lorraine allein war, hätte sie beinahe in dem leeren Haus laut aufgeschrien. Mein

Gott, wenn sie ihr unter der Hand starb? Es blieb ihr nichts anderes, als sämtliche Schotten dichtzumachen wie ein U-Boot vor dem Abtauchen.

Evon war jetzt eine halbe Stunde da, und Rainey hatte nur geschlafen. Über Mund und Nase lag eine durchsichtige Sauerstoffmaske. Ihr Atem wurde Tag für Tag schwächer. Ihr fehlte die Kraft, überhaupt noch das Bett zu verlassen, und Evon wusste, dass sie bald schon an eine Maschine angeschlossen werden musste, die sie wie ein Brustpanzer umgeben und durch Unterdruck ihre Atmung unterstützen würde. Doch auch das konnte die endgültige Krisis nur so lange hinauszögern, wie Rainey die künstliche Beatmung zuließ. Robbie hoffte, sie auch dann noch zum Weitermachen überreden zu können, wenn diese Entscheidung näher rückte.

Schließlich wachte Rainey auf. Evon erinnerte sie daran, wer sie war, und schwenkte das Tablett herüber, auf dem das Pad mit der Computermaus lag. Sie nahm Raineys Hand und legte sie auf die Maus. Lorraine konnte schon viel besser mit der Maschine umgehen als noch vor wenigen Wochen. Sie ging die Wörterlisten durch und klickte die benötigten schnell an.

»O Ich Weiß Wer Sie Sind«, blökte die männliche Automatenstimme. Auch ohne jede Betonung lag allein in der Wahl der Worte eine Drohung. Evon wusste nicht, was sie tun würde, falls Rainey anfing, sich über schlechte Behandlung zu beschweren, wie sie das gegenüber Robbie bisweilen tat. Er hatte Evon gestanden, sogar ein paar Mal die Lautstärke des Geräts heruntergepegelt zu haben, wozu sie allerdings kein Recht hatte. So hart durfte sie gegenüber Rainey nicht sein. Stattdessen suchte sie sich eine Beschäftigung. Sie zog die Bettdecke zurecht und rieb Lorraines dünne Arme mit einer nach Mandeln duftenden Lotion ein. Aber Rainey ließ sich nicht ablenken.

»Er Ist So Ein Großartiger Lügner«, sagte sie. »Wissen Sie Was Er Über Sie Sagt?«

Evon hielt inne. Ein beklemmendes Gefühl stieg in ihr hoch.

»Er Sagt Sie Sind Eine Lesbe.«

Evon lachte etwas zu lange.

»Das bin ich.«

Raineys tief in den Höhlen liegende Augen verrieten Zweifel.

»Er Redet Über Sie.«

»Wir arbeiten zusammen. Wir sind Freunde. Robbie hat viele Freunde.« Evon griff nach einem Kissen, zog Rainey zu sich herüber und schob es ihr in den Rücken. So hatte sie das bei ihrer Großmutter gesehen. Sie wunderte sich über die unbefangene Selbstverständlichkeit, die sich in dem Moment einstellte, als sie mit diesen Verrichtungen begonnen hatte. Sie setzte sich neben das Bett und legte ihr Gesicht neben Raineys auf das Kissen.

»Wir sind kein Liebespaar«, sagte sie.

Bei aller Hinfälligkeit sah man Rainey an, dass sie ihr nur zu gern geglaubt hätte. Doch Robbie hatte sie zu oft enttäuscht, und das hatte sie verhärtet. Und so schwankte Rainey zwischen Zweifeln und Sehnsucht, was sie auf Dauer nur aufreiben konnte.

Eine Zeit lang las Evon ihr vor. Robbie hatte mit *Im Namen der Gerechtigkeit* angefangen, und Evon las einige weitere Kapitel. Zweifellos bot sie nur einen schwachen Ersatz für Robbie und seine Vortragskünste. Selbst in ihren eigenen Ohren klang ihr Vortrag kaum dramatischer als Raineys Sprechmaschine, und so wunderte es sie nicht, dass ihre Patientin wieder einschlief. Sie erwachte mit einem Schaudern, das sie kläglich zu unterdrücken versuchte. Nur ihren rechten Arm und Fuß erfasste es noch. Sie riss die Augen auf, und ein winziges Röcheln kam aus ihrer Kehle, das bestimmt ein Schrei hätte werden sollen. Evon fühlte ein Pochen, als sie Raineys Wange berührte.

»Ich Träume Ich Bin Tot. Die Ganze Zeit.«

Evon schloss vor Entsetzen die Augen. Mehr noch, der Schreck schlug ihr auf den Magen und stieß ihr bitter auf.

»Das muss Ihnen Angst machen«, sagte sie.

»Ja schon.« Lorraine dachte eine Weile nach und beschrieb dann ihren Traum. Sie hatte ihre Schwiegermutter getroffen. »Wir Trugen Den Gleichen Hut. Mit Einer Pfauenfeder An Der Krempe.« Rainey holte ein paar Mal Luft, und nur das Zischen der Sauerstoffpumpe war zu hören. »Aber Dann Wollte Ich Ihn Absetzen. Und

Merkte Ich Kann Es Nicht. Das Machte Mir Angst. Aber So Träume Ich Nicht Immer. Es Heißt Träume Sind Wünsche. Haben Sie Davon Gehört?«

Sie hatte mal einen Leistungskurs in Psychologie gemacht, also hatte sie wohl davon gehört. Damals hatte sie gedacht, nach so einem Kurs werde sie die Leute besser verstehen. Heute musste sie darüber lachen.

»Er Hat Es Mir Versprochen Wissen Sie.« Irgendwie fing Evon an, aus der quäkenden Stimme so etwas wie Ausdruck herauszuhören. Natürlich wusste sie, dass das nicht möglich war. Doch diese trockene, näselnde Männerstimme passte mehr und mehr zu der hinfälligen Frau, die gekrümmt wie ein Fragezeichen in ihrem Bett lag.

Was er ihr denn versprochen habe, wollte Evon wissen. Sie nahm Raineys Hand und berührte ihre Stirn.

»Er Hat Versprochen Er Hilft Mir. Wann Immer Ich Es Ihm Sage. Er Hat Es Geschworen.«

Unbewusst war ihr Griff um Raineys Finger fester geworden, und sie kam erst gar nicht auf den Gedanken, ihn wieder zu lockern. Aber Lorraine sprach unbeirrt weiter. Sie schilderte die Vereinbarung, die sie vor langem getroffen hatten, nachdem sie von dem unvermeidlichen Verlauf der Krankheit erfahren hatte. Erst kürzlich, als sie die letzte Kontrolle über ihre Gliedmaßen zu verlieren drohte, habe sie verlangt, dass er diese Abmachung noch einmal bestätige. Wie erstarrt hörte Evon zu. In unveränderter Lautstärke ertönte die Stimme aus den Lautsprechern, obwohl man solche Worte eher geflüstert hätte. Nicht der Schritt als solcher, auch nicht der Gedanke daran, erschreckte Evon so sehr, sondern die Vorstellung vom Augenblick der Entscheidung für sie beide. Doch Rainey schien mit sich im Reinen. Die Gewissheit, noch eine Gnadenfrist zu haben, dann einen Ausweg, der ihrem Leiden ein Ende machen konnte, schien es ihr erträglicher zu machen.

»Lassen Sie Nicht Zu Dass Er Sein Wort Bricht. Lassen Sie Es Nicht Zu.«

»Nein«, sagte Evon. Es war mehr ein Reflex.

»Versprechen Sie Es.«

Mein Gott, warf Evon sich vor, was war ich doch für ein Naivling, dass ich nicht einmal geahnt habe, was hier und jetzt auf mich zukommt – schließlich kannte ich doch Robbies lange und verzweifelte Bemühungen, auch während Lorraines zunehmendem Verfall seine Entscheidungsfreiheit zu bewahren. Ach, Robbie, dachte sie. So oder so, du wirst nie wirklich ans Ziel kommen.

»Darum dürfen Sie mich nicht bitten, Rainey.«

»Wahrscheinlich Nicht. Aber Ich Bitte Alle Seine Freunde Darum.«

Wieder fiel sie in Schlaf, und auch Evon nickte ein und wachte erst auf, als sie plötzlich im Erdgeschoss Stimmen hörte. Joan war mit Morts Mutter, einer korpulenten weißhaarigen Dame mit Dutt, zurückgekommen. Linda, eine von Robbies Cousinen, hatte eine Frisur, die so starr wie ein Insektenpanzer wirkte, und war mit so viel Schmuck behängt, dass sie wie ein Christbaum glitzerte. Die Frauen hatten an der Trauerfeier teilgenommen und waren dann vor der Beisetzung hierher gefahren, um im Haus die Vorbereitungen für die übrigen Trauergäste zu treffen, die bald eintreffen würden. Mehr als neunhundert Gäste hätten an der Feier teilgenommen, erzählten sie Evon. Man habe den Trauergottesdienst per TV-Hausanlage in eine zweite Kapelle übertragen müssen. Center City selbst müsse nach diesem Exodus der Feaver-Freunde wohl eine Geisterstadt gewesen sein – allesamt seien sie da gewesen, Anwälte, Mandanten, Gerichtsangestellte, diese Legion von Menschen, mit denen sich Robbie die Zeit vertrieb und für die er da war. Joan machte sich Sorgen, dass das Haus dem Ansturm nicht gewachsen sein könnte.

Evon half den Frauen, ein Dutzend voll beladener Tabletts mit kalten Speisen aufzutragen. Kollegen hatten sie bei Mort als ihren Beitrag zur Trauerfeier vorbeigebracht. Die neue Pflegerin, eine großmütterlich wirkende Immigrantin aus Polen, war mit den Frauen eingetroffen. Sie hatte einen schweren Koffer bei sich, und Joan, die sich im Haus auskannte, führte sie in ihr Zimmer.

Rainey war wach, als Evon wieder nach oben kam.

»Die Kavallerie ist bereits eingetroffen. Ich glaube, ich sollte jetzt gehen.«

»Kommen Sie Wieder.«

Evon versprach es.

»Es Tut Mir Leid. Wegen Vorhin. Ich Sage Jetzt Dinge ... Manchmal Glaube Ich Ich Denke Gar Nicht Was Dann Herauskommt.«

Evon fasste noch einmal ihre Hand. Sie solle sich keine Gedanken machen, sagte sie. Raineys Befürchtungen seien grundlos. Sie war froh, ihr das versichern zu können.

»Man Verliert So Oder So«, sagte Rainey. »Das Wird Er Ihnen Sagen.«

Galgenhumor. Evon lächelte. Ganz sicher würde er das sagen, dachte sie. Raineys Blick verdüsterte sich. Sie suchte jetzt nach ernsteren Worten.

»Sie Denken Vielleicht Es Ist Mir Jetzt Egal. Endgültig. So Krank Und Hinfällig Wie Ich Bin. Aber Ich Will Ihn Noch Immer. Ganz Und Gar. Ich Kann Das Noch Fühlen. Da Unten. Und Es Passiert. Wussten Sie Das?«

Kaum. Das Erstaunen musste Evon wohl anzusehen sein.

»Es Ist Als Einziges Geblieben. Ich Glaube Ich Bin Geiler Denn Je. Das Klingt Vielleicht Vulgär. Oder Pervers. Ist Es Aber Nicht. Es Ist Wundervoll. Ihn Bei Mir Zu Fühlen. Zu Glauben Er Will Mich. Jetzt Gerade. So Hinfällig Und Hässlich. Es Heißt Der Partner Verliert Das Interesse. Aber Das Hat Er Nicht. Und Ich Bin Ihm So Dankbar. Wir Lieben Uns Müssen Sie Wissen.«

»Ich weiß«, sagte Evon und tupfte Raineys Tränen ab, die auf das Kopfkissen rannen, während sie weiter mit der Maus klickte.

»Er Hat Mir Wehgetan. Zu Weh. Und Ich Habe Ihm Auch Wehgetan. Wir Haben Uns Gegenseitig Auf Jede Art Wehgetan. Aber Ich Liebe Ihn. Und Er Liebt Mich. Ich Wusste Nicht Wie Sehr. Bis Das Hier Passierte. Nur Aus Dem Grund Lebe Ich. Ist Das Nicht Wirklich Erstaunlich? Ich Bin Gar Nicht Mehr Richtig Am Leben. Und Lebe Noch Immer Für Die Liebe.«

Die neue Pflegerin nahte mit energischem Schritt. Sie hatte einen Akzent, den Evon kaum entschlüsseln konnte. Aber sie begrüßte Rainey freundlich, und offensichtlich kannte sie ihr Geschäft. Sie setzte Rainey auf, zog das Laken glatt und brachte das Bett so schnell in Ordnung, dass Evon peinlich bewusst wurde, wie ungeschickt sie selber war. Nach kurzem Zögern beugte sie sich über Rainey und umarmte sie schnell zum Abschied.

Kurz darauf sah sie durch das große Wohnzimmerfenster, wie Robbie in einer langen Limousine vorfuhr. Die jüngere Schwester seiner Mutter aus Cleveland saß neben ihm. Er reichte der alten Dame die Hand und half ihr, sich aus dem Wagen zu zwängen. Evon begegnete ihnen in der Eingangshalle. Robbie war blass und schien unsicher und erschöpft. Seine Tante dagegen, vom Alter gebeugt, wirkte aufgeräumt und wenig betroffen von den Ereignissen dieses Tages. Etwas mürrisch fragte sie nach dem Raum, wo sie sich »die Nase pudern« könne. Robbie führte sie zur Toilette und bot dann Evon an, sie zur Tür und zu ihrem Wagen zu begleiten. Jetzt war er wieder der Alte und plauderte, während sie die Auffahrt hinuntergingen.

Als er acht oder neun gewesen sei, habe ihn seine Mutter einmal während der Flussbarsch-Saison zum Fischen in der Nähe von Skageon mitgenommen. Er habe aber so gut wie nichts gefangen und sich seine Beute aus einem billigen Laden besorgt. Seine Mutter sei überzeugt gewesen, ihm fehle es an männlicher Aktivität und männlichem Interesse. Also sei Estelle selber mit ihm auf den Fluss hinausgefahren, und er habe nicht schlecht gestaunt, wie sie, die niemals das Haus verließ, wenn sie nicht tipptopp angezogen war, an dem Morgen im Flanellhemd und mit einem alten Hut auf dem Kopf zu ihm ins Boot gestiegen sei. Später habe sie ihm gestanden, sie sei nach zwei Stunden auf dem Fluss so seekrank gewesen, dass ihr Selbstmord als einzig sinnvolle Alternative zu dem Zustand erschienen sei. Doch an dem Tag habe sie sich davon nichts anmerken lassen.

Inzwischen waren sie nicht mehr weit von Evons Wagen entfernt, der an der Grundstücksgrenze parkte. Die weißen und blassroten Lilien im Nachbarsgarten standen in voller Blüte und verströmten einen süßen Geruch wie Eau de Cologne. Evon legte den

Kopf in den Nacken und sah in den blauen Himmel. Als sie das Kinn wieder senkte, sah sie, dass er sie beobachtete.

»Es war ganz wunderbar, was Sie für mich getan haben«, sagte er. »Ich kann Ihnen gar nicht sagen, was mir das bedeutet. Wirklich nicht. Das gehört zum Nettesten, was jemand in meinem Leben für mich getan hat.«

Sie sprach den Gedanken aus, der ihr fast den ganzen Morgen im Kopf herumgegangen war. »Sie hätten das genauso für mich getan.« In ihrem Innern wusste sie, wie wahr das war. Mit Ehrlichkeit war bei ihm nie zu rechnen, soweit er überhaupt wusste, was das war. Er war nicht zu bändigen und unverbesserlich. Aber wenn sie stolperte, würde er gerannt kommen. Dabei konnte sie nicht einmal mit Sicherheit sagen, ob sie im Stande wäre, dann nach seiner ausgestreckten Hand zu greifen. Aber er wäre da. Sie war keineswegs bereit, ihm zu vergeben. Doch sie musste aufhören, sich etwas vorzumachen. Neunhundert Menschen waren gekommen, um Robbie Feaver beizustehen und ihm Mut zu machen in seiner Trauer, und fast jeder war ein Freund, der seine Offenheit und seine Zuwendung am eigenen Leib erfahren hatte. Auch sie selbst gehörte dazu. Tatsachen konnte man nicht leugnen.

Sie fragte ihn, wie er damit fertig werde.

»Was?«, antwortete er, wie aus einem Gedanken gerissen.

»Meinen Vater zu verlieren war schon ein Schlag«, sagte sie. »Aber meine Mutter? Selber als Letzte übrig zu bleiben, und meine Mutter wäre – ich kann es mir nicht einmal vorstellen.«

»Ja«, sagte er. »Aber ich habe da mal etwas gelesen, und jetzt denke ich immer wieder darüber nach. ›Jeder kleine Junge verliert seine Mutter zum ersten Mal, wenn er merkt, dass er ein Mann ist.‹«

Evon verstand nicht, und Robbie sagte, ihm gehe es genauso. Ganz verstehe er das nicht. Aber dahinter stecke wohl die Vorstellung, Jungen müssten mit der Tatsache zu Rande kommen, dass sie nicht wie ihre Mütter sein können, sondern anders sein müssen. Er schwieg und machte ein finsteres Gesicht. Der Gedanke schien ihm nicht zu behagen.

Schon früh hatte Evon beschlossen, nicht so zu werden wie ihre

Mutter, wahrscheinlich weil ihre Mutter sie hatte spüren lassen, dass sie ganz und gar nicht so war wie sie. Doch der Gedanke, ihre Mutter könne tatsächlich aus ihrem Leben verschwinden, schien ihr jeden Halt zu nehmen. Den Mittelpunkt. Es wäre, als würde die Schwerkraft, die die Erde zusammenhielt, sich plötzlich auflösen. Ihre Mutter, schon über siebzig, hängte noch immer täglich ihre Wäsche auf, und nur ein Blizzard konnte sie davon abhalten. Sie zog die frische Bergluft der heißen Luft aus dem Trockner vor. Evon sah sie vor sich, die Wäscheklammern im Mund, wie sie ein kariertes Hemd oder ein Laken an der Leine befestigte und da einfach auf ihrem Grund und Boden stand und tat, was sie für richtig hielt, während die Wäsche im Wind flatterte.

Er fragte Evon, ob sie gut mit ihr auskomme.

»Manchmal. Sie hat ihre Grundsätze und beurteilt einen danach, immer. Aber sie ist stark, wissen Sie?« Sie streckte die Arme aus. »Sie ist groß und stark. Sie wissen, was ich meine?«

Er ging mit ihr den Bordstein entlang. Eine Nachbarin hielt sie auf. Sie hatte auf seine Rückkehr gewartet, um noch ein riesiges Tablett anzuschleppen, auf dem sich undefinierbarer Nahrungsbrei türmte, bei dessen Anblick sich Evon fast der Magen umdrehte. Die Frau bekundete ihr Beileid und ging über die Auffahrt zum Haus.

Bevor Evon sich ihm entziehen konnte, umarmte er sie. Das wurde anscheinend zur Gewohnheit. Sie hoffte nur, dass er klug genug war, so etwas nicht vor McManis und Sennett zu tun. Auf halbem Weg zurück zum Haus drehte er sich um und rief rückwärts gehend: »Sie sind großartig. Ich mag Sie wirklich.« Dann verschwand er im Schatten.

Ihr wurde bewusst, dass sie möglicherweise von einem Agenten beschattet wurde. Wer weiß, was er gesehen hatte. Oder gehört. Das war jedenfalls etwas für seinen Bericht. »Dann äußerte der Informat gegenüber UCA Miller: ›Ich mag Sie!‹« Klasse! Sie würde den Agenten bestimmt schon hinter seiner Windschutzscheibe an dem hämischen Grinsen erkennen. Und was sollte sie dann dazu sagen? »Wir sind nur Freunde«?

Doch als sie in ihrem Chevette saß, sah sie für einen Moment ihr

Bild im Rückspiegel und entdeckte den Anflug eines heiteren Lächelns. Wie war das möglich inmitten dieser beängstigenden Situationen, Missgeschicke und dieser allgemeinen Konfusion? Sie versuchte, sich zusammenzureißen, gab es aber gleich wieder auf. Was soll's?, fragte sie sich plötzlich. Wirklich. Was, zum Teufel, soll's? Sie legte den Gang ein, ließ die Scheibe herunter und genoss den frischen Frühlingswind.

8

Am nächsten Morgen hatte Danny, meine Mitarbeiterin am Empfang, eine Nachricht von Bundesanwalt Stan Sennett für mich. Er wollte um halb eins bei mir im Büro sein und mit mir und meinem Kollegen sprechen. Damit war Robbie gemeint. Doch der ging gerade im Pflegeheim der traurigen Pflicht nach, die Hinterlassenschaft seiner Mutter zu sortieren, und war entsprechend ungehalten über den Termin. Dennoch erschien er pünktlich, allerdings noch immer mit etwas bedrücktem Blick und leicht zerzaust, wie am Abend zuvor, als ich ihm meinen Beileidsbesuch abgestattet hatte.

»Worum geht es denn?«, wollte er wissen.

Ich hatte keine Ahnung.

Als Danny ihn hereinführte, gab Stan sich recht förmlich. Wie immer steckte er in seinem makellosen blauen Anzug, und er machte sich sogar die Mühe, Robbie die Hand zu schütteln – was er sich bis dahin noch nie zugemutet hatte. Er sprach ihm sein Mitgefühl aus, worauf Robbie nur halbherzig reagierte, und ließ sich in den braunen Sessel fallen, auf dem Robbie gewöhnlich Platz nahm. Sennett brauchte eine Weile, bis er bequem saß. Er strich die Bügelfalte glatt und ergriff das Wort.

»Ich möchte Sie beide über eine sehr ungewöhnliche Begegnung informieren, die ich gestern Nachmittag hatte. Mit Rücksicht auf Robbie habe ich Sie nicht schon früher davon unterrichtet. Es handelt sich um eine Freundin von uns. Von uns allen. Magda Medzyk.« Er blickte auf seinen Schoß. Die Anspannung war ihm anzusehen.

»Sie hatte am Morgen Rat bei einem Anwalt gesucht, bei Sandy

Stern.« Er nickte in meine Richtung. Unter den Kollegen ist Stern mein bester Freund. Aus Gründen, die ich nie ganz begriffen habe, hasst er Stan. »Das war unser Glück. Mr. Stern hat es abgelehnt, sie zu vertreten, weil es ihn in einen unlösbaren Konflikt bringe. Doch er hat ihr vorgeschlagen, sich am besten an mich zu wenden und nicht an das Büro der Pflichtverteidiger. Bei denen könnten politische Bindungen oder Verpflichtungen manchmal zu Problemen führen. Sie hat mehr als eine Stunde auf mich gewartet, und als wir uns dann zusammensetzten, erzählte sie mir eine lange, melodramatische Geschichte von ihrer Beziehung zu einem auf Schadensersatzfragen bei Personenschäden spezialisierten Anwalt namens Robert Feaver.

Mr. Feaver, berichtete sie, habe sie am Abend zuvor gebeten, einen Fall niederzulegen. Er schien ihr auch tatsächlich Geld dafür anbieten zu wollen. Ganz sicher sei sie sich da zwar nicht, denn sie sei so aufgeregt, so außer sich gewesen, dass sie sich nicht jedes Wort gemerkt habe. Aber in einem Punkt könne es keinen Zweifel geben: Er habe sie aufgefordert, zu seinen Gunsten zu entscheiden. Die Richterin versicherte mir, sie wolle dafür sorgen, dass ihr der Fall entzogen wird. Doch sie wolle mich bereits vorab von ihrer Bereitschaft informieren, sich gegebenenfalls zuvor für einen eventuellen Lauschangriff gegen Mr. Feaver verkabeln zu lassen.« Stan war anzusehen, dass er ernst zu bleiben versuchte, doch er konnte sich ein Schmunzeln über die Ironie des Ganzen nicht verkneifen.

Magda sei damit einverstanden gewesen, dass Stan die Sache in die Hand nehme. Abgesehen von der Rückgabe des Falls wolle sie nichts unternehmen und keine andere Instanz einschalten. Sie lege die Ermittlungen ganz in die Hände der Regierung und warte auf weitere Anweisungen von Stan.

Stan ließ das Kinn kreisen, um den Hals aus der Enge des Kragens zu befreien, und wandte sich dann an Feaver.

»Sie ist wirklich eine ganz außergewöhnliche Person«, sagte er.

Robbie saß regungslos da. Sein verhangener Blick lag auf Sennett, und dieser hielt ihm stand, was für ihn sprach.

»›Eine außergewöhnliche Person‹?«, fragte Robbie schließlich zurück. »Stan, ich frage mich, ob Ihnen klar ist, wie Magda Medzyk nach meinem Besuch die Nacht verbracht hat? Können Sie es sich vorstellen? Ich kann es. Ich saß gestern bei der Beerdigung meiner Mutter da und sah Magda vor mir, als blicke ich in einen Fernseher. Ich sah sie die ganze Nacht an ihrem kleinen Küchentisch sitzen. Sie hat sich kaum bewegt. Nur einmal ist sie aufgestanden. Um ihren Rosenkranz zu holen. Dann hat sie sich wieder hingesetzt und zur Muttergottes gebetet, sie möge ihr wenigstens ein kleines Stück von sich selbst erhalten, mit dem sie weiterleben könne. Nur einen Splitter ihrer Seele, denn alles andere sei ohnehin schon ihrer Scham zum Opfer gefallen.« Er stand auf. »›Eine außergewöhnliche Person‹«, wiederholte er. Er warf Sennett einen letzten grimmigen Blick zu, stieß im Hinausgehen meinen Papierkorb um, stellte ihn wieder auf und war draußen.

Stan brauchte nur einen Moment, um sich wieder zu fassen. Auch er ging zur Tür und tippte zum Abschied kurz an eine imaginäre Hutkrempe.

Das war Stan, wie ich ihn ein Leben lang kannte. Wenn man meinte, nun sei er am Ende, war er auch schon wieder obenauf. Als Staatsanwalt bei Strafverfahren hatte er die zarte Zurückhaltung eines Vorschlaghammers an den Tag gelegt. Doch als er dann unter Raymond Horgan zum Stellvertreter aufgerückt war, bewies er eine enorme Durchsetzungskraft bei der Reform seiner Behörde. Vor allem war es ihm gelungen, die Kompetenzen der Staatsanwaltschaft nachhaltig dem Zugriff der Polizeibehörde mit ihren politischen Querverbindungen zu entziehen. Kurz bevor er Nora Flinn heiratete, rang sich ihre Mutter beim Gedanken an künftige Enkelkinder zu dem Geständnis durch, dass ihre Vorfahren keine Portugiesen waren, wie sie Nora und ihrem Bruder immer gesagt hatte, sondern Schwarze. Stan hatte, soweit ich weiß, nicht einmal mit der Wimper gezuckt. Stattdessen hat er Nora auf bewundernswerte, geradezu beispielhafte Art dabei geholfen, nicht nur ihre Wut auf ihre Mutter zu verarbeiten, sondern auch mit den weit hässlicheren Reaktionen fertig zu werden, zu denen die meisten weißen Amerikaner in so einem Fall neigen. Und als, wie der Zufall es wollte, ihr fortgeschrittenes Alter verhinderte, dass sie selbst Eltern wurden, war Stan der Erste, der vorschlug, ein Mischlingskind zu adoptieren.

Und jetzt war der Berg zum Propheten gekommen, in der eindeutigen Absicht, das zu sein, was man einen Mann nannte. Er wusste, Feaver musste die Suppe auslöffeln, die Stan ihm eingebrockt hatte. Dennoch war Stan gekommen – und zwar nicht nur, um einen Irrtum einzugestehen, sich bei Robbie zu entschuldigen und zuzugeben, dass mein Ärger berechtigt gewesen war. Er räumte damit auch ein, dass Feaver, mochte er auch unaufrichtig und kompromittiert sein, den Charakter eines Menschen sehr wohl erkennen und beurteilen konnte. Der immer kühl-objektive Stan konnte zweifellos besser mit Prinzipien als mit Menschen umgehen. Doch obwohl er sich im Laufe seines Lebens stets um Unvoreingenommenheit bemühte, war nicht zu übersehen, dass er stets in seinen Überzeugungen gefangen blieb.

Am folgenden Donnerstag – es war die Woche vor dem Memorial Day – wurde Robbie wieder aktiv. Mit Evon fuhr er erneut zu Judith, um ihr das von Sherm geforderte Geld zu liefern. Judith hatte offenbar einen gewaltigen Streit mit ihrem Bruder hinter sich und weigerte sich, Robbie auch nur eines Blickes zu würdigen. Aber der Umschlag fand seinen Weg in die Kassenschublade. Amari und seine Leute hatten diesmal mehr Glück bei ihren Bemühungen, die Spur des Geldes zu verfolgen. Crowthers erschien persönlich zu einem späten Lunch und ließ sich das Kuvert von Judith unauffällig in die locker herabhängende Hand schieben, während er mit dem Küchenpersonal schäkerte. Im Gerichtsgebäude führte ihn sein Weg direkt zu Kosic, dessen kleines Büro direkt an Tuoheys Räume grenzte, bevor er sein eigenes Amtszimmer aufsuchte.

Die Wanze in Kosics Büro wurde schnell aktiviert, doch es war kaum mehr zu hören als »Hallo« und »Guten Tag«. Es fiel etwas auf den Schreibtisch, aber niemand konnte mit Sicherheit sagen, dass es sich dabei um Geld gehandelt hatte. Kosic musste wohl wissen, woher das Geld kam. Vielleicht wurde auch aus besonderer Vorsicht nie über seine Herkunft gesprochen. Es fiel nicht einmal eine Andeutung.

Dennoch hatte Rollo zweifellos seinen Anteil kassiert. Keine zwei Stunden später bezahlte er bei Shaver's die Rechnung für die beiden Steaks, die er und Brendan verspeist hatten. Das Shaver's war ein altmodisches Lokal in ihrer Wohngegend. Einer der Observierer hatte aus einer Entfernung von nur zwei Tischen beobachtet, wie Rollo eine Hundert-Dollar-Note in die kleine Plastikmappe legte, in der ihm die Rechnung präsentiert worden war. Im selben Moment war der Agent aufgesprungen und hatte Kosic gefragt, ob er ihm den Hunderter vielleicht gegen fünf Zwanzig-Dollar-Noten eintauschen könne. Er wolle seinem Neffen mit einem Brief und dem Geldschein zu seinem bestandenen Examen gratulieren. Nicht nur die Seriennummer stimmte mit der eines der Scheine überein, die Robbie zuvor Judith übergeben hatte, auch der deutliche Daumenabdruck darauf war so groß, dass die Agenten ziemlich sicher waren – zu Recht, wie sich später herausstellte –, dass er von Sherm stammte. Kosic würde nun lange schmoren müssen. Und auch Crowthers saß rettungslos in der Falle. Es gab keine Möglichkeit mehr für Ausflüchte, die Äußerungen Robbie gegenüber seien nur Spaß gewesen. Wenngleich die Bandaufzeichnung nicht viel hergab, war Stan doch zuversichtlich, dass Richterin Winchell einer Lauschaktion in Kosics Büro über volle dreißig Tage zustimmen würde. Dabei musste sich einfach etwas finden lassen, das sich gegen Brendan verwenden ließ.

Stan unterrichtete die Undercover-Agenten noch am selben Abend und gab ihnen klar zu verstehen, dass sie nun in das kritische Stadium eingetreten waren. Evon war zu dem Treffen nach Center City gefahren und anschließend in ihr Apartment zurückgekehrt.

Auf ihrer Etage hing zur Dekoration ein großer Spiegel mit konisch geschliffenem Rahmen gegenüber dem Fahrstuhl an der Wand. Mit der gewohnten Feierlichkeit betrachtete sie ihr Spiegelbild und spürte im selben Moment, dass irgendetwas nicht stimmte. Es war ihr absolut unklar, was sie irritierte, doch als sie um die Ecke in den schmalen Flur zu ihrer Wohnung bog, sah sie, dass die Tür nur angelehnt war.

Vorsichtig schlich sie bis zur Schwelle, lehnte sich mit der linken

Schulter an den Rahmen und schob die Tür langsam mit der linken Hand auf. Seit Robbie von Walter wusste, dass Marty Carmody sie für eine FBI-Agentin hielt, hatte sie schon hunderte von Malen Sehnsucht nach ihrer Waffe gehabt.

Drinnen räusperte sich jemand. Dann hörte sie eine zweite Stimme. Ruf die Cops, dachte sie, die Polizei von Kindle County. Raus hier und dann die 911 wählen. In der Tasche hatte sie ein Handy. Andererseits hatte sie schließlich für solche Situationen ihren Job gelernt. Die Cowboys von der Polizei hier standen stets für eine Gewaltlösung. Sie steckten immer gleich irgendwem die Mündung ihrer .44er Magnum ins Ohr, schimpften ihn »Motherfucker« und hofften dabei auf ein »Zuckerstückchen« als Belohnung. So etwas konnte sie nie als Ruhmesblatt betrachten. Auch war sie nicht scharf auf den Gestank, wenn so ein armer Scheißkerl sich in die Hose machte. Für Evon zählte nur der entscheidende Moment im Spiel, die präzise Reaktion im richtigen Augenblick. Sie genoss den Sieg und liebte den Triumph. Dieses reine, unverfälschte Gefühl hatte sie sich aus ihrem früheren Leben bewahrt. Also rief sie nicht nach der Polizei.

Den Rücken zur Wand, hatte sie sich inzwischen bis zur Mitte ihres Flurs vorangeschoben. Kürzlich hatte sie sonntags im Park um die Ecke Softball gespielt. Zwei zufällig zusammengewürfelte Mannschaften waren das gewesen – immer eine willkommene Gelegenheit für Mädchen und Jungen, einander kennen zu lernen. Doch viele Teilnehmer spielten auch richtig ernsthaft und mit Einsatz, und so hatte sie sich für das nächste Mal einen Graphitschläger gekauft, der jetzt nur wenige Schritte entfernt in der Wohnzimmerecke lehnte. Vor ihr bewegte sich ein Schatten. Mit angehaltenem Atem presste sie sich noch flacher an die Wand. Wieder waren Wortfetzen zu hören. Kaum hatte sie erkannt, aus welcher Richtung sie kamen, erschien schon ein Cop mittleren Alters mit Hängebauch am Ende ihres Flurs und musterte sie von oben bis unten. Mit seiner Stupsnase sah er eigentlich ganz freundlich aus – nur kniff er die Augen so zusammen, dass das Weiße darin kaum zu sehen war. Er griff an seinen Gürtel, um das Funksprechgerät leiser zu stellen.

»Die Dame des Hauses?«, fragte er.

»Mehr oder weniger.« Sie zeigte ihm ihren Schlüssel.

»Da war eine Meldung«, sagte er. »Über einen Einbruch. Aber ich fürchte, sie sind uns entwischt. Am besten, Sie bleiben draußen, und ich bringe das hier zu Ende. Dauert nur noch eine Minute. Oder warten Sie in der Küche. Da bin ich schon durch.«

Das gesamte Apartment war durchwühlt worden. Schränke, Kommoden. Eine Taschenlampe in der Hand, stieg der Polizist vorsichtig über die Schubladen und deren einstigen Inhalt hinweg, der auf dem maisgelben Teppichboden des Schlafzimmers verstreut war. Für seine Stämmigkeit und sein Alter war der Cop ziemlich beweglich. Die Hintertür zur Küche stand weit offen. Besonders feinfühlig waren die Einbrecher nicht vorgegangen. Sie hatten den Sicherheitsriegel einfach aus der Wand herausgebrochen. Sogar jetzt noch hing der leicht bittere Geruch des Mörtelstaubs in der Luft. In der Wand klaffte ein Loch so groß wie ein Bowlerhut. Ein Stück Tapete hing schlaff herab. Der Putz war abgebröckelt, sodass die langen Nägel, mit denen der Zimmerer die Latten fixiert hatte, sichtbar wurden. Brechstange, dachte sie. Zu ihrer Überraschung entdeckte sie sie draußen auf der eisernen Feuertreppe.

»Das Brecheisen, das sie benutzt haben, liegt noch auf der hinteren Veranda«, rief sie. »Vielleicht brauchen Sie es für Fingerabdrücke.«

Sie ging ins Wohnzimmer. Der Cop sah noch einmal ins Schlafzimmer und ließ sich mit der Antwort Zeit.

»So eine Oberfläche liefert selten gute Abdrücke«, sagte er. »Aber ich nehme die Stange auf alle Fälle mit.« Auf der Küchentheke lag ein leerer Plastikbeutel aus der Gemüseabteilung des Supermarkts. Er fragte, ob sie ihn entbehren könne, fasste mit ihm die Brechstange an und legte sie auf die weiße Resopalplatte der Frühstücksbar. Dann zog er einen winzigen Spiralblock aus der Gesäßtasche und fragte sie nach ihrem Namen und Geburtsdatum. Nach einer Schrecksekunde fiel ihr ein, dass Evon Miller ja am selben Tag Geburtstag hatte wie sie.

»Wahrscheinlich Jugendliche«, sagte der Cop. »Wirkt nicht gerade professionell, wie sie mit dieser Wand umgegangen sind. Muss einen Mordslärm gemacht haben. Können sie etwas Bestimmtes bei Ihnen gesucht haben?« Sie schüttelte stumm den Kopf. Aber die Frage beunruhigte sie. Wahrscheinlich Jugendliche, sagte sie sich. Ob sie sich umsehen dürfe, um festzustellen, ob etwas fehlte?

»Der Fernseher steht noch da. Sieht aus, als wären die großen Gegenstände alle noch an Ort und Stelle. Ich muss sie vertrieben haben. Aber wer weiß, was sie in die Taschen gesteckt haben. Wahrscheinlich entdecken Sie noch tagelang immer wieder, dass etwas fehlt. Aber sehen Sie sich weiter um. Alles, was einen gewissen Wert hat, könnte im North End wieder auftauchen. Wäre gut, wenn man die Sachen kennt.«

Sie ging durch die Wohnung. Das Durcheinander war grauenvoll. Alle Schränke standen offen. Vermutlich auf der Suche nach Schmuck war das Schlafzimmer in großer Eile und mit besonderer Rücksichtslosigkeit durchwühlt worden. Die Kleidung hatten sie ausnahmslos von den Bügeln gerissen, die meisten Taschen von innen nach außen gestülpt. Das kleine Schmuckkästchen lag umgekippt auf der Kommode, sein Inhalt im Zimmer verstreut. Sie würde nie genau wissen, was fehlte. Es war ohnehin nur der Modeschmuck gewesen, den man ihr beim Antritt des Jobs zur Verfügung gestellt hatte. Auch das Bett hatten sie durchwühlt, Bettlaken und Bezüge waren aufgeschlitzt. Die Matratze hing schief auf dem Sprungfederrahmen. Unter der Matratze – allen einschlägigen Witzen zum Trotz ein gängiges Versteck. Wahrscheinlich Jugendliche, sagte sie sich noch einmal.

Beim Antritt ihres Undercover-Jobs hatten ihr die Kollegen freigestellt, ob sie FBI-Marke und -Ausweis bei sich behielt oder nicht. Für den Notfall. Sollten sie allerdings von einem neugierigen Liebhaber entdeckt werden, war das mit ziemlicher Wahrscheinlichkeit das Ende ihrer Tarnung. So hatte es ihr Dorville, der Einsatzleiter, jedenfalls erklärt. Undercover-Agenten in der Drogen- oder Hehlerszene hätten ihre Ausweise meistens bei sich, schließlich konnten sie leicht einmal festgenommen werden. Aber Evon hatte es nicht für notwendig gehalten, und jetzt war sie froh über ihren Entschluss, sie zurückzulassen. Auch eine Waffe konnte, sosehr sie sie auch vermisste, in einem Augenblick wie diesem zum Problem werden. Das leuchtete ihr jetzt schon ein.

Sie ging zurück ins Wohnzimmer. Auch die Schubladen des kleinen Schreibtischs waren herausgezogen und ausgeleert worden. Vor der Fahrt zum Treffen mit Stan und den anderen Undercover-Agenten hatte sie ihren täglichen Bericht diktiert, und so tastete sie sich jetzt durch die Gegenstände auf dem Boden und suchte nach dem Diktafon. Es war verschwunden und mit ihm sämtliche weiteren Mikrokassetten, die daneben in der Lade gelegen hatten. Soweit sie sich erinnerte, befand sich noch nicht viel auf der Aufnahme – das Aktenzeichen, ihre Stimme und die Tatsache, dass sie von sich als »der unterzeichnenden Agentin« sprach. Wenn die Kassette jedoch in die falschen Hände käme, würde sie auffliegen.

»Fehlt was?«, rief der Cop von draußen.

»Schwer zu sagen«, antwortete sie. Das Chaos war zu groß, und das Diktafon mit den Bändern konnte sich durchaus noch unter den Bergen der herumliegenden Gegenstände befinden. Sie durchsuchte nacheinander die Haufen von Kleidungsstücken, Büchern und CDs. Auch im Schlafzimmer ging sie alles systematisch durch. Schließlich entdeckte sie das Diktafon im Wohnzimmer, das am Morgen besprochene Band allerdings war herausgenommen worden. In der Hoffnung, es in ihrer Aktentasche zu finden, durchsuchte sie auch diese. Doch im Seitenfach mit dem Reißverschluss, in das sie die Mikrokassette routinemäßig nach dem Diktat steckte, fand sich auch nichts. Allerdings konnte man eine so winzige Kassette, fünf mal zweieinhalb Zentimeter, nur allzu leicht übersehen. Sie würde schon wieder auftauchen, sagte sie sich.

Noch einmal durchquerte sie die Wohnung und sah sich alles an. Sonst schien nichts zu fehlen. Dann aber fiel ihr auf, dass sie eine Geburtstagskarte an ihre Mutter in einem verschlossenen und adressierten weißen Kuvert auf dem Tisch hatte liegen lassen. Und die war ebenfalls nicht mehr da. Angst stieg in ihr hoch. Die Karte hatte sie mit »DeDe« unterschrieben. Das allein bedeutete noch nichts –

wer konnte schon mit DeDe etwas anfangen? Außer Marty Carmody. Und Walter.

Die Angst wurde immer bohrender, je klarer sie sich die gesamte Situation vor Augen führte. Würden jugendliche Einbrecher etwa CDs liegen lassen, eine Geburtstagskarte dagegen einstecken? Würden sie Kassetten mitnehmen, nicht aber das Diktafon? Der Bänder wegen hatte man ihre Kleidertaschen durchwühlt und unter der Matratze gesucht. Carmodys Entdeckung hatte die Runde gemacht und über Walter jemanden erreicht, der es genauer wissen wollte.

Der Cop war abmarschbereit. Er bückte sich nach seiner Mütze auf dem Kaffeetisch. Dabei sah Evon die Ecke eines weißen Kuverts aus seiner Gesäßtasche blitzen. Ihr stockte der Atem.

Weiße Umschläge sind etwas sehr Gebräuchliches, sagte sie sich. Und die Leute schleppten alles Mögliche in ihren Gesäßtaschen herum. Doch sie musste an Robbies Warnung denken, und das, was er über Brendans fortbestehende Beziehung zur Polizei gesagt hatte. Die hohen Tiere dort waren fast ausnahmslos seine Kumpel. Mit den meisten Revierleitern hatte er persönlich Dienst geschoben, und auch zum Rest hatte er über die Jahre gute Beziehungen aufgebaut. Milacki zum Beispiel war schließlich immer noch im Dienst.

»Wie haben Sie denn die Meldung von dem Einbruch erhalten?«, fragte Evon möglichst beiläufig.

Der Cop wischte sich mit der dicken Hand über den Mund.

»Nehme an, einer von den Nachbarn.«

»Wissen Sie, wer? Ich sollte mich wirklich bei ihm bedanken.«

»Fürchte, nein. War nur ein Anruf auf 911. ›Gewaltiger Krach hier.‹ Sie wissen ja, wie das ist.« Er sah sich im Wohnzimmer um, als hätte er etwas liegen lassen. Vielleicht wollte er auch ihrem Blick ausweichen. Oder er fragte sich bereits, was ihr durch den Kopf gehen mochte.

Sie war zum Fenster gegangen und sah durch die Jalousie-Lamellen auf die Straße. Unten stand kein Streifenwagen.

»Das war eine hübsche Überraschung, Sie hier in der Wohnung

zu finden«, sagte sie. »Draußen war nicht einmal ein Streifenwagen zu sehen.«

Plötzlich sah der Cop sie aus seinen kleinen Augen durchdringend an. Sein Blick war hart geworden, und sie verwünschte sich selbst. Genauso gut hätte sie es dem Cop auch schriftlich geben können, dass sie ihm auf die Schliche gekommen war. Mit einem Schlag wurde ihr klar, dass der Mann überlegte, ob er sie töten sollte. Nicht, dass er es unbedingt wollte. Es war nur so, dass er noch nie über irgendwelche Alternativen nachgedacht hatte. Wenn sie aber das Bureau einschaltete, wenn nach ihm gefahndet würde, man die Karte und die Bänder in seiner Tasche fand, wäre das sein Ende. An seiner Hüfte hing eine Chief's Special, eine .38er Smith & Wesson. Eine Erklärung lag auf der Hand: Sie sei von hinten herangeschlichen, und er habe sie für einen von den Einbrechern gehalten.

»Sie kennen doch den alten Trick«, sagte der Cop schließlich. »Lieber zu Fuß zum Tatort kommen. Ich wollte nicht, dass ein Streifenwagen die Halunken auch noch warnt.« Er hielt sein rotes Gesicht etwas abgewandt und schielte mit einem Auge zu ihr herüber. Wie kam er damit bei ihr an? »Zu welcher Polizeieinheit gehören Sie?«

»Ich?«

»Sie machen den Eindruck, als verstünden Sie was von Ihrem Job. Fingerabdrücke und so. Wie Sie die Wand entlanggeschlichen sind.« Erst jetzt las sie das Namensschild über seiner Brusttasche. Dimonte. Aber das musste nicht unbedingt sein eigenes sein.

»Ich sehe einfach viel fern.«

Dazu lachte sie, wenn auch etwas gezwungen. Sie musste diesen Kerl auf jeden Fall besänftigen. Es war schon schlimm genug, dass sie ihr auf die Spur gekommen waren, aber schlimmer noch wäre es, wenn sie merkten, dass sie Bescheid wusste. Sie ging zum Küchenschrank. Auch der stand offen. Der Wodka stand am vorderen Rand des Fachbodens. Hatte sie selbst die Flasche dort hingestellt? Jemand, der sie enttarnen wollte, würde auch nach Alkohol Ausschau halten. Sie kam mit der Flasche in der Hand und einer Dose Gebäck zurück und bot ihm von beidem an.

»Nicht im Dienst, Lady. Außerdem bin ich eher Biertrinker. Das Vergnügen des kleinen Mannes.«

Sie erklärte das Vorhandensein der Flasche. Ihr Freund habe sie mitgebracht. Sie selber trinke gar keinen Alkohol. So sei sie erzogen.

»Methodistin?«, fragte der Cop.

»Nein, nein. Mormonin. Kirche der Heiligen der Letzten Tage.«

Er schüttelte den Kopf. Von der hatte er noch nie gehört. »Jedem das Seine«, sagte er. Er musterte sie erneut, noch immer nachdenklich und abwägend. Doch er sah nichts, was ihn misstrauisch machte, griff in die Dose und nahm einen Keks.

Gleich darauf ging er. Sie bedankte sich überschwänglich, und er tippte an seine Mütze. Kaum war die lackierte Wohnungstür hinter ihm ins Schloss gefallen, lehnte sie sich von innen dagegen. Das waren ein paar schlimme Minuten gewesen. Ihre Knie zitterten. Auf der Frühstücksbar lag noch immer die Brechstange in ihrer Einkaufstüte mit dem Logo des Lebensmittelladens. Aber das ergab durchaus einen Sinn. Officer Dimonte hatte bereits alle Beweise gefunden, die er suchte.

Sennett wollte es nicht glauben.

»Eine Glückwunschkarte zum Geburtstag?«, fragte er. »Wenn ich ein Einbrecher wäre, würde ich so ein Kuvert auch einstecken. Könnte ja ein Zwanziger drin sein.«

Aber Joe Amari waren FBI-Agenten von der Außenstelle im Kindle County zugeteilt worden, und sie arbeiteten ständig mit der örtlichen Polizei zusammen. Sie konnten die Sache klären. Im Polizeibezirk 6 hatte Dimonte ein Protokoll über seinen Einsatz, einen gerade stattfindenden Einbruch, geschrieben. Doch Joes Leute hatten die Tonbänder aller auf der Notrufnummer eingegangenen Anrufe kopiert und die Verbindungen zwischen der Zentrale und allen zwölf Revieren zurückverfolgt. Und nirgendwo in DuSable war zwischen acht und zehn Uhr Abends ein Anruf über einen Einbruch registriert worden.

McManis kannte Sennett gut genug, um zu wissen, dass er das

sofort erfahren musste. Ernst und ruhig berichtete er Stan von dem Vorfall. Sennett saß am anderen Ende des Tisches und stellte Erwägungen darüber an, warum so ein Anruf wohl nicht registriert worden sein könnte. Da verlor Amari die Geduld.

»Hören Sie zu, Stan. Niemand schickt einen einzelnen Streifenwagen an einen Tatort, an dem gerade ein Einbruch stattfinden soll, und schon gar nicht einen mit Ein-Mann-Besatzung. Auf die Art und Weise würden wir einen Haufen Beamte verlieren. Und so, wie Evon ihn schildert, wusste der Typ sehr genau, was er tat.« Amari, der selten mit seiner Meinung hinter dem Berg hielt, drückte das Kinn auf die Brust und sah Sennett aus seinen braunen Augen durchdringend an. »Sie müssen den Tatsachen ins Gesicht sehen, Stan. Die haben sie im Visier. Sie haben das Band aus dem Diktafon. Und sie wissen von Carmody, dass er mit einer FBI-Agentin namens DeDe herumgemacht hat. Und genau der Name steht auf dieser Glückwunschkarte.«

Durch die offenen Jalousien drang das schwache Licht eines regnerischen Morgens in den Konferenzraum. Sennett musste das erst einmal verdauen. Sein Mittelfinger klopfte rhythmisch an seine zu einem kleinen O geformten Lippen.

Stan hatte sein großes Ziel. Er wollte jeden korrupten Anwalt und jeden korrupten Richter in dieser Stadt auffliegen lassen. Dazu würde er alles einsetzen, was die Polizei an neusten Techniken aufzubieten hatte. Jeden Einzelnen würde er festnageln, und seien es dutzende oder gar hunderte. Wie eine mit Brandzeichen versehene Viehherde würde er sie vor aller Augen die Marshall Avenue hinuntertreiben, bis zu Stans persönlichem Schlachthaus, dem Federal Building. Mit gesenktem Kopf würden sie in diesem schändlichen Auftrieb dahintrotten, angeführt von ihrem Leitbullen, Brendan Tuohey, dem Kerl, von dem jeder sagte, ihn werde Sennett niemals kriegen. Wie es jetzt aussah, würden sie Recht behalten. Die Verbrecherbande war gewarnt.

Schließlich wandte er sich an Evon, um ihre Meinung zu hören.

»Ich möchte weiter am Ball bleiben«, antwortete sie.

McManis schenkte ihr ein liebenswürdiges Lächeln.

»Das wissen wir, Evon. Jeder von uns. Aber der Boss möchte wissen, was Sie dazu meinen. Sie waren an Ort und Stelle. Glauben Sie, Sie sind aufgeflogen?«

Bei Sennett hätte sie sich vielleicht herausgeredet, doch McManis wollte und konnte sie nichts vormachen. Sie hatte die gleichen Ideale wie er.

»In hohem Bogen«, antwortete sie.

Selbst Sennett brachte ein Lächeln zu Stande. Er stand auf, ging eine Zeit lang im Raum auf und ab und dachte über das Problem nach. Was wussten sie wirklich? Alle warteten gespannt. Von der Straße drang der Verkehrslärm zu ihnen herauf. Plötzlich sah Sennett mit einem schwachen Lächeln in die Runde. Dazu neigte er den Kopf zur Seite, wie das fast alle Säugetiere tun, wenn sie neugierig sind.

»Warum sollten wir nicht genau *damit* weiterarbeiten?«, fragte er. »Angenommen, sie wissen, dass sie vom FBI ist. Davon müssen wir einfach ausgehen. Aber heißt das denn auch, sie wissen, was sie wirklich tut? Vielleicht nimmt sie ja Robbie unter die Lupe und ist hinter ihm her.« Diese plötzliche Eingebung schien Sennetts Laune wieder zu heben, was die anderen allerdings nicht nachvollziehen konnten. »So bekommen wir Brendan direkt ins Visier. Robbie befürchtet, einen FBI-Maulwurf in seinem Büro sitzen zu haben. Also fragt er Brendan um Rat: Was soll ich machen? Da Tuohey weiß, wer sie ist, kann er gar nicht anders, als Robbie zu warnen.«

Genau vor diesem Sennett hatte Evon immer einen Heidenrespekt gehabt. Er bohrte immer noch ein Stück tiefer, egal, wie undurchdringlich die Oberfläche erschien, durch die er hindurch musste.

McManis überlegte einen Augenblick.

»Das soll so laufen, während Evon weiter bei Robbie arbeitet?«

»Warum nicht?«

»Diese Leute haben zu viele Mittel und Wege, Stan. Gestern Abend erst haben sie es uns demonstriert.«

»Evon ist ein großes Mädchen«, sagte Evon. Sennett hob die Hand in ihre Richtung. McManis, der diesen Satz ja schon einmal gehört hatte, zog ein Gesicht und warf dann Amari einen verstohlenen Blick zu. Auch er schüttelte verneinend den Kopf. Stan kämpfte weiter für seine Idee. Nach all der Arbeit und Zeit, die bereits in dem Projekt steckte, müsste man jetzt Brendan selbst aufs Korn nehmen. Es blieb nichts anderes übrig. Und Evon musste an ihrem Platz bleiben, um Robbies Glaubwürdigkeit zu untermauern, wenn er Tuohey fragte, was er tun solle. Die Tatsache, dass sie an Ort und Stelle blieb, würde signalisieren, dass sie – und das Bureau – keine Ahnung hatte, für wen dieser Cop, dieser Dimonte, seine Nummer abgezogen hatte. Und dass sie nicht wusste, dass sie enttarnt war.

»Stan«, sagte McManis, »diese Burschen ziehen nicht einfach den Schwanz ein. Wir müssen damit rechnen, dass sie handeln.«

»Umso besser«, antwortete Stan fröhlich. Bisweilen wirkte es geradezu schockierend, wie gleichgültig es Stan war, ob man ihn mochte oder nicht. Seine Logik war bemerkenswert kaltblütig. Wenn Robbie am Montag zu Brendan ging und sie am Dienstag einen Punker erwischten, der Evon die Bremsschläuche durchschnitt, dann würde sich der Kreis schließen, und sie hatten ihren Fall. Jim, sonst immer Herr seiner Gefühle, war sichtlich entsetzt. Er öffnete ein-, zweimal den Mund, ehe er die Sprache wieder fand.

»Ich benutze keine Agenten als Köder. Nicht, wenn ich es vermeiden kann. Und das gilt auch für das UCORC.«

»Damit komme ich schon klar, Jim«, sagte Evon.

Ohne die geringste Kopfbewegung wanderte sein Blick in ihre Richtung. Sie war weg vom Fenster. Er klappte den vor ihm liegenden Aktenordner zu und wollte jetzt eine Zeit lang mit Stan allein reden. Evon und Amari standen auf und gingen.

»Dicke Luft«, meinte Shirley hinter ihrem Roteichen-Empfangstisch. Evon setzte sich ihr gegenüber auf einen der Besucherstühle. Shirley war eine pummelige, stets muntere Frau. Bevor sie zum Bureau kam, war sie irgendwo Polizistin gewesen. Weder sie noch die anderen Undercover-Agenten wussten genau, was passiert war, aber sie schienen alle zu fühlen, dass etwas in der Luft lag. Klecker gesellte sich zu ihnen.

»Qué pasa?«, fragte er.

Evon schüttelte den Kopf, als habe sie keine Ahnung.

Zehn Minuten später kam McManis heraus und winkte sie mit einer Handbewegung in sein Büro. Die »Umzugsleute« hatten es mit minimalen Zugeständnissen an seinen Geschmack eingerichtet. An den holzgetäfelten Wänden hingen Fotos der Blue Ridge Mountains von Virginia. Jims vermeintliche Erinnerungsstücke standen verteilt in den offenen Regalen: eine bronzierte Ehrenurkunde in Messingrahmen vom Vorstand der Moreland Insurance für besondere Leistungen, ein Zinnpokal auf Marmorsockel aus vergangenen Seglerzeiten, daneben ein signiertes Foto von Mike Schmidt vom Veteran's Day in Phily mit Widmung »Für Jim«. Widmung und Unterschrift waren zwar gefälscht, aber McManis hatte Evon gestanden, dass seine Familie – Frau und Kinder – irgendwo auf dem Foto zu finden sei, wahrscheinlich auf den Zuschauersitzen im Stadion, wie sie annahm. Sonst wusste Evon von Jim nur noch eines, nämlich dass er ein Eagle Scout gewesen war. Ein Pfadfinder. Und dass auch zumindest einer seiner Söhne dabei war. Bei einer Party hatte er einmal etwas Derartiges verlauten lassen.

Er setzte sich, dachte nach, stand wieder auf und zog die Jalousien zu. Von jetzt an mussten sie damit rechnen, dass Tuohey eine konsequente Gegenspionage betrieb. An die Schreibtischkante gelehnt, sah Jim sie an. Schon bevor er zu reden anfing, wusste sie, dass er sie abziehen wollte. Sie kam ihm zuvor.

»Jim, ich weiß, was ich tue.«

»Das liegt nicht in Ihrer Entscheidung.«

»Sie können ja das gesamte Observierungsteam auf mich ansetzen.«

»DeDe …« So hatte er sie nicht mehr genannt, seit sie sich in Des Moines kennen gelernt hatten. »Genau *das* haben wir schon die ganze Zeit über getan. Und diese Ratte hat die Jungs geleimt. Wir können froh sein, dass er Sie nicht gekillt hat. Das nächste Mal werden Kerle mit Skimasken Sie schnappen und eine ganze Nacht lang aus Ihnen herausprügeln, was wir in Erfahrung gebracht haben.«

»Dann sorgen Sie dafür, dass ich immer in Begleitung bin. Rund um die Uhr. Lassen Sie Shirley zu mir ziehen. Und ich kann ja jetzt wieder meine Waffe tragen. Mir passiert nichts. Jim, ich weiß, was ich tue.«

»Das wissen Sie nicht«, sagte McManis, doch dabei lächelte er freundlich, so wie zuvor. In seinem Blick lag Bewunderung. Manchmal wunderte es sie, wie sehr er sie mochte. Von Anfang an hatte er sie gemocht.

Sie bat und flehte. Er hatte tausend Einwände. Das UCORC und die Durchführbarkeit von Sennetts Plan. Aber sie sah, wie schwer er sich tat.

»Jim, wir alle verdienen es, Tuohey zu erledigen. Ich, Sie und auch Sennett. Wir können jetzt nicht einfach aufgeben.« Allein der Gedanke brachte sie zur Verzweiflung. Sie konnte doch nicht einfach nach DeMoines zurückgehen. Bankräuber fangen, im Kirchenchor singen, sich vielleicht eine neue Katze anschaffen? »Hören Sie, Jim«, sagte sie und machte einen ihrer verunglückten Scherze, der eigentlich nicht wirklich scherzhaft gemeint war. »Ich bin doch Evon Miller.«

Juni

1

Auf dem Schwarzweiß-Monitor erschien grobkörnig das Gesicht des Ehrenwerten Brendan Tuohey, Vorsitzender der Zivilabteilung am Obersten Gericht von Kindle County, mit einer Spur von Puderzucker unter der Nase. Das Bild schwankte mit Robbies Bewegungen, als er das Restaurant betrat und dem Besitzer sowie den Bedienungen rechts und links ein munteres »Guten Morgen« zurief. An Tuoheys Tisch angekommen, stellte Feaver offenbar die Tasche mit der Kamera auf einem freien Stuhl oder dem Nachbartisch ab. Die drei Männer, zu denen er sich nun setzte, waren immer gut im Bild.

Das Paddywacks gehörte zu den altehrwürdigen Institutionen des Kindle County. Dabei lag seine Anziehungskraft nicht im überreichen Dekor der Räume – gepolsterte Sitzbänke und Stühle, Messinggeländer und -verkleidungen, wöchentlich gebohnerter Fußboden. Vielmehr war es berühmt für seine gigantischen Omeletts sowie für die Frühstücksgäste, zu denen jeder zählte, der im County Rang und Namen hatte, oder das zumindest glaubte: Spitzenbeamte, Parteibonzen – sowie deren Lakaien und andere, die die Gelegenheit nutzten, sich an sie heranzumachen. Zu seinen Lebzeiten hatte Augie Bolcarro hier wenigstens einmal pro Woche ein Gastspiel gegeben, und in der Ecke war stets ein großer Tisch für Toots Nuccio reserviert, den achtzigjährigen Oberdealer des Kindle County. Hier hielt er täglich Hof für seine zahlreichen Vasallen aus Politik und dem Milieu. In der Welt der Democratic Farmers & Union Party, in der die Wertvorstellungen einer arbeitenden Bevölkerung ein Zuviel an Öffentlichkeit nicht zuließen, galt es als eine der verlässlichsten Statuszuweisungen, wenn Plato, der gesellige Geschäftsinhaber, die rote Samtkordel um eine Nische losmachte, die einen vom übrigen Betrieb abschirmte, oder einen Ankömmling gleich beim Betreten des Lokals an einen Tisch führte.

Der Observierungswagen stand auf der anderen Straßenseite gleich gegenüber der gläsernen Eingangstür des Paddywacks. Sennett, McManis und ich saßen im Lieferwagen vor dem Monitor wie Macbeths Hexen vor ihrem Kessel und starrten auf das schwarzweiß flimmernde Bild. Was wussten Tuoheys Leute von Evon? Es war ein Ratespiel. Wir fragten uns, wie sie auf Robbies Erscheinen reagieren würden. Er musste auf alles gefasst sein – eine direkte Attacke, die kalte Schulter oder ein wohl einstudiertes Szenario zur Demonstration ihrer Unwissenheit. Amari war mit einigen Agenten aus dem County unterwegs. Sie bewegten sich bei Funkstille, aber in Notrufbereitschaft durch den ruhigen Vormittagsverkehr. Je nach Verlauf des Gespächs wollte Stan mit Beschattungsmaßnahmen reagieren oder, zumindest in seiner Phantasie, hineinstürmen und zuschlagen.

Ich hatte mich am Freitag mit Robbie zusammengesetzt und war mit ihm durchgegangen, was heute von ihm erwartet wurde. Wir hatten in dem völlig in Weiß gehaltenen Wohnzimmer gesessen. Von dem Besucheransturm am Tag der Beerdigung seiner Mutter war nichts mehr zu erkennen. Alles war wieder aufgeräumt. Robbie war noch in seinen Erinnerungen gefangen. Immer wieder waren seine Gedanken zu seiner Kindheit zurückgewandert, in der Tuohey eine eindrucksvolle Rolle spielte.

Begierig nach männlicher Gesellschaft, nach männlichen Vorbildern, Anschauungen, Verhaltensweisen hatte Robbie sich offenbar mehr zu Mortys Onkel hingezogen gefühlt als Morty selbst. Er hatte ihn »Onkel Brendan« nennen dürfen, und obwohl der Sonntag der einzige Tag war, den Robbie und seine Mutter für sich hatten, ließ er selten die Gelegenheit aus, dabei zu sein, wenn Tuohey zu seiner Schwester zum Abendessen kam. Damals war Brendan noch Cop. In der blauen Polizeiuniform, die Waffe an der Hüfte, war er Robbie wie ein Held vorgekommen, etwa wie Roy Rogers. Stets begrüßten ihn die Jungen laut und begeistert, wenn er auf der

Schwelle der Dinnersteins erschien. Nach dem Essen durften Mort und Robbie mit seiner großen silberbetressten Polizeimütze durch das Haus toben. Manchmal nahm er sogar das schwarz glänzende Halfter ab, entfernte die Patronen aus dem Dienstrevolver und drückte ihn den Jungen in die Hand. Sie durften sich die an der Tischkante aufgereihten Dumdum-Geschosse mit dem Messingmantel und der tiefen Bohrung vorne am freiliegenden tödlichen Bleikern genau ansehen.

»Selbst damals«, hatte Robbie mir erzählt, »fürchtete ich mich schon vor Brendan. Man musste sich vor ihm fürchten. Das war einfach seine Ausstrahlung, die ihm anhaftete wie ein Geruch. Man merkte ihm an, dass er eigentlich niemanden wirklich mochte, er tat nur immer ein bisschen so. Nur bei seiner Schwester war das anders.« Er habe gern Geschichten erzählt von den rauen Sitten draußen auf der Straße oder von einem Einsatz, bei dem er mal wieder irgendein Großmaul platt gemacht hatte, das ihm in die Arme gelaufen war.

Manchmal habe auch Estelle Robbie zum Abendessen bei den Nachbarn begleitet. Eine Zeit lang habe er sogar den Eindruck gehabt, dass sie ein Auge auf Brendan geworfen hatte, und er erinnerte sich auch an seinen verrückten Kindertraum, Brendan könnte vielleicht sein Stiefvater werden. Aber Estelle sei zehn Jahre älter gewesen als Brendan, und er habe kein sonderliches Interesse an ihr gezeigt. Für Estelle wiederum wäre die Heirat mit einem Nichtjuden der Ehe mit einem Affen gleichgekommen. Auf dem Heimweg habe sie immer wieder über Tuoheys und Sheilahs Alkoholkonsum gesprochen, und dabei klang die besorgte Frage an, wie wohl Morts Vater Arthur Dinnerstein damit zurechtkam. Doch Robbie, der nun einmal von Brendan fasziniert war, fand solche Kritik völlig unverständlich.

Schließlich habe Estelle ihren Sohn nicht mehr begleitet. Brendan sei Anwalt geworden, habe einen Job bei der Staatsanwaltschaft bekommen und sei von da an sonntags stets im Anzug vorbeigekommen – den er auch morgens beim Gottesdienst getragen hatte. Die Polizeimontur sei im Schrank geblieben.

»Für mich zerbrach etwas«, war Robbies Kommentar dazu. Etwas sei verloren gegangen. Was genau, erklärte er nicht, doch sein Blick erstarrte beim Gedanken an die Vergangenheit. Für einen kurzen Moment, nicht länger als ein Lidschlag, lag Schmerz darin. Dann machte er ein finsteres Gesicht und wandte sich wieder mir zu.

»Also, was meinen Sie, George? Ist es bloß albernes Geschwätz, wenn ich sage, Brendan hat eine Stinkwut auf mich?«

Für albernes Geschwätz hielt ich es nicht. Ein paar konkrete Ansatzpunkte wiesen durchaus in diese Richtung. Wenn Robbies Wagen in die Luft flog, wenn man seine sterblichen Überreste unten am Flussufer zwischen den Steinbrocken fand, wäre das für Tuohey schließlich von fast unbezahlbarem Vorteil, weniger, weil Robbie dann nicht mehr als Zeuge gegen ihn aussagen konnte, sondern weil jeder, der mit dem Gedanken spielte, gegen ihn auszupacken, sich das dann dreimal überlegen würde.

Doch in meinen fünfundzwanzig Jahren Berufserfahrung habe ich nur einen Mandanten gehabt, für den eine ähnliche Sache tödlich ausging. John Collegio arbeitete in der Erdölbranche. Als junger Mann hatte er es den Großmäulern in seinem Geschäft gezeigt und sich hochgearbeitet. Dann hatte er sich an die Regierung gewandt und über die Treibstoffverteilung im Land geklagt. Firmen, die Schmiergelder zahlten, würden als Erste beliefert. Als es einmal zur Abendessenszeit bei ihm läutete und er an die Tür ging, wurde er mit einer Schrotflinte niedergeschossen. Allerdings wurde dieser Zwischenfall vor dem Hintergrund des Zusammenspiels von Behörden und Firmen unter »interne Angelegenheiten« abgehakt. Normalbürger waren selten Ziel derartiger Anschläge.

In jedem Fall aber galt es nicht gerade als eine glänzende Idee, einen Zeugen der Regierung zu beseitigen. Dennoch nahm das FBI die Sache nicht auf die leichte Schulter. Denn nur die Ermordung eines FBI-Agenten, eines Staatsanwalts oder eines Richters konnte den Fortgang des Projekts noch stärker gefährden. Er würde den Elan merklich bremsen, mit dem man sich auf Petros gestürzt hatte. Wahrscheinlicher war, dass für Robbie die wirklichen Probleme erst später beginnen würden, nämlich im Gefängnis. Er käme wohl in ein Gefängniscamp des Bundes – Sandstone oder Oxford oder Eglin in Florida –, wo die Insassen nach der Arbeit Golf oder Tennis spielen konnten. In den alten Zeiten, bevor Reagan und Bush auch die Straßenkriminalität zur Bundesangelegenheit erhoben hatten, hätten Leute wie Robbie kaum Grund zur Sorge gehabt. Das Schlimmste, was einem da passieren konnte, war, von einem Mitinsassen nach Punkten geschlagen zu werden. Doch heutzutage bevölkerte eine ganz andere Klientel die Strafvollzugsanstalten des Bundes. Zum Beispiel Dealer, die wegen »sauberer« Vergehen einsaßen: Geldwäsche etwa – das einzige Verbrechen, das ihnen die Bundesbehörden nachweisen konnten. Da saßen sie nun hinter Gittern, aus der Bahn geworfene Existenzen, ohne Zukunft, die Menschen auf dem Gewissen hatten und damit auch noch davongekommen waren. Dabei würden sie es wieder tun, wenn es ihnen Spaß machte und der Preis stimmte. Robbie würde Distanz zu ihnen halten müssen, wenn er seine Strafe absaß, und stets darauf bedacht sein, niemandem den Rücken zuzukehren. Dass Brendan zu diesem Zeitpunkt tatsächlich auf der Straße einen Anschlag auf Robbie inszenieren würde, hielt ich für ziemlich unwahrscheinlich.

Robbie starrte aus dem Fenster auf die geräumigen Häuser seiner Nachbarn mit ihren kurz geschorenen Rasenflächen. Meine Fähigkeit, ihm Mut zu machen, wurde auf eine harte Probe gestellt.

»Von welcher Seite man es auch betrachtet, für mich wäre es das Beste, wenn er zur Strecke gebracht würde. Stimmt's? Gehen Sie rein, nageln Sie ihn fest. Dann stürzt ihm der ganze Laden ein.« Robbie hatte alles genau durchdacht. Er würde an dem Tag ganz in Sicherheit sein, an dem gegen Brendan Anklage erhoben wurde und er nicht mehr an den Schalthebeln der Macht saß.

Darum machte Robbie einen erleichterten Eindruck, als wir uns heute früh um fünf getroffen hatten, um das Szenario Punkt für Punkt durchzugehen. Anschließend war er allein zum Paddywacks gegangen, und wir hatten unseren Beobachtungsposten auf der anderen Straßenseite bezogen. Den langen italienischen Regenmantel in modischem Schlammton hatte er sich bis zum Hals zugeknöpft, obwohl der Morgen nicht einmal besonders kühl war.

Brendan war nicht sonderlich schwer zu finden. Sein morgendliches Ritual war immer dasselbe. Um fünf Uhr morgens besuchte er gegenüber in der St. Mary's Cathedral die Messe, stets einer der wenigen Männer unter all den älteren weiblichen Gläubigen. Anschließend traf er sich im Paddywacks mit Rollo Kosic und Sig Milacki. Wie immer machte Plato für sie schon auf, lange bevor sich die übliche Gesellschaft zur Frühstücksgala einfand. Die drei Männer nahmen an einem kleinen runden Tisch am Fenster Platz, von dem aus Brendan, ein Meister der PR in eigener Sache, den vielen wichtigen Mitbürgern ein munteres Hallo zurufen konnte, wenn sie zur Tür hereinkamen. Ich musste mich im Lieferwagen nur auf meinem Sitz umdrehen und konnte sie durch die außen verspiegelte gewölbte Scheibe in der Seitentür genau beobachten. Milacki sagte etwas, Brendan lächelte hin und wieder. Kosic war als Erster mit seinem Frühstück fertig, steckte sich eine Zigarette an und starrte auf die Glut.

Robbie trat ein, als Tuohey, der sich etwas bekleckert hatte, lächelnd das Gebäck mit der dunklen Marmelade auf seinen Teller zurücklegte. Dann wischte er sich mit der Serviette sorgfältig Mund und Finger ab, bevor er Robbie die Rechte entgegenstreckte. Auch Kosic und Milacki begrüßten ihn, und Milacki schob seinen Stuhl zur Seite, um Robbie Platz zu machen. Doch Robbie dachte an die Kamera und ging auf die andere Seite des Tischs. Inzwischen war es wenige Minuten vor sechs. Im Hintergrund standen zwei Kellnerinnen in ihrer weißen Uniform in der Ecke der Raucherzone, nur wenige Schritte von Tuoheys Tisch entfernt. Sie nutzten die Zeit für einen Plausch, bevor der morgendliche Trubel einsetzte. Es war der Dienstag nach dem Memorial Day. Zwar klapperte gelegentlich Geschirr, und aus der Küche kamen Stimmen über das FoxBIte, doch im Ganzen wirkte das Restaurant ziemlich still. Die Welt kam nach dem beschaulichen Feiertag erst langsam wieder in Bewegung.

»Wir haben gerade an den armen Wally gedacht«, meinte Tuohey.

Robbie begriff nicht.

»Wunsch«, sagte Milacki. »Noch nicht davon gehört? Von Walter und seinem Karzinom?«

Bei Walter sei letzte Woche Bauchspeicheldrüsenkrebs festgestellt worden. Bei dieser Nachricht stöhnte Sennett neben mir auf. Einen todkranken Mann noch umzudrehen würde schwer werden.

»Der Arzt gibt ihm sechs Monate. Mit Chemotherapie und dem ganzen Mist«, sagte Milacki. »Wally sagt, seine Frau streicht auf dem Kalender schon die Tage durch. Ich muss es ihm lassen, er ist immer noch der Alte. Der Kerl hat immer schon unglücklich aus der Wäsche geguckt, und darum sieht man es ihm jetzt auch nicht weiter an.«

Das Thema Sterblichkeit lenkte das Gespräch auf Robbies Mutter. Tuohey und Kosic hatten vor etwa zwei Wochen kurz bei Robbie daheim vorbeigeschaut, um ihm ihr Beileid auszusprechen. Das gehörte zu Tuoheys Repertoire. Er liebte zeremonielle Gesten, und Robbie sprach ihm jetzt noch einmal salbungsvoll seinen Dank dafür aus.

»Lass gut sein, Robbie. Habe heute für deine Mom eine Kerze angezündet. Bei Gott, Estelle war eine großartige Lady. Muss immer wieder an euch beide denken, mein Sohn.« Auf dem Monitor war Brendan zu sehen – wie hinter einer Scheibe, über die Regentropfen rannen –, der Robbie geziert die Hand entgegenstreckte. Er nutzte die Gelegenheit, noch ein paar goldene Worte von sich zu geben. Tuohey war wie Morts Mutter noch in Irland geboren und mit fünf Jahren nach Amerika gekommen. Wenn er sprach, war ab und zu noch sein irischer Akzent herauszuhören. »Du gehst jetzt durch schwere Zeiten, Robbie. Das wissen wir alle. Der Tod deiner Mutter und Raineys schlimme Krankheit. Du musst dennoch in deinem Glauben ganz fest bleiben. Ich erinnere mich noch an den Tag, als ich meine Mame verlor. Als sei es gestern gewesen. Der beste Trost liegt im Gebet.« Brendan wies mit einem langen knorrigen Finger auf ihn.

Milacki floss über vor Bewunderung für Brendans fromme Sprüche und murmelte ein Amen. Robbie hatte inzwischen seinen Ansatzpunkt gefunden.

»Nun mal langsam, Richter. Ich bete zwar, aber nicht so, wie Sie denken.« Die Beine seines Stuhls scharrten über den Boden, als er ihn heranzog und sich über den Tisch beugte. Als er jetzt über Evon sprach, hörten wir Robbies Flüsterton eine Millisekunde nach den dazugehörigen Lippenbewegungen. Sennett wäre es lieber gewesen, Feaver hätte sich mit Tuohey allein getroffen, doch Robbie hatte die Erfahrung gemacht, dass Brendan im Schutz seiner Gefolgsleute viel lockerer war. Robbie hatte sich vorgebeugt und verdeckte teilweise die anderen. Ich drehte mich wieder um und schaute aus dem Wagenfenster, durch das ich direkt auf die vier hinter den Scheiben des Paddywacks blicken konnte. Sie hatten die Köpfe so konspirativ zusammengesteckt, dass es schon fast komisch aussah. Das Leben spielt sich normalerweise in subtilen Formen ab, doch manchmal zeigte es sich auch von einer erstaunlich banalen Seite. Die drei Haarschöpfe – Brendans gepflegte graue, Milackis fettige Frisur und Rollos gelichtete Strähnen, die er mit der Hand an Ort und Stelle zu halten versuchte – waren ohnehin noch kaum zwei Handbreit voneinander entfernt, aber jetzt drängten sie sich, je toller die Story zu werden schien, noch näher um Robbie.

Er schilderte, was Walter ihm von Carmody berichtet hatte. Das Mädchen habe nur gelacht, und er sei daraufhin der Sache auch nicht weiter nachgegangen. Dennoch habe es ihn weiter beschäftigt, fuhr Robbie fort, und in der Woche darauf habe er sie probeweise gefragt, ob seine Sekretärin sie auf der Toilette nach einer Wanze filzen dürfe. Zuerst habe sie sich geweigert, doch einen Tag später sei sie einverstanden gewesen. Wie zu erwarten, hatte die Sekretärin nichts gefunden. Doch dann sei etwas mit Evon passiert. Am Freitag sei sie ganz außer sich ins Büro gekommen. Bei ihr sei eingebrochen worden, habe sie gesagt. Fast eine Stunde habe sie ihr Büroabteil abgesucht und die Kolleginnen und Kollegen gefragt, ob jemand ihre Diktafonkassetten gesehen habe. Das Problem sei, meinte Feaver, dass niemand in der Kanzlei je ein Diktafon benutzt hatte – im Büro wurde mit einem anderen System und anderen Kassetten gearbeitet. Wofür brauchte sie ein eigenes Diktiergerät?

»Aber, großer Gott, so sieht doch keine FBI-Agentin aus, oder?«, fragte er. »Meine Güte, die Kleine ist mit mir in die Falle gehüpft.«

»Ganz sicher im Auftrag der Regierung«, flüsterte Milacki. Alle am Tisch lachten, sogar Kosic. Es klang nach einem Spaß auf Robbies Kosten, vor allem, wenn man bedachte, aus wessen Mund er kam. Der kräftig gebaute, beleibte Zivilbulle Milacki war ein Typ aus der Zentrale, der immer für einen kleinen Scherz gut war. Er trug eine altmodische Frisur, bei der man an den Seiten deutlich die Furchen in der Pomade sah, die der Kamm gezogen hatte.

In der kurzen Zeit von Brendans Streifendienst war Milacki sein Partner gewesen. Obwohl Tuohey nicht sehr lange Streifenpolizist gewesen war, hatte er sich dennoch, wie alle alten Haudegen, bis heute eine nostalgische Einstellung zu dem Abschnitt seines Lebens bewahrt, in dem seine Stärke und sein Mut gefragt waren. Und Milacki hatte er quasi als ständiges Erinnerungsstück daran in seinem Gefolge behalten. Robbie schien es, als habe ihm Tuohey über buchstäblich jeden einzelnen Tag berichtet, den Patrouille 4221 im Einsatz gewesen war. Während Tuohey Dienst bei der Abteilung für Kapitalverbrechen tat, war Milacki für Haft- und Durchsuchungsbefehle zuständig. Dabei ließ er regelmäßig die Haftbefehle verschwinden, die Brendan nicht vollzogen sehen wollte. Meist betraf das seine Kumpane aus der Verbrecherszene. Dank eines undurchsichtigen Postenkarussells, das außerhalb der Polizei niemand nachvollziehen konnte, war Milacki Tuohey bei dessen Versetzung zur Zivilabteilung gefolgt. Milacki blieb zwar weiterhin Cop, um seine Pensionsberechtigung nicht zu verlieren, aber er war nun direkt dem Vorsitzenden dieser Abteilung unterstellt – als eine Art Verbindungsoffizier zu den Sheriff-Deputies, die am Gericht Dienst taten. In Wirklichkeit aber war er Brendans Laufbursche, und seine Tätigkeit reichte vom Chauffeur, der den Richter im schwarzen Polizei-Buick herumkutschierte, bis zum Sekretär, der sich mit gewissen Anrufen befasste – darunter auch die von Robbie, in denen er von Zeit zu Zeit um »spezielle« Behandlung eines Falls bat.

Diesmal beharrte Milacki allerdings darauf, dass er das keineswegs scherzhaft gemeint hatte. Vielmehr behauptete er so allerhand gehört zu haben. Es gehöre zu den beliebtesten Maschen der Undercover-Agenten des FBI, vor allem der weiblichen, mit »Zielpersonen« ins Bett zu gehen, um möglichst nah an sie heranzukommen. Im Zeugenstand wurde das natürlich geleugnet. Genau wie bei den Cops von der Sitte, die sich als Stricher ausgäben und versicherten, sie hätten ihrer Dienststelle Bescheid gesagt, bevor sie sich einen blasen ließen. Und nicht erst hinterher. Wieder lachten die vier Männer laut auf.

Nach einer Weile fragte Robbie noch einmal, was er tun solle.

»Schmeißen Sie sie raus«, sagte Milacki. Regungslos saßen Tuohey und Kosic da, als hätte Milacki überhaupt nichts gesagt. Als ich mir später das Video ansah, hatte ich eindeutig den Eindruck, dass Milacki weniger über Evon wusste als die beiden anderen. Robbie hielt seine Rolle durch, zog ein dümmliches Gesicht, wandte sich an Tuohey und wollte Milackis Rat von ihm bestätigt sehen.

»Wenn du eine Angestellte hast, der du nicht traust, dann ist es wahrscheinlich vernünftig, darüber nachzudenken, ob du sie feuerst.« Dabei zuckte Brendan kaum merklich mit den schmalen Schultern. Das lag doch auf der Hand.

»Aber wenn ich sie feuere, sieht es dann nicht so aus, als hätte ich selber was auf dem Kerbholz? Ich meine, sie weiß, ich bin nicht ganz koscher. Schließlich habe ich nach der Geschichte mit Walter mit ihr gesprochen. Ich meine, ich frage mich: Gibt es etwas, womit ich sie ins Schleudern bringen könnte?«

Tuohey war groß und schlank. Er hatte ein schmales, aber freundliches Gesicht. Nach Robbies Bemerkung wirkte es ein wenig reserviert. Sein grauer Scheitel kam ins Bild, als er Feaver prüfend ansah.

»Das sind Fragen, die du dir meiner Meinung nach selbst stellen solltest, Robbie.«

»Na ja, ich dachte, es macht Ihnen auch Sorgen.«

»Sehe *ich* besorgt aus? Ein Mann sollte seine Probleme nicht auf dem Präsentierteller vor sich hertragen, Robbie.«

»Gut, Richter, wir beide haben nie über Dinge gesprochen, die –«

»Und damit sollten wir auch heute nicht anfangen.« Tuohey musterte ihn prüfend und stieß ein kurzes, zorniges Lachen aus. »Robbie, du bist aus dem Alter heraus, wo ich mich zu jeder Zeit um Morton und dich kümmern kann. Ich kann nicht mal eben im Polizeirevier anrufen und euch rausholen wie damals, als ihr mit vierzehn Sexmagazine geklaut habt.«

»Na ja, hier geht es nicht gerade um nackte Mädchen, Brendan. Das wissen Sie.«

»Wirklich? Also gut, heute keine nackten Mädchen. Aber woher soll ich das wissen, Robbie? Ich sitze dir ja nicht dauernd im Nacken. Das kann ich gar nicht. Du bist schon vor meinem Gericht erschienen. Du weißt, woran ich mich da zu halten habe. Wenn du etwas verbrochen und jetzt die Hosen voll hast, dann tut es mir Leid, Robbie, aber ich bin Richter und nicht Beichtvater. Wenn du anfängst, mir deine Sünden herunterzubeten, dann kann ich gar nicht anders, ich muss dich einkassieren. Aber Gott weiß, keiner von uns möchte das je erleben.« Tuohey thronte bei diesem mit der gebotenen Würde vorgetragenen Monolog aufrecht auf seinem Stuhl.

»Der legt ihn regelrecht aufs Kreuz«, ließ Sennett sich erschrocken hinter mir vernehmen. Dennoch war diese Vorstellung besser als eine bloße Weigerung, ihm zu helfen. Brendan war auf seine Weise ein Meister, ein Mensch, der einem nicht einmal ohne Hintergedanken Guten Morgen wünschte. Hinter jeder Bemerkung steckte eine verborgene Andeutung. Sie war sozusagen präpariert. Mit der Erläuterung seiner Position gab er Robbie durch die Blume zu verstehen, dass er ihn hängen lassen wollte.

»Jetzt muss er Nägel mit Köpfen machen«, forderte Sennett. »Los, raus damit, Robbie. ›Was meinen Sie mit: Sie wissen nicht, was ich tue‹?«

Aber Stan erging es wie den Sportfans, die im Lehnsessel vor dem Fernsehschirm den Coach spielen. Robbie sprach Tuohey jetzt wieder vertraulich mit dem Vornamen an, aber der Richter schüttelte nur heftig den Kopf. Er wollte kein Wort mehr hören. Milacki und Kosic hatten das Gespräch in entspannter Haltung verfolgt.

Sie wussten, dass Tuohey mit der Geschichte schon fertig werden würde. Jetzt schalteten sie sich ein. Milacki hob besänftigend die Hand. Alle schwiegen. Brendan Tuohey sah an sich herab und wischte Süßstoffreste von den Revers seines konventionellen Sonntagsanzugs.

»Robbie, für mich klingt das so, als müsstest du dir einen Anwalt besorgen«, sagte er. »Einen Mann, der über den Umgang mit Bundesbehörden Bescheid weiß. Vielleicht brauchst du seinen Rat.«

»Was sollte ich einem Anwalt denn erzählen, Brendan? Was soll ich ihm Ihrer Meinung nach sagen?«

Sennett hatte bei den Vorbereitungen zu dieser Begegnung Tuoheys Rolle übernommen und Robbie Wort für Wort eingetrichtert, was er zu sagen hatte. Aber Brendan blieb aalglatt.

»Was immer du willst, Robbie. Sag ihm, was er wissen muss.«

»Lieber Himmel, Brendan, verstehen Sie nicht? Sie hat eine ganze Menge mitbekommen.«

Man hörte ein kurzes, spöttisches Lachen. Es kam nicht von Tuohey, sondern von Kosic. Aus dem Augenwinkel warf er Robbie einen geringschätzigen Blick zu, während er umständlich seine Zigarette ausdrückte. Die anderen reagierten nicht weiter.

»Sie verstehen nicht, Richter. Ich mache mir eigentlich weniger Sorgen um mich als um Mort. Wenn sich jemand bei uns umsieht, könnte er sich so seine Gedanken über ihn machen.«

Die Erwähnung von Mort hatte nicht im Skript gestanden. Es konnte ein ernsthaftes Problem werden, wenn Tuohey mit seinem Neffen redete. Doch wie immer, wenn Robbie aus dem Stegreif agierte, lag er genau richtig. Er hatte den Richter auf dem falschen Fuß erwischt.

»Morton?«, fragte er.

»Sie kennen ihn ja. Immer vergesslich. Es hat da ein paar Dinge gegeben – ich meine, ich habe nicht vor, mit ihm über diesen Kram überhaupt zu reden. Ich habe auch noch kein Wort gesagt –«

»Kluge Idee, Robbie.«

»Aber da war etwas mit Sherm, Richter –«

»Nein!«, fiel Tuohey ihm ins Wort. Der Rüffel kam ganz leise, fast geflüstert, aber in einem scharfen Ton. Wie von einer strengen Gouvernante. »Nein, Robbie. Davon will ich nichts hören. Sprich mit deinem Anwalt. Das ist der richtige Weg. Hast du jemanden im Sinn?«

»Himmel, nein, ich meine, ich wollte nur mit Ihnen reden –«

»Überleg es dir, Robbie. Das muss gründlich bedacht werden.«

Tuoheys aufmerksamer Blick ruhte auf Robbie, der ein Repertoire hilfloser Gesten abspulte. Wie aus heiterem Himmel nannte Feaver plötzlich meinen Namen. Ich sei Anwalt, mein Büro liege ebenfalls im LeSueur Building, und ich überwiese seiner Kanzlei hin und wieder einen Fall. Tuohey senkte ein wenig den Kopf und überlegte pflichtschuldig. Er war nur noch am unteren Bildschirmrand zu sehen.

»Hervorragender Anwalt. Habe ihn erlebt, als er vor einigen Jahren Vorsitzender der Anwaltskammer war.«

Wie gewohnt hatte neben mir McManis die Szene wortlos und konzentriert verfolgt. Nach vorne gebeugt hatte er regungslos auf den Monitor gestarrt. Mit zunehmender Spannung hatte er begonnen, die Daumen zu drehen. Doch jetzt sah er mich über die Schulter an, zog die Augenbraue hoch und schnalzte mit der Zunge. Ich kam mir ein bisschen blöd vor. Tuoheys Behauptung, er würde mich gut kennen, war eher geschmeichelt. Ich war zweimal wegen einer Vermittlung mit ihm zusammengetroffen, und das war von ihm ausgegangen. Bei meinen Besuchen in Brendans riesigen Amtsräumen im Temple fühlte ich mich immer an päpstliche oder königliche Paläste erinnert – ein Raum nach dem anderen, ganze Fluchten, dazu zahllose über die Flure huschende Angstellte, die alle unbeirrbar und hingebungsvoll dem Manne dienten, der hier nur der »Vorsitzende« hieß. In den Büros mit Publikumsverkehr war er allgegenwärtig: Man sah hier Fotos von Tuohey mit verschiedenen Bedeutungsträgern, Richterhämmer, Erinnerungstafeln und gerahmte Urkunden. Das Büro, wo Tuohey seiner Arbeit nachging, war indes karg eingerichtet. Nur eine Justitia mit Waage schmückte das Bücherregal. Daneben hing ein naturalistisches Porträt von Jesus beim Handauflegen. Bei seinem ausgeprägten politischen Gespür wusste Tuohey, dass man, wenn man jemanden hervorhob – wer immer das sein mochte –, andere damit zurücksetzte.

»Sehr umsichtiger Mann. Der richtige Anwalt für einen Anwalt«, sagte Brendan jetzt über mich. »Aber unter den gegebenen Umständen –« Brendan fasste sich gedankenverloren ans Kinn, bevor er aussprach, was er sich längst überlegt hatte. »Ich glaube nicht, dass er wirklich meine erste Wahl wäre, wenn ich zu entscheiden hätte.«

»Tatsächlich?« Robbie stützte das Kinn auf die Hand und sah Brendan ergeben an.

»Stan Sennetts bester Mann.« Feaver zuckte fast unmerklich zusammen. Das hatte ich ihm wohl nicht richtig erklärt. Erstaunlich, was Tuohey sonst noch an wichtigen Details auf Lager hatte. »Bei Sennetts zweiter Ehe hat er ihm den Rücken gestärkt, wenn ich mich nicht irre. Sehr sensibel, denn das muss man bekanntlich sein, wenn man in so einer Lage Hilfestellung leisten will. Aber alles in allem, innerlich zu beteiligt, würde ich sagen.«

McManis ließ wieder seinen Blick zu mir schweifen und zwinkerte ironisch. Aber mir versetzte Tuoheys Beobachtung einen Stich. Innerlich zu beteiligt, dachte ich. Ich hatte nicht die Kraft, Stan anzusehen, obwohl ich sicher war, dass er sich im Moment auf nichts anderes konzentrierte als auf die kunstvollen Pirouetten, mit denen Tuohey sich uns immer mehr entwand.

»Ist natürlich deine Angelegenheit«, sagte Tuohey. »Man weiß ja nie. Aber ich an deiner Stelle würde mich an jemanden halten, der bekannt dafür ist, dass er den Behörden nichts schenkt. Mel Tooley. Kennst du den überhaupt? Absolut solider Mann, dieser Mel. Mach dich kundig über ihn. Ich nehme an, das, was du zu hören kriegst, wird dir gefallen.« Tatsächlich war Mel berühmt dafür, dass er niemals einen Mandanten über die Klinge springen ließ. »Wenn du mit Mel redest, wird er vielleicht sogar vorbeikommen und mit mir sprechen wollen.«

Damit schob Brendan seinen Stuhl zurück. Die Chrombeine machten ein metallisches Geräusch. Die Sitzung war beendet. Tuohey saß aufrecht und stolz da. Er wusste, er hatte mit seiner gewohnten Geschicklichkeit alle Klippen umtänzelt. Nijinskij wäre vor

Neid erblasst. Er stand auf, von Milacki und Kosic flankiert, und legte Robbie seine trockene Hand auf den Kragen, nicht ohne ihm noch einige goldene Worte auf den Weg mitzugeben.

»Mach dir keine Sorgen, Robbie. Dazu gibt es nicht den geringsten Anlass. Du bist der Typ, der auch in schwerem Wetter Kurs hält.« Tuohey unterstrich sein Kompliment mit einem kräftigen Kopfnicken und wandte sich um, seine beiden Gefolgsleute im Schlepptau. Kaum entfernte sich Tuohey, stöhnte Sennett erneut auf und fuhr sich mit den Händen durch die Haare. Nur selten ließ er sich zu einem Gefühlsausbruch auf Kosten seiner Frisur hinreißen.

»Mein Gott! Was für eine Schmierenkomödie! Robbie hätte dranbleiben sollen. Er *hatte* ihn doch schon.«

Ich wollte meinen Mandanten in Schutz nehmen, doch ganz gegen seine Gewohnheit fiel mir McManis ins Wort. Stans Ausbruch hatte er wie immer ungerührt zur Kenntnis genommen. Ein leichtes Kopfschütteln war seine einzige Reaktion.

»Nein, Stan, das glaube ich nicht. Er war nie wirklich nahe dran. Diese Burschen bewegen sich in einer Art Niemandsland. Über Evon wissen sie Bescheid. Aber was Robbie angeht, sind sie nicht sicher. Sie wollen ihn nicht von der Leine lassen oder ihm einen Grund geben, sich gegen sie zu wenden. Aber sie werden sich verdammt in Acht nehmen.«

Der Lieferwagen war inzwischen losgefahren. Heute saß Tex Clevenger am Steuer, ein anderer Undercover-Agent, eins achtzig groß und Ende zwanzig. Er spielte für McManis den Boten. Joe hatte so die Möglichkeit gehabt, seine Leute von draußen zu dirigieren. Tex fragte, ob es Anweisungen für Amari gebe, aber Stan beachtete ihn nicht. Er starb gerade tausend Tode.

»Es gibt einen Weg«, wandte er sich an Jim. Er hob die geballte Faust. Die Knöchel traten weiß hervor. »Es *gibt* ihn.«

2

Sie kamen nicht. Nicht, dass Evon das erwartet hätte. Sie hatte nie das Gefühl, in Gefahr zu sein. Jeden Morgen fuhr sie zusammen mit Shirley unter dem Schutz eines ganzen Geleitzugs von Observierungsfahrzeugen ins Büro. Binnen einer Woche kannten die beiden alle OGVs, wie die zivilen Dienstfahrzeuge der Polizei amtlich hießen. Dabei waren sie nichts anderes als normale Autos. Wenn Evon zur Arbeit ging, blieb eine Agentin oder ein Agent in ihrer dunklen Wohnung und las im Licht einer Taschenlampe Illustrierte. Nichts passierte.

Schließlich überließ McManis ihr eine Pistole. Sie konnte ja nicht unbewaffnet dasitzen und auf den bösen Feind warten. Die einzige Waffe, die er auf die Schnelle für sie auftreiben konnte, war eine 10-mm-Smith & Wesson, die kein Mensch, der nur halbwegs bei Verstand war, in die Hand nahm. Typisch D. C. – vernünftige Idee, schwache Ausführung. Nach dem gewaltsamen Tod von drei Agenten bei einer Schießerei in Miami verlangten die Leute, die beim Bureau das Sagen hatten, leichtere Munition mit größerer Durchschlagskraft und schnellerer Mannstoppwirkung. Also bastelte Smith & Wesson die Waffe genau nach Maß, doch heraus kam dabei eine Zimmerflak – Evon brauchte statt ihrer Handtasche einen ganzen Campingbeutel, um sie vor neugierigen Blicken zu verbergen –, und handhaben ließ sie sich auch schlecht. Daheim hatte sie eine enorm leistungsfähige S&W 5904, Kaliber 9 mm, Double-action-Halbautomatik. Das war eine Waffe.

Auf McManis' Drängen hatte sie nach dem Einbruch in ihr Apartment das Memorial-Day-Wochenende in Des Moines verbracht. Eigentlich hatte sie ihre Schwester in Denver besuchen wollen, doch Merrel, Roy und die Kids waren zum Angeln nach Vail in ihr neues Apartment gefahren. Und nachdem es an verlängerten Wochenenden ohnehin schwer war, einen Flug zu bekommen, hätte Evon wohl nicht länger als vierundzwanzig Stunden bei ihnen sein können. Also wurde sie diesmal wieder zu DeDe Kurzweil. Das Haus, das sie hier gemietet hatte, war dunkel und empfing sie mit einem penetranten Geruch. Vermutlich hatten Mäuse hier freie Bahn gehabt. Andererseits erinnerte sie der Geruch eher an ein Haus, das ein älterer Mensch mit einem Hund teilte. Sie erledigte ein paar Anrufe und folgte mit Sal Harney, einem anderen Agenten, einer Einladung zum Barbecue. Er hatte während ihrer Abwesenheit ihr Auto benutzt. Bevor er sie nach Hause fuhr, bat sie ihn, beim örtlichen FBI-Büro vorbeizufahren und ihr den Safe zu öffnen, damit sie ihre 5904er herausnehmen konnte. Nach dem Sonntagsgottesdienst fuhr sie zu einem Schießstand der Sportschützen und trainierte eine Stunde lang. Der Betreiber der Anlage und seine schmierigen Kumpel ließen sie dabei nicht aus den Augen. Diese Pistole konnte sie in ihrer Handtasche verstauen und bei McManis deponieren, wenn sie für Mort im Temple zu tun hatte.

Shirley war eine stets gut gelaunte, mütterliche Frau. Sie schlief auf dem Sofa. Abends erzählte sie Evon von ihren Kindern, wobei sie stets ein bisschen zu viel trank. Shirley trug einen eng anliegenden weißen Frotteebademantel, der ein wenig an eine Bandage erinnerte. Von den Ärmeln hingen lange Fransen herab. Sie hatte drei Kinder, zwei davon verheiratet. Das jüngste, ein Mädchen, war gerade ins College gekommen und dachte an eine Karriere beim Secret Service.

Robbie kam jetzt nur noch selten ins Büro. Erst einen Monat zuvor hatte er beschlossen, dies mit der Verschlechterung von Raineys Zustand zu begründen. Und als habe er ein böses Omen heraufbeschworen, war genau das eingetreten. Alf befürchtete, dass Gespräche über Feavers Privattelefon abgehört werden könnten, und so fuhr Evon zweimal täglich unter dem Vorwand zu ihm, Unterlagen bringen und holen zu müssen. In Wirklichkeit übermittelte sie ihm auf diesem Wege Nachrichten und Anweisungen von

McManis. Robbies Fähigkeit, Unangenehmes leichten Herzens zu verdrängen, war ihm offenbar seit dem Tod seiner Mutter völlig abhanden gekommen. Oft stellte Evon bei ihren Besuchen verwundert fest, dass er sich nicht einmal die Mühe gemacht hatte, sich zu rasieren. Eines Morgens erklärte er ihr sein Verhalten lakonisch so: »Wie sehr man sich auch einredet, man wisse, was kommt – es stimmt nicht.«

Einmal am Tag ging Evon zu Rainey hinauf, um ihr Guten Tag zu sagen. Es ging rapide abwärts mit ihr. Das Aufrechterhalten der Grundfunktionen raubte ihr alle Kraft. Nach jeder Mahlzeit schlief sie mindestens eine Stunde. Waschen, Anziehen und die Massagen erschöpften sie völlig. Dadurch konnte sie sich immer weniger auf ein Gespräch konzentrieren, Unterhaltungen mit Robbie ausgenommen. Der Sauerstoffapparat, der an einen kugelförmigen Staubsauger erinnerte, war auf ihrer Brust befestigt, um ihre Atmung zu unterstützen. Doch er fesselte sie auch ans Bett. Er zischte und gurgelte nervtötend wie ein Kind, das zu heftig mit seinem Strohhalm im Glas blubbert. Schlimmer noch war die Befürchtung des Arztes, dass Lorraine auf Grund ihrer Kohlendioxid-Werte aller Wahrscheinlichkeit nach in den nächsten vierzehn Tagen an ein Atemgerät angeschlossen werden müsse. Anderenfalls würde es den Beginn der ALS-Endphase bedeuten, nämlich ein langsames, qualvolles Ersticken. Robbie ersparte Evon die Details, doch seine Stimmung ließ vermuten, dass er Rainey nicht mehr mit demselben Nachdruck zum Durchhalten drängen würde.

Am Dienstag, den 8. Juni, hatte ich den Vorsitz beim jährlichen Wohltätigkeitsessen der Stiftung der Anwaltskammer von Kindle County, die ich während meiner Zeit als Vorsitzender ins Leben gerufen hatte. Manchmal fragte ich mich, ob dahinter nicht der Wunsch steckte, mir ein kleines Denkmal zu setzen – schließlich hat Mildtätigkeit doch immer auch etwas mit der Befriedigung des Ego zu tun. Als Anwalt habe ich mehr als einmal mit Sorge zusehen müssen, wie viele ohnehin schon unterfinanzierte Projekte in der Rechtspflege nach politischen Auseinandersetzungen noch einmal gekürzt wurden. Dennoch stellte ich mich jedes Jahr wieder zur Verfügung. Zwar konnte man nicht mehr so viel Gutes tun, wie eigentlich notwendig schien, aber das war immer noch besser, als gar nichts Gutes zu tun.

Bei diesem Anlass wurden Richter und Amtsträger, wie es in der Welt der Spendenbeschaffung heißt, »arrangiert« und so gesetzt, dass an jedem Tisch mit zahlenen Gästen einer saß, der sich im Namen der Wohltätigkeit bei potenziellen Sponsoren einschmeicheln konnte. Zu diesem und anderen schamlosen Zwecken hatten wir an die fünfhundert Leute im riesigen Ballsaal des Hotel Gresham versammelt. Der Ballsaal war eine Reminiszenz an das Goldene Zeitalter: Vergoldete griechische Säulen und die Stuckdecke im Stil einer Hochzeitstorte, ebenfalls in Blattgold eingelegt, spotteten gewissermaßen der Armut der Menschen, zu deren Linderung diese Veranstaltung schließlich beitragen sollte. Hieran wurden die Gäste zwischen zwei Gängen lediglich durch ein Videoband erinnert.

Die programmatische Rede hielt diesmal Manuel Escobedo, Richter am Obersten Gerichtshof. Nach fünf witzigen Minuten las er nur noch müde seinen vorbereiteten Text ab. Wie den meisten Rechtsvertretern, die ihre Auftritte vor Gericht liebten, fiel es auch ihm nicht leicht, das Podium wieder zu verlassen, nachdem er es erst einmal erklommen hatte. Fast zwei Uhr war es geworden, als der Richter schließlich zum Ende kam. Eine Phalanx aus dunklen Anzügen schob sich zu den Kassen, auf dass jeder seinen Obolus für das Mahl entrichte. Die Ersten drängelten schon zwischen den Marmorsäulen am hinteren Eingang des Saals, noch bevor der Applaus verebbt war. Anderswo fanden sich kleine Gruppen zusammen, die bereits vor dem Essen leutselig grinsend und schulterklopfend beieinander gestanden hatten. Am Ende noch ein rascher Blick, ein kurzes Kopfnicken zum einen oder anderen vergoldeten Sessel, bevor man sich hastig zum Ausgang bewegte. Ich sprang die wackeligen Stufen des Podiums herunter und winkte Cal Taft, dem derzeitigen Präsidenten, der gerade noch ein paar Worte zu dem gelungenen Ereignis sprach, einen Abschiedsgruß zu. Als ich mich umdrehte, stand Brendan Tuohey direkt hinter mir zwischen den

Tischen. Er unterhielt sich mit einigen Leuten, die ich nicht kannte. Doch er warf mir ein- oder zweimal einen Blick zu. Er hatte mich also bemerkt.

»George!«, rief er laut, als er wieder allein war. Er nahm meine Rechte und legte seine linke Hand darüber, um seinem Gruß Nachdruck zu verleihen. Es sei wunderbar, mich zu sehen, sagte er. »Ihr Jungs habt das hier wieder toll gemacht! Und für die Anwaltschaft ist es auch ein wunderbares Ereignis. Auf eurem Tun liegt Gottes Segen, George, und das macht uns alle stolz.«

Mein Argwohn muss sich wohl in meinem Gesicht widergespiegelt haben.

»Nein, nein. Gerade vor kurzem hat jemand von Ihnen geredet, als wüchsen Ihnen schon Engelsflügel. Und wer war das? Ein Anwalt, glaube ich, hat so etwas Nettes von Ihnen gesagt, dass ich fast vor Verlegenheit für Sie rot geworden wäre. Wie hieß er doch noch?« Tuohey war einmal ein gut aussehender Mann gewesen mit ebenmäßigen Gesichtszügen. Mit dem Alter waren sie faltig und verkniffen geworden. Über seinen hellen Augen lag ein Schatten, und die Zeit oder der Whiskey hatten seine Haut gegerbt. Auf den Wangen zeigten sich rosige Flecken, von feinen Adern durchzogen, und seine gestikulierenden Hände glichen welkem Laub. »Robbie Feaver!«, stieß Tuohey mit einem lauten Schnippen seiner langen, knochigen Finger aus, ein Geräusch, das mir ein ungutes Kribbeln in der Magengrube verursachte.

So, so, Robbie, sagte ich. Robbie.

»Er hält Sie für einen Übermenschen, George.«

Dann sollte ich wohl mein Honorar beim nächsten Fall, den ich Feaver vermittelte, auf mehr als nur ein Drittel festsetzen, witzelte ich.

Tuohey ließ ein verhaltenes, aber plump-vertrauliches Lachen hören. Hinter uns fingen Kellner und Hilfskellner schon an, den Saal aufzuräumen. Als Erstes zogen sie die gestärkten Tischdecken von den runden Sperrholztischen mit ihren Klappbeinen. Es lag schon eine Prise Ironie in der Tatsache, dass man hundert Dollar für ein Dinner an einem wurmstichigen Tisch mit wackeligen Beinen zahlte.

»Eine furchtbare Last, die der Junge zu tragen hat«, ließ Tuohey mich wissen und sein Blick verdüsterte sich. »Na ja, ich sage ›Junge‹. Aber wissen Sie, ich kenne ihn schon sein ganzes Leben lang. Natürlich ist er längst erwachsen, doch ich denke immer an ihn als Jungen. Er und mein Neffe sind Partner, wussten Sie das? Ich habe also so etwas wie ein verwandtschaftliches Interesse an ihm. Mache mir natürlich Sorgen. Dass ihm all das –« Tuohey schürzte die Lippen, bevor er weitersprach. »Er kam mir, würde ich sagen, etwas derangiert vor, als ich ihm letzten Dienstag über den Weg lief. Haben Sie ihn seitdem gesehen? Sieht er jetzt aus, als hätte er sich wieder gefangen?«

Ich war Brendan nicht gewachsen. Ich brauchte stets Zeit, um zu überlegen, bevor ich etwas sagte. Mit Tuoheys Tempo und seinen Tricks konnte ich nicht mithalten. Er setzte seine Nadelstiche wie ein erfahrener Akupunkteur. Sie waren kaum zu spüren. Wo ich mir den Kopf zerbrach und dies und jenes ins Kalkül zog, ließ sich Tuohey vor allem von seinem Instinkt lenken. Doch letztlich wurde mir klar, dass er auf meiner Seite stand, denn er hatte nichts von Mel Tooley gehört.

Mel war früher Stellvertretender Bundesanwalt und einer von Stans Lieblingen gewesen. Mittlerweile aber hasste ihn dieser wie den Satan höchstpersönlich und hätte ihn am liebsten in Acht und Bann getan. Nach seinem Ausscheiden aus dem Staatsdienst hatte die Gier auf einträgliche Honorare Mel zum Verteidiger genau jener arrivierten Mafiosi werden lassen, die er früher verfolgt hatte. Bei der Bundesanwaltschaft hatte es einen Aufruhr gegeben und langwierige, aber vergebliche Bemühungen, Mel aus den Verfahren hinauszuboxen. Stan hatte mit dem Gedanken gespielt, Robbie mit seinen verkabelten Stiefeln zu Mel zu schicken. Schließlich hatte Tuohey selbst Robbie Mel als Anwalt vorgeschlagen. Für das UCORC aber bestand kein ausreichender Verdacht auf ein mögliches Verbrechen, sodass einem Lauschangriff nicht zugestimmt worden war. Da Stan somit die Hände gebunden waren, hoffte er, dass Schweigen und Stillhalten Tuohey oder seine Lakaien dazu bringen würden, ihrerseits wieder Kontakt mit Robbie aufzunehmen. Doch offensichtlich war Brendan zu dem Schluss gekommen, dass Robbie trotz seiner Warnung bei mir um rechtlichen Beistand nachgesucht hatte.

Tuoheys Blick wanderte wie ein Suchscheinwerfer über mein Gesicht. Wollte er meine Schwäche taxieren oder mein Ehrgefühl? Allerdings war er sicher, dass ich ihn nie auf den Leim führen würde, sei es aus hochmoralischer Anständigkeit, sei es aus knieschlotternder Angst, mich mit dem allmächtigen Tuohey anzulegen. Nach erprobter Anwaltstaktik musste Brendans noch offene Frage kommentarlos im Raum stehen bleiben. Allerdings wusste ich, dass er wegen seines Misstrauens mir gegenüber zu dem Schluss kommen würde, nicht länger auf Robbie zählen zu können.

Und so zappelte ich in diesem großen alten Ballsaal mit seinen samtbezogenen Stühlen und den riesigen goldgeäderten Spiegeln wie eine Spinne, die sich im eigenen Netz verfangen hatte. Ich hätte mich unter dem Vorwand eines dringenden Termins entschuldigen und Stan die Schadensbegrenzung überlassen können. Aber ich hielt die Stellung. Es gab für mich zu viele Motive, als dass ich gewusst hätte, welche die entscheidenden waren – die Verpflichtung gegenüber meinem Mandanten gehörte dazu, aber auch mein Zorn und meine Verachtung für die Art und Weise, wie Brendan die Macht, die ihm das Gesetz verlieh, für seine privaten Interessen ausnutzte. Und genau auf diesen Zorn hatte Sennett lange Zeit klugerweise gesetzt. Wie auch immer, ich hatte stets das Gefühl, dass es mich reizte, das Schicksal herauszufordern. Trotz des Wissens, wo die Grenzen lagen, die ich mir selbst vor langer Zeit gesteckt hatte, überschritt ich sie. Ich war bereit, mir den Mann, der höchstwahrscheinlich sehr bald alle Gerichte im Kindle County unter sich haben würde, für den Rest meiner Tage zum Feind zu machen.

Ich sah Tuohey so ernst und ruhig an, wie ich konnte, und sagte, Robbie Feaver sei ein zäher Bursche, keiner, der anderen mit seinen Sorgen kam. Er sehe nicht, warum irgendwer seinetwegen einen Wirbel veranstalten sollte, sondern sei ein stoischer Mensch und ertrage, was immer ihm aufgebürdet würde.

Tuoheys von tiefen Falten umgebene helle Augen wirkten Vertrauen erweckend, als er mich ansah und meine Botschaft einzuschätzen versuchte.

»So, so«, sagte er langsam. »Er ist also okay?«

Dessen sei ich mir sicher, erwiderte ich, ohne zu zögern.

»Und Sie sagen mir Bescheid, wenn sich daran etwas ändert? Ich möchte helfen, wo immer ich kann.«

Zum Abschied schüttelte Tuohey mir wieder mit beiden Händen kräftig die Hand, überaus zufrieden mit mir und sich selbst und mit meiner Versicherung, dass Robbie nicht unterzukriegen sei. Wieder einmal hatte er eine bravouröse Vorstellung gegeben und herausbekommen, was er wissen wollte, ohne selbst etwas preiszugeben. Seine Bemerkung, Robbie komme ihm »derangiert« vor, ließ sich auch so interpretieren, dass er ein wenig an der Verlässlichkeit dessen zweifelte, was Robbie mir gegenüber geäußert hatte. Aber ich hatte mein Bestes getan, um den Eindruck zu vermitteln, Feaver habe mir eigentlich gar nichts gesagt.

»Das hätten Sie nicht tun müssen, George«, meinte Robbie, als ich ihm von meiner Unterredung mit Brendan erzählte. Wir saßen auf einem McDonald's-Parkplatz, nicht weit von seinem Haus entfernt, wo ich auf meinem Rückweg vom Büro angehalten hatte. Gemeinsam sahen wir den jungen Müttern zu, die unterwegs waren, um sich den Anforderungen des Abendessens für die Familie zu stellen. Robbie kannte die Tricks unseres Berufes nur zu genau und wusste von der schweren Last, die ich mir aufbürdete, falls Tuohey uns entkam.

Ich beruhigte ihn.

»Die volle Last«, antwortete er.

Sennett sollten wir besser nichts davon erzählen, meinte ich.

3

Am Freitagmittag fuhr Evon zu Feaver. Es ging um eine dringende Nachricht. Er war nicht auf Besuch eingestellt. Als er die Tür öffnete, sah sie Tränen in seinen Augen. Wie ein Kind trocknete er sie mit den Ärmeln seines Polohemds, während er zurück in die marmorne Eingangshalle trat, um sie hereinzulassen. Ihr erster Gedanke war, sofort wieder zu gehen, doch er hielt sie am Handgelenk fest. Offenbar sehnte er sich nach Gesellschaft.

»Wir haben uns unterhalten«, sagte er. »Ich meine, über Kinder, verstehen Sie?« Allein der kurze Blick aus seinen dunklen Augen schien schon ein Geheimnis zu verraten. Und das war auch der Fall. Evon begriff sogleich. Rainey musste ihm angedeutet haben, dass sie als Mutter andere Gründe zum Weiterleben hätte, als es jetzt der Fall war.

»Sie wissen ja – was bedauert man nicht alles im Leben?«, sagte er. »Tausende von Dingen. Aber an erster Stelle: keine Kinder zu haben.« Sie saßen auf dem breiten weißen Sofa im Wohnzimmer, wo Robbie im vergangenen Herbst zum ersten Mal den Beamten von der Steuerfahndung gegenübergesessen hatte. Für sie war es nicht der richtige Moment, Fragen zu stellen, aber Robbie redete wie immer weiter.

»Sie waren für uns immer ein Thema. Ich war für Kinder. Ich meine, ich hatte schon Angst, dabei genauso zu versagen wie mein Vater, aber, wissen Sie, ich wollte eine Chance, es besser zu machen. Aber Lorraine? Bei ihrer verrückten Kindheit? Und so wurde es gewissermaßen von einem Tag auf den anderen verschoben. Sie hatte ihren Job, und sie verdiente verdammt viel Geld damit. Dann war ich in Schwierigkeiten. Und ich machte Schwierigkeiten. Sie war es leid und war quasi ständig auf dem Sprung, mich zu verlassen. Und ich gelobte Besserung, aber ich besserte mich nicht. Und dann wollte sie mir eine Lektion erteilen. Ich begriff gar nicht, was die Nachricht bedeutete, mit der sie zu mir kam, das ist jetzt drei Jahre her, aber ich sagte zu ihr: Moment, stopp, wir waren doch gerade dabei, die Dinge auf die Reihe zu bringen. Ich glaube, wir hätten es auch geschafft, ganz bestimmt sogar. Seit wohl fünf Jahren war ich immer an Neujahr mit der verqueren Hoffnung ins Bett gefallen: Dieses Jahr klappt es, und sie wird schwanger.«

Sein Mund verzog sich zu einem Lächeln. »Bevor ihre Krankheit festgestellt wurde, haben wir immer öfter davon gesprochen. Wir haben dem Kind, das wir nicht hatten, sogar Namen gegeben. Ich meine, total verrückte Namen. Sparky, Flipper. Wir erfanden die komischsten Sachen für das Kind. Bitte, keine Pizza mit Oliven. Es mochte nämlich keine. Es war immer ein Mädchen, warum, weiß ich nicht. Und irgendwie war es vorhin noch genauso.« Er starrte vor sich auf den Teppich, und mit einem Mal erheiterte ihn ein komischer Gedanke. Er lachte kurz auf.

»Heute ist uns ein toller Name eingefallen. Ich sagte, ich hätte gerne einen netten jüdischen Namen. Wir waren gerade mit dem Buch fertig, das ihr wirklich sehr gefallen hat. Sie schaut mich also an und sagt ›Nancy Taylor Rosenberg‹. Damit haben wir dann weitergemacht, Nancy Taylor Rosenberg. Nancy Taylor Rosenberg braucht eine Sonnenbrille zum Schutz ihrer großen blauen Augen. Nancy Taylor Rosenberg gleicht ihrer Mutter aufs Haar. Lauter so verrückte Sachen. Nancy Taylor Rosenberg liebt Schokoladenplätzchen über alles, bekommt davon aber eine schreckliche Allergie. Wir haben uns im wahrsten Sinne des Wortes gekugelt. Der Bauch tat uns schon weh, aber wir haben es zwanzig Minuten lang durchgehalten. Also«, schloss er abrupt und klopfte sich auf die Schenkel. »Worum geht's?«

Sie sah ihn forschend an. Ob es angebracht war, gleich zum geschäftlichen Teil überzugehen? Er bedeutete ihr anzufangen. Sig Milacki habe heute Morgen angerufen und Robbie sprechen wollen. Das sei der Auftakt für den nächsten Schritt.

»Sig«, sagte er nur und betrachtete nachdenklich die Notiz, die sie ihm gab. Sie hatte auch die Abhöranlage mitgebracht. Sie war nicht größer als ein Hörgerät. Mit ihr konnte das gesamte Gespräch aufgezeichnet werden. Der Ohrstecker war zugleich mit einem winzigen Mikrofon ausgerüstet, das beides aufnehmen konnte, die Stimme des Anrufers und die des Angerufenen. Übertragen wurde das Ganze über Robbies Schädelknochen. Ein Kabel führte zu einem Recorder, den sie jetzt aus ihrer Aktentasche zog. Eigentlich hatte Alf die Geräte selbst installieren wollen, doch wie immer in letzter Zeit war die Gefahr zu groß, dass er beschattet wurde.

Über ein Zusatzgerät konnte Evon nun mithören, wie Milacki sich dem Telefon näherte und auf dem Weg noch seine Untergebenen abkanzelte.

Er nahm den Hörer ab. »Feaver!« Dann folgten seine Standardwitzchen und Anzüglichkeiten über Anwälte im Allgemeinen und im Besonderen. Seine Tochter, meinte Milacki, habe gerade ihr erstes Semester an der Law School hinter sich. »Ich beobachte sie genau«, vertraute er Robbie an, »um zu sehen, wann sich bei ihr das zweite Gesicht entwickelt.«

»Sie können mich mal, Sig.«

»Wäre danach der tollste Arsch, den Sie je gehabt haben«, platzte Milacki heraus, begleitet von einem rauen Lachen. Der Satz gefiel ihm so gut, dass er ihn mehrmals wiederholte. Dann kam er auf den Grund seines Anrufs zu sprechen. »Wollte mal wieder Ihre Visage sehen. Vielleicht könnten wir uns auf einen Drink treffen. Wäre sechs Uhr recht in dieser Yuppie-Duppie-Kneipe mit den Sechs-Dollar-Mollen?«

Robbie wollte gern noch einen Hinweis haben, worum es bei diesem Treffen gehen sollte, aber auf seine Frage röhrte Milacki los, als habe Robbie einen weiteren Witz gemacht, und beendete damit unvermittelt das Gespräch.

Um fünf nach sechs schlenderte Robbie ins Attitude, wie schon an so vielen Freitagabenden zuvor. Ob es an der vertrauten Atmosphäre lag oder an seiner schauspielerischen Begabung, jedenfalls sah er entschieden besser aus als seit Tagen. Er trug einen italienischen Kammgarnanzug, sein dichtes Haar war frisch geföhnt, und wie immer umgab ihn eine üppige Wolke seines Eau de Cologne.

Für Klecker war es ein technischer Alptraum, mitten im Kneipengetöse eines Freitagabends einen brauchbaren Mitschnitt einer Unterhaltung zu Stande zu bekommen. Daher hatte Alf drei Mitglieder seines Observierungsteams mit Richtmikrofonen ausgestattet, in der Hoffnung, dass sie nahe genug an Robbie herankamen und so einen besseren Ton einfingen. Um das Problem noch zu verschärfen, wollten Klecker und Sennett auch auf Kameras nicht verzichten. In dem Gewühl in so einer Bar war es wenig wahrscheinlich, dass man ein stabiles Bild erhielt, und in der vorausgegangenen Besprechung bei McManis hatte Feaver gesagt, er werde sich die Schulter verrenken, wenn er eine Stunde lang an der Bar stehen und die schwere Aktentasche mit der Videokamera in der Hand halten müsse. Also hatte Klecker schließlich eine Agentin aus seiner Truppe mit Tasche und Kamera und mit dem Auftrag losgeschickt, sich einen Tisch auf der Galerie mit freiem Blick auf die gesamte Szene für ihr Weitwinkelobjektiv zu suchen. Unten in der Bar mischten sich drei Agenten asiatischer Abstammung mit einer zweiten Kamera unters Volk, nämlich zwei Japaner und ein Koreaner, die Amari kurzfristig angefordert hatte. Nach Kleckers Plan sollten sie ein glückliches Touristen-Trio spielen, das seine Videokamera von Hand zu Hand wandern ließ und alles aufnahm, was rundum passierte. Zwar sprach nur einer der Agenten eine andere Sprache als Englisch, doch der krähte dafür umso lauter, was die beiden anderen mit Lachen und Verbeugungen quittierten. Somit entsprachen die drei auf vollkommene Weise dem amerikanischen Klischee von Asiaten.

Um die Batterien zu schonen, wurden die Kameras natürlich erst eingeschaltet, als Robbie die Bar betrat. Im Lieferwagen wartete man wie üblich auf die Stunde der Wahrheit, die zeigen würde, ob das Ganze überhaupt funktionierte. Im hinteren Teil des Wagens war es enger denn je. Dort sah es jetzt aus wie in einem kompletten Fernsehstudio. Klecker hatte die Gerätepyramide um zwei zusätzliche Monitore sowie um drei weitere Tonempfänger aufgestockt. Tex Clevenger, der in der Army als Tontechniker gedient hatte, assistierte Alf bei der Frequenzeinstellung. Sennett, McManis und ich konnten kaum die Ellbogen bewegen.

Am Steuer saß Shirley, auf dem Beifahrersitz Evon. Wie wir trug auch sie Kopfhörer. Doch sie hörte nur auf einem Ohr. Das andere war schon von dem Infrarot-Empfänger besetzt, der unter ihrem Haar versteckt war. Robbies Auftrag an diesem Abend war eindeutig: Er sollte mit allen Mitteln versuchen, ein neues Treffen mit Brendan zu Stande zu bringen. Da Sennett und MacManis Feavers verzweifelter Bitte um weiteren Rat von Tuohey größere Dringlichkeit verleihen wollten, hatten sie ein Szenario ausgearbeitet, in dem auch Evon eine Rolle zufiel. Ob diese zum Tragen kam, hing davon ab, wie lange Robbies Aufenthalt in der Bar dauern würde und was Milacki von ihm wollte. In dem Punkt tappten sie noch völlig im Dunkeln.

Nach dem Krach zu schließen, der ihnen in die Ohren drang, musste im Attitude die Hölle los sein. Die Menge drängte sich schon bis zur Tür und platzte schier vor Lebenslust. Sie hatten alle mal wieder eine Woche überlebt, hatten alle ihr Fett abgekriegt und wollten jetzt das Beste daraus machen. Alf schaltete von Kanal zu Kanal, um den besten Empfang zu suchen. Während die Receiver eingestellt wurden, war fast ausschließlich ein unverständliches Geschnatter zu hören. Einer der mit Mikrofonen ausgestatteten Agenten hatte Milacki bereits entdeckt und stellte sich mit seinem Drink in der Hand neben ihn. Der zweite kam direkt hinter Robbie zur Tür herein.

Kaum war die hohe Glastür hinter Robbie zugefallen, zwängte sich schon eine Frau, die Robbie aus ihrer Zeit als Sekretärin bei Feaver & Dinnerstein kannte, zu ihm durch und begrüßte ihn. Carla. Wir hatten sie voll im Bild, das die Kamera unserer drei »Touristen« lieferte. Carla rauchte. Fast hätte sie vergessen, die Zigarette aus dem Mund zu nehmen, als sie Robbie auf die Lippen küsste. Sie war auf eine normale Art hübsch und etwa in Robbies Alter. Sie fasste Robbie am Oberarm und fragte nach Mort. Dann erzählte sie von ihren beiden Söhnen, die gerade bei den Marines seien. Ihr glattes blondes Haar, gelegt und kräftig gesprayt, ergoss sich wie ein breiter Strom über die Schultern. Während sie redeten, kaute sie abwesend auf den Spitzen herum.

»Wir sehen uns noch, Honey«, sagte Robbie schließlich. »Ich habe eine Verabredung.«

»So geht das immer. Alle Welt ist ständig auf Trab. Ich sitze drüben am Fenster mit Rick und Kitty.«

Er deutete einen unverbindlichen Kuss an und arbeitete sich zu Milacki durch, der in zweiter Reihe an der Bar stand. Einen Finger im Ohr, schrie er etwas in sein Handy und stauchte offenbar einen seiner Mitarbeiter zusammen. Als Robbie neben ihm auftauchte, zeigte er auf sein Telefon und formte mit den Lippen einen stummen Fluch auf die Person am anderen Ende der Leitung.

Im Lieferwagen bedeutete uns Alf, auf Kanal 3 umzuschalten. Der Empfang über das Mikrofon in der Aktentasche des Agenten neben Milacki war entschieden besser als der Ton von Robbies Fox-BIte.

»Hören Sie mal«, sagte Milacki nach der Begrüßung und ergriff Robbies Arm. »Im Gericht haben wir vielleicht gerade ein Ding erlebt. Ich schwöre, ich hätte mir vor Lachen fast in die Hose gemacht. So ein Makkaroni mit so komischen Streifen aus Alufolie in den Haaren – Sie wissen schon, gegen unheimliche Signale aus dem Weltall und so –, so ein überspannter Typ kommt also an und marschiert schnurstracks durch den Metalldetektor. Ringedingding, da klingelt und blitzt es wie ein Flipper beim Superscore. Unsere Leute führen ihn zur Wand und filzen ihn. Hier«, sagte Milacki, »ich zeige es Ihnen. Heben Sie mal die Arme.«

Auf dem zweiten Monitor sahen wir, wie Milacki die Hände ausstreckte und Robbie abtasten wollte.

»Ach, du Scheiße«, sagte McManis. Er wollte aufstehen, dachte nicht an den Sicherheitsgurt und wurde prompt zurückgerissen. Er ließ ihn aufschnappen und schob den Kopf näher an den Monitor heran. Robbies Zögern war unverkennbar. Fast im selben Augenblick tippte McManis Evon auf die Schulter und sagte, sie solle hineingehen. Mit einem Blick in den Seitenspiegel überzeugte sie sich, dass die Luft rein war, und sprang mit einem Satz aus dem Wagen.

»Was ist denn los?«, hörten wir Milacki fragen. »Kitzlig?«

»Sehr.«

»Zier dich nicht, Roberta. Ich werde dich schon nicht zwicken. Das ist zum Schreien komisch!« Er warf den Kopf in den Nacken und grinste noch immer. Doch selbst auf dem Schwarzweiß-Bild sah man, dass sein Gesicht ziemlich rot sein musste, eine hochgradig ungesunde Röte. Vor Jahren war er mal aschblond gewesen, aber jetzt waren die pomadisierten Haarsträhnen fast durchweg grau.

Robbie hob unentschlossen die Arme, wie ein Verdächtiger, der nicht genau weiß, ob er sich ergeben soll.

»Ich habe bei Zegna zwei Riesen für diesen Anzug hingeblättert, Milacki. Sie sollten sich erst die Hände waschen.«

»Stimmt, ein schönes Stück. Sie fangen also an« – er filzte Robbie von den Schuhspitzen nach oben und klopfte ihn ab – »und, Himmel noch mal, hat dieser Macker da drin doch eine Salami, fast einen Meter lang und in Folie verpackt.« Er griff in Robbies Jacke und tastete die Achselhöhle ab. »Können Sie sich das vorstellen? Wir mussten alle derart lachen, dass es uns fast umgehauen hätte.«

Es folgte eine Pause, in der keiner von uns im Wagen auch nur zu atmen wagte.

»Wo hat er es?«, fragte Sennett ruhig.

Heute hatte Evon bei Robbies Präparierung mitgewirkt, aber McManis meinte nur, seit Robbie seine neuen Stiefel habe, trage er das FoxBIte immer an einem kleinen Halfter im Schaft.

»Und das Kabel? Kann er es überhaupt übersehen?«, fragte Sennett.

Es laufe unter einem Klebestreifen an der Innennaht der Hose nach oben, sagte McManis. Es wäre schon möglich. Tatsächlich hatte Milacki bis jetzt noch nicht innegehalten oder die eine oder andere Stelle nachgecheckt. Jetzt legte er einen Arm auf Robbies Schulter, tastete ihm den Rücken ab und lachte dazu sein nervtötendes Lachen. Robbie, wieder voll im Bild, zuckte nicht mit der

Wimper, nicht einmal als Milacki ihm einen fröhlichen Klaps aufs Hinterteil gab.

Als es dann überstanden schien, erklärte Robbie uns später, sei ihm nur eine passende Reaktion eingefallen: ein Wutausbruch. Er griff nach den Revers seiner Jacke, rückte sie auf den Schultern zurecht und stieß dann den Zeigefinger in Milackis Richtung.

»Wieso haben Sie denn keinen dieser beschissenen Metalldetektoren mitgebracht, Sig?«

Der Cop versuchte es gar nicht erst mit einer Ausrede. »Vorsicht ist besser als Nachsicht, mein Bester. So sind nun mal die Zeiten. Ihre Kleine hat alle ein bisschen nervös gemacht, und das hat wohl auf Sie abgefärbt. Ein paar Leute machen sich jedenfalls Gedanken über Sie. Meinen, dass Sie ein bisschen durch den Wind sind.« Wahrscheinlich meinte er Crowthers und Walter. Auch das war keine besonders gute Nachricht.

Robbie blieb in seiner Rolle. »Tatsächlich?«

»Ja, so heißt es. Ist genau wie bei Minnie Mouse, als sie dem Richter sagt, warum sie sich von Mickey Mouse scheiden lassen will. Kennen Sie die Geschichte? Sagt, sie muss von ihm weg, weil er Goofy gebumst hat.« Milacki, einen Kopf größer als Robbie, sah sich um und merkte, dass er mit seiner Art von Humor nirgends ankam. Doch das hielt ihn nicht davon ab, Robbie auf die Schulter zu schlagen und loszuröhren.

»Ich habe zu Hause so einiges am Hals, Sig.«

»Ach, Scheiße. Keine, die Sie liebt?« Milacki legte seine mächtige rote Pranke auf Robbies Nacken und schüttelte ihn, als wolle er ihn so aufheitern. »Jemand da drüben an der Bar möchte mit Ihnen reden.«

McManis neben mir fasste sich ans Herz. Sennett beugte sich über den oberen Monitor, der das ganze Panorama zeigte. Robbie drängte sich durch die fröhliche Menge ans Ende der Bar durch. Er schien zu wissen, wer auf ihn wartete.

»Tuohey«, flüsterte Sennett. »Mach, dass es Tuohey ist.«

»Kosic«, sagte Alf, stand für einen Moment auf und tippte auf den Bildschirm. Am äußersten Ende der Bar unterhalb der Empore mit dem weißen Piano stand wieder Rollo. Der Agent, der Kosic seit Wochen nicht von den Fersen gewichen war, hatte ihn dort bereits entdeckt und auf einem Hocker direkt neben ihm einen Platz gefunden. Der Pianist, ein anderer als beim letzten Mal, sang und spielte einen Schmachtfetzen à la Tony Bennett. Die Musik überlagerte alles, was über die verschiedenen Kanäle zu ihnen übertragen wurde. Alf fuhr die Frequenzbänder knurrend hinauf und hinunter, aber viel brachte das nicht. Er sprach aus, was wir alle wussten: Diese Burschen waren mit allen Wassern gewaschen.

Das asiatische Agententrio hatte offenbar beim Durchqueren der Bar mit Robbie Schritt halten können, denn plötzlich hatten wir ein klares Bild von Kosic auf dem unteren Monitor. Rollo war gerade bei seinem dritten Old Fashioned. Die Gläser standen aufgereiht vor ihm, zwei davon leer bis auf die Maraschinokirschen, die ihre Stängel wie Hilfe suchende Arme in die Höhe reckten, während die Früchte selbst in den schmelzenden Eiswürfeln versanken. Als Feaver ankam und Kosic begrüßte, nahm der Agent auf dem Hocker neben Rollo hastig sein Glas in die Hand und stand auf, damit sich Feaver auf den Sitz mit dem mattierten, im Boden verschraubten Metallbein niederlassen konnte. Feavers erste Worte gingen im gerade ausklingenden Applaus für »Three Coins in the Fountain« unter, aber man sah, dass er bei seinen an Kosic gerichteten Worten mit einem Pokerface in den Spiegel an der Rückwand der Bar schaute. Als seine Stimme wieder zu hören war, berichtete er gerade indigniert von seiner Begegnung mit Milacki.

»Ja, wir haben uns ein bisschen beschnüffelt, Sig und ich. Ein Schuss in den Ofen. Hatte den Eindruck, er erwartet, dass mir gleich einer abgeht.«

Genau wie beim letzten Mal verzog Kosic keine Miene. Er trug eine Windjacke und streckte den Arm nach Lutese aus, den Zeigefinger nach unten gebogen, um den verstümmelten Nagel zu verbergen. Wortlos orderte er so einen neuen Drink. Dann zog er einen Kuli aus der Tasche und kritzelte etwas auf die Cocktailserviette, die als Untersatz diente.

»Sie wissen, ich schätze Sie, Rollo«, meinte Robbie, »schließlich hat mich meine Mama gut erzogen. Okay, mag sein, ich bin zurzeit ein bisschen von der Rolle. Ich brauche keine Schulter, um mich daran auszuweinen, aber ich habe derzeit schon mein Päckchen zu tragen. Und eines will ich Ihnen bei allem, was zwischen uns schon abgelaufen ist, sagen: Ich habe es nicht verdient, dass man mich wie einen Aussätzigen behandelt.« Fast als befürchte er, man wolle ihn vergiften, beobachtete Kosic gespannt, wie Lutese den Angostura in den Shaker spritzte, schüttelte, den Bourbon-Cocktail in ein neues Glas goss und die Kirsche hineinfallen ließ. »Richten Sie das Brendan aus.«

Kosic wollte gerade nach seinem Glas greifen, da zuckte er zusammen wie ein orthodoxer Jude bei der Erwähnung des Namens »Jehova«.

Lutese war noch stehen geblieben und wartete auf Robbies Bestellung. Sie hatte sich das Haar komplett abschneiden lassen. Nur hier und da war der Schere ein kleines Büschel auf der dunklen Kopfhaut entgangen. »Irgendwie schon radikal«, gab sie zu. Bei einer Größe von fast eins achtzig wirkte sie jetzt noch umwerfender mit ihren in Kaskaden herabhängenden Ohrringen, die den Prismen eines Kristalllüsters glichen.

Schweigend hatte Kosic das gewohnte Ritual zwischen Robbie und der Barfrau verfolgt. Plötzlich aber drehte er sich zum Barraum um. Unter seinem Kinn mit den grauen Barthaaren, die sein Alter am deutlichsten verrieten, hüpfte der Adamsapfel ein paar Mal auf und ab. Dann stieß er Feaver mit dem Ellbogen an.

Etwa einen Meter hinter ihnen stand Evon mit einem Glas in der Hand und alberte mit dem Agenten herum, der Robbie gerade seinen Hocker überlassen hatte.

»So ein Mist«, sagte Robbie, als er sich nach ihr umdrehte. »Die hat mir gerade noch gefehlt. Die reißt mir die Eier einzeln aus. Hölle, wo ist dein Schrecken? Die ist so was von geladen, weil ich ihr mit einer Frist von zwei Wochen gekündigt habe.«

Jetzt war zum ersten Mal Kosics Stimme zu hören. »Von zwei Wochen?«

»Genau. Wie ich gesagt habe. Es soll ganz normal aussehen. Ich habe gesagt, ich packe es nicht – wegen Rainey. Aber das akzeptiert sie einfach nicht. Im Büro lässt sie mich nicht in Ruhe. Und auch draußen bleibt sie mir dauernd auf den Fersen. Am Ende kommt sie mir noch mit einer Klage«, sagte Robbie. »Das spüre ich wie mein Großvater einen Wetterwechsel im Kreuz.«

Kosic beobachtete Evon im Spiegel. Sein Blick war so kalt wie der einer Katze. Dann wandte er sich wieder seinen Kritzeleien zu. Evon war ganz nach Plan aufgefallen und zog sich jetzt auf eine sicherere Entfernung zurück, während Robbie weiter über seine Probleme mit ihr klagte.

»Wissen Sie, Rollo, ich frage mich ja selbst: Was, zum Teufel, tue ich da eigentlich? Vielleicht ist das ja nicht der richtige Weg, und ich mache sie mir zur Feindin. Vielleicht schieße ich mir selbst ins Knie, wenn ich sie gehen lasse. Vielleicht lag mein Onkel falsch, als er mir riet, sie zu feuern. Ich sollte besser noch einmal mit ihm darüber reden.«

Wie immer konnte man auch jetzt nicht sicher sein, ob Kosic Feavers Bemerkung überhaupt verstanden hatte. Er malte weiter vor sich hin, drehte sich dann wieder um und sah über Robbies Schulter in das Gewimmel. Männer und Frauen schoben sich aneinander vorbei, tranken und hielten ihre Zigaretten in der hochgereckten Hand, um nicht versehentlich jemanden zu versengen. Auf dem Monitor war jetzt zu erkennen, dass Rollo, ohne eine Miene in seinem verkniffenen Gesicht zu verziehen, direkt zu den drei Agenten und ihrer Kamera hinübersah. Später sah man auf dem Band, dass er, indem er sich umwandte, Robbie die vollgekritzelte Serviette zuschob. Robbie erklärte uns später, Kosic habe ihn darauf aufmerksam gemacht, indem er ein paar Mal mit dem Finger mit dem schlimmen Nagel auf die Theke geklopft hatte. Zwischen ein paar geometrischen Figuren waren Wörter verstreut. In den beiden oberen Zeilen stand in kursiver Schrift:

ZWEIFELSFREI FBI.

SOFORT LOSWERDEN!

Darunter:

KEIN WORT DARÜBER ZU IRGENDWEM. AUCH NICHT ZU MASON.

Als wir uns das Band später ansahen, bemerkten wir, wie Rollo Robbie einen flüchtigen Blick zuwarf, um sicherzugehen, dass seine Botschaft auch angekommen war. Dann nahm er die Serviette wieder an sich, zerknüllte sie und schob sie in die Hosentasche.

»Holla«, sagte Robbie schließlich. Er hielt sich an der Theke fest. »So eine Scheiße. Sind Sie sicher?« Kosics Blick wanderte nach oben zum Piano. »Wer hat mir die geschickt, Rollo? Warum ausgerechnet mir? Kann mir das jemand mal sagen?«

Kosic hob den schlimmen Finger an die Lippen – zu nachdrücklich für eine beiläufige Geste.

»Scheiß drauf, Rollo. Ich mach mir schon nicht in die Hosen. Helfen Sie mir weiter. Warum ist sie hier? Woher wissen Sie das alles? Ich habe nur gehört, dass sie hinter Versicherungsbetrügern her sind. Die Unfälle vortäuschen und dann Schadensersatz oder so was einklagen. Ein Kollege, mit dem ich mal darüber gesprochen habe, meint, das ist es. Okay? Passt das?«

Kosic warf ihm seinen tödlichsten Blick zu, pickte dann die vier Kirschen aus den Gläsern und ließ sie alle zusammen in den Mund fallen. Er stand schon hinter seinem Hocker, während er noch kaute. Robbie hielt Kosic mit zwei Fingern am Ärmel fest.

»Hören Sie, Rollo, ich bin es, der da draußen den Kopf hinhält. Das geht auch in Ordnung so, bin ja dick im Geschäft. Aber ich sitze in der Scheiße, wenn man mich nicht anständig behandelt. Wenn einer mir etwas im Vertrauen sagen möchte, dann will ich es von dem hören, der die Musik macht, und nicht von dem, der dazu tanzt. Das können Sie Brendan auch noch ausrichten.«

Kosic kaute fertig. Er hob sein Gesicht zuerst in die verräucherte Luft und wandte es dann Feaver zu, bevor er aufbrach. Es sah fast aus, als wolle er ihm ein letztes Wort zuflüstern, dann aber packte er Robbie nur an der Krawatte. Feaver fuhr überrascht zurück und verrenkte sich fast die Arme, als er sich an das glatte Mahagonigeländer klammerte, das den Granittresen einfasste. Zunächst war nicht auszumachen, was genau dort passierte. Beim späteren Betrachten des Videobands aber war zu erkennen, dass Rollo in dem Moment, als er Robbie am Schlips vom Hocker hochzog, mit der anderen Hand Robbie in die Genitalien gegriffen hatte. Nach Robbies Aussage hatte Kosic den Penis und einen Hoden zu packen bekommen, sie ausgiebig gequetscht und ihm schließlich mit seiner hohen Weiberstimme etwas zugeflüstert. Bei dem herrschenden Krach war es für das FoxBIte zu leise gewesen, aber Robbie hatte es gehört und dazu auch Kosics fieses Grinsen gesehen.

»Für Sie bin ich der Einzige, der hier Musik macht«, hatte Kosic gesagt.

4

Evon ahnte nicht, was auf sie zukommen sollte.

Nach dem Gastspiel im Attitude saßen sie in McManis' Konferenzraum. Jim sprach die Einsätze mit Feaver und dem Observierungsteam durch. Sie spielten die Bänder ab. Des Öfteren wurden entscheidende Stellen vom rauen Lachen der Gäste oder vom Klavier übertönt. Außerdem hatten die Richtmikrofone gelegentlich die seltsamtsten Bemerkungen eingefangen, die völlig aus dem Zusammenhang gerissen wirkten. Jemand beklagte sich bitter über Clintons Pläne für eine Steuererhöhung. An anderer Stelle wurde offenbar eine Insiderinformation über die finanzielle Schieflage einer Aktiengesellschaft weitergegeben. Das Abhören der Bänder dauerte mehr als anderthalb Stunden.

Mit den für die Observierung abgestellten Agenten war die Kerngruppe inzwischen fünfzehn Personen stark – weit mehr, als Stühle im Raum waren. Da keiner von ihnen zu Abend gegessen hatte, machten Popcorn und Chips die Runde. Wie immer wollte jeder erst einmal wissen, wie es weiterging. Sennett sprach noch immer von einem neuerlichen Lauschangriff auf Tuohey.

»Aber erst wenn Sie etwas haben, das Sie mir da unten hintransplantieren können«, erwiderte Robbie, von einem Riesengelächter begleitet. »Kosic wird ihn mir abreißen, Stan, wenn ich das nächste Mal Brendans Namen in den Mund nehme.«

Sennett warf einen fragenden Blick auf McManis. Nach Jims Meinung hatten sie keine Chance, an Tuohey heranzukommen.

»Sie schreiben Zettel, weil sie Angst haben zu reden.«

»Aber sie haben Robbie gefilzt und nichts gefunden. Das muss ihr Vertrauen in ihn erhöhen.«

»Nicht mal so viel, Stan. Solche Typen wissen, dass sie niemandem trauen können. Über Evon haben sie Robbie nur informiert, weil sie verhindern wollen, dass er noch tiefer in den Schlamassel gerät. Aber sie wissen, dass er eine Zeitbombe ist – dass ihn das FBI über kurz oder lang am Wickel hat, und dann ist die Sache gegessen. Wir können alle möglichen Szenarios mit Tuohey durchspielen. Und dann können wir ihm noch so viele Kassetten vorspielen, wenn er auf der Anklagebank sitzt. Der geht Robbie nie auf den Leim.«

»Sie werden es alle«, gab Sennett zurück. »Man muss nur die richtige Leimrute auslegen, dann sitzen sie *alle* fest.« Er funkelte mich an. Das waren typische Anklägersprüche, die einem Verteidiger besser nicht zu Ohren kamen.

Jim riet, auf einen Frontalangriff zu verzichten. Brendan war am besten von den Flanken her zu attackieren. Sie mussten darauf hoffen, dass jemand sich gegen ihn wandte. Einem wie Kosic oder Milacki könnte es gelingen, Tuohey auf dem falschen Fuß zu erwischen. Diese Chance wäre vertan, wenn sie weiter Robbie vorschickten.

Jims Überlegungen machten durchaus Sinn und schienen jeden zu überzeugen. Aber Stan wollte nicht aufgeben. Dieser geborene Intrigant empfand die größte Befriedigung, wenn er aus dem Showdown als Sieger hervorging. Und am meisten brannte er darauf, in einem Duell Mann gegen Mann über Brendan zu triumphieren.

Kurz vor dem Ende ihrer Auseinandersetzung gingen die beiden nach draußen. Als sie wieder hereinkamen, winkte McManis Evon in sein Büro. Sie ahnte noch immer nicht, was jetzt auf sie zukam.

»Wir ziehen Sie ab«, sagte er. »Es ist vorbei.« Mit einem Schlag fühlte sie sich so leer wie eines dieser Ostereier, die sie als Kinder ausgeblasen hatten, um sie dann zu bemalen. Und genauso zerbrechlich. Genauso hohl.

»Weil Sie sich fragen, was Kosic gemeint haben könnte, als er sagte, Robbie soll mich loswerden?«

»Die entsprechende Antwort wollen wir gar nicht erst abwarten.

Aber das ist auch nicht das Problem. Sie sind als Agentin enttarnt, und sie gehen davon aus, dass auch Robbie das weiß. Kommenden Montag muss er Sie entlassen. Für die Undercover-Agentin Evon Miller gibt es nichts mehr zu tun.«

»Wie steht Sennett dazu?«

»Das ist nicht Sennetts Sache. Aber er sieht es ein.«

»Vielleicht könnte ich trotzdem in der Stadt bleiben? Vielleicht machen sie ja den nächsten Zug.«

»Nein«, sagte er. »Ich gehe mit Ihnen kein Risiko ein. Für die Operation werden Sie nicht mehr gebraucht. Am nächsten Montag heißt es *Adios*.«

Sie war am Boden zerstört. Es gab kein Zurück.

»Fahren Sie nach Hause«, sagte er. »Besuchen Sie Ihre Familie. In den letzten Monaten haben Sie eine Menge Urlaub angespart. Wahrscheinlich holen wir Sie wieder, wenn wir die Bombe zünden. Das Große Finale sollen Sie nicht verpassen. Aber im Moment will ich Sie aus der Schusslinie haben. Das ist ein Befehl.« Er sah ihr an, wie sehr sie das mitnahm und wie ungeschickt er es ihr beigebracht hatte. »Ich hatte es Ihnen gesagt«, meinte er. »Das hier wird kein Spaziergang. Das ganze Unternehmen. Vom Start bis zum Ziel. Es geht über Stock und Stein.«

Jim öffnete ihr die Tür. Draußen wartete Sennett, und sie hoffte, er würde weiter mit McManis diskutieren, doch stattdessen ergriff er ihre Hand. Er fand die richtigen Worte. Und er meinte auch, was er sagte, soweit sie das beurteilen konnte. Außergewöhnliche Leistung, hörte sie ihn sagen. Mut habe sie mehr als einmal gezeigt. Ein Dienst am Vaterland sei es gewesen.

»Die Menschen hier werden nie wissen, wie sehr sie in Ihrer Schuld stehen, DeDe. Sie haben Ihren Job großartig gemacht. Alle im Bureau sind stolz auf Sie. Und mir war es eine Ehre, mit Ihnen zusammenzuarbeiten.«

Von Stan hieß es, er könne ebenso gut im Morast wühlen wie nach den Sternen greifen. McManis' Entschluss mochte ihn verbittern, doch in den Worten, die er an sie richtete, schlug sich das nicht nieder. Er sah sie mit dunklen, glänzenden Augen an. In den sonderbarsten Momenten erkannte man, was diesem Mann wirklich wichtig war. Sie hatte das Gefühl, eine zweite olympische Medaille verliehen bekommen zu haben.

Dann gingen die drei in den Konferenzraum zurück und verkündeten, dass Evon abgezogen würde. Die fünfzehn Versammelten standen auf und applaudierten. Klecker blies eine leere Chipstüte auf und ließ sie platzen, und alle umarmten Evon oder klopften ihr auf die Schulter.

Es stimmt also, dachte sie. Es stimmt wirklich.

Es war vorbei.

Seit ein paar Wochen fuhr nun ein Wagen der Müllabfuhr mit den rot-blauen Signalfarben regelmäßig durch die Gasse hinter Brendan Tuoheys Haus und sammelte den Müll von allen Häusern des Blocks ein. Der LKW mit dem buckligen Aufsatz für den Kippmechanismus und dem gefräßigen Schlund im Heck gehörte zwar der Stadt, wurde aber gern an andere Behörden ausgeliehen. Er fuhr täglich sogar eine genau festgelegte Route, die allerdings oft ein Gebiet von hundert Meilen im Durchmesser umfasste. Weil das Konfiszieren von Abfall gesetzlich nicht als Besitzstörung gilt, gehört diese Methode zur Routine im Kampf gegen das Verbrechen. Der Müll aus Behältern von Tuoheys Nachbarn wurde entsorgt, während die dunkelgrünen Säcke aus Brendans Tonnen bei Joe Amari landeten, damit er und seine Leute sie mit Gummihandschuhen durchsuchen konnten. Sie stießen auf regelrechte Leckerbissen. Brendan hatte, so unwahrscheinlich das klang, ein tiefes Interesse am Leben der Heiligen. Außerdem fanden sich täglich mehrere Belege über Einzahlungen und Überweisungen, derer sich zu gegebener Zeit die Steuerfahndung annehmen konnte.

Am frühen Montagmorgen fuhr Evon zu einer letzten Einsatzbesprechung zu McManis, bevor sie sich dann bei Feaver & Dinnerstein offiziell verabschieden wollte. Joe Amari legte die Cocktailserviette mit Kosics Warnung an Feaver vom Freitag auf den Konferenztisch. Sie steckte bereits in einer Plastikhülle. Ein Agent nach dem anderen beugte sich darüber und betrachtete sie so genau, als wäre sie eine Reliquie. Die Papierserviette trug das schwarz geränderte Logo des Attitude, und in den Ecken sah man dick gekritzelte geometrische Figuren. Sie war in vier Teile zerrissen, die jedoch genau zusammenpassten. Sobald Feaver sie identifiziert hatte, würde man sie auf Fingerabdrücke untersuchen und die Handschrift analysieren.

Robbie kam um halb zehn, um oben in seinem Büro die Inszenierung für Evons letzten Auftritt vorzubereiten. Nach dem daheim verbrachten Wochenende sah er wieder wie ein Wrack aus.

»Das ist sie.« Lächelnd hielt er die Plastikhülle hoch, doch das Lächeln schien ihn einige Anstrengung zu kosten.

Kosic war damit geliefert. Jetzt hatten sie ihn wegen Behinderung der Justiz in der Tasche, und an einer Anklage wegen Verabredung zu einer Straftat führte auch kein Weg mehr vorbei. McManis wollte einen Plan aushecken, wie er endgültig dingfest gemacht werden konnte. Rollo war nun eine Schlüsselrolle zugefallen. Aber sie hatten noch immer kein eindeutiges Beweismaterial gegen Tuohey und auch keine Belege für eine tatsächliche Komplizenschaft mit Kosic und den anderen.

McManis warf einen zweiten Blick auf die Serviette und fragte Robbie, was der Hinweis auf Mason zu bedeuten habe. Den hatte er am Freitagabend nicht erwähnt. Feaver zuckte mit den Schultern. Offenbar hatte Brendan gefolgert, dass Robbie zu Mason gegangen war, nachdem er nicht bei Tooley angeklopft hatte.

Robbie ging vor Evon nach oben in sein Büro. Als Evon heraufkam, sagte ihr Phyllida am Empfangstisch – eine magere Australierin, die Robbie wegen ihres hübschen Akzents eingestellt hatte –, Robbie wolle sie sprechen. Als sie bei ihm eintrat und die Tür hinter sich zugezogen hatte, überkam sie unerwartet ein Gefühl der Traurigkeit. Sie sah das schöne City-Panorama hinter den breiten Fenstern und genoss das angenehme Frühsommerlicht. Das alles würde nun bald hinter ihr liegen. In ihrer Erinnerung würde es den gleichen Platz einnehmen wie ihr Hockeyspiel – ein weiterer bedeutungsvoller Meilenstein in ihrem Leben, etwas, das sich gelohnt hatte und sich in dieser Form nie wiederholen würde.

»Also«, sagte er. Er sah sie mit ausdruckslosem Blick an. »Bla, bla, bla, Sie sind gefeuert, bla bla.«

Die Tarnung sollte noch aufrechterhalten werden. Evon sollte ihn anschreien und ihm ein paar Grobheiten an den Kopf werfen. Das würde den einen oder anderen Mitarbeiter sicher zum Lauschen verleiten. Es sollte sich wie die letzte Szene einer Liebesgeschichte anhören. Aber sie sah, dass er noch nicht bereit war.

»Also, sehen wir uns noch einmal, oder ist das hier das große Sayonara?«, fragte er sie.

In einer halben Stunde würde sie weg sein. Amari sollte sie zum Flughafen bringen. McManis wolle sie zurückholen, sagte sie, sobald man die führenden Köpfe direkt im Visier hätte. Er saß in seinem breiten, schwarzen Sessel, schüttelte den Kopf und lächelte in sich hinein.

»Wissen Sie«, sagte er, »für mich war immer das Größte an den Frauen, dass sie für einen da sind.« Eine Weile ruhte sein Blick auf dem roten Teppich am Boden. »Die Zeiten ändern sich«, meinte er.

Sie konnte dazu nur traurig lächeln. Aus einem Impuls heraus stand sie auf, ging zu ihm und umarmte ihn. Es dauerte lange, ehe er sie wieder losließ.

»So, und nun bitte etwas lauter«, sagte sie. »Draußen muss sich das ›Sie sind gefeuert‹ wirklich echt anhören.«

»Sie sind gefeuert«, sagte er lustlos und sah sie traurig an. Dann stiegen ihm sogar Tränen in die Augen. »Beziehen Sie das nicht auf sich. Mir kommen derzeit wegen allem und jedem die Tränen.« Er zog ein Taschentuch heraus. »Das Schreien übernehmen besser Sie. Das ist jetzt Ihre große Chance. Sagen Sie denen da, was für ein verlogener Dreckskerl ich bin.«

Sie beließ es bei einem Türenknallen und einem Gemurmel im Hinausgehen. Nach vier Schritten blieb sie stehen, um ihre Gefühle unter Kontrolle zu bringen. Bonita starrte sie mit ihren Waschbäraugen unter dem schwarzen Haarturm an. Sie wirkte so gespannt wie ein Flitzebogen. Oretta im Archiv ging es nicht anders. Perfekt, dachte Evon. Eine perfekte Show.

Mitte der Woche flog sie nach Denver, um Merrel zu besuchen. Am Donnerstag kam sie an, und am Freitag fuhren sie weiter nach Vail, um sich die brandneue Eigentumswohnung anzusehen. Obwohl sie eine Dreiviertelmillion Dollar gekostet hatte, kamen Evon die Wände vor, als seien sie aus Papier. Aber Merrel und Roy waren ganz aus dem Häuschen, wie immer, wenn es um Dinge ging, die ihnen gehörten. Gemeinsam machten sie eine Besichtigungsrunde und bewunderten alles und jedes – die Terrasse mit Bergblick, den Whirlpool, den Hobbyraum, das Mobiliar und sogar den Küchenherd und die Mikrowelle. Für Roy war es, als habe ihnen Jesus selbst bestätigt, dass sie auf dem rechten Weg seien. Fünf Tage in der Woche verbrachte Roy im Flugzeug, und wenn Evon bei einem ihrer Besuche hin und wieder ans Telefon ging, hatte er sich manchmal aus den seltsamsten Gegenden gemeldet, Sumatra oder Abu Dhabi zum Beispiel. Doch je länger sie ihn kannte, desto bewusster wurde ihr, wie sehr er ihrem Vater ähnelte: vollständig auf wenige einfache Dinge fixiert und ansonsten ein dickes Brett vor dem Kopf.

Merrels Töchter, Mädchen zwischen drei und vierzehn, waren wunderbar. Grace, Hope, Melody und Rose waren alle blond und ganz die Mama. Alle liefen schon mit lackierten Fingernägeln herum und hatten ganz genaue Vorstellungen darüber, wie Merrel sie zu frisieren hatte. Besonders fühlte sich Evon zu Rose, der Jüngsten, hingezogen, was auf Gegenseitigkeit zu beruhen schien. Allerdings war das nicht gerade ein Kompliment für Evon. Die arme Rose hatte nicht die weiche Haut und den schlanken Wuchs ihrer Mutter. Für Merrel war sie ein »Pummelchen«. Rose war alles andere als hübsch und hatte mit ihren drei Jahren schon eine hektische Art, mit lautem Kreischen auf sich aufmerksam zu machen. Doch sie liebte ihre Tante, aus welchen Gründen auch immer. Sie bezog Evon gern in ihre Spiele ein. Beim Ballspiel bewies sie bereits eine für ihr Alter ungewöhnliche Treffsicherheit.

Das samstägliche Abendessen entwickelte sich zum Desaster. Roy mühte sich auf der Terrasse mit dem Gasgrill ab, der nicht brennen wollte. Das Fleisch lag noch roh auf dem Tisch neben ihm, während die Sonne schon hinter den Bergen verschwand und die

Dämmerung hereinbrach. Der Geruch der Zedern wehte aus dem Wald herüber. Die Luft wurde kühler und trockener. Merrel bemühte sich, Roys zunehmend schlechte Laune zu ignorieren, und bereitete den kleineren Mädchen Nudeln zu. Sie selbst und Evon aßen eine halbe Ecke Briekäse und tranken dazu fast eine Flasche Wein leer.

Evon versuchte die Kleinen zu unterhalten. Von Rose erfuhr sie, Momma habe sie bei der Hochzeit von Tante DeDe als Brautjungfer vorgesehen.

»Ach, Süße«, war Evons Antwort, «ich glaube nicht, dass deine Tante DeDe mal heiraten wird.«

Merrel, die in der Küche immer noch Kartons auspackte, hatte das gehört und rief herüber, eine Kollegin von Roy namens Karen Bircher habe mit einundvierzig plötzlich ihre Karriere in einem Elektrizitätswerk hingeschmissen und sei binnen fünfzehn Monaten zur Hausfrau und Mutter mutiert.

»Man braucht dazu nur den richtigen Mann, De«, sagte Merrel und kam mit einem Tablett voller Gläser in das kleine Esszimmer.

Evon lachte. Entspannt und mit einem seltsamen Glücksgefühl sagte sie: »Ach, ich glaube, ein Mann muss es nicht unbedingt sein.«

Wer weiß, warum etwas gerade so und nicht anders läuft? Ihre Schwester erstarrte, ihr Blick irrte zwischen dem Tablett mit den Orrefor-Gläsern, die sie nicht fallen lassen wollte, und Evon hin und her. Merrel war entsetzt. Anders konnte man den Blick nicht nennen, der ihr hübsches Gesicht sichtlich entstellte. Sie riss Rose buchstäblich hoch, verkündete, nun sei es aber Zeit fürs Bett, und rannte mit ihr davon.

Als sie in die Küche zurückkam, war sie außer sich. Evon stapelte gerade Teller in den Schrank.

»Bitte, DeDe«, flüsterte Merrel, *»bitte*, sag so etwas nie in Roys Beisein.«

Roy. Evon musste erneut lachen. Zwar fürchtete sie mit einem Mal, sie hätte, wie so oft, falsch reagiert. Aber sie war ja so glücklich. Und der Gedanke, überhaupt etwas zu Roy zu sagen, amüsierte sie einfach. Roy mit seinem schlichten Gemüt war doch nur einer von denen, die mit Scheuklappen durch die Welt marschierten.

»Ach, Süße«, sagte Evon, »es hat fünfzehn Jahre gedauert, bis ich es mir selber eingestehen konnte.« Sie hatte immer noch das Gefühl zu schweben. Sie sah ihrer Schwester in die Augen. Merrel brauchte einige Zeit, um sich zu fangen und auf das zu besinnen, worauf es im Grunde ankam. Liebe. Merrel liebte ihre Schwester. In ihrer Familie liebten alle einander, so gut sie konnten. Und dafür gab es für jeden einen Grund: Jeder trug etwas vom anderen in sich, das auch ein Teil von ihm selbst hätte sein können.

»Ach, Liebes, Liebes«, sagte Merrel und breitete die Arme aus. Da standen sie in der kleinen Küche und lachten und weinten zugleich, wenn auch nur für einen kurzen Augenblick. Melody war nämlich hereingekommen und beschwerte sich wütend darüber, was Grace mit den Haaren einer ihrer Puppen angestellt hatte. Merrel fiel nichts anderes ein, als ihre Tochter in den Arm zu nehmen und zu drücken. Den anderen Arm legte sie um DeDe.

5

In der Woche nach Evons Abreise passierte nichts. Am Mittwoch oder Donnerstag war Stan und McManis klar geworden, dass Tuohey und seine Leute auf den Hinterbacken saßen und abwarteten, wie die Regierungsseite mit Feaver weiter verfuhr.

Nachdem sie der Obersten Richterin die Notiz von Kosic an Robbie vorgelegt hatten, stimmte Moira Winchell der Installierung einer Faseroptik-Kamera in Kosics Büro zu, zusätzlich zu der Wanze, die Alf schon vor Wochen in sein Telefon eingebaut hatte. Sie genehmigte den Betrieb der Lauschvorrichtung während der normalen Bürozeiten. Doch es ergaben sich keine weiteren brauchbaren Erkenntnisse mehr. Das eine oder andere Gespräch war zwar verdächtig – darunter ein Anruf von Sherm Crowthers –, doch Kosic war danach laut Auskunft der im Gerichtsgebäude postierten Agenten in Crowthers' Amtszimmer gegangen und hatte dort mit ihm weitergeredet, worüber auch immer. Am Donnerstag teilte Kosic Milacki während eines langen Gesprächs über diverse Vorgänge mit, Feavers Freundin habe angeblich die Stadt verlassen. Woher Kosic das wusste, kam nicht zur Sprache. Höchstwahrscheinlich war Tuohey die Quelle, doch er mochte es seinerseits von Mort erfahren haben. Der Vorsitzende Richter selbst kreuzte ein- oder zweimal in Kosics Büro auf, blieb aber immer nur in der Tür stehen, und geredet wurde nur über unverfängliche Dinge. Rollo sprach ihn dabei stets mit »Euer Ehren« an. Die interessanteren Unterhaltungen blieben aller Wahrscheinlichkeit den privaten vier Wänden vorbehalten.

Bis Freitag hatte Sennett ein neues Szenario ausgebrütet, mit dem auch McManis einverstanden war. Es sollte der letzte verzweifelte Versuch sein, Tuohey direkt in die Falle gehen zu lassen. Als Evon am Sonntag aus Colorado nach Des Moines zurückkam, hatte sie eine Nachricht von McManis auf ihrem Anrufbeantworter.

»Sie sind wieder im Geschäft«, ließ er sie wissen. Am Montag erreichte sie noch die Frühmaschine um sieben Uhr, die um halb neun in Kindle County landete.

Amari und McManis holten sie am Flughafen ab und fuhren mit ihr in die City. Um halb zehn standen sie im Empfang der Kanzlei Feaver & Dinnerstein, begleitet von zwei Agenten der örtlichen FBI-Dienststelle. Sie bat darum, mit Robbie zu sprechen. Phyllida war erfahren genug, um zu wissen, dass Evons Erscheinen neuen Ärger bedeutete. Feaver wies sie über das Haustelefon an, sie solle sagen, dass er nicht da sei. Daraufhin zückte Evon das kleine Etui mit der FBI-Marke und ließ es wie von Zauberhand aufschnappen. Phyllida war nicht dumm, aber darauf konnte sie sich keinen Reim machen. Sie stieß sich mit ihrem kleinen Rollsessel vom Schreibtisch ab und prallte an die Wand hinter sich; dabei legte sie ihre kleine Hand mit den pink lackierten Fingernägeln auf ihr Herz.

Evon rauschte mit den beiden Agenten im Schlepptau an ihr vorbei. Sie riss Robbies Tür auf und baute sich vor dem Schreibtisch mit der Glasplatte auf, an dem Robbie telefonierte. Er sah zum Erbarmen aus, noch schlimmer als bei ihrem Abschied. Offenbar hatte er abgenommen. Er sah sie an und rang sich ein halbes Lächeln ab.

»ROBERT FEAVER!«, rief sie mit einer Stimme, die durch die ganze Kanzlei schallte, und hielt ihm ihre Marke hin. »Special Agent DeDe Kurzweil vom FBI. Dies ist eine Vorladung unter Strafandrohung mit der Maßgabe, am Freitag, den 25. Juni 1993, um zehn Uhr vor der Grand Jury zu erscheinen.« Sie knallte ihm die Vorladung auf den Tisch und machte auf dem Absatz kehrt. Robbie spielte seine Rolle gut und rannte schimpfend und fluchend hinter ihr her.

Um elf war er in Rollo Kosics Büro. Um verstört und völlig außer sich zu wirken, musste er sich keine besondere Mühe geben. Ich wusste, dass er ein furchtbares Wochenende hinter sich hatte. Am Freitag hatte Rainey, viel früher, als die Ärzte vorausgesagt hatten, die Fähigkeit verloren, ihr Handgelenk noch so weit zu bewegen, dass sie die Computermaus bedienen konnte. Achtundvierzig Stunden lang hatte sie dagelegen, ohne kommunizieren zu können. Nur mit den Augen konnte sie noch blinzeln und mit den Fingern klopfen. Am Sonntag hatte dann ein Freund aus der Computerbranche ein neues laserkontrolliertes Modul angeschlossen, das auf ihre Augenbewegungen reagierte. Doch die Phase, in der sie ohne Stimme völlig von der Welt abgeschnitten war, hatte Rainey gezeigt, welche unerträgliche Zukunft vor ihr lag. Sie hatte den Entschluss gefällt, keine lebensverlängernden Maßnahmen mehr zuzulassen. Als Robbie jetzt auf dem Monitor im Observierungswagen vor uns auftauchte, schien seine Verzweiflung fast körperlich spürbar.

Kosics Büro war winzig. Es war eigentlich für einen Gerichtsdiener vorgesehen. An drei Wänden standen Regale, allesamt leer. Genau wie Brendan legte auch Kosic keinen Wert auf Bilder oder sonst eine persönliche Note. Die massenhaft anfallenden Gerichtsunterlagen, die er zu bearbeiten hatte, lagen ordentlich in zwei Stapeln links und rechts vor ihm auf dem Schreibtisch. Alf bekam den Ton über die normale Telefonleitung und konnte den Zoom am Kameraobjektiv per Fernbedienung betätigen. Kosic blieb völlig ungerührt, als Robbie hereinkam und ihm die Vorladung auf den Tisch legte.

Soweit es die Fakten betraf, waren sie identisch mit denen, die Robbie im letzten September von der Steuerfahndung zugestellt worden waren. Es ging um das geheime Girokonto bei der River National. Während Kosic las, sagte Robbie: »Sie wissen Bescheid.«

Wie stets erhielt er keine Antwort.

»Ich muss mit ihm reden, Rollo.«

Kosic verdrehte die Augen, bis man nur noch das Weiße sah.

»Hören Sie, Rollo, über dieses Konto laufen meine Bareinnahmen. Die wissen Bescheid. Ich muss mit ihm reden.«

Kosic schien zu begreifen, dass er etwas sagen musste. »Ich sehe da keine Notwendigkeit.«

»Es muss einfach sein, Rollo. Mason habe ich bisher kein Sterbenswörtchen gesagt. Aber *irgendwas* muss ich ihm jetzt sagen. Dieses Girokonto macht schon einen ziemlich komischen Eindruck mit all dem Bargeld, das da abgehoben wird. Wir müssen uns überlegen, wie wir Morty da heraushalten. Ich kann mir nicht vorstellen, dass mir eine einzige Menschenseele glaubt, wenn ich sage, er hat nicht gewusst, wohin das Geld fließt. Und einiges von dem, was ich sagen könnte, wäre seiner Anwaltslizenz kaum förderlich. Ich muss wissen, was Brendan da über den Kammerausschuss für Disziplinarangelegenheiten deichseln kann.«

Rollo hatte zu Robbies Ausführungen unablässig den Kopf geschüttelt.

»Sie bellen den falschen Baum an. Dabei kann er Ihnen nicht helfen.«

Feaver markierte den Wütenden. Er hob die Vorladung hoch und knallte sie noch einmal auf den Tisch. Dann beugte er sich über die Platte zu Kosic.

»Es geht um meine verdammte Lizenz. Und es geht um Gott weiß wie viele Jahre für mich im Bau mit Gott weiß wem zusammen in der Zelle. Ich komme schon klar damit, aber ich brauche Hilfe. Und zwar gleich, Rollo. Ich muss wissen, was ich zu sagen habe.«

Nun steckten Kosic und Tuohey genau in dem Dilemma, das McManis vorausgesehen hatte: Sie mussten Robbie einerseits bei der Stange halten und durften andererseits nichts unternehmen oder sagen, was sie in Schwierigkeiten bringen konnte, falls Feaver ihnen doch in den Rücken fiel. Rollo tippte nachdenklich mit der Fingerspitze gegen die Lippen. Den Finger mit dem schlimmen Nagel hielt er nach innen gerollt.

Robbie war schon wieder an der Tür, als Kosic sich schließlich zu einem Kommentar durchrang.

»Zu dumm, dass Ihr Pimmel nicht eine Wetterfahne ist. So wie Sie mit ihm herumwedeln, hätten Sie eigentlich sehen müssen, was am Ende auf Sie zukommt.«

In den nächsten vierundzwanzig Stunden ließen sie nichts von sich hören. Am Dienstagnachmittag dann tauchte Milacki ohne Vorwarnung in Robbies Vorzimmer auf. Feaver rief sofort Alf an, damit er ihm das FoxBIte bringe. Doch Klecker meinte nur, Robbie solle die Sprechanlage eingeschaltet lassen. Unten klebte Alf Klebeband über sein Gegensprechgerät, damit kein verräterischer Laut über die Anlage zurückkam. Dann führte Phyllida Milacki in Robbies Büro.

Sig zeigte sich sehr beeindruckt von der stilvollen Einrichtung.

»Ist das echte Menschenhaut da an den Wänden? Von Ihren Mandanten?«

»Nur von den Polacken. Die sind die Einzigen, die glauben, sie kriegen ein Facelifting, wenn ich sage, sie sollen sich die Haut abziehen lassen.«

Bonita hatte Sig eine Cola serviert. Er nahm einen Schluck, rülpste und entschuldigte sich.

»Wie läuft es beim Golfen?«, frage er.

»Bin so eingerostet wie meine Schläger.«

»Ein paar Leute sind der Meinung, eine Runde vor der Arbeit könnte Ihnen gut tun. Im Rob Roy drüben?« Brendans Club. »Natürlich nicht während der regulären Öffnungszeiten. Vor acht Uhr dreißig machen sie die Anlage gar nicht auf. Also schleichen sich die Frühaufsteher heimlich zum Loch fünf.« Milacki gab ihm die genaueren Details. Robbie solle seinen Wagen am hinteren Ende des Clubparkplatzes abstellen, nicht weit vom Schuppen des Platzwarts, und dann ungefähr vierhundert Meter durch den öffentlichen Wald gehen, der an das Golfgelände grenzte. Dort befand sich ein Eingang. Robbie kannte die Stelle von den Picknicks in seiner Kindheit.

»Ist da nicht ein kleiner See?«

»Stimmt, ein Teich«, sagte Milacki. »Abschlag um sechs.«

Um achtzehn Uhr traf ich mich mit Stan im Konferenzraum und hörte mir den Mitschnitt an. Es klang, als sei er in einer Schlucht aufgenommen.

»Wie hat er reagiert, als Sie den See erwähnten?«, fragte ich Robbie.

Feaver antwortete nur mit einem fast unmerklichen fatalistischen Lächeln. Es war ein abgelegener, verschwiegener Ort. Wir dachten alle das Gleiche. Selbst Sennett.

»Wir müssen bei der Observierung dicht am Mann bleiben«, wandte er sich an Amari. »Am besten verkleiden sich ein paar Mann als Vögel und klettern in die Bäume. Alles, was notwendig ist. Robbie muss jederzeit im Blickfeld bleiben.«

Amari verzog spöttisch den Mund. »Dort befinden wir uns auf ihrem Spielfeld. Im wahrsten Sinne des Wortes. Ich wette, Tuohey kennt den Golfplatz so genau, dass er im Dunkeln spielen könnte. Er wird jeden veränderten Zweig bemerken. Und ich soll da mitten in der Nacht meine Jungs hinschicken? Wir können schon von Glück reden, wenn keiner von ihnen ins Wasser fällt und ertrinkt.«

»Die inszenieren das, um sich sicher fühlen zu können«, sagte Sennett. »Tuohey will nicht ständig auf der Hut sein müssen. Wenn Sie es richtig anpacken, Robbie, könnte er unvorsichtig werden. Er muss sicher sein, dass Sie nicht ins Wanken geraten und dass Sie für alle die Kastanien aus dem Feuer holen. Das müssen Sie ihm nur deutlich genug sagen.«

Bevor ich ging, nahm ich McManis zur Seite. Ich wollte wissen, wie er reagierte, wenn ich darauf bestand, dass Robbie zum Schutz eine kugelsichere Weste tragen solle. Er könne sie ja unter einer Jacke verbergen. Jim dachte nach. Er lehnte ab, mit einer Begründung, die sich als richtig erweisen sollte: Aus dieser Entfernung kam ohnehin nur ein Kopfschuss in Frage.

»Hören Sie, George, ich kann Ihnen keine absolute Sicherheit garantieren. Weil es die in diesem Fall nicht gibt. Aber wir werden das ganze Gelände im Auge haben. Wenn jemand aufkreuzt, der uns nicht gefällt oder den wir nicht kennen, wenn irgendein einschlägiger Bekannter der hiesigen Agenten auftaucht, oder wenn es so aussieht, dass Milacki oder Kosic bewaffnet sind – kurzum, wenn irgendetwas faul ist, greife ich ein, George. Darauf haben Sie mein Wort.« Die ganze Zeit hatte er mir mit seinen hellen Augen fest ins Gesicht gesehen. »Aber es ergibt keinen Sinn, wenn sie Robbie heimlich eine Nachricht zuschieben und ihn zehn Tage später verschwinden lassen. Hätten sie das vorgehabt, hätten sie schon letzte Woche etwas unternehmen müssen. Zumindest sagt einem das der gesunde Menschenverstand.« Er breitete die Hände aus. Was hatten solche Voraussagen schon für einen Wert…

6

Unser Treffpunkt war der Kaufhausparkplatz an der Hickory Stick Mall. Zwar lag sie um halb fünf morgens noch völlig verlassen da, doch wies allein schon ihre Größe auf den regen Betrieb hin, der um die Mittagszeit herrschen musste, wenn die Menschen ihren trivialen Wünschen und Bedürfnissen nachgingen. Eine große Leuchttafel hob sich als einzige Lichtquelle vor dem noch dunklen Himmel ab, wo sich allerdings schon erste Anzeichen der Morgendämmerung zeigten. Die Tafel wies auf die Filme im Progamm des Mall-Kinos hin, von denen ich jedoch keinen kannte. *Last Action Hero. Jurassic Park.* Allerdings war derzeit mein Bedarf an fiktiven Abenteuern auch auf dem Nullpunkt.

Zur Tarnung mimten wir einen Haufen von Center-City-Banausen im Angler-Outfit, die vor der Arbeit schnell noch einen dicken Fang machen wollten. Ich hatte mir von Billy, einem meiner Söhne, eine Khaki-Weste mit lauter Taschen und Reißverschlüssen geliehen. Unser Lieferwagen kurvte über den weiten Platz und sammelte uns ein. Er musste sich nur an den Standlichtern der Wagen orientieren.

Robbie und ich standen an der Nordseite. Wir hatten kaum Zeit für ein Gespräch, bevor der graue Lieferwagen neben uns hielt. Robbie hatte die ganze Nacht an Raineys Bett gewacht. Wenn ich ihn mir so ansah, wurde mir klar, dass Robbie Feavers Leben in den letzten Wochen eine bedeutsame Wendung genommen hatte. Er war ein gut aussehender Mann geblieben, doch Sorgen, Schlaflosigkeit, Niedergeschlagenheit und schlechte Ernährung hatten ihre Spuren hinterlassen, und ein paar davon würden bleiben. Sein Charisma hatte darunter gelitten. Dennoch spürte man noch immer seinen Willen, sich nicht unterkriegen zu lassen. Er tat sein Bestes, um dies auch nach außen zu demonstrieren. Er trug ein ausgefallenes Golfhemd mit Flechtmuster und schicke spitze Golfschuhe mit Stollen und Fransen über den Schnürsenkeln.

Ich sagte ihm, er könne die geplante Aktion noch immer ablehnen.

»Nein, das kann ich nicht«, antwortete er. »Ich wusste immer, ich kriege Brendan, oder ich gehe bei dem Versuch drauf.« Zum Glück habe er sich vorher noch in die Büsche geschlagen und so das Risiko vermindert, sich in die Hose zu machen.

Im Lieferwagen bat ich Stan um eine kurze Unterredung. Beim Aussteigen drückte uns McManis beiden eine Angelrute in die Hand. Weder Sennett noch ich waren besonders passionierte Freizeitsportler. McManis rief uns daher noch einmal zurück und warnte uns mit völlig ausdrucksloser Miene vor den Angelhaken, in denen wir uns nicht verfangen sollten. Wir blieben draußen auf den leeren Stellplätzen des Parkplatzes stehen, keine hundert Meter von lauter teuren Läden entfernt, und taten, als testeten wir die Biegsamkeit unserer Ruten.

Ich sagte Stan, mein Mandant befürchte ernsthaft, getötet zu werden.

»Das wird nicht geschehen«, erwiderte Sennett. »Wäre ich nicht davon überzeugt, dass wir ihn schützen können, würde ich bestimmt nicht weitermachen. Sorgen Sie dafür, dass er mir nicht in den Rücken fällt, George.«

Davon könne keine Rede sein, sagte ich. Ich wollte nur, dass Stan Robbie versicherte, er werde jedes Mal, wenn vor dem Richter Feavers Name falle, ganz patriotisch »The Star-Spangled Banner« anstimmen.

Stan tat mir den Gefallen, aber Robbies Gesicht wirkte danach nicht heiterer. Im Lieferwagen gingen wir das Szenario noch einmal durch, und Alf machte seine Gerätschaften einsatzbereit. Nach dem Gesetz der Wahrscheinlichkeit würde Milacki Robbie nicht noch einmal filzen, musste er doch fürchten, dass eine neuerliche Demütigung dieser Art Robbie der Regierungsseite in die Arme trieb. Dennoch war es eine gefährliche Aufgabe, einen nicht in Anzug und Stiefeln steckenden Robbie unsichtbar mit dem FoxBIte auszurüsten. Nach gründlicher Überlegung hatte Alf beschlossen, das Gerät unter der Wölbung einer Australian-style-Golfkappe aus Strohgeflecht mit extrabreiter Krempe und steifem, rutschfestem Futter zu verbergen. Um sicherzugehen, dass die Kopfbedeckung an Ort und Stelle blieb, ließ Klecker Robbie mehrere heftige Bewegungen machen. Wirklich problematisch war nur die Tatsache, dass Alf wegen des geringen Platzes für Recorder und Sender auf eine kleinere Batterie hatte zurückgreifen müssen. Das hieß, Robbie konnte nicht mit Tuohey durch die Gegend stapfen und darauf vertrauen, dass er vielleicht bei Loch neunzehn endlich gesprächig wurde. Nach einer Stunde und vierzig Minuten hatte das FoxBIte keinen Saft mehr.

Knisternd und pfeifend erreichten uns die Meldungen der Agenten, die sich über das Waldgelände verteilt hatten. Der Funkverkehr war leicht abzuhören. Die Überwachung konnte also nicht so umfassend sein, wie man geplant hatte, und das beunruhigte Amari. In den Ästen von vier Eichen am Rand des Golfgeländes hatten seine Männer gut verdeckte Hochsitze angebracht. Diese Bautätigkeit hatte mitten in der Nacht und praktisch unter den Augen der regelmäßig vorbeipatrouillierenden County Forest Police stattfinden müssen, was zwar der Komik nicht entbehrte, andererseits aber auch ein ziemlich haarsträubendes Unternehmen war. Doch selbst mit ihren Nachtsichtgeräten hatten sie nicht das gesamte Terrain im Blick. In der Morgendämmerung entdeckten die Agenten ein paar Punkte – vor allem die tiefsten Stellen der Bunker –, an denen Robbie völlig aus ihrem Sichtfeld verschwinden konnte.

Es gab auch Überlegungen, ob die transportable Kamera nicht in Robbies Golftasche untergebracht werden konnte, doch hierbei wäre es praktisch unmöglich gewesen, das Objektiv immer richtig auszurichten. Stattdessen waren die vier Agenten in den Bäumen mit Kameras ausgerüstet, zwei mit normalen Farb-Videokameras und zwei mit 2.4GHz-Modellen, deren Bilder direkt zum Lieferwagen übertragen wurden. Weitere Agenten mit Ferngläsern sollten am Rand des Golfplatzes in regelmäßigen Abständen Stellung beziehen. Auch mit Joggern und Wanderern, die beim ersten Sonnenstrahl auf den Beinen waren, musste gerechnet werden. Doch diesmal schien Sennett nicht allzu beunruhigt ob der Gefahr, entdeckt zu werden.

»Wenn wir auffliegen, dann fliegen wir eben auf«, meinte er. Mitten auf dem Golfplatz konnte jedenfalls niemand nah genug an Tuohey herankommen, um ihn zu warnen. Sennett jedenfalls war entschlossen, Robbie auf keinen Falle aus den Augen lassen.

Um halb sechs war es Zeit zum Aufbruch. Amari hatte schon eine Truppe losgeschickt, die sich von Anfang an an Tuoheys Fersen heftete. Sie gab durch, dass Brendan und Kosic gerade die Garage des Hauses in Latterly verlassen hätten. Zwei Observierungsfahrzeuge – eigentlich neue Novas, auf die die angerosteten Karosserien älterer Modelle montiert waren – bogen in den Mall-Parkplatz ein, um Robbie auf dem Weg zum Country Club zu folgen. Evon, McManis und ich begleiteten Robbie zu seinem Mercedes.

»Sollten Sie zu der Überzeugung kommen, die Situation gerät außer Kontrolle«, sagte Jim, »dann sagen Sie ›Uncle Petros‹, und wir sind sofort bei Ihnen. Ob Ihre Einschätzung stimmt oder nicht: Wenn Ihnen die Sache unheimlich wird, sagen Sie es. Niemand wird Ihnen später Vorwürfe machen.«

Ich schüttelte ihm die Hand, und Evon legte ihm flüchtig einen Arm um die Schulter.

»Das wird eine große Show«, sagte sie. »Inszeniert von einem großen Star.« Der Gedanke gefiel ihm.

Wir fuhren zu der festgelegten Stelle im Wald, einem kleinen Schotterplatz, an dem Biker und Kanuten normalerweise ihre Ausrüstung abluden. Alf und Clevenger arbeiteten fieberhaft an der Elektronik. Alles funktionierte. Die Posten in den Bäumen lieferten Bilder des eindrucksvollen Panoramas. Mittels manueller Einstellung des Zooms konnten die Ausschnitte bis zum Achtundvierzigfachen vergrößert werden. Alf ließ uns wissen, dass die kamerabewehrten Agenten wie Holzfäller an die Stämme der Bäume gegurtet waren.

Um genau viertel vor sechs bog der Mercedes auf den Clubparkplatz ein. Der tiefrote Schimmer der aufgehenden Sonne war fast wieder vom östlichen Horizont verschwunden. Zum Schutz gegen die morgendliche Kälte hatte Robbie sich eine weiße Weste übergezogen. Mit hoch erhobenem Kopf und festem Blick sah er jetzt in Richtung Wald, eine Pose wie für den Gerichtssaal. Dann warf er die schwere Golftasche aus weißem Leder mit goldenem Markenschriftzug über die Schulter und stülpte sich mit beiden Händen die Kappe über den Kopf. Um die Batterien zu schonen, war das FoxBIte, nachdem McManis Robbie wie üblich in die geplante Aktion eingeführt hatte, wieder ausgeschaltet worden. Jetzt fuhr einer der Observierungswagen langsam draußen auf der Straße vorbei, wobei der Agent auf dem Beifahrersitz das FoxBIte per Fernbedienung aktivierte. Wir hörten Robbie sagen: »Achtung, dies ist ein Test. Dies ist nur ein Test des Notfall-Warnsystems.« Alf meldete über Funk, dass es funktioniere, und der Wagen mit den Agenten fuhr davon.

Wie Milacki angekündigt hatte, war das Tor für forstwirtschaftliche Fahrzeuge unverschlossen, und Robbie machte sich auf den Weg durch ein dichtes Waldstück mit der typischen Vegetation des Mittelwestens. Diese bestand überwiegend aus alten Laubgehölzen, Stein-, Sommer- und Weißeichen, Walnussbäumen, dazu Unterholz, Farne und Kletterpflanzen. Schlüsselblumen und Himbeersträucher säumten die sonnigen Ränder. Robbie stapfte gedankenverloren vorwärts, ohne seine Umgebung überhaupt wahrzunehmen. So mochte es den Siedlern vor hundert Jahren ergangen sein. Die Händler, Farmer und Kaufleute, die damals als Erste in diese Gegend kamen, waren hartgesottene Kerle gewesen, die nur eines im Sinn hatten – ihren Profit zu machen. Das Land war in ihren Augen nicht etwas, das sie sich zur Heimat machen, sondern das sie ausbeuten wollten. Dass überhaupt noch öffentliche Wälder übrig geblieben waren, war einigen wenigen im Osten ausgebildeten Stadtplanern und Architekten zu verdanken, die sich Ende des 19. Jahrhunderts ihrer Vernichtung in den Weg gestellt hatten. Söhne reicher Familien waren es, die der Natur ihren Lauf lassen wollten, weil diese Landstriche ohnehin zu abgelegen waren, als dass man groß um sie hätte streiten müssen.

Robbies Mikro spielte uns eine Art Hintergrundmusik aus Vogelgezwitscher, dem Summen von Insekten, den Paarungsrufen der Eichhörnchen und dem Plätschern kleiner Rinnsale vor, die von dem Teich gespeist wurden, an dem Robbie Tuohey treffen sollte. Robbie stöhnte hin und wieder unter der Last seiner Tasche, verkniff sich aber diesmal die witzigen Bemerkungen, mit denen er sonst gern die Aufnahmen würzte, wenn er allein war.

Schließlich erreichte er die Straße, die sich durch den Wald zog. Wir parkten nur drei- oder vierhundert Meter entfernt. Er kam auf uns zu und bog dann in einen Waldweg ein, der zum Golfplatz führte. Auf dem Monitor sahen wir ihn in einer Kurve über die Wegbegrenzung steigen. Der Boden am Wasserlauf war weich. Das Gewicht der Tasche brachte ihn aus dem Gleichgewicht, und er geriet an einer Stelle ins Stolpern. Er konnte sich zwar an der steilen Böschung abstützen, doch auf seiner Weste war ein schwarzer Matschfleck zurückgeblieben. Alten Gewohnheiten bleibt man treu, und so wischte er eine Weile daran herum, bevor er weiterging.

Der Maschendrahtzaun, der den Country Club vom Wald trennte, wurde hier von einer Brücke unterbrochen. Sie führte über eine schmale Stelle des Galler's Pond. Seine Quellen machten keinen Unterschied zwischen Arm und Reich, zwischen Privatgelände und öffentlichem Areal. Über die Brücke verlief der Länge nach ein Staketenzaun von einem Meter zwanzig Höhe. Seine Rückseite mit den Stütz- und Querstreben war Robbie zugewandt. Er musste seine Tasche auf der anderen Seite abstellen, auf die Querstreben steigen und dann mit einem Satz auf das Clubgelände springen. Als er die Tasche gerade auf der anderen Seite abgesetzt hatte, sahen wir, dass er einen besorgten Blick über die Schulter zurückwarf.

Den Agenten, der ihm mit seiner Kamera am nächsten war, hatte es kalt erwischt. Er hatte Robbie herangezoomt, um ihn durch das Laub nicht aus den Augen zu verlieren. Als er nun versuchte, mit derselben Naheinstellung ins Bild zu bekommen, was Robbie aufgefallen war, hatte er viel zu schnell geschwenkt, und sah gar nichts mehr. Also stellte er einen weiteren Winkel ein, doch als er Feaver wieder im Bild hatte, stand dieser noch auf der Brücke und redete mit einem Polizisten. Über das FoxBIte hatten wir Robbies Sprung vom Zaun und einen fröhlichen Gruß gehört. Allerdings war es ein Schock für uns, dass ihn da ausgerechnet ein Cop angesprochen hatte.

»Auf eine Runde Golf unterwegs, Sir?«

»Genau. Treffe mich mit ein paar Freunden.«

Der Cop war ein Schrank von einem Mann, bestimmt eine ehemalige Sportskanone und in seiner blauen Uniform eine eindrucksvolle Erscheinung. Er musterte Feaver von oben bis unten.

»Der Club ist noch nicht geöffnet.«

»Stimmt. Aber meine Freunde sind Mitglieder.«

»Hmm«, sagte der Cop. »Vor kurzem war hier schon mal was los. Ein paar Leute sind rumgeschlichen und haben so einiges angerichtet. Ist Privatbesitz, müssen Sie wissen.«

Robbie versicherte noch einmal, seine Freunde gehörten dem Club an. Der Cop fragte nach Namen, und nach einigem Zögern nannte Robbie Brendan. Der Polizist deutete durch den Zaun in Richtung Loch fünf und sagte, dort sei niemand zu sehen. Robbie meinte, Tuohey müsse gleich aufkreuzen.

»Könnte ich mal einen Ausweis sehen?«, fragte der Cop.

Die Kamera zeigte uns einen Robbie, der zustimmend nickte und mit geübter Gestik Selbstsicherheit ausstrahlte. Es gelang ihm so gut, dass man kaum an seinem Erfolg zweifeln konnte. Trotzdem blieb uns wieder fast das Herz stehen, aber inzwischen waren wir ja einiges gewohnt. Tuohey würde bestimmt jeden Moment erscheinen und Robbie herauspauken. Wir hockten hinter Alfs Rücken und steckten vor dem Monitor unsere Köpfe zusammen. Amari gab per Funk Anweisungen durch. Die zweite Kamera bekam Robbie nicht ins Bild, zeigte dafür aber hinter einer Biegung den Streifenwagen. Es war einer von der Polizei des Kindle County, nicht von der County Forest Police.

Robbie reichte dem Cop seine Brieftasche. Der gab sie ihm nicht gleich zurück, sondern forderte ihn auf, wieder über den Zaun zu steigen. Dann kletterte er selbst auf die andere Seite und hob die Golftasche hinüber. Dann gingen sie, Robbie vorneweg, etwa dreißig oder vierzig Meter die Straße hinunter. Am Streifenwagen angekommen, sagte der Cop: »Legen Sie Ihre Hände aufs Dach, Sir, und stützen Sie sich mit gespreizten Beinen ab.«

»Jetzt, Alfie, hilft nur noch der liebe Gott«, flüsterte Stan. Klecker suchte neue Frequenzen und stieß einen Fluch aus. Fiel dem Cop das FoxBIte mit McManis' Vorspruch in die Hände, flog die ganze Operation in dem Augenblick auf, wenn jemand das Gerät sachkundig bediente.

Der Cop tastete Robbie schnell von oben nach unten ab. Einen Moment lang sah es so aus, als habe Robbie es überstanden. Dann richtete der Cop sich wieder auf.

»Und jetzt heben Sie die Hände langsam zum Kopf und nehmen die Kappe ab«, sagte er.

»Hey«, antwortete Robbie gutmütig, »meinen Sie nicht, das reicht jetzt?«

»Nehmen Sie bitte die Mütze ab.«

»Fürchten Sie nicht, mir könnte das Hirn rausfallen? Eine Kanone passt da oben nicht rein.«

Der Cop zog seinen Schlagstock und ließ Robbie wissen, er fordere ihn zum letzten Mal auf, die Mütze abzunehmen.

»Wie ist das? Kann ich meinen Anwalt rufen?«

Der Cop hob den Schlagstock in Schulterhöhe.

»Oh, mein Gott!« Das war Evon. Aber der Cop schlug nicht zu. Vielmehr stieß er Robbie mit dem Ende des Stocks die Kappe vom Kopf. Sie fiel mit verdächtiger Geschwindigkeit zu Boden. Das FoxBIte schlug mit einem deutlichen Knall auf und war im selben Moment tot. Klecker versuchte es über andere Frequenzen und brüllte Clevenger an, doch beides nutzte nichts. Wir sahen jetzt einen Stummfilm.

Robbie bückte sich mit wutverzerrtem Gesicht und hob die Kappe auf, bevor der Cop nach ihr greifen konnte. Dieser schüttelte den Schlagstock zweimal drohend gegen Robbie, doch der machte nur eine abfällige Handbewegung und setzte die Kappe wieder auf. Er sah den Polizisten mürrisch an und wollte offensichtlich gehen. Der Cop trat einen weiteren Schritt zurück und protestierte. Schließlich zog er seine Dienstwaffe.

Der Anblick des Revolvers steigerte die Zen-artige Spannung noch, obwohl das angesichts unserer Beunruhigung kaum möglich schien. Ich rätselte noch, was dieser Cop eigentlich wollte, aber Sennett war schon ein ganzes Stück weiter als ich.

»Mein Gott, nein!«, schrie er. »Nein, nein. Los!« McManis hatte sein Funksprechgerät bereits an den Lippen. »Auf geht's!«, rief er hinein. »Alle Agenten zugleich. Zugriff! Sofort!«

Er hatte noch nicht fertig gesprochen, da war Evon schon aus dem Lieferwagen gesprungen und sprintete den Mittelstreifen auf der schmalen Forststraße entlang. McManis in seinem blauen Leinenanzug stürmte in vollem Galopp hinter ihr her. Später sagte er, er habe gar nicht daran gedacht, dass er unbewaffnet war. Bis zu diesem Moment war Evons sportliche Vergangenheit nur ein anekdotisches Detail für mich gewesen, doch das Tempo, mit dem sie in die Ferne verschwand und McManis immer weiter hinter sich ließ, erinnerte an einen Zeichentrickfilm.

Im Lieferwagen schrie Amari Befehle in zwei verschiedene Walkie-Talkies. Sennett kniete vor dem Monitor, hielt ihn mit beiden Händen und war so nah am Bildschirm, dass der Widerschein auf sein Gesicht fiel.

Noch lebte Robbie. Er hielt die Hände über dem Kopf und nickte dem Cop nachdrücklich zu, der die Kappe in der Hand hielt. Er schüttelte sie ein paar Mal hin und her, und Robbie stammelte dazu eine, wie man ihn kannte, bestimmt hinreißend komische Erklärung. Später erfuhren wir, er habe dem Polizeibeamten weisgemacht, bei dem Gerät handle es sich um einen Biorhythmus-Messer, der ihm zu einem gleichmäßigen Schlag beim Golfen verhelfe. Der Cop schien darüber nachzudenken, aber er hielt die Kappe weiter unter den Arm geklemmt, mit dessen Hand er den Revolver hielt, und riss das Klebeband auf. Eine Weile starrte er hinein und begutachtete das sorgsam zusammengebundene Bündel farbiger

Kabel, das der Biegung der Kappe folgte. Dann hob er die Waffe und zielte auf Robbie. Zum ersten Mal wirkte er ernstlich wütend.

»Nein!«, jammerte Sennett wieder. »Gott, nein!«

Der Polizist behauptete später, er habe geglaubt, es sei eine Bombe.

Bevor sie die Straßenbiegung erreichte, in der der Streifenwagen parkte, sprang Evon über die Führstange, stürmte zwischen den Bäumen weiter und ruderte mit den Armen durch das Dornengestrüpp. Als sie wieder zur Straße kam, stand der Cop mit ausgestrecktem Arm vor Feaver und hielt ihm den Revolver aus fünfzig Zentimeter Entfernung an den Kopf. Ihre eigene Waffe hatte sie vor dem Bauch in einem Gunny Sack, einer Art erweiterter Gürteltasche, die man aufziehen konnte und in die eine ganze Handfeuerwaffe passte. Sie zog die 5904er heraus, nahm Schussposition ein und rief so laut sie konnte: »FBI! FBI! Lassen Sie die Waffe fallen, oder ich schieße.«

Der Kopf des Cops ruckte um eine Vierteldrehung in ihre Richtung. Sie stand etwa fünfzig Meter entfernt zwischen den Bäumen, und er war offenbar unsicher, woher die Stimme kam.

»Ich unterrichte Schusswaffengebrauch in Quantico. Ich treffe von hier bei fünfzig Versuchen fünfzigmal Ihr Trommelfell! Lassen Sie die Waffe fallen!«

Der Cop tat das Gegenteil. Er winkelte den Arm etwas an, hielt den Revolver aber auf Robbie gerichtet, nur ein paar Zentimeter weiter entfernt. Das FoxBIte schob er in die Achselhöhle, dann drückte er mit der linken Hand den Sprechknopf des Funkgeräts an seiner Schulter und sprach hinein.

Sie wiederholte ihre Aufforderung, doch die Haltung des Cops wirkte entspannter, und ihr wurde klar, dass sie wohl nicht schießen musste. Hinter ihr brach eine ganze Kavallerie durch die Büsche und eine Agentenmeute ergoss sich plötzlich ins Freie. Fünf oder sechs waren es, und alle riefen: »FBI!« Drei trugen blaue Plastikparkas mit den Bureau-Initialen in großen gelben Buchstaben. Sie umstellten den Cop und Robbie in einem Halbkreis direkt hinter dem Rücken des Polizisten. Evon lief hinüber und gesellte sich zu ihnen. Hinter ihr tauchte ganz außer Atem McManis auf. Er beugte sich vor und stützte die Arme auf die Oberschenkel, während er nach Luft rang. Dann trat er auf den Cop zu.

»Ich zähle jetzt bis drei, und dann lassen alle die Waffen sinken«, sagte er.

Bei drei warf der Cop einen verstohlenen Blick zurück zu den Agenten, um sicherzugehen, dass sie dem Befehl auch Folge leisteten. Doch dann richtete er den Lauf seines Revolvers nach unten. Das FoxBIte hielt er in der anderen Hand.

McManis informierte den Cop, dass er mitten in eine Operation des Bureau geraten sei.

»Heißt das, dieser Typ gehört zu Ihnen?«, fragte der Cop mit einer Kopfbewegung zu Robbie. Robbie hatte die Hände sinken lassen, nachdem der Cop die Waffe nicht mehr auf ihn richtete, hielt sie aber noch in einer Art Unterwerfungsgeste ein Stück weit vom Körper entfernt. Den Cop fixierte er weiter mit einem wütenden Blick. Dann geriet auch Evon in sein Blickfeld, und er zwinkerte ihr zu. Ein Lächeln hätte er unter diesen Umständen ohnehin nicht zu Stande gebracht.

McManis ignorierte die Frage des Polizisten. Was er haben wollte, war das FoxBIte. Wie viele FBI-Agenten stand auch er in einer militärischen Tradition, und so galt im Bureau die Losung, das Schlimmste nach dem Verlust eines Kameraden sei der Verlust der Ausrüstung. Selbst wenn sie Robbies Tarnung nicht aufrechterhalten konnten, brauchten sie das FoxBIte wieder, um die künftigen Operationen nicht zu gefährden. Außerdem war das mit dem Gerät ohnehin eine heikle Sache, weil Klecker es sich bei den FBI-Leuten ausgeborgt hatte, die für die Spionageabwehr arbeiteten. Evon wusste es genau, dass diesmal groß und deutlich der Satz galt: BRINGT DAS BUREAU NICHT IN SCHWIERIGKEITEN.

Keiner hatte sich vom Fleck gerührt, als Sennett herangejoggt kam. Ich war noch einmal hundert Meter hinter ihm. Stan hatte mich wie üblich abgehängt. Er baute sich gerade vor dem Cop auf, als ich ankam.

»Ich bin U.S.-Bundesanwalt.« Stan zog einen Ausweis aus der

Brusttasche seines blauen Anzugs. »Das da bekomme ich. Bitte.« Er griff nach dem FoxBIte.

Der Cop zog ihm das Gerät weg, sah es sich dabei aber gründlich an und steckte endlich den Revolver in das Halfter zurück. Wie jedermann sah auch er fern und kannte Sennett aus den Nachrichten. Nun war er überzeugt, dass er wirklich Feds vor sich hatte.

Sennett trat einen Schritt näher und verlangte noch einmal das Gerät. Er war fast dreißig Zentimeter kleiner als der Cop, doch er wich keinen Fußbreit zurück und setzte eine drohende Miene auf.

»Wenn Sie das haben wollen, rufen Sie meinen Einsatzleiter«, sagte der Cop.

»Und der heißt?«

»Brenner, Revier 6.«

»Sechs?«, fragte einer der Agenten aus dem Halbkreis hinter ihm. »Was, zum Teufel, machen Sie dann hier draußen? Es sind fünfzehn Meilen bis ins North End.«

»Ich wohne hier draußen. Er sagte, ich soll mich hier umsehen, bevor ich zum Dienst erscheine.«

Aus der Ferne hörte man Sirenen. Nach weniger als einer Minute hielt ein weiterer Streifenwagen mit quietschenden Reifen am Straßenrand. Aus der Gegenrichtung kamen noch zwei Polizeiwagen. Die sechs Cops stellten sich zu dem umringten Kollegen.

Für eine Weile standen alle bewegungslos da. Die Sonne war herausgekommen, hatte den Morgendunst verscheucht und wärmte ein wenig. Schließlich nahmen einige Cops, auch der erste, die Mützen ab. Sehr freundlich war die Stimmung nicht, obwohl einige der hiesigen Agenten, die für Amari abgestellt worden waren, diesen oder jenen Polizisten flüchtig kannten. Es war eben das Übliche, dachte Evon, hier das Bureau, dort die lokalen Polizeibehörden. Viele Agenten betrachteten die Cops – schlechter ausgebildet, schlechter bezahlt, mehr aus dem Bauch heraus agierend – als Schlafmützen, die häufig verbittert waren, weil sie die Qualifikation für das Bureau nicht geschafft hatten. Die Cops wiederum neigten dazu, die Bureau-Typen für Weicheier zu halten, die sich besser mit dem Formulare-Ausfüllen auskannten als mit dem wirklichen Verbrechen.

Plötzlich kam Amari winkend die Straße herauf. Er hatte eines der großen Walkie-Talkies in der Hand. Zwei Agenten folgten ihm. McManis begrüßte sie mit einem Schulterklopfen. Er hörte sich an, was sie ihm zu sagen hatten, und bat dann ein paar von uns, darunter auch Stan und Evon, mit ihm ein Stück weiter zur Seite zu treten.

Die Einheit, die Tuohey beschattete, hatte gemeldet, dass Tuohey vor fünfzehn Minuten abrupt die Fahrtrichtung geändert hatte. Das war direkt vor St. Mary's gewesen, wo er eine Stunde zu spät für die übliche Messe eintraf. Amari hatte einen Agenten ins Clubhaus geschickt. Der Wärter für die Umkleideräume, der gerade seinen Dienst angetreten hatte, habe ihm gesagt, Tuohey sei wegen einer Schleimbeutelentzündung seit zwei Wochen nicht mehr auf dem Golfplatz gewesen.

Jim sah uns an. Der leichte Wind blies ihm das grau werdende Haar aus der Stirn.

»Da haben wir also einen Citycop, der hier draußen auf ihn wartet. Und kein Brendan!? Dafür fliegt Robbie uns total auf. Wir sind Tuohey in die Falle gegangen.« Er sah weg und versuchte seiner Bitterkeit Herr zu werden, nachdem man ihn derart vorgeführt hatte.

»Gott im Himmel, ist das ein ausgekochter Bursche«, sagte Stan. Er zog eine Grimasse, um seine eigene Verzweiflung zu verbergen, und sagte dann etwas, das ich in den über fünfundzwanzig Jahren, die wir uns kannten, noch nie von ihm gehört hatte. »Der Bursche«, sagte er, »ist gerissener als ich.«

7

Sennett und seine Begleiter, darunter auch Evon, wurden an der Tür von Barnett Skolnicks bescheidenem Haus im Vorort Chelsea von einer älteren beleibten Frau begrüßt. Unter ihrem billigen Hausmantel lugte das Nachthemd hervor. Das alte, fleckige und faltige Gesicht glänzte unter einer Schicht von Vaseline oder Feuchtigkeitscreme. In der freien Hand hielt sie eine halbe Tafel Schokolade.

Sennett stellte sich als U.S.-Bundesanwalt vor und wies dann auf seine Begleiter hinter sich – Evon, Robbie, McManis und Clevenger.

»Wir würden gern Richter Skolnick sprechen.«

»Hat es mit dem Gericht zu tun?«, fragte sie.

»Genau«, sagte Sennett. »Wir sind in offizieller Mission hier.«

Mit einem Schulterzucken öffnete sie die Fliegentür.

»Bar-*nett!*«, schrie sie. »Barney! Hier sind ein paar Freunde von dir!« Anwaltsbesuche zu nachtschlafender Zeit waren ihr offensichtlich nichts Ungewohntes. Skolnick gehörte zu denen, die um Punkt fünf das Gericht verließen. Wenn ein Anwalt außerhalb der Dienstzeit etwas von ihm wollte, musste er sich zu ihm nach Hause bemühen, was er in einem Notfall auch tat, wie es sich für einen Anwalt schließlich gehört. Zweifellos war ab und an auch weniger angenehmer Besuch darunter.

Aus dem Hintergrund ertönte Skolnicks Stimme mit derselben phlegmatischen Fröhlichkeit, die man aus dem Gerichtssaal kannte. Er bat seine Frau, sie zu ihm herunter ins Souterrain zu schicken. Gefolgt von Evon und den anderen, stieg Sennett die enge Treppe hinunter. Auf den letzten Stufen gab er Robbie ein Zeichen zurückzubleiben. Feaver sollte überraschend dazukommen, sozusagen als Springteufelchen, das Sennett aus der Kiste zu zaubern gedachte.

Es war weit nach zehn Uhr abends, und sie waren den ganzen Tag auf den Beinen gewesen. Mit Hilfe eines später noch dazugestoßenen Sergent der Abteilung für Öffentlichkeitsarbeit hatten sie die verfahrene Situation bereinigt, in die sie draußen im Wald geraten waren. Man einigte sich darauf, das FoxBIte dem Stellvertretenden Chef der Staatsanwaltschaft, Linden Seilor, auszuhändigen. Seilor hatte früher mit Stan zusammengearbeitet. Sennett holte sich anschließend persönlich das Gerät bei ihm ab. Als Linden in Sennetts Ausführungen Tuoheys Namen hörte, verzichtete er auf weitere Fragen. Allerdings stellte er sich hinter den Cop. Sein Name war Beasley, und dessen Vorgesetzter habe ihn angewiesen, die Brücke um viertel vor sechs zu inspizieren und jeden aufzuhalten, der sie betrat. Als Begründung hatte der Lieutenant angegeben, der Platzwart des Golfclubs habe in der Woche zuvor an derselben Stelle einen Eindringling vertreiben müssen und die Verfolgung erst aufgegeben, als der Mann eine Waffe auf ihn gerichtet habe. Die gründliche Durchsuchung jedes Verdächtigen habe daher durchaus ihre Berechtigung. Für den Fall, dass der Cop etwas fand, sollte er über Funk Meldung machen. Seilor hatte den Lieutenant bereits befragt, woher Information und Instruktionen kamen. Die Spur verlor sich in McGrath Hall, dem Polizeihauptquartier. Wie immer, wenn Tuohey dort jemanden um einen Gefallen bat, baute er gleich mehrere Sicherheitsmechanismen zwischen diesem Jemand und sich selbst ein.

Selbstverständlich würde die Geschichte von dem Cop, der sich plötzlich von sieben FBI-Agenten umringt sah, bei der Polizei sehr bald in aller Munde sein. Damit würde zwangsläufig auch Robbie Feavers Rolle als FBI-Agent bekannt werden. Tuohey selbst war das sicher schon am selben Morgen zu Ohren gekommen, doch seine Leute würden es nur zögernd weitererzählen, konnte doch jeder Gesprächspartner verwanzt sein. Trotz der Panik, die jeden befiel, der mit Robbie zu tun gehabt hatte, mussten der Richter und sein Zirkel unauffällig alles daransetzen, diese Leute bei der Stange zu halten. Wenn seine Chancen insgesamt auch geringer geworden waren, blieb Stan noch als letzte Hoffnung die Möglichkeit, dass Tuohey in dieser bedrohlichen Lage einen Fehler machte. Sollte es Sennett gelingen, kurzfristig jemanden umzudrehen, dem zu misstrauen Brendan keinen Anlass hatte oder mit dem er einfach reden *musste,* konnte sich noch am selben Abend oder sehr früh am nächsten Morgen eine Chance ergeben.

Zu dem Zweck hatte das FBI alle verfügbaren Kräfte bei der Außenstelle im Kindle County für das Projekt angefordert. Sennett hatte eine ganze Arbeitsgruppe von Mitarbeitern der Bundesanwaltschaft rekrutiert, die am Fließband Vorladungen für Banken, Wechselstuben und auch das Gericht selbst ausstellten, damit dort nicht plötzlich Akten und Unterlagen verschwanden. Inzwischen waren auch mehrere Teams gebildet worden, die potenzielle Kandidaten »umdrehen« sollten. Klecker und Moses Appleby, Stans rechte Hand, wurden auf Milacki und Judith angesetzt. Ein anderes Team sollte verschiedene Angestellte des Gerichtshofs aufsuchen – Walter, Pincus Lebovic, Crowthers' Leute, Joey Kwan. Die Top-Leute hatte Sennett sich selbst vorbehalten.

Kosic war den ganzen Tag über von Amaris Agenten beschattet worden. Der Plan war, Rollo allein zu erwischen, damit Sennett ihn mit dem ganzen Umfang des belastenden Beweismaterials konfrontieren und ihm den Deal seines Lebens anbieten konnte, wenn er gegen Tuohey aussagte. Doch Rollo wich den ganzen Tag nicht von Brendans Seite, allerdings eher, um ihm in einer Krisensituation mit Rat und Tat beiseite zu stehen, und nicht, um bewusst Stans Pläne zu durchkreuzen. Als die Bewacher angaben, die beiden seien in Tuoheys Haus in Latterly verschwunden, beschloss Sennett, sich die anderen vorzunehmen und sich Rollo für den nächsten Morgen aufzusparen.

Unten hockte Skolnick auf einem neuen karierten Sofa – einem Möbel im Kolonialstil mit Lehnen aus dunklem Ahorn – und sah sich im Fernsehen ein Spiel der Trappers an. Unter einem Veloursbademantel mit dem Wappen einer Familie auf der Brusttasche, der er mit Sicherheit nicht angehörte, trug er einen grünen Pyjama mit schwarzen Paspeln. Der Raum, ausgestattet mit Möbeln in lackierter knorriger Kiefer, hatte kürzlich einen neuen Teppichboden erhalten. Dennoch konnte sein beißender Fabrikgeruch den Modergeruch, der in der Luft hing, nicht ganz überdecken. Die Einbauregale vor den kiefergetäfelten Wänden waren angefüllt mit privaten Erinnerungsstücken – Schnappschüsse von Kindern und Enkeln, Andenken an längst vergessene sportliche Triumphe der Skolnick-Kinder, ein paar Fotos von öffentlichen Auftritten des Richters, darunter ein 20 x 25 Zentimeter großes Bild von seiner Amtseinführung vor mehr als einem Vierteljahrhundert. Er war von einer Reihe von Männern flankiert, unter ihnen Tuohey und der hoch geschätzte, inzwischen verstorbene Bürgermeister Bolcarro, aber auch Knuckles, Skolnicks Bruder mit den guten Beziehungen. Evon kannte die Gesichter inzwischen alle. Hier strahlten sie eine so ansprechende Jugendlichkeit aus, dass sie ein Lachen kaum unterdrücken konnte. Ihr fiel auf, dass das ganze Untergeschoss vor kurzem renoviert worden sein musste. Sie machte sich eine Notiz für die Steuerfahndung, die Sennett schließlich noch als taktische Einsatztruppe in der Hinterhand hatte. Sie konnten Skolnicks finanziellen Hintergrund durchleuchten und feststellen, mit welchen Mitteln er die Renovierungsarbeiten beglichen hatte. Mit größter Wahrscheinlichkeit würden sich weder Kreditkartenbelege noch Schecks über diese Zahlungen finden lassen. Barney war sicher der große Barzahler.

Skolnick sprang auf, um sie zu begrüßen. »Kommen Sie herein, treten Sie näher.«

Sennett stellte sich vor, während Skolnick die hölzernen Schalensessel von dem lederbezogenen Spieltisch herüberzog und in einem Kreis aufstellte. Tex Clevenger half ihm wortlos.

»Ich kenne Sie doch. Natürlich kenne ich Sie.« Sie seien einander bei einer Juristentagung in Blackstone begegnet. Er nahm wieder seinen Platz auf dem Sofa ein und zog den Bademantel zusammen, um an äußerer Würde zu bewahren, was sich unter diesen Umständen überhaupt noch bewahren ließ. Nach einem letzten unverfrorenen Blick auf das Spiel im Fernsehen schaltete er den

Apparat per Fernbedienung aus. »Also dann, Freunde«, sagte er, »was verschafft mir die Ehre?«

Skolnick war tatsächlich so beschränkt, wie Robbie ihn gleich zu Anfang dargestellt hatte. Es gab bestimmte Gesetzesvorschriften, die es erforderlich machten, dass Vertreter der Bundesorgane hier und da vor der Zivilabteilung des Gerichts erschienen, und Skolnick schien der Meinung zu sein, Sennett und sein Gefolge seien deswegen zu ihm gekommen – wegen irgendeines Eilantrags.

»Richter, ich komme nicht als Anwalt zu Ihnen, zumindest nicht in einer gerichtlichen Angelegenheit. Ich muss Ihnen ein paar Fragen stellen. Im Auftrage der Regierung der Vereinigten Staaten.«

»Um elf Uhr nachts? Kann das nicht bis morgen warten?« In Skolnicks breitem, rotem Gesicht malte sich Verwirrung. Er ließ den Blick von einem zum anderen wandern, als erwarte er von ihnen eine Erklärung. Als er Evon ansah, die einzige Frau in der Runde, lächelte er flüchtig, und zu ihrer eigenen Verwunderung lächelte sie instinktiv zurück, als sei er ein Kind oder ein junger Hund.

»Es gibt da einen Fall, der mich beschäftigt, Euer Ehren.« Stan nannte ihn. »Es geht da um einen Anstreicher, der vom Gerüst gefallen ist. Einen Witwer. Es gab einen Antrag auf richterliche Entscheidung nach Aktenlage. Erinnern Sie sich?«

Langsam, sehr langsam dämmerte Skolnick, dass die Situation ernst war.

»Mr. Sennett«, sagte er. »Darf ich Sie Stan nennen? Also, Stan, es landen hunderte von Anträgen auf meinem Tisch. Nein, tausende. Wirklich, tausende. Sie sollten sich mal einen einzigen Tag lang zu mir in den Gerichtssaal setzen. Das ist anders als bei den Bundesgerichten, wissen Sie. Ich kenne eine Menge Leute, die dort auf der Richterbank sitzen – Larren Lyttle kenne ich seit weiß Gott wie viel Jahren –, und ich sage Ihnen, es ist nicht dasselbe. Wir müssen hier und da noch Urteilsbegründungen liefern. Wir haben keine Gerichtsdiener auf Vollzeitbasis. Wir schieben einen schrecklichen Berg von Überhängen vor uns her. Und tatsächlich kann man auch einmal Anträge verwechseln. Wenn Sie also die Akte, die Unterlagen, mitgebracht haben, kann ich mich bestimmt an den Fall erinnern.«

Sennett nickte, und Evon zog Robbies Antrag und McManis' Gegenantrag aus der Tasche. Sennett ließ sie auf Skolnicks neuen Couchtisch im Kolonialstil fallen, dessen Holz exakt zu den Armlehnen des Sofas passte.

»Ich soll mir also wirklich um elf Uhr abends dieses Zeug hier durchlesen?«, murmelte er auf Jiddisch in seinen Bart. »Wissen Sie, was das heißt? Jeder Esel hat jetzt seine Nachtruhe, nur ich nicht. Moment. Wo ist meine Brille?« Er fand sie in der Bademanteltasche. »Na gut, in Ordnung«, sagte er. Er drehte den Kopf nach links und nach rechts, als lese er in einer Tabelle. Dazu murmelte er vor sich hin. Es war nicht zu erkennen, ob er tatsächlich begriff, was er las. »Aha, so, da gibt es also ein Problem?«

Ungerührt saß Sennett in seinem üblichen, makellosen blauen Anzug da. Nur einmal drehte er kurz das Gesicht zur Seite, um sich an der Wange zu kratzen.

»Richter, kennen Sie einen Anwalt namens Robbie Feaver?«

Skolnick prallte zurück. Nun endlich schenkte er Sennett seine ungeteilte Aufmerksamkeit.

»Feaver?« Wie ein Tier auf der Flucht fuhr Skolnicks Zunge hastig über seine Lippen. »Ich kenne Feaver. Ich kenne tausende Anwälte.«

»Richter, haben Sie sich mal privat mit Feaver getroffen, während Sie diesen Fall noch nicht abgeschlossen hatten?«

»Geredet habe ich mit ihm sicher. Ist ein netter Bursche. Man macht einen Witz, und er macht auch einen. Habe ich ihn auf der Straße getroffen? Oder irgendwo im Gerichtsgebäude? Bestimmt. Entschuldigen Sie, Mr. Sennett, Stan, aber das ist doch kaum von Interesse für die Bundesanwaltschaft.«

»Nein, Richter, ich frage Sie, ob Sie sich jemals mit Feaver privat getroffen haben, um mit ihm die wesentlichen Gesichtspunkte dieses Falles und die Urteilsfindung zu diskutieren?«

»Sie meinen, ohne – wer hat denn die andere Seite vertreten?« Er blätterte in den Unterlagen. »Dieser, wie heißt er doch? McManis?« Skolnick hielt inne. In seinem Gesicht arbeitete es. War das das Problem? Dieser neue Anwalt? Hatte er sich beschwert? Plötzlich ging ihm ein Licht auf. Er deutete auf Jim, und ihm war anzusehen, dass er endlich begriffen hatte, wenn auch sehr viel später, als man hätte erwarten können. »Sie sind das! Ich verstehe, ich *verstehe!* Sie sind also gleich zum Bundesanwalt gerannt, ohne mir auch nur mal Guten Tag gesagt zu haben? Ich bin ein vernünftiger Mensch. Sagen Sie mir, worauf Sie hinauswollen. Aber müssen wir das mitten in der Nacht diskutieren?«

Sennett fragte Skolnick noch einmal, ob er sich privat vor Abschluss des Falls mit Feaver getroffen habe. Skolnick gab einen befremdenden Laut von sich, der wohl als herzhaftes Lachen gedacht war. Dabei verschluckte er sich fast. Zunehmende Röte überzog sein Gesicht.

»Also, ich erinnere mich wirklich nicht an etwas Derartiges.«

»Aber Sie würden sich doch erinnern, nicht wahr, Richter? An ein vertrauliches Gespräch mit einem Anwalt darüber, wie Sie mit seinem Antrag zu verfahren gedenken?«

»Na ja, Sie wissen, Anwälte können so gut wie alles vorbringen. Sind ja nicht gerade schüchtern. Legen sich immer voll ins Geschirr, offen gesagt. Manchmal verlasse ich das Gericht und sage mir, Barnett, du bist einfach zu nett, du hättest den jungen Burschen in die Schranken weisen müssen. Aber ich tu's nicht.« Seine massige Gestalt wuchs mit einem Schulterzucken und fiel wieder in sich zusammen. Es war, als wundere er sich über die eigene Gutmütigkeit.

»Richter, hatten Sie nicht am 5. März eine Verabredung mit Feaver in Ihrem Auto?«

»Ach, das meinen Sie!«, sagte Skolnick plötzlich. Er freute sich wie ein Kind. Jetzt erinnerte er sich: Feaver habe einen Platten gehabt, und Skolnick habe ihn mitgenommen, als er ihn nach einem Taxi winken sah. Er lachte und zeigte auf Jim. »Das haben Sie beobachtet und dann in den falschen Hals gekriegt, nicht? So etwas Albernes«, rief Skolnick. »Stan, mein Freund, darf ich etwas vorschlagen? Sprechen Sie frei von der Leber weg, teilen Sie mir mit, wer was gesagt hat. Und Sie bekommen eine ehrliche Antwort von mir. Nach bestem Wissen und Gewissen. Soweit ich mich erinnere.«

Sennett ließ nicht locker. Ob Skolnick am 5. März mit Robbie in seinem Lincoln über die Urteilsfindung im Fall des Anstreichers gesprochen habe? Skolnick leugnete.

»Haben Sie sich noch einmal am 12. April in Ihrem Wagen getroffen?«

»Was ist das für eine absurde Diskussion! Tanzen wir hier Ringelreihen? Wenn Feaver bei mir war – und ich sage ›wenn‹ –, dann hatte er dafür gute Gründe. Mehr weiß ich nicht. Und mehr kann ich nicht sagen.«

»Und die Übergabe einer Bestechungssumme von 10 000 Dollar am 5. März und von 8000 am 12. April könnte man wohl nicht als gute Gründe bezeichnen, oder, Richter?«

Skolnick dachte eine Weile nach. Offensichtlich suchte er nach der korrekten Antwort und kämpfte zugleich gegen seine aufkommende Empörung. Nach einer leichten Unsicherheit in der Stimme wirkte er durchaus überzeugend.

»Sie kommen hierher, in mein Haus, um mir solche Dinge an den Kopf zu werfen? *Ich* hätte mich bestechen lassen? Ich? Barnett Skolnick? Nach sechsundzwanzig Jahren auf der Richterbank? Ich, der ich schon vor vier Jahren bei vollen Bezügen in Pension hätte gehen können? Solchen Zores habe ich nicht verdient, Stan.«

»Sie behaupten also, diese Dinge haben nicht stattgefunden. Ist das so richtig, Richter? Sie haben Robbie Feaver nie getroffen, um mit ihm über den Fall des Anstreichers zu sprechen? Sie haben im März keine 10 000 und im April keine 8000 Dollar von ihm dafür bekommen, dass Sie McManis zu einem Vergleich nötigten, bevor er irgendwelche Beweismittel vorlegen konnte? Ist es das, was Sie sagen wollen?«

»Ihnen geht Ihre verdammte Phantasie durch. Das ist es, was ich sagen will. Alles aus der Luft gegriffen. Kein Mensch steckt Barnett Skolnick Geld zu. Dafür, dass ich einen Fall manipuliere ...« Skolnicks Gesicht verzerrte sich. Die Unterlippe zitterte, und seine Augen wurden feucht bei dieser ungeheuerlichen Unterstellung. Er zeigte noch einmal auf McManis. »Zur Hölle mit Ihnen«, sagte Skolnick. »Gehen Sie doch zu Feaver, und fragen Sie ihn. Er soll es Ihnen laut und deutlich sagen. Was Sie hier erzählen, ist Schmonzes. Nichts als Ammenmärchen. Das wird er Ihnen bestätigen.«

Stan nickte McManis zu, den unmerklichen Hauch eines hinterhältigen Lächelns auf den Lippen. Evon vermutete, dass er damit den Impuls unterdrückte, sich einfach zurückzulehnen und zu brüllen: »Geben Sie endlich auf.«

Robbies Auftritt war wohl überlegt. Er wirkte abgespannt und zog den Kopf ein, um der Verkleidung eines Heizungsrohrs an der Akustikdecke auszuweichen. Evon bewunderte Robbie. Ohne jede Selbstgefälligkeit, ohne Wut oder Stolz sah er Skolnick voll ins Gesicht. Er spielte seine Rolle nicht nach Sennetts Vorgabe. Er fühlte sich sichtlich unwohl in dieser Situation. Auf ein Zeichen von Sennett knöpfte Robbie sein Jackett auf, dann das Hemd. Für diese Demonstration war das FoxBIte direkt links auf der Brust platziert worden. Evon wusste, was folgen würde. Die ganze Szene erinnerte sie an einen Science-Fiction-Film, in dem der nette und freundliche Held sich als Roboter oder Außerirdischer mit künstlicher Intelligenz entpuppt, blutlos und ohne die geringste Ähnlichkeit mit einem Menschen.

Feaver blickte Skolnick weiterhin unverwandt an, doch sein Gesichtsausdruck zeigte eine gewisse Leere. Nach sechs Monaten Akrobatik auf dem Hochseil der Regierung war er nicht weit davon entfernt, das Gleichgewicht zu verlieren. Natürlich hatte er einen ereignisreichen Tag hinter sich, der damit begonnen hatte, dass ihm jemand um sechs Uhr morgens einen Revolver vor die Nase gehalten hatte. Später im Lieferwagen hatte er gesagt, angesichts der Ereignisse in Evons Wohnung sei ihm sogleich klar gewesen, dass der Cop von Tuohey geschickt worden war. Er habe begriffen, dass es sich um einen raffinierten Vorwand handelte, um ihn widerspruchslos filzen zu können. Bis der Cop seine Waffe zog, habe Robbie noch geglaubt, Tuohey würde jeden Moment auftauchen.

»Ich hörte, wie er sie aus dem Halfter zog und entsicherte, und dachte, na gut, so läuft das eben. Wirklich, ich kam klar damit, aber dann fiel mir plötzlich ein: Oh, mein Gott, Rainey. Wie kann ich Rainey das nur antun?«

An dieser Stelle waren ihm die Tränen gekommen. McManis, Sennett, Evon und ich waren mit ihm im Lieferwagen. Ich hielt die Tränen für eine Reaktion auf die Todesangst, die er ausgestanden hatte. Aber wahrscheinlich begriff nur Evon, was wirklich in ihm vorging. Sennett, sichtlich aufgebracht über den unglücklichen Verlauf der Aktion, hatte Robbie schließlich nach Hause geschickt. Robbie stand von jetzt an rund um die Uhr unter Polizeischutz – auch sein Telefon wurde abgehört. Wäre Raineys Krankheit nicht gewesen, hätte McManis die beiden lieber anderswo untergebracht.

Als Robbie Jacke und Hemd geöffnet hatte, war Skolnick von seinem Familiensofa aufgesprungen. Er stieß einen spitzen, unterdrückten Schrei aus und schüttelte ungläubig den Kopf. Aber Barnett Skolnick war noch immer nicht am Ende.

»Du mieser, widerlicher Hurensohn«, schleuderte er Robbie entgegen, für einen Moment überrascht vom eigenen Mut. Dann hustete er, griff sich an die Brust und fing schließlich an, hilflos zu schluchzen. Sein dichter weißer Haarschopf, ein scharfer Kontrast zum apoplektischen Rot seines Gesichts, erinnerte an den Sahnetuff auf einer Softeiskreation.

Während Skolnick weiterschluchzte, gab Sennett Tex ein Zeichen, einen Ausschnitt aus dem im Lincoln aufgenommenen Gespräch abzuspielen. Tex schaltete Skolnicks Fernseher ein und schob die Kassette in den Recorder. Er suchte die Stelle, wo Skolnick das von Robbie ins Polster geschobene Kuvert zur Kenntnis nahm und zu Feaver sagte: »Genug. Wir sind Freunde, Robbie. Wir haben vieles gemeinsam.« Skolnick sah nicht hin. Mit geschlossenen Augen schaukelte er auf dem Sofa vor und zurück, weinte und murmelte vor sich hin. »O Gott, o Gott, *ach wei,* o Gott.« Sicher hatte er nicht viel mitbekommen, doch er wusste ja ohnehin, worum es ging.

»Das überlebe ich nicht«, sagte er zu Sennett, als es vorbei war. »Nie und nimmer. Ich bin ein toter Mann. Ein absolut toter Mann.«

»Sie können es überleben, Richter. Es liegt in Ihrer Hand, was Sie daraus machen und wie viel auf Sie selbst zurückfällt.«

Skolnick gab einen verächtlichen Laut von sich. Nicht einmal er war so dumm, den Wink nicht zu verstehen.

»Klar.« Er deutete auf Robbie. »Sie halten mich für ein Schwein wie ihn. Stimmt's? Das ist der eigentliche Grund, weshalb Sie hier mitten in der Nacht bei mir aufkreuzen.«

Sennett war ganz er selbst, ruhig und unerbittlich. Stan der Todesengel. Skolnick war jetzt genau da, wo er ihn haben wollte. Ganz am Boden.

»Sie können sich da selber wieder heraushelfen. Zum großen Teil. Einem *großen* Teil. Sie hätten uns viel zu erzählen. Aber dieses Angebot gilt nur jetzt, später nicht mehr. Hier und jetzt, noch in dieser Nacht, müssen Sie uns alles über die Leute erzählen, mit denen wir uns beschäftigen, und Sie müssen sich bereit erklären, uns bei unseren Ermittlungen zu unterstützen. Wir halten nicht Sie für den führenden Kopf.« Wieder spielte für den Bruchteil einer Sekunde ein hässliches Grinsen um Stan Sennetts Mundwinkel. »Wir wissen, dass Sie jemand auf Ihre Richterbank gehoben hat. Auch wissen wir, dass nicht jeder Dollar, den Sie kassieren, in Ihrer Tasche bleibt. Es gibt da einen ganz bestimmten Namen.« Sennett hock-te sich auf Skolnicks neuen Couchtisch, sodass seine Knie fast die seines Gegenübers berührten, und fuhr leise und eindringlich fort: »Richter, was können Sie uns über Brendan Tuohey sagen?«

Skolnicks Lippen zitterten. »Tuohey?«, fragte er mit dünner Stimme.

»Richter, hat es jemals eine Gelegenheit gegeben, bei der Sie Brendan Tuohey persönlich Geld überreicht haben? Oder haben Sie von ihm Instruktionen irgendwelcher Art erhalten – explizit oder implizit –, wie Sie mit einem Anwalt umgehen oder einen Fall behandeln sollten?«

»*Per*-sönlich?« Er wirkte überrascht und zugleich geschmeichelt. »Ich habe nur selten mit dem Mann geredet. Maurice, Sie kennen ihn, Knuckles, der hat immer mit Tuohey geredet. Aber ich? Ich habe mit seinem *Schmock* zu tun gehabt. Oder wie Sie ihn nennen wollen. Kosic. Kosic war mein Ansprechpartner.«

»Aber hin und wieder haben Sie auch mit Brendan Tuohey geredet, sagten Sie. Sie könnten ihn also mal um eine Unterredung bitten und seinen Rat einholen, zum Beispiel, wie Sie sich uns gegenüber verhalten sollen?«

Skolnicks gerötete Augen weiteten sich, als er begriff.

»Mit einem Subjekt wie dem da am Hals?« Er zeigte auf Robbie. »Na, klar doch«, seufzte Skolnick. »Aber sicher doch. Das wäre mein Todesurteil. Eine Kugel in den Kopf.«

»Wir sind hier bei Ihnen als Vertreter der Regierung der Vereinigten Staaten«, sagte Sennett. »Niemand bringt hier jemanden um.«

»Ja, klar, wie bei den ganz großen Fischen. Ich soll wohl den Rest meines Lebens mit Bodyguards verbringen, mir die Nase operieren lassen und einen neuen Namen annehmen?«

»Ihre Sicherheit ist dort, wo Sie sind, gewährleistet. Auch hinterher kann für Ihre Sicherheit gesorgt werden.«

Hinterher. Skolnick fiel die Kinnlade herunter, als ihm klar wurde, dass Sennett damit die Zeit nach dem Gefängnis meinte. Daran hatte er überhaupt noch nicht gedacht. An die Schande hatte er gedacht und an den Skandal. An üble Nachrede. Dass er sein Richteramt verlieren würde und seine Pension. Doch nun verzog sich sein Gesicht erneut zu einer Grimasse. Nach einem tiefen Seufzer brach er erneut in Tränen aus.

»Ich meine, Sie sollten auch noch an andere Menschen denken«, sagte Sennett. Er deutete auf die Regale und die dort aufgestellten Familienfotos.

»Ach!«, stieß Skolnick abweisend hervor. Er wollte wieder aufstehen, doch erst als er sich plötzlich an den Hals griff, erkannte Evon, dass ihm nicht gut war. Das linke Bein rutschte ihm weg. Einen Augenblick stand er schief in der Landschaft und schwankte wie ein Schilfrohr im Wind. Dann siegte die Schwerkraft, und er fiel polternd zu Boden. Mit der Schulter stieß er gegen die Sofalehne, mit der Hüfte kippte er den Couchtisch mit den Gerichtsunterlagen um.

Alle stürzten zu ihm hin. Es war bei Bewusstsein, als sie ihn auf die Seite legten. Er reagierte auch, doch das Einzige, was kam, waren Tränen. Er wurde von Weinkrämpfen regelrecht geschüttelt.

»Sollten wir nicht den Notarzt rufen?«, fragte Clevenger. Erst da ergriff Skolnick das Wort. Er erhob sich auf die Knie und winkte schwach ab.

»Angina pectoris«, sagte er leise. »Bin nur ein bisschen benommen. Ich nehme eine Pille. Geben Sie mir ein bisschen Zeit. Ich brauche für das alles etwas Zeit.« McManis hatte nach seinem Arm gegriffen und ihn zurück auf das Sofa gezogen. Alle standen im Kreis um den alten Mann, der die Hände vor das tränennasse Gesicht geschlagen hatte.

Schließlich winkte McManis Sennett und Evon zu sich. Auch Tex trat zu ihnen. So umringten Baseballspieler ihren Trainer vor dem nächsten Schlag. Robbie hielt sich als Einziger abseits. Er hatte sich auf die unterste Treppenstufe gesetzt und wirkte zu erschöpft, um noch viel mitzubekommen.

»Stan«, sagte McManis mit ruhiger Stimme, »wenn wir weitermachen, bringen wir den Kerl um.«

»Gott im Himmel!«, gab Sennett zurück. In dieser Nacht und morgen, wenn die ganze Bande wie die Ameisen durcheinander wimmelte, deren Bau zerstört war, konnte schon etwas durchsickern. Und wenn der Gegner sich erst wieder formiert hatte und Anwälte ihre Mandaten gegen eine Kontaktaufnahme durch die Regierung abschirmten, würde nichts Nennenswertes mehr herauskommen. Diese Anwälte blieben in dem Fall die einzige Informationsquelle. »Geben wir ihm ein paar Minuten. Er wird sich beruhigen.« Er bat Clevenger, Skolnick ein Glas Wasser zu bringen. Aber McManis hielt Tex zurück.

»Stan«, sagte McManis ruhig, »Stan, das hier ist nicht unser Mann. Der zwingt Brendan nicht in die Knie. Nicht, wenn sie sich Auge in Auge gegenüberstehen. Tuohey wird einfach nicht mit ihm reden. Er muss ihn doch nur von ferne kommen sehen, um schon die berühmten drei Affen zu spielen. Genau wie bei Robbie. Und dieser Kerl hier bringt nicht einmal ein Zehntel von Feaver. Mit ihm gehen wir unter wie die *Titanic.* Wenn Tuohey mit Skolnick fertig ist, hat er ihn so weit, dass er schwört, Brendan habe von nichts gewusst.«

Sennett starrte verbittert in eine Zimmerecke.

»Stan«, fuhr McManis fort, »dieser Kerl hier kann aussagen. Wir können ihn als Zeugen benennen. Erhalten wir uns die Möglichkeit. Aber dann dürfen wir ihn heute Abend nicht umbringen.«

»Mist«, sagte Sennett. Er dachte noch einen Augenblick nach und lenkte dann mit einer seiner typischen, unerwarteten zynischen Bemerkungen ein. »Wäre wohl nicht gerade eine Schlagzeile, die wir uns zum Auftakt wünschen würden.«

Skolnick schien sich inzwischen seine eigenen Gedanken gemacht zu haben. Schwankend wie ein Betrunkener ging er auf die Treppe zu.

»Ich kann das nicht machen. Nicht jetzt.« Er schlotterte, raffte sich auf und stützte sich mit den Händen an der Wand ab. Sein Trauring glänzte im Licht der Leuchtschiene an der Decke und schien plötzlich seine Aufmerksamkeit auf sich zu ziehen: »O Gott, Molly«, stöhnte er. Auf der untersten Stufe schwankte er erneut, offensichtlich kurz vor dem nächsten Zusammenbruch. Robbie stand Skolnick am nächsten und fing ihn auf. Er legte den Arm um den alten Mann, und als der Richter wieder aufrecht stand, half er ihm auf die erste Stufe.

»Eine nach der anderen, Barney«, sagte Robbie. »Eine nach der anderen. Nur keine Hast.« Untergehakt stiegen sie langsam die Treppe hinauf.

8

Sherm Crowthers wohnte auf dem Assembly Point, einer Landzunge, die in den Kindle River hineinreichte. Vor der britischen Kolonialzeit hatten hier die Franzosen ein Fort errichtet, später ließen sich erste Siedler mit Gerbereien am Wasser nieder. In den Dreißigerjahren nahm der Schiffsverkehr auf dem Fluss ab, und so war die Landzunge zur exklusiven Enklave für die kleine schwarze Mittelklasse des Kindle County geworden. Nach dem Zweiten Weltkrieg waren Bewohner dieser Gegend mit Pioniergeist und ohne Angst vor einer Vermischung und deren unvermeidlichen Folgen nach University Park gezogen, einem der ersten integrierten Wohnviertel der Vereinigten Staaten. Später verteilten sie sich auf andere Stadtviertel, die ihnen einladender erschienen. In neuester Zeit erlebte Assembly Point einen seltsamen Wandel: Junge weiße und asiatische Familien kauften dort Häuser, was prompt bei den Alteingesessenen zu einem Aufschrei führte, der Point verliere damit seinen »einzigartigen Charakter«.

Dennoch behielt Assembly Point für Afroamerikaner eine besondere Bedeutung. Viele waren in dem neidischen Bewusstsein aufgewachsen, dass es sich am Point besser lebe und dass es dort Dinge gebe – einen Country Club mit Golfplatz, Debütantinnenbälle –, die Afroamerikanern sonst verwehrt waren. Für viele Schwarze mit entsprechendem Einkommen war es daher undenkbar, eine andere Wohngegend überhaupt in Betracht zu ziehen.

Zu ihnen gehörte Sherm Crowthers. Sein Haus an der Broadberry war ein riesiger georgianischer Backsteinbau. Eine Reihe weißer Säulen trug einen Portikus, der bis zum zweiten Stock hinaufreichte. Eine herrschaftliche Auffahrt mit Rondell führte zur

Eingangstür. Als Evon mit der übrigen Sennett-Truppe dort ankam, war es wenige Minuten vor Mitternacht. Dennoch hatten sich Stan und McManis darauf geeinigt, zu dieser späten Stunde weiterzumachen. Nicht nur Zeitmangel zwang sie dazu, sondern auch taktische Gründe. Sie wollten diese Männer zu Hause stellen, sie überrumpeln und sie buchstäblich im Hemd erwischen. Die Aktion sollte im Schoß ihrer Familien stattfinden, in jener Geborgenheit, auf die sie im Gefängnis würden verzichten müssen. Dieses unerbittliche Vorgehen gehörte zu den zahlreichen Taktiken, die Stan sich während seiner Dienstzeit im Washingtoner Justizministerium angeeignet hatte, als es zu seinen Aufgaben gehörte, die Staatsanwaltschaften im ganzen Land zu überwachen. Bei einer Festnahme hatte Stan es stets auf die Übeltäter im weißen Kragen abgesehen – vor dem Gesetz noch unschuldig bis zur Verurteilung –, und er liebte es, sie vor laufender Kamera in Handschellen abführen zu lassen. Das nannte er Abschreckung. Trotz des Protestgeheuls von der Verteidigerbank – meines eingeschlossen – tolerieren Appellationsgerichte diese grobschlächtigen Methoden bis heute, als handle es sich dabei um eine kriegsbedingte Notwendigkeit.

Auf Anweisung blieb Robbie in einiger Entfernung im Schatten auf dem Rasen stehen, während die anderen zu Shermans Haustür weitergingen. Mit dem ersten Klingelton geriet der gesamte Haushalt in hellen Aufruhr. Ein Hund schlug an, und hinter mehreren Fenstern ging Licht an. Dann wurde die Lampe über der Tür eingeschaltet, und eine dröhnende Stimme fragte durch die schwere Eichentür, wer draußen sei.

»Stan Sennett, Richter Crowthers. Der U.S.-Bundesanwalt für diesen Distrikt. Ich muss mit Ihnen sprechen. Dringend.«

»Stan Sennett?«

»Der U.S.-Bundesanwalt.«

»Und wieso ist das so dringend?«

»Öffnen Sie doch einfach die Tür, Richter, dann kann ich mit Ihnen reden, ohne die Nachbarn zu wecken. Ich stehe direkt unter der Lampe, und Sie haben einen Spion in der Tür. Sie können also sehen, dass ich es bin.«

»Und wen haben Sie da alles bei sich?«

»Das sind FBI-Agenten, Richter Crowthers. Bitte, machen Sie auf. Niemand will Ihnen etwas tun.«

Im nächsten Moment schnappten Riegel zurück, und Schlüssel drehten sich im Schloss. Wie Sherm Crowthers nun barfuß hinter der Fliegengittertür stand, eine verchromte Pistole in der rechten Hand, kam er Evon um keine Spur kleiner vor als auf der Richterbank. Er trug Boxershorts mit kleinen roten Figuren, und ein ärmelloses Unterhemd spannte sich über dem gewaltigen Bauch. Sein Blick wirkte wässrig, als hätte er etwas getrunken. Beim Anblick der Waffe war Evon ein Stück zur Seite getreten. Clevenger neben ihr öffnete die Jacke und legte die Hand auf das Halfter an seiner Hüfte.

»Glauben Sie, vor *Ihnen* habe ich Angst?«, fragte Crowthers Stan, offenbar außer sich vor Wut. »Das könnte Ihnen so passen, Constantine. Ein Crowthers mit vollen Hosen.« Sennett taxierte die Lage und zog es vor – nicht zuletzt angesichts der Pistole – zu schweigen. »Also, was soll sechs Minuten vor Mitternacht so verdammt dringend sein?«

»Wissen Sie, Richter, ich würde mich irgendwie ein bisschen wohler fühlen, wenn Sie die Waffe sinken ließen. Würde Ihnen das etwas ausmachen?«

»Ja, zum Teufel, das würde es. Dies ist mein Haus. Es ist sechs Minuten vor zwölf. Ihr seid eine Bande von verdammten Eindringlingen, ob Sie nun U.S.-Bundesanwalt sind oder nicht. Außerdem habe ich einen Waffenschein und ein verfassungsmäßiges Recht auf diese Pistole. Gehen Sie hin und überprüfen Sie das. Und jetzt sagen Sie Ihr Sprüchlein auf, und dann verschwinden Sie.«

Evon hatte sich vorsichtig hinter Sennett geschoben, um die Waffe zu betrachten, mit der Crowthers noch immer herumfuchtelte. Schließlich erkannte sie das Modell. Es war eine Double-action-Halbautomatik, eine Beretta 92 SBC. Nachdem er Sennett die Meinung gesagt hatte, ließ er die Waffe sinken, und sie sah, was sie hatte sehen wollen. Der Schlitten war nicht durchgezogen, der Hahn nicht gespannt, ein Signalstift nicht zu erkennen. Es war also keine Patrone im Lauf. Sie flüsterte Stan zu, die Pistole sei nicht schussbereit, könne aber durchaus geladen sein. Sennett schürzte die Lippen wie ein Fisch, überdachte die Lage und wies schließlich auf ihre Aktentasche mit den Unterlagen.

»Richter«, sagte er, als sie ihm das verlangte Schriftstück gegeben hatte, »das hier ist eine Vorladung vor eine Grand Jury des Bundesgerichts, vor der Sie morgen früh in dieser Stadt zu erscheinen haben.«

Sennett hielt das weiße Blatt Papier dicht an das Fliegengitter, sodass Crowthers es lesen konnte. Er hatte richtig kalkuliert, dass das die Lage etwas ändern würde.

»Geben Sie das mal her«, sagte Crowthers und schob die Hand heraus. Er entriss Sennett die Vorladung, warf die Fliegengittertür zu und verriegelte sie, ehe er las. Ein kurzer Blick genügte ihm. Dann öffnete er die Fliegengittertür erneut, knüllte das Blatt zusammen und warf es hinaus. Es landete außerhalb des Lichtkegels der Eingangsbeleuchtung in den Büschen. »Keine Vorladung, die nach Mitternacht zugestellt wird, kann jemanden zwingen, am anderen Morgen um zehn Uhr irgendwo zu erscheinen. Sie wissen das, und ich weiß das. Sie haben Ihre Pflicht getan, und nun verschwinden Sie.« Seine Beretta zielte erneut nach draußen, und er trat einen Schritt zurück, um die Haustür zu schließen.

Sennett ging dafür einen Schritt vor und wollte den Griff der Fliegengittertür packen, doch angesichts der Pistole widerstand er dem Impuls, die Tür aufzureißen.

»Hören Sie, Richter, wenn Sie gegen die Vorladung Einspruch erheben wollen, sollten Sie das morgen früh am Bundesgericht bei Richterin Winchell tun. *Das* wissen Sie und ich auch. Und offen gesagt, Eurer Ehren: In Ihrem Verfahren wird es die Jury einem amtierenden Richter kaum besonders hoch anrechnen, wenn er eine ordnungsgemäß zugestellte Vorladung wie einen Fetzen Papier behandelt.« Bei den Worten »Jury« und »Verfahren« hatte Sherm zweimal kurz den Kopf zurückgeworfen, was seinen buschigen grauen Schnauzbart voll zur Geltung brachte. »Richter, Ihnen droht eine Anklage wegen organisierter Erpressung im Amt, wegen aktiver und passiver Bestechung und wegen Verstoßes gegen das Briefgeheimnis. Nach meiner Berechnung bringt Ihnen das etwa acht Jahre Gefängnis ein. Und wir sind hier, um im Vorfeld mit Ihnen zu reden. Können wir also eintreten?«

»Ich verstehe Sie sehr gut, wenn Sie bleiben, wo Sie sind, Constantine.« Etwas kleinlauter musterte Sherm die anderen Besucher auf seiner Eingangsveranda. Auf ein Zeichen von McManis war Clevenger zum Gebüsch hinuntergegangen. Mit einem Gummihandschuh hob er die zusammengeknüllte Vorladung auf und schob sie in eine Plastikhülle für Beweismittel. »Ich habe nicht die geringste Ahnung von irgendwelchen Erpressungen oder Bestechungsaktionen. Oder wovon Sie sonst noch geredet haben.«

»Vielleicht möchten Sie ja Ihr Gedächtnis ein wenig auffrischen, Richter? Wir können Ihnen eine kleine Tonbandaufnahme vorspielen. Wir haben sie bei uns.«

In diesem Augenblick gab er ein Zeichen, und Robbie trat, die Hände tief in den Taschen vergraben, in den Lichtschein. Er wirkte kaum weniger unglücklich als zuvor bei Skolnick und blieb in einiger Entfernung von der Veranda stehen. Zweifellos hatte er die Pistole erkannt, und sein Bedarf an auf ihn gerichtete Waffen war für diesen Tag gedeckt. Also hielt er gute fünf Meter Abstand von der ersten Verandastufe, gerade so viel, dass Crowthers noch sehen konnte, wen er vor sich hatte. Dann öffnete er wie bei Skolnick Jacke und Hemd.

Im ersten Moment sagte Crowthers kein Wort. Dann verzog sich sein Mund zu einem bitteren Lächeln, wobei er ein paar zerklüftete, nikotingelbe Zähne entblößte. Sennett bot ihm noch einmal an, das Band vorzuspielen.

»Ich muss mir das gar nicht anhören, Constantine. Ich habe genau gewusst, was dieser windige Kerl im Schilde führte.« Er funkelte Robbie an. »Was für ein gottverdammter Idiot ich doch war«, fügte Sherm leise hinzu.

»Sie haben die Wahl, Richter. Wir haben Ihnen eine Menge Fragen zu stellen. Am wichtigsten aber ist es für uns zu erfahren, wohin das Geld weiterfließt, nachdem Sie es in Empfang genommen haben. Wir wissen nämlich mit großer Sicherheit, dass nicht alles in Ihren Händen bleibt. Und wenn Sie sich bereit erklären, mit uns zu kooperieren, hier und jetzt –«

Crowthers schüttelte nur einmal feierlich seinen großen Kopf.

»Sie hören gleich morgen früh von meinem Anwalt. Mehr gibt es jetzt nicht zu sagen.«

»Hören Sie zu, Richter, diesen Deal kann ich Ihnen morgen nicht mehr anbieten. Sie müssen sich jetzt entscheiden. Sie werden einen hohen Preis dafür zahlen, dass Sie Ihre Freunde schützen –«

Bei der Vorstellung dieser möglichen Perspektive – Grand Jury, Prozess, Gefängnis – lachte Crowthers laut auf. Er legte sogar die Pistole auf einen kleinen Tisch neben der Tür.

»Hören Sie, Constantine, ich habe keine Freunde. Habe nie welche gehabt. Ich habe eine Frau, eine Schwester und einen Hund, das ist alles. Ich schulde niemandem etwas, und ich erwarte auch nichts von anderen. So ist das.«

»Dann helfen Sie eben sich *selbst«,* beschwor ihn Sennett, nun zum ersten Mal mit erhobener Stimme.

Wieder lachte Crowthers. Er wirkte tatsächlich amüsiert.

»So nennen Sie das also? Mir selber ›helfen‹? Wissen Sie, wo ich aufgewachsen bin, Constantine? Unten in Dejune, Georgia. Morgens habe ich erst mal zweieinhalb Stunden Walnüsse gepflückt, bevor ich in die schäbige Schule ging, wo sämtliche Nigger in einem einzigen gesonderten Klassenzimmer unterrichtet wurden. Meistens hatte ich nicht genug zu essen, bis auf diese Nüsse, und auch von denen bat mich meine Mom verständlicherweise noch, die Finger zu lassen. Und dann, später –« Er brach ab und hob plötzlich die Hände, die hellen Innenflächen zu uns gedreht.

»Nein«, sagte er mit Nachdruck, »nein, nichts mehr davon. Sie kennen diese Geschichten. Jeder kennt sie inzwischen. Jeder schwarze Bastard über fünfzig in jedem Billardsalon kann Ihnen solche Geschichten erzählen. Und ich beklage mich auch nicht. Ist mir einfach so ergangen. Und meiner Schwester. Meiner Mommy und meinem Granddaddy. Und ich erzähle Ihnen das bestimmt nicht, Constantine, um Ihr Mitleid zu erregen. Das fehlte mir noch. Ihr beschissenes Mitgefühl kann mir gestohlen bleiben. Nein, ich will nur, dass Sie verdammt noch mal eines wissen: Sie können mir nichts ans Bein binden, was ich nicht schon erlebt hätte. Und ich habe es bis hierher geschafft – aus Georgia, wo ich Säcke mit Nüssen schleppen durfte, größer als ich, und wo ich so ausgehungert war, dass ich manchmal Käfer gegessen habe, die am Straßenrand herumkrochen –, und ich bin nicht hierher gekommen, um mir nun so ein weißes Polizeiaufgebot ins Haus zu holen. Und Sie sind auch nicht besser«, sagte er zu Clevenger, einem Schwarzen. »Ich bin nicht hergekommen, um mir von Ihnen erzählen zu lassen, was ich zu tun habe, bevor Sie mir etwas anhängen. Tun Sie, was Sie tun müssen. Aber kein Mensch auf der Welt darf sich in meine Tür stellen und mir sagen: ›Das und das hast du zu tun.‹ Und schon gar nicht so ein versiffter, arschwedelnder Greektown-Stinker, der nicht in den Spiegel gucken kann, ohne zu kapieren, dass er genau das ist und weiter nichts.«

Crowthers warf einen kurzen, finsteren Blick in die Runde, griff neben sich und zog den Schlitten seiner Pistole durch. Mit einem scharfen Klicken landete die Patrone im Lager, ein Geräusch, das in der mitternächtlichen Stille weithin zu hören war. Alle auf der Veranda reagierten im selben Moment. »Er schießt!«, schrie McManis, stieß Sennett in die Büsche und begrub ihn förmlich unter sich. Clevenger sprang auf den Gehsteig, drehte sich auf den Bauch, griff nach seiner Waffe und rollte seitlich weiter. Evon hörte, wie Robbie hinter ihr die Flucht ergriff. Schlüssel und Kleingeld klingelten in seinen Taschen. Am besten von allen in Form, trat sie einfach nur aus dem Lichtkegel und ging in die Hocke. Mit beiden Händen hielt sie die Waffe und zielte. Sie hatte Crowthers, der sich vor der dunkel getäfelten, aber hell erleuchteten schönen Eingangshalle gut abhob, genau im Visier. Im selben Moment allerdings erkannte sie, dass sie nicht würde schießen müssen. Das Gesicht dicht am Fliegengitter, betrachtete Crowthers erheitert das Chaos, das er angerichtet hatte. Als er es hinreichend genossen hatte, schlug er die Eingangstür mit solcher Wucht zu, dass der Messingklopfer mehrmals gegen die Tür donnerte. Während von innen alle Bolzen, Riegel und Ketten vorgelegt wurden, war draußen noch eine ganze Weile sein Lachen zu hören, selbst als er bereits alle Lichter gelöscht und sie im Dunkeln hatte stehen lassen.

9

Nachts um halb eins waren sie zurück in Center City und fuhren zu einer Lagebesprechung hinauf in McManis' Konferenzraum. Überraschend meldete sich Sennetts Piepser. Es war die Lokalredaktion der *Tribune.* Sie hatten eine Story: Maulwurf der Regierung im Gericht. Tuohey hatte einen Weg gefunden, gefahrlos seine Leute zu unterrichten. Stan blieben etwa zehn Minuten für eine Antwort. Um ein Uhr war Redaktionsschluss für die Spätausgabe. Er entschloss sich zu einem »kein Kommentar« in der Hoffnung, das Blatt habe nicht genügend gesicherte Informationen, um tatsächlich mit der Story herauszukommen. In diesem Fall bliebe den Petros-Ermittlern noch ein allerletzter Tag, um das Überraschungsmoment zu nutzen.

Um zehn nach eins rief Stew Dubinsky, der Reporter der *Tribune,* noch einmal an. Sie würden die Story auf jeden Fall bringen. Stan kannte Dubinsky seit Jahren und wusste daher, dass er nicht bluffte. Er besprach sich mit McManis und gab dann Stew die nötigen Hintergrundinformationen. Sennett wollte den Anschein erwecken, als sei Petros bereits ein überwältigender Erfolg. Tausende Stunden von Bandaufnahmen. Undercover-Kontakte zu dutzenden von Personen bei Gericht, in allen Positionen. Wie weit hinauf, könne er nicht preisgeben, aber Richter, und zwar im Plural, hätten mit Sicherheit mit einer Anklage zu rechnen.

Die Mannschaft um den Konferenztisch – Stan, McManis, Evon, Robbie, Tex, Amari – zerbrach sich bis fast zwei Uhr den Kopf. Am Morgen würden die ersten Verteidiger der Beschuldigten anrufen, um Genaueres in Erfahrung zu bringen. Wenn jemand da draußen genügend Angst bekam, würde er vielleicht anonym einen Deal anbieten, um Straffreiheit zu erhalten. Es konnte alles Mögliche passieren.

Inzwischen hatte es schon keinen Sinn mehr, nach Hause zu gehen. Robbie rief noch einmal zu Hause an, um sich nach Rainey zu erkundigen. Dann ging er in sein Büro hinauf, um ein paar Stunden auf dem Sofa zu schlafen, was er oft genug während laufender Prozesse getan hatte. Für fast jeden im Team war es die zweite Nacht in Folge ohne oder mit sehr wenig Schlaf. Doch Evon lief noch auf vollen Touren. Zweimal binnen vierundzwanzig Stunden hatte sie eine Waffe in der Hand gehalten. Eine derartige Anspannung ließ sich nicht so schnell abschütteln. Freiwillig übernahm sie Robbies Schutz. Gerne hätte sie mit ihm geredet, doch er winkte ab und fiel auf dem Sofa sofort in Schlaf.

Um viertel nach vier kochte sie in der Büroküche Kaffee und brachte für jeden einen Becher herein. Sie konnte kaum begreifen, wie sie in ihrer Rolle als Mormonin ein halbes Jahr ohne Koffein hatte leben können. Robbie war wach und legte gerade den Telefonhörer auf, als sie hereinkam.

»Rainey?«, fragte sie.

»Mort. Ich wollte mit ihm reden, bevor er die Zeitung liest.« Die Schuhe hatte er noch nicht wieder angezogen, und so widmete er sich einen Moment der Betrachtung seiner Zehen. Sie wollte wissen, wie Mort es aufgenommen habe.

»Ob er geschockt war? Ungläubig? Wissen Sie, ich habe ihm geraten, sich einen Anwalt zu nehmen, weil er mit seiner Zulassung Probleme bekommen könnte. Aber er schien eher um mich besorgt zu sein.« Für einen Moment war er ganz der Alte und lächelte zufrieden bei dem Gedanken an Mort. »Er weiß, dass es gut für ihn ausgehen wird, wenn die Geschichte von mir kommt.« Er sah zu Evon empor, doch sie war zu müde, um genauer nachzufragen.

Um viertel vor fünf war das Team wieder komplett. Amari kam mit dem Lieferwagen in die Tiefgarage unter dem LeSueur, und Sennett, Evon, McManis und Robbie stiegen ein. Sie hatten gerade gegenüber St. Mary's angehalten, als Tuohey und Kosic am Fuß der Kirchentreppe auftauchten. Eine Zigarette im Mundwinkel, sah

Rollo die Straße hinunter. Nachdenklich stieg Tuohey die Stufen hinauf. Seine Haltung und sein Gang signalisierten, dass er heute mit ganz besonderer Inbrunst zu beten gedachte. Mehrere Wagen mit Joes Agenten am Steuer patrouillierten durch die Straßen.

Noch war es nicht Sommer, und sogar der Frühling gab sich noch unschlüssig. Nachts war die Temperatur auf unter zehn Grad gesunken, und über die Dächer zog Heizungsrauch. Am Horizont schimmerte das erste Tageslicht. Die große rote Backsteinkirche stand auf einem kleinen dreieckigen Grundstück. Die Straßen der Umgebung, auf denen noch kaum Verkehr herrschte, liefen sternförmig auf die Kirche zu. Die großen, etwas zurückgesetzten Geschäftsgebäude standen um diese Stunde noch leer. Eine Art nüchterner Schönheit lag in diesen letzten Minuten der Stille über den Straßen. Eine City, in der tausende noch im Schlummer lagen. Aber bald schon würde wieder Betriebsamkeit herrschen.

Rollo ging allein weiter. Ihm war kalt. Die Hände tief in den Taschen seiner Windjacke vergraben, beeilte er sich, ins Paddywacks zu kommen. Sobald Plato aufmachte, wollte er sich dort mit Milacki treffen.

Kaum hatte Kosic die Kirche hinter sich gelassen, gab McManis ein Zeichen, und der erste Wagen stoppte abrupt neben ihm am Bordstein. Die Agenten kreisten Rollo ein und deuteten auf den Lieferwagen hinter sich. Sie sollten ihn dazu bringen einzusteigen, um ihn in ein wohl vorbereitetes Gespräch zu verwickeln. Doch Kosic machte nur eine abweisende Handbewegung und ging weiter.

Der Wagen folgte ihm im Schritttempo, aber Kosic würdigte sie keines Blickes. Schließlich stieg Sennett aus. Er musste ein paar Schritte laufen, bis er Kosic eingeholt hatte. Evon beobachtete die beiden durch das verspiegelte Fenster. Selbst als Stan ihn ansprach, blieb Kosic nicht stehen. Schließlich stieg auch McManis aus und gesellte sich zu den beiden. Sennett fasste Rollo am Ärmel. Kosic schüttelte ihn heftig ab, doch er hielt inne, als McManis ihn ansprach. Jim kam Kosic irgendwie bekannt vor, und das schien ihn zu überraschen. Offenbar hatte man nicht die raffinierten Täuschungsmanöver der Regierung einkalkuliert.

McManis hatte die zerrissene Serviette aus dem Attitude mit Rollos Notiz mitgebracht sowie ein paar Rechnungen mit Kosics Fingerabdrücken. Das alles war säuberlich in durchsichtigen Plastikhüllen verpackt und mit Klebstreifen verschlossen, auf denen in roter Schrift BEWEISMITTEL stand. Jim achtete darauf, dass Kosic keines davon in die Hand bekam. Deswegen war er zwei Schritte vor ihm stehen geblieben und zeigte ihm aus dieser Entfernung jeden Gegenstand einzeln, indem er ihn an einer Ecke hochhielt. Dabei erinnerte er an einen Straßenverkäufer, der seine Waren anpries. Zugleich redete Sennett weiter auf Kosic ein. Evon konnte zwar nicht von den Lippen lesen, aber sie wusste ohnehin, worum es ging: Rollo war geliefert. Ein absolut toter Mann. So tot wie manch einer nicht einmal in seinem Grab auf dem Friedhof. Sein Telefon war angezapft, und er selbst stand unter ständiger Beobachtung. Es blieben Rollo nur wenige Minuten für die Entscheidung, die den Rest seines Lebens bestimmen würde.

Gewissermaßen als Gnadenstoß machte Sennett nun eine Handbewegung in Richtung Lieferwagen. Robbie und Evon stiegen aus. Diesmal schien Feaver in besserer Verfassung. Er zwinkerte Rollo zu und hob grüßend die Hand.

Kosic blickte wie üblich gehässig drein. Für Sennett hatte er nur einen einzigen Satz übrig.

»Leck mich am Arsch«, forderte er den U.S.-Bundesanwalt auf und ging einfach weiter. Dabei schlug er, um sich zu wärmen, mit den Armen wie ein Huhn mit den Flügeln. Sennett rief ihm Drohungen nach. An einer Verurteilung komme er nicht vorbei, aber er, Sennett, könne für eine Strafminderung sorgen. Sollte er dagegen die Unwahrheit sagen oder die Aussage verweigern, würde er wegen Meineids oder Missachtung des Gerichts im Knast landen. Kosic werde sitzen, und das für Jahre. Er habe die Wahl: entweder lebenslänglich in den Bau wandern oder Tuohey preisgeben. Denn der sei es, der eigentlich auf der Abschussliste stehe.

Nach weiteren zehn Metern drehte sich Kosic schließlich auf dem Absatz um. Aber er fixierte nicht Sennett, sondern Robbie. Sein ausgemergeltes Gesicht war wutverzerrt. Er streckte ihm den

Finger mit dem schwarzen Nagel entgegen und stieß dann den ganzen Arm vor. In Höhe von Robbies Leistengegend machte er ein paar Drehbewegungen. Ob diese an das erinnern sollten, was er mit Robbie im Attitude angestellt hatte, oder ob sie als Drohung für die Zukunft gemeint waren, war nicht ersichtlich. Aber mit Sicherheit bedeutete die Geste nichts Gutes.

Mein Telefon läutete um sechs Uhr früh. Ich war in der Küche und beeilte mich, den Hörer abzunehmen, ehe Patrice aufwachte, die gerade aus Bangkok zurückgekehrt war. Es war Sennett. Ich hatte die Schlagzeile schon gelesen, als ich die *Tribune* von der Tür geholt hatte. REGIERUNGSMAULWURF GRÄBT RICHTER AN.

Meine Glückwünsche lösten bei Stan keine besondere Begeisterung aus. Die manisch betriebene Geheimhaltung war dahin. Es gab keine Codewörter und keine konspirativen Andeutungen mehr, mit denen man sich verständigen musste. Stan saß, von der langen Nacht erschöpft, in seinem Büro der Bundesanwaltschaft und klärte mich müde, aber ausführlich über das auf, was in der letzten Nacht nach draußen gesickert war.

Obwohl Sennett seine wichtigsten Ziele nicht erreicht hatte, konnte er doch einige Erfolge verbuchen. Judith hatte ausgepackt, nachdem Moses Appleby gedroht hatte, bei einer Verurteilung wegen Beihilfe zur passiven Bestechung könne ihr Restaurant geschlossen werden. Milacki hatte Moses zwar wieder fortgeschickt, allerdings ohne die gewohnte Bissigkeit. Sig schien seine Chancen abzuwägen. Ein weiteres Team, angeführt von Stans Mitarbeitern Sonia Klonsky und Shirley Nagle, hatte ebenfalls Erfolge und Misserfolge vorzuweisen. Walter Wunsch hatte keinerlei Neigung gezeigt, mit reinem Gewissen vor seinen Schöpfer zu treten. Er hatte sich Robbies Bänder in seinem Wohnzimmer angehört. Seine Frau, noch in Lockenwicklern, hatte energisch darauf bestanden, dabei zu sein, und als sie begriffen hatte, beschimpfte sie Walter, seine Hirnlosigkeit und seinen Charakter, auf das Übelste – eine Tirade, die Walter ungerührt über sich ergehen ließ. Am Ende von Klonskys Anklageverlesung hatte Walter Malatesta einen »Trottel« genannt und behauptet, er habe »Silvio einen Dreck« gegeben. Im Übrigen hatte er jeden weiteren Kommentar verweigert, bis auf die Bemerkung, dass er nun aus zwei Gründen froh sei, bald zu sterben. Die hatte er zwar nicht näher erläutert, doch als sie hinausgingen, warf er einen wütenden Blick auf seine Angetraute.

Danach war es für Klonskys und Shirleys Team besser gelaufen. Zwei Gerichtsangestellte, Joey Kwan und Pincus Lebovic, waren umgefallen, ohne dass man ihnen irgendwelche Zusagen hatte machen müssen. Danach waren sie fast die ganze Nacht lang vernommen worden. Jeder von ihnen nannte die Namen verschiedener Anwälte, für die sie die Geldboten gespielt hatten. Kwan servierte zusätzlich drei Richter, die derzeit der Strafkammer angehörten. Nun hingen Pincus und Joey beim U.S.-Bundesanwalt am Telefon und riefen einen Anwalt beziehungsweise Richter nach dem anderen an, mit denen sie gemeinsame Sache gemacht hatten. Während sie von Robbies Rolle berichteten, drehten sich hinter ihnen die Spulen der Aufzeichnungsgeräte. Gleichzeitig tischten sie ihnen Geschichten auf, die die seltsamen finanziellen Transaktionen erklären könnten, falls das Bureau bei ihnen anklopfen sollte. Um drei oder vier Uhr früh aus dem Schlaf gerissen, waren viele der Betroffenen zu erschrocken, um auf der Hut zu sein. Die dabei erzielten Ergebnisse konnten sich jedenfalls sehen lassen. Petros glich einem Tintenfleck, der sich immer weiter ausbreitete.

Einen Moment lang überlegte Sennett, ob er nicht das Fernsehen mit seinen Kamerateams in McManis' Büro rufen sollte. Allerdings musste das noch mit dem UCORC abgeklärt werden. Doch die von langer Hand geplante Aktion, die verdeckten Ermittlungen, der ganze personelle und technische Aufwand konnten die Gegenseite sicher einschüchtern und ihre Phalanx an einigen Stellen ins Wanken bringen. Die Tatsache, dass das FBI direkt im LeSueur eine veritable Anwaltskanzlei betrieben hatte, würde ohnehin bald publik werden. Stan schien sich auch von mir eine Stellungnahme zu erhoffen, doch ich hielt mich bedeckt. Jetzt, nachdem der Schleier gelüftet war, mussten wir alle zu unseren normalen Rollen zurückkehren.

Bei der Erörterung all dieser Dinge wirkte Stan ein wenig gedämpft. Ich nahm an, dass er erschöpft war, vielleicht auch hielt er sich mir gegenüber zurück, weil er mit Recht meine Enttäuschung darüber ahnte, nicht Zeuge der letzten Szenen im Drama gewesen zu sein. Doch dann stellte sich heraus, dass trotz der Erfolge noch immer das alte Problem an ihm nagte.

»Ich kann es einfach nicht glauben, dass wir Tuohey selbst nicht zu fassen kriegen. Ich kann es nicht glauben.«

Was er gegen Kosic anführen konnte, hatte Hand und Fuß. Doch darüber hinaus hatte er nichts. Wie deutlich einem der gesunde Menschenverstand auch sagen mochte, dass Rollo nicht auf eigene Faust gehandelt haben konnte – es gab keine Beweise, weder direkte noch indirekte, dass Tuohey mit den Schmiergeldern für Rollo oder mit Kosics gelegentlichen Anweisungen auch nur das Geringste zu tun hatte. Wie Robbie immer wieder betont hatte, Tuohey hatte stets Weitblick gezeigt und entsprechend geplant. Und so stand Kosic zwischen Brendan und dem Abgrund.

In Begleitung von ein paar Agenten zu Feavers Schutz hatte Stan Robbie nach Hause ins Bett geschickt. Doch es gab da noch ein Problem mit Feaver, weswegen mich Stan angerufen hatte. Robbie bestand nämlich darauf, Magda Medzyk persönlich aufzusuchen, um ihr alles von Angesicht zu Angesicht zu erklären. Er wusste, sie würde ihn schon beim Klingeln an ihrer Wohnungstür abweisen, also wollte er es noch am selben Tag im Gericht versuchen. Stan fürchtete, Feavers Erscheinen dort könne zu unerfreulichen Reaktionen führen. Deswegen bat er mich, meinen Mandanten dazu zu bewegen, auf diesen Besuch zu verzichten.

Als ich bei Robbies Haus ankam, hielten zwei Agenten in seiner Auffahrt Wache. Zunächst machten sie Schwierigkeiten, doch dann ließ mich Klecker herein. Evon hatte sich in einem Gästezimmer im ersten Stock hingelegt. Auch Robbie war noch nicht wieder aufgewacht, und ich beschloss, ihn noch eine Weile schlafen zu lassen.

Ich hatte einen Stapel Zeitungen für alle mitgebracht und unterhielt mich mit Alf über die Artikel – er selbst hatte seine eigenen Berichte von den Verhörteams erhalten und war, wie üblich, guter Laune. Joey Kwan hatte mit seiner lockeren Art durchaus brauchbare Aussagen aus mehreren Richtern der Strafkammer herausgeholt, die bereits zwei große Tonbandspulen füllten. Er hatte den begriffsstutzigen, sprachlich etwas gehemmten »Chinesen« markiert, dem alles mehrfach erklärt werden musste. Dabei hatten die Verdächtigen alles Wissenswerte über sich preisgegeben.

Robbie kam die Treppe herunter. Er hatte nach Rainey gesehen, deren Zustand unverändert war. Das leise Zischen des Sauerstoffgeräts war bis nach unten zu hören gewesen, ohne dass ich wusste, was das für ein Geräusch war. Nur noch ein Schatten ihrer selbst, sog sie den Sauerstoff ein wie eine Ertrinkende.

»Nun bin ich doch noch ein Star geworden«, meinte Robbie mit einem Blick auf die Zeitungen. »Mein Gott, woher haben die denn nur das Foto? Ist ja schlimmer als das von meinem Führerschein.« Es war ein Archivfoto, ein Schnappschuss, der Robbie beim Verlassen des Gerichtsgebäudes zeigte, noch ganz im Banne eines gerade errungenen Sieges. Auf seinem Gesicht lag das Lächeln eines schlauen Fuchses, und genau das passte in Stans Konzept.

Nach einer Weile gingen Robbie und ich ins Wohn- und Esszimmer, einen großen Raum, der ein paar Stufen tiefer als die Küche lag. Wie das ganze Haus war auch dieser Raum hochmodern und glanzvoll eingerichtet, mit rohseidener Wandbespannung und Schalensesseln. Weil die Stufen ein Hindernis für den Rollstuhl darstellten, war er im Verlauf von Raineys Krankheit immer seltener genutzt worden. Der riesige TV-Projektionsschirm war von hier in ihr Schlafzimmer gewandert. All die Hilfsmittel, die in der Anfangsphase der Krankheit für Raineys Mobilität gesorgt hatten, standen jetzt wie in einem Lagerhaus aufgereiht an den Wänden: Der Motorrollstuhl, Lifte, Trapeze, ein ausrangiertes höhenverstellbares Bett. Man kam sich vor wie in einem Lager für Krankenhausbedarf.

Robbie lehnte Stans Bitte höflich, aber bestimmt ab.

»Das ist keine Frage, sondern eine Feststellung, George. Egal, ob man mir hilft oder nicht, ich muss Magda sprechen. Sie können mich meinetwegen im Papamobil hinbringen, aber ich gehe in jedem Fall.«

Ich machte noch einen vergeblichen Versuch, ihn umzustimmen, dann gab ich auf. Er sagte, ich solle mich auf einen Anruf von Morts Anwalt gefasst machen, wer immer das sein werde.

Um kurz vor neun war ich auf dem Rückweg zur Innenstadt. Acht verschiedene Anwälte hatten bereits angerufen, außerdem Barnett Skolnick. Ich bat meine Sekretärin, jeden Anrufer zurückzurufen. Sie sollte erklären, falls es um die FBI-Ermittlungen am Gericht gehe – was, wie sich herausstellte, bei allen der Grund des Anrufs war –, müsse ich wegen eines Interessenkonflikts passen. Als ich das Radio einschaltete, war auf jedem einzelnen Lokalsender nur von Petros die Rede. Ich verkniff mir eine gewisse Schadenfreude, schließlich ging es mich nicht direkt an. Allerdings sträubten sich mir die Haare, als ein anonymer Jurist in einem Straßeninterview behauptete, von nun an habe im Kindle County der Anwaltsberuf eine bessere Zukunft.

Nichtsdestoweniger war achtzig Prozent von dem, was gesendet wurde, schlicht falsch oder bisweilen geradezu grotesk verdreht. So verkündeten die Sender zum Beispiel im Brustton der Überzeugung, Robbie Feaver sei tatsächlich ein FBI-Agent. Dementsprechend wusste ich nicht, was ich von einer Kurzmeldung halten sollte, die auf meiner Fahrt zur City um neun Uhr dreißig über einen der Sender kam. Trotz des dichten Verkehrs stoppte ich in einer Halteverbotszone, um zu vermeiden, dass ich einen Vordermann rammte, während ich von einem Sender zum nächsten schaltete. Überall war dieselbe Geschichte zu hören: Vor einer Stunde habe sich ein hochrangiger Beamter der Zivilabteilung des Obersten Gerichts namens Rollo Kosic in der Sauna eines Fitness-Clubs in der City mit einem Polizeirevolver durch einen Kopfschuss das Leben genommen. Laut derzeit noch unbestätigten Gerüchten stehe Kosics Tod in Zusammenhang mit den weit reichenden FBI-Ermittlungen gegen Korruption am Gericht, die unter dem Codenamen Projekt Petros liefen.

10

Am selben Tag hielt gegen zwei Uhr der Observierungswagen mit einer ganzen Abordnung vor dem Temple: Evon, Amari, Klecker und Robbie. Auf Richterin Winchells Verfügung sollte das FBI Barnett Skolnicks Lincoln beschlagnahmen, um das Aufnahmesystem mit Kamera, Mikrofon und Sender wieder auszubauen. Skolnick hatte Raymond Horgan, seinen früheren Chef aus seiner Zeit als Staatsanwalt, mit seiner Verteidigung betraut, und Raymond hatte gegen die Beschlagnahmung Einspruch erhoben. Für zwölf Uhr hatte er einen Termin bei Richterin Winchell erzwungen, schließlich aber doch den Schlüssel herausgerückt, weil der Wagen sonst abgeschleppt worden wäre. Da Raymond mit größter Wahrscheinlichkeit auf einen Deal aus war, hatte Moses Appleby Klecker angewiesen, den Ausbau der Anlage in allen Einzelheiten auf Video zu dokumentieren, um einer künftigen Jury demonstrieren zu können, auf welche Weise die Bandaufnahme in Skolnicks Wagen zu Stande gekommen war. Im Anschluss daran, so waren Sennett und McManis übereingekommen, konnte Robbie Magda Medzyk einen kurzen Besuch in ihrem Richterzimmer abstatten, allerdings mit FBI-Eskorte.

Die Nachricht von Kosics Selbstmord hatte anscheinend alle aus der Fassung gebracht. Auch Evon wusste nicht, wie sie damit umgehen sollte. Monatelang hatte sie immer wieder darüber gesprochen, dass ihre Aktionen auch tödliche Gefahren bargen. Deswegen ließ sich so ein Todesfall auch kaum als unerwartet bezeichnen. Dennoch war sie nie auf den Gedanken gekommen, einer der Übeltäter könne das Opfer sein. Zwar sammelte niemand für einen Trauerkranz, doch selbst Sennett hatte laut darüber nachgedacht, ob er an diesem Morgen nicht überzogen hatte. Offenbar hatte Rollo ihm geglaubt, dass seine Lage ausweglos war.

Dennoch hatte sich Rollo auf seine Weise gerächt, denn nun war die letzte Hoffnung dahin, Tuohey auf die Anklagebank zu bringen. Brendans Verteidigungsstrategie lag nun auf der Hand: Rollo war der Schuldige, er war der führende Kopf gewesen. Ausgestattet mit der Autorität eines Vorsitzenden Richters, hatte Kosic die Hand aufgehalten, Aufträge vergeben, Anweisungen gegeben, und das alles ohne Brendans Wissen, denn die Beweise der anderen Seite zeigten ja, dass und wie die zahlreichen Vorgänge über Walter und Malatesta gelaufen waren. Der Bastard hatte den vertrauensseligen Tuohey einfach übel getäuscht und sich dann lieber das Leben genommen, als dem von ihm verratenen Vorgesetzten und Freund gegenüberzutreten. Die Öffentlichkeit würde ihm das bestimmt abkaufen und selbst der eine oder andere Richter und Anwalt. Kosic hatte Tuohey also nicht nur vor einer Anklage bewahrt, sondern auch davor, zum Gespött der Leute zu werden.

Im Parkhaus des Temple demonstrierte Klecker, wie er Skolnicks Reifen zerschnitten hatte, was ein Agent auf Video aufnahm. Dann wurde der Lincoln vor das Gerichtsgebäude gefahren und dort abgestellt. Für die Kamera stellte sich Robbie kurz dorthin, wo er sich mit Skolnick getroffen hatte. Er stieg in den Wagen und drehte den Zündschlüssel, um das System zu aktivieren. Vor dem Observierungswagen schaltete Klecker per Fernbedienung ein paar Mal die Kamera ein und aus. Dann fuhr der Lieferwagen den Block entlang, um die Reichweite der Übertragung zu belegen. Nachdem alles für die Jury im Kasten war, stellte Feaver die Zündung wieder ab.

Da nun der Lincoln schon direkt vor dem Gericht stand, hielten sie es für das Beste, Robbie zuerst hineinzubringen und anschließend erst die Anlage auszubauen. Amari blieb einen Block entfernt im Lieferwagen, um alles im Auge zu behalten. Klecker hatte Robbie eine kugelsichere Weste mitgebracht, die er allerdings nicht anziehen wollte. Auf Evons Überredungsversuche reagierte er gereizt.

»Eine Menge Leute da drinnen würden mir liebend gern in den

Arsch treten, aber am helllichten Tag auf mich schießen? Das wagt keiner.« Er marschierte einfach los und zwang damit Klecker und Evon, ihm zu folgen.

Nach zehn Minuten hatte Robbie Magda Medzyks Amtszimmer bereits wieder verlassen. Er sagte, den größten Teil der Zeit habe er gewartet, bis sie aus einer Verhandlung kam. Magda hatte darauf bestanden, dass ihre Büroleiterin als Zeugin im Raum blieb. Dies sollte sich allerdings als Fehler erweisen, da sie am Ende in Tränen ausgebrochen war.

»Sie ist sehr katholisch«, sagte Robbie auf dem Weg nach draußen zu Evon. »Sie hat sich von sich aus an den Disziplinarausschuss des Obersten Gerichtshofs gewandt.« Er habe ihr vorgeschlagen, sich gleich ans Kreuz nageln zu lassen, Zeit zu sparen. Darauf habe sie ihn hinausgeworfen.

Beim Verlassen des Gerichts ging Klecker ein paar Schritte voraus, und Evon gab Robbie von hinten Deckung. Robbie selbst war in Gedanken noch bei seinem Besuch bei Magda. Er sagte, das Schlimmste für ihn sei, dass Magda anscheinend resigniert und sich in die Welt geistiger Klostermauern zurückgezogen habe, in der sie sich vor ihrer Beziehung zu Robbie eingeschlossen hatte. »Sie ist jetzt unter dem Nullpunkt«, drückte er es aus. Was immer er ihr gegeben haben mochte, war über Bord gegangen. Erneut sah sie sich den Ängsten ausgeliefert, die sie ein Leben lang verfolgt hatten.

Evon hörte ihm zu und empfand unvermittelt Sympathie für Robbie *und* für die Richterin. Dann ließ sie ihn ein paar Schritte vorgehen und suchte den weiten Platz vor dem Gerichtsgebäude nach Anzeichen einer möglichen Gefahr ab. Es war nichts Ungewöhnliches zu erkennen, nur Anwälte mit Aktentaschen, Boten, Angestellte, Passanten, und alle in Eile. Die kühle Luft hatte sich nicht erwärmt. Fahnen flatterten im Wind, der in seiner Frische noch ziemlich winterlich wirkte. Ein Drahtzug schlug mit hellem Klirren an den Fahnenmast. Einige Passanten starrten Robbie an. Dank der Morgenpresse war er plötzlich jemand, den man erkannte. Doch niemand trat auf ihn zu.

Er ging an dem großen modernen Brunnen im Zentrum des

Platzes vorbei, dessen Wasser sich bereits wieder in einer Kaskade über Travertinstufen in ein weites Becken ergoss. Robbie folgte der Rundung und blieb plötzlich stehen. Evon stürzte zwei, drei Schritte vor und erkannte, was los war.

Keine drei Meter entfernt eilte Brendan Tuohey mit einer schweren Aktentasche in der Hand auf das Gericht zu. Aus dem Gewicht der Tasche und dem ungewöhnlichen Umstand, dass er allein war, folgerte Evon intuitiv, dass er einige Bankschließfächer geleert haben musste, die er mit Kosic geteilt hatte. Ob sie nun Recht hatte mit ihrer Vermutung oder nicht, eines war auf jeden Fall deutlich zu sehen: Der Richter, der sich gewöhnlich nie etwas anmerken ließ, wirkte grauer und grimmiger als sonst. Er war so sehr in Gedanken versunken, dass er Robbie zunächst nicht einmal bemerkte, selbst als der ihn anstarrte. Doch als er schließlich aufsah, entlarvte ihn die Zornesröte, die ihm im selben Moment ins Gesicht schoss: Glühender Hass erfüllte ihn bis tief in sein Inneres. Sein langes, schmales Gesicht mit dem fleckigen Teint verzog sich zu einem schiefen Grinsen, ein armseliger Versuch, seine gewohnte Fassung zu bewahren und sich nicht anmerken zu lassen, was er empfand.

Klecker hatte sich inzwischen umgedreht und gemerkt, dass Robbie stehen geblieben war, allerdings ohne zu wissen, warum. Eine kreisende Bewegung von Evons Zeigefinger signalisierte ihm, dass er als zusätzliche Deckung gebraucht wurde. Aber er würde nicht rechtzeitig bei ihr sein können. Also pirschte sie sich selbst so nah wie möglich an Robbie heran. Nur wenige Schritte von ihm entfernt ließ sie sich auf dem Rand des unteren Brunnenbeckens nieder. Sie war sich ziemlich sicher, dass Brendan sie nicht erkennen würde. Dennoch bemühte sie sich, keinen der beiden Männer anzustarren, sondern setzte ein beklommenes Gesicht auf – ganz wie jemand, der sich erst einmal von einer bedrückenden Situation vor Gericht erholen musste. Der Wind trug Tuoheys Worte zu ihr herüber, mal stärker, mal schwächer.

»Wenn man vom Teufel spricht«, meinte er. »Wird ’ne ganze Menge über dich geredet, Robbie. Viele anständige Menschen sind einfach perplex. Muss schon sagen, bin ein wenig überrascht, dich in dieser Gegend zu sehen.«

Feaver sagte, er habe noch ein paar Dinge zu erledigen.

»Kann ich mir denken«, erwiderte Tuohey. Aus dem Augenwinkel sah Evon, wie der alte Mann näher an ihn herantrat. »Habe mehr als einmal den Leuten garantiert: ›Den Robbie kenn ich von klein auf. Habe dem Jungen immer vertraut. Kein Grund, an ihm zu zweifeln.‹ Das habe ich immer gesagt. Aber jetzt gucke ich in die Zeitung, Robbie, und was lese ich da?«

»Sie können sich den Blödsinn sparen, Brendan. Ich bin so gut wie tot. Der Preis dafür, dass ich mich auf Sie ansetzen ließ, ist eine Reise in den Knast.«

Inzwischen war Klecker auf der anderen Seite des Brunnens, doch Evon war den beiden Männern noch immer viel näher. Robbie schien sie bemerkt zu haben und machte noch ein, zwei Schritte in ihre Richtung. So blieb sie in Hörweite, und auch die Windrichtung stimmte noch. Aber Tuohey ging kein Risiko ein.

»Kann mir nicht vorstellen, dass du ein einziges wahres Wort über mich zu sagen hättest, das in irgendeiner Weise von Belang wäre. Aber im Gefängnis bist du sicher gut aufgehoben, Robbie. Dort hast du Gelegenheit, über deine Sünden nachzudenken. Im Laufe der Jahre hast du ja einiges Unheil angerichtet, wenn es stimmt, was die Zeitungen schreiben.«

»Die Masche zieht nicht, Brendan. Ich trage kein elektronisches Spielzeug mehr unter dem Hemd. Das hat mir ein großer Junge weggenommen.« Damit stieg Robbie über den Brunnenrand in das flache Becken. Das schäumende Wasser war nur knietief, aber er ließ sich, den Blick auf Tuohey gerichtet, kurz hineinfallen, sprang wieder hoch und schüttelte sich wie ein nasser Hund, dass es weithin spritzte. Dazu spreizte er die Arme, um zu zeigen, dass unter seiner am Körper klebenden Kleidung keine verräterischen Ausbuchtungen zu sehen waren. Die Temperatur hatte noch kaum zehn Grad erreicht. Feaver schlang die Arme zum Schutz vor der Kälte um seinen Körper. Sein Designer-Sweater hing ihm jetzt bis auf die Schenkel. Er stand noch immer im Becken.

Tuohey sah ihm mit einem schiefen Lächeln zu und überlegte, wie er reagieren sollte.

»Du hast fraglos schauspielerisches Talent, Robbie. Alle Achtung. Beherrschst die Szene. Ich erinnere mich, wie du mit sechs Jahren Musical-Nummern nachgesungen hast, als stündest du auf einer Broadwaybühne. War aber keine, nicht?«

»Nein, Brendan, das hier ist für mich keine Broadway-Show. Für Sie aber auch nicht. Ist doch irgendwie beschissen, dass nur einer von uns in den Bau geht.«

Tuohey ließ sich Zeit, um diese bittere Feststellung einzuschätzen. Robbie spielte seine Trümpfe gekonnt aus, und Tuohey war im Tumult der Gefühle ein paar Schritte zurückgewichen, konnte aber nicht einfach weggehen.

»Dir haben schon immer die Perspektiven in deinem Leben gefehlt, Robbie. Stets hast du rotgesehen, wenn du nur meinen Namen gehört hast. Schon als du neun warst, mein Junge. Du hast nicht besonders viel davon gehalten, wie ich deine Mame in eurer Wohnung da drüben auf die Couch gelegt und mit ihr sonntagsabends eine kleine Entspannungsnummer geschoben habe. Aber weißt du, Robbie, ob nun Mutter oder nicht, sie war eine Frau und hatte ihre Bedürfnisse. Ich habe immer gemerkt, wo dich der Schuh drückte. Und war hundertmal und mehr für dich da. Immer. Um ihretwillen. Und deinetwegen. Aber das hat für dich nichts geändert.« Er konnte seine Wut kaum mehr beherrschen, was selten vorkam. Sie kochte regelrecht hoch, als er Robbie, noch immer bis zu den Knien im wirbelnden Wasser, betrachtete. »Nur hin und wieder eine kleine Nummer aus reinem Mitleid. Sie war ja geschieden und halt immer noch geil. Und was habe ich nun davon? Denk dich da mal rein. Hat mir nichts gebracht.«

Viel tiefer hätte Tuohey Robbie gar nicht treffen können. Er drehte sich in Evons Richtung um und rauschte an ihr und Feaver vorbei, ohne beide eines Blickes zu würdigen. Robbie sprang mit einem Satz aus dem Brunnen. Die Arme fest um sich geschlungen, stand er frierend vorgebeugt da, aber er gab sich noch nicht geschlagen. Er rief Tuohey beim Vornamen.

Der Richter blieb stehen und überlegte, konnte dann aber der Versuchung des Zweikampfs nicht widerstehen und drehte sich halb herum.

»Tut mir Leid, das mit Rollo«, sagte Robbie. Es hätte Evon nicht gewundert, wenn zwischen den beiden Männern bei der kurzen Distanz buchstäblich die Funken geflogen wären. Es stand jetzt unentschieden. Jeder hatte dem anderen einen Tritt versetzt, doch Robbie hatte noch eine Kugel im Lauf, um seine Rache zu stillen. Offensichtlich hatte auch er die Grenze kühler Berechnung überschritten. »Eines kannst du dir merken, Brendan, solange du hier noch freie Luft atmest: Der große Unterschied zwischen dir und mit ist, dass *ich* mich um meinen besten Freund kümmern würde.«

Das war ein Volltreffer, wirkungsvoller als gedacht. Tuohey stand wie angewurzelt. Feaver, für den Moment so etwas wie der Sieger, sprintete die etwa zwanzig Meter zu Skolnicks Lincoln neben einer Parkuhr. Klecker hatte den Schlüssel nicht von ihm zurückbekommen, und so sprang er hinein. Groß nachgedacht habe er nicht, erzählte er mir später, er wollte nur ins Warme und die Heizung voll aufdrehen.

Evon ging zu Klecker auf der anderen Seite des Brunnens. »Mann«, stieß Alf plötzlich hervor. Sie wirbelte herum und sah Tuohey auf Robbie und den Lincoln zulaufen. Auch sie rannte los, aber Tuohey stand schon an der Wagentür und machte Robbie ein Zeichen, das Fenster herunterzukurbeln. Sie wusste, wenn Tuohey jetzt in seine Aktentasche griff, musste sie auf ihn zielen. Doch der Richter stellte die Tasche am Bordstein ab und steckte seinen grauen Kopf kurz durch das Fenster ins Wageninnere. Dann folgte eine Hand. Als er wieder auf das Gerichtsgebäude zuging, war sein Schritt sichtlich federnder.

Was immer Tuohey gesagt haben mochte, Feaver wirkte verwirrt. Auf Evons Frage hin schüttelte er nur stumm den Kopf. Mittlerweile war Amari in Cowboystiefeln und Sportjacke über die Straße zu ihnen gerannt. Joe, viel emotionaler als McManis, doch nach außen im Allgemeinen ebenso beherrscht, ruderte mit beiden Armen durch die Luft.

»Sie sind der größte V. I., der mir je untergekommen ist«, rief er Robbie zu. Mit beiden Händen griff er durch das Fenster und packte ihn an den Schultern. »Der Schärfste. Der Beste. Eindeutig der Beste.« Nach einem kurzen Augenblick hatte Evon begriffen. Kaum war Robbie nämlich in den Lincoln gesprungen und hatte die Zündung eingeschaltet, war auch die Kamera wieder angelaufen. Amari hatte das kleine Zwischenspiel, als Tuohey sich in den Wagen beugte, auf Band aufzeichnen können. »Wenn es stimmt, was ich gesehen habe«, sagte Amari, »dann haben Sie den Kerl gerade zur Strecke gebracht.«

Alle vier liefen jetzt die Straße hinunter zum Observierungswagen. Alf fuhr das Band ab, und kurz darauf sah man Robbie, in seinen nassen Kleidern. Den einen Arm noch immer um den Oberkörper gelegt, schaukelte er auf Skolnicks rotem Ledersitz vor und zurück. Mit der anderen Hand fummelte er an den Heizungsknöpfen herum.

Plötzlich sah er auf und bemerkte, dass Tuohey, er war nicht im Bild, ihn aufforderte, die Scheibe herunterzudrehen. Robbie suchte einen Moment lang nach dem verchromten Knopf für den elektrischen Fensterheber. An Robbies ausweichender Bewegung war zu erkennen, dass Tuohey den Kopf in den Wagen gesteckt hatte. Allerdings war er nicht vollständig im Bild. Nur sein grauer Scheitel und seine knorrige Hand erschienen auf dem Bildschirm. Da nun jedoch die Windgeräusche wegfielen, war seine Stimme deutlich zu verstehen, als er sagte: »Um auf deinen besten Freund zu sprechen zu kommen, mein lieber Robbie. Als Morton am Dienstag zu mir kam und mich vor dir warnte, habe ich ihm eine Nachricht für dich mitgegeben. Pass jetzt gut auf, Robbie. Von alledem, was jetzt über dich getratscht wird, könntest du leicht konfus werden. Also denk dran, wenn dir das hier passiert, dass es von mir kommt.« Plötzlich drehte Tuohey die Hand, die auf Feaver gedeutet hatte, herum und ließ den Daumen hochschnellen. Zusammen mit dem ausgestreckten Zeigefinger bildete er die imaginäre Pistole, mit der kleine Jungen seit jeher aufeinander zielen. Und dann ließ Brendan, um jedes Missverständnis auszuschließen, den Daumen in einem Sekundenbruchteil wie den Schlagbolzen herab- und die Hand vom Rückstoß hochschnellen.

»Wenn das keine Drohung ist«, sagte Klecker. »Mein Gott, wir haben auf Band, wie er einen Zeugen des Bundesanwalts bedroht!«

»Ich sage euch«, bestärkte Amari, »das ist Zeugeneinschüchterung, wie sie im Buch steht. In flagranti erwischt.«

Amari und Klecker tauschten einen triumphierenden Handschlag. Dann schüttelte Alf Evon die Hand. Klecker ging auch auf Feaver zu, doch der war aufgestanden, ließ das Band zurücklaufen und sah sich die Szene ein zweites Mal an. Er hielt den Kopf dicht an den Monitor, um jedes Wort mitzubekommen. Anschließend ließ er das Band noch einmal zurücklaufen und spielte es ein drittes Mal ab. Jetzt wurde klar, auf welchen Satz von Tuohey es ihm ankam. »Als Morton am Dienstag zu mir kam und mich vor dir warnte …« Evon fragte sich erstaunt, was das bedeuten sollte.

Alf winkte sie nach vorn, damit sie alle zusammen McManis anrufen konnten.

»Damit ist er weg vom Fenster, kriegt keinen Stich mehr, steht im Hemd da«, sagte Jim und gestattete sich einen impulsiven Lacher.

Als Nächstes musste die Kamera unter dem Dach des Lincoln entfernt werden. Sie fuhren mit beiden Wagen zum Federal Building zurück. Alle bis auf Robbie stiegen aus dem Lieferwagen und machten sich zusammen mit zwei Experten von der Spurensicherung daran, die Anlage ohne sichtbare Beschädigung am Wagen auszubauen. Dann ging es zurück ins LeSueur, wo schon eine ganze Anzahl von Leuten darauf wartete, sich das Videoband anzuschauen.

Robbie war es in seinen nassen Sachen zu kalt, um mitzukommen. Er zog es vor, sich in seinem Büro umzuziehen, wo er stets etwas in Reserve hatte. Zu seinem Schutz begleitete ihn Evon nach oben. Morgens hatte er ein paar aufgeregte Anrufe aus seiner Kanzlei erhalten, dass sich im Empfang Kamerateams vom Fernsehen breit machten, doch inzwischen hatten sie die Männer vom Sicherheitsdienst wieder hinausbefördert. Zwei private Wachleute hatten sich an der Tür postiert.

Zum ersten Mal, seit Robbie Thema Nummer eins in allen Medien geworden war, bekamen ihn seine Angestellten wieder zu Gesicht. Auf seinem Weg durch die Flure seiner protzigen Kanzlei herrschte ungewöhnliche Stille. Das lag zum einen an seinem bemitleidenswerten Anblick in den nassen Kleidern und zum anderen an Evon, die von einer Stunde zur anderen mal Freund, mal Feind zu sein schien. Vor der Tür seines Büros empfing ihn Bonita mit einem etwas betrübten Blick und schüttelte den Kopf mit der schwarzen Haarmähne.

»Keine von diesen Nachrichten hier wird Ihnen Freude bereiten.«

Evon nahm Robbie das Versprechen ab, das Büro nicht zu verlassen, ohne ihr vorher Bescheid zu sagen. Dann fuhr sie wieder zu McManis hinunter. Sie hatten mit dem Abspielen des Bandes gewartet, bis alle versammelt waren. McManis, sämtliche Undercovers und auch die örtlichen Agenten des Observierungsteams saßen dicht gedrängt im Konferenzraum. Als Letzter betrat Sennett außer Atem den Raum und verzögerte die Vorstellung um einen weiteren Moment, um mich anzurufen. Doch von meinem Büro erhielt er nur die Auskunft, ich sei bei einem Mandanten.

Alf schob die Kassette in den Recorder und drückte auf Start.

Auf dem Bildschirm nichts als Schneetreiben.

Alf ging auf Schnell-Rücklauf, dann startete er erneut. Er fummelte an den Anschlüssen herum. Schließlich wurde ihm klar, dass das Band leer war. Er sah noch einmal im Lieferwagen nach, kam aber nur mit einer leeren Kassettenhülle zurück. Es verging einige Zeit, bis sie endlich auf die Idee kamen, nach Robbie zu schauen. Und das war lange, nachdem Robbie mir das gesuchte Band heruntergebracht hatte.

In meinem Empfang erweckte Robbie die ungeteilte Aufmerksamkeit aller: Er trug noch immer die nasse Kleidung, darüber allerdings den dicken warmen Wintermantel, der für Notfälle stets in seinem Büro hing. Die Haare klebten ihm im Gesicht. Einmal nicht locker hochgefönt, erinnerten sie an das Gefieder einer Krähe nach einer Auseinandersetzung mit einer Katze. Er wollte mich allein sprechen. Ich hatte gerade einen Mandanten da, doch Robbie versprach, es würde nur eine Minute dauern. In dem kleinen Lesezimmer neben meinem Büro händigte er mir die Kassette aus und informierte mich über deren Inhalt.

Offensichtlich suchte er meinen Rat als Anwalt. Er wollte wissen, ob es für ihn berechtigte Gründe gebe, die Kassette zurückzuhalten. Wir beide wussten, dass das sehr zweifelhaft war, doch Robbie hoffte auf Zeitgewinn. Er befürchtete, Sennett könnte Mort einen nächtlichen Besuch abstatten. Das Band würde Stan als Demonstrationsobjekt auf Morts Großbildschirm dienen, während er gleichzeitig mit einem Trommelfeuer von Fragen herauszubekommen versuchte, was Tuohey gemeint habe, als er sagte, Dinnerstein habe ihn vor Robbie gewarnt. Die Antwort darauf interessierte auch Robbie brennend. Noch wichtiger war es, dass Mort begriff, dass er sich umgehend einen Anwalt nehmen musste. Mit seiner Einschüchterungstaktik und der Androhung einer Gefängnisstrafe würde Sennett Morty so weich wie Wachs machen.

Ich fragte Robbie, ob er Mort gesagt habe, dass er für die Regierung arbeite. Ich hatte schon lange den Verdacht, dass Robbie Dinnerstein bereits vor Monaten informiert hatte. Aber Robbie beteuerte, seinen Partner im Dunkeln gelassen zu haben, nicht etwa aus Loyalität gegenüber Sennett, sondern weil er überzeugt war, dass er damit Mort in eine untragbare Situation gebracht hätte. Sheilah Dinnerstein hätte es ihrem Sohn nie verziehen, hätte sie gewusst, dass er nichts unternommen hatte, um seinen Onkel Brendan zu retten. Selbst an jenem Montag, als sich Evon bei ihrem melodramatischen Auftritt in Robbies Kanzlei als FBI Special Agent DeDe Kurzweil zu erkennen gab und die Vorladung präsentierte, hatte Robbie Mort nur versichert, er habe die Situation »voll im Griff«.

»Er muss von sich aus darauf gekommen sein«, sagte Robbie. »Ich habe keine Ahnung wie. Aber ich könnte mir vorstellen, Brendan hat ihn in den letzten Wochen immer wieder gelöchert. So in der Art: ›Was ist los mit Robbie? Warum ist er so seltsam?‹ Dennoch kann ich mir nicht vorstellen, dass Mort ihm von seinen Vermutungen berichtet hat. Ich glaube, es kommt von *Brendan* selbst, verdammt noch mal. Was glaubt er denn, was sein Onkel mit mir machen würde? Mich zum Teekränzchen einladen?« Vor Verzweiflung konnte mir Robbie nicht einmal ins Gesicht sehen. Aber das war mir nur recht. Mir wäre ohnehin kein passender Trost eingefallen. Blut ist dicker als Wasser? Ich begriff, dass Robbie bei seiner Entscheidung, Mort erst einmal nichts zu sagen, an seine eigene Sicherheit gedacht hatte.

Er machte sich auf den Weg zu Dinnerstein und versprach, mich anzurufen, sobald sie fertig seien. Bis sechs Uhr hatte ich noch nichts gehört. Dafür hatten uns mehrere dringende Anrufe von Stan Sennett erreicht, die ich allerdings unbeantwortet ließ. Doch ich war sicher, dass inzwischen Agenten ausgeschwärmt waren und Feaver suchten und dass jeden Moment McManis oder Stan vor meiner Tür stehen würde. Da läutete mein direkter Anschluss. Robbie meldete sich von seinem Autotelefon. Er sei nur durch die Gegend gefahren, sagte er. Er bat mich, Sandy Stern, Morts Anwalt, anzurufen. Feaver wollte schon einhängen, als ich in den Hörer bellte, er solle warten.

Ob Mort es ihm erklärt habe, wollte ich wissen. Ob er gesagt habe, wieso er es Tuohey verraten habe.

»Ja«, erwiderte Robbie. Für ein paar Sekunden sah es so aus, als wolle er nichts hinzufügen. Dann nahm er sich zusammen und stellte sich seiner Aufgabe: »Er sagt, Stan habe ihn dazu aufgefordert.«

11

Obwohl Sandy Stern nur wenige Jahre älter ist als ich, war er für mich stets ein Held gewesen. Kennen gelernt hatte ich ihn kurz nach der Law School. Wir waren beide Easton-Absolventen und hatten als Strafverteidiger im Inferno des Gerichts von North End angefangen. Stern war mir dort zum Vorbild geworden. Er demonstrierte, dass ein Anwalt, egal, um welches Verbrechen es ging oder wen man verteidigte, Würde ausstrahlen konnte. Er ist nicht gerade eine attraktive Erscheinung: Rundlich, Glatze, dunkler Typ, schmales, dennoch zu fleischiges Gesicht. Trotzdem wirkt er sehr beeindruckend. Er ist gebürtiger Argentinier und stammt aus einer Familie sprichwörtlich wandernder Juden. In seiner gewählten Ausdrucksweise schwingt noch immer eine spanische Sprachmelodie mit, ein eigener Rhythmus, geprägt von Besonnenheit und Intelligenz. In seiner zurückhaltenden Art und seinem behutsamen Einfühlungsvermögen ähnelt er mir sehr. Unsere Freundschaft hat ihre geordneten Grenzen, die von keiner Seite je überschritten werden. Doch mit der Zeit bin ich zu der Ansicht gelangt, dass er der beste Anwalt ist, den ich kenne. Und aus diesem Grund hat es mich nie gestört, dass er, mehr als ich, in Fachkreisen des Kindle County stets als der Anwalt in heiklen Strafsachen galt. Wenn auch mein Stolz etwas angeknackst war, so haben mich doch die Fälle, die er mir großzügig überwies, mehr als entschädigt. War er überlastet, war immer ich die erste Adresse, die er empfahl.

Als ich an dem Abend oben in den Morgan Towers in einer Ecke von Sterns Club saß, stilechtes Chippendale, erzählte er mir eine beunruhigende Geschichte. Im vergangenen Juni seien eines

Abends Stan Sennett und drei Beamte der Steuerfahndung in Morts Privatwohnung aufgetaucht. Sennett habe behauptet, im Besitz zuverlässiger Informationen zu sein – aus Moreland-Unterlagen, wie sich herausstellte –, dass Dinnerstein als Anwalt in Schadensersatzfragen erstaunlich viele Erfolge an der Zivilabteilung zu verzeichnen habe, wo sein Onkel Brendan Vorsitzender war. Er, Sennett, werde herausbekommen, was es damit auf sich habe, so oder so. Hier und jetzt könne er Mr. Dinnerstein noch völlige Straffreiheit garantieren. Er müsse nur frei und offen aussagen. Anderenfalls müsse er sich auf den totalen Zusammenbruch seines bisherigen Lebens gefasst machen: Es werde Ermittlungen bei seiner Bank geben, sein Steuerberater, seine Mandanten, seine Angestellten, sogar die Nachbarn würden von einer Grand Jury vorgeladen werden. Sollte Stan dabei auf die Dinge stoßen, die er vermute, werde Mr. Dinnerstein noch in einem Bundesgefängnis einsitzen, wenn seine Kinder längst das College absolviert hätten, und das wahrscheinlich nur mit Hilfe von Stipendien. Sennett würde jeden einzelnen Penny konfiszieren lassen, den Dinnerstein in seiner Eigenschaft als Anwalt verdient habe.

Dinnerstein hatte sich Bedenkzeit erbeten, um sich mit einem Anwalt zu besprechen; und dieser Anwalt war Stern. Sein Mandant hatte ihn umfassend informiert, und so wusste Stern zwei Dinge mit ziemlicher Gewissheit. Erstens hatte Sennett im Moment nichts Konkretes in der Hand. Sonst hätte er Mort keine Straffreiheit zugesichert. Zweitens würde Stan, sobald er auf das geheime Konto von Mort und Robbie bei der River National Bank stieß, leicht herausfinden können, was Mort Sandy gegenüber eingestanden hatte: Unter Anleitung seines Onkels hätten Dinnerstein und sein Partner Robbie Feaver seit Jahren Richter an der Zivilabteilung bestochen.

Sterns von Sennett schließlich akzeptiertes Angebot sah daher vor, dass Dinnerstein lediglich als vertraulicher Informant zur Aufklärung beitragen sollte, weiter nichts. Er werde auf alle Fragen Sennetts umfassend und wahrheitsgemäß antworten. Keine der so gewonnenen Informationen und keine Folgerungen daraus dürften indes jemals gegen Dinnerstein verwendet werden, und er dürfe auch nie in den Zeugenstand gerufen werden. Seine Identität als Informant könne nur Dinnerstein selbst aus eigenem Ermessen offenbaren. Und das war sehr unwahrscheinlich angesichts des Aufruhrs in seiner Familie, wenn bekannt würde, dass er seinem Onkel in den Rücken gefallen war.

Im besten Falle – wenn Sennetts Ermittlungen erfolglos blieben – hatte Dinnerstein überhaupt keinen Nachteil zu erwarten. Und schlimmstenfalls – wenn die volle Wahrheit über seine Rolle aus anderen Quellen bekannt wurde – würde er seine Anwaltslizenz zurückgeben und die Manöver seines Anwalts unterstützen, mit denen er ihn vor einer Strafverfolgung schützen würde. Grundlage seiner Strategie sollte dann die Tatsache sein, dass Mort nie wirklich die Chance gehabt hätte, persönlich irgendwem Geld zuzustecken.

Und mein Mandant?, fragte ich. Der bliebe allein auf sich gestellt?

Stern schloss langsam die Augen und öffnete sie dann wieder.

»Genau«, sagte er. »Und der Gedanke hat uns durchaus gequält.«

Ganz bestimmt, dachte ich, und mir fielen fast gegen meinen Willen die Lügen ein, die Robbie unbekümmert in die Welt gesetzt hatte, um Mort zu schützen.

Stern hatte Mort nur mit einem trösten können, nämlich dass Feaver wahrscheinlich ein Deal gelingen würde, der ihm seine Freiheit garantierte. Da nur Robbie die Kraft besessen hatte, die Geldübergaben tatsächlich durchzuführen, war er für Sennett zu einem unverzichtbaren Zeugen geworden. Sterns schon früher gehegter Verdacht, zu Feavers Deal könne auch eine Rolle als Undercover gehören, hatte sich allerdings erst Mitte April bestätigt. Zu dem Zeitpunkt war Sennett genötigt gewesen, diese Karte auf den Tisch zu legen, und zwar wegen Dinnersteins hartnäckiger Bemühungen, bei dem armen, von der Stadiontribüne gestürzten Peter Petros – und seinen Anwälten – die Vergleichssumme einzutreiben. Damit Feaver keinen Verdacht schöpfte, hatte Mort sich zu einem Täuschungsmanöver bereit erklärt: Wie Robbie würde er sofort seinen Anteil an der Vergleichssumme zurückzahlen, die die Regierung kurzfristig vorgestreckt hatte.

»Unser Abkommen mit der Regierung ist eindeutig«, sagte Stern. »Dinnerstein muss nur Fragen beantworten, nicht aber aktiv Informationen liefern. Doch Sennett ist ein hinterlistiger Kerl, und ich habe meinen Mandanten von Anfang an vor der Möglichkeit gewarnt, dass der Bundesanwalt früher oder später einen fadenscheinigen Grund aus der Tasche zaubern würde, um unser Abkommen platzen zu lassen. Und genauso ist es dann auch geschehen.« Stern sah mich über seinen Drink hinweg an, einen Scotch in einem Cognacschwenker mit eingraviertem Clubwappen. »Und das war diese Phantomlizenz deines Mandanten.«

Wie ich letzten Monat schon vermutet hatte, wusste Mort bereits seit der Law School davon. Einige Monate zuvor war den Beamten von der Steuerfahndung, die Mort auf den Fersen geblieben waren – genau wie bei Robbie in Zusammenarbeit mit den FBI-Agenten –, etwas in der Vorsteueranmeldung aufgefallen, die Mort jedes Jahr für seine Kanzlei abgab. Darin hatte er seine eigenen jährlichen Aufwendungen für den Kammerausschuss als allgemeine Kanzleiausgaben deklariert. Feaver wurde darin nicht namentlich erwähnt. Bis dahin hatte Morton Robbie stets als Rechtsanwalt bezeichnet und als Partner ihrer Gemeinschaftskanzlei. In Sennetts Augen war das eine gefährliche Irreführung und keineswegs nur eine Nachlässigkeit.

»Du kannst dir das Hü und Hott vorstellen. Aber Sennett bescherte es den Ansatzpunkt, den er brauchte. Am letzten Montag, also vor drei Tagen, ließ er mich wissen, alles sei vergeben und vergessen, wenn mein Mandant jetzt eine Sprechrolle in dem ausgeklügelten Stück übernehme, in dem auch dein Klient mitspielt. Nach weiterem Hin und Her kam schließlich etwas heraus, das, offen gesagt, um einiges unter meinen schlimmsten Befürchtungen blieb. Er wollte nämlich nur, dass Morton seinem Onkel mitteilte, Feaver mache mit der Regierung gemeinsame Sache und werde gegen sie alle aussagen. Ich betrachtete das als strategischen Schachzug zur Einleitung der Schlussphase. Später einmal werden wir uns zu ein paar Brandys zusammensetzen, und du wirst mir erzählen, wie gut der Zug wirklich war. Ich war jedenfalls überrascht, und zugleich kamen mir ein paar finstere Gedanken. Aber ich konnte ohnehin nie ganz den verschlungenen Pfaden folgen, auf denen sich Sennetts Gedanken bewegen.«

Vor mehreren Jahren war ich einmal einer der Anwälte gewesen, die Stern halfen, als Stan Sennett ihn wegen Missachtung des Gerichts ins Gefängnis bringen wollte. Eine ganze Nacht lang hatte ich damals ein kollegiales Gutachten zu Sandys Gunsten verfasst, aber wegen seines stets überaus förmlichen Verhaltens habe ich nie Einzelheiten über den Ausgang der Sache erfahren, und gefragt hätte ich ihn ohnehin nicht. Stern blieb jedenfalls auf freiem Fuß, wirkte aber ziemlich düster und ließ seither kein gutes Haar an Sennett. Gewöhnlich vermied ich es daher, Stans Namen in unseren Gesprächen zu erwähnen.

Ein Kellner in tressenbesetzter Jacke kam an unseren Tisch und fragte mit übertriebener Gestik, ob die Gentlemen noch einen Cocktail wünschten. Wie ein Thespisjünger ohne Engagement spielte er die Rolle des diensteifrigen Obers absolut perfekt und ging tatsächlich erst drei Schritte rückwärts, ehe er sich zur Theke umdrehte.

Sennett hatte Bänder und eine Aussage über Morts Begegnung mit seinem Onkel verlangt, die Stern allerdings strikt verweigert hatte. Dinnerstein hatte sich ausbedungen, dass er stets im Hintergrund blieb und nur als Mittelsmann agierte. Beweise beizubringen war Sennetts Sache. Doch Sennett war ein einfallsreicher Mann. Nach jahrelanger Observation wussten er und seine Männer eine ganze Menge über die Leute, die im Paddywacks arbeiteten. Am Montagabend war die Einwanderungsbehörde da und nahm sich einen der Aushilfskellner vor, der eine gefälschte Green Card besaß. Am nächsten Morgen um fünf Uhr früh meldete sich ein Beamter der Steuerfahndung unter dem Namen Ramos an der Hintertür des Restaurants, um für seinen Cousin einzuspringen, der angeblich krank war. Eine Stunde später traf sich Mort dort mit seinem Onkel zum Frühstück.

Auf Anweisung hielt Mort das, was er über Robbie zu sagen hatte, so lange zurück, bis der neue Aushilfskellner nahe genug an ihrem Tisch war, um mitzuhören. Dinnerstein hatte den Blick kaum von dem Burschen wenden können, der in seiner Uniform – weiße Kellnerjacke und karierte Hose – ständig die Tische umkreiste. Als Ramos schließlich den benachbarten Vierertisch abwischte, platzte Mort mit der Nachricht an seinen Onkel und dessen Kumpane heraus. Kurz nachdem Evon am Montag in die Kanzlei gestürmt war und verkündet hatte, dass sie vom FBI sei, war Feavers Sekretärin angeblich bei Dinnerstein gewesen und hatte ganz aufgeregt von einem Telefongespräch berichtet, das sie mitbekommen hatte: Robbie habe einen Anwalt angerufen und ihm gesagt, er solle einen Deal mit der Regierung abschließen. Feaver wollte gegen alle aussagen – die Richter, Kosic, Tuohey, sogar Mort.

Zunächst sah es so aus, als wäre das schon alles gewesen, was der Agent zu berichten haben würde. Tuohey schwieg. Milacki stieß leise eine ganze Serie von Flüchen aus, worauf Brendan sofort Sigs Hand ergriff, um ihn zu bremsen. Die drei Männer begnügten sich, Tuohey beim Nachdenken zuzusehen. Dazu tranken sie ihren Kaffee aus den dicken, stoßfesten Paddywacks-Steinguttassen. Brendan nahm einen Plastikrührer vom Tisch und spielte wie zum Zeitvertreib damit herum. Und dann hatte Brendan Tuohey, Vorsitzender der Zivilabteilung, den braunen Rührer an einem Ende hochgehalten, und Mort sah, was sein Onkel sich aus dem Plastik zurechtgebogen hatte: eine Schlinge. Brendan hatte tatsächlich eine Schlinge geknotet. Er drehte sie für einen kurzen Moment zwischen den Fingerspitzen, damit Kosic und Milacki sie sich ansehen konnten, und ließ sie dann auf den Tisch fallen. Special Agent Ramos hob sie auf, als er den Tisch abwischte, und ließ sie in seine Tasche gleiten.

Eine Schlinge?, fragte ich.

»In den Augen eines Staatsanwalts. Oder sagen wir: seines liebsten Freundes. Sennett hat sich gar nicht mehr eingekriegt. Aber vielleicht sollte es auch nur ein Buchstabe sein, ein ›B‹. Oder ein ›R‹ für Robbie. Oder einfach ein nervös zusammengefummeltes Etwas. Eine Frage der Auslegung, oder? Jedenfalls kann man es so oder so als unerheblich abtun, als spontane Regung. Wenn danach nichts geschieht, wodurch sich eine klarere Bedeutung ergibt, hat es als Beweisstück kaum einen Wert. Oder?« Stern nahm den letzten Schluck von seinem Scotch und behielt ihn eine Weile im Mund, um den Geschmack auszukosten.

»So weit die wesentlichen Details. Mein Mandant hat mich beauftragt, sie dir mitzuteilen, wofür auch immer sie gut sein mögen. Dass du sie wie immer diskret behandelst, George, ist ja selbstverständlich, und das wissen wir zu schätzen.« Er ergriff meine Hand und richtete sich auf, um mir in die Augen zu sehen. »Diese Männer verbindet eine tiefe Beziehung«, sagte er. »Dein Mandant weiß das von Dinnerstein selbst. Wie zu erwarten, hat er es Robbie unter Tränen erzählt.«

Und seine Reaktion? Ich ziehe es eigentlich vor, eine gewisse Distanz zwischen meinem Mandanten und mir zu wahren. Aber das hier war doch ein herausragendes Ereignis im Leben eines Strafverteidigers. Was sagt und tut ein Mensch bei der Verkündigung seines Todesurteils, beim Freispruch eines Schuldigen durch die Jury, bei der Erkenntnis, dass der beste Freund, den er im Leben hatte, ihn verraten hat? Wie waren derart folgenschwere Veränderungen mit den armseligen Verhaltensmustern des täglichen Lebens vereinbar? Ich musste Stern nicht erklären, warum ich das wissen wollte. Sein Blick wanderte nur hinauf zu den Eichenbalken an der Decke, während er an die Antwort auf die Frage dachte, die auch er selbst schon gestellt hatte.

»Feaver soll zu ihm gesagt haben: ›Was hättest du denn tun können? Du hast deine Kinder. Du hast Joan. Was blieb dir anderes übrig?‹« Stern sah mich mit seinen kleinen, wachsamen Augen an. »Interessanter Bursche«, fügte er hinzu.

12

»Also, was hätte er sonst tun sollen?«, fragte Robbie Evon. Sie erschrak heftig, als sie hörte, Feaver habe die Kanzlei ohne Begleitung verlassen. Doch sie fand ihn gleich dort, wo sie ihn vermutet hatte. Zu Hause. Vor seinem Haus in Glen Ayre standen zwei Cops aus dem Revier und wiesen eine Reihe von Kamerateams der lokalen Fernsehsender strikt auf die Grenzen von Feavers Anwesen hin. Wie die Beamten Evon berichteten, seien die Reporter eine Zeit lang den Block hinauf- und hinuntergelaufen und hätten versucht, durch die Fenster zu filmen. Einige seien abgezogen, nachdem sie Robbie für ein paar Sekunden aufgenommen hatten, als er mit seinem Mercedes in die Einfahrt einbog. Ein besonders Verrückter sei ihm vor den Kühler gesprungen, und Robbie habe ihn einfach über die Motorhaube rollen lassen, worüber die Cops noch immer lachten.

Als sie auf die Haustür zuging, war sie nicht gerade freundlich gestimmt, doch Robbie bot einen schrecklichen Anblick. Er erzählte ihr sofort von Mort. Mit Tränen in den Augen beschrieb er, wie auch Mort geheult habe wie ein Baby, als er Robbie gestand, dass er ihn dem U.S.-Bundesanwalt ausgeliefert habe, um die eigene Haut zu retten. Er habe nichts zu beschönigen versucht. Dennoch habe er Robbie gebeten, ihm zu verzeihen. Und Robbie hatte ihm verziehen. Mort hatte die Kinder, und er hatte Joan. Mort war Mort, und er war eben Robbie. Es gab Dinge, die der eine konnte und der andere nicht. Das hätten sie beide immer gewusst, und Mort würde das Gefängnis nie ertragen. Das musste ihm erspart bleiben. Was hätte er also sonst tun können?

In der sich anschließenden lähmenden Stille versuchte sie, ihn ihre Anteilnahme spüren zu lassen. Doch als sie an ihre eigene Rolle dachte, stürzten ganz andere Empfindungen auf sie ein. In tausend Einzelheiten passierten die Ereignisse der vergangenen Monate vor ihrem inneren Auge Revue, und sie wusste mit einem Mal, dass sie sie in einem ganz anderen Licht betrachten musste als bisher. Was, zum Teufel, hattte *sie* überhaupt hier zu suchen gehabt? Wieso hatte man sie als Undercover-Agentin in sein Büro gesetzt, wenn Mort Stan ohnehin schon alles berichtete? Nach einer Weile wurde es ihr klar. Sie spielte für Mort den »Strohmann«, damit Robbie keinen Verdacht schöpfte, wer in Wirklichkeit Informationen über ihn weitergab – zum Beispiel die Geschichte mit Magda. Und ohne es zu merken, überwachte sie auch Mort für Sennett. Jeder spionierte jemanden aus, und nur Sennett kannte die ganze Wahrheit. Er musste sich wie der liebe Gott persönlich gefühlt haben – allerdings wie Gott an einem schlechten Tag, an dem er über seine Geschöpfe nur lachen konnte.

Trotz ihres unguten Gefühls sagte sie Robbie schließlich, warum sie gekommen war: Sennett wollte das Videoband.

»Ich habe es nicht. Jedenfalls im Moment. Und George meint, ich soll dazu auch nichts weiter sagen.«

Sie hob beschwichtigend die Hand. Ihr war nicht nach Streiten zu Mute. Sie rief McManis an, um ihm zu sagen, Feaver sei okay.

»Na, wenigstens einer.« Sennett hatte McManis gerade von Mort berichtet. Es war ihm nichts anderes übrig geblieben, denn wie sonst hätte er erklären sollen, was Tuohey auf dem Band gemeint hatte. Jim hatte sich zurückgezogen und zehn Minuten später D. C. angerufen und gebeten, dass man sich nach einem Ersatz für ihn umsah. Jemand müsse das Projekt weiterführen, sobald es in die nächste Phase kam. Mehr als dreißig Tage könne er ihnen nicht geben. Die Methoden der Leute hier seien zu brutal.

Jim hatte sich schon von ihr verabschiedet, als ihm einfiel, nach dem Band zu fragen. Allerdings schien er im Moment kaum mehr daran interessiert als Evon. Sie behielt den Hörer noch eine Weile in der Hand und dachte nach. Was oder wer hatte McManis so weit gebracht? Nicht Sennett allein. Aber das UCORC. Man war sich von Anfang an klar darüber, dass Jim so gut wie nichts über Mort herausbekommen würde, was auch teilweise nachvollziehbar war. Konkurrierende Dienste teilten sich selten die Zuträger. Die Steuerfahndung war es, die Mort an der Angel hatte, und das sollte auch so bleiben. Wissen ist Macht. Doch Jim war hierher geschickt worden, um die Schwerarbeit zu leisten, unter Gefahr für Leib und Leben seiner Leute und mit der Vorgabe, dass die Verantwortung bei ihm lag. In Wirklichkeit aber war auch er nur eine Marionette in dem Spiel gewesen. Monatelang hatte er fern von zu Hause an einem Fall gearbeitet, für den dann die Steuerfahnder den größten Teil der Verdienste einstreichen würden – als Lieferanten der entscheidenden Informationen.

Sie fand Robbie in der Küche, einem riesigen Raum mit einer Schiebefensterwand auf der einen Seite und Küchengeräten auf der anderen, die für ein ganzes Restaurant gereicht hätten. Auch hier hatte Rainey alles in weißestes Weiß gehalten. Robbie holte die Reste eines Hähnchens aus dem Kühlschrank. Sie setzten sich zusammen an die schmale Frühstücksbar und stocherten in dem Fleisch. Dazu trank jeder ein Bier. Zuerst redeten sie kaum ein Wort, doch dann kam er unverhofft auf Mort zu sprechen.

»Wissen Sie, anfangs mochte ich Morty gar nicht leiden. Als Kind.«

»Tatsächlich?« Sie versuchte ihre Neugier zu verbergen. Doch vor innerer Anspannung brachte sie das Wort kaum heraus.

»Das war so. Ich war sechs, da ließ mein Vater uns sitzen. Und meine Ma parkte mich nebenan bei Sheila Dinnerstein, damit sie arbeiten gehen konnte. Klar, dass ich mich so beschissen fühle wie seinerzeit Adam und Eva, nachdem Jehova sie aus dem Paradies verjagt hatte. Einsam und verlassen hänge ich also da drüben bei dieser Pfeife mit der Beinschiene, diesem kränkelnden Muttersöhnchen mit einer Tropfnase und den seltsamen Haaren, das nicht ordentlich laufen kann und einen Sommer lang in der Eisernen Lunge zubringt. Der Anblick hat mir so eine Angst eingejagt, als hätte ich eine Mumie vor mir. Ganz zu schweigen davon, dass sie eine Goi war, und das in einem Viertel mit dreizehn Synagogen in acht Häuserblocks.«

Robbie hatte seine Erzählung mit einem gewissen Ernst begonnen, doch nun fuhr er mit seiner üblichen Lebhaftigkeit fort:

»Also traktiere und piesacke ich Morty mehr als ein halbes Jahr lang. Eines Tages kriegt er von mir mal wieder einen Schlag unter die Gürtellinie, nur weil es mir Spaß macht, ihn heulen zu sehen. Aber da ist etwas in seinem Blick... Es traf mich wie ein spitzer Pfeil, das ist die Erfahrung meines Lebens. Und ich sage fast laut zu mir selbst: Dem Morty geht es ja genauso dreckig wie dir selbst. Damals war ich sechs oder sieben, und für einen Jungen in dem Alter ist so eine Erkenntnis so unumstößlich wie ein physikalisches Gesetz. Und, wissen Sie, wenn man so jung ist, ist das nur ein Gefühl. Aber ich begriff damals, jedem geht es so wie mir. Jeder empfindet diesen Schmerz, jeder spürt ihn tief in seinem Innern. Und ich wusste, ich würde ihm nie ganz entrinnen können und auch sonst niemand. Und das Leben gibt einem da auch Recht, oder? Man ist arm oder allein, krank, von niemandem richtig geliebt, kann nicht so lieben, wie man möchte, man fühlt sich als Fußabtreter für die ganze Welt oder als der letzte Dreck, zumindest nicht so gut wie die Leute, denen man gleichen oder mit denen man zusammen sein möchte. Das wirst du nie los, es nagt unablässig an dir, und die meisten Menschen kennen diesen Parasiten, der sich in ihr Herz frisst.

Und ich stehe da und frage mich immer und immer wieder: Warum? Warum hat Gott eine Welt geschaffen, in der jeder sich quälen muss? Und wie ich da mit Morty herumhänge und ihn anschaue, wissen Sie, was mir da in den Sinn kommt? Die Antwort. Glaube ich wenigstens. Wissen Sie, warum das so ist? Damit wir einander brauchen. Damit nicht jeder für sich einfach sein Bündel schnürt, ein Lied auf den Lippen, sich in den Wald verzieht und sich von dem ernährt, was von den Bäumen fällt. Nein, damit wir zusammenhalten, einer für den anderen da ist und wir uns gemeinsam unsere Welt schaffen. Und weil geteiltes Leid halbes Leid ist und der Trost eines anderen der einzige Balsam für deine Wunden.

Wie würden Sie das nennen? Wie heißt es in der Bibel? ›Ich decke dich mit dem Schatten meiner Hände.‹ Ich sah Mort an und *wusste* es plötzlich. Auch Mort wusste es. Von da an hielten wir zusammen wie Pech und Schwefel.«

Sie wusste nicht genau, worauf er hinauswollte, aber er selbst wohl auch nicht. Vielleicht wollte er nur noch einmal sagen, dass er Mort verziehen hatte, erklären, warum er es einfach musste. Vielleicht wollte er ihr aber auch sagen, dass Mort die Grundfesten ihrer Beziehung erschüttert hatte. Schweigend drehte er einen Hühnerknochen zwischen den Fingern und studierte ihn nachdenklich im sterilen Glanz der Küche.

Am Telefon hatte sie McManis erklärt, sie würde auch diese Nacht bei Robbie Wache halten. In Kürze sollten ein paar Agenten kommen und das Haus im Auge behalten, doch sein persönlicher Schutz hatte von Anfang an zu ihren Aufgaben gehört. Wo sonst hätte sie im Augenblick auch hingehen sollen. In der Lobby ihres Apartmenthauses lungerten ohnehin nur Massen von Reportern herum, in der Hoffnung, einen Blick auf Secret Special Agent Evon Miller zu erhaschen.

Elba hatte heruntergerufen, dass Rainey wach geworden sei, und Robbie war nun schon einige Zeit bei ihr. Rainey hatte im Laufe des Tages einiges über ihn im Fernsehen mitbekommen. Er hatte gesagt, er wolle ihr die Geschichte in drei Sätzen erklären und die Sache mit dem Gefängnis übergehen. Sie sei mittlerweile zu schwach, viele Fragen zu stellen, und manchmal sogar zu erschöpft, den Laserapparat auf der Stirn zu halten, der aussah wie eine Grubenlampe und mit dem sie den Computer und das Sprechgerät steuern konnte.

Während seiner Abwesenheit machte sie es sich wieder in dem Gästezimmer im ersten Stock bequem. Vor dem Fenster hingen schwere gelbe Vorhänge, passend zur Tagesdecke. Alles war aufeinander abgestimmt. Sie konnte sich noch immer nicht mit dieser Lebensart anfreunden, wo Geld nur um des Ausgebens willen ausgegeben wurde. Auf der Suche nach einem Kopfkissenbezug ging sie in das für Nancy Taylor Rosenberg vorgesehene Kinderzimmer neben dem Elternschlafzimmer der Feavers. Ein Couchbett war aufgeschlagen. Elba oder Robbie schliefen hier abwechselnd, wenn er oder sie sich nicht gerade um Rainey kümmerte, sie massierte, mit Lotion einrieb, die Farbe ihrer Fingernägel oder das Sauerstoffgerät kontrollierte. Durch die Wand war das Saugen und Pumpen des Geräts zu hören. Ab und zu klang auch Robbies Stimme herüber. Er widersprach ihr traurig. Den Sprechautomaten konnte sie deutlich durch die Wand hören, doch Rainey fehlte die Kraft, ihn allzu oft zu betätigen. Dennoch drang eine Bemerkung zu Evon durch, die sie bis ins Mark traf.

»Du Hast Es Versprochen«, tönte der Roboter.

Ein paar Minuten später kam Robbie aus ihrem Zimmer. Evon war gerade auf dem Weg zurück ins Gästezimmer. Er sah sie und winkte sie in das Kinderzimmer zurück. Er putzte sich die Nase.

»Sie möchte später noch mit Ihnen sprechen. Nachdem sie weiß, dass Sie vom FBI sind, glaubt sie, Sie bringen mich dazu, mein Wort zu halten.« Er lächelte schwach, und dennoch überlief es sie noch eisiger als zuvor. Robbie und sie hatten nie darüber gesprochen. Rainey musste ihm gerade gesagt haben, dass sie sich Evon anvertraut habe. Nachdem er jetzt wusste, dass sie in ein so intimes Geheimnis eingeweiht war, wäre Evon am liebsten vor Scham im Erdboden versunken.

»Sie müssen das nicht tun, Robbie«, sagte sie leise.

»Doch, ich muss. Ich kann ihr nicht sagen, ich hätte es nicht ernst gemeint. Diesmal nicht. Ich habe ihr versprochen, es zu tun, wenn es so weit ist. Das war zu einer Zeit, als sie noch alles unter Kontrolle hatte. Sie würden es auch tun, Evon. Wenn Sie es versprochen hätten. Wenn es um einen Menschen ginge, den Sie lieben.«

Würde sie es tun? Die ganze schreckliche Tragweite wurde ihr bewusst. Es war viel leichter, Nein zu sagen, nie und nimmer. In der Kirche und in der Schule hatte sie gelernt, das Gute vom Bösen zu unterscheiden. Aber solche Lehren galten den Gesunden, die hoffnungsvoll in die Zukunft blickten, und nicht einer armen leidenden Seele wie die nebenan, die schon fast an der Schwelle des Todes stand. Der Arzt kam jetzt jeden Tag zur Visite. Er hatte Robbie von einem ALS-Patienten berichtet, der sich im allerletzten Moment für die Beatmungsmaschine entschieden hatte und noch mehrere Jahre lang gelebt habe. Auf diesen Sinneswandel hatte Robbie tagelang gewartet, doch anscheinend hatte Rainey sich für den anderen Weg entschieden. Ihr Luftholen glich jetzt dem verzweifelten Flügelschlagen eines gefangenen Falters und strengte sie so an, dass an normalen Schlaf nicht mehr zu denken war. Ungenügende Sauerstoffzufuhr und Schlafmangel würden bald zu Halluzinationen führen. In den wenigen klaren Momenten, die ihr noch blieben, ließ Rainey keinen Zweifel an ihrem Entschluss: Sie wollte diese Welt verlassen.

»Morgen«, sagte er, »vielleicht Samstag. Sie sollte noch ein paar Menschen sehen. Ich weiß im Augenblick nicht, wie ich dabei mit Mort und Joan verfahren soll. Und ich will erst noch diesen verdammten Auftritt vor der Grand Jury hinter mich bringen.« Sennett hatte die erste Sitzung der Grand Jury zum Fall Petros für den nächsten Tag ansetzen lassen. Robbie fuhr sich mit den Fingern durch die Haare und ließ sich auf das Couchbett sinken. »Es ist nicht, wie Sie denken. Es bedeutet nicht mehr, als der Natur ihren Lauf zu lassen.«

»Ich urteile nicht, Robbie. Das Recht hat niemand.«

Er gab sich damit zufrieden und redete weiter, wie immer. Er sagte, der Arzt und er hätten dieses Thema sehr vorsichtig umkreist. Auf dem Bücherbord neben ihrem Bett stünden zahlreiche Fläschchen mit übrig gebliebenen Schlaftabletten. Schon eine normale Dosis, wie sie sie noch vor Monaten genommen habe, würde sie jetzt schon in einen Schlaf sinken lassen, aus dem sie auch nicht mehr erwachen würde, wenn er den Sauerstoffapparat abstellte. Das sei schon alles. Sie werde ganz von selbst in zehn, höchstens zwanzig Minuten friedlich dahingehen. Er verstummte bei der Vorstellung, wie sie in seiner Gegenwart aufhörte zu sein. Er vertiefte sich so sehr in diesen Gedanken, bis er es nicht mehr aushielt und sich wie üblich in einen Gedankensprung rettete.

»Also, was habt ihr beiden Hübschen denn nun genau gemacht, als ihr allein wart?«

Sie wich aus. Gelesen, sagte sie. Und hin und wieder geredet.

»Worüber?«

»Über euch beide«, sagte sie. »Über die Liebe.«

»Ja, die Liebe«, antwortete er und dachte kopfschüttelnd über die vielfältigen und verschlungenen Pfade des Lebens nach. Dann sah er sie neugierig von der Seite an. »Und Sie? Wie war das bei Ihnen?«, fragte er. »Waren Sie jemals verliebt? Rückhaltlos? So, wie ich es Ihnen von mir und Rainey erzählt habe? Sie wissen ja: wie ein Blitz aus heiterem Himmel. Die ist die Richtige. Die passt zu mir. Die kriegt mich, und ich kriege sie.«

»Sie wollen wissen, ob Lesben sich verlieben?«

Er machte einen Rückzieher. »Gut, Sie wollen nicht darüber reden. In Ordnung.«

Sie schluckte, unterdrückte den Wunsch, weder ihm noch sich selbst eine Antwort zu geben, und entschuldigte sich dann. War sie verliebt gewesen? Das mit Tina Criant, das hätte Liebe werden können. Aber es war nicht geschehen, und sie wollte ihm auch nichts vormachen.

Nein, antwortete sie, dass sie jemals verliebt gewesen wäre, könne sie so nicht sagen.

»Zu traurig«, sagte er. »Da ist Ihnen eine Menge Spaß entgangen.« Er sah sie fest an. »Aber nichts ist umsonst.« Um seine Worte abzumildern, griff er kurz nach ihrer Hand. Dann aber besann er sich wieder auf seine eigenen Probleme.

»Mein Gott«, sagte er. »Was für eine Woche! Die reine Hölle.« Er ließ sich nach hinten auf die Couch sinken und lag einen Augenblick reglos mit ausgebreiteten Armen da. »Verstieße es gegen den FBI-Ehrenkodex, wenn ich Sie bäte, sich eine Weile zu mir zu setzen, während ich schlafe?«

»Keineswegs.«

»Ich meine –«

»Hey«, sagte sie.

Er machte sich nicht die Mühe, Jacke und Hose auszuziehen oder das Bett aufzudecken. Sie ging nach unten und holte sich eine Zeitschrift. Das Licht aus dem Gang würde zum Lesen reichen. Als sie wieder heraufkam, schlug er die Augen noch einmal auf.

»Dann kann ich jetzt also sagen, ich habe mit Ihnen geschlafen?«

Sie schlug ihm das *People*-Heft auf die ausgestreckten Zehen.

»Mal ganz ehrlich«, sagte er, »haben Sie jemals daran gedacht?«

»Woran?«

»Mit mir zu schlafen.«

Du lieber Gott! Ihr Blick fiel auf die Wand, hinter der seine sterbende Frau lag.

»Ich meine, ich weiß, dass ich nicht unwiderstehlich bin«, sagte er. »Ich will auch nicht auf eine reale Situation anspielen. Ich habe mich nur einfach mal für einen Augenblick gefragt, ob –«

»Die Leute denken sich eine ganze Menge Dinge ›mal für einen Augenblick‹, Robbie. Die Welt findet größtenteils im eigenen Kopf statt, stimmt's? Aber das ist nicht mein Spiel.«

»Nein, ich weiß«, antwortete er hastig. Dennoch gefiel es ihm.

Sie sah ihn mit einem Gefühl an, als bewege sich etwas Gewaltiges in ihr. Wie in aller Welt ließ sich erklären, was da in ihr vorging? Es heißt, Bildhauer entdeckten in den Rissen und Adern eines Steins oft die Schönheit seiner Gestalt.

»Schlafen Sie jetzt«, sagte sie.

Er schloss die Augen. Ein paar Mal bewegte er unwillkürlich wie ein Baby die Lippen mit einem leisen schmatzenden Geräusch.

In der plötzlichen Stille fühlte sie etwas in sich aufsteigen, das sie sonst beiseite schob. Die Büchse der Pandora sprang auf, und sie hörte noch einmal seine Worte: Aber nichts ist umsonst.

Sie schlich hinaus in eines der Badezimmer, musste sich zurückziehen, um das zu verarbeiten. Sie wusste es. O ja, sie wusste es genau. Es gab Augenblicke, da schmolz sie fast dahin vor Sehnen. Aber sie wollte nicht das, mit dem manche andere sich zufrieden gab und was auch Merrel mit ihrem Mann verband, dessen Liebe abhängig blieb von Geld und Gut, die sich wie ein warmer Regen über ihn ergossen. Und auch nicht das, womit Rainey sich abgefunden hatte. Sie war geliebt worden, aber als eine Gefangene, gedemütigt und gelähmt, schon lange, bevor ihr Körper dem Verfall preisgegeben war. Sie selber brauchte etwas Besseres, als diese beiden Frauen hatten. Also blieb ihr nichts als die Hoffnung, wie es so vielen Menschen auf dieser Welt erging, die jeden Abend mit dem Gebet ins

Bett gingen: Lieber Gott, bitte, schick mir Liebe. Sie gehörte zu den Menschen, die beteten. Und sie betete wahrscheinlich, dass es eine Frau sein möge. Nein, ganz sicher. So weit war sie mit sich selbst schon im Reinen. Aber heute, vor ihrem Spiegelbild im harten Badezimmerlicht, glaubte sie zum ersten Mal in ihrem Leben daran, dass sie Liebe auch tatsächlich erkennen und bereit sein würde, sie anzunehmen, wenn sie käme. In der Vergangenheit hatte sie ihre Chancen nicht ergriffen, so viel wusste sie. Doch sie glaubte – o ja, sie glaubte, wie man das tut, wenn man an etwas Heiliges denkt –, sie glaubte daran, jetzt bereit zu sein. Sie drehte den Wasserhahn auf und wusch sich kurz das Gesicht. Dann blickte sie wieder auf und sah, dass sie nun wagte, wirklich daran zu denken.

Aus ihr war eine andere geworden.

13 Als man damals unseren gemeinsamen Law-School-Freund Clifton Bering beschuldigte, in jenem Hotelzimmer Schmiergeld angenommen zu haben, hatte Stan nicht nur die Anklagevertretung niedergelegt, sondern war sogar als Entlastungszeuge für ihn aufgetreten. Es war eine Aufsehen erregende, freundschaftlich verzeihende Geste gewesen, und dafür habe ich Stan stets bewundert. Aber zugleich setzte er sich damit ein Denkmal. Stan, dem in Rassenfragen empfindlichen Republikaner, war es wichtig, als Cliftons Freund betrachtet zu werden. Ich wusste, von mir konnte man das nicht sagen.

Als ich von meinem Gespräch mit Stern in die Tiefgarage des LeSueur zurückkam, saß Stan auf der Motorhaube meines Wagens. Mit der Zeit hatte ich durchaus mitbekommen, dass ich beschattet wurde. Wenn ein Agent mich die Marshall Avenue hinunterschlendern sah, rief er Sennett an. Der wiederum schickte den Agenten fort, der meinen BMW bewachte. Ein zweiter Agent war vor der Tür meiner Kanzlei postiert, und ein dritter saß in seinem Auto einen Block von meinem Haus entfernt.

Ich begrüßte Stan und bat ihn, von meinem Wagen herunterzukommen. Er machte keine Anstalten dazu.

»Ich will das Band«, sagte er.

Ich war noch eine ganze Weile allein in Sterns Club geblieben, um mir über einiges klar zu werden. Man sagt, wenn ein Anwalt mit einem Freund vor Gericht streitet, dann hat er einen Freund weniger. Das hatte ich schon immer gewusst. Und über Stan hatte ich mir nie Illusionen gemacht, wenn er seinen Job machte. Beim jährlichen Anwaltsfest war er einmal in einem Sketch als die Verkörperung des Menschen vorgeführt worden, wie Thomas Hobbes ihn sieht: tückisch, brutal, kleinkariert. Es machte mir nichts aus, dass er Morts Rolle geheim gehalten hatte. Er hatte ihm absolute Vertraulichkeit zugesichert, also hatte er keine andere Wahl. Zudem hatte er mich von Anfang an vor Robbies Lügen gewarnt und darauf hingewiesen, dass Robbie demzufolge auf eigenes Risiko behauptete, Mort habe nichts von Schmiergeldzahlungen gewusst. All das war also durchaus korrekt. Dennoch wusste ich, dass dies das Ende unserer Freundschaft sein würde.

Per Fernbedienung öffnete ich die Wagentür. Zu dieser Zeit, um neun Uhr abends, war die Garage nahezu leer. Die Reihe nackter Sechzig-Watt-Birnen in Porzellanfassungen an der Betondecke spendete nur trübes Licht. In der Luft hingen die Auspuffgase und der Geruch der Zigaretten, die aus ihren Büros vertriebene Raucher hier in ihren Pausen qualmten.

»Tu nicht so, als wüsstest du nicht, wovon ich rede, George. Morgen tagt die Grand Jury, falls du dich erinnerst. Es ist alles vorbereitet. Und wenn Robbie vor die Schranken tritt, stelle ich ihm die alles entscheidende Frage: Wo ist das Videoband? Und glaub nur nicht, ich springe ihm nicht mit beiden Füßen ins Kreuz, wenn er einen Meineid schwört.«

Ich griff nach der Wagentür und sagte, langsam sei ich seine Drohungen leid.

»Das ist keine Drohung, George. Ich weise nur auf die Konsequenzen hin. Das ist ein Unterschied.«

Da gebe es aber auch eine oder zwei Konsequenzen, die ich ihm mitteilen müsse, sagte ich. Sollte er der Grand Jury die Sache mit dem Band vortragen, würde ich auf schnellstem Wege bei der Richterin Moira Winchell den Antrag auf Ausschluss von unzulässig erlangtem Beweismaterial stellen.

Er lächelte spöttisch. »Einen solchen Antrag kannst du vor einer Grand Jury nicht stellen.«

Doch da täuschte er sich. Das Bundesrecht sah eine einzige Ausnahme vor, und zwar im Fall eines ungesetzlichen Abhörens privater Gespräche.

»An der Bandaufnahme ist nichts Illegales.«

Nein?, fragte ich zurück. Dann solle er mir doch die Einverständniserklärung des Betroffenen zeigen. Robbies Unterschrift unter der Erklärung, die die Regierung brauche, bevor sie die Genehmigung zum Abhören seiner Unterhaltung mit Brendan Tuohey erteilen könne. Eine richterliche Verfügung wie bei Skolnick liege in seinem Fall ganz bestimmt nicht vor.

Immer wenn ich Stan Sennett austricksen konnte, war es für mich ein kleines Fest. Es gelang mir selten genug, aber dann wirkte er jedes Mal so verwirrt und hilflos, dass es mir schwer fiel, kein Mitleid mit ihm zu empfinden. An diesem Abend allerdings war das anders. Mit Vergnügen sah ich ihn Gift und Galle spucken.

»Man kann von stillschweigender Zustimmung ausgehen. Er hat den Motor gestartet.«

Nur wegen der Heizung, erwiderte ich.

»Wir hatten einen Deal mit ihm, und er war verpflichtet zu kooperieren, George. Unter Berücksichtigung aller Umstände wird Moira zu dem Schluss kommen, dass sein Einverständnis vorausgesetzt werden konnte.«

Dieser Punkt mache mir keine Sorgen mehr, war meine Antwort. Kein Gericht der Welt werde jemals befinden, dass Robbies Zustimmung in vollem Umfang gegeben war – oder dass aus seinem Deal mit der Staatsanwaltschaft irgendwelche weiteren Verpflichtungen abzuleiten wären. Nicht, nachdem sich der U.S.-Bundesanwalt an einem Mordversuch beteiligt habe.

»Mordversuch?«

Zumindest versuchter Totschlag, sagte ich. Schließlich habe er Robbie in der sicheren Annahme in den Wald geschickt, dass ihn dort jemand in Brendan Tuoheys Auftrag zu töten versuchte.

Sennett schien plötzlich zusammenzuschrumpfen. Auf der Motorhaube wurde er zu einer kleinen, kümmerlichen Gestalt, die ein nervöses Beben der Nasenflügel nicht unterdrücken konnte.

»Er war in jeder Hinsicht abgeschirmt. Das Netz der Schutzmaßnahmen konnte nicht dichter sein. Und er wusste, dass er ein Risiko einging, George. Er wusste, worauf er sich da einließ.«

Ganz im Gegenteil, antwortete ich. Die Sache sei hochgradig gefährlich gewesen. McManis hatte eine logische Folgerung aufgestellt, die unserem Wissensstand entsprach: dass Tuohey und Kosic Robbie im Attitude keine Geheimnisse offenbaren würden, um ihn dann anderthalb Wochen später umbringen zu lassen.

Aber als sie am Montag Robbie bei der Übergabe der Vorladung an Rollo beobachteten, die er von Evon erhalten hatte, hatte Stan schließlich eingesehen, dass Feaver nicht noch einmal auf Tuohey angesetzt werden konnte. Also hatte er sich für einen anderen Weg entschieden, um Brendan doch noch festzunageln. Am Dienstag hatte er Mort zu Brendan geschickt. Er sollte Robbie an ihn verraten. Die Botschaft von Mort an Tuohey sollte diesen zu der einzig möglichen Schlussfolgerung bewegen, nämlich Feaver umgehend zu beseitigen, bevor er noch anfangen konnte zu reden. Und Brendan hatte Stan den Gefallen getan. Am Tisch hatte er diese Schlinge gebunden. Also ließ Stan Robbie in den Wald fahren, um der Regierung einen hieb- und stichfesten Fall zu liefern – Verschwörung zum Mord an einem Zeugen der Regierung. Genauso gut hätte er eine Zielscheibe auf Robbies Rücken malen können. Und diese Geschichte hatte Stan ausgekocht, ohne ein Wort zu irgendjemandem zu sagen. Dabei berief er sich nicht auf die Regel, nach der jeder immer nur wissen sollte, was er auch wissen musste, auch fühlte er sich nicht etwa Dinnerstein gegenüber verpflichtet oder führte sonstige windige Gründe an. Er hatte geschwiegen, weil er wusste: Durchschaute jemand seine Pläne, konnte er die Sache womöglich vergessen. Höchstwahrscheinlich wäre Robbie gar nicht erst hingefahren. Auch McManis hätte es nicht zugelassen.

»Ich habe Entscheidungen getroffen«, sagte Stan. »Aus dem Stand. Unter Druck. Mir ist klar, wie es für dich aussehen muss, George. Aber das sind ganz üble Gesellen. Durch und durch übel. Sie haben in dieser Stadt schon viel zu viel Schaden angerichtet.«

Noch heute ist Stan Sennett für mich in mehrfacher Hinsicht ein großer Mann. Ein großer Mann des öffentlichen Lebens. Er glaubte an das Richtige. Und wenn man einen Menschen daran misst, was er zur Verbesserung der Welt getan hat, dann wird er stets als ein besserer Mensch dastehen, als ich es je gewesen bin. Sein engagiertes Bemühen, das Böse zu bezwingen und die Gerechtigkeit wiederherzustellen, war überwältigend. Doch die Militärstrategie kennt das eherne Prinzip der Angleichung, nach dem einander bekämpfende Systeme sich mit der Zeit immer mehr ähneln. So gesehen war es kein Wunder, dass sein Kampf gegen das Böse Stan dazu verleitete, zu dessen Mitteln zu greifen. Aber wenn nicht einmal seine Selbstachtung ihn daran hindern konnte, zu den krudesten Methoden zu greifen, um seinen Ehrgeiz zu befriedigen, Methoden, die ihn schließlich selbst ins Zwielicht rückten, warum hat ihn denn nicht einmal Loyalität mir gegenüber davon abgehalten? Es war ein trauriges Fazit, das ich nach so vielen Jahren ziehen musste: Ihm lag nicht das Mindeste am Erhalt unserer Freundschaft, obgleich er damit doch auch seinen Anstand hätte bewahren können.

»Georgie, um Himmels willen, lass doch diese theatralischen Sprüche. Wir haben beide einen harten Tag hinter uns, du und ich. Eine Reihe harter Tage. Das Leben geht weiter.«

Nein, sagte ich. Nein.

Noch immer auf der Motorhaube, warf mir Stan im trüben Licht einen durchdringenden Blick zu. Einen Stock höher quietschten Reifen auf dem gummiähnlichen Belag der Rampe.

»Rache, George, privater Groll, das sind keine guten Gründe, einen Mann wie Brendan Tuohey davonkommen zu lassen. Es sind keine, und du weißt das. Was kommt für euch beide, dich und deinen Mandanten, schon dabei heraus?«

Ich war Stan gegenüber stets der Nachgiebige gewesen. Das war unsere gemeinsame Geschichte. Nicht, dass ich jemals für ihn einen Mandanten verraten oder auch nur versäumt hätte, Sennetts Position vor Gericht in Frage zu stellen. Aber ich hatte über lange Zeit Lösungen zugestimmt, die seinen hohen moralischen Überzeugungen entsprachen. Natürlich dümpelte ich dabei, wie das für viele Strafverteidiger gilt, oftmals im brackigen Kielwasser der Kompromisse. Robbie Feavers Mandat hatte ich mit dem Vorsatz angenommen, herauszufinden, ob es Prinzipien gab, an denen ich mit der gleichen Hartnäckigkeit festhalten konnte wie Stan. Es würde meinem Selbstwertgefühl gut tun. Und genau das war eingetreten. In diesem Augenblick.

Ich sagte Stan, ob er das Band nun bekam oder nicht, habe absolut nichts mit mir zu tun. Ginge es nach mir, würde ich es wohl in den Kindle River werfen. Doch die Entscheidung liege allein bei Robbie Feaver.

Du wirst ihn selbst fragen müssen, erklärte ich. Du wirst es tun müssen und dabei wissen, dass er alles Recht dieser Welt hat zu sagen, die Geschichte solle nie ans Tageslicht kommen. Du wirst an ihn appellieren, ihn vielleicht sogar bitten müssen, Stan. Und ich bin froh, dass es so und nicht anders ablaufen wird. Denn es wird dich an etwas erinnern, das du völlig vergessen hast, nämlich das Gefühl, dem Wohlwollen eines anderen Menschen ausgeliefert zu sein.

Ich stieg ein und ließ den Motor an. Er ließ sich so hastig von der Haube gleiten, als fürchte er, ich könnte tatsächlich mit ihm als Kühlerfigur losfahren. Ich weiß nicht, ob Stan je zuvor so etwas wie Angst vor mir gehabt hat. Welche Genugtuung mir dieser Moment verschaffte, muss ich wohl nicht eigens betonen.

14

Der Saal der Grand Jury lag im neuen Federal Building ein Stockwerk über dem Büro des Bundesanwalts. Richterin Winchell, zu deren obersten Aufgaben die Eindämmung von Ein- und Übergriffen durch die Staatsanwaltschaft gehörte, residierte einen Block entfernt im alten großen Gerichtsgebäude am Federal Square. Dorthin waren die Richter des Bezirksgerichts ausnahmslos zurückgekehrt, nachdem sich das neue Gebäude als praktisch unbenutzbar erwiesen hatte. Es war zu Augie Bolcarros besten Zeiten erbaut worden, als Aufträge wie ein warmer Regen auf seine Gefolgsleute herniedergegangen waren. Jedenfalls hatte das Gebäude eine Heizungs- und Klimaanlage, die wohl niemals funktionieren würde. Alle Fenster mussten ausgewechselt werden, flogen sie doch bei jedem stärkeren Wind aus ihren Rahmen und versetzten die Fußgänger noch mehrere Blocks weiter in Angst und Schrecken. Jahrelang hatte es zum Alltag gehört, dass zwanzig oder dreißig Anwälte sich in einem halben Dutzend Gerichtssälen gegenseitig auf die Füße traten und um diese oder jene Fehlkonstruktion an dem Neubau stritten.

Der Vorraum zum Saal der Grand Jury hatte den Charme der Eingangshalle eines Obdachlosenasyls oder eines billigen Motels. Die Wände aus drittklassigen Rigipsplatten waren verschmiert und zerkratzt, dasselbe galt für die Plastikschalensitze ohne Armlehnen und Sitzkissen, die aus den sechziger Jahren übrig geblieben sein mussten. Offenbar stammten sie aus einem Lagerhaus irgendeiner Regierungsstelle und waren diversen Behörden zu einem Preis angeboten worden, dem man in der Reagan-Ära des eisernen Sparens nicht widerstehen konnte. Beim Anblick dieses Mobiliars musste man zwangsläufig an Hippies denken, wie sie sich mit ihren Perlenkettchen und Stirnbändern darin lümmelten und munter LSD einwarfen. Doch an deren Stelle hockten hier nun seit mehr als zehn Jahren Zeugen, die auf ihren Aufruf warteten, und die wirkten mutlos und zerzaust wie Vögel in der Mauser.

Heute hatte sich an diesem Ort eine außergewöhnliche Versammlung eingefunden. Wie immer hatte Sennett es mit allen Kniffen geschafft, jeden vorladen zu lassen, von dem Robbie eine auch nur halbwegs ergiebige Tonbandaufnahme geliefert hatte. Man sah einige eher zweifelhafte Gerichtsangestellte und Sheriff-Deputies, aber auch weit prominentere Persönlichkeiten. Sherm Crowthers saß wie ein Klotz neben Jackson Aires, seinem Anwalt. Aires war ein gerissener und störrischer Widerpart der Anklagebehörden. Seine Auftritte vor Gericht begannen und endeten, wie auch bei Sherman, unabdingbar mit der Rassenfrage. In Jacksons Geleit befand sich eine Kollegin, eine seiner Handlangerinnen, als Vertreterin der völlig aufgelösten Judith McQueevy. Judith hatte ihre zwei Tage zuvor gemachte Aussage inzwischen widerrufen. Insgesamt waren dreizehn oder vierzehn Personen vorgeladen worden, von denen allerdings einige durch Abwesenheit glänzten, darunter Pincus Lebovic, Kwan und, was natürlich am meisten auffiel, Barnett Skolnick. Er war inzwischen komplett umgefallen. Alle anderen, denen eine Anklage drohte, waren erschienen, sogar Walter Wunsch. Dabei würde er mit seinem Bauchspeicheldrüsenkrebs das Ende selbst des schnellsten Eilverfahrens wahrscheinlich nicht mehr erleben.

Der Zweck dieser Übung war mir ziemlich klar und in meinen Augen eher unappetitlich. Um ihr Erscheinen zu erzwingen, war allen potenziellen Angeklagten eine Vorladung *duces tecum* zugestellt worden, was bedeutete, dass sie als Beweismittel Gegenstände mitzubringen hatten. Das am häufigsten geforderte Objekt in diesem Zusammenhang war wohl der Terminkalender, wenn auch zwei Gerichtsangestellte einbestellt worden waren, die Geschenkartikel, »kleine Aufmerksamkeiten«, von Robbie präsentieren sollten. Gretchen Souvalek, die Vorzimmerdame von Gillian Sullivan, hielt eine Schmuckschachtel von Tiffany mit zwei Ohrringen in der Hand, die ihr Robbie einmal mitgebracht hatte, um sich ganz generell bei ihr einzuschmeicheln. Walter Wunsch, begleitet von seinem Anwalt Mel Tooley – der auch noch andere Anwesende vertrat –, hatte nicht nur verschiedene Prachtbände aus der Welt der Jurisprudenz dabei, sondern auch einen Satz teurer Golfschläger mit Graphitschaft, die Robbie ihm vor einigen Wochen geschenkt hatte. Sie lehnten in einer schicken Golftasche aus schwarzem Leder an Walters Knie. Sein finsterer Blick erweckte den Eindruck, als habe er erst nach seiner Ankunft in diesem Gebäude begriffen, dass er nicht zu einer Runde Golf hier war. Im Anschluss an Robbies Zeugenaussage würde Sennett oder jemand aus der Phalanx seiner Mitarbeiter jeden einzeln vor die Grand Jury rufen. Nach diversen juristischen Kabinettstückchen, um zu verhindern, dass die Zeugen unter Berufung auf den fünften Verfassungszusatz die Aussage verweigerten, würde man sie zwingen, die mitgebrachten Gegenstände dem Gericht auszuhändigen.

Allerdings zielte diese Übung im Wesentlichen nur auf einen gewissen Theaterdonner ab. Stan zerrte seine Opfer eigentlich aus ganz anderen Gründen vor die Jury. Er wollte sie mit Feaver konfrontieren. Sie sollten sehen, dass seine Kooperation mit der Staatsanwaltschaft keine Erfindung der Medien war. Er wollte, dass sie einander Auge in Auge gegenübertraten, bekannte Gesichter, stille Mitwisser, denen es an den Kragen ging. Doch auch dies war für Stans Grundanliegen nur von untergeordneter Bedeutung. Die Morgenblätter hatten gemeldet, dass die Grand Jury heute im Petros-Fall zusammentrat – zweifellos eine Information, die Sennett zum rechten Zeitpunkt hatte durchsickern lassen. Vor den Türen des Gebäudes warteten die Kamerateams der Fernsehsender, Reporter der Printmedien zogen durch die Gänge. An den Sitzungen der Grand Jury selbst durften sie nicht teilnehmen, da sie nicht öffentlich waren. Dafür konnten sie berichten, wer das Gebäude betreten und verlassen hatte. Alle, die kein gemütliches Versteck im ungemütlichen Vorraum gefunden hatten, würden sich am Abend Schimpf und Schande ausgesetzt sehen. Kein Medium würde darauf verzichten, sie auf Fotos oder Videoclips vorzuführen. Genauso gut hätten sie auch zum Vergnügen – oder zum Schrecken – aller Freunde und Bekannten als potenzielle Übeltäter splitternackt durch die Straßen laufen und ihre Krampfadern und Schwabbelbäuche vorzeigen können. Und genau darauf hatte Sennett es im Grunde abgesehen: Er wollte sie fertig machen. Es sollte der erste von vielen weiteren Schlägen sein, um jedem Einzelnen zu demonstrieren, was ihn erwartete, wenn er nicht kooperierte. Sennett wollte zeigen, dass sich die Wertschätzung, die sie bis dahin genossen hatten, bereits in Luft aufgelöst hatte. Wenn sie erlebten, dass die anderen sich in derselben verheerenden Lage befanden wie sie selbst, dann würden sie früher oder später das einzig Vernünftige tun, nämlich kapitulieren, andere verpfeifen, ihre Zeit absitzen und irgendwie weiterleben.

Die meisten in diesem Raum kannten mich nicht. Als ich aus dem Aufenthaltsraum für Zeugen und ihre Anwälte kam, in dem sich jetzt Evon und McManis um Robbie kümmerten, warfen mir nur ein oder zwei potenzielle Beschuldigte einen gehässigen Blick zu. Sherm Crowthers hielt die Hand seiner Schwester umklammert und wünschte mir unverhohlen den Tod. Doch die Feindseligkeit, die mir entgegenschlug, kam hauptsächlich aus einer anderen Ecke: Die Anwälte Tooley, Ned Halsey, Jackson Aires und einige andere, deren Mandanten Sennett so übel mitgespielt hatte, wirkten geradezu hasserfüllt.

Tooley machte sich als Erster an mich heran. Mit seinem albernen Toupet, das an ein zottiges Pudelfell erinnerte, und seinem europäisch geschnittenen Maßanzug, der zu eng für seine untersetzte Figur war, war Mel ein Ausbund an Hinterhältigkeit.

»Würde mich gern mal mit Ihrem Mann da unterhalten. Auf der Straße draußen natürlich. Geht das?«

Kaum.

»Ich hätte ein, zwei Fragen an ihn. Würden Sie mir seine Antwort mitteilen?«

Das sei schon eher im Bereich des Möglichen.

»Ich rufe Sie an«, sagte Mel. »Wissen Sie«, meinte er dann und drehte sich noch einmal zu mir um, »Ihre Eier sind ja bekanntlich aus Titan. Aber die von Ihrem Mann da zerquetsche ich mit einer Hand. Niemand hat Sie gezwungen, ihm zu helfen, George. Ich hoffe, ich vertrete keinen Mitangeklagten, wenn Sie das nächste Mal vor dem Gericht des Bundesstaates stehen.«

Das waren die unterschwelligen Spitzen unter Advokaten, die Mel besonders gut beherrschte. Gemeint war damit, dass ich am besten schleunigst auf Distanz zum Staatsanwalt ging und Angeklagte heraushauen half, wenn meine Kanzlei überleben sollte.

Ich hatte mich bereits wortlos auf dem Absatz umgedreht, als Stan um Punkt zehn Uhr den Raum betrat. Er stand unter einer Tausend-Volt-Spannung und sah sich in der glücklichen Lage, seine Trümpfe voll ausspielen zu können. Zwar war nicht alles so gelaufen, wie er gehofft hatte, dennoch war es ein erhebender Moment für ihn. Als der Mann, der einen Haufen Nichtswürdiger zur Strecke gebracht hatte, stand er mitten unter ihnen. Sein »Guten Morgen« galt allein dem Gerichtsdiener. Von der Tür zum Saal der Grand Jury aus sah er mich an.

»Ich brauche nur eine Sekunde«, sagte er, »um den Geschworenen zu erklären, worum es hier überhaupt geht.«

»Das werde *ich* tun!«, schrie Walter Wunsch. Von allen saß er der Tür am nächsten. »Ich habe Ihnen so einiges zu erzählen. Amerikanische Mitbürger! Ich habe für dieses gottverdammte Land gekämpft, und jetzt geht es hier zu wie bei den Kommunisten in China – überall Spione und Wanzen. Lassen Sie mich da rein.« Walter war aufgestanden – eine schon fast Mitleid erregende Leistung angesichts seines bereits deutlich sichtbaren Verfalls. Ausgezehrt durch den Krebs, bestand er nur noch aus Haut und Knochen. Tooley ging von mir zu seinem Mandanten und forderte ihn auf, sich wieder zu setzen.

»Er sagt nur, wie es ist«, sagte Sherm Crowthers mit schwacher Stimme vom anderen Ende des Raums.

Stan reagierte darauf nur mit einem nachsichtigen Lächeln. Bei anderer Gelegenheit hätte ihn ein derartiges Störmanöver in Rage versetzt, aber heute hatte er es selbst provoziert. Mich bat er, Robbie auf seinen Auftritt vorzubereiten.

Also ging ich zurück in den kleinen Zeugenraum. Er lag am Ende eines Ganges und diente auch oft Reportern und Angestellten für die Kaffeepause oder eine schnelle Mahlzeit. Als ich Robbie dorthin gebracht hatte, war mir der Übelkeit erregende Geruch von Zwiebeln auf einem angebissenen Sandwich in die Nase gestiegen, das über Nacht in dem metallenen Abfalleimer geblieben war. Obwohl ich den Eimer hinausgetragen hatte, hing der Geruch noch immer beißend in der Luft.

Abgesehen von den Fragen nach dem Verbleib des Bandes, war Robbies Aussage vorauszusehen. Wenn er den kleinen fensterlosen Saal betrat, würden ihm die dreiundzwanzig Mitglieder der Grand Jury entgegensehen wie das Publikum in einem kleinen Theater. Dann würde die Vernehmung einen eher sprunghaften Verlauf nehmen. Er würde seine Initialen auf dutzenden von Tonbandspulen und Computerdisketten bestätigen und nach dem Verlesen von Evons FBI-Protokollen zu einigen entscheidenden Vorkommnissen sein »Ja, das ist richtig« sagen. Bei seiner anschließenden eigenen Schilderung der Ereignisse durfte es unter gar keinen Umständen zu Abweichungen kommen, wollte er keine Strafe wegen Meineids riskieren. Es bestand sogar eine gewisse Chance, dass dies die einzige Anhörung bleiben würde. Verständlicherweise konnte es kaum in Stans Interesse liegen, seine Anklagestrategie dadurch zu gefährden, dass Robbies Glaubwürdigkeit in Frage gestellt wurde. Daher hatte er seine Beweismittel, vor allem die Video- und Tonbandaufnahmen, so zusammengestellt, dass er die einzelnen Fälle verhandeln lassen konnte, ohne Feaver noch einmal in den Zeugenstand rufen zu müssen. Und wenn doch, dann nur, um der Jury zu demonstrieren, dass man nichts zu verbergen habe.

Wir hatten Robbie unbemerkt durch einen Hintereingang in den Zeugenraum gebracht, doch in den Verhandlungssaal führte nur eine Tür. Wie von Stan vorhergesehen, musste Robbie im Eilschritt ein Spalier von mehr als einem Dutzend Personen durchqueren, die ihr Vertrauen auf eine rüde Art missbraucht sahen. Doch die Aufmerksamkeit, die diese Versammlung ihm entgegenbrachte, schien Robbie nur zu amüsieren.

»Vorhang auf«, sagte er. Seine Stimmung schwankte. Eigentlich war er viel zu erschöpft, um diesen Tag überhaupt überstehen zu können. Aber da er sich weigerte, das Band herauszugeben, hatte ich keine Möglichkeit, an Sennett zu appellieren. In diesem Moment klopfte Moses, der Gerichtsdiener, an die Tür und nickte uns zu.

»Bereit?«, fragte ich.

Feaver bat um eine Sekunde Aufschub und winkte Evon zu sich. Er ging mit ihr den Gang in entgegengesetzter Richtung hinunter.

»Wenn Stan mich nach dem Band fragt«, sagte er zu ihr, »und ich ihm sage, das könne er vergessen, wie steht es dann zwischen Ihnen und mir?« Die Kassette steckte in meiner Aktentasche, aber ich hatte noch immer keine Ahnung, was Robbie im Sinn hatte. Stan würde wohl nicht versuchen, Robbie vor der Grand Jury zur Herausgabe des Bandes zu zwingen, denn juristisch saß ich am längeren Hebel. Sollte Sennett mich nötigen, zu Richterin Winchell zu gehen, konnte das durchaus zur Folge haben, dass er auch in Zukunft nie mehr das Recht erhalten würde, das Band gegen Tuohey zu verwenden. Stattdessen hatte ich mich auf einen persönlichen Appell von Stan eingestellt, eine Entschuldigung an Robbies Adresse und die Bitte, das Band herauszugeben. Dann sollte er eine – nachträglich verfasste – Erklärung unterschreiben, dass er mit der Bandaufnahme einverstanden gewesen war. Ich glaubte, für Robbie würde am Ende alles auf die Frage hinauslaufen, wen er mehr hasste, Brendan oder Stan. Obwohl auch Scham mitspielte: Schließlich dokumentierte das Band gewissermaßen Morts Verrat. Aber Robbie machte sich bei seiner Entscheidung noch über etwas ganz anderes Gedanken.

»Wenn Sie das Gefühl haben, ich ziehe Sie über den Tisch, indem ich es nicht herausrücke«, sagte er zu Evon, »dann soll er es haben.«

Anfangs wand sie sich und meinte, es sei seine Entscheidung und nicht ihre, doch damit wollte er sich nicht zufrieden geben.

»Sie kennen mich«, sagte sie. »Für mich gibt es nur Schwarz oder Weiß. Darum mache ich es mir auch immer so schwer. Aus zweimal Falsch wird nie ein Richtig. Das ist meine Devise. Meine ganz persönliche. Aber ich stehe in jedem Fall völlig auf Ihrer Seite, mein

Lieber. Wenn Sie ihm sagen, er kann Sie mal, dann haben Sie meinen Segen.« Sie schob ihr Kinn vor und nickte zur Bekräftigung. Nur der Gedanke an McManis ließ sie innerlich zögern. Seine Meinung war ihr wichtig, genauso wie die ihre für Robbie wichtig war. Und das sagte sie ihm auch. Sie kehrten um. Robbie stellte Jim die gleiche Frage wie ihr. Würde McManis sich persönlich um seinen Erfolg betrogen sehen, wenn Robbie Sennett das Band nicht gab? Hätte er dann das Gefühl, seine Zeit vergeudet zu haben?

Jim schob seine große Brille auf der Nase zurecht. Man sah ihm an, dass er angestrengt nachdachte. Aber dann erwiderte er gelassen: »Ich glaube, wir haben hier ausgesprochen gute Arbeit geleistet. Ich bin rundum stolz darauf. Tuohey würde ich zu gerne festnageln. Er ist ein ganz übler Bursche. Aber ich mache jetzt diesen Job hier seit zweiundzwanzig Jahren, und ich weiß mit Sicherheit, dass die Regierung nur verlieren kann, wenn sie gegen einen üblen Burschen üble Methoden anwendet. Wie immer Sie sich also entscheiden, ich komme damit klar. Wenn Sie meine persönliche Meinung hören wollen: Lassen Sie sich Zeit. Bedenken Sie jedes Für und Wider.«

Feaver nickte und blickte uns drei an.

»Ich kann es ihm nicht geben«, sagte er. »Nicht heute.«

Wir standen ratlos da. Vielleicht hatten wir erwartet, dass sich etwas ändern würde, wenn er uns seinen Entschluss mitteilte, doch danach sah es nicht aus. Evon stand zu ihrem Wort und tätschelte seinen Arm.

»Die Show beginnt«, sagte Robbie schließlich und öffnete selbst die Tür.

»Ich glaube, ich komme mit und leiste Ihnen Gesellschaft«, sagte Evon, »damit niemand Dummheiten macht.«

Robbie erinnerte sie an die Metalldetektoren am Eingang des Gerichtsgebäudes. Also waren Schusswaffen und Springmesser vermutlich draußen geblieben. Dennoch schien er zufrieden über seine Ehrengarde – Evon vorneweg, Jim als Nachhut und ich als Flankenschutz. Festen Schritts und geraden Blicks trat Robbie aus dem dunklen Gang in den Vorraum zum Verhandlungssaal. Er wirkte strahlend und heroisch und fügte sich wieder einmal mit Leichtigkeit in seine Rolle. Sein Leben als Anwalt lag jetzt hinter ihm. Um diese Tatsache zu würdigen, trug er ein schwarzes Hemd unter seinem Anzug, aber keine Krawatte.

»Judas Ischariot!«, kreischte ihm Walter entgegen, kaum dass er um die Ecke gebogen war. Den Tod vor Augen, gab es für Walter keinerlei Hemmungen mehr. Er kochte vor Wut. Sofort stellte sich Evon zwischen Robbie und Wunsch. Tooley wandte sich von einem anderen Mandanten ab und fasste Walter erneut am Arm. Aber so leicht ließ sich Walter nicht beruhigen. »Gottverdammter Judas Ischariot!«, schrie er. »Du stinkendes Großmaul, das einen für ein paar Silberlinge verkauft.«

Robbie hatte die richtige Antwort parat.

»Ganz recht, Walter«, sagte er, »und Sie sind der Messias.«

Schlagfertiger ging es nicht, und Walter musste das spöttische Lachen selbst einiger seiner Leidensgenossen über sich ergehen lassen. Trotz seines Gesundheitszustands war Walter kaum zu bremsen. Seine Gehässigkeit schien neue Kräfte in ihm zu wecken. Tooley musste einige Körperkraft aufbieten, um Wunsch in seinen Sessel zurückzudrücken, an dem die Golfschläger lehnten.

Sennett stand mit affektiert gefalteten Händen an der Tür zum Sitzungssaal.

»Mr. Feaver«, sagte er in würdevollem Ton. Robbie sollte wissen, dass er auf alles gefasst war. »Wie geht es Ihnen heute Morgen?«

»Schlecht, und leid bin ich es auch«, sagte Robbie. »Vor allem Sie bin ich leid.«

Stan zuckte nicht mit der Wimper. Gott weiß, was er seiner Meinung nach verdient hatte. Wortlos öffnete er die Tür zum Saal und wies Robbie mit ausgestrecktem Arm den Weg.

Ich sagte Robbie, ich würde draußen direkt an der Tür warten, und erinnerte ihn, dass er das Recht habe, Sennett zu jedem Zeitpunkt zu unterbrechen, um sich mit mir zu beraten. Robbie lächelte. Er schüttelte mir die Hand und bedankte sich, wie schon so oft, für alles, was ich für ihn getan hätte. Dann trat er über die Schwelle.

Die nun folgenden Ereignisse blieben für mich immer ein wildes Durcheinander. In den sich anschließenden Augenblicken hinkte meine Reaktion stets einen Schritt hinterher; noch versuchte ich, den Sinn des einen Ereignisses zu erfassen, da folgte bereits das nächste. Zunächst hörte ich Stimmen, die immer lauter wurden und im gellenden Schrei einer Frau kulminierten. Wie ich später erfuhr, kam er von Judith. Doch im ersten Moment glaubte ich, es sei Evon, und drehte mich zu ihr um, als etwas hinter mir durch die Luft zischte. Ein Vogel? Eine Taube? Jedenfalls etwas Silbriges. Erschrocken sprang ich zur Seite. Im selben Moment hörte ich etwas platzen. Es erinnerte mich vage an unsere Jungenstreiche, wenn wir Melonen auf den heißen Asphalt klatschen ließen. Doch zugleich wurde mir klar, dass hier auch etwas zerbrochen war. Etwas Kleines, Hartes prallte von meiner Wange zurück und bespritzte mich mit etwas, das ich anfangs für Schlamm hielt. Dazu kam von irgendwoher ein animalischer Geruch und plötzliche Hitze. Dann wurde Robbie Feaver mit einem tiefen, gutturalen Laut gegen mich geschleudert.

Ich fing ihn auf, doch das unerwartete Gewicht zog mich zu Boden. Über seinen Rücken und meinen Arm, der ihn hielt, floss etwas Warmes, was ich unpassenderweise zuerst für Suppe hielt, doch es war Blut. Inzwischen war das Chaos ausgebrochen. Die Menschen schrien nach einem Telefon, einem Arzt, und auch aus dem Saal der Grand Jury drangen jetzt Schreie. Walter Wunsch brüllte, man solle ihn in Ruhe lassen, als Jim, Evon und andere ihn überwältigten und entwaffneten. Sie rissen ihm das Zweier-Eisen aus der Hand, mit dem er Robbie den Schädel eingeschlagen hatte, wobei sie ihm zwei Finger brachen.

Dann entdeckte ich die Wunde, ein klaffendes Loch, aus dem das Blut sprudelte. In seinen Haaren wurde es schon dick. Es erinnerte entfernt an einen geöffneten Mund, der so weit aufgerissen war, dass man die Haut am Gaumen sah. Und etwas ragte mir entgegen, weiß und gespenstisch. Ein Stück von Robbies Schädelknochen. Ich wusste nicht, was ich tun sollte. Für einen Augenblick schien das gesamte Universum in Frage gestellt. Obwohl ich wusste, dass es absolut sinnlos war, presste ich mein Taschentuch auf die Wunde und beobachtete, wie sich das Blut auf dem Stoff ausbreitete. Mittlerweile war Evon bei uns, und ich sagte ihr ruhig, was ich von dem Augenblick an gespürt hatte, als Robbie gegen mich geschleudert wurde: Ich fürchte, Robbie ist tot.

Evon nahm sein Handgelenk und suchte seinen Puls, dann betastete sie die Halsschlagader, und schließlich beugte sie ihr Gesicht über seine Lippen, um zu prüfen, ob er noch atmete.

»Drehen Sie ihn auf den Rücken!«, schrie sie. Mehrere Hände griffen zu. Sie schlug dreimal auf seine Brust, griff nach seiner Nase, aus der bereits ein breiter Blutstrom sickerte, holte tief Luft und presste ihre Lippen auf seinen Mund. Mindestens eine Minute lang. Alle Anwesenden, auch die, die an die Wände zurückgewichen waren, sahen zu. Immer wieder läutete ein Telefon, doch niemand nahm den Hörer ab.

Kurz darauf stürzten zwei Secret-Sevice-Agenten mit Erste-Hilfe-Ausbildung herein. Einer der Mitarbeiter des Bundesanwalts hatte sie zu Hilfe gerufen. Eine Minute später erschien ein Arzt, der als Gutachter zu einer anderen Verhandlung bestellt worden war. Er legte die Fingerspitzen an Robbies Halsschlagader, ließ sich auf Hände und Knie nieder, hob vorsichtig Robbies Kopf und untersuchte die Wunde.

»Mein Gott«, sagte er. »Man hat mir gesagt, es war ein Golfschläger. Sieht aus wie von einer Axt.«

McManis hielt den blutverschmierten Schläger noch in der Hand. Walter saß regungslos in seinem Sitz und betrachtete sein Werk und den Tod, der auch ihn bald ereilen würde. Sein Kopf lehnte am Türrahmen zum Verhandlungssaal, und es schien fast, als wäre er losgelöst von seinem Körper. Die Hand mit den gebrochenen Fingern hielt er steif in die Höhe. Ein Wachmann war von irgendwoher gekommen und beugte sich über ihn.

Als Nächste kamen die Sanitäter von der Rettung herein. Sie rollten ein Beatmungsgerät herbei, befestigten eine Maske über Robbies Mund und schnallten ihn auf eine Rollbahre.

»Nein, den Tod kann ich noch nicht feststellen«, sagte der Arzt.

Evon saß auf dem Fußboden, den Rücken an die Wand gelehnt. Sie hatte die blutverschmierte Hand auf den Mund gepresst und starrte mit leerem Blick vor sich hin. Sennett, der hinausgerannt war, um Hilfe zu holen, kam jetzt zurück. Als er mich sah, wandte er den Blick ab. Dann wollte er von McManis wissen, wie, zum Teufel, das habe passieren können. Jim machte sich nicht die Mühe, ihm zu antworten.

Ich stand auf und half auch Evon auf die Beine. Mir war klar, dass wir mit ins Krankenhaus mussten.

Auf dem Weg nach draußen, hörten wir, wie Mel Tooley, die Hände tief in den Hosentaschen vergraben, zu dem Wachmann sagte, der auf Walter aufpasste: »Glaube kaum, dass das sein Handicap wesentlich verbessert.«

Später

Gegenwärtig amtiere ich als Richter am Appellationsgerichtshof. Als der Skandal stinkend seine Kreise durch die Gerichte von Kindle County zog, suchte die Democratic Farmers & Union Party verzweifelt nach Kandidaten, deren richterliche Unabhängigkeit außer Zweifel stand. Und wie das Leben oft alle Erwartungen Lügen straft, wurde meine Rolle in der Petros-Geschichte weitgehend als Beweis für meinen Mut und Einsatz gewertet. Ich war genau der Mann, den sie brauchten. Ich wurde für zehn Jahre gewählt und leistete den Amtseid auf die Bibel meines Vaters.

Insgesamt wurden sechs Richter, neun Rechtsanwälte und ein Dutzend Sheriff-Deputies und Gerichtsangestellte im Zusammenhang mit dem Projekt Petros verurteilt. Der Dominoeffekt, auf den Stan von Anfang an gesetzt hatte – der Erste, der kooperierte, zog den Zweiten nach sich und so weiter –, stellte sich mehr oder weniger ein. Skolnick, Gillian Sullivan und ein Richter, der inzwischen zur Strafkammer gehörte, bekannten sich schuldig im Sinne der Anklage und sagten aus. Sherman Crowthers nahm verwegen den Kampf mit der Staatsanwaltschaft auf, nur um dann zwei Jahre später doch im Gefängnis zu landen. In seiner orangefarbenen Sträflingskleidung, vierzig Pfund leichter geworden und nach mehreren Lungenentzündungen von ständigem Husten geschüttelt, bot Sherm ein Bild des Jammers. Er hob kaum den Blick über die Brüstung des Zeugenstandes. Zwei Richter der Strafkammer zog er mit in den Strudel. Auch ihnen hatte er vor Jahren Geld zukommen lassen. Am meisten schien ihn selbst die Tatsache zu demütigen, dass auch Tollkühnheit den totalen Zusammenbruch nicht hatte verhindern können.

Trotz seines Erfolgs kehrte Stan nach San Diego zurück. Er folgte der von ihm selbst gesetzten Regel: Er hatte in dem großen Spiel auf keinen Geringeren als den König geschossen und ihn verfehlt. Brendan Tuohey wurde nie verurteilt. Nicht ein Zeuge hatte ihn vor den Geschworenen beschuldigt. Trotz einiger Kritik hinter vorgehaltener Hand folgte er, wenige Monate nach Robbies Tod, dem alten Mumphrey auf den Stuhl des Präsidenten am Obersten Gericht des Kindle County und erbte so die Machtbefugnis über alle Richter und Gerichte. Vor etwas mehr als einem Jahr ist er in Pension gegangen. Sein Haus in Palm Beach war groß genug, dass er ständig Leute zu sich einladen und sich mit seinen außergewöhnlichen Erfolgen brüsten konnte. Doch schon einen Monat später starb er an den Folgen eines Unfalls: Er war nachts betrunken mit seinem Boot gegen eine Kaimauer gerast.

In der Woche nach Robbies Ermordung war Stan Sennett bei mir gewesen. Er wollte von mir wissen, was Robbie mit dem Band gemacht hatte. Fast eine Stunde lang redete er auf mich ein. Er begriff nicht, wie ich zulassen konnte, dass Robbies Tod ungesühnt und ein Monster wie Tuohey auf freiem Fuß blieb. Robbies Tod war grässlich genug und für alle Welt so erschütternd gewesen, dass mit Hilfe des Bandes Stan vielleicht eine Jury hätte bewegen können, Brendan Tuohey schuldig zu sprechen – wegen Verschwörung zum Mord an einem Zeugen der Bundesbehörden. Ob eine Anklage sich überhaupt faktisch untermauern ließ, war eine andere Frage. Möglicherweise hatte Tuohey Walter auf den bekannten krummen Wegen zu dem angestiftet, was dann passiert war. Wunsch, der lange vor der Verhandlung des ersten Falls im Gefängniskrankenhaus von Rochester, Minnesota, gestorben war, hatte stets darauf beharrt, nur auf eigene Rechnung gearbeitet zu haben. McManis hatte ihn mehrfach befragt. Walter sei bis zuletzt gehässig und ohne Zeichen von Reue gewesen.

Nach ausführlicher Beratung mit Stern, dem Vertreter Morton Dinnersteins als Robbies Nachlassverwalter, übergaben wir schließlich die Kassette der Richterin Winchell. Mel Tooley als offizieller Vertreter Tuoheys brachte erwartungsgemäß den Antrag durch, das Band nicht als Beweis zuzulassen. Dem Gesetz entsprach bei diesen undurchsichtigen Umständen am ehesten die Tatsache, dass Robbie der Aufnahme offiziell nie zugestimmt hatte und die Verwendung des Bandes damit rechtswidrig gewesen wäre.

Mort hatte die letzten Jahre überstanden, ohne dass seine Rolle bei alledem jemals zur Sprache gekommen wäre. Aber seine Trauer – bei dem ungewöhnlichen Doppelbegräbnis am darauffolgenden Sonntag wirkte keiner so erschüttert wie er – machte ihn zu einem gebrochenen Mann. Er gab seinen Beruf auf und verließ einige Zeit später auch Kindle County, nachdem sein jüngster Sohn Max die Highschool absolviert hatte.

Es gab glücklichere Abschiede. McManis beendete nach fünfundzwanzig Jahren seine Dienstzeit beim FBI und zog nach San José in Kalifornien. Dort erwarb er sich die Anwaltszulassung und begann mit zweiundfünfzig Prozesse zu führen, wobei er nicht zuletzt aus seinen Petros-Erfahrungen schöpfte. Mir wurde zugetragen, dass die Geschworenen sein souveränes Auftreten als sehr wohltuend empfanden.

Evon blieb noch ein paar Jahre in Kindle County, sagte in einem halben Dutzend Verhandlungen in der Sache Petros aus und leitete schließlich das örtliche Observierungsteam des FBI. Vor zwei Jahren ist sie dann mit einer Freundin zurück in den Westen gezogen. Die Frau hatte den tollen Job, der ihr dort angeboten wurde, nicht ablehnen können. Bis dahin hatten Evon und ich an vielen langen Abenden die hier geschilderten Ereignisse immer wieder bis in Detail erörtert. Dennoch sprach sie nie über geheime Details der Ermittlungsarbeit des Bureaus. Umso bemerkenswerter war die Offenheit, mit der sie ihre eigene Rolle beschrieb. Ich hatte dabei stets das Gefühl, dass es ihr darum ging, Robbie ein würdiges Andenken zu bewahren.

Trotz ihrer Bereitschaft, auch wirklich intime Dinge vor mir auszubreiten, hat mir Evon nie genau gesagt, was am Tag des Mordes an Robbie noch passiert war, nachdem wir das Krankenhaus verlassen hatten. Allerdings konnte ich es mir vorstellen – wie so viele andere Details, die sich in meinem Bericht finden, obwohl ich sie nicht belegen könnte. Mich selbst hat in meinem ganzen Leben wohl nichts so verstört wie diese ersten Stunden nach Robbies Tod. Es war, als habe sich mein Innerstes nach außen gekehrt, als lägen Herz, Lungen und Nerven einfach frei. Was passiert war, war zwar nicht unvorstellbar gewesen, schien aber dennoch ins Reich der Phantasie zu gehören. Als ich dann leibhaftig damit konfrontiert wurde, verwischten sich für mich all diese Grenzen.

Doch Evon, die auf besondere Herausforderungen stets mit einem besonders klaren Kopf reagierte, wusste genau, was ihre nächste Aufgabe war. Sie muss in Robbies Haus zurückgekehrt sein, nachdem sie ja ohnehin im Moment nicht wusste, wo sie sonst bleiben sollte. Wahrscheinlich hatte sie schnell geduscht, dann Elba hinausgeschickt, um mit Rainey allein sprechen zu können. Es war dann wohl so abgelaufen: Sie hatte Rainey den Laser aufgesetzt, damit Lorraine den Stimmumwandler betätigen konnte. Doch mit großer Anstrengung gab Rainey zu verstehen, dass er entfernt werden sollte. Ihr Atemrhythmus erlaubte ihr kein genaues Fokussieren mit den Augen und kein verlässliches Bewegen des Cursors mehr. Lieber wollte sie die Person ansehen, die mit ihr sprach.

Im Schlafzimmer der Feavers gab es einen Mörser mit Stößel, in dem sich ihre Medikamente zur leichteren Einnahme zerreiben ließen. Direkt vor Lorraines Augen nahm Evon die noch am Vorabend von Robbie genannten Tabletten und zermahlte sie. Unterdessen redete sie unausgesetzt. Sie erzählte Rainey ein paar schöne Geschichten über Robbie: Wie er Leo, seinen blinden Cousin, unten im Gerichtsgebäude geneckt hatte und wie er beim ersten Anblick Mitleid erregender Mandanten in Tränen ausbrechen konnte.

»Da war er einfach ein kleiner Junge«, fügte sie hinzu. »Nur ein kleiner Junge.« Nach Robbies Anweisung verrührte sie die pulverisierte Medizin mit Wasser, klemmte dann Raineys Magensonde ab und goss die Lösung in den durchsichtigen Plastikbeutel am I.V.-Ständer.

»So, Rainey«, fuhr sie fort, »Sie sehen ja, was ich hier mache. Und Sie werden sich fragen, warum ich es tue und nicht Robbie. Aber Robbie selbst konnte es nicht über sich bringen. Sie müssen ihm das verzeihen. Sie haben ihm in diesem Leben so vieles verziehen, und das hier müssen Sie ihm nun auch noch vergeben. Der Mann hat so viel an Kraft verloren, das lässt sich nicht leugnen, und Sie müssen ihm das nachsehen. So ist er nun einmal. Er ist einfach nicht mehr im Stande, das hier zu tun, Rainey. Nicht das hier. Das ist die nackte Wahrheit, daran lässt sich nicht rütteln. Und deswegen bin ich jetzt hier. Das war keineswegs so geplant. Aber da bin ich nun einmal. Und mir fällt es leichter. Sie kennen ihn ja, Lorraine. Manchmal ist man regelrecht froh, ihm Dinge abnehmen zu können, die getan werden müssen.

Aber wenn Sie sich auf den Weg nach drüben machen, wird er hier sein. Das verspreche ich Ihnen. Er wird sofort hereinkommen und Ihre Hand halten, wenn Sie einschlafen. Er wird Ihnen hundert lustige Geschichten über all die wunderbaren Dinge erzählen, die Sie miteinander erlebt haben, und dann ein paar Gebete sprechen. Sie werden spüren, dass er bei Ihnen ist. Gleich hier an Ihrer Seite.« Evon sah Rainey direkt in ihre wundervollen amethystfarbenen Augen, aus denen noch immer unvermindert ihr Wesen strahlte. Sie hatte das Gefühl, selbst Robbie hätte nicht überzeugender lügen können. In Wirklichkeit empfand sie, was auch er wohl empfunden hätte, nämlich dass sie absolut nicht log. Evon hatte sich einen Stuhl neben Raineys Bett gezogen und streichelte ihre Hand, streichelte den Schorf auf den Einstichstellen der I.V.-Kanülen. Die Muskeln waren so atrophiert, dass sie sich unter der Hand weich wie Wachs anfühlten. Während Evon weiterredete, rang Lorraine unter der beschlagenen Sauerstoffmaske nach Luft.

»Dass jetzt ich hier bin und all die anderen Dinge – es mag Ihnen zu schnell gehen. Falls das so ist, komme ich gern morgen wieder. Oder übermorgen. Oder sonstwann. Oder niemals. Vielleicht haben Sie ja gerade jetzt, sozusagen angesichts der Entscheidung, das Gefühl, dass sie dies doch nicht wollen. Dann werden alle weiter für Sie da sein. Der Arzt wird kommen, und diese Beatmungsmaschine kann im Handumdrehen angeschlossen werden. Im Handumdrehen. Wenn Sie aber jetzt bereit sind, dann bin ich für Sie da. Wenn Sie es noch nicht sind, dann ist das auch in Ordnung. Auch dann bin ich bei Ihnen. Aber Sie müssen es mir sagen.

Wenn Sie bereit sind, wenn es das hier ist, was Sie wollen, dann müssen Sie es mir sagen. Ich zähle jetzt bis drei. Wenn ich bei drei bin, blinzeln Sie einmal ganz langsam mit den Augen. Dann weiß ich, wir sollen weitermachen. Halten Sie sie drei Sekunden lang geschlossen. Sie wissen ja, einundzwanzig, zweiundzwanzig, dreiundzwanzig. Wenn Sie dann die Augen öffnen, weiß ich, dass ich weitermachen soll. Tun Sie es nicht, passiert nichts. Ich hole dann nur Elba wieder herein, damit sie Ihnen eine neue Infusion bringt. Sonst müssen Sie blinzeln. Blinzeln und mir damit sagen, dass es so sein soll. In Ordnung? Sind Sie bereit? Ich fange jetzt an.«

Sie blinzelte.

ANMERKUNGEN DES AUTORS

Die Geduld und das Wissen vieler Menschen haben mir beim Schreiben dieses Buches geholfen. Ich stehe in ihrer aller Schuld.

Mehrere Chicagoer Anwälte, die sich auf Schadensersatzfälle spezialisiert haben – von denen aber keiner auch nur die geringste Ähnlichkeit mit Robbie hat –, haben sich die Zeit genommen, über ihre Tätigkeit zu reflektieren und mit mir darüber zu sprechen. Die Grundlagen hat mir Mike Mullen vermittelt. Jordan Margolis hat das Thema offen mit mir über viele Stunden diskutiert, und sein scharfsinniger Humor war mir eine enorme Hilfe. Wertvolle Informationen habe ich auch aus Howard Rigsbys Berichten und Reflektionen gewonnen. Zudem hat er das Manuskript zu diesem Buch gelesen und kommentiert, ein Gefallen, den mir großzügigerweise auch Julian Solotorovsky erwiesen hat.

Einige andere Personen haben bereits frühe Entwürfe begutachtet – Jennifer Arra, Mark Barry, Arnold Kanter, Carol Kanter und James McManus (dieser wunderbare Erzähler und Dichter, der nicht einmal im Scherz etwas mit der fast gleichnamigen Figur meines Buches zu tun hat) haben das Manuskript gewissenhaft nachgelesen. Rachel Turow hat es nicht nur gelesen, sondern war wochenlang meine beste Rechercheurin. Anerkennung muss ich auch den gezielten und sehr inspirierenden Ratschlägen meiner Agentinnen Gail Hochman und Marianne Merola zollen. Das gilt auch für die untadelige Anleitung, die ich von meinem Lektor Jon Galassi erfahren habe, wie auch für Bailey Foster, Elaine Chubb und Lorin Stein aus dem Haus Farrar, Straus, Giroux; sie hatten entscheidenden Anteil am Lektorat des Manuskripts. Und natürlich habe ich, und das nun schon seit fast dreißig Jahren, auf die Klugheit und das Urteil meiner allerersten Ansprechpartnerin, Annette Turow, bauen können.

Bei technischen Fragen in Bezug auf Feuerwaffen habe ich mich an die bestinformierte Quelle gewandt, die es in diesem Bereich gibt, meinen ehemaligen Partner und lebenslangen Blutsbruder Jeremy Margolis, Commander of the World Police. Zwei Freunde vom FBI, Kevin Deery aus Charlotte, N. C., und Gayle H. Jacobs aus Los Angeles, gaben mir Hinweise auf das Innenleben des FBI.

Auch bei Al Smith, einem Mercedes-Händler in Northbrook, Illinois, möchte ich mich bedanken. Er hat mich ständig mit Informationen über die 1993-er Modelle der S-Klasse versorgt – und das auch noch dann, als ihm längst klar war, dass ich mir nie so einen Wagen kaufen würde.

Schließlich schulde ich meinen tiefsten Dank all jenen, die mit der ALS-Krankheit im engeren oder weiteren Sinne zu tun haben. Die Grausamkeit dieser Krankheit ist unvorstellbar. Aber die intensive Zuwendung, die die Kranken einander schenken und die sie von ihren Familien, Ärzten und Pflegepersonen erhalten, kann einem Mut machen. Ein ALS-Patient, Doug Jacobson, betreibt eine äußerst informative Website (die ich über www.phoenix.net/~jacobson aufrufen konnte). Über sie habe ich meine Recherchen begonnen. Patienten, Ärzte, Schwestern, Familienmitglieder, Logopäden und Sozialarbeiter haben mir äußerst freimütig Auskunft auf meine Fragen gegeben, gleichgültig, wie unbedarft oder neugierig diese auch ausfielen. Drei Neurologen beantworteten geduldig meine wiederholten Rückfragen und nannten mir weiterführende Quellen: Dr. Jerry Blesh, Direktor des Neuromuscular and ALS Center an der Robert Wood Johnson Medical School der University of Medicine and Dentistry in New Jersey, Professor Dr. Lanny J. Haverkamp vom Department of Neurology am Baylor College of Medicine in Houston und Dr. Lewis Rowland vom Neurological Institute des Columbia-Presbyterian Medical Center in New York. Dr. Lisa Krivickas, Tochter eines ALS-Patienten und Mitglied beim Department of Physical Medicine and Rehabilitation am Spaulding Rehabilitation Hospital in Boston und der Harvard Medical School, Dr. Simon Whitney von der Stanford University und Dr. Matti Jokelainen vom Zentralklinikum im finnischen Lahti haben mir ebenfalls großzügig auf meine Fragen geantwortet.

Zwei Experten für Logopathie, Kristi Peak-Oliveira vom Children's Hospital in Boston und Iris Fishman, Geschäftsführerin des CINI (Communication Independence for the Neurologically Impaired) halfen mir, die sprachunterstützenden Apparaturen zu verstehen. Sollte ich erst später eingeführte Innovationen schon auf 1993 vordatiert haben, so wäre das meiner »dichterischen Freiheit« anzukreiden und mitnichten irgendwelchen falschen Informationen ihrerseits.

Drei in der Pflege von ALS-Patienten erfahrene Personen – Peary Brown, R. N., aus Jonesboro, Maine, und Meraida Polak, R. N., eine auf neuromuskuläre Therapie spezialisierte Pflegerin am Department of Neurology an der Emory University, und Ovid Jones – gaben mir prägnante Anhaltspunkte.

Alisa Brownlee vom ALS Association's Greater Philadelphia Chapter und Claire Owen, Pflegedienstleiterin der Les Turner ALS Foundation bei Chicago, verdanke ich wichtige Hinweise auf Literatur und Quellen zu dieser Krankheit.

Doch nichts hat mich mehr bewegt und war mir wichtiger als meine Gespräche und Begegnungen mit ALS-Patienten. Kathy Arnette aus Fenton, Missouri, Linda Saran aus Lake Zurich, Illinois, und Sherry Stampler aus Weston, Florida, berichteten mir so entgegenkommend wie unerschrocken von dem Pflegealltag ALS-Kranker. Der Mut, die Ehrlichkeit und Offenherzigkeit, mit der einige andere mir Rede und Antwort standen, haben mich tief berührt. Bei ihnen allen – dem inzwischen verstorbenen Martin Blank aus Mundelein, Illinois; Arturo Bolivar aus San Juan, Puerto Rico; Jim Compton aus Bethany, Oklahoma; Tom Ellestad aus Santa Rosa, California; Ted Heine aus Waverla, Iowa; David Jayne aus Circle Rex, Georgia; Eugene Schlebecker aus Indianapolis; Philip E. Simmons aus Center Sandwich, New Hampshire; Judy Wilson aus Stamfort, Connecticut – stehe ich für immer in tiefer Schuld. Mehr noch gilt das für meinen treuen Korrespondenzanwalt Dale S. O'Reilly in Philadelphia, einen hervorragenden Advokaten, dessen Vitalität, Geist und Vorstellungskraft es gelungen ist, diese Krankheit zu überwinden.

Ich habe so viel aufrichtige Unterstützung erfahren, und mir haben von ALS heimgesuchte Menschen so viel Mut gemacht, dass es mich äußerst betrüben würde, wenn irgendeine Passage dieses Buchs und vor allem sein Schluss als ihnen gegenüber respektlos empfunden würden. Mehr als neunzig Prozent der ALS-Patienten im Endstadium zogen es vor, sich nicht weiter künstlich beatmen zu lassen, aber ich kann mir keine persönlichere Entscheidung vorstellen und keine, die, wie immer sie ausfallen mag, größeren Mut erfordert. Bis zum bitteren Ende hat ALS den grimmigen Namen verdient, den man der Krankheit in Amerika gibt: *the cruelest disease.*

Wieder und wieder wurde mir gesagt, ALS verlaufe nicht nach festen Regeln. Trotzdem bin ich sicher, dass mir bei der Beschreibung dieser Krankheit Ungenauigkeiten unterlaufen sind, wie mir das auch in anderen Passagen des Buches passiert sein kann, wenn es um bestimmte Sachverhalte ging. Für alle Fehler dieser Art trage einzig ich die Verantwortung.

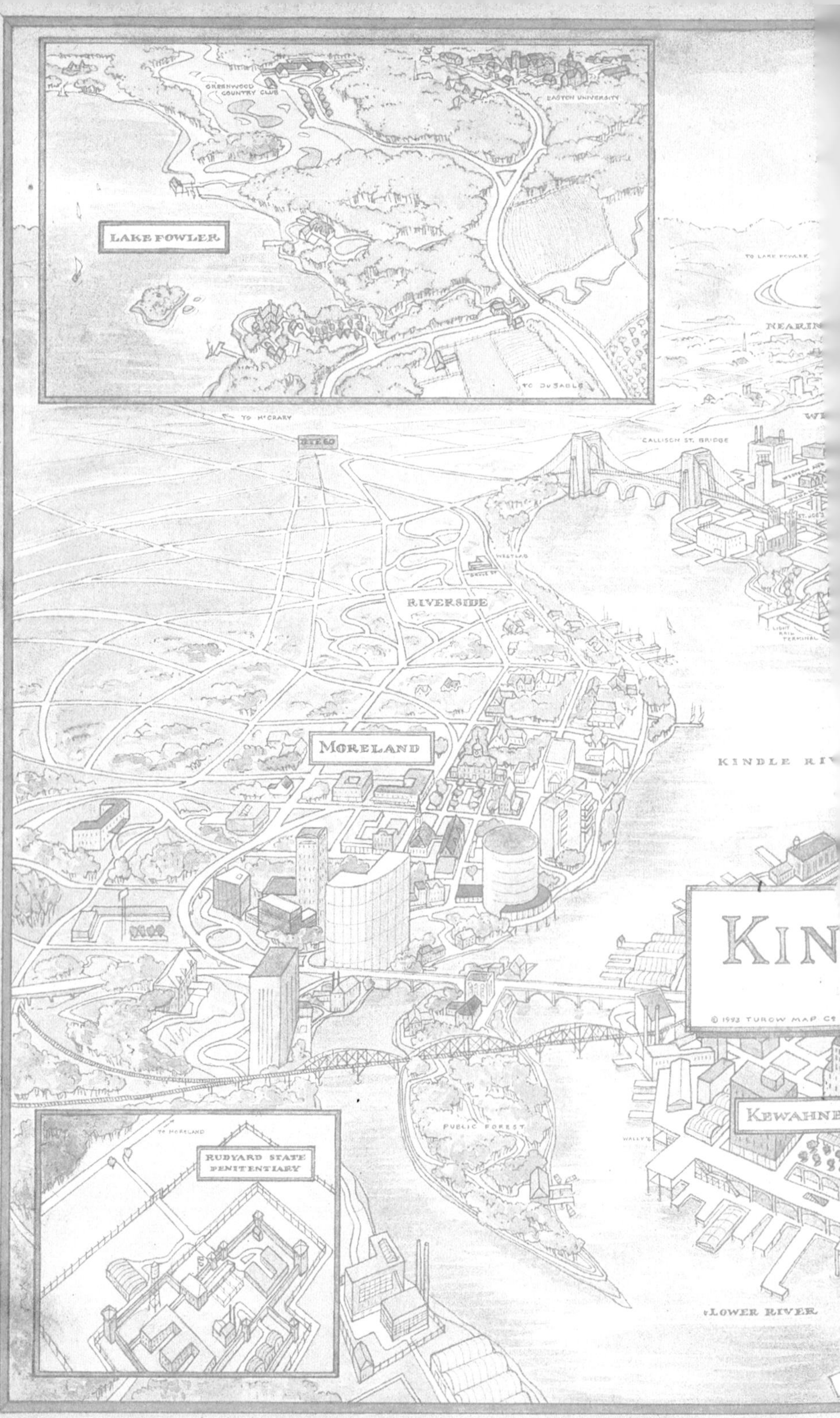

GREENWOOD COUNTRY CLUB
EASTON UNIVERSITY
LAKE FOWLER
TO DUSABLE
TO McCRARY
RTE 60
TO LAKE FOWLER
CALLISON ST. BRIDGE
RIVERSIDE
MORELAND
LIGHT RAIL TERMINAL
© 1993 TUROW MAP CO
PUBLIC FOREST
LOWER RIVER
TO MORELAND
RUDYARD STATE PENITENTIARY